不埋没一本好书，不错过一个爱书人

# 川端康成

(日)

Kawabata Yasunari

著

高慧勤 魏大海 主编

文洁若 译

川端康成经典辑丛

# 东京人

上

金城出版社
GOLD WALL PRESS
·北京·

图书在版编目（CIP）数据

东京人:上下/(日)川端康成著;文洁若译.—北京:金城出版社有限公司,2023.3
（川端康成经典辑丛/高慧勤,魏大海主编）
ISBN 978-7-5155-2385-9

Ⅰ.①东… Ⅱ.①川… ②文… Ⅲ.①长篇小说—日本—现代 Ⅳ.①I313.45

中国版本图书馆CIP数据核字(2022)第207020号

川端康成经典辑丛：东京人（上下）

作　　者　〔日〕川端康成
主　　编　高慧勤　魏大海
译　　者　文洁若
责任编辑　杨　超
责任校对　彭洪清
责任印制　李仕杰
文字编辑　叶双溢　刘利贞
开　　本　880毫米×1230毫米　1/32
印　　张　28
字　　数　774千字
版　　次　2023年3月第1版
印　　次　2023年3月第1次印刷
印　　刷　天津丰富彩艺印刷有限公司
书　　号　ISBN 978-7-5155-2385-9
定　　价　136.00元

出版发行　金城出版社有限公司　北京市朝阳区利泽东二路3号　邮政编码：100102
发 行 部　（010）84254364
编 辑 部　（010）64214534
总 编 室　（010）64228516
网　　址　http://www.jccb.com.cn
电子邮箱　jinchengchuban@163.com
法律顾问　北京市安理律师事务所　（电话）18911105819

# 目录

菖蒲浴__001

宝石和母亲__019

玫瑰园__038

面临大事__057

短暂的和睦__075

中年妇女__092

另一对儿__106

假寐之梦__122

浪花__140

人生一世__161

热带鱼__179

生理过程__201

净是女人的家__222

水上__240

各有所思__259

通过男人__279

秋天的彩虹__302

粉红色的珍珠__321

红羽毛__338

倒下去的人__356

结婚之前__378

女儿旅行__396

离巢__414

蜘蛛丝__428

和服短外衣__443

真正的恶作剧__458

旅店小住__473

还活着吗__487

新年__510

妈妈的怀抱__534

店铺开张__550

墙上的镜子__564

邻居的火灾__580

奇特的自由__601

未失掉的影子__621

春天来临__637

没有生活的生活__656

偶人节__674

独自旅行__698

枕上的嘴唇__711

不回来的儿子__734

风中__751

为什么流泪__767

蓝色的伞__788

在银座__807

病倒在街头的人__830

咬耳朵的女人__847

到空中和海上去__859

# 菖蒲浴

敬子将那枚爪子形翡翠戒指试戴在左手的无名指上，正在打量的时候，朝子冲着她的后背说：

“妈，给点儿钱。”

“到哪儿去呀？”

敬子依然瞧着戒指上的宝石。

“去看高尔基的《底层》。是新剧[1]哩。”

“我还能不知道《底层》是新剧吗！”

“听说连义宫[2]殿下都说过，‘值得看两遍……’”

“是吗？”

“一点钟开演。再耽误就来不及啦。”

“要多少钱？”

“给一千元不行吗？”

“不行，给一半儿都很勉强。”

敬子这才朝着女儿回过头来。就四十三岁来说，她长得多么少相啊。

二十岁的朝子身穿藏青色开襟长衫，细细的腰肢上紧紧地系着一根宽饰带。略带刚气的脸上，流露出一丝不满意的神情。

敬子从手提包里摸出一张五百元钞票，默默地递给了朝子。

---

1 指20世纪初叶奠立的日本现代话剧，系与传统的旧剧歌舞伎相对而言。——译注（全书注释均为译者注）

2 日本当时（1955）的天皇裕仁（1926—1989在位）之次子，1989年登基的天皇明仁之弟。

朝子毫无表情，连招呼也没打一声就出去了，留下了郁闷的脚步声。

近来敬子每逢看到朝子神情郁闷，就一阵痛楚袭上心头，仿佛自己受到了谴责似的。她对朝子的哥哥清，也是这样的。只有最小的弓子才对敬子流露出纯朴的爱。

“喏，十二点啦。”敬子伸手拧了一下收音机的开关，看了看那只小金表的指针。短针和长针眼下正要重叠起来。收音机传来了正午的报时声。

从昨天晚上起，敬子一直在对这只表的时间。这是最高级的百达翡丽，走得当然准啦，可敬子还是舒了口气。

翡翠是七十万元，百达翡丽是二十五万元，两样都是供出售的东西。敬子担任宝石钟表业的掮客。

新闻之后，收音机里开始播放木琴独奏：比才[1]的《卡门》。然而敬子却听见从二楼迈下来的沉重的脚步声。

敬子麻利地把戒指和手表装进各自的漂亮小匣里，塞入手提包，摆出迎接这脚步声的架势。

由于昨天晚上闹了别扭，她一时不知道该怎样迎接发出这脚步声的主儿才好。

沉重的脚步声在走廊上止住了。

一个在法兰绒睡衣外面罩了件高级绉绸宽袖棉袍、缠了好几道腰带的人，正呆呆地望着满是嫩叶的明亮的院子。从背影看，若有所思。

那是俊三，他的背影显出一副寒酸相，连敬子都隐隐难过起来，不禁竭力用自然的声调向他招呼道：

“你喝茶吗？”

敬子的丈夫去世了，如今她和岛木俊三一道过日子。清和朝子是丈

1　乔治·比才（1838—1875），法国作曲家，他的《卡门》（1875）开创了歌剧史新篇章。

夫的遗儿。弓子却是俊三带来的孩子，并非敬子亲生的闺女。

俊三来到紫檀木桌子跟前，无精打采地坐了下来。兴许是安眠药作怪，他脸上青肿。

“能不能把二楼上那间屋里你的行李搬下来，放在这屋？”

敬子没能理解这句出人意表、莫名其妙的话，就“啊”了一声。

五一节，二号是星期日，三号是宪法发布日，今天又是端午节（男儿节）。这阵子一连几天都是假日。

昨天，俊三从公司里回来得很迟，喝得醉醺醺的，边抱敬子，边唤着已经分手的妻子的名字：

“京子……”

这下子就扫了兴。这之后，俊三竟然央求敬子把这座房子抵押出去，替他凑一笔钱。这房子是四五年前敬子用自己的钱盖的。

“你醉啦。这房子不是咱们唯一的依靠吗？我不是经常念叨一旦紧急的时候，要么就把这房子合算地租出去，要么就经营一家旅馆来糊口吗？早就到了该这么做的时候啦。”敬子说。

俊三的公司岌岌可危，筹不到款。他大概认为凭着这座房子就能够借到二百万元。哪怕把这笔钱投进去，暂时应付一下也是好的。然而敬子并不想失掉这座房子。

饶这么着，清和朝子还冷漠地瞧着母亲怎样对待俊三呢。要是此刻敬子又在俊三面前变得软弱，那恐怕就意味着全家的破灭。

“女人出力盖起来的房子，你这个男人居然？……真不够意思。”

“对，就是不够意思嘛。一旦走下坡路，咱就变得卑鄙啦。”

尽管不想跟醉汉一般见识，敬子也还是把嗓门提高了。

这时，他们这间屋的纸隔扇被拉开了，弓子悄然喃喃地说了句：

“爹，您别让妈妈为难……”

多亏了弓子，否则这场争吵想必是平息不了的。

“弓儿，谢谢……晚安。”敬子的声调变得柔和了。

可是敬子到楼下的屋里去睡了。打从她和俊三同居以来，这还是头一次。

俊三的生意已经萧条一年半还多了，他为失眠症所苦，脾气很坏。有时言行也离谱，更不给敬子生活费。

敬子通过抛售股票，或由于宝石、手表的销路好而拿到的佣金，还要给俊三那位患病的妻子寄疗养费去。

敬子有独立生活能力，又有以前做过相当大的买卖的经验，所以纵然眼下男人背时倒运，她也只是同情而已，绝不曾责备他，自己也不曾着慌。

敬子不明白俊三怎么会对昨天晚上那场争吵耿耿于怀，今天早晨竟提出要敬子把衣橱和什物搬下楼去，就像是除掉可恨碍事的东西似的。这个人究竟安的是什么心呢?

敬子左手托着下巴，一双大眼睛瞧着俊三那有点发白的嘴唇，说道：

“搬嘛，倒也没关系。不过，一搬家具，就会起灰尘，等于是搞大扫除。你自己到楼下随便哪间去睡，不就结了吗？”

她的口气不由得又变得生硬而呆板了。

“我是想变换一下心情。要是那么费事，就算啦。”俊三这么说着，露出斗输了的狗那样的神情。他依然把双手揣在怀里。

五六年前那种男子汉气概已荡然无存。敬子忽然起身到厨房去，吩咐女佣给俊三开饭，并且问了声：

“今天你在澡水里放菖蒲了吧？”

近两三年来，敬子每次出门之前，总习惯于洗个澡。

这出于女人家的意愿：带上价格昂贵的宝石和手表去拜访适当的买主儿时，尽量地想显得年轻漂亮一些，这也是做生意的窍门。为了兜售贵重的戒指，自己最好看上去与之般配。要是觉得胆怯，或是被主顾所压倒，那可使不得。敬子还有这么一手：乘高级轿车上门。

全家修建得最讲究的是浴室。敬子说：

“我是考虑到将来要开旅馆的情况才这么做的。”

其实骨子里她是为了在此心情酣畅地搞自己的美容术。

隔着高腰窗[1]的玻璃，只能瞥见隔壁宅邸的杂木林。

“多少有点儿温泉浴场的气氛吧。”

用的是煤气，很快就能把水烧热。构造新颖，锅炉被藏得连个影儿都不见，只消从澡盆里伸手拧那小小旋钮，就能点燃或熄灭煤气。

敬子拉开扁柏木门，只见弓子泡在澡水里，正把菖蒲叶儿弄得啪啪作响。

“哎呀，妈妈，您还没洗吗？”

“弓儿，原来你在洗呢。”

“哥哥姐姐都洗完啦。我还以为妈妈早就洗了。”

弓子泛出能够和敬子同浴而感到高兴的神色。

敬子一面冲洗，一面恢复轻松的心情。

弓子是直到小学五年级的时候才开始和敬子等人共同生活的，所以彼此没有血缘关系自不用说，连敬子从自己父亲那里挤走了生身之母这一点，她都一清二楚。然而弓子现在把敬子当作亲娘那样地依恋着。她温和顺从到了简直幼稚的程度。

今年的母亲节又快到了。去年的母亲节这一天，敬子亲生的儿女清和朝子没有任何表示，只有弓子给了她一束粉红色石竹花：

“母亲，这个……”

平时弓子总喊“妈妈”，唯独这一天，却叫起“母亲”来。敬子热泪盈眶，话都说不出来了。

弓子出生的时候，她母亲已患上了肺病。兴许是分娩加重了病情，

---

1 指下半截装有一米左右高的护板的窗子。

弓子就由奶奶抚养着，母亲则住进了医院。不久，父亲应征入伍，奶奶也去世了，弓子东一家西一家地转来转去，就这样迎接了少女时代。

由于父亲与敬子开始同居，弓子总算在一个像是家的地方安顿下来了。弓子总算是头一次放了心，甚至感到幸福了也说不定。敬子对弓子产生了感情。弓子则对敬子信赖到家了。

弓子长得太美了。因而敬子的一对亲生儿女好像觉得眩目似的，一开始就对她投以惊异与敬意交加的眼光。他们与其说是妒羡母亲和弓子之间的感情，毋宁说是觉得纳闷。

弓子泡在澡水里说：

“妈妈，菖蒲长了虫子哩。”

“什么样的？”

“喏。”

“哪个，哪个？……你说什么呀，弓儿，这是菖蒲花啊。”

敬子拾起那朵穗儿般的淡黄色小花，戳了戳弓子的耳根。弓子有着一对丰腴可爱的耳垂。

“别，别，妈妈。”

“这是花呀。”

“菖蒲花不是紫色或白色的吗？画儿上和和服上那大朵大朵的花儿……”

“你所知道的是花菖蒲，玉蝉花……叶子和茎的气味不是这样的吧。香水的原料也是从这儿采的。”

“我不喜欢这种气味。也许是因为小时候没洗过菖蒲浴的关系吧？”弓子的眼睛里露出了想起什么似的神色，“妈妈每年都洗柚子浴啦，菖蒲浴什么的。”

“我小的时候，每年过端午节，工商区[1]家家户户都在房顶上供起菖

1 原文作下町，指工商业者聚居的低洼地区。

蒲和艾蒿，女人就用这叶子把头发扎起来。是一种符咒。”

“是干什么用的符咒呀？……”

“避邪用的。我也替你用这扎起头发来吧，省得着了魔。”

弓子的头发很直溜，乌黑漂亮，要是电烫得弯弯曲曲的，就太可惜了。于是她把刘海儿剪短，脑后的头发高高地拢在一起，平素就系上一根可心的缎带。这种发式是敬子灵机一动想出来的，很适合弓子。

“像这样扎上菖蒲叶儿，看上去就活像是日本传说中的公主啦。”敬子出神地盯着看，“要是用缎带扎起，就有一种异国派头……”

弓子先浴罢，正在揩拭肌肤上的水珠儿。敬子虽然同是女人，弓子的裸体却几乎使她着迷。弓子虚岁方十九，适值厄运之年[1]，已经是个地地道道的女性了。

报纸杂志上一度接连刊载有关用手术改变性别的消息，弓子也读了。有一天，她漫不经心地笑着说：

“弓子大概完全是个女人，很遗憾……”

敬子也笑着支吾过去：

“这可为难啦。”

弓子只有嘴边长得像父亲。敬子时而思忖：弓子那炯炯有神的眼睛、修长的后颈以及耳朵的轮廓恐怕都随母亲吧。从未见过的俊三那位妻子之美，不时地浮现到弓子脸上。

听说经过十五六年疗养之后，近来俊三的妻子已痊愈。

敬子对弓子有着满腔不可思议的挚爱：即使非把俊三还给那位妻子不可，她也不想把弓子还给其生母。

“你自己有两个体面的孩子嘛……”俊三的妻子多半会这么说，“我一身是病，再也生不出来啦。由于生了弓子，我病了十五年呢。”

敬子该怎样回答才好呢？就听凭弓子去拿主意吧。敬子巴不得弓子

1　在日本，女子交19、33、49岁被视为厄运之年。

肯选上自己。

弓子从浴室门外说：

“妈妈，早点儿回来吧。”

她大概正照镜子呢。

“弓儿今天看家吗？……”

“哥哥说什么要带我去看电影呢……”

“清在家吗？”

“他是穿着木屐出去的，就在附近吧。”

岛木俊三不是那种肯照料孩子的人。他自己的女儿弓子跟敬子亲亲热热也罢，敬子的儿女清和朝子不跟自己亲近也罢，他好像都不大介意。

这个家是两个各有各的孩子的人凑在一起组成的，俊三如此漠不关心，倒也不是没有便利之处。弓子也可以说是因为父亲丢开她不管，才越发依恋敬子。

敬子还在国营电车公司车站开小卖店时，俊三就曾把弓子当作一只小猫似的托给她照料，使她吃了一惊。对此，她记忆犹新。

记得那是昭和二十三年[1]的事。

敬子的店小得仿佛是随便摆在山手线内绕线[2]的站台上一般，生意兴隆得很，就像是撒开了卖似的。站在半圆形的店里的敬子，几乎顾不得去看顾客的脸和服装。

“太危险，等下一趟吧。危险哩。危险，危险！”每逢电车进站，站务员都这么喊着，拨开人群挤到簇拥在车门口的乘客当中去。

有个复员兵对敬子说：

“大妈，给个蜜柑吧。”

1　即1948年。

2　指东京都内双轨环行电车线路的山手线内绕线。

“好的。”

敬子对“大妈”这个称呼不服气，但她毕竟不能算是“大姐”了。

这是四月底的一天。忽然热得让人出汗，蜜柑卖得很好。

复员兵的头发和肩膀奇怪地褪成淡茶色，可能是在什么地方被喷了一通滴滴涕。

“您是从哪儿来？……”敬子问。

“从上海。是打佐世保[1]出发的。我想打听一下……”

“唉。”敬子边回答边忙碌着。她麻利地把巧克力递到幼儿从柜台底下伸过来的手里，并递给中年男子一包和平牌香烟和一盒火柴，递给那位唇膏涂得比所扎的腰带还要红艳的姑娘两袋甜豆儿[2]。

“请问，世田谷的东松原已经烧光了吗？”复员兵问。

“没有。那一带好像平安无事吧。”

“谢谢。”

那个人似乎没有人来迎迓。他背着的那只沉甸甸的背囊映入了她的眼帘。她想起了死去的丈夫。

敬子身后有个半坪[3]左右的货箱。掀开盖子一看，里面丢进了不少纸币，就像成簇的落叶一般。每逢手头的纸板盒里装满了卖东西的钱，她只消往这里一倒就成了。

敬子的货箱或许还起了广告塔的作用，上面贴满了电影、自行车竞赛、游乐场的海报。

已故的丈夫是个耿直的铁道职员，所以敬子从未经手过这么多钱。货币也贬值得厉害。

“站务员会不会罢工呢？……不然的话，连喘气儿的工夫都没有

1　日本长崎县西北部的港湾城市，第二次世界大战结束前为军港。

2　也叫糖豆儿。把红小豆用糖汁煮熟后撒上糖粉制成。

3　约合1.65平方米。

啦。”敬子这么嘟囔着。但她非但不以为苦，反倒干得兴致勃勃。

小卖店于晚上九点钟打烊。一到九点，站台就冷清了。

敬子正在拾掇柜台上的商品时，有人招呼了一声：

“白井嫂。”

拎着小型提包的俊三，带着弓子站在那里。

“哎呀，小姐，跟爸爸去旅行吧？……”敬子用轻松的口吻这么一说，可爱的弓子凄然把视线移开了。

“这孩子不去。我是来求您的。”俊三说。于是敬子也凝视起对方来。

俊三将那张中间隆起、五官端正的脸一下子凑到敬子耳边来：

“收到了一封这孩子的母亲病危的电报，我现在就出发。可是带弓子去怪可怜见的，反而觉得太残忍啦。”

“您要是不带去的话……”

“十之八九是没救啦。所以在寒冷的深山医院里让这孩子朝着我哭，我可吃不消啊。”

“可是，妈妈的……”敬子低声说。

“让她给送终吗？瘦得都没样儿啦，脸也变了形，从这孩子的未来着想，也还是不见为好。您替我照看一阵子弓子好吗？”

这个意想不到的托付使敬子感到困惑。双方的关系并没有亲密到以此等事相托的程度。

“我这就到姐姐家去，邀她一道前往。可姐姐准会叫我把孩子也带上，纠缠不休。我想拜托您。”

这时停电了，车站黑得伸手不见五指。

“最多不过是三天左右。弓子认得您的孩子，您就把他们一道丢在那儿好啦。”

“我成天不在家，顾不了他们。要是这样也行的话……”一片漆黑中，敬子这么回答。

“拜托啦。”

于是，俊三随随便便地跳上一辆进站的电车，扬长而去。

那一年的正月底，在一个下雪的夜晚，俊三喝得烂醉如泥，扒着敬子的拒台，说：

“我连汽车都不坐，是乘电车在这一站下的车。你明白吗，就是因为想瞧瞧你的脸啊。”

话音未落，他就晃晃悠悠地走上了陆桥。敬子曾怀着凄凉感打量过这位中年男子的背影。

敬子的孩子们在星期六或星期日到小卖店来的时候，也曾在这里与领着弓子的俊三不期而遇过。

弓子简直像是被父亲遗弃了似的。敬子把她从狗窝洞那么小的门里放进来，让她坐在薄席边沿上。

敬子抓起那宛若落叶般的积存在那儿的纸币，麻利地整理好，弓子大概觉得好生奇怪，就一动也不动地坐着看。

“你们家里什么人都没有吗？”敬子这么问了一声。

“有一位老大娘。也不知道她的什么人病啦，她就回家去啦。接着就接到了这封电报。”

弓子用小小的皓齿咬着下嘴唇，年龄虽小，似乎也在按捺着难过的心情。

敬子至今忘不掉弓子那令人疼爱的身姿。

打那之后六七年的工夫，俊三完全换了个人。弓子则长成一个“地地道道的女人”。

“是我把弓子调理得这么漂亮的。”敬子边这么想着，边把浮在澡水上的菖蒲叶拢起来，丢到冲洗处的角落里。

倘若随后俊三来洗澡，他准会嫌菖蒲碍事，又不知道该怎么处置才好，于是就喊起谁来。俊三就是这么个人。

敬子将浴巾裹在身上，就那样坐在化妆桌前了。

她心里舒坦得恨不得吸口烟。

敬子化起妆来非常用心。洗澡前，在脸上敷冷霜，在热腾腾的水蒸气中整个儿按摩一遍。用纱布揩掉冷霜后再用冷水洗脸，肌肤就紧绷绷的，脂粉不至于脱落。

浴罢，她对着镜子，先用药棉花蘸化妆水，仔细地擦脸。薄薄地涂上一层雪花膏，并用小指尖把涂在嘴唇上的胭脂淡淡地在两颊上抹匀，然后用白粉扑按一按，再用纱布一角擦擦眉毛和嘴唇周围。接着就用掬在手心上的化妆水按住整个面庞儿。

敬子引为自豪的是总博得“多好看的皮肤，多年轻的皮肤”的赞语。她认为这凭的是中年妇女的化妆诀窍。

敬子非得让脂粉融入皮肤，不显眼了，才会感到满意。那种香粉都浮了起来的浓妆，只能使中年妇女露出一副可怜相罢了。

“要是拙劣地想掩盖年龄，反而会显老。千万不要麻痹大意……”

脸上化完妆，敬子就用尼龙刷子把那柔和的波浪式短发足足刷了好几十遍，理成自己喜爱的式样。

“咦？”

她停下使刷子的手，朝镜子里盯着看，头发缝儿里直直地竖着一根白发。

敬子大吃一惊，却对自己说：

“这是少白头哩。今天会有好事儿吧。”

然而，她还是试图把它拔掉。

短短的白发格外粗，总是从敬子的指间溜过去。

“唉，真可恨啊。”

她死了心，打算待会儿让弓子给拔一下。

她站起来，穿上紧身褡、胸罩、无袖衬衫，以及镶了花边的中国绉纱衬裙，并在腋下和肘窝喷上香奈儿香水，然后向镜中那个女子问道：

"看上去有多大岁数呢？"

浴室的门被拉开一道缝儿，弓子的脸怯生生地望过来。

"妈妈。"

"啊，弓儿。你替我拔掉一根白头发吧。就这一根。"

敬子把头垂到走进来的弓子的胸脯那儿。

不知怎的，弓子的手指发颤，好像异乎寻常地拙笨。

"哎呀，好疼！"敬子说着，皱起眉来。

"对不起。黑的也一块儿拔掉了，妈妈……"

"真不像话。"

"妈妈……"

"不要紧。"敬子抬头看了看，"怎么啦？打哆嗦呢？……你这脸色？"

"妈妈……娘刚刚从热海来。"

敬子的脸色也唰地变了。

"到这个家来了吗？……"

"在客厅里……"

"是吗？不是蛮好嘛！"敬子当即开动了脑筋，"弓儿，把我的黑色衣裙、紫色短上衣和长袜拿到这儿来。手提包在里屋的收音机旁边呢。还有手套，那副白色尼龙的。那双小山羊皮黑靴子，喏，给放在后门口。"

为什么要说出把靴子放在后门口的话呢？为什么要从后门出去呢？即便俊三的妻子来了，"难道这不是我的家吗？"敬子毋宁是轻松愉快地这么想着，想从镜子里看到自己的笑脸，映入眼帘的却是弓子那张绷起的面孔。

"妈妈。"

"瞧你这副可怜巴巴的神情。我不在更好，反正我也刚好要出门……跟人约好了时间。"

“妈妈！”弓子说着，好像这就要偎依到她怀里来了似的。

敬子仿佛躲闪什么危险的东西般地说：

“等我回来再谈吧。让我走吧。难道你告诉了我在家的事吗？”

弓子摇了摇头。

“弓儿，妈妈不要紧的。”

“不要紧”指的是什么呢？对敬子来说，俊三妻子的出现也来得突然。

她也不是没想过迟早会有这么一天，然而不曾预料到那竟会是今天。

当弓子被搁在车站的小卖店里时，敬子多少感到有些困惑，不晓得俊三为什么把孩子托付给自己，以及万一弓子的母亲死了，又会怎么样。

六七年前的那个时期，京子曾经病入膏肓。

在这之前，京子已疗养过很长一段时期。因此，京子的亲属曾屡次说过，不如先解除夫妻关系，将来京子一旦康复，而俊三依然独身的话，再恢复旧好为宜。这话，敬子是听俊三说的。

“不过，现在病得厉害吧。在这样的时候……”敬子说。

“可不是嘛。太残酷啦。”俊三也回答说，“而且，久病的人与其说是不长岁数，不如说是重新变成了娃娃。简直是一团孩子气，天真烂漫，净对我撒娇呢。”

“多让人羡慕啊。在这个竞争激烈的社会里，能够在安静的山里像孩子似的天真烂漫地睡着，多有福气。”

“啊？”

“我也想当这么个病人。”

“您跟京子换个个儿吧。”俊三说着笑了。

“随时都可以换。”敬子说罢，也笑了。

两个人发出来的都是属于从战败后的怒涛中泅渡过来的人那种笑声。那是在剧变和混乱中似乎只有贼运亨通者才能发迹的岁月。

这个男人把久病的妻子送到山里，自己拉扯着幼女，边维护体面，边与生活搏斗。敬子既同情他，又从他身上感到魅力。

敬子是到俊三所经营的那家杂志社去购买杂志时与他结识的。她到杂志社去推销黑市交易的美国糖果，并直接成交。俊三那份大众杂志，内容虽低级庸俗，销路却甚佳。

“只要随便填上铅字就成啦。就像缺吃的一样，人们对书本也是如饥似渴。其实对我来说，还不如在黑市上把纸张卖出去反倒快当一些。”俊三这么说。

战争结束后不久，敬子拖着两个孩子难以糊口，还是死去的丈夫生前的一位同事劝她去经营车站小卖店的。国营铁道公司的小卖店并不是人人都能获准经营的。这是对铁道殉职者的家属和穷困的退职者所提供的一种救济。

然而敬子在站台上开起小卖店的时候，车站和街道还都是满目荒凉。小卖店的月薪是一百五十元，正规的进货寥寥无几。设在车站的三个出入口的店铺也是各自通过黑市交易采购商品，利润全入了私人腰包，铁道当局则采取默认的态度。

敬子这家小卖店，生意最是兴隆。一种题名《新生》的活页小册子，印刷后还没来得及折叠，好几千部一下子就卖光了。弘济会分配给小卖店的五十本杂志也很快就脱销了，所以敬子才到俊三的杂志社去办货的。

有一阵子净是不经花的十元钞票，那只装过太妃糖的空纸板盒马上就满了，敬子顺手倒进后面的货箱。及至晚上九点钟打烊，半坪货箱时而堆满了纸币。

然而昭和二十三年的一天，俊三到敬子的小卖店来瞧了瞧，问她道：

“累了吗？好像有点儿无精打采似的。”

“看出来了吗？说实在的，我想已经到了该放弃这家店的时候啦。”

“为什么呢？不是卖得挺好吗？”

“听说要改成月薪制。据说是两千元，差不多相当于一天的营业额。原先是敞开卖，今后要统一管理，改为直接经营喽。”

“那就没意思啦。换一种买卖吧。我也替您考虑一下。”

“嗯。我在考虑宝石这一行……”

“宝石？……”

“我娘家是在工商区经营珠宝业的。我上女子中学的时候，父亲曾教会我怎样用放大镜鉴定宝石。出售的宝石和走私进口的钟表，近来好像捣腾得很欢实哩……”

“样样都有人捣腾。宝石嘛，借助您娘家的靠山，就有仗恃啦。”

“不行啊。我娘家遭到空袭，全光啦。”

“啊？”俊三说着，凝视着敬子。

不久，敬子就把小卖店关闭了，买下一块地，盖起一栋房子。这时对敬子来说，俊三已成为不可缺少的人了。

俊三给敬子的女儿朝子买了一架钢琴，运了来，还修建了一间车库，并装进一辆小型轿车什么的。

他们挂上了两个门牌。

“对我的生意来说，需要我个人的门牌。”敬子用坚决的口吻说，而骨子里指的是：这是她自己的家。

两个人在同一座房子里住下后，双方那些阔别一二十年的亲戚朋友就络绎不绝地找上门来了，念叨着“哎呀，您还这么健康”“好兴旺啊”。日子过得热闹而欢畅。

这五六年间，俊三的妻子在远方山中的疗养所里打发着光阴，病情忽轻忽重。

“您还没跟京子大嫂谈起我的事吧？”敬子说。

“这会加重她的病情的。”

“要是京子大嫂真康复了，我也想跟她谈一谈哩。”

从俊三的话可以推敲出京子这个人一味相信并依赖丈夫，所以俊三无法对妻子说明实况。

“京子大嫂大概以为我是公寓里的一位好心的老板娘吧。”敬子曾这么说。

像弓子这么个少女究竟是怎样看待父母这种生活的呢？弓子尽管快快活活地给学校的同学写信，却不大愿意给山里的母亲写。

俊三的公司付不起贷款的利息，票据也过了期。生活费自不用说，连点零花钱都指望不上了。从此，连京子的疗养费都一直由敬子汇去。

敬子的儿女们对此有所觉察后，心里可不痛快啦。

朝子尤其认为这太荒谬了。

敬子嘴上虽然回答说：

“我可斗不过病人。要是我舍不得钱，听任她死去，那还了得！”

但与其说是赎罪，敬子考虑的倒是有朝一日跟京子见面时，自己的处境会容易一些。

然而，连敬子自己都开始怀疑究竟是否因为对俊三爱得深才汇款给京子的。她对俊三已失望了。

“我父亲也是这样的。东京人只要稍微一碰钉子就气馁，精神也崩溃了。在外面待人和蔼可亲，其实性格孤僻，落落寡合，真够家里人受的。每天都得想办法弄钱，我晓得你也够厌烦的，可是在家里净看到你那阴沉沉的脸，清和朝子也会觉得不舒畅的。弄得孩子都没有上进心啦。”敬子对俊三说，“我照看你的孩子，你也得好好儿地待我的孩子才成……”

“你和弓子之间的关系不正常。”

“是你的所作所为离间了我跟清和朝子的关系。”

“这是娘儿们的强词夺理。都怪你袒护了弓子。”

两个人曾经这么拌过嘴。

去年秋天，病人逐渐痊愈，从山里的疗养所转移到暖和的热海去了，所以汇给她的款额也增加了。

钱固然是个事儿，热海又离东京太近，这也使敬子感到不安。

该面临的，终于来到了。

弓子已经先绕到后门口了，她大概舍不得把敬子那双黑鞋搁在地下，就那样拿在手里。

把鞋接过来时，敬子这才发现弓子正在饮泣。

“弓儿，没什么好哭的。你就什么都别想啦。”

敬子替她解下了泡在澡水里时系在头上的那绺菖蒲叶儿。

“对啦。我给弓儿瞧过这对[1]本内特表吗？对就是给一对夫妇戴的……”敬子说着从手提包里取出手表来，“约翰·本内特爵士是乔治五世时期的钟表师，被封为爵士。直到现在他还在制造百达翡丽，可是据说再也造不出本内特来了。成对的本内特手表二手货，可珍贵得很呢。古色古香的，有气派吧。说不定今天就能出手呢……”

敬子说是要让弓子瞧一瞧，可弓子好像瞧不大清楚。

“快到那边儿去吧。”敬子轻轻地推了一下弓子的背。

---

1　这里的“对”和下文（“对就是”“成对的”）中的“对”，原文均为英语。

# 宝石和母亲

敬子从草坪上栽有无花果树的后院绕到大门口去。

隔壁人家的鲤鱼旗在空中翻腾的声音像威胁敬子似的吧嗒吧嗒响着。

出了大门就是陡峭的下坡路，两侧都是宽敞的宅邸，围墙里面佳木葱茏，简直不像是在都市内。

为了盖房子，敬子曾和俊三一道到处寻觅土地，刚走到这儿，她就高兴地说：

“我喜欢这个坡。就好像是从小山或树林子里去上街似的，多好呀。”

下暴雨的日子，沿着围墙的小沟的水就流得湍急了。水声听来让人愉快。

然而自从把车子卖掉之后，俊三好像就觉得爬这坡时挺吃力似的。

“你是不是吃安眠药弄得心脏衰弱了呢？都怪你喝醉了才回家。对我来说，是蛮好的运动哩。”敬子对俊三感到不耐烦，不由得这么说。

于是她想，一旦自己也觉得爬这坡抬不起脚来，可就完蛋啦。仿佛可以凭着爬坡时抬得动抬不动脚来测验当天身心健康不健康呢。

现在走的是下坡路，却像是悬空迈步一般。敬子仰望着鲤鱼旗，脚底下使着劲。

“振作起来。鲤鱼旗的声音就把你吓着了吗？……”

走到坡底下宽阔的大街，敬子就叫了辆出租汽车。平素她总是挑选车的牌子，可今天是约好了时间的。

“麴町的二条町。开快一点儿……”

今天要去的是田部府，敬子还是初访。他是银座草野宝石店的顾客。敬子是作为草野的店员前往。

敬子倒是听草野介绍过田部这位主顾的大致情况。

“起初开了一家小餐馆，很成功，如今经营了好几家这样的店，家家生意兴隆。哎，这样的暴发户，战后并不稀奇，而且还年轻呢。这可是当前顶刮刮的主顾哩。政治家啦，实业家什么的，表面上挺了不起，岂料他们手里并没有现钱，不是压价，就是按月分期付款。每天都进现款的田部先生这号人，既舍得买，款也付得痛快，大有希望哩。”

用不着他说，敬子也知道。

可是经营宝石业，尽管从价码看是贵重的，相对来说却赚不了多少钱。

钻石也罢，翡翠也罢，对宝石的质量、有没有瑕疵、大小、品位等，都要做严格的检选。同行之间有一种交易价。比方说，倘若每克拉钻石的交易价为二十八万元，售价就是五十万元左右。

像敬子这样自己不买宝石，一般是替店里代售的话，只是拿点儿佣金罢了，数目有限。名贵的宝石也不是经常会有人出手的。对生意人来说，那就像是从天而降，或是交上了好运，而且主顾也不多，所以有时候还会积压资金。

何况敬子放弃小卖店改操宝石业，为时虽然还不太迟，但多少是晚了一步。由于吃了败仗，贵族和富豪一度惊慌失措，不分青红皂白地像打发收破烂儿的似的胡卖过一通，如今那场混乱已过去，局面稍微稳定下来了。

人家对敬子说：

“你在车站上大赚一气那阵子，宝石也折腾个够，可有趣儿啦。不论土地还是其他任何东西，也都是这样。”

然而手表方面，主顾的范围就广了，能获得可靠的收入。所以敬子把自己的资金投在手表上。

走私进口的百达翡丽是同行廉价转让给她的。本内特说得上是偶然弄到的便宜古董。倘若翡翠卖不出去，她就打算劝对方买自己那块手表。她思忖：

“要是百达翡丽能卖二十五万，倒还有点儿赚头。”

那位暴发户的餐馆老板恐怕也有点虚荣心吧。当他的妻子来到店里时，顾客会瞥见她手上的表，于是问道：

“您这表是什么牌子的呀？……”

老板巴不得妻子能回答说：

“百达翡丽的。”

能否成交，还得看敬子怎样把话头儿引上去。高档的手表说不定反而会中老板的意哩。

那对本内特手表有着古雅的贵族趣味。

倘若敬子对俊三的感情依然像过去那样的话，她是蛮想把这对表留给自己和俊三的。可她没给俊三看，眼下正把它们拿去推销。

敬子忽然渴望找这么个主儿：巴不得把这对表当作结婚戒指似的各戴一块，从而尽情地悄悄向对方撒娇。

“不给顾客看，我自己留着好不好呢。我可是个薄情而又多情的女人啊……”

敬子对茫然转着这些念头的自己感到吃惊。

车子穿过净是坡的街道，眼下正沿着护城河驰去。成排的柳树和银杏树的嫩叶，以及对岸皇宫那河堤上的嫩草，均翠绿欲滴。

不久，车子放慢了速度，司机问：

“哪一带呀？”

“算啦。我也是头一次来。下去找吧。”

在工商区长大的敬子这样的人，战前几乎不可能挨近麴町的公馆街。它早已化为一片灰烬，如今净是一些简陋的小房子。麴町已成了往昔的一场梦。有些人也许疏散到外地去回来得迟了，或是搬迁到原先的市外去了。

敬子只打听了一次，马上就找到了田部的家。可是在房前一站，她迟疑了一下，生怕找错了门。

那是彻底的西洋情趣。草坪垫得比道路大约高出三个台阶，周围圈着金属丝网矮篱，漂漂亮亮地缠满了爬蔓蔷薇。累累的花蕾伸出淡黄或白色的小脑袋，似乎在饱吸着五月的阳光。

好像是外国杂志的彩色照片上才有的那种屋顶低矮的洋房，从马路上望去，尽收眼底。

“田部先生也许是个美籍日本人，或是第三国的什么人取的化名吧……”敬子边这么想，边按了铃。

门朝里面拉开了。敬子跟那个男人打了个照面，“啊”地嚷了一声。

“原来你就是田部先生啊？”

男人脸上也同样泛出惊异的神色。

“白井大嫂……真是稀客。”

“我可没想到是这位田部先生。”

这个田部自从复员回来后就搞起了黑市生意了，不断地把美国糕点什么的送到敬子那家车站小卖店来。

他跟一个因受战祸而失去亲属的擦鞋姑娘一道过着日子。后来告诉敬子她生了个娃娃，从那以后就再也没有露面。

田部亲密地说：

“阔别六年了吧。不，七年了吧。”

“您可真发迹啦，叫我吃了一惊哩。”敬子依然穿着鞋，踏着粉红透灰的地毯走到好像过于亮堂的会客室去。

“只要算算孩子的年龄不是就能知道该是几年了吗？”

“可不，可不。那阵子多承你帮忙啦。”

敬子明白了他至今还和当年那个擦鞋姑娘在一起，内心里不禁感到温暖，就在一把矮椅上坐了下来。

田部把妻子喊了来，随着一声："你也记得吧？"回头看了看妻子，并对敬子说：

"我内人。"

田部的妻子亲切地微笑着说：

"是车站小卖店的？……"

然而敬子并不记得这个白皙消瘦、看上去挺和善的人。

"这下子就好啦。"她这么寒暄了一声，"我做梦也没想到这是从前的熟人田部先生就来啦。"

"奇遇啊，这就是人生。"田部说。

"田部先生，您发福啦，几乎都认不出来啦。原来是发财了啊。"

田部发出女人般的笑声。

"那个时期我们可羡慕白井大嫂的小卖店啦。攒下了不少吧？"

"就那么回事。打那以后……"敬子犹豫了一下，"宝石这玩意儿可跟在车站卖东西不一样啊……"

"宝石？……那么您是在草野那家店里吗？"

有个青年在会客室的角落里径自作着素描。敬子心里有点儿嘀咕，可还是说：

"啊，喏，不单是草野。我父亲从前也干过这一行，所以有好多家熟店号……不过，今儿个我是作为草野店里的人来的。"

于是，她从手提包里掏出装了宝石和手表的小匣，在田部的妻子跟前掀开盖子给她看。

敬子无意就货色本身说三道四，只管慢悠悠地吸着香烟。

托在田部妻子的手心上的那颗宝石，色泽深邃清澈，就像是嫩叶上的露珠凝结而成。

"多出色的翡翠。"

要买翡翠的是这一位啊。过去的擦鞋姑娘，竟打算买七十万元的翡翠。既好像不般配，又似乎不可思议。然而敬子一想到自己也罢，这一位也罢，在战争期间曾怎样受苦挣扎着过日子，就很希望让这一位戴一颗美丽的宝石。

“比一克拉的钻石还贵呢。”田部妻子的话音刚落，那位一直背着身而坐的青年停下作素描的手，头一次朝这边回过头来。

敬子看着青年的脸，只觉得眼熟。

“喂，过来吧。”田部招呼青年道。

“是弟弟，昭男……白井大嫂。黑市生意时代的主顾。”田部爽快地为两个人做了介绍。

“您弟弟？……”敬子纳闷地说。

“难道您认得吗？”

“唉。”

白色隔离衣，白口罩，这个青年的一双焕发着纯真挚情的眼睛，从脓盆里用剪刀尖儿夹起来的、弓子那满是脓的阑尾——敬子清清楚楚地回想起来了。

“您是大夫吧？”

“是呀。”

“刚好在前年这个时候，我在柿本医院见过您。姑娘患了急性盲肠炎……”

“啊，对啦，我担任助手来着。我也想起来啦，病人是个可爱、淘气的优良儿……”

正在进行手术准备的院长看到病历上写着十五岁，以这个年龄而言，弓子发育得那么好，就称她作“优良儿”。从此，在医院里弓子就总是被称作“优良儿”。

“托您的福，现在也还是优良儿。”敬子正说着的时候，弓子的后影儿就浮现在脑际了。刚才走出家门前她还推了一下弓子的背，让她去看望生母呢。

敬子仿佛要排遣这种思绪似的问了声：

“田部先生这块表是什么牌子的呀？”

“欧米茄。已经戴三年啦，合适得过了头，反而没意思。”田部说着，看了看妻子正试戴在手指上的那颗翡翠，“不是蛮好吗？称心吧？”

“怎么办呢。宝石和戒指托的式样都真好，可我想要的是颜色相同而更小一些，值四五十万元的。就没有旁的了吗？”

“要是看了这一颗，旁的就都黯然失色了，所以没带来。什么时候有了您可心的那种，我再来拜访也可以。”

田部到头来还是为她签了两张支票。他把那对百达翡丽手表也留下了。

从前浑身沾满巷子里的灰尘，蹲在人们脚下的那个擦鞋姑娘竟然购买了翡翠和百达翡丽，想到这里，敬子几乎热泪盈眶。她低下头呷着橘子汁。

她请田部单把翡翠那一张开成划线支票。

“不过，您可真年轻啊。”田部看着敬子，“简直是倒着长岁数似的。是不是有什么新的驻颜术呢？……”

“哪里话呢。又怎么比得上田部先生的成功呢。”

“成功吗？哎，就算是成功吧。可是在南方的战场上，除了中弹而死的威胁，还成天害怕自己会病死、饿死，或寻短见。像我这么个人的成功，无论如何也跟从前那种暴发户的心情不可同日而语……”

“哦？……”

田部说是要到他那四家店里去巡视，如果敬子到银座去，他就用车子送她。

这对夫妇刚一进里屋去做出门的准备，名叫昭男的青年就又对着纸板继续作起素描来了。

敬子想看看他的画，就起身走了过去。

昭男画的是睡在软垫上的猫。

“您喜欢吗？”敬子和他搭话。

“猫吗？”

“不是，画画儿……”

“啊，画着玩儿呗。”

“您不再到那家医院去了吗？”

“还在去。今天休假。”

敬子从手提包里掏出名片，递给了昭男。

“要是什么时候路过，请您顺便赏光。”

敬子的名片是夹在宝石商店指南里的。由于就那样被递到手里了，所以昭男稍微读了一下“宝石招待券”的话：

听说宝石是不宜自己去购买的。亲密的人所赠送的才真有价值。送给您的夫人、千金和朋友，镶在戒指、耳环、项链上……再也没有像宝石这样璀璨的礼物了。然而，请不要忘记精心挑选：比方说，丰腴圆圆的手配上沉甸甸的大宝石，纤细苍白的手就戴式样精致的绿宝石……就连一枚小小的饰针和一对耳环都能使漂亮的面孔光艳照人，宛如鲜花怒放一般。除了宝石，还有这样一些货色。

昭男没再往下读，却仰起脸来说：

“跟我好像无缘。”

“您可别这么说……您送礼品的时候，我来帮您鉴定吧。”

“那是，看见美丽的东西我也感到快乐哩。”

敬子注意到了昭男那清洁的手指。她琢磨着他究竟戴什么样的宝石适合呢。

“小姐越发出挑儿了吧？”昭男说。

“唉。”

田部曾介绍说，昭男是他弟弟，但敬子绕不过弯儿来。他也不像是田部的小舅子，又不便冒冒失失地打听。因此，敬子说起话来也难以掌握分寸。

“早知道能在这儿见到您，我该把弓子带来。”

敬子说罢，暗自思忖：莫非真该把她带来呢？不过那并不是为了让她和曾在盲肠手术中担任过助手的昭男见面，而是不让她和从热海前来的生母见面。

敬子打算到了银座就给弓子打电话，问问家里的情况。这会子弓子怎么样了呢？弓子和亲生母亲见面的情景如何呢？敬子怎样也捉摸不透。正因为捉摸不透，所以才像是水中捞月似的感到焦躁。

——弓子本人正在厨房为母亲准备午饭呢。

父亲的早饭和母亲的午饭赶在一起了。敬子离家前吩咐女佣为父亲准备的那顿早饭，照样可以充作母亲的午饭。

弓子以为父亲喊了她一声，就边“唉”的一声答应着，边从坐在日本式客厅里的母亲背后绕过去，向西式房间探了探头。

不见父亲的踪影，她只当是自己听错了。打开的纸包七零八落地摊了一桌子。

弓子把门开大一些，瞧了瞧说：

“哎呀，爹，您这是怎么啦？”

父亲依然身穿刚起床时披上去的那件宽袖棉袍，随随便便地躺在长椅上。脸上罩着一张叠成屋顶形的报纸。

“爹。”

弓子想大声喊，却抑制住了自己。

“嗯。”父亲从报纸底下懒洋洋地应道。

这叫怎么回事呀。难道父亲就是这么吊儿郎当地跟久违的母亲见的面，接着把脸遮起，一动也不动地躺在这儿吗？

母亲又是什么时候到日本式客厅里来的呢？

刚见了面，就跑到旁的房间来了。

父亲那副样子出乎弓子的意料，她感到不光彩。

然而，不论怎么说，现在最感到困窘的恐怕就是父亲了吧。弓子想到这一点，刚才送妈妈出门时的那阵刀割般的悲戚就重新兜上心来。

“爹，您是不是不舒服呢？”

“早饭前要是有什么事，头就发晕。”

安眠药的劲儿还没过去呢。

弓子默默地回到厨房去。她觉得父亲的不幸历历展现在她眼前了。

女佣阿文还在厨房剥着豌豆。

“太太说是煮五合[1]米的饭，可要是客人也吃的话，就不够了吧。”

加上清和女佣就是五个人，弓子估摸不准这分量。

然而弓子不明白母亲怎么会在十二点钟以后突然撞上门来，并且还在这个家里吃饭。生身之母相隔十几年后来访，这是夫妻母女一道吃的一顿团圆饭，弓子却感到不安而且孤独。

收音机播放的经济行情猛地传入弓子的耳际。敬子出门后，收音机一直开着，接连不断飞快地光呼叫股票号码。弓子舀了一小碟木樨汤，喝了一口，觉得咸了些。在这个家里，不论父亲还是敬子，口味都偏淡。

跟弓子没有血缘关系的姐姐朝子，根本无意下厨。连划根火柴点燃煤气也不愿意。她总是一下子把煤气放过了头，点燃时，又害怕那啪的一响。

敬子总是教弓子品尝味道。她还带弓子去参加过做糕点的讲习会。

母亲净吃医院里的饭菜了，她的口味怎样呢？

弓子姑娘有一搭没一搭地听说过母亲是个稚气的人。今天母亲给她的不折不扣是这样的印象。在弓子看来，这也不成体统。

清回来了一趟，知道有客人，就又一声不响地出去了。

敬子吩咐的菜谱是：盐煮豌豆，鸭儿芹木樨汤，鸡肉竹笋饭。

弓子犹豫片刻，然后把三个人的饭菜端到饭厅的白桌子上，就去叫父母。

---

1　日本容积单位，读作“ge”，为升的十分之一。

父亲正在茶间[1]换上出门的衣服。

母亲在客厅里，就像父亲刚才那样，躺在长椅上。

她一看见弓子就说："累坏啦。"并欠起身来，"这个家怎么让人觉得有点不踏实。你爸爸用着几间屋子呀？"

弓子回答不出来。

"这架钢琴是谁的？……"

"不是我的。"

"东京车站的八重洲口变化太大了，我吃了一惊。有一条名店街，排列着漂漂亮亮的店铺，要什么有什么。我彻头彻尾成了乡下人啦。"母亲说，"对弓儿来说，这样的东西大概不稀奇吧……"

那是一只红白相间的花盆形尼龙手提包。

弓子虽然觉得好像不该收下，可还是边问："是在名店街买的吗？"边用手攥了一下。

买这个的钱还不是妈妈给出的嘛。

"我虽然待在东京，一直还没去过名店街呢。"

"是吗？……我是和热海的朋友一起来的。在名店街买了些东西，还吃了草莓花蛋糕。"

弓子只是稍微点了点头。

"院子里的花儿真好看。郁金香和水仙是不是要把球根刨出来呀？这么一大片玫瑰，要是开了，就该香气扑鼻了吧？谁管侍弄花儿呀？是这儿的大妈吗？……"

弓子两眼发花，一肚子的气。这是一种无缘无故、无处发泄、难以形容的愤怒。

---

1　日本式房屋里用来吃饭喝茶的屋子。这里描述的是日西合璧的房子，所以客厅和餐室均有日式和西式的各一间。

“爹也管。”

“嗬，爹？……他这个人不是对花连看都不肯看一眼的吗？弓儿，我这次来，原是打算在东京待上两三天的，想试试我的身体。已经不要紧了，可你爹还是不让我来，好个寡情寡义的人呢。”

“……”

“喏，听说你爹的工作不顺利，是吗？”

“……”

“我一个人回去，怪孤单的，弓儿，你把我送到热海去吧。”

“明天还得上学呢。”

“请个把天假有什么关系。”

“请假就影响学分。”

“学分是什么呀？……”

“国语和英语，各五个学分。音乐和体育是各三个学分。每学期得拿三十三个学分。即使考试得了五个学分，要是上课缺席，就会被扣掉半个学分。”

“从前的女子学校[1]可没什么学分。”

“我这是高中。”

“对啦，弓儿已经进高中了啊。”

京子并起双手的指尖，齐眉按住了脸。这姿势未尝不像是表示着悲哀，但又仿佛是稚气的孩童捉迷藏装鬼时那种柔和的动作。

弓子感到愕然。这时她父亲已经走过来，站在她背后了。他把胡子刮得干干净净，换上了茶色西服。

“我要出门，弓子也来吗？”父亲说罢，看了看表。他简直是一副坐立不安的样子。

1 日本的女子中学原为四年或五年制。战后改为三三制，即中等学校（初中）、高等学校（高中）各三年。

弓子想道：父亲巴不得把母亲尽早从这个家里打发回去，而且也不愿意让弓子跟母亲相处，所以弄得一筹莫展吧。

“肚子饿啦，吃饭吧。身体结实了，食欲旺盛得厉害，真是糟糕。”京子说着就起了身，和弓子肩并肩站着：

“咦，个头儿都比我高了吧？”

于是，做了个把脑袋挨过来的姿势。

母亲和父亲隔着桌子相对而坐。母亲坐的是敬子平日那个座位。

弓子打算给父母盛饭，就把电饭煲放在自己跟前。

这口西式的锅好像是烤炉兼蒸锅，京子一个劲儿地稀罕它。

这是一次不合时宜的会面，身为俊三之妻、弓子之母的这个女人好像正受着骗。电饭煲可以说是多少给他们解了围。

“饭做得很香。是因为用了这口锅吗？……”京子又抬起锅来瞧了瞧，“在东京，大家都在用吗？”

“倒也不见得大家都用。”俊三喃喃地说。

“原来这里姓白井的太太，是个很时髦的人吗？”

弓子低下头去。父亲也没搭腔。

敬子喜欢新潮的东西，在烹饪讲习会上看到这种锅，马上就买了一口。

“白井太太有两个儿女来着吧？记得比弓子大一些……”

弓子略微点了点头。

“白井家的几位，今天都出门了吗？用‘幸亏’这个词不合适，可是这样一来就没有外人了，咱们一家三口子能一道吃顿饭，好高兴啊。”

这也许是一句天真烂漫的话，然而也可以理解为辛辣的讽刺。

“医院的饭菜和家里的饭菜，味道多么不同啊。自从忘记了家庭风味的饭，已经多少年了呢？”

吃饭的时候，京子也说个不停。主要是谈疗养所里的种种事情，漫无边际。又突然提到俊三和弓子都素昧平生的人们的名字，就只当两个人都很熟悉似的讲给他们听。

俊三也许是给弄得无可奈何，没添多少饭，豌豆什么的，就几乎没碰筷子。

京子把自己跟前那只小碗里的吃得一干二净，又朝丈夫那一小碗伸筷子。弓子忍俊不禁：

“我这份儿也给您吧。”

“足够啦。给我一杯茶吧。”

“唉。”

“哎呀，是新茶。是啊，五月了嘛……真香啊，茶好香。在医院里净喝烤茶[1]啦。”京子说着，让弓子一杯又一杯地给她斟。

京子的脖子和肩膀都是浑圆的，看不出曾生过十五六年病。

这也使弓子感到幻灭。她原以为生母是个更苗条美丽一些的人呢。虽然弓子与敬子亲近，但内心里毕竟还是会美化生母的形象。

然而，她总觉得母亲以前不会是这样的。难道正因为她在漂亮的妈妈身边生活着，所以才打算把分居着的娘也想成一位美人吗。亏得妈妈没跟娘见面。

敬子原以为弓子的后颈生得端庄秀丽，是随母亲，其实这也并不是从母亲遗传下来的。

吃完饭，弓子就像是迫不及待似的一下子就抱着电饭煲躲进了厨房。

“文姐，你去把碗筷撤了吧……”她说罢，伫立在那儿，可又待不住，就打了一桶水，把地板擦来擦去。

“哎呀，弓儿，擦地呢？……你还顶替女仆呢？”

母亲走过来发出吃惊的声音。

弓子仿佛做了什么错事让人看见了似的，抬不起头来。

“这会影响你的体态啊。”

1　即经过焙制的粗茶。

父亲好像只顾得惦记开往热海的电车的时间了，母亲则安详地说：

“电车有的是，隔一个钟头一趟……”

然而她似乎还是决定今天就乖乖地回去了。

父亲先下到正门口，催促着母亲。

弓子寻思，即使父亲不挽留，母亲大概总希望她这个做女儿的挽留自己吧，但她什么也说不出来。

随着一声“再见”，门关上了，接着又开了：

“弓儿，一定到热海来一趟啊，趁着我还在那儿。”

“……”

“不久我就回来啦。我已经不是病人了嘛。”

于是，母亲的身影不见了。

她和父亲两个人从正门踏着漫长的铺石路走去的脚步声消失后，弓子奔进了西式房间。

她掀开钢琴盖儿，反复弹练习曲中的同一个曲调。谱子被泪水弄得看不见了，还继续弹下去。

她什么都不愿意想，一味敲着琴键，巴不得头脑空空的。

“擦地和钢琴——差距太大啦。”弓子嘟哝着，泪水顺着双颊淌下来，但她连擦都不擦一下，只顾弹奏。

清走进了屋子，弓子浑然不觉。

从背后伸过一双手来，按住她那双在琴键上飞舞的手，嘴唇还轻轻地触着她的脸颊。

弓子没有吃惊。这不是什么稀奇事儿，不知从什么时候起，她已习以为常了……

俊三和弓子刚搬进敬子新盖成的这座房子后，敬子一出门去兜售宝石，家里就只剩下三个孩子。清和朝子净为一些琐事打架。

兄妹打起架来毫不留情。我打过去，你打过来，扭在一起，脸色也变了。弓子时而看不过去，就抱住清的胸膛拦阻。这样一来手就碰着了手，脸也撞着了脸，弓子甚至曾代朝子受过，被清把胳膊反拧上去。打完架后，清就说："对不起，对不起。"有一次他还把嘴唇贴在弓子那被拧红了的手脖子上。

朝子就起哄说：

"嗨！哥哥在弓儿面前真老实。嗨！"

清喊了声"什么！"就又扑上去，把弓子连同妹妹一道猛地掼倒。然后又将哭着的弓子抱起来，温柔地向她赔不是。

清简直就像是为了让弓子劝架才跟朝子打架似的。弓子长得太美了，平素清仿佛感到晃眼，可一打起架来，就变得非常大胆。

清就开始背着朝子的眼睛，时而自自然然，时而出其不意地去碰弓子的面颊、眼皮和手。回数增多后，这就成了秘密的游戏。

弓子还不过是个小姑娘，清却是个自尊心很强的早熟少年。尽管是假装没事儿似的碰一碰，至少清是故意而为。他在窥视弓子有什么反应。要是弓子悄悄地躲避，清就像对待亲妹妹一般做出一副坦然自若的样子。

这会子弓子却仍对着钢琴而坐，随着一声"别这样"，用后脑勺使劲把清的胸脯顶回去。"我说别这样就别这样。"

由于弓子异乎寻常地严加拒绝，清就怯生生地问：

"怎么啦？"

然而他还是装出一副冷漠、道貌岸然的样子。他长得眉清目秀。

"咱们已经不是孩子啦。"

"是吗？"清说着，倒吸了口气，"弓儿也认为已经不是孩子了吗？那就更好啦。我正等着弓儿说这句话呢。"

"你好滑头。"

"怎么滑头啦？"

"滑头就是滑头。"

也不知道滑头指的是什么，反正弓子就像是拒绝什么不纯洁的东西似的，反复念叨这句话。

“我要是滑头的话，弓儿也滑头哩。”

“你到那边儿去吧……”

“最近弓儿脾气不好，我一直在想，究竟在闹着什么别扭呢？”清边说，边再一次把指尖伸到弓子肩上来，弓子却闪开了。

“希望你别碰我。”

“怎么忽然见外了呢？我可不愿意。我办不到。咱们是一块儿长大的，彼此亲密无间。对我来说，这段回忆逐渐地变得不再是闹着玩儿的啦。我原以为对弓儿来说也是这样的呢。咱们不是‘圆井膛’吗？”

“什么‘圆井膛’，瞎说一气。”

弓子猛地回过头来，瞪着清。

弓子那双眸子好像因悲哀而湿润后又因愤怒而炯炯有神，清越发被迷住了。

“不是‘垂颈发’吗？”

有个声音在弓子内心里喊道：才不是这么回事呢。

日语教科书里选了《伊势物语》[1]中“圆井膛”这一节，清教过弓子，她至今没有忘掉。两个人一道读了那个青梅竹马之交的优美的恋爱故事。当时，弓子也不是没有联想到她与清之间的关系，然而现在情况不同了。

一个男孩和一个女孩常在井边玩耍，及至进入青春期，由于难为情，显得生分了。“男的却打定主意非此女不娶，女的也只倾心于这男子。”他们不听父母提出的亲事，互相交换“圆井膛”和“垂颈发”的情歌，并结了婚。过了若干年月，男的跟另外一个女人相好了，遂频频到那家去过夜。然而妻子丝毫没有怨色，丈夫便怀疑妻子也已另结新欢。一天，他假装到女人家去了，却藏在庭前的树荫里。但见妻子浓妆艳抹，像是对丈夫夜间赶路放心不下似的向远方眺望，并吟歌云：“风吹远山白浪

1　《伊势物语》是日本平安时代的歌物语。“圆井膛”和“垂颈发”二歌，均出于第二十二语。垂颈发是日本古代从头顶上向两边分开、垂及颈部的儿童发式。

起，夜半夫君独自行。”丈夫听罢，“感到无比难过”，就“不再到”女人那里去。

这是人人都晓得的歌物语，弓子也出于少女情怀，深受感动，并背会了自己喜欢的三首和歌。

尽管她是和清一道长大的，这样的感情却并不曾生根发芽。清一说什么“圆井膛”啦“垂颈发”什么的，就使她对这一点看得更清楚了。

弓子从钢琴前站起来，仿佛要默默地走出去，清就把她叫住了：

“弓儿，有件事我想问问你。”

“弓儿对咱们的父母有什么看法？”

弓子呆呆地停下了脚步。

“这事儿我是迟早想跟弓儿说的。弓儿既然说咱们已经不是孩子了，我就想，现在谈谈也未尝不可。你看怎么样？”

弓子无言以对。

“当然，这不是什么愉快的话题。彼此都不容易说出口，要是能够绕过去，我也想绕过去。弓儿要是不愿意，我就不吭声。只要咱们两个人之间有默契就行啦。”清凝视着弓子说，“现在的我对娘也许冷冷淡淡，疏远着她，但我并不轻率地责备她或恨她。弓儿也明白吧？我之所以能饶恕父母，唯一的依据就是：咱们的爱情也是在这个家里培育起来的。我是靠它得到拯救的。滑头吗？……”

弓子开始感到透不过气来了。

“弓儿对我娘那么亲，是不是也是出于对她效劳的意思呢？”

“才不是呢，没这么回事儿。”

“是吗？我有时还认为，你是因为喜欢我，才对娘那么好。”

“我喜欢妈妈。妈妈对我多慈祥啊……”

清露出怀疑的神色。看得出他个性很强，为人刻薄，缺乏年轻人的纯真。

然而大学生清因脸蛋子长得漂亮，还是有女朋友的，并且毫不隐瞒地告诉弓子，所以弓子以为他有意中人。

弓子十三岁上初次来月经。当时她听凭敬子替自己收拾处理，自己只管满不在乎地读着少女杂志。她并没有像敬子所担心的那样害怕让清撞见，感到难为情。这下子敬子就更疼爱弓子啦。

动盲肠手术那次，弓子在消毒室被护士剃她那可爱的部位，她也没害羞。那位年轻大夫却把视线移开了。

然而在这之前，连清都走进来了。弓子被尽管称作哥哥却并不是哥哥的清瞧见了自己的裸体，臊得厉害，浑身发抖。

“喏，你在外面待一待……到那边去吧。”亏得那位年轻大夫这么说着，把清领了出去。

弓子就是这副样子，所以清觉得眩目似的看她也罢，过分亲昵地摸她也罢，她都没怎么多心。可自从刚才忽然见到生母，弓子那纯洁的心灵就好像突然被唤醒了似的。

清回过头去，抓起那只随便丢在桌上的手提包，问道：

“是送给弓儿的吧？什么样的客人呀？”

弓子无法回答。

“小姐，太太打电话来啦。”

女佣这么一招呼，弓子就松了一口气，沿着走廊跑去。

“妈妈吗？我是弓子。”

“你干什么来着？净占线，老打不进来。”

“我弹钢琴来着。妈妈，您在哪儿呢？快点儿回来吧……”

“唉。我刚吃完饭……家里都有谁呀？”

“只有哥哥、文姐和我。爹也出门啦。”

“是吗？今儿个我在外面可交了好运。”

“妈妈，您能回来了吧。我到坡底下接你去。”

“嗯，能回来啦。最近晚上走路危险，你跟文姐一道来吧。”

# 玫瑰园

岛木俊三的家——其实是白井敬子的家——楼下是带套间的日本式客厅以及茶间；还有西式房间，将庭园围成“コ”形。客厅紧挨着门廊，书斋里摆了一张床，清就睡在那儿。走廊尽头的西式房间是朝子和弓子的起居室兼寝室。

敬子经常出门，早晨也起得晚，所以使用二楼。

朝子等人的屋里是两张矮床遥遥相对，窗边的桌上装饰着粉红色罩子的台灯和毛线做的玩偶、漂亮的小匣什么的，都是跟妙龄女郎般配的零碎东西。

朝子被闹钟叫醒后，给屋子里的亮光晃得直眨巴眼睛，说了声“已经八点啦”，就从枕边的架子上把钟拿过来，将它挨近自己的脸。

这只小闹钟是德国制造，敬子送的。掀开红色盖子就能竖起来，变成座钟，合上盖子，还可以装在旅行袋里随身携带。

时针指着八点一刻。朝子本来应该在八点钟起床，哪怕十五分钟也好，她总是尽量多睡一会儿。

弓子已经上学校去了。闹钟是为起得迟的朝子上的。

朝子身穿袖子宽松、下摆长长的小花纹睡衣。

她在床上坐起来，接连伸了两个懒腰，用灵巧的手势吸了一支外国烟，起身走过去。

她打开了对着庭园的窗户。阳光照进来，空气甜丝丝的。

“开啦。”

朝子情不自禁地说。

一种名叫“初恋”的粉红色玫瑰卷起外侧的花瓣，轻轻摇曳着。

还有个新的品种，跟去年访日的女高音歌手特罗贝尔同名，也绽开了娇滴滴的花蕾。历史悠久的“美国佳人”和大朵“威廉港”都呈现着雍容饱满的美，朝子望了，就再也不困了。

“玫瑰会嘛，唔，二十号左右开始。”

朝子想起母亲接到该会的请帖后也曾拿给她看过，并以愉快的心情企盼着。

请帖的大意是：在全国拥有三千余名会员的“日本玫瑰会”，今年又迎来了他们的玫瑰花怒放的五月。将在银座的松坂屋召开春季玫瑰展览会，连日举办各种比赛会。本区银座六丁目会的各店也举行“银座玫瑰节”，向“玫瑰展览会”添花。

自从在这里住下的那一年起，敬子就栽培玫瑰秧子，经过精心侍弄，年年都开花。

玫瑰对肥料极其贪婪，为了施寒肥，平素爱干净的敬子，竟沿路寻找过马粪。弓子看了，于心不忍，想帮忙。敬子却说：

“小姐干这个太不体面啦，算了吧。”

“妈妈呢？……”

“妈妈不在乎。要是那场战争再拖下去，兴许我还会把路上的马粪捡来吃呢……说不定妈妈是因为在战争期间受了苦，以后又从车站的小卖店里观察战败后的城市和人，这才想到要捣腾宝石，栽培玫瑰花的呢。”

敬子在百忙之中照料着玫瑰。

越是品种高贵的玫瑰，就越容易生病。

敬子要么拣那发出来的芽，剪掉一些；要么就找出病根给治好，或是细心地清除虫子。照看花季的玫瑰，使她感到愉快，说不定能聊以排遣日常生活中的不满呢。

连女儿们敬子都轻易不许她们剪，还说：

"玫瑰可是有生命的呀……"

她在雕花玻璃瓶里仅仅插上一两朵，摆在自己的三面梳妆镜前面，当作宝玉般地盯着看。

然而，也许是到一定的时候就该剪，抑或心血来潮，敬子偶尔会往花瓶里丢进一小束玫瑰，送到女儿们屋里。

"……这么一大片玫瑰，要是开了，就该香气扑鼻了吧？"

正像岛木的妻子这番话那样，花儿一开，楼下的房间就芬芳四溢。

左邻右舍似乎有人把这一家叫作"玫瑰公馆"或"美人公馆"。

敬子固然也有资格被看作美人之一，而正当妙龄的朝子和弓子出出进进，大概更显眼吧。

弓子纯洁清秀，很有风度，给每一个人良好的印象。朝子爱穿西装，洋里洋气，使人们不禁回头来看。

朝子有着独特的天性或才能，不论是多么浓重的色彩，大胆的款式，她穿上去都很合身得体，丝毫没有不调和之处。

打少女时期朝子就是如此。比方说，淡黄色草帽上装饰着红彤彤的樱桃，身穿白地上有着荷兰式刺绣的衬衫，再配上绿色无袖连衣紧身裙，简直就像西洋女孩儿那么可爱，楚楚动人。

弓子穿上去是不会合适的。她不认为自己仿效得了。

最近弓子看着朝子的服装，曾说：

"姐姐什么都能穿，我好眼红啊。"

朝子回答道：

"弓儿还是个学生嘛。喏，等从学校毕业出来再见高低吧。"

朝子在化妆方面也很下功夫。打扮好了之后，好半晌都不离开镜子，从各个角度端详来端详去。

她把睡衣从肩上甩下去，就穿上缀有花边的贴身衣和衬裙，并在衣橱里面物色着。

她挑选了一件呢绒连衣裙，灰地上有着赤褐淡绿相间的大粗格纹，细细的腰肢上系了条白皮带。照了照镜子，对自己俏丽的身姿感到满意。

她正用尼龙刷子拢着那头短发时，身穿制服的清把门推开了。

“捯饬得蛮漂亮啊。”

“几点钟上课去呀？”

兄妹二人同时相互打着招呼。

“嗯，我想去听十点钟的课。”

“那一节课，女生多吗？”

“跟女孩子一起坐在课堂里，又有什么意思。”

“吃完早饭了吗？”

“名叫朝子的那一位，早晨比谁都起得晚。朝子今儿个上哪儿去呀？”

“我去电视……”

“又要演什么吗？”

“大概吧，不过得去了才能知道。电视演剧部的导演加藤先生说是十一点钟想在演播室跟我见面。”

朝子喜欢表演。

对朝子来说，也许化妆和服装也包括在演技之内。

就读于学院的高等科时，她也曾加入演剧部。毕业后就成为某新剧研究会的会员。

即便她自己不能登上舞台，研究会举行公演时，她也会拼命帮忙。后台和舞台的气氛对她来说有着很强的魅力。但自己有没有当女演员的才能，作为女演员该怎样深造，似乎尚未成为朝子的迫切问题。

“女人只要打扮起来混到人群中去，好歹就能打发掉。”清这么说，他既不鼓励也不阻拦朝子。

清这种好像目空一切的、冷漠的说法，敬子听上去自然觉得刺耳。她不能充耳不闻。作为母亲，她打了一个寒战。

“那么，男孩子怎样才能打发掉呢？”敬子装作若无其事的样子问着，两个孩子目前这副样子使她思虑重重。

“男的怎样也打发不掉。”清装模作样地回答说。

“‘打发掉’是什么意思呀？……”

“自古以来不是就把出嫁叫作打发掉吗？”

“男的呢？……”

“男的嘛，怎么说好呢，指的是死掉呗。要么是：他终于被打发掉了；要么就是：行，把那家伙打发掉吧……”

“清，你谈点正经的吧。”

“那么，把男人打发掉就算是学校毕业出来就业吧。说实在的，如果是个一本正经的人，好像就打发不掉。”

“如果你是因为对当前的年轻人的生活态度感到烦恼才这么说的，我就一句也不多嘴了。可是，朝子这样下去行吗？”

“我不认为这样就好，但也不一定就招致恶果。要是这样能抓住一个好青年，就成了好事儿啦。”

“你也堕落啦。”

“对我来说，连堕落都没那么容易。可是，只有良心健全的人，才能指责别人堕落。”清把头扭向一边说，“朝子打扮起来去闲荡，跟娘出门去卖宝石，还不是一码事吗？”

“怎么会是一码事？……究竟是什么事儿不如你的意？”

“净是不如意的事。”

“别挑剔啦。我可是在认认真真活着的。”

“当然认真喽。在车站开小卖店那阵子，我曾坚决相信娘是在拼死拼活地干活儿，我就和朝子两个人看家来着。”

“……”

“说起认真来，兴许朝子对女人的本能这方面也是认真的哩。歹徒和罪犯也是认认真真活着的吧。”

清的每一句话都说得别别扭扭的，给敬子留下了难以捉摸的不安。

敬子是由于对朝子的事放心不下才跟清谈了谈，然而她真正应该担心的好像是清的事。

敬子深深地爱着独子清和独女朝子。自从在仗打得热火朝天的时候孩子们失去了爸爸，她就格外心疼起他们来了。

尤其是自从经营车站上的小卖店以来，那四五年间每天直到深夜她才能回家，没法照顾两个孩子，总是觉得欠了他们，就竭力满足他们所有的要求。

就连物资匮乏那阵子，敬子由于跟黑市商人有关系，在世上其他的孩子们看来，什么也没让他们缺着。

孩子的欲望是没有止境的，要是不知节制地娇纵他们，可就管不住了。

敬子和俊三一道过日子后，就连生活阔绰的俊三都吃惊地睁大了眼睛，说：

"你的孩子可奢侈得厉害呀。"

"说是奢侈，也有限，只不过是凭我们的劳动力所能及地抚养他们就是了。"

"不，不是花销的大小，而是在精神方面奢侈。拥有一千元的人买一百元的东西，有时不算奢侈。可是只有一百元的人竟去买一百元的东西，可不就是奢侈了吗！"

"也许是这样的，可是由于觉得孩子可怜，手头虽然只有十元，我却给他们买过一百元的东西呢。"

"我可没这样教育弓子。"

"因为你是她爹呀。"

"这不是倒过来了吗？通常是父亲倾向于让孩子奢侈，母亲却卡得紧紧的。"

"你不明白在这么个世道，只剩下个女人去拉扯孩子的心情。"

"孩子们要是能理解这一点就好啦。"

清和朝子也未必不明白，然而由于从小养成的习惯，他们确实散散漫漫的。

而且，敬子由于和俊三同居，对自己的儿女就有所顾忌；更因为爱着俊三的孩子弓子，就越发管不住清和朝子了。

随着俊三那家杂志社的不景气，近来连敬子的手头也拮据了，清和朝子露骨地泛出不满的神色。兄妹从小奢侈惯了，也许可以说，兄妹从小那种奢侈的痕迹，如今分别表现为清在精神上的不满和朝子在物质上的不满。朝子成了一个贪得无厌的姑娘。

由于偶然的机缘，朝子在关东电视节目中被派上很小的一个配角，拿到了不足一千元的演出费，从此就做起当个无线电或电视明星的梦来。

今天早晨是一个姓加藤的导演约她去的，朝子好像满怀信心，认为自己走运，前途有希望。

“喏，尽量多挣点儿，养养家吧。”清有点儿开玩笑地说，“娘生意萧条，糟糕透了。”

“娘交了好运。翡翠和百达翡丽都卖出去了，知道吗？”

“这可是新鲜事儿。”清说着，把方帽挥了好几次，走出正门。

朝子正在茶间独自慢慢儿吃着烤面包、咖啡和水果的早饭时，收音机播放天气预报说，白昼气温达二十三度。

敬子好像从楼上下来了，在什么地方喊着：

“弓儿。”

朝子若无其事地径自搅和杯底儿上的砂糖，把咖啡喝了下去。

“哼，刚一醒，开口就叫弓儿……”朝子说着，缩起肩来。

然后慢悠悠地走出饭厅，只见母亲在玫瑰园里。她依然穿着白地紫条纹的睡衣，外面披了件和服[1]短外衣。

---

1　原文作“茶羽织”。羽织是罩在和服外面的褂子。茶羽织是一种只及腰间的外褂，原系茶人（精通茶道的人）所穿，故名。

“弓儿不在。老早就到学校去啦。您不是知道吗？”

“朝子，开啦。开了这么多呢。”敬子好像没听见朝子那轻微的讽刺，用快活的声调说，“出来看看吧。”

“我早看见了。”

“是吗？”

由于母亲心情愉快，朝子就对她说：

“娘，我想要钱。”

“今天朝子也出门吗？”

“今天去工作。也许又要在广播剧里演出啦。”

“一看见我的脸就提钱、钱的，可我没有。那么多……”敬子仍旧朝花儿曲着身子，把背冲着朝子，“喏，你到这儿瞧瞧花来吧。”

“已经瞧见啦。”朝子摇晃了一下肩膀，像孩子似的颦蹙着鼻子眼儿，“娘，宝石卖出去了吧？”

“即便卖出去了，这笔钱也不能随便花。”敬子像是趿拉着凉鞋般地跨上了走廊，“这是店里寄卖的。而且……”

“手表也卖出去了吧？”

“还想买块新表或式样好看而且格外便宜的宝石。考虑到咱们家目前的生活，你可得给我省着点儿过……”

敬子说到“而且……”时，有点语塞，因为弓子的事浮现在脑际。她暗暗思忖：如今生身之母来了，万一落到跟弓子分手的地步，总想给她买只墨西哥猫眼石戒指什么的，作为纪念品。圆鼓鼓的宝石怪小巧玲珑的……透过晶体可以看到红、绿、紫等纯洁可爱火焰般的图像，适合于弓子。

“我也知道从娘的脸上冒不出钱来。”朝子说着，窄鼻梁旁边起了细碎的皱纹，笑了。

朝子这方面呢，恨不得说：

“娘原先不是这样的。娘不是经常念叨将来会让你们幸福的，不会让你们缺钱的吗？糟就糟在跟岛木这号人在一道过。弓子也是个多余的人。”

可是她尽量装出一副坦然自若的神色说：

“娘，别想得太邪乎了。给点儿车钱就行。”

“拿去吧。我的手提包里，两三百元总有吧。”敬子不由得用待理不理的口吻说，随后意识到这样可不好，“朝子，早点儿回来呀。太晚了，我会担心的。”

“办完事就回来。这就是家呗。”

敬子感到，不知从什么时候起，朝子已经从母女这根纽带中脱落出去了。

敬子听着朝子的脚步声，明白了朝子的不满。

敬子连棉垫子也没铺，就那样坐在茶间自己平素坐的位置。

早晨曾欣赏过玫瑰的那颗心，立刻消沉下去了。

俊三也好像一清早就出门了，家里只剩敬子一个人。女佣正在打扫后院。

敬子茫然望着玫瑰园，喃喃地说：

“花儿要看赏花人的心境。”

她又觉得争妍斗艳的玫瑰如今已不适合于这个家了。

俊三恐怕不曾看见花就走出了家门吧。

黎明时分，敬子在半睡半醒中觉察出俊三扭动着身子直叹气，就问道：

“怎么啦？”

“没怎么着。忽然睡醒了，直感到不安。”

敬子无从安慰他，旋即又入睡了。

早晨起来的时候，身边的被窝已经空了。

敬子给杂志社打了个电话，俊三不在。四个人当中，只有俊三不知去向。

朝子究竟拿走了多少钱呢？敬子看了看手提包。宝石的钱什么的，当然是分开来放的。

“真的只拿了三百元……”敬子寻思，朝子在外面会不会缺钱呢。

然而，朝子一旦在有乐町下了国营电车的车厢，走进市中心的人流里去后，就连走路的姿势都显得潇洒神气起来。

正是换季的时候，尽管阳光灿烂，短袖呢料衣裳都觉得有点热，但还不能贴切地感受二十三度左右的温度。

在宽阔的电车道上，骑马的交通警正截住一辆排出的气体闪着淡淡的光的私人汽车。大概是超速行驶吧。

朝子从栗色毛的马后头绕过去，走进关东广播公司大厦。在约好的十一点钟，她向传达室的交换台提出与导演加藤见面的请求。

也许内线的电话净占线，好半晌也打不通。朝子周围形形色色的人们挨个儿被叫后，就站起来走进去。

也有人飞快地从传达室穿了过去。前来取有关自六月一日起解除钓香鱼禁令一事的广播录音的知名作家的身姿，以及一位熟悉的日本舞蹈家那华丽的和服长袖的色彩也映入了朝子的眼帘。

交换台的姑娘呼唤朝子道：

“白井小姐，请到三楼的休息室。”

三楼的休息室有几个先到的男客，都以大大方方的腔调说着话。

朝子毕竟是个少女，在角落里的椅子上谦恭地等候着。

加藤是个性格快活、中等身材的人。他手里拿着在糙纸上油印的合订本，匆匆忙忙地走了进来。

“啊，你特意来了一趟，真是……请你担任的角色并不怎么理想。”他用既巧妙圆滑而又公事公办的口吻说，“想请你在叫作《化妆出美人》的美容术电视中演出，你肯吗？”

“是电视剧吗？”

“喏，是电视剧，挺简单。是介绍从美国带回了新美容术的香月镜子女士的那套全身按摩美容法的。编进了一点情节。请你读读脚本好不好?用铅笔做了记号的就是你的角色。”加藤说着，把油印本递给了朝子。

正如加藤所说的，几乎没有情节。

一对已订了婚的男女正在参观着银座的一家修整一新的百货公司。姑娘让青年在外面等着，走进了美容室进行水压式螺旋淋浴，接受了全身按摩，并照射了红外线，做了头发，连指甲也修了，然后走出美容室。眼巴巴地等待着的青年却没认出原来这就是自己的爱人。她变得太漂亮了，他简直不认得了。及至知道是她，就直发愣。

两个年轻人一道高高兴兴，然而直到喝完柠檬汽水为止，朝子只有四五句台词。

“接受美容术的镜头也由我来上吗?”

“对，希望由你来上。全身按摩的镜头包括背的特写镜头。还有脚的特写镜头……”

“脚的特写镜头?……”

“对，一直到靠上边一点的地方……另外还有修着指甲的手和正化妆的脸的特写镜头。”

朝子尽管看上去挺大胆，却还有着良家女子的自尊心。她可不愿意毫无意义地在众人面前出洋相。

朝子的大多数同窗家里都有电视。倘若人家晓得了那个当美容术的模特儿，把裸露的脊背和脚的特写镜头展示出来的是朝子，会怎么说呢?

朝子无意接受。然而她又迟疑着，没有坚决拒绝并站起来，只是闷闷不乐地沉默着。

“说是‘化妆出美人’，但要是本来就不美，那就无从化妆起。把美人弄得更美，才有效果。对吧?”加藤说着，探过身子来，“而且，光是脸长得俊的美人也不行。身姿手脚都得好看才行。再也没有像白井小姐的手这样能给人留下印象的了，你说是不是?”

“嗯。”朝子说着，抬了抬手，盯着看了看。

“对，对。你这双手的表情好。要是把脚展示过了头，就有失体统。观众还会说：什么呀，这脚形不是原来就挺好看的吗？简直让人劳神。正修指甲、抹蔻丹的时候，把白井小姐这双美丽的手和指头拍个特写镜头，给人的感觉确实很好吧。当然喽，演技也是必要的。你又有拍电视的经验，美人靠化妆，我想物色个配化妆的美人，于是白井小姐就浮现到了我的脑际。我不起用时装模特儿，而想让淳朴新颖的人来演。”

“……”

“你看怎么样？下一次再请你演戏吧，这一次就劳驾当个美人儿如何？”

“什么时候呀？”朝子心不在焉地说。

“十七号晚上播，所以如果你同意，就请在明天下午一点钟试镜头……只试一次，就正式开始拍摄了。”

朝子并没有明确地答复，可是不知什么时候就给弄得好像答应下来了。

演出费是两千元，扣掉税，还剩一千六百元左右。

朝子觉得挺败兴地站了起来，加藤的声音从后面追过来了：

“演播室里正在拍摄电视剧呢，你去看看吧。”

朝子也无意就这么回去。

她朝演播室里窥视了一下，只见酒馆般的布景下，几个古代欧洲式装扮的男女在排练电视剧。他们都用金粉染了头发。看来在狭窄的地方安排了好几个布景，其规模显得比戏剧和电影要小。

这是儿童时间放映的连续剧《悲惨世界》。

脚底下爬着错综复杂的电线。

从导播室传来了一遍遍提醒人们注意的声音：

“摄像机的位置高，所以把演播室的噪音都录进去了。请肃静。”

朝子悄悄地走进了导播室。

导播室和排演场之间以玻璃相隔。中央排列着A号摄像机、B号摄像机、演播室输出装置和三架电视放映机。左右两边，稍微离开一点，另外各有一架放映机。五架放映机前的机器上，各装有无数旋钮。朝子对此一窍不通，好像全靠这些旋钮来调节图像、音响，并切换场面。

摄像机有两架。当这架摄像机正拍摄一个场面时，就为另一架摄像机布置场面。这一切都显示在导播室的A号摄像机和B号摄像机上。当A号机正操作时，B号机上除了演员，连导演和布景员都显示出来了。导播室里用一个小小的扩音器对正在布景前排练着的戏这样那样地提出要求。

空闲的演员还有到导播室来看的。

朝子心想：除了演员，还真需要不少人手呢。她小声向旁边的演员问道："大约多少人在搞呢？"

"唔，总有四十来人在活动吧。幕后需要大批人手这一点，是跟电影一样的。"

有人从那位演员后面招呼说：

"朝子小姐。"

那个人把鼻子垫得高高的，金色的眉毛，又装上了胡子，朝子弄不清究竟是谁。导播室里一片昏暗。

"是小山。"

"哎呀。"朝子用快活的声调说。

"是来观摩的吗？这就完啦，请等一等。一块儿出去。"

摘下假胡子，洗掉油彩后，小山就是个乌发梳拢得服服帖帖、一双水灵的眼睛、使人联想到潺潺小溪的青年了。他自自在在地穿着一件华丽的上衣。

他们双双走进一家餐馆，引起人们注目。

"这家店把热带鱼当作室内装饰，店名就叫'天使鱼'[1]。老板在自

1　是一种神仙鱼，原产于南美洲淡水水域，通常是银白色的。

己家里养着热带鱼。”小山说着，在进门的地方停下脚步，望着那儿的水槽，是嵌在红砖墙里的。

“哎呀，多好看的颜色。”朝子说着，看了看小小的鱼。

“据说叫作‘霓虹四’。大概是因为颜色给人以霓虹灯的感觉吧。说是每尾鱼值三千来元呢！……”

果然，小鱼的腹部透出了霓虹般的红红蓝蓝的颜色。

可是朝子朝餐馆里一望，在当中那个大水槽后边，意想不到地看到了俊三的身影。

即便朝子和小山在一起的时候给俊三撞见了，她倒也不在乎，不过还是不愿意让他看到。

“小山先生！”

她小声叫着，想从这儿走出去。

然而小山只顾注意热带鱼了，他说了声：“那边还有各色各样儿的呢。”就领先邀她到大水槽跟前去。

他选了水槽旁边的那张桌子。

水槽安放在店堂当中，朝子隔着玻璃槽里的水遥望俊三的桌子。或者可以说，两张桌子是被那个大水槽隔开来的。

“朝子小姐也晓得天使鱼吧。”

“嗯。”

“那条有着小珍珠那样的斑点的是珍珠鱼……这条像小虫子模样的是蜜蜂鱼，身上不是有蜜蜂般的条纹吗？这是缅甸斗鱼……”

要是随着小山的说明把视线投向热带鱼，就得把脸冲着俊三那边，这教朝子很是为难。

“咦？躲到哪儿去了呢？有一种在日本绝无仅有的鱼。”小山用眼睛寻觅着，“有啦，有啦。那个草根跟前不是一动不动地待着一尾鲇鱼仔或山椒鱼仔模样的吗！那是亚马孙河里的鱼，好像叫作‘清道夫鱼’。那草也叫作‘亚马孙剑’，也就是剑形的。”

“小山先生可真熟悉啊。”

“哪里，刚刚在这家店里学来的。这鱼的形状也新奇，色彩够鲜艳的吧，有着热带的特征。……”

“嗯。”

朝子一直惦记着俊三那张桌子上的动静。连说话的声音都听得见。

俊三似乎在向同伴诉说杂志社的窘境，一遍遍地念叨：“票据，票据。”

“已经到了这个境地，只好走到哪儿算哪儿呗。”那位同伴用一半是安慰、一半是不介入的口吻说，“难道你没能够早一点儿把欠款搁置起来，好歹摆脱难关吗？就像纸张费啦，印刷费啦，广告费什么的……你是个好好先生，不懂得该用什么策略来应付逆境。为债主的事伤脑筋可不行。”

俊三发起牢骚来了，说什么公司就跟家庭一样，可不能任意丢开拉倒。

尽管自己认为该撂担子啦，却受到同一家杂志社工作人员的拖累。既有多子女而生活困难的，又有靠杂志社糊口的老夫老妻，还有正在疗养的社员。杂志社摇摇欲坠，却还养着一批人，只要杂志社还存在，他们的日子就勉强能过下去，一旦垮了台，从当天起生活就没有了着落。

“终于落到了无可挽回的地步，这我已经做好了思想准备。然而，我有件事要恳求您。”

“唔。”

“由于这种情况，我想清理一下身边的事情。”

“准备破产吗？隐藏财产？……”

“你这是扯到哪儿去啦。说实在的，我想跟京子分手。矢代兄，你肯不肯从中替我向京子交涉一下？”

朝子听见俊三这么说，吃了一惊。

“还是要分手吗？……”

“嗯。其实本来早就该分手的……”俊三说着，狠狠地吸了一口烟，“我总是想，等京子康复了再说吧，就一直拖到今天。”

“那么，你要跟现在这一位结婚吗？——是叫敬子大嫂吧？”

“不。”他说着摆了摆手，“我现在没有这种心情。”

“那么，分手之后再谈这个问题吗？”

“不，我想独身。”

“独身，那么跟敬子大嫂也？……”

“……”

“要分手吗？”

“也许会是这样的。”

“杂志社兴许也会垮台吧？”对方笑道，“破产之前，想独身吗？独自逃跑吗？”

“不是的。”

“弓儿你打算怎么办？”

“弓子的去留，想听凭敬子来安排。我但愿这样一来，就能满足弓子的愿望。说来也奇怪，敬子和弓子简直就像是亲娘儿俩似的。真是不可思议。”

俊三边这么说边想：与其把弓子托付给没有生活能力的京子，还不如托给生活能力很强的敬子——这样也就能干干脆脆地去死了。用自己的手打倒自己，这难道不是最妙的捷径吗？

由于不安，俊三的心怦怦直跳。于是突然就用刀子切起眼前的嫩煎笋鸡来了。

“矢代兄，总之，京子的事就拜托你啦。说实在的，前些日子京子忽然跑了来。这样可不行。我就想：这会子该痛痛快快地清理身边的事情啦。可是京子久病初愈，正高兴着呢，又怎么能对她说冷酷无情的话呢。要是单独跟她谈嘛，她一团孩子气，为人那么好，就弄得我心软了。”俊三说着侧过脸去，凝视着朝子这边，却好像并不曾认出她来。

俊三的态度太令人沮丧了，朝子简直受不了。她坐不住了。

朝子并没有完全听见俊三等人的话，只知道那涉及敬子、京子和弓子的事。矢代按说是俊三的姐夫，他从来没到敬子家来过。

朝子心想，既然连弓子的名字都提到了，她自己的名字大概也快了。她就站起来，绕过水槽的台座，叫了一声俊三：

“叔叔。”

俊三好像吃了一惊，“啊”的一声扬起眉头，并向矢代介绍说：

“这是敬子的女儿朝子。”

朝子没话可说，就回到自己的座位。俊三没有再往下说。

不久，俊三临出去时，把手轻轻地放在朝子的肩上：

“那么……”

朝子抬头一看，他那张笑吟吟的脸好像带着一抹悲哀。

小山也微微点了点头，目送着他。随后问：

“叔叔吗？”

“嗯，唔……”

“那张脸长得多好。”

“咦，那个人的脸就那么好吗？”

“一副既悲哀，又严肃的神色……像是基督的脸。”

朝子灵机一动把俊三叫作“叔叔”，连她自己都觉得挺可笑的。小山大概以为那是一位亲戚。

在家里，不知从什么时候起，总把并不是他们的父亲的俊三喊作“爸爸”。正如弓子把并不是她母亲的敬子喊作“妈妈”似的……这两个都是应用起来挺便当的外来语。

起初那阵子，朝子也曾喊他“叔叔”。当时俊三有钱，还慷慨地给她买过一架钢琴，她并不讨厌他。与其说朝子没有音乐天赋，毋宁说是她练琴散散漫漫，没有常性。弓子原来弹木琴，不知从什么时候起，也弹起钢琴来了。然而朝子还是认为钢琴是属于她的。

现在小山竟对俊三的相貌表示赞赏，朝子也不大满意。

“什么像是基督啊……”

“不，那张脸挺有风韵，可以上舞台。”

“那个人现在好像沦落到最底层啦……你说‘一副悲哀的神色’，那倒也是。”

“一张深沉的脸。”

“还是小山先生的脸好。”

“哪里话呢。”

小山被朝子盯着看得摇了摇头。

“我这张脸扮相不好。上场后既没有性格，又缺乏心理素质……可受罪啦。”

这倒多少是句老实话。新剧对装扮和演技很是挑剔，小山年轻英俊，好像反而碍眼，一向只派他演演配角。

广播剧方面也是如此，小山经常当配角参加演出，近来忙得很。

“小山先生喜欢研究，蛮好嘛。”朝子说，“到了餐馆，看见这里摆着热带鱼，当场就进行研究，对吧？”

“谈不上什么研究。”小山露出一副难为情的样子，“唔，据说这天使鱼讲究贞操，甚至有守一辈子寡的说法。而且挑挑拣拣，说得上是恋爱结婚吧。一尾值几千元，配成对儿，据说身价就涨到几万元了……说是即使把十来尾鱼放进去，交尾的也只有一两对儿，其余的都保持独身。只要孵出一个卵，那就是已经交尾的凭据，从而身价百倍。人嘛，兴许未婚者价值也低廉吧。”

朝子默默地观赏水槽里的天使鱼。

今天五点钟，小山还要到另一家民间广播公司去排练广播剧。

离五点还有好长一段时间，朝子决定跟小山一道看电影，然后跟着他到排练场去。

待在家里怪沉闷的，令她厌烦。而且，跟着小山走，乐得会被介绍给这方面的这个人或那个人。朝子巴不得在什么地方能遇上肯于赏识她的人。

然而，不光是这样，或许是不愿意离开小山而回去吧。自从两个人忽然亲近起来，才过了一个月。不过，朝子是个要强的姑娘，既然小山请她吃了饭，她就想送给他一条领带。而且小山还邀她去看电影，想到自己囊中羞涩，朝子就露出闷闷不乐的神色。

她怨恨母亲太抠门儿。《化妆出美人》固然使她感到厌烦，却又好像不能放弃。

“明天从一点钟起，我还要试镜头呢。”

说罢，她脸红了。

## 面临大事

五月里本来应该一连多少天都是爽朗的晴天，今年却提前迎来了梅雨季节。

今天早晨也略有寒意，阴沉沉的，可依然有着五月的明朗。

“不会下的。穿和服也不要紧……”敬子这么自言自语。

她穿的是蓝地碎白点花纹的盐泽绉绸[1]和服，系了一条银色和淡绿条纹相间的名古屋腰带[2]。

和服花纹的粗犷与腰带条纹之细腻形成对照，带来一种新鲜的和谐。

战后就连中年妇女也打扮得花哨了，所以敬子也选了这么一条腰带。说来也奇怪，一系上它，心里就生气勃勃地有了劲头。

敬子正在茶间那面穿衣镜前，左顾右盼地看自己的背影时，弓子说：

“妈妈，这腰带是第一次系吧？真好。”

“哎呀，弓儿，你醒着呢。”

“大概是妈妈的腰带把我弄醒的。妈妈还是穿和服漂亮。”弓子躺在被窝里说。

弓子因扁桃腺发炎，没有上学。

为了便于大夫诊察，而且病人也怕寂寞，所以弓子就睡在茶间里。

不巧赶上了临时考试，弓子就把教科书摞在枕边。只要醒着，就埋头复习或熟记。

---

1　日本新潟县盐泽地方所生产的高级绉绸。

2　日本大正时代（1912—1926）初期开始流行于名古屋的妇女用腰带，长达3.4米。

“还发着烧，就算了吧。”

敬子这么劝她，弓子却说：

“念念书，反而好过一些。”

西洋文化经济史、法语、高等数学，门门都是敬子所望尘莫及的天地，以致使敬子想道：

“弓子这么用功，究竟想当什么呢？”

弓子好像习惯于在树木长出绿叶的时期生病。敬子曾担心这是她亲娘的体质的遗传，但并不是这样的。不知为什么，弓子似乎天生斗不过树木的新芽。前年也是这个时候害盲肠炎的。

两三天前，弓子发高烧，扁桃腺上出现了白色的伪膜。

大夫来了，正给她注射青霉素时，俊三也要求大夫给打针：

“顺便也给我打一针葡萄糖制剂吧……”

他说是有点感冒，肩膀发紧。

“面临大事，防止发烧嘛……”俊三说着，看着身边的敬子，笑了。

俊三脸上的神情好久没这么快活过了。“大事”指的是什么，当时敬子根本没留意。

俊三今天一清早就出门了。敬子也没把这放在心上。

“妈妈老是穿和服多好。”弓子又说，“妈妈近来蛮漂亮。”

“别嘲笑我啦。我直出冷汗。”

“什么嘲笑……是真的呀。”

“多谢。我轻易不穿和服，所以就凭着这根腰带，一时把弓儿给蒙住了。”

“弓子没有被妈妈蒙住过，绝对没有……”

“是啊。”

“妈妈，早点儿回来吧。”

“我只到草野的店里去办点儿事，会早回来的。”

“我这么躺着，觉得怪不安的。”

弓子抬起那双由于发烧而有点湿润的眼睛，看着敬子。

弓子由衷地感到不安。

弓子的母亲从热海突然来到了这个家，然而那以后，俊三和敬子彼此都不谈此事，令人感到不自然。敬子净刁难俊三了，连弓子都看得出来。谈家常也总是漫不经心。

朝子装模作样，对全家人都抱着骄矜冷漠的态度。

清一连两个晚上都喝得醉醺醺地回的家，说：

“喂，弓儿是个好孩子，这样一首诗怎么样？叫作《燕子虽然回来了……》。”

他说着，晃晃悠悠地将一只手拄在弓子的被窝旁边，两眼凝视着天花板，吟诵着散文诗般的东西，连哭腔都带出来了。

那首诗的大意是：……随着春天的到来，飞回日本的燕子讲的故事。进行过氢弹试验的海上，漂浮起无数具大鱼的尸体，露出白色肚皮。成群的海鸟拥来，落在鱼身上啄食。海鸟群又飞走了，却从空中吧嗒吧嗒地掉在海上而死。随后鱼又食海鸟而死，鸟又食鱼而死。死像齿轮般地旋转。飞过那海洋的燕子到日本来讲述这件事。虽然它筑了巢，却孵不出雏燕。讲这件事的燕子也死掉了。

“别讲了，我害怕。”弓子说着，把脸掉过去了。

“害怕又怎么办？”清说罢，用小小的报纸拍了拍弓子的枕边，脚步蹒跚地走去。那份报纸叫作《海神之声》。

是清作的诗还是朋友作的呢，弓子听漏了这一点。

园子里的玫瑰也开始凋谢了。隔壁宅邸的绿意更浓了。

昨天晚上听见了青蛙呱呱叫的声音。弓子聆听着那稚嫩柔和的蛙声，悲哀得想要紧紧抱住什么东西。

深夜回来的父亲曾对她说：

“明天我到热海去，跟你娘分手。”

弓子连哭都哭不出来，却辗转不能成寐，直到天空泛白。

“妈妈大概不知道这事儿吧。”

她这么想着，将手放在额上。

“还发烧吗？嗓子疼吗？……”敬子边说边走过来，坐下了。

“一大早就烧到三十七度六。下午大概热度更得高了。”

“别吓唬人了。简直像是夸耀自己的热度升高了似的。”

“倒不是夸耀……”弓子说着露出一丝微笑，随即收敛起笑容，“妈妈……妈妈在全家中最喜欢谁呀？”

敬子知道弓子有个习惯，跟自己说话的时候总是做出极端稚气的样子。她心想：这也是幼儿般的撒娇吧，就故意卖关子似的，用唱歌的腔调说：

“可不能白白告诉你。哎，就算是弓儿吧。这可是真的哩。”

“瞎说……是哥哥。”弓子一骨碌翻过身去，朝着那边说，“妈妈，今天爹到热海的娘那儿去啦。”

敬子大吃一惊，端端正正地坐好。

“说是矢代姑妈也陪他一道去……昨天晚上爹问弓子怎么办……他说：就随弓子的高兴好了……”

弓子声音发颤，接着喉咙就哽住了。

“这……爹也真是胡来……”敬子说，她也慌了。

她想起了昨天夜里的俊三。

敬子知道俊三曾像是有话要说似的把自己推醒，但她一直装睡。俊三总是渴望让敬子来满足他那一时的情欲，借以忘掉世上的不如意，弄得她挺厌烦。

她做梦也没想到，俊三会到京子那儿去谈分手的事。

“……我求爹向娘道歉，说我想留在这儿……弓子是不是个傻孩子呢？”弓子说着，又一骨碌朝这边翻过身来，两道娥眉，一对亮晶晶的黑眼珠逼视着敬子。

“我想待在爹和妈妈身边。可我不明白，为了让大家都幸福起来，怎么办才好呢？……我觉得现在最可怜的是爹哩。”

敬子低下头去，像是在首肯。

“妈妈一点儿都不知道。”

到了现在俊三竟然去和京子分手，确实使敬子吃了一惊。可她又想说：“太迟啦。”

出于得过且过的优柔寡断或懦弱，俊三把他和敬子同居一事向妻子隐瞒了好几年。不知不觉间，这在敬子心中留下了冰冷的阴影。事到如今即使除掉了京子，敬子也不能像是阴天一下子就放晴似的豁然开朗起来。这里有着漫长的岁月留下的阴影。

弓子哀叹说她感到不安，莫非是因为敬子心中的阴影隐隐约约地映现到少女弓子身上去了吗？弓子把敬子当作唯一的亲人般地依恋亲近，敬子对她感到内疚。

尽管父母曾长年分居，现在毕竟要离婚了。但是弓子却不恨敬子，也不生她的气，还巴不得敬子说最喜欢自己。面对这样的少女的悲哀，敬子怎样回答才好呢？

然而，眼下敬子只是简单地问了声：

“今天晚上爹回来不回来呢？……”

“说是明天上午有件非办不可的事，会回来的……”

“是吗？”敬子边站起来边说，“今天我也早回来。”

“别忘了带好吃的来。”

“喜欢什么呢？”

“松崎的脆饼干……”

那是俊三爱吃的东西。

弓子出于女孩子家的体贴，今天想让敬子买这个，使敬子不禁动情；

“也买草莓花蛋糕吧，弓儿爱吃的……”

“嗯。妈妈心不在焉，好像会忘记的。”

“说话别这么神气，不但不给你带好吃的，妈妈还一个人去看电影，吃顿饭，等弓儿睡着了再悄悄地回来，哼。”

“草莓花蛋糕要往常的那种。”

弓子想起，在热海的娘曾经说，她在东京站的名店街吃过草莓花蛋糕，她觉得万一敬子到同一家店里去买可够呛，所以叮嘱般地说。

敬子隔着国有电车的窗子一望，家家户户的房顶被那几乎让人觉察不出的雨水淋湿了。

“糟糕。穿和服登草屐，连伞都没带……”她懊悔着。

在什么地方买一把吧。她刚好想要那种近来流行的细长柄伞。英国的好。

敬子忽然想道：

“热海也在下雨吗？……”

同去的那位“矢代姑妈”是俊三的姐姐，敬子也见到过。

俊三缺乏魄力，提出离婚，还需要个中间人。

然而想到俊三的妻子在旁人介入下被迫谈离婚，敬子就猛地用手做了个把和服的前襟合拢起来的动作。

“真讨厌……”

另一方就是自己。不能说自己没有过错。

同是妇女，她觉得这并非与自己无关。难道正因为与自己有关，才竭力把它看作跟自己风马牛不相及不成？这是一种糊里糊涂令人不痛快的处境。

然而敬子还是捉摸不透。

患病长年分居期间，难道俊三的妻子对丈夫的生活丝毫也没有疑念吗？难道京子这个人就像俊三告诉她的那样，简直就天真得宛若孩子一般，对丈夫深信不疑吗？这就是所谓心地单纯或天真烂漫吗？

“要是这样的话，我就是在欺骗天使喽。”

敬子绝不相信是这样。

据说长年患肺病的话，有人就重新变成孩子，也有的猜忌心厉害了，还有欲望加强了的。

何况作为妻子，来到家里目睹俊三的生活，无论怎样也准能凭着女人的悟性有所觉察吧。

“她是假装没看见，假装不知道呗。”

兴许老早以前京子就晓得了敬子的事。

京子是在容忍，还是已死了这条心，抑或是宽恕呢？难道这就是病人护身的全部计策吗？

而今京子被逼到非但失去丈夫，连独生女也失掉的境地。

“十五年的病好容易才治好……”敬子正想着伊人的悲哀，“分手的是我哩”这一念头浮现脑海。于是，脊梁都酸痛起来了。

直到京子的病痊愈为止，她是代替妻子守护俊三的吗？弓子也是被寄养在她这儿的吗？不会有这么荒唐的事吧。

在战败后那蛮荒的城市里，敬子着实是紧紧地抓住俊三的。两个人在一个窝儿里相互偎依着。

但是现在这个家处在风雨飘摇中了。窝儿里的人们好像已经离散了似的。

现在俊三跟京子分手，果真能解决问题吗？

尽管俊三到热海去了，敬子却感觉不到为之激动的嫉妒、感谢、不安与喜悦。她甚至还有着替京子着想的闲情逸致。

电车才不管乘客在想什么呢，径自驶抵新桥。雨大到脚蹬草屐走路就能把和服下摆溅湿的程度。

敬子搭乘了停在眼前的一辆出租车。

从前在敬子的娘家当过店员的姓川村的人，当上了草野宝石店的掌柜。至今川村仍以敬子娘家的姓称呼她。敬子还在生意方面接受川村的忠告并得到便利。

她约好跟川村在资生堂见面。

她到得早了一些，就选了从门口容易看见的座位。

俊三及其妻子的事，不断地萦绕着她的脑际。

俊三和妻子分手后，京子的生活有着落吗？

“是不是筹好了钱呢？……京子姐这个人，什么都不会吧……”

敬子想到自己竟然生就这么个性格，连这样的事都考虑到了，浑身就几乎发抖。

“多管闲事。”

然而，倘若俊三是为了敬子而毅然决然这么做的，就不能说是多余地操这份心。近来不是连京子的疗养费都是敬子给出的吗？

俊三这个人大概会答应保证京子今后的生活，可是恐怕又不能兑现。目前哪里顾得上这个呢。

就连俊三慷慨地买钢琴和汽车那阵子，那些琐碎的家用敬子都难以向他开口，而一直是自己筹措的。俊三每月交给她的钱怎么也不够，她用自己的收入补上了亏空。

敬子曾想：既然是两个家庭凑在一起过，大概就只好这么样呗。

然而俊三有那么一种不能好好地抓住生活、马虎怠惰的气质。一方面显得挺大方，同时又自私而吝啬。大家都认为他是个性情温和的善人，一旦一道过起日子来，他动辄使敬子感到，仿佛一阵贼风冰凉地穿过去似的。

敬子一直拉扯着清和朝子拼死拼活地经营车站小卖店。刚一歇业，就感到疲劳不堪。表面上干劲十足，骨子里却已被掏空了。她巴不得在男人的怀里休息一下，但是俊三对敬子可并不是那样一种爱法。敬子并不是生来爱做生意，可她就这么一直工作下去了。

俊三从来不提敬子的收入，对自己的收入也秘而不宣。

俊三和他的妻子究竟是可怜的人，还是狡猾的人呢？

“不晓得。大概都怪我吧……”敬子郁郁沉思着。

当她慢悠悠地即将喝完一杯咖啡的时候，川村“啊”的一声向她打了招呼。

"您穿起和服来了，我都认不出来啦。"

比敬子大四五岁、身材矮胖的川村，几乎还没在敬子前面落座，就用快活的声调说：

"敬子小姐所设计的戒指，昨天做好了三枚。我把它们摆在橱里，仅仅是想试试，结果竟全卖掉啦。"

"真的吗？……"敬子说着，喜形于色。

"店里的人们也感到有点儿意外，头一天就卖出去啦。"

敬子决定用最近卖给田部那块表的钱来买二手货的表。

她还买了几颗新宝石，自己初次设计图案，交给了工匠。图案是敬子参照《时尚》杂志中那样的外国款式样本设计出来的。

根据宝石的颜色，坐垫是用充白金[1]、美国金或银子制成的，都是四五千元一枚的便宜戒指。也就是说，其中三枚在草野这家店里马上就有了主顾。

"真高兴。"

"可不。我们店里照规矩是便宜货反而卖不出去的。大概是图案设计得好的关系。设计方面您也接着干一干怎么样？"

"是啊。干干看吧。我没有信心，所以用了便宜宝石。这下子有希望啦，好快活。可我想要自己开一家铺子，又小又雅致的就行。"

"铺子？看来小姐还是不要开什么铺子的好。"

要么是由于过去的习惯，要么就是把敬子看成玩儿票的，川村总称她作"小姐"。

"开铺子需要资金和活动经费，而且税抽得也很厉害。去年和今年，世道就完全不一样了……这就先不去说它了，今天有个好东西送给你。"

川村这才向侍役要了咖啡，并以快乐的神态点燃纸烟。

1　充白金是用镍、锌与白金合成的。

“正因为市面萧条，为了有笔可靠的收入，才想开个小铺子。”

“为了把它开成个可靠的铺子，可不得了呢。”

“不是在银座什么的。”

“即便不是银座，哪儿都一样。然而，要是您当家的能替您出资金，弥补亏空嘛……”

“不行啊。岛木这方面已经苦得要命，快要垮台啦。”

“这样啊……”川村说着，先皱一下眉，又泛着有所领会的神色点点头，“当然喽，要是菊田家的小姐打算使菊田这家店重振旗鼓，我也奋力相助。那时大家都死了，只有你和我活了下来。虽说敬子小姐是由于出了阁，我呢，是因为去打仗，才保住了命……可真够呛。”

“我是多亏站在车站的小卖店里才遇上复员到福岛去的川村兄的啊。你还常常从福岛给我送大米水果什么的，当时那可稀罕啦……”

“然后我又溜回东京，受到岛木先生的照顾。那阵子我让岛木先生买了几千刀叫作‘仙花’什么的黑市纸张，手头也就宽裕起来。只要是黑市的东西，抓到什么就捣腾什么。我是小伙计出身，没有学历，除了顾眼前，没有其他办法。或许我重新当菊田小姐店里的小伙计也行啊。”

“哪里话呢。你不是草野的掌柜吗！”

“这姑且不论，今天的礼物嘛……”川村说着，从小纸包里掏出表来，放在糖罐背后。

那是一块坤表，俗称“臭虫”。

“我们店里销售不了，您看怎么样？”川村说着，用眼神催促敬子，“说是‘臭虫’，这可是堂堂的一级品呢。有半打呢。您瞧，壳子也不是饭盒啊。”

敬子拿起来看了看。

所谓“臭虫”表，金属壳造得挺薄，冲压而成，由行家看来，就像耐酸铝饭盒似的起了皱。所以又叫作“饭盒”。

现在敬子拿在手里看的是嵌了硬玻璃、掉下去也摔不碎的表，金属壳造得也精巧，表芯是瑞士一家第一流的公司制造的。然而因为是走私货，既没有匣子，也没有商标。

“这玩意儿可珍贵啦。这样的正品，半打才五万元。我想推荐给你才买下来的。可以弄点儿零用钱。”

“是啊，便宜呀。”

敬子还没经手过走私品。她踌躇着，脸上显得闷闷不乐。

“这表是当事国以外的国家的人带来的。您只要东一块西一块地卖，就绝对不会露馅儿。走得都很准。有的也给修理了一下……”

川村又从兜里掏出包在纸里的其余几块表，这就要亲自放进敬子的手提包里了。

就做生意来说，这么有油水的买卖也是难得。川村完全不顾自己的利益，却替敬子渡过了这座有点儿危险的桥。敬子大概应该高高兴兴地感谢才是，可她实在不起劲。

川村就像劝说妹妹似的温存地说：

“尽管是走私货，我这儿可绝不会声张出去，所以用不着害怕。这种手表正适宜您这样的人来买卖，对吧。喏，走私货是不能随便碰的，但主要抓抓合乎实用的手表吧。经手宝石嘛，属于您的一种爱好。草野那家店是信任您的，不论多么贵重的宝石，他们都肯托付给您……”

敬子想起，草野的橱窗里陈列着七百万元的珍珠：一副耳环和配套的项链，衬以薄薄的黑色天鹅绒。

这不是为了等待买主才把它摆在那儿的，还可以显示出高级宝石店的品格，所以价码签子是朝里挂的。

被璀璨的珍珠所吸引而走进店里的顾客，往往看漏了一个“零”字。

敬子虽然也经手过宝石，毕竟还差得远呢。

“他们说，设计方面也还要拜托您，我也竭力推荐了一番。我说，我是小姐十岁时就到她家的店里去当小伙计的，而小姐早在那时就已爱上了设计……”

“哎呀。”

“这项工作要是继续干下去，就让店里按月付酬。可是，这个呢？……”

“谢谢。”

敬子好容易才傻头傻脑地道了声谢。

她把那小得不管有多少块都能一把攥过来的手表收进手提包。

川村宛若松了一口气一般，点燃了第二支香烟。

川村慢慢地喷着烟。敬子呢，把表收好，情绪稳定下来后，就觉得川村的长相挺滑稽的。

川村打年轻时起相貌就丑，有着一张粗俗而招人讨厌的面孔。

下骤雨的日子什么的，要是川村到学校来送雨具，敬子就在同学面前直感到不好意思。

少女敬子明明知道，这样的外皮里面藏的却是一具善良而充满柔情的灵魂，肯于忘我地为人效劳。但正因为如此，她好像反而养成一种瞧不起他或欺负他的习惯。

然而有时候又因川村对她体贴入微，谈吐温和有礼，她就不由自主地心软下来。譬如当前这走私手表就是如此……

“对啦。我这话也许可以供您开店做参考。”川村说着，点了点头，“您晓得吗，近来三河岛一带，也就是说，在像三河岛那样杂乱无章的街上，大银行开设起分行来了。因为存款一个劲儿地减少，他们的目的是吸收平民那微不足道的钱。草野这家店的顾客是不是也不同了呢。您那种廉价戒指销得那么快……”

“真没礼貌。”

“这是我失言啦……固然失言，但菊田先生的店在工商区，您也是生长在工商区的，兴许我一时失口的这些话还能好好利用一下呢。说是东京车站的八重洲口完成后，银座的繁荣就转移到日本桥去了。银座的商店真是得好好想一想。第一，晚上老早就打烊。京都的四条三条[1]啥的，一直开到夜里十二点、一点呢。第二，银座的大街上盖好大厦后，银行把底层统统占了去。按说银行没有必要这么做，但因建筑资金是它们出的，就为所欲为，银行之间在竞争招牌呢。真想禁止银行占据面临大街的底层。日本桥倘若净是成排大厦，就不成其为商店街了。第三，酒吧间倒还小，然而有歌舞表演的酒馆和夜总会把大地方都占了，商店被赶了出去。光增加一些饮食店。第四，商店本身认为银座是永恒的，所以目空一切。我在草野这家店里也一直这么说，但实在没有办法可想。商店街在银座可能会不行了吧……眼下就连八重洲口的名店街大致也对付得下来。然而名店街上，从三轮神户牛肉店到野村证券公司那宽敞的营业部，应有尽有，可就是缺一家像样的钟表铺。我认为这是个缺憾。'臭虫'这样的手表好像适宜做捎到乡下去的礼物，要是替那些老憨儿免费维修钟表，就会顾客盈门。乘火车旅行的人们按说都惦记着手表。"

"是啊。"

可是敬子开始厌倦了。

川村很清楚敬子生来是个操心的命，现在觉得她可怜，而且打从当小伙计的时候起就仰慕主人家这位美丽的少女，对于进入中年后变得越发标致的敬子，连看着都觉得晃眼。敬子对此了如指掌，可就是忍耐不下去。

川村对这种苗头有所觉察，就急急忙忙地把吸了半截的香烟在烟灰碟里掐灭。

"岛木先生是个好人，真可惜。身体健康吗？……"

川村对俊三的人品也怀着敬意，并感到魅力。

"身体挺结实。不过好像净失眠……"敬子站起来说，"你送我到松

---

1　京都街道名。

坂屋去吧。我没有伞啊。”

川村撑开一把大黑伞，替敬子遮好。

这是发出暗淡的光的粉末般的雨，林荫道上的柳树愈益翠绿了。

“淋湿了的话，辐射能会让头发脱落的。”

“令人不安的世道啊。”

敬子边说边觉得川村那开始秃了的额头挺有趣的。

“什么不安，问题可没这么简单。”川村泛着令人发怵的神色说。

敬子是由于想起弓子所说的“不安”一语，就用了一下。

“据说鱼、雨、饮水、土、蔬菜——样样都被毒物污染了……照这么下去，就连有着死灰的空气看来也无法呼吸了。您看到过富士五湖的响亮口号吗？”

“响亮口号指的是？……”

“‘六月生日的宝石是珍珠’——咱们打出的这种口号蛮不错。他们招徕旅客的用语是：‘请到不必担心核辐射的五湖来……’意思是说，梅雨放晴后，夏季到海里去要担风险，请到湖水里来游泳……”

“要是湖水可以的话，不是挨雨淋也行吗？”

“可不是嘛。”川村说罢笑了，伞也晃动起来。

因为清正参加着禁止使用氢弹的学生运动，敬子在这方面的知识比川村丰富。

“到松坂屋去买东西吗？”

“买把伞。那里还有玫瑰展览会。”

“玫瑰？……”川村说着，泛出感到惊异的神色，“回去的时候，逛一下日本堂的各国钟表展示会吧。虽然没有太高级的货色，都不超过三万五千元左右。倒也有挺新奇的，像世界上最小的埃特纳自动坤表啦，西铁城的日历手表啦。啊，还有那家叫作彩虹的店，您晓得吧？我在那儿瞧见了新进口的胸针表。也就是说，手表背面是一枚精美的胸针，挂在胸前。说是跳舞的时候什么的挺实用。”

“哪儿的？”

“瑞士。可教我丢了脸。我把价码签子看作三千来元，觉得表大概不行，然而是个可爱的小饰件，要是送给舞女，会高兴的。向店员一打听，是三万七千五百元……倒是一块蛮像样子的表。”

敬子正要在松坂屋的门口跟川村告别时，他说：

“您再顺便到店里去瞧瞧戒指的手艺怎么样，就是您设计的那些……其余的该送到了。”

敬子点了点头。

“我不在店里……还有，手表要保密，跟什么人也别说。”

敬子又点点头。

川村给人留下的印象实在不舒畅。

敬子无意在一楼的售伞处购买，就乘自动扶梯到二楼的杂货精品柜台去了。

那里有一把可心的长柄伞，细溜得像拐杖似的。

伞面是清爽素净的灰色质地，仅仅镶了道发紫的茶色边儿，长长的木柄保留着本色——明亮的淡茶色，白檀的把手做小小的狗头状。还刻着作者“秀哉”的名字。

敬子痛痛快快地把这将近五千元的伞买了下来。

“虽然贵了些，我原来想要把英国制造的，这下子还省了呢。”

敬子感到作为女人，就连买把伞也会从中得到慰藉，心情也就开朗起来。

由于自己买了伞，敬子也想给家里的人买点什么。

给俊三和清买的是衬衫，给朝子买了条新近流行的尼龙衬裙。弓子呢，镶了大量花边的细绉纱长内裙……

敬子想道：“净是贴身穿的或汗衫了。”于是脸上泛出微笑。

倘若不是给家里的人就不会买这类东西。每个人的尺寸和身体她都清楚。

她抱着买好的那包东西，乘电梯上七楼的玫瑰展览会去了。

还没进入会场，花香就飘过来了。栽培玫瑰的敬子被玫瑰的香气所引诱。

这里，日本玫瑰会会员用他们那出色的艺术品进行着春花比赛。

英国的玫瑰会会员约有两万名，美国约一万五千名。日本当然不如他们，但由于战争而一蹶不振的玫瑰栽培如今又兴盛起来了，西洋新品种的进口几乎令人眼花缭乱。

法国名花“和平”，也在敬子的园子里开着。

这是一九四二年德国军队占领巴黎期间法国人栽培出来的新品种玫瑰，为了纪念一九四五年联军攻入柏林，恢复了和平，取名“和平”。是柠檬黄与粉红夹杂的七英寸大花。

玫瑰展览会上，把带茎叶剪下的花插在一只只花瓶里，摆成好几排，进行审查。展出者动着脑筋：掐算时间不让它开过了头，用手把花瓣扶正什么的。

再也没有像玫瑰这样色彩缤纷、形状多姿多态的花了。敬子怀着爱怜的心情观赏着每一朵花的生命。

还有黑花。又有一种花瓣令人联想到天鹅绒的。也有像是茶花或纽扣儿的玫瑰。

敬子在一种叫作“十六岁的甜姐儿”的花跟前伫立片刻。

“十六岁的甜姐儿……就是弓子啊。叫作‘十六岁的姑娘’的花……”敬子边这么想，边出神地看着那橘黄色和红色的大朵花。

转了一圈，一看手上的表，还不到三点呢。

“做做头发再走吧……”

敬子是这里的美容师香月镜子的老主顾了，可有一阵子没见面了。

也许是光线的关系，四楼的美容厅就像是坐落在水槽里面似的。

那些坐在银色支架上绷着红皮的矮椅上等着轮到自己的妇女们，宛若热带鱼那样鲜艳安详。

敬子把携带的东西放在排着玲珑的化妆品的玻璃架上，教管出纳的姑娘把香月镜子喊来。

镜子如今发了福，都快认不出来了。她身着黑裙白罩衫、披了件灰色的对襟毛衣，坦然自若、轻快敏捷地踱了出来。

从镜子那整洁利落的装束，敬子一眼就看出了她的生活过得何等潇洒安定。

“哎呀，好久不见了。您一点儿也没有变……”镜子亲切地说，“刚刚在这儿拍完电视……您要是再早来一会儿，原是可以请您赏光的，真可惜。”

“是介绍据说从美国带回来的美容术吧？……”

“嗯，是的。”

“在报纸的妇女栏和流行杂志上拜读了好几遍。”

“那不是光供您读的。要是读了，就得请您光临啊……”

镜子这么一说，敬子一时语塞。

“越来越兴旺，真好哇。”

“哎，托您福，还过得去……”

“我到七楼去看了玫瑰展览会。”

“美吧。这里也搞如花的美容，请您有时候……”

“人的美容，方法也大有进展，起了变化吧。”

“您要是先到这儿来，正在拍摄来着……”镜子又说了一遍，她大概想让敬子看看自己的工作室，就邀了敬子。

敬子被领去看了一遍。这里有淋浴室，说是借用从螺旋型的管子里喷出来的水力可以调节全身；轻轻地撩开穿衣室的帘子，就瞥见了盛装的新娘的背影；还有一间明亮、艳丽的小屋子，里面摆了张全身按摩用的床；再就是好几间美容室以及做各种整形、去掉雀斑和黑痣的病房般的屋子什么的。

敬子原来只打算做头发，然而经镜子一怂恿，就决定做美容了。

“您多年轻啊。美容术还在其次，我倒想向您领教一下驻颜术呢。有什么秘诀啊？……”镜子说着，瞧了瞧敬子。

“连香月大姐您这儿，我都好久没来了，总是懒得收拾……”

用散发着新鲜水果气味的乳剂替敬子做按摩的美容师那着实年轻的手指好像有着吸盘，把敬子皮肤里的积劳吸掉似的。

随后就给她涂上蛋清，脸上的皮肤直发紧。上面又厚厚地涂上像是用蛋黄和香粉调成的东西，敬子甚至没法儿眨巴眼睛或翕动嘴唇。

周围弥漫着香料的气味，吹风机的声音，焕发着青春的话语声——敬子正陶醉在俨然一座仕女花园的气氛中，心荡神移的时候，镜子走进来，站在敬子身边说：

“近来的年轻人真漂亮，花哨得可跟战前不一样了啊。”

“东京的年轻人个个是美人儿，看来不久她们就会要求整形了，好有点与众不同的特色。像外国的电影女明星那样……”

“是啊。今天在这儿拍电视的那个就有点儿冷峻，锋芒毕露，活像是一簇嫩叶般的一位小姐。一位新人。”

“是小姐吗？”

“不像是女明星。”

“咦，小姐当模特儿吗？……”

叫作“巴黎人膏”的蛋膏被揩拭掉了，皮肤滋滋润润，镜子把透射出红电光的玻璃球轻轻地按在上面，替她化了妆。

“我还得到了一张名片呢。名叫岛木朝子小姐……”

敬子大吃一惊。

“香月大姐，我现在其实顾不上化妆了。面临着大事……”敬子借用了岛木的话，就越发不安了。“可是，给弄得这么漂亮了，就……”

于是，她悄悄地把手帕按在觉得太浓了一些的口红上。

## 短暂的和睦

下午弓子也没有发高烧。

好像已经康复了，可是又觉得有点儿美中不足，因为“要是不发烧，就不能向妈妈撒娇了”。

前来出诊的大夫打完针回去后，弓子百无聊赖地望着雨。

没有雨声，却听得见坡路那沟里的水声。

弓子认为只在户口上登记了的夫妇，徒然有个名义，好没意思。她仗着自己年轻，对此抱着干脆明确的想法。

父母之间唯一的纽带不就是有弓子这样一个孩子吗！

娘一旦被告知这个独生女归敬子所有，那么她就会“真正变得无依无靠了，指不定多寂寞呢。我会被认为是个寡情薄义而又冷酷的女儿”。想到这里，弓子难过得哭了起来。她紧紧地抱住了枕头。

大哭一场之后，她却拿起法语课本，朗读开了。多少得到些排遣，但杂念还是悄悄地溜了进来。

“爹嘛，也完全不是个坏人，并不可恨，可为什么不能人人都变得幸福呢？我可不愿意落到娘或妈妈那样的田地。”

她好像大致明白什么是女人的幸福，可是轮到自己头上，就像是倾听遥远的愉快的音乐似的。弓子还谈不上有什么她喜欢的青年和理想的类型。

弓子一直把清当作哥哥，但他忽然向她表露了那样的爱情，弓子感到不纯洁，一味地想把它拂去。只要想到清是妈妈的孩子，就总觉得不安。

这样的想入非非浮现在她的脑际：

“也许我会给弄得出走吧。出走后，独自尽情地迷失一番吧……”

法语读不进去，就改看电影杂志。她一页页地翻看外国男女明星的脸。在弓子学校里的伙伴当中，男明星的脸比女明星还要引起注目。

弓子眯起眼睛看着让·路易·巴洛那感觉细腻、含着火辣辣的悲哀的眼神。

“也不知道像什么人。”弓子想道，“哎呀，是哥哥的眼神。真是个有意思的发现。”

可是，仔细一看，只觉得朝子的眼睛比清还要像巴洛。于是弓子泛出微笑。

今天，清老早就回来了。

“怎么样？好了吗？”他在弓子的枕边坐下来。

“好像蛮好。”

“那就好啦。研究电影呢？……”

“是法语。”

“据说法语对扁桃腺有害。好利索了，就去看电影吧。”

“嗯，有我想看的旧电影：《跳舞的会议》[1]和《饮泣》……”

“这两部我都没看过。是让·路易·巴洛的《饮泣》吧。”

弓子哧哧地笑了。

“有什么好笑的？”

“把朝子姐也邀去吧。我有时希望大家一块儿出去。早先咱们总是大家一块儿出去的。”

弓子总想在自己和清之间留一道界线。

---

1　1931年拍摄的德国影片。以拿破仑一世被流放到厄尔巴岛后，由俄、英、法、普、奥等国召开的维也纳会议（1814年9月—1815年6月）为背景，描写俄国沙皇与一个女店员的爱情。由于会议开不下去就跳舞，故名。

“弓儿，把枕头拿给我看看。你哭来着吧？”

“不要，女人的枕头什么的，又臭又热。”

“不是湿了吗？是眼泪吧？”

弓子绯红了脸，在枕头上摇了摇头。

“是眼泪呀。”清说着，用一只手托住弓子的头，想把枕头抽掉。

“不要。”

弓子大叫一声，将枕头抱在怀里，一跃而起。

清吓了一大跳，就走开了。

“你难过什么呀？”

弓子把脸扭过去。

“爸爸的事？……妈妈的事？……”

“不是。”

“是吧？”

“我觉得怪寂寞的，孤零零的……”

“蓝色的金丝雀吗？弓儿，你再为我唱一遍《蓝色的金丝雀》吧。”

有一首英文歌开头是“蓝色的金丝雀，真孤寂。边哭泣，边叹气，等待你”，弓子常唱给清听，近来却不再唱了。

清从纸包里掏出一本厚书，轻轻地丢过来。

“买了这么一本。”

“《全国方言辞典》？……”

“嗯。我讨厌起这个家了。讨厌起东京了。我想从家里出走，去穷乡僻壤漫游一个时期。想在乡下的炉边听一听淳朴的故事。要么让自己埋没掉，要么就重新做人……可是逃避总是卑怯的，也是不可能的。哪怕读读方言辞典什么的，挑选种种乡村俚语，暂时把东京忘掉呗。弓儿，咱们两个人一块儿出走好吗？”

“……”

“咱们连一块可朝拜的圣地都没有。能不能两个人一道在深山的岩洞里住下呢？在岩洞里变成化石也行嘛，像两尊石佛似的。石像既不会到处乱走，又不会毁灭，而能超越这个时代。”

“我才不愿意变成冰冷的石头呢。”

“我也不愿意。我当不当冰冷的石头，难道不是全听凭弓儿吗？除了弓儿，我还剩下什么温暖呢？”

“我也是冰凉的，所以才哭来着。”

“咦？弓儿冰凉吗？到了那时候，玫瑰也不开了。我就变成白骨，踱来踱去。”清边说边望着弓子那看上去挺温暖的白皙脖颈，“弓儿所以觉得冰凉，是因为你是孤零零的。孤零零的，就不可能知道自己有多么温暖。”

“哥哥不是也在温暖地为众人的幸福着想吗？”

“唔，说不定那也是出于愤激和憎恶呢，要是没有叫我作‘哥哥’的声音的话……我们一旦失掉了身边的爱，对众人的爱就成了正义感和叛逆性的空壳啦……是一出正在流行的戴假面具的学生剧。”

“哥哥身边的人是：妈妈和姐姐……”

“别装蒜啦！”清嚷道，“对待人家的痛苦，你哪怕正正经经地回答一下也好嘛。咱们指不定什么时候就不再在这个家里了呢。”

“我害怕。”

“没什么可怕的。”清的嗓音变得柔和了，“待在这样一个复杂的家里，弓儿怎么还能够这么单纯——单纯这个词儿也许用得不合适——这么纯洁呢？”

“我可并不纯洁。”

“那么，弓儿对待我娘也不纯洁吗？”

“……”

“对不起，对不起。这话真是说得造次了。晦气啊。我一点儿也没有刁难弓儿的意思。我认为已经把妈妈让给了弓儿。你对妈妈好，我内心里不知道有多么高兴呢。”

弓子略微侧面低下头去，清目不转睛地盯着她那浓密的头发。

“弓儿，你肯不肯也让爸爸变成我真正的爹呢？”

弓子的发梢依稀颤了颤。

“又说得造次了。弓儿，我要到农村的炉边去，变成一个纯朴而说话直率的小伙子，重新回到弓儿身边来。我再也不让弓儿感到憋气了。再也不给弓儿的肩上增添负担了。”

“哥哥，原谅我吧……”

“该道歉的是我。”清说着，把《全国方言辞典》拾起来放在膝上，“可是，弓儿，你猜猜前些日子东大举办的五月节的展览，内容是什么？”

“氢弹综合展览？……”

“亏得你能用这么快活的声调来说。”

“……”

“在这个家里，只有弓儿的眼睛是明亮的。”

正门的铃响了，敬子回来了。

“哎呀，累啦。”敬子连棉坐垫也没铺，就横着脚坐在清旁边，把成包的礼物交到清手里。

弓子那双明亮的眼睛发出晶莹的光。

“妈妈，您才没累呢。好漂亮。您这是怎么啦？”

“办了一点儿好事。”

“什么事呀？讲给我听听嘛。”

“顺便去了松坂屋，买了把可心的伞，又看了玫瑰展览，再就是我设计的戒指卖出去啦。”

“多好哇。也送给姐姐和我吧。”

“会送的。虽然不值什么钱，这可是我设计方面的处女作，做个纪念吧。另外还有个秘密。”

“什么呀，妈妈，什么呀……”

“在松坂屋做了美容。”

出于对川村的一份情义，敬子唯独没有提走私的手表的事。

这时朝子也回来了。弓子连忙向她报告了：

“姐姐，妈妈说是在松坂屋做了美容呢……”

“哎呀。”朝子说着，像是着了慌似的看了看敬子。

“喏，姐姐，妈妈漂亮吧。”

“别那么漂亮漂亮地念叨啦，弄得妈妈好不自在。”

可是弓子才不管这些呢，又说：

“啊？姐姐也特别漂亮。搞了点儿名堂吗？”

朝子大吃一惊，羞红了脸。

敬子发觉，原来朝子是在同一家美容院连蔻丹都染了的，然而她没有吱声。

“净顾得睡觉了，弓子都快输啦。”

这句天真的话把大家都逗笑了。

“年轻人即使睡着觉，也没人敌得过呀。”敬子说。

谁也没离开座位，大家就着红茶吃敬子带回来的草莓花蛋糕，聊个不停。

与其说是以敬子，毋宁说是以弓子为中心，好像隔了好久又恢复了片刻的天伦之乐。

清也高高兴兴地参加着谈话，弓子就放下心来。

要是四个人快快活活地聊着天，这个家就也有天伦之乐了。

最后，晚饭就这样在紫檀木的桌子上摆好了。

“像难民似的。”

弓子坐在被窝上这么说着，只有她端起了粥碗。

“今天我看到了这种颜色的玫瑰。”敬子说着，用指尖抚摸紫檀，“现在什么颜色的玫瑰都有，就是还栽培不出蓝花儿来。”

刚吃罢饭，就传来了俊三的鞋声。

敬子掐灭吸了半截的纸烟，起身踱到正门。

“你回来啦。”她对正低着头解鞋带的俊三说，“我们刚吃完饭。”

门口的台子上摆着从热海带回来的一小桶腌山葥菜和一个细长的包包，里面好像是什么甜食。

“你呢？……”

“吃过啦。”

“在哪儿？……”敬子不由得这么问。

“和姐姐在新桥……”

“你是几点钟从那儿出发的？”

“四点来钟吧。”

俊三也是早晨没带伞就出门的，呢帽和西服肩上都被雨淋湿了。

俊三似乎无意向敬子隐瞒热海之行，敬子就问道：

“怎么样啦？……那边？……”

“不管怎么样，反正取得了她的谅解。”

敬子猛地吓了一跳。

俊三的背和利利索索的脖颈呈现在敬子眼前。从下往上推过的部位，白发格外醒目。

“弓儿呢？……”

“弓子？”

“嗯。没谈到弓儿的事吗？”

“弓子得先在学校里念到毕业，不然就什么办法也没有。”俊三用话把她搪开了。

听那口气，就像这跟敬子没关系似的。

敬子不吭声了。

敬子并不是不知道这会子俊三不大想说话。这恐怕也不是宜于在门口谈论的问题。

然而敬子看出俊三并不打算开诚布公地跟自己相商。

她仅仅又问了一句：

“谈到我的事了吗？”

“谈啦。”俊三只这么简短地回答了一声。

于是，他尽量不看敬子的脸，沿着走廊来到茶间后，也躲避着不去和孩子们的目光相遇。

敬子抱着俊三那淋湿了的西服上了二楼。只有弓子已知道爹曾去向娘提出离婚的事。敬子暂且逃开了这个场合。

“取得了她的谅解？……这是男人的措辞。”

这句话刺透了敬子的心。

“清……朝子……”敬子喊叫着，“你们两个都来吧。快点……”

星期日，天放晴了。

自星期二或星期三起，从早到晚都下着毛毛雨，这之后才见到宝石般的阳光。这种天气让人觉得兴奋，定不下心来。

“啊，好天气，收拾一下吧。”朝子这么说着，也动起手来了。

朝子有个喜欢整理东西的长处。

她暗自规定日期，把全家的旧杂志旧报纸，时或还有种种空瓶子，都给处理掉。

橱柜里平素不用的高处整整齐齐地摞着百货公司的包装纸和空盒子。连化妆品那些造型很美的罐子和小瓶子也都存着。

这个橱柜她时而也整理一番，换上新东西。

敬子并没有督促她或训练她这么做。

敬子看到朝子这样，就想：与其做演员梦，在这条艰苦的路上受到创伤，还不如当个家庭主妇。兴许意想不到地能相处得好呢。她就把这个意思对朝子说了。朝子却说：

“那怎么成！我这么拾掇，其实是犯歇斯底里的征候……一不如意，就对周围的人胡乱发脾气，教人家为难吧。”

“可是，乍一看挺坚强的姑娘，对待男人反而是脆弱的，一旦结了婚，对丈夫唯命是从。那副样子可着人疼爱哩。”

“假若那是个能揪住我的脖颈儿，让我连哼都哼不出来的人，我也许会全神贯注地伺候他。可是不见得有这号人。我可不能乖乖儿地唯男人的命令是从……”

要是浴室和梳妆台前面哪怕掉着一根发卡，朝子都嫌脏似的捏在手里，边走边问：

“这是谁的呀？谁的呀？……”

一方面讨厌做饭，却偏偏爱检查厨房干不干净，整不整洁，女佣文子对朝子比对敬子还怕。要是炒菜锅和饭锅放错了地方，她就生气。

那些脏了的擦碗布啦，破了的搌布啦，她都说“不行，不行”，一丢拉倒。

要是稍一疏忽让什么汤汁在碗柜尽里边长了霉，朝子就把眉头皱得简直要把那汤泼到女佣脸上似的。

由于今天天气好，敬子就到园子里去侍弄起玫瑰来了。

她用剪刀铰掉那开败了的花和被雨淋得泛出茶色斑痕的花，又把不知什么时候长得过长的新芽掐掉尖儿。这时，发现了一只绿色蚜虫，她就回过头去说：

“递给我喷雾器。”

朝子爬上梯凳，把上半身探进高高的橱柜。她的裙子也随着升上去了，那双白得晃眼的脚映入敬子的眼帘。

“又干起来啦。”敬子这么想着，一时忘记了喷雾器的事。

清到走廊里来了。

“清，你去找人把喷雾器要来。”

清一动不动地站在那儿，冲着屋里嚷：

“谁给我喷雾器好不好？”

弓子大概刚洗过头，肩上披着粉红色浴巾，就朝园子里迈下去。

“已经把头发洗了吗？不要紧吗？……”敬子说。

“由于发烧，出了汗，很不舒服。这下子可清爽了，”弓子伸手拢了拢后脑勺上的头发，“我也到妈妈去过的美容院，把头发剪短怎么样……就会更清爽啦。”

“还是别剪的好。”清从走廊上说。

“还是剪好。大家都剪嘛。”

“弓儿还是不剪合适。”

“哪样合适，不剪不知道。”

“不，我是知道的。”

“哥哥又没看见我剪了之后什么样儿，你根本就不可能知道。要用剃刀刮一下。”

“用剃刀刮？竟然用剃刀来刮头发。就像男生似的把脑后弄得脏巴兮兮的。”

“不脏啊。”

清一赌气就进屋去了。

敬子看到清和弓子为鸡毛蒜皮的事争吵，忽然觉察到玫瑰的香气扑面，感觉到一股新鲜的情趣。

“头发等天气再热一些再剪好不好？”敬子笑吟吟地说，“但是，美容院我还是会带你去的。”

于是，敬子正看着弓子那俊小的嘴唇上面发着光的汗毛，感到喜滋滋的时候，俊三蓦地喊了一声：

“别吵啦！”

站在梯凳上的朝子和拿着鞋刷子待在正门里的清听了都吓一跳。

俊三正站在走廊里，一副令人生畏的面孔，攥着玻璃门的手颤个不停。他又一次气势汹汹地吼叫：

“别招孩子哭！吵死啦！”

敬子不知不觉地把弓子的手拉了过来。

俊三的眼神越过敬子她们，在瞪着墙那边。

从刚才起，一辆童车的轱辘忽而吱吱嘎嘎地响，忽而止住；不断地传来了娃娃又哭又闹的磨人以及好像是母亲在哄娃娃的声音。

第二次那吓人的吼声大概传到墙外头去了。

“喏，可怕的叔叔在……”

听得不大真切，看光景那位着了慌的年轻妈妈正在赶紧拉着童车折回去。

反正是住在附近的人吧。

敬子觉得难堪。她对墙外的人感到羞愧。

“那不是娃娃吗！”敬子说，但俊三并没有听见这低声的嘟哝。

朝那个被娃娃哭闹得一筹莫展的人怒吼，这叫怎么回事儿呢。

敬子再也没有心思照料玫瑰了。她抱着连茎带叶剪下来的花儿，拿着喷雾器和剪刀，迈上走廊。这时，电话铃响了。

俊三仿佛在躲避敬子一般，走进了西式房间。

敬子脸上显得无精打采地拿起了听筒。

传来了一个年轻男子的声音：

“是白井府上吗？我是田部，太太在家吗？”

“是，我是敬子。”

“我是田部的弟弟……”

他说，前些日子敬子卖给他们的那块“百达翡丽”有着一分多钟的时差。

在敬子看来，“百达翡丽”竟然有一分多钟的时差，简直是难以相信的事。她是经过仔细斟酌后才卖出去的，觉得不啻是听到了关于已出阁的女儿一些意想不到的怨言。

敬子的心情本来就郁闷，这下子越发沮丧了：

“我马上就到府上去取，好好检查一下。”

“用不着。今天表已经交到我手里，我把它带出来了，从医院回去的时候，顺便到府上去一趟吧。”

“是吗？让您特地跑一趟，真是过意不去，我恭候了。大约几点钟光临呢？……”

“除非有特别的病人，就在五点钟左右去拜访吧。”

“欢迎……弓子也在家。”说到这里，她的声调里有点卖弄风情的味道，于是挂断了电话。

弓子到她身后来了。

“妈妈，是哪一位呀？……您说什么‘弓子也在家’。”

“喏，柿本医院那位年轻的大夫啊。”

“年轻的大夫？……有三四位来着，我可搞不清楚。”

“姓田部的大夫。”

“有那么一位大夫吗？”弓子说着，歪了歪头，“可是弓子还得出去呢。”

“上哪儿去？”

“和哥哥他们去看电影。”

“朝子也？……”

“唉。”

“是吗？可是傍晚就会回来吧。”

“唉。”

不知什么时候，弓子已经用一块薄绉绸小手绢儿把刚洗过的头发扎起来了。

敬子边想着孩子们出去后，跟神色阴森可怕的俊三两个人面对面地坐着，那就连气儿都快喘不上来了，边把那带茎叶剪下后放在走廊里的鲜花抱了起来。

她巴不得田部的弟弟早点儿来。

俊三好像教女佣把注射器煮沸消毒了，他独自把维生素剂的小玻璃管敲开，给自个儿打了一针。

接着就穿上了衬衫。他心里急躁，结不好领带。似乎结歪了。

直到去年前后，敬子总是习惯于亲手替俊三把领带的结扣儿整理一下。俊三认为已经行了，敬子却像是口头禅似的说：

“歪了。”

由于敬子老是这样替俊三把领带理好，俊三就用不着照镜子了。

敬子改掉这个习惯后，俊三还是嫌麻烦，不肯照镜子。

俊三一面把瘦骨嶙峋的脚伸进裤子，一面喊着：

“喂，敬子，敬子！”

敬子抱着玫瑰花束，走了进来。

“出门吗？……”

“嗯，有袜子没有？”

“新的吗？”

“不一定是新的，有干的吗？”

俊三每天都换袜子。要是一连下几天雨，有时多少双也不够。

“抽屉里没有吗？”

“好像没有。”

敬子也不自己去看看抽屉，就把女佣叫来，问了问。女佣从房后的晒台上把干的取来了。

敬子着手把一枝枝玫瑰插进李朝[1]的白瓷瓶。她那种无懈可击的坐

1　7世纪中叶后，朝鲜长期是一个统一的封建国家。李朝是朝鲜最后的王朝，1910年被日本吞并。

相，真使俊三感到可恨。

一来二去的，俊三倘非借助于催眠剂或威士忌的效应，就睡不着觉了。

只要一睡醒，他就偏头疼，甚至一点响声也震得慌，活像是往脑袋里打桩似的。

他疯狂到连旁人的孩子哭，都要大声斥责一顿。电话铃响了也不行。接电话的敬子的腔调也每每惹他动肝火。

他思量：“待在公司里反倒强一些哩。”

那里有共苦互慰的同事。时而还被逼得鼓起斗志，忘我地投入工作。

今天虽然是星期日，但是总会有两三位董事到公司来清理账目。

然而俊三走出家门时，脚步是沉重的。不论是下着坡还是在大街上等公共汽车的时候，好几次他都迟迟疑疑地想折回去。

俊三爱着敬子。但自从靠敬子的收入过日子以来，感情上却显得生分了。

敬子貌美，焕发着青春也罢，热衷于栽培玫瑰也罢，如今时而会像荆刺一般扎疼俊三的心。

“人家正处在困难重重的时候，还栽哪门子玫瑰！”俊三这么想着，恨不得把园子里的玫瑰胡乱砍个落花流水。

他怀着一腔怜悯地想起，自己的妻子京子曾怎样像个小孩儿似的扑簌簌掉着眼泪，接受了他所提出的离婚要求。

俊三固然认为，敬子为了维持生活而断然拒绝将房屋抵押出去，乃是情有可原的事，但他依然感到凄凉。他讨厌起提出这档子事的自己。剩下的那一点点自信心这下子也荡然无存了。

敬子靠卖宝石什么的来挣钱，勉强维持家计，对此，俊三也怪嫉恨的。

俊三在外面一向和蔼可亲，既喜欢闲聊，又热热闹闹地冶游。在家里却别别扭扭，越发闷在自己一个人的壳里了。

也可以理解为，俊三是在对敬子等人说着这样一番话：

“不论你做什么，统统不称我的心。跟家庭之间的这纽带完全令人厌烦。”

俊三好像是离开了家庭这一星座的一颗孤星，生性似乎爱好孤独。正因为如此，原先敬子对他的爱情毋宁说是愈益强烈了，要么不露痕迹地替他操着心，要么就明显地向他讨好，以便把他拖回到家庭中来。然而长久以来她对俊三已心灰意懒，心想：

“敬而远之吧，省得让他觉得厌烦。你不惹他，他不犯你……”

不论对岛木坦率地说什么，他都不肯下心倾听。于是，敬子不去找话说了，他的话就更少了。

近来虽然同住在一座房子里，却再也没有由衷地泛出温柔的微笑、相互安慰的事了。

俊三待在家里的时候，总是郁闷得连个痛痛快快的哈欠也没打过。

敬子尽管觉得他可怜，可并不怎么了解俊三那真正的苦恼，那无法形容的悲哀和寂寞。

她想：“打那以后，他一个字儿也不提热海的太太的事，也不知道怎样了。”

俊三那家出版社并不是他一个人创立的。

那是他和三四位朋友拼凑资本创办的事业，当时的五十万元资本以后又有所增加，成为一千万元的股份有限公司。

俊三是董事长，事业兴旺的时候，社员的待遇也高，利润则由他和其他董事们均分。

俊三的伙伴们都不约而同地买了房子。

然而，俊三由于住进了敬子的房子，就买了钢琴和小轿车什么的。

“由于你的缘故，只有我没有房子。”公司即将垮台的时候，俊三曾对敬子这么说，“稀里糊涂地当上了董事长，招来了意外的灾难。”

俊三那家公司的大众杂志的发行量锐减，是三年前的事。不久，该付给纸店和印刷厂的款项以及稿费等，往往就拖欠下来。摆脱困境后，为了东山再起，又添加了新资本，试着出版了单行本。

其中也有卖得出去的书，但大多数是滞销，不知不觉间呆账多起来了。

这样一来，为了还债并付利息，还有票据啦，各种经费啦，就接连不断地出书，损失越来越大，债台高筑。

董事们的房子也被抵押出去了。

俊三曾央求敬子说：“我没有房子，哪怕把你的房子……”

敬子却说：“这家公司迟早注定要垮台的，前景看得一清二楚，还不如别搞什么权宜之计，还少受点损失呢，对不？”

俊三的储蓄老早就抛出去了。

近来不景气，又有好几家出版社倒闭了，俊三的出版社也受了影响。

债权人要是不依不饶，俊三也许会终身欠上一屁股债，他又考虑到把票据兑成现款会给这儿那儿添麻烦，弄得夜不成寐。

公司穷于应付苛刻的税金，在账簿上是耍了花招的。这固然跟俊三本人的利益不相干，然而倘若受到这方面的调查，他很有可能会被问罪。要想避免这一点，就得做出辜负人们信任之举。

另外，出版社应该代交的稿费和版税的预扣税款也拖欠着一千万元左右，俊三提心吊胆，生怕这会构成渎职贪污罪。

如果公司倒闭了，俊三向战后寡妇借的那笔钱也就无从偿还了。有个装订厂把俊三记名背书的票据交付给另外一个人，从而破产。因此，一个素昧平生的人逼迫他兑现票据，并以动用暴力相威胁。

还有个制作书套的人对俊三说：“咱们要跟岛木先生同归于尽。岛木先生要是付不了款，咱全家人就得一道自杀啦。”

作为一个男子汉所难以忍受的事，接二连三地发生了。

这个月的杂志，原稿好歹凑齐了，已经交给了印刷厂，然而纸店始终不肯送纸张来，所以排好版后就积压在那儿。

编辑人员尽管上班了，然而个个显得怔忡不安，要么帮助整理退回来的书籍，要么在公司里或附近溜来溜去。一旦解散了，这些人从明天起生活就没有着落了。

俊三只要一看见这些人，就觉得好像撞上了人生的墙壁，连呼吸都感到困难。

# 中年妇女

敬子把岛木送出门后，抱起插得满当得都快溢出来的浅红、深红、黄、白等色玫瑰的李朝白瓷瓶，放在客厅的钢琴上。

记得什么地方有过这样一句话来着：

“玫瑰家里摆，幸福上门来。”

西式客厅光线足，什么装饰也没有。银灰色的墙上，却挂了梅原龙三郎[1]的一幅桃子的油画。桃子那温暖的色彩鲜明地浮现着。

这幅画是清的同学家里缺钱的时候，让敬子买下的。

横长的画面上排列着三个大桃。熟桃那滋润丰满的果肉，令人联想到中年妇女的青春。

正当敬子目不转睛地盯着的时候，那作为女人隐秘的愿望好像从她心灵深处油然而生。

这是宁静的晌午时分，淫雨止住，天暂时放晴了，时光的流逝竟是那样地缓慢沉郁。

敬子并不曾明确地意识到自己对岛木已失去女人的那腔眷恋。她更不晓得自己心里荡漾着企盼田部那位弟弟的情思。

她只想着：

“真恨不得泡在澡水里，轻松舒畅一下。”

全身浸泡在澡盆里之后，她把盆边当作枕头似的，闭上了眼睛。

---

1　梅原龙三郎（1888—1986），日本著名油画家。曾赴巴黎拜法国印象派画家雷诺阿为师。代表作有《樱岛》《北京的春天》等。

这些天来她缺觉，马上就在皮肤上显现出来。稍微一累，太阳穴上会浮现出细细的静脉。一翻起眼珠儿看人，额上就起皱纹。

年轮正在四十开外的女人心里龇着白牙，可只要男人稍微一表示好意，就晕晕乎乎地茫然失措了似的，好玄乎。

“对婚姻感到不满意的女人，是不是老像是个小姑娘？……虽然不便告诉人，可谁都有这样的事儿。那一位也罢，这一位也罢……”想到这里，敬子眼前浮现出跟自己年龄相仿的女人们的面影。

再也没有像中产阶级的中年妇女这样肯为衣裳、发式和化妆煞费苦心的了。

在香月镜子的美容厅里，做美容和美容按摩的似乎大多是中年妇女。

敬子所做的按摩好像直到昨天还起着效应来着。今天皮肤绷得却已经没那么紧了。

“哪怕每个月能做三次按摩也好嘛……”

这也是好不容易得以住在东京的妇女们的一种幸福吧。

敬子记起她所认识的一位夫人，为了防止中年发胖，就打起高尔夫球来了。然而夫人那白皙的胳膊上已浮现出淡茶色斑痕。

“玫瑰固然好，可还得小心别晒黑了呀……”

敬子一边慢腾腾地擦冷霜，按摩皮肤，一边想：俊三那家公司的困境究竟拖延到几时呢？长期跟这么个焦躁、难以取悦的人打交道，可真够呛！

“连我的白头发都会多起来。我这样奉陪到底，也未免太好说话了吧？……”

敬子在家里总是心直口快，如今恰似被封住了嘴，闷闷不乐，觉得这样一来老得更快了。

田部的弟弟倒是年轻而且性格开朗吧。

“跟弓子般配不？……”

尽管这只是捕风捉影的空想，可为什么弓子却先浮现在她心头了呢？

“明明有朝子这么个年长的女儿呢……”敬子自己都觉得纳闷，继而又想，“因为朝子有那么一股子刚强劲儿，不像是肯乖乖地接受旁人提出的婚事的……”

这并不是母爱对一方淡漠之故。

虽然这样替自己开脱着，可敬子还是不能透彻地理解。

弓子确实好像比朝子更和敬子贴心。

“难道是因为弓子不是我亲生的孩子，反而就这样了呢？……”

会不会是由于几年来尽力把弓子当作亲生的一样，自然就这样了呢？然而弓子打一开始就依恋般地跟敬子亲近，敬子也就自发地疼她。没有血缘关系的人相互偎依，彼此间的感情有时甚至比搞僵了的骨肉之情更为深厚。骨肉之爱既任性又贪得无厌，随着儿女长大成人，相互间就任意地发生抵触。然而敬子和弓子之间感情这么亲密，对以上两点大概用不着担心吧。

但是，倘若与清和朝子的感情多少搞僵了的话，敬子也只能怪自己。

“都是我和岛木、弓子结合了的缘故。”

另外，俊三总是说敬子和弓子之间的挚爱“不同寻常”。敬子仔细一掂量，时而认为：

“这正证明我和弓子都非常可怜。”

然而，作为家庭基础的敬子与俊三之间的纽带，倘若像最近一个时期这样开始动摇，那么跟孩子的关系到头来也许会落个一场空。

出浴的敬子穿上结城地方出产的碎白点花纹藏青单和服，腰间系着没有花纹的暗红色博多带，惬意地坐在茶间的角落里。

敬子也觉察出清是爱着弓子的。清仰慕弓子，清的动摇和怀疑好像得以靠弓子来缓解似的。

敬子还依恋俊三的那阵子，曾认为如果两个孩子能结合，那么父母之间的关系也就稳定了。然而，这却仿佛是一种作为权宜之计的婚事。弓子又是什么态度呢？敬子无意强迫小小的弓子。

事到如今，一旦敬子与俊三分手，倘若一对年轻人的爱情保持下来，成为敬子与俊三的生活纪念或者唯一的收获，那又当如何呢？

“我简直搞不清楚。任凭弓子去拿主意吧。”

敬子和女佣文子边吃烤面包片喝红茶——也说不清这是午饭还是三点钟的茶点——边想着：

“弓子最好找个比清更直率的人。也许正因为这样，我才想到田部先生的弟弟的吧。”

今天天气乍晴，文子换上了短袖衬衫。她那裸露的胳膊焕发着青春的润泽，很是惹眼。她是从农村来的，比去年还要白净光艳。

“大家都看电影去了。明儿个咱们两个人去看点什么吧。近来的日本电影已经比蹩脚的西洋电影强了。”敬子说。

文子从大门上的信箱里取来了信件、杂志和投递得早的晚报。

两封信是写给朝子的，上头是男人的名字。杂志是俊三的同行寄赠的，刚入六月，七月号就出售了。封面上的女子也是一身夏装。

往常俊三的杂志这会子也已印了出来，七月号的样本全家人早都看腻了。

想到这一点，敬子不免感到凄凉，似乎被俊三的苦衷所感染。

敬子正唰唰地一页页翻看那散发着油墨气味的新杂志的时候，“玫瑰”这一标题映入眼帘。

“这里登着一篇玫瑰恋爱故事。”敬子边读边讲给身边的女佣听，“据说玫瑰出现在世界上要比人类的历史古老得多。大约是七千万年前的事……”

“呃？”

“可是，直到五十年前左右，从来没有过大朵的黄色玫瑰。法国的一个叫作贝尔内的人，把它和波斯所产的花进行花粉交配，在一九〇〇年，头一次栽培出黄色大玫瑰。说是这种黄色玫瑰给玫瑰花七千万年的历史带来了巨大改革……也就是说，红色和白色的品种之外又增添了黄色品种，这下子就能栽培各种混合色的了。”

“呃。”

“说是黄玫瑰刚公之于世时，人们并不相信这是天然色彩，报纸上也大肆宣传，说是人工着色的，并把贝尔内当成是骗子手……贝尔内认定这种诽谤出自玫瑰生意的劲敌吉奥。于是贝尔内和吉奥两家的关系就更坏了。下面该谈到恋爱故事了。”

“呃。”

“过了几年，贝尔内家的长子库罗久和吉奥家的独生女玛丽相爱了。父母不允许他们结婚。库罗久在第一次世界大战中参军，阵亡了。父亲哀悼已故的儿子，一九二一年把自己栽培出来的玫瑰取名‘怀念库罗久·贝尔内’。不久，双方的父亲都去世了，吉奥家的玛丽孤零零地被撇下来。她埋头于杂交‘怀念库罗久·贝尔内’和自己家的玫瑰，在一九四八年栽培出叫作‘佛利·贝尔泽尔’的新品种的花……这是玫瑰的‘罗密欧与朱丽叶’，简直就像是虚构的故事。”

“呃。”

敬子继续读下去。

还有这样一篇报道：美国的玫瑰年鉴上登记着六千一百五十种。美国和英国每年各销售五百万株苗木。日本栽培着一千二百种左右，能够畅销五十万株苗木……

敬子把视线投向自己家的玫瑰园。

把无花果、绣球花和西番莲一股脑儿都处理掉，在园子里栽满玫瑰，就能送到市场上去卖。她还幻想着：

“要是实际杂交起来，能够开出淡紫色或浅蓝色的玫瑰，该多么称心啊。”

即将迎来夏至，白昼很长。

她觉得等待了好几个钟头，然而田部的弟弟进门的时候，天色还挺亮，客厅沉浸在晚霞的光里。

昭男只顾望着那幅桃子的画出神，连敬子走进去了他都不曾理会。

他身穿剪裁得体的、半新不旧的西服，那背影既给人以清新纯真的感觉，又显露出男子汉的英俊。

“称您心了吧。”

敬子觉察到当她看着他那背影和桃子的画时，自己的两眼发出了喜悦的光彩。她边说边安详地摆着茶具。

“是梅原先生。尽管没有落款儿……”昭男边说边回过头来。

“老早以前的画哩。哪个时期的梅原先生呢？”

“镜框背面有年份，还落了款儿……”

敬子好像被昭男的微笑所吸引似的，也报以微笑。

然而，昭男并没有泛出微笑。昭男的眼神本身看上去仿佛含着微笑。而且那不是温柔的微笑，却是清冽的微笑。敬子从来没见过任何男人的眼睛发出这么明亮的光。

当他们面面相觑的时候，敬子忽然觉得自己像是朝着昭男的眼睛那边靠过去两三步似的。心中的阴郁倏地消失了。

“我也是从人家手里买的，记得不大准确，恐怕是二十来年前的画吧，您呢。”敬子用了个敬语，想借以使自己的心情宁静下来，因为昭男的眼睛给她的印象太深了。

“您好像很喜欢绘画。不论是观赏，还是自己画？……”

“嗯，医生当中好像净是把绘画当作业余爱好的。像我这样的，也许是为了获得医生资格，先从绘画着手，不对路子。”

昭男在椅子上坐了下来。

“这玫瑰是府上的吗？”

“唉，园子里……”

“啊，真好看。只顾看画儿了，没注意园子。”

“田部先生的爬蔓蔷薇也已经开花了吧？”

“好像开过了。”

“喏，是太太在侍弄吗？”

“教花儿匠给剪的枝。”

说到这里，昭男从内兜里掏出百达翡丽，交给敬子。

“说是走得不准吗？……时间是对好了的，而且新的百达翡丽按说是不应有这样的事儿。反正先放在我这儿，赶紧检修一下。会不会是把它放在收音机或电视机旁边来着……”

“那就不知道了。是吗，由于电波的作用吗？”

“唉。不管怎样，我一定登门道歉。田部先生生气了吧？那么贵，是靠从前的交情请他买下的嘛。”

“哪里。什么样的人和钟表都有生病的时候呗。”

昭男这么说着，这回真的微笑了。一口漂亮的牙齿。他那就男人而言显得略小了点的嘴边稍稍张开后，敬子觉得仿佛一切都得到了宽恕，一切都得了安慰似的，不免吃了一惊。

然而一想到这下子事情就办完了，她不禁找话来说：

“现在进口了一种在日本罕见的高级手表。表芯当然是手工做的，所以一年制造不出多少块。是没有秒针的超薄型，壳子是白金的。那边不大用白金做壳子。金表和白金表好像连声音都不一样。是瑞士的一家叫作奥德迈尔·比格的公司的……”

“没听说过啊。”

“唉，在日本，这种表比百达翡丽还罕见呢。我也还没经手过。既然太太戴的是百达翡丽，我想田部先生戴这个不知道怎么样……”

“贵吧？”

“啊，五十万元到六十万元之间……”

“不要这样的表。”

“不过，要是想到名贵的钻石……这比钻石来得典雅。相当于高级照相机的两倍。”敬子这么说下去，骨子里却想：这是扯到哪儿去了，她抬不起头来，冷汗都快淌下来了。

昭男也许觉得自己这样冷冷淡淡地让敬子碰了一鼻子灰，怪不合适的，就说：

“可不是嘛。不论照相机还是衣料，穷国日本并不考虑战败后的经济，就胡乱地想买进口高级货。我倒不一定把这看成要不得的虚荣心。或许可以把这看作是日本人的进取精神，对理想的憧憬。也可以说是好歹留下了能够升作一等国民的一块垫脚石。倘若所有的日本人都满足于全世界的便宜货，那么说不定精神就会萎缩，一味地走下坡路。光是美国的半旧货，就太可怜啦。耐贫也好，奢侈也好，搞片面了恐怕都不行。反正关于这块表的事，我去跟哥哥谈一谈。”

“一看到特别高级的货色，就不由得想让自己喜欢的主顾戴上它。所以一个人能够佩戴好东西，毕竟还是他品德高尚的缘故。”

说到这里，话又告了个段落，可一想到昭男似乎要回去了，不知怎的敬子就心神不宁起来。

敬子拿着那块百达翡丽，站了起来。她到茶间去，把它收进衣橱的抽屉里。其实用不着这会子就收，蛮可以等到送走昭男再说。

她慌张得像个小姑娘，及至瞥见了搁板上的照相本，就想：“这就是啦。”她松了口气，抱起照相本，却又装出一副若无其事的样子，回到客厅。

“因为是星期天，三个孩子都看电影去啦。大概快回来了，要是可以的话，您就多坐会儿吧。”

昭男并没有理由等待孩子，所以这话也说得莫名其妙。

“三位的话，那个优良儿——记得叫弓子姑娘来着吧，她底下还有两个吗？”

“不是的，上面……有两个。”

“哦，上面吗？……”

昭男吃惊地凝视着敬子。作为女人，敬子晓得他是因为自己年轻漂亮才这么瞠目。

“要不是知道弓子姑娘是您的小姐，我会以为太太只有三十来岁哩。”

“哎呀，这可怎么办呢。”

敬子害臊了。她生怕昭男认为自己害臊得异乎寻常，就越发害臊起来。

然而，人们越称赞她年轻，敬子就越想方设法让自己显得少相。而今觉得这番努力一下子获得了酬报，喜不自胜。

“大夫常常对着一个六十岁的人说什么，你这是四十来岁的人的身子骨，那可是老实话。有时候会遇到身体年轻得异常的人，大夫看了就感叹不已……”

敬子感到就好像被昭男见了自己的身体似的，绯红了脸。

从敬子身上传来了一股什么暖流，昭男的双颊也淡淡地泛出了红晕。

“我们对女人的年龄简直捉摸不透，但是过于年轻的女人的美，却教人看了心情没法平静。”

“女人的美是短暂的，就像叫作‘月下美人’的花儿似的。”

“‘月下美人’？……”

“说是早晨开了，十小时左右就凋谢啦……据说是产在墨西哥的仙人掌，形状像是睡莲，一种秀丽雪白的花。”

“‘月下美人’这样的，我们可不喜欢。”

“短暂无常。”

“短暂无常的东西嘛，就让它短暂倒也罢了……”

“不论怎么挣扎，像我这样的，已经进入了无常的年龄。”

“哪里的话。美一旦常驻，就会温柔地抚慰周围的人。”

“那指的是男人吧。对女人来说，就难啦。要是对方肯于接受女人的温情，女人倒是能够一味地变得温情脉脉……”

“啊？”

“星期天医院也休息吗？”敬子把话题转了。

“照规定是休息的，但因为有病人，所以轮休。”

“在我家里，弓子是头一个病到需要住院的程度的。当时我看到医院里的各位大夫都那么开朗，生气勃勃，曾经想过，不应该让大儿子念文科，要是学医就好啦。”

“要是大夫心情郁闷，露出一副不耐烦的样子，病人可受不了啊。”

“大夫总是蛮有把握，而不是犹疑不定……”

“也有假装出来的一面。因为要替人家的生命负责嘛……然而，有时候就养成了这样一种习惯呗。”

“像我家的男人们那样，绷着个脸，那么也不是，这么也不是，把自己封闭起来，真够受的。”

“可是，对一个人来说，最大的幸福不就是走自己喜欢的路吗？”

“就拿大儿子来说，不过就是有点儿喜欢英文而已。”

“我们读旧制高中的时候刚好赶上战争，外语完全不行。如今的学生，成绩好得真出色。跟从前不同，会话也很流利。”

“这又怎么样呢，对就职也没什么帮助吧。即便还算不上是赤色分子，一旦被人做了思想调查……”

“脑筋好的学生大都是这样的。世界就是这样的。”

“这么说来，像‘月下美人’这样短暂的生命也许还是好事儿呢。”

“我的手也有点巧，其实想上美术学校来着。离开了父母，哥哥应征入伍，所以改学医科啦……喏，当时良心或正义感也起了作用，想去帮助那些战争的牺牲者。所以选了外科。可是至今画画儿仍是我的乐趣，也鼓捣石膏。自己还随便找个借口，认为磨炼手的感觉或许有助于做手术，也不知道是不是这么回事。”

敬子像是同意般地点了点头。昭男娓娓而谈，她才好容易镇静下来。

“请您看看那以后的弓子。”她这么说着，乖巧地打开了照相本。

“真漂亮。我清清楚楚地想起来啦。”

“这是大儿子，这是挨肩儿的妹妹。”

“长得有点儿像太太，然而是个现代女性。”

“这是弓子的父亲。”

昭男并不曾理会什么，可敬子却直纳闷自己为什么要特地说是“弓子的父亲”。

照片上，沐浴着阳光的走廊里，满脸善良笑容的俊三坐在椅子上。

昭男翻看着照相本，要是哪一页没有敬子的相片，他就像走过场似的哗地翻到下一页。

敬子那双热辣辣的眼神追踪着昭男的手。

昭男并不是为了引起敬子的关心才这么做的。

他对素昧平生的俊三和清等人的相片是不可能有兴趣的。他跟弓子也没有熟稔到在妈妈跟前热心地看她那位千金的照片的程度。

所以他无意中就这样看起待在眼前的敬子的照片来了。

然而敬子却越来越强烈地想着：他光看我呢。

既有穿游泳衣的，又有穿宽松的运动裤的。

“这是结婚前的吗？……”

“对。我想着自己也曾有过这样的时代啊，就把旧照片贴上去啦……”

“是吗？”昭男这么嘟哝着，细细端详。

于是敬子说了声：“怪不好意思的。”

然而敬子思忖，倘若自己说：“我要是能够在照这张相片的时候见到现在这个年纪的你，那该有多好哇……”昭男听了，会露出什么样的神色呢？

豆蔻年华的照片确实勾起了敬子对那个时期的温馨记忆。

“多么旧式的游泳衣啊。”

她嘴上虽这么说，但对自己年轻时的这些照片并非没有自信。

这是从旧日的照相本里选出若干满意的，改贴到现在这个照相本上的。

既有随随便便地光着脚穿凉鞋的，也有骑在马背上的。

“从前工商区的店家还有意想不到的自由风气来着。”

敬子觉得好像自己的少女身姿正栩栩如生地跟昭男会着面似的。

然而，这些年轻时的照片当中也夹杂着婚后的。她对昭男隐瞒了这一点。一抹不安的情绪在她心中摇曳着，生怕他会有所察觉。这又是为什么呢?

这个照相本里当然没有那些会使她清楚地勾起与死去丈夫一道度过的那段婚后生活的。

“哎呀，这可不行！”敬子边这么喊着，边伸过手去。

那是俊三席地而坐、敬子伸腿横卧在他膝下读着什么杂志的照片。

焦点对准了敬子那俯视着的侧脸，她手里的扇子亲密地挨着俊三的膝盖，形成一幅自然而有趣的构图。

从敬子躺的姿势洋溢出天生的妖艳。

“哎呀，讨厌。会有这样的照片？……太没礼貌啦。”

“是张好照片嘛。”

“我说不行就是不行……是清瞒着我拍下的。记得我已经把它拿掉了嘛……”敬子说着，涨红了脸，打桌前绕过来，要从昭男手里把照相本拿过去。

敬子害臊得简直像是个二十几岁的少女，这使昭男感到吃惊。

诚然，把这看作夫妇的合影的话，就会是这样的吧。夫妻独处，毫无隔阂，彼此都亲密到忘掉对方的程度。然而，莫非是不愿意让人家瞧见这样的身姿吗?

昭男一边抬起一只胳膊挡住走过来的敬子，不肯把照相本交给她，一边继续看着那张照片。

“不行。”敬子边说边伸过手来，胸部朝前一弯，昭男那只将敬子的腰带顶回去的胳膊肘一滑，戳着了敬子的心窝儿。

“哎呀！”

敬子这么一叫，昭男就松开了胳膊。

敬子仿佛拢住昭男的胳膊似的，拿起照相本，把这张麻利地揭下来，掖在腰带里。

于是她回到原先的座位上。她一直用手捂着心窝儿。

“竟然让您看见了以前的这种显得优哉游哉的照片……”

敬子试图镇静下来，然而还是气喘吁吁的。

“对不起。”昭男这么说着，稍微泛红了脸。被他的胳膊肘一戳，敬子的肌肤忽地收紧发硬了，那感触一直留在他身上。

“显得优哉游哉的照片……”敬子这么重复了一遍，“我现在可不得了啦。”

“指的是什么呢？”

“什么？各种事儿……”

昭男仿佛询问般地瞧着敬子。就男人而言，他的双眼皮未免太秀丽了点儿，眼睑上有着少年人的气息。

“真的有各种不得了的事儿，”敬子说着，避开了昭男的目光，“跟您说，也没有办法。可是……”

昭男没有吱声。

如果昭男肯问一句，也许敬子会把眼下和俊三之间的情况讲给他听的。

敬子大概是因为不愿意让他觉得那幅照片淫荡，所以才两次说是“显得优哉游哉的照片”。

其实那并不是什么淫荡的照片，可是敬子却感到好像是被昭男撞见了自己和俊三睡觉的姿势似的，弄得羞愧难当。

而且，关于俊三，她不禁用“弓子的父亲”这么个奇怪的措辞也罢，对自己和俊三漫不经心地松松快快相处的照片如此害羞也罢，都异乎寻常。

两个人的照片被昭男瞧见的那一瞬间，敬子还感到一阵针扎般的悔恨。昭男的来访还使敬子想道：倘若从未跟俊三一道过这段日子就好了。这一切统统做错了。

把这张照片藏在腰带里之后，敬子还是放心不下。

“弓子他们也快回来了。”敬子不着边际地说，“在这之前，我把有着各种不得了的事儿的身世讲给您听听好不好？”敬子用半开玩笑的口吻掩饰着，骨子里却想得到昭男的安慰，哪怕一句也好。

“人家都说，女人没有幸福，所以总做幸福梦……”

“这指的是什么？”昭男说着，漾出微笑。

敬子不便露骨地说，诱使女人做幸福梦的正是昭男的这种微笑。

# 另一对儿

清不大到银座或丸之内一带去，却常到涩谷、新宿、池袋这样的闹市来游逛。

因为在这儿看电影吃东西都便宜，让人觉得轻松愉快。而且，清对那些在银座漫步的人抱着反感。

今天，清等人也是两点钟左右在新宿车站下车的。

他们穿过隧道般的地下甬道，沿着检票口附近的台阶走上去。只见右手的小卖店上端，高高地排列着一幅幅装在镜框里的电影院海报。

“新宿座正在上映《苍白的月亮》和《魔术之恋》。”朝子抬头望着海报说，“我想看。喏，咱们到新宿座去吧。”

他们原是一致要看《跳舞的会议》和《饮泣》的。以前在报纸的广告上发现过，三个人都还没看呢。按说是不会由于在车站上看了广告就动摇的。但这在朝子已成为习惯了。

弓子觉得怎么都可以。

可是清好像对朝子的话充耳不闻。一走出检票口，他就朝文化座那边走去。

“我可要到新宿座去。”

朝子身穿淡黄色棉府绸连衣裙，上面披了件浅棕色短上衣。

清只是气冲冲地看了一眼妹妹的脸，不予理睬。

“好不容易一道出来的，就一道看吧。”弓子这么说。

“那么，你们也到新宿座来好啦。”

清和弓子都很清楚，朝子这个人是绝不改口的。

朝子总是在这样一些无聊的琐事上固执己见，惹得清焦急，兄妹之间不对劲儿。

“朝子跟我们一道来不就结啦。”

“听说《苍白的月亮》里对话俏皮，很别致……有新型的姑娘。”

“职业处女吗？……说是拿处女当招牌。你想学吗？”

“你甭管，我这个人呀，就连一场电影也不会白看的……”

话音未落，朝子已经离开了清等人，连头也不回，穿过人流匆匆扬长而去。

“那家伙还是老样子……”清气呼呼地说着，轻轻地扶着弓子的手，走过人行横道。

“那家伙是不是对所有的人都是这样的呢？”

然而弓子对朝子的这些方面并不像清那么介意。

“这不是蛮好吗？姐姐很认真，总是强烈地有所追求。她不肯妥协这一点，令人羡慕。大概是因为有才能吧。不像我这样呆头呆脑的。”

“里面空空洞洞，什么也没有。自以为有才能而骄傲，是当今的姑娘们浅薄的悲喜剧。”

“那也不见得。”弓子这么支持朝子。

星期日的电影院里，挤得厉害，很是闷热。没有座位，休息时间都无法走到外面去。

他们看了两场电影，走到大街上。百货店屋顶的巨型霓虹灯已经点上了，但天色还蛮亮。

“晚霞真好看。净下雨，都忘了晚霞是什么样儿啦。”弓子说着，朝天空望去。

清一边冲着晚霞的方向走去，一边说：

“肚子饿啦。吃点东西再回去吧。”

“妈妈说，有客人来，要我们早点回去呢。”

"是那块手表的顾客吧。跟咱们没关系。"

"说是柿本医院的一位年轻大夫……"

"弓儿动手术时的？……"

弓子被脱光衣服之前，有个年轻的大夫把清带到走廊里去了。清觉得准是那个男人。

"他来干什么？"

"大概是为手表的事儿。"

"弓儿对那个大夫？……"

"不记得啦。"

"那么，就随他去吧。"清说着，匆匆地走进了车站旁的地下甬道。

穿出去后，西口是闹市。

玩弹球盘的噪声首先告诉人们这是个热闹场所。酱油烧焦了般的气味扑鼻而来。

这是战争结束后，曾在国营电车的车站周围蔓延开来的所谓市场的残余，弓子却觉得害怕似的在横巷口停下脚步。

弓子从来没到新宿车站后门的西口去过。

"这里叫作大福横巷。战争刚刚结束后，这里是一排卖大福饼[1]的棚屋，当时是十元一个。"

如今，大福饼的店一家也不见了，只有弹球房和廉价饮食店。

清像是对这一带很熟悉，从嘈杂的人群中穿行，走进一家布帘上写着"小锅什锦份儿饭"字样的小店。

店堂逼仄，细长的灶房里，煤气灶上排列着几口铝锅，小得犹如过家家玩儿用的。

顾客的桌子只有四张。除了弓子等人，还有一对年轻夫妇带着两个小男孩和一个娃娃，坐在那里。

---

1　扁圆形的豆馅年糕。

楼上大概也营业，楼梯旁边贴满了大字的价目表。

“吃什么？”

鸡肉饭、香菇饭、干贝饭、虾饭、牡蛎饭，样样都是一百元，唯独鳝鱼饭是一百五十元。

“我不知道，什么好吃？”

“唔，我喜欢鸡，可也有虾和鳝鱼。鱼糕片、鸡糕片、鳝鱼肝汤、鸡蛋汤……”

“鸡就可以。”

身穿带花的连衣裙、系了条圆筒式围裙的姑娘，在两个人面前摆上茶和卫生筷子，在等候他们叫菜。

“两份鸡。”清说罢，点起香烟，也许是累了，默默地发呆。

行人络绎不绝的脚步声，四面八方的弹球声，招徕顾客的吆喝声，喧嚣不已。然而这家店里似乎是一片肃静，那对年轻夫妇的谈话声清晰地传到弓子耳际。

“劳驾，再来一壶酒……”

对弓子来说，年轻的妻子为丈夫叫酒也挺新奇。她的声调柔和，好像蛮幸福。

那位年轻的妻子用筷子夹起热腾腾的什锦饭，吹一吹，喂较小的男孩子。头戴淡蓝色兜帽的娃娃背在她那穿着白衬衫的背上，简直把脖颈都甩到后面去了，睡得正香。

小哥儿俩戴着一样的白帽子，背对着弓子。

年轻的丈夫不像是个职员。

“是干什么的呢？”弓子边这么想，边瞧着。

那位妻子没有电烫头发，只是打成辫子，盘在头上。这使人感到亲切。

这种携眷的和平身姿诱发了弓子的乡愁。

近来父亲的现状使弓子受到惊吓，她对敬子那副心神不定的样子也感到不安。热海的母亲也怪可怜的，她觉得挺难过，然而双方却不能心心相印。

清和朝子都露出待在家里不大好受的神色。

在外面受累后，回到家里最感到轻松愉快的，唯有敬子和弓子。难道只有她们两个人结合在一起，其他人的心就都涣散了吗？

“弓儿，你在想什么呢？”

清的语声使弓子把视线移回来。前面排列着放在小小的锅垫上的两口小锅、饭碗和盛在小碟里的腌黄瓜。

揭开厚厚的白木盖，从锅里冒出蒸汽来，闻见了鸭儿芹的气味。很清爽。

“就这样，量可不小呢。”清边说边盛在碗里，弓子也学他的样儿。

清露出洁白的前齿，吹着刚蒸好的热饭。味道清淡爽口，弓子吃到第二碗时却只稍微添了一点点，说了声：

“真不少哇。”往锅里瞧了瞧。

“弓儿，不好吃吗？”

“好吃。肚子虽然饿，可一下子就饱啦。梅雨季节总是这样子。”

“看上去锅挺小，却足能盛上三碗半到四碗。”

“哥哥常来吗？”

“这儿吗？偶尔来一趟。有的朋友要是不每天晚上吃上一顿锅饭，心里就不舒畅……”

“要是住公寓，到外面去吃饭，那么就很想吃锅里蒸的热饭吧……”

“这条街有意思吧？”

“一个人就会害怕了。”

“有什么可怕的。不是在可爱的人群当中吗？这条街就像是受了战争的创伤似的，借着玩弹球，可以得到刺激，忘掉过去。还有花上五十元就把你灌醉的酒馆儿。那样的地方弓儿去不得，可大街对面有一家叫作

‘东京俱乐部’的漂亮的啤酒厅，你要不要去试试喝一次鲜啤酒？”

弓子摇了摇头。

“姐姐也该出来啦。要是到新宿座那边去看看，也许能碰上。”

“唔，朝子那家伙，是在看电影吗？我想，那家伙也许是耍了个小聪明。”

“耍了个小聪明？……”

清站起来，走出那家小锅什锦份儿饭铺，进了毗邻的弹球房。

他买了五十元的球，把十来个递到弓子的手心里。他将弓子带到空着的盘子跟前，把着手教她该怎么玩。

清并不是热衷于玩弹球盘的学生。他是为了千方百计想让弓子的情绪松弛一下才进来的。

弓子的球转眼就没有了。

弓子从一大排身穿同样的白衬衫的男人脊背当中找到了清，就站到他后面了。

自从弓子来到身边，清连一个球也没打进去。

“真奇怪，弓儿一看着就不行啦。”

“已经是八点半左右了。回去吧。累啦。”弓子对着清的肩膀说。

就这样，清还剩了五十来个球。他拿去换成两盒和平牌香烟，就走到外面去了。

“喝完茶再回去吧。”

“足够啦。回到家再喝算啦。”

“你这简直是哪位大妈的口气。”清说着，大步流星地领先走去，弓子只好尾随着。

清走出大福横巷，就进了一家带有山中窝棚风味的昏暗咖啡馆。

里面烟气弥漫，就像是笼罩着霭雾似的。在街上的噪声中，这里，留声机传出来的卡萨尔斯的大提琴曲调清晰悦耳。

成双的青年男女多少意识着周围的动静，排着好儿对，弄得弓子忐忑不安。

“晚上弓儿不能喝咖啡，对吧？”

“嗯，有一次睡不着觉啦，可难受啦。”

“随爸爸，是神经质。”清说着，为弓子叫了一杯柠檬苏打水。

弓子抿着纯真的嘴唇吸吮柠檬水。也许是略微酸了些，稍稍皱起眉头。

然而她那身姿越纯洁，清就越觉得弓子离他远了，心里感到刺痛。

不论是跟清一道看电影也罢，在街上漫步也罢，吃饭也罢，弓子一点儿也不像是愉快的样子。她的心情开朗不起来。不谙风情的弓子使清感到焦急。

打从弓子还是个小姑娘的时候起，像月亮升起来那样越来越有出挑儿的那些岁月，清都是和她一道度过的。弓子喜欢什么讨厌什么，脾气和性情，他都晓得。她温顺却不做作。她会喜不自禁地向他撒娇。

他还知道弓子双颊的气味，用嘴唇吻过的她那肌肤的味儿。那就是说，弓子也知道清，可她又认为现在已不是小孩儿家了，就回避着清。难道一旦成了大姑娘，直到昨天还有的那种爱的接触，就荡然无存了吗？难道清一直是利用弓子年龄小，只是向她偷窃来着吗？

弓子吸完柠檬苏打水后，就用麦管尖儿摆弄着剩下的冰：

“今天都让哥哥请客啦。真有钱，让我吃了一惊。”

“倒也说不上是有钱……”清说着，苦笑了一下，“我打了点儿工。”

“哎呀，什么呀？……”

“没多大意思。我不愿意像朝子那样，只要一看见妈的脸，就把钱挂在嘴上。我搞的是像女孩子打的那种工，都不好意思说出口。是帮助在单行本上套起玻璃纸，装进书壳。是研究班的教师替我介绍的，两天挣了五百元。”

“大学里还给介绍打工呢。”

想不到这个话题似乎引起了弓子的兴趣。

“因为有不少学生需要打工。正式的也有好多种：家庭教师啦，为外国人当导游啦。有些人干的工种真够呛，弓儿这样的听了会吓一跳。”清说到这里，眉宇间露出愁容，“上大学又算得了什么。有卖血的，有为非作歹的，光是留个学籍……”

“我也觉得自己选了升大学的课程是个错误。从第二学期起，不学法文什么的了，而想学学打字什么的。”

“想就业吗？”

“嗯，妈妈怪可怜的。真够她受的。”

清一声不响，却把那个用法语印有“贝壳”这一店名的小火柴盒攥得那么紧，以致它几乎在手指间响了起来。

“我觉得真够她受的。”弓子又这么重复了一句。

“我对母亲已经不能像弓儿那么爱了。”清低声嘟哝道。

“是因为我爹吗？……”

“倒也不一定。因为弓儿是爸爸的孩子……”

“我可是在一本正经地说话呢。”

“我也是在一本正经地说话呢。真是这样。如果没有这个人，世上也不会有弓儿这么个孩子。有时候我是抱着这么个想法来看待爸爸的。”

“这话是不是指的哥哥恨爹呢？”

“我能恨弓儿的爸爸吗？”清用强硬的口气这么斩钉截铁地说。弓子生怕被周围的人听见了，就对他使个眼色，双颊泛出红晕。

“这跟弓儿喜欢我母亲的原因不同……”

“难道哥哥不是为了避免恨我爹，这才跟妈妈疏远的吗？”

“弓儿可真是个令人吃惊的心理学家啊。听你这么一说，也许确实是这样。然而，并不光是这样。我认为，母亲和爸爸结合，应该说是母亲不好。不，我不该说他们结合是不对的。我已经不是小孩子啦，所以能理解母亲抓住爸爸的那种心情。首先，他们两个人要是没有结合，我也遇不上弓儿啊……”

“……”

“喏，弓儿还记得吗：母亲还经营车站上那家小卖店的时候，有一次弓儿的母亲快死了，爸爸到信州去看她。于是弓儿曾被托付给我们家？”

“嗯，哥哥和姐姐都对我很好。”

“弓儿可怜巴巴的，我想：怎么会有这么可爱的孩子，情不自禁地抱住了弓儿。”

清并没指出那就是初恋，却只说：

“我多大来着呢？”

“弓儿有十来岁吧。像这样光艳照人的孩子怎么会这样不认生呢，我简直不知道怎样疼爱才好。”

弓子也不曾忘记自己受到清的爱抚就撒娇的情景。

“我在小小心坎里发誓：这孩子我可哪儿都不放走。所以一道生活后，弓儿奇怪地跟母亲亲，我也一点儿都不觉得不愉快。”

弓子略微感到难过，就垂下眼睛。

“弓儿的事倒没得说的，可母亲和爸爸结合的时候，我的年龄不对头。我要是更小一些，或者索性已经成年，兴许就更好一些。我当时即将进入青春期，可受了打击。我想朝子也是这样的。无论如何，爸爸不是个有太太的人吗！爸爸不是甚至于没离婚吗！”

清的声音又大起来了。

“哥哥，咱们出去吧。”弓子说。

“嗯，听说爸爸到热海去了一趟，已经分手啦？……”

弓子点了点头。

“可是事到如今，为时晚矣。那么，你认为爸爸会和母亲正式结婚吗？你认为这样做才好吗？”

“不知道。”

“弄得我也不知道了。”清冷冷地冒出这么一句，又改用温柔的声调问，“弓儿难过吗？”

“难过。”

“咱们家里，似乎谁都甚至不能真诚地难过一下啦。爸爸、母亲、朝子和我这四个人，好像都没互相爱着。可是，看来四个人都爱着弓儿。”

“妈妈最爱哥哥啦。就连姐姐她也爱的。”

“这就很难说了。”清说着，两眼露出阴郁的神色，沉思起来。

“至少还不至于巴望彼此遭到不幸吧。然而，这也多半是出于利己主义：生怕自己家遭到不幸会给旁人添麻烦。”

弓子把冰碴子含到嘴里，忽然小声笑了。

“你笑什么？”

“因为哥哥这种想法……”

“那么，如今爸爸可以说是遭到了不幸，反正他正站在关系到一生成败的关口。可又有谁打心里安慰他，想帮助他一把？”

清懊悔自己又把话说过了头，没想到弓子也不示弱：

“大家在内心深处都同情爸爸。要是哥哥带头把气氛弄得快活起来不就结啦。”

“咦？我的路标这么说吗？要是弓儿在我的脚下点起亮光来，倒也罢了……”

看来弓子脸上漾起了涟漪般的微笑。

弓子这种意想不到的微笑竟比倔强的朝子竭力装出来的冷漠还更包含着强烈的抵抗，对清来说，这是一种新的魅力。他感到连前额的发际都热辣辣的。

“弓儿，你认为今后爸爸和母亲能相处得好吗？”

清反而提出一个连弓子带他自己听了都会受伤害的恶毒问题。

清正在柜台上付款的时候，只听见弓子在门口用快活的声调说：

“下雨啦。”

“又下雨啦。”

借着灯影可以看到傍晚的骤雨溅到宽阔的马路上。

从那条马路对面的茶庄里飘来了焙粗茶的气味。

“多香啊，好闻……”

弓子像是这下子才感到爽快似的说，疾步走了起来。

“弓儿，别这么急。”

清边跟在后面追着，边把自己抱着的上衣搭到弓子的肩膀上。

“雨嘛，跑也好，走也好，反正该湿到什么程度就湿到什么程度呗。”

“哎呀，你这话可不合乎道理。越是早躲到屋顶底下，越少挨淋吧。”

弓子专挑屋檐底下走着，跑进了车站那明亮的西口。

“谢谢。弄得浑身热乎乎的。”她说着，把上衣还给了清，“明天的功课我还没做呢，我还想给妈妈讲讲电影的情节。要是不早点儿回去，会忘记的。”

弓子抬头望着车站的大钟，这么说。清简直闹不清她是怎么回事。他恨不得揪住她摇撼一通，或狠狠地揍她一顿。

弓子并不讨厌清。但她原来把清当作亲哥哥一样，两个人亲密无间，她无法突然间把清的爱情作为异性之爱来接受。近来她对清的一言一行再也不能相信、依赖了。

倘若清说，兄妹之间的爱抚就是男女之爱的象征，那么弓子就越发感到困惑了。难道两小无猜的嬉戏，就得照样延续到遥远的未来，成为恋爱的誓约吗？弓子觉得清仿佛正沉甸甸地压到她身上来了似的。

星期日外出的人多，人们被骤雨赶撵着，把电车挤得满满当当。弓子伫立着，隔窗望着说：

“妈妈在为咱们担心呢，不知道赶上这场雨咱们怎样啦。”

“你事事都想到妈妈。”

"因为今天妈妈一个人待在家里嘛。"

"弓儿刚才不是说真够妈妈受的吗？"

"我觉得真够她受的。"

"自己没有店铺，到处去兜售宝石、手表之类的奢侈品，做这样的买卖确实很辛苦。已经不是那样的年头啦。如今市面萧条，要是能够到处巧妙地掏获当死的钻石什么的，大概蛮便宜，看来只是没有这笔本钱……"清也这么搭腔。

"要是爹的公司倒闭了，妈妈也会背债吗？"

"唔？难道母亲还拿得出爱情或什么东西吗？"

弓子吃了一惊，看了看清的脸。

在目白车站下车后，只见有不少女人拿着伞来接人。

"给文姐打个电话，叫她送伞来吧。"

"用不着。雨小啦。"清说着，又把上衣披在弓子的肩上，仿佛搂抱着她似的催她赶路。

"行了，太热啦……"弓子溜掉了。

雨像雾一般蔓延开来。

走进未遭受战祸的公馆街后，漆黑的大树从里面嘎的一声，像是枝子被压弯了一般。弓子的步子放慢了。

"我想听听弓儿的回话。"

"什么回话？"

弓子被黑魆魆的树丛吓得好像交抱着裸露的胳膊似的，抬头望着树枝。

"刚才那是什么声音呀？……"

"你喜欢我，还是讨厌我？"

弓子开始加快了步伐。

"这个嘛……咱们生活在一起嘛……有时喜欢，也有时讨厌……"

说到这里，她发出短短的喊叫声，抓住清的胸脯。

“没什么。”清说着，把弓子抱在怀里，“是树枝的声音。”

当清的肌肤感触到弓子胸部的悸动后，他就飞快地低下头去，吻了她。

“真野蛮。我讨厌野蛮的人！”

弓子从清的胳膊当中溜出去，边用手擦着嘴唇，边沿着墙脚的小径跑起来了。

街灯那微暗的光映照着坡道口儿。弓子连那个坡都是小跑着上去的。

她觉得从听惯了的小溪的水声底下传来了清的嗓音：

“弓儿啊，不爱吗？”

弓子一拉开正门，只见敬子就站在那里，几乎撞个满怀。

“你回来啦。”

“妈妈。”

“我正要去看看雨下得怎样啦。因为谁都没回来……”

“妈妈。”

弓子抓住敬子的腰带，把脸扎在她胸前。

“淋湿啦。你跑步来着吧？清他们呢？”

“这就……”弓子说着就迈上来，从里屋为清也取来一条毛巾；只见清正用自己的手绢儿擦着呢。

“弓子的病刚刚好，还挺虚弱。”敬子说，“跟出去的时候比起来，怎么憔悴成这个样子！清，你拖着她到哪儿转悠去啦？”

“咱家的公主微服出游大福横巷呗。”清丢下这么一句，头也不回就躲到自己屋里去了。

“弓儿，饭呢？……”

“吃过啦。”

“朝子呢？……”

“姐姐看别的电影去啦。”

“是吗？她一个人会不会又挺晚才回来呢？……”

敬子跟到弓子屋里，帮助她换衣服。

弓子在盥洗间洗脸的时候，她也在后面等着。

“打算刷完牙就去睡觉吗？”

弓子回答不出来。

“看来你累了，最好早点儿去睡。”

“我要跟妈妈讲讲电影的情节。”

“那位年轻的医生——田部大夫……”敬子用微笑来掩饰脸上泛起的红晕，“一直在等你们回来。”

“为什么？”

“年轻人大概乐意跟年轻人见面吧。”

“不是来办事儿的吗？”

“手表已交给我保存了。电影有意思吗？”

“嗯，是一个有妇之夫婚外恋的故事，让·路易·巴罗所扮演的那个男人哭得很伤心。妈妈要是也去看就好啦。”

“为什么？”

敬子睁大了眼睛。

“因为有三枚镶宝石的戒指。”弓子说。她好像不曾理会敬子表情上的动摇。

“三颗宝石的故事吗？”

“一个上年纪的音乐家的女儿跟一个有天才气质的小提琴手相爱。老音乐家觉得女儿的恋爱会招来不幸，就把过去三位情人送给他的三枚戒指给了女儿。那意思大概是说：人不会只谈一次恋爱，不要一往情深……那父亲是个艺术家，平生恋爱了不止一次。可女儿就不同了。和初恋的人分手的时候，她把一枚戒指交给了他。当她嫁作他人妇之后，又碰见了初恋的人。再一次分手的时候，她把第二枚戒指交给了他。以后，他们第三次见面，而且再也没有希望重逢了。临别的时候，她把第三枚戒指也交给了他。三枚戒指她全给了那个初恋的人。”

“好故事。”

“我看了挺难过的。巴不得去领圣体，当个修女那样的人……”在教会学校就读的弓子说。

“当修女也罢，当什么也罢，女人毕竟得……”

电话铃响了，敬子走了出去。

雨声又急了起来，敬子接电话的声音也挺响亮的。大概是朝子打来的。

弓子上了床，心想：

“是要人给她送伞去吗？爹一定也没有伞。要是在这样一个雨天的深夜，带着伞到车站去接爹，他恐怕也会露出高兴的神色吧……可爹会坐出租车，那样一来或许就相左啦。”

假若在车站等爹，一直等到深夜，却又相左了，那真够让人觉得凄凉的。倘若等的是妈妈，即使相左了，事后只要愉快地一笑就过去了。到底是为什么呢？弓子这么纳闷着，她为爹感到悲痛。

爹的脖颈上，靠耳根那儿有颗大黑痣。弓子和爹两个人一道生活的时候，弓子总想去摸摸那颗黑痣。每回爹都不耐烦，把弓子的手扒拉开。幼小的弓子曾竭力设法不去拖累爹。

弓子正回忆这些往事的时候，敬子换上睡衣，抱着枕头走进来了。

“行吧。我睡在朝子的床上。”

“姐姐在外面过夜吗？”

“是啊。她说到朋友那儿去了，下了雨，回不来啦。这只是个借口。她是想和朋友聊个没完呗。”

“爹是不是快要回来了呢？……”

倘若爹回来了，瞧见妈妈睡在弓子屋里，他会说什么呢？弓子感到不安。敬子可从来没有到她这儿来睡过。

“近来我一点儿也不了解爹是怎么回事。我恨不得向弓儿请教呢。”

敬子边这么说，边吱的一声弄响床上的弹簧，深深地躺下去。

“你在新宿跟清谈什么来着？”

弓子结结巴巴地说：

“也谈到可真够妈妈受的这些话。”

敬子绝不会是由于生怕清利用朝子不在这个好机会，半夜里为了问明弓子的回话，也为了跟弓子接吻而进屋，所以打算保护弓子的吧。

由于家里有两个成员没回来，敬子独自睡不安稳。

另外，这个夜晚，她们两个人在不同的意义上遇到了男人的爱。

## 假寐之梦

岛木的出版社实际上已经倒闭了，却又怎么也倒闭不了。

既然已落到这个地步，俊三和董事都希望早一天把它甩出去，让它垮掉，好歹处理了拉倒，但他们的意愿是根本无法实现的。公司正按照债权者们的意愿摇摇晃晃地苟延残喘。

工资尽管拖欠着，然而十二三个社员每天仍上着班。出版社将有什么样的下场？债权者的代表什么时候宣告出版社破产？解散后还有没有办法东山再起？

俊三和公司里的同事们一块儿没完没了地谈论早已说尽了的那些话，有些夜晚竟谈到天色发白。也有一天前往陌生的镇子去为逾期的借款而道歉，落到在一家旅馆过夜的境地。

另外，有时候他无端地喝得烂醉如泥，或通宵达旦地搓麻将。

敬子大概也习惯了，既不问他为什么要在外面过夜，也不再责备他。

偶尔有个晚上，俊三喝醉了回来，喋喋不休地对敬子说：

“连电视都追在我们后面。哎呀，真要命。我一边喝酒一边无意中看了看店里的电视，原来是时事解说这么个玩意儿，讲的是空头支票的事儿。说是这个六月六日开出了三千六百多张空头支票……屏幕上映出了支票交换所。

“一个姑娘机械地哗啦哗啦数着那些支票。可把我吓得毛骨悚然。说是有这样一首歌儿。你听着：啊——穿尼龙袜的少女坐在一道，统计着妖怪般的空头支票……嘀，妖怪般的空头票据。一点儿不差。听说要成立一个空头支票对策委员会呢。想必会拿出了不起的对策吧。”

大都是由于在外面受了累，俊三总是闷闷不乐，一副忧郁的样子，跟家里人也不说话。看上去有些像是自己把自己当成了家族中多余的人。

然而，只要一走出家门，到了“外面”，俊三脸上那闷闷不乐、忧郁的神色就消失了。

近来，他的额头稍微秃了，椭圆脸儿显得苍老，但善良地一笑，眼角上就皱起鱼尾纹。他说话的语气柔和，长得五官端正。人到中年，又添加了一份尊严。而且，正如演员小山对朝子所说的，还浮泛着一种不知什么地方令人联想到基督的高贵、深沉的悲痛，好像因此能博得人们的好感和信赖。

和债权者打交道的时候，公司的其他人也被赶出去：

“非得岛木君出面才行。”

俊三生性怯懦，甚至跟那些心绪不宁、不肯服从的社员都尽量交往。

杂志停止发行后，编辑部的成员们闲得无聊。于是打淫雨连绵的白昼起，俊三就跟他们围桌搓麻将。

说起来，与其回到家里独自愁眉苦脸的，还不如打打麻将牌，争个满贯，倒更轻松而起劲儿一些。俊三从来也没拒绝过年轻人的挑战。

赌起输赢来，俊三的本事大得出奇。他有那么一种气势和运气，在紧急的时候能够把不够好的牌也给和了。

“我只是在赌博时代的那个世道取得过成功。出版工作一旦变成正经八百的事业，我就无能为力啦。”

他这么笑着说，于是，叫声“嘿，空白支票”，打出了一张牌。这样来消磨时间倒还使他感到活得有劲儿。

这下子他又像从前那样变得神采奕奕了。

社员们连工资几乎都拿不到了，他们变着法儿想在麻将桌上打败俊三，哪怕能捞到早饭钱也是好的。

然而，他们只是用按钉把一张白色模造纸钉在那社运的象征一般开始变脏了的墙上，用墨汁记下分数。不管谁赌输了，还从来也没有掏过钱。

“这就像是咱们出版社的账本似的。”大家只是看着这张分数表，笑笑就算了。

但是，当他们哗啦哗啦胡噜牌的时候，根本就没有把这些放在心上。

这是战后通行的一般打法。名堂多啦，即使和不上满贯，也能和上两千、三千的。一旦输了，转瞬间就得赔个一两万分数。

整个晚上，俊三的牌运一直极为不佳，天将蒙蒙亮的时候，却接连坐了好几次庄，这一把要是能和个满贯，或是接近满贯，就一举全胜了。

手里的牌是三色、断么、平和，已成了听牌的格局。三个对家都扣着俊三所需要的那张牌。这下子俊三除了单调就没有旁的招儿了。俊三单调了九万。

不用看牌，单凭手指来摸，他就能知道：

“喏，满贯。这样一来，我也收回失地了吧。”

“没有牌品。都到这个份儿上了，还赶尽杀绝……怎么样，公司方面您能不能也像这样漂漂亮亮地转败为胜呢？”

这一局，结束的时候，俊三一个人赢了。

他把筹码哗啦一下撒在桌上。

“赌博是输的时候才有意思。我困啦。”俊三说着，拿胳膊当枕头，随随便便往屋角的长椅上一躺。

其他人也将两把椅子并在一起什么的，各自把疲倦的身体横卧在上面。

“下得真冲。”

熄掉发红的灯后，从百叶窗的一角流进了湿漉漉的微光。

大厦正面的前门，七点钟就开了。

电车路对面那家小吃店的百叶窗被拉上去后，人造白兰瓜和苏打水的颜色在雨中的橱窗里显得湿润发暗。理发店外，那红蓝两色的标记柱滴溜溜地旋转起来了。不知什么时候，香烟店也开始营业了，首都彩票也摆了出来。

大厦的电梯前排列着身穿雨衣、雨鞋的人们，廊子被水弄脏了。

俊三这家出版社的女办事员小林峰子在大厦的办事处收下一捆邮件。当她打开一楼尽头现代社那扇门的时候，有点儿脏的淡黄色空气扑到她那张早晨的脸上。

“哎呀。”她皱了皱眉头。

她把牛奶色的尼龙雨衣挂在屏风上。穿着利利索索的短袖衬衫，先把邮件放在俊三桌上，再打开百叶窗。

一只老鼠拼死拼活地沿着两座大厦之间那条铺了黑色碎石子儿的甬道横蹿过去，消失了。

她站在俊三的写字台前，把日报和邮件分开，露出一张辞灵仪式的通知。

“打早晨起，净是讨厌的事儿……”她这么想着，看了看那份通知，“哎呀，谷村先生。”

峰子跟那位死者很熟。她把那张加了黑框的明信片拿在手里，半晌放不下。

从俊三的出版社刚一创办峰子就来工作了，现在她已经二十六岁了。

原先她在下谷御徒町的谷村装订厂干活儿，就住在厂里。经谷村介绍，才调到现代社来的。原因是进入更年期的谷村之妻无端地嫉妒并虐待她。

如今她租了一小间房，和弟弟住在一起。

峰子把谷村的辞灵仪式通知放在最上面。

“怎么，是‘猫’呀。一大早就这么积极工作着。”一个洗完脸的年轻社员打着哈欠进来了，“可还是赶不上我们这帮开夜车的。”

峰子举止文静，眉毛稀疏，有着一双大眼睛，小脸盘儿，所以被叫作“猫”。

“又打麻将了吗？……这种时候，屋里什么地方得开点缝儿。要不然空气都混浊啦。”

峰子说着，把玻璃窗推了上去，然而雨水潲进来了，她好像不知道怎么办好，就问道：

“社长先生呢？……”

“老人家累趴下啦。”社员说着，缩了缩脖儿。

“多可怜啊。”

峰子低下头去。

“他为社里的事儿已经精疲力竭了，年轻人又何苦凑在一起虐待他。”她用既像是愤怒又感慨系之的腔调说。

岛木的岁数比峰子大得多，几乎可以做她的父亲。她公开同情他，事事加以支持，社员们也已经习以为常了。还有用轻松的口气跟她开玩笑的。

“‘猫’呀，希望得到安慰的倒是鄙人哩。开了一宵夜车，徒劳无功，只挣到了个空肚皮。哪怕给咱从食堂端份烤面包片和咖啡也好嘛。”

这时候，俊三突然探进头来。

“棒小伙子净说些泄气话。小林，请你给叫一趟吧，也包括我的一份。”

“唉。”

俊三刚一看到写字台上那张黑框明信片，就“啊”的一声用拳头按住前额。

疲倦得浮着黏汗的脸，阴沉而绷得紧紧的。

“这可怎么好，谷村……”

俊三欠着谷村将近五百万元的债。除了装订费，还有现款。谷村老早以前就对俊三抱有好感，再三再四地为他筹款，竟累积到这样一笔金额。

债权者当中，谷村是最袒护俊三的。与其向俊三讨债，毋宁说他更关心另外创立第二家公司的事。

“这下子可糟啦！”俊三边说边深深地坐在椅子上，把拳头从眉心移开，将双肘支在写字台上。

由于疲劳和睡眠不足，他简直忍受不下去了，一想到谷村生前对他的那番好意，就热泪盈眶。

他发觉峰子待在身边，就说：

“原来还是脑出血。一个星期前见面的时候，他自己也嘀咕来着……”

俊三一想到谷村的妻子大概会来催债，眼看着这是逃不掉了，胸部就感到一阵烦闷。

“你到我家去一趟，替我把常礼服取来吧。”

他画了一张路线图，交给峰子，然后给家里打了电话。

“……是我。”

电话里忽然传来了敬子的声音。

“啊。”俊三不知怎的松了一口气，“今天有个辞灵仪式，我这就派公司里的一个人去取常礼服，拜托啦。”

“好的。昨天晚上守灵来着吗？”

俊三语塞。

“今天你也很晚才回来吗？”

“我倒是想早点儿回来……”

“今天是弓子的生日。特意做了好吃的东西，可要是爹不在，弓子会感到寂寞的，最好还是早回来。”

“是吗？今天是生日啊。是几号来着？……”

“哎呀，讨厌的爹。是六月十四日呀。”

“啊，是吗？”

“你累了吧？”

听着电话里的声音，俊三感到敬子的温存使他得到了慰藉。

他觉得还想说点儿什么，就呆呆地拿着听筒。

“哪一位去世了吗？”

“是谷村先生。突然地……”

“哎呀，就是你常常谈到的那位开装订厂的……”

“弄得我真吃不消。”

“可别让今天满十八岁的弓子失望呀。”说到这里，电话就断了。

俊三这个人一向对生日什么的漠不关心。连独生女的生日他自己都不在心上，就过去了。自打和敬子同居后，每逢六月十四为弓子祝贺她的生日，俊三都觉得怪稀罕的。

俊三望着雨中的窗户，清清楚楚地记起：

“弓子生下的那天也下雨来着。”

然而对俊三来说，今天为谷村举行辞灵仪式，是个比十八年前的今天女儿出生什么的更为切身的问题。

“按说谷村一死，就该马上打电话来的，却没通知我。会不会是那位妻子对我怀恨在心呢？”俊三这么想。

对谷村来说，五百万元是一笔巨款。说不定谷村还是为这伤脑筋，才引起脑出血的呢。

在这种情况下，俊三无论如何也巴不得能还给他五十万、一百万的，然而首先是今天的奠仪。起码也得包上五万元才行，不然的话，那位妻子对他的印象就更坏了。但是，这五万元，眼下俊三是拿不出来的。

他给敬子打电话的时候，原想央求她的，却未说出口。要是再打一次电话就成了，但他又不愿意。

公司的金库里倒是有钱。

“把它？……”俊三朝金库看了一眼。

从俊三他们的处境而言，要是开出空头支票，把公司解散掉，暂时将借款搁置起来，那确实是求之不得的事。然而债权者们考虑到，得想法儿让公司出点力，多少挤回一点也是好的，有两三个人为了使公司好歹能把支票兑成现款，就凑出一笔现金，存在公司的金库里。

他们还用威胁般的口吻对他说："岛木先生，你要是挪用了这笔钱，可就不再是清白的了。"

当时俊三曾以打诨支吾过去："反正我已被戴上了脚镣。"

俊三他们可以说是"被戴上脚镣"工作着，这可不是闹着玩儿的。公司已经不属于他们了，他们只能任凭债权者支配。

这种时候，债权者要是劈头盖脸地说些侮辱他的话，他就会感到一阵刺痛。他恨不得将这笔钱一下子花个痛快。

那原是出于气愤不已，如今却是迫不得已。

"事后总会有办法的。"

俊三打开金库，将那叠钞票拿在手里。

这时，他好像听见了令人毛骨悚然的良心的呻吟："身败名裂。"

但转念一想："这么一点儿零钱算得了什么……"

他看得更重的是谷村对他的恩情。

峰子抱着常礼服回来了。她还没脱雨衣，就照俊三的吩咐购买奠仪袋去了。

俊三换上了常礼服。包袱里的袜子和手绢都是新的。

俊三那只把成沓的钞票塞进上衣内兜和裤兜里的手，一直颤动着。

峰子回来后，俊三故意慢腾腾地磨墨，写下"奠仪"字样。

"我可不可以也去烧一炷香？"峰子说。

"啊，你还是谷村先生推荐来的哩。"

"唉。"

"那么，一道去吧。对我来说，这样更好一些。时间还早，去帮帮忙呗。"

峰子没什么可准备的，她只是到盥洗室去擦掉了口红，洗掉了胭脂。她忽然显得苍老了。

“这是六月中旬，可这样的冬季衣服穿在身上正合适。”俊三在车里说。

透过尼龙袖子，可以看见峰子的胳膊。

“你这样打扮，不冷吗？”

“不怎么冷。”

“今年可真不正常。”

“刚才在府上，太太送给我一双袜子。多谢啦。”

“哦？”俊三露出羞愧般的神色，不吭声了。

过了一会儿，峰子低声问道：

“公司真要解散了吗？”

“对不起你们。”

“要是成立了第二家公司，还能再雇用我吗？”

对于缠住不放的峰子，俊三不知道怎么回答才好：

“即使成立了第二家公司，我自己还不知道在不在呢。”

“社长先生这位负责人要是不在，一准儿什么都做不成。”峰子彻头彻尾地相信俊三，“您要是搞旁的事业，把我也带去吧……”

“不要老是工作下去了，你嫁人不就结啦。”

峰子那双大眼睛凝视着俊三，摇了摇头。她那未抹胭脂的脸越来越没有血色了，俊三像是要甩掉她似的说：

“要考虑结婚的事。”

峰子又摇摇头。

“话虽这么说，结婚还得有对象，不能贸然行事。”俊三说到这里，就放低了声音，“我留点心，替你找个好人吧，作为离别的礼物。”

“我不想跟您离别。”峰子依然用高嗓门说。

“可是，盂兰盆会快到了，出版社也谈不上发什么奖金。我倒是想，哪怕是能把拖欠的工资好歹补发了也是好的……就业一天比一天困难，还是以及早辞职，另找工作为上乘。趁着还能领到失业保险期间，设法找个谋生之路。”

“我一点儿也没有到旁的地方去的意思。社长先生正为公司受着苦嘛。”

“你们对公司的经营没有责任。”

“不论对公司还是社长先生，我都是感恩的。多亏了公司，我才开始过上快乐的日子。也能够和弟弟一道生活了……”

“那是公司兴旺时候的事。”

“我这个人嘛，能够起作用才感到高兴。”

“你弟弟呢？……”

“他在一家电力公司当工人，还在上夜校。”

“那么，你也够困难的啦。”俊三低头一看，峰子的手腕上留着表和表带儿的白印儿，“你把手表当了吧？”

一抹红晕泛上了峰子的脸。

“社员当中跑当铺的多的是。你还把冬天和春天的大衣也都当了吧？”

为了参加丧事而洗掉胭脂，正说明峰子有教养，然而她的凄惨境遇深深打动了他的心。

公司已经沦落到这个地步，峰子还是勤勤恳恳地替俊三办事，他的肩头酸痛了，她就替他按摩。

底层也罢，暗无天日的地方也罢，肯于既不懊悔，也不犹豫地跟随俊三的，莫非只有这个姑娘吗？俊三感到自己发现了一桩可悲的事情。

快要到昭和大街的御徒町的时候，峰子就在司机背后将她记得一清二楚的路线一一小声指点着。

这位峰子非常谨慎，这么做不像是个女孩儿家，但看得出甚至在这样的事上她都想为俊三效效劳。

谷村家贴在电杆和墙上的箭形路标映入眼帘。

谷村家前面搭起了天棚，连外面都排列着花圈，被雨淋湿了。

辞灵仪式大致已准备就绪。峰子被派去保管雨衣和携带品。

谷村的照片上系了条黑缎带，微笑着。

“对不起，多谢。本来我蛮可以替您去死的。”俊三心里这么喃喃地说，他的心脏忽而早搏，忽而骇人地停止跳动。这是心律不齐。近来时而有这种现象。

当他拈线香的时候，手上也渗出了冷汗。

俊三找到了谷村的妻子，就去表示哀悼。然而那位妻子正在和其他两三个人说着话儿，她依然侧着脸，只是轻轻点了点头而已。

染得发乌光的谷村妻子那头发的颜色威胁着谷村。

辞灵仪式开始后，俊三站在灵前的那排人当中，向吊唁者一一行礼，但他觉得难以待长，就走出天棚，深深地叹了口气。

“要是回去的话，我也……”峰子这么说着，凑到他身旁，站住了。

“叫一辆车子吧。”

“不，走一段吧。”

俊三把个子小小的峰子为他打着的女用雨伞默默地接过来，就朝上野广小路那边走去。

虽然没有雨过天晴，但是依稀弥漫着亮光。

“送来了不少花儿哩。”

“嗯。”俊三用漠不关心的口气说，“说起花儿来，我桌上再也用不着摆花儿啦。这么多年，谢谢啦。五年还是六年呢……”

峰子翻起一双大眼睛仰望着俊三的侧脸。

在松坂屋旁边的人群当中，俊三偶然忆起，几年前，就在这家百货公司打烊后的一个夜里，沿着阴暗的墙壁聚集着所谓“伴伴儿”[1]。那个

1　战后在日本出现的、以美国占领军为主要对象的妓女。

时期，俊三每天都像是用湿手抓小米粒儿似的，发起财来很容易。他跟敬子也处得好。

峰子则想起了迥乎不同的伤心事。她在谷村装订厂的时候，被一个流氓工人用暴力奸污。打那以后，她只能怀着恐怖和憎恶来看待男人。调到俊三的出版社后，也像只猫似的静悄悄儿地跟大家保持着距离。

过了不久，男人当中俊三成了唯一的例外。峰子真心实意地替俊三办些琐事。对她来说，俊三既是社长，同时又是父亲、恩人和情人。

俊三有妻有女，根本没把峰子当作成熟的女人。这样，峰子心里反而感到踏实。他好像对峰子的一腔爱情浑然不觉，这反而使她高兴。

“即便他一辈子不觉察，也没关系。”她这么想。

来到广小路的拐角时，俊三停下了脚步：

“离别前，吃顿饭吧。”

“离别？……”

“喏，打了一宵麻将就来参加丧事，再不吃点油腻的东西，可就支持不下去啦。”俊三边说边迈步向前，连信号灯也没看，被峰子紧紧地抓住了胳膊。

他们从上野公园入口拐向不忍池岸边。

“天气这么冷，今年莲花什么时候才能开呢。过不多久，池子周围就该点上纸罩蜡灯，开始跳盂兰盆会舞啦。”俊三这么说着，峰子却面带愁容。

“你怪没精打采的。打起精神来吧。”

俊三把近来人家对他说的话拿来劝峰子。

“只要社长先生精神抖擞，我什么时候都有精神。”

“谷村先生死得真不凑巧。当一个人沦落到底层的时候，轻易不会有人甘愿蒙受巨大损失来袒护他。可我一点儿也没报答谷村先生。那位先生一直在鼓励我。可说不定他是由于我而陷入困境才死的呢。你待在我身边，总明白个中情况吧。”

峰子点了点头。

“那位先生一去世，兴许公司也一下子就倒闭啦。”

俊三走进不忍池尽头的一家鸡肉锅店。他们被引到一间厢屋般的四铺半席的雅座。

女侍把鸡肉锅大致准备就绪，就对峰子说了声：“拜托啦。”她好像灵机一动，就走出去了。

峰子替俊三斟酒，五六杯下肚，眼看着他的脸色就苍白了。

“您怎么啦，不舒服吗？”峰子说着，熄灭了鸡肉锅的煤气火，站到俊三背后，想帮助他把常礼服上衣脱掉。

“您太热啦。”

“不，甚至还冷呢。”

“发烧吗？”

峰子伸出手掌悄悄地摸了摸俊三的前额。

女人的手那股冰凉仿佛渗进了眼皮。

“真舒服。你替我按按眼睛吧。这边也……”俊三边说，边抓住峰子的双手，按在自己的眼睛上。

“昨天晚上的催眠药还留在脑袋里呢。在公司里和衣而卧，好像睡不着，就多服了些，可还是没睡成。”

峰子的手心略微暖和了，俊三就把额头往手脖子那儿蹭过去。

“我去要个冰凉的手巾把儿吧。”

“不，还是用手好。”

“头疼吗？”

峰子对俊三的偏头痛十分熟悉，她一面替俊三从右脖颈子推拿到耳朵上边，一面把另一只胳膊的冰凉处轮换着按在俊三的眼睛周围。

女人的爱惜着冰凉的肌肤浸透过来。

俊三的头一下子就觉得轻快了，并闻见了女人肌肤的气味，他说了声："行啦，好啦。"就睁开了眼睛。

"你可以点上火吃啦。"

"社长先生也吃好不好？"

峰子回到原来的座位，一边照管锅，一边用忧虑的眼神望着俊三。

俊三尝了一口锅里的东西，几乎吐出来。峰子也好像顾不上吃什么。

"直到最后，你都满腔热诚地为我尽到了心。"

"最后？……"

"指的是公司呀。"俊三笑着掩饰过去。

"可别说什么最后……对我来说，没有什么最后。"

峰子的本意是说，她这种隐秘的爱情，既不会终结，也不会罄尽，她的眼睛湿润了。

"你今天不必再回社里去了。回去也没有事儿可做。"

"社长先生也不回去了吗？"

"嗯。从明天起，你别到公司去了。"

峰子大吃一惊：

"那么，社长先生？……"

"我嘛，对，也许去旅行。溜之乎也。"

峰子目不转睛地盯视着俊三。俊三好像是避开她的眼神似的低下头去，从内兜里抽出一叠千元钞票。他连点都没点就摆在峰子跟前。

"这，你收下吧。就算是退职津贴。"

峰子不肯伸手去拿。

"喂，快点儿收起来。给人看见可就糟啦。"

"我不能要。为什么单给我……"

"教你快点儿收起来嘛……"俊三颤声嚷道。

峰子吓得拿起那叠钞票就塞进了手提包。

峰子的手也直哆嗦。

峰子在俊三的胁迫下收起了钱，却像哭泣似的嘟囔道：

“我不能要。”

“你就老老实实地收下不就结啦。真固执。”

“可是……”

“行啦。我已经明白啦。难道你不能同样明白我的心吗？”俊三说着，皱起眉头。

“唉，我拜领啦。对不起。”

峰子把头一低，那泪水就流到膝上了。

“用不着哭。我也是这样，一旦把别人的情谊铭刻在心，就没辙啦。拿以前来说，你对我好，我一直都知道……”

俊三不同于往日，使峰子无比不安。

她暗中爱慕俊三，似乎已被他觉察出来了，然而他好像正面临着非同小可的事。

“离别前我赠送你一句话：你呀，除非神情开朗，不然的话是交不上好运的。你要是认为自己是美人儿，你就是个美人儿啦。好好儿记住这一点。”

俊三这么一说，峰子就抽抽搭搭地哭起来了。

“我可不愿意离别。”

“什么办法也没有。我和谷村先生不是也像今天这样离别了吗？”

“出去旅行，到哪儿去呢？”

“唔，不知道去哪儿。”

“把我也带去吧……不论是哪儿，我都跟着您去。您一个人去，我太不放心啦。”

“多谢啦，然而不能带人去。也有一种地方是不能跟着去的。”

“没有的。”峰子说着，摇摇头。她那双湿润的眼睛里充满了美丽的光辉。

“反正咱们离开这儿吧。”

鸡肉锅店的女侍看见盘子里的肉剩了一大半，好像觉得奇怪。

雨暂时停了，峰子把雨衣搭在胳膊上，偎依着俊三。她就像是母亲庇护孩子般地走着。

俊三又走到公园下手的人群当中去了。

"请您等一会儿……"峰子边说边走进药铺，俊三就望着毗邻的橱窗。

峰子神情开朗地走过来，递给俊三一个小纸袋。

"什么，药吗？……"

"唉。我问了问有没有那种既不会产生副作用也不会养成习惯的安眠药。有一种德国进口的新药。药铺的人推荐说这挺好，您就服用一下试试吧……"

"至于舍林，记得我内人正在注射这个公司的荷尔蒙。说是打一针能管一个月……"

"这么说来，兴许安眠药也准灵。"

"这是你替我买的吗？"

"唉。"

"谢谢啦。我服一服看。"

"是药店的人说的，我并不懂……"

"喏，这是你的一番好意，我就服一服看吧。绝不会有害处吧。"俊三说着，把药揣到兜里，"小林君，你在这家店里买点儿什么好吗？进去看看吧。倒不是为了报答你的好意，要是有你喜欢的东西，我就送给你作个纪念吧……"

那是一家珠宝商店的橱窗。

"这里没有任何我喜欢的东西……"说到这里，峰子连忙改了口，"没有我买得起的东西。"

俊三热切地朝橱窗里面望着：

“不是买得起的东西，只要是你喜欢的东西就成。”

“也没有喜欢的东西。”

“哦？这样望去，女人身上戴的东西可真漂亮啊。那枚饰针也蛮好看的。”

金属制造的贝壳当中镶嵌着一颗颗浪花般的珍珠。

峰子仿佛是把视线从光彩夺目的东西移开似的，将自己半遮半掩在俊三背后：

“给小姐买吗？”

“嗯。听说今天是女儿的生日……”

“我觉得这作为生日礼物挺合适。”

“可我一向不记得家里人的生日。也没送过礼物。”

然而他想起，倘若给自己的孩子买什么的话，也得给敬子的孩子买：

“男孩子想要什么呢？”

“我弟弟好像想要手表啦，照相机什么的……”

“那样的东西，他似乎已经有啦。”

俊三若无其事地说。他想买一样让全家人“啊”的一声感到惊奇的东西。

“而且……”俊三用下巴指指橱窗，苦笑了一下，“我内人嘛，就在做这类东西的生意。可我却在旁的地方当作稀奇的东西来赞赏，这种丈夫也真少有。”

“不论家里有多少，要是爸爸送给小姐做生日礼物，她还是会高兴的。”

“我那闺女活脱儿像是这只黄金贝壳里的一颗珍珠……”俊三说着，悲哀地眨了眨眼睛，“嗯，还是给你买吧。你要是不愿意要饰针，就买块手表，代替当出去的那一块……”

“我不要。”

“你也有想要的东西。想要什么？”

“我真没有想要的东西。”

峰子想起，昨天晚上弟弟有点感冒，想要药来着。配给的米，今明两天就吃光了，想买两升左右大米。还想要一根白腰带和化妆水。

然而，这样的东西可不能让俊三给买，这比央求俊三给买块手表还难为情。

俊三跨着大步走进店里，把峰子也叫了进去。女店员将饰针别在峰子的胸前之后，就把镜子伸过去，对准了她：

“非常典雅，合适极啦。”

峰子看见镜子里那张涨得通红的脸，心里怦怦直跳。

在店前，俊三叫住一辆车。

“您要回去吗？我送送您。我有点儿不放心。”

“不，不回去。”

“您到哪儿去呀？让我也跟着去吧……”峰子说着也坐上了车。

她凑到俊三身旁：

“这，我还给您。”说着，试图把刚才那叠钞票塞回俊三的常礼服兜里。

俊三攥住了峰子的胳膊，她的身子歪了歪，从衬衫领口露出了稍微发青的白皙肌肤。她随时都待在俊三身旁，随时都会以身相许。俊三强烈地感受到这个女人有多么可爱。峰子的肌肤又散发出香气。

# 浪花[1]

天色还没黑下来的时候，俊三抱一大筐水果回家来了，使得敬子和弓子很高兴。

“弓儿，爹回来啦。”敬子快活地叫道。

弓子难得地穿着和服跑了出来。那是白地染有红色波浪、岛屿花纹的半长袖绉绸和服。

“一副小姐装束。个子显得高啦。”岛木边解开鞋带，边抬头望着女儿的个子。

相形之下，这跟一直把他送到坡下的峰子差别多大啊。

“要是有人邀请就不好办了，所以给她做的。今天是头一次穿。”敬子也露出满意的神色回头望了望弓子，接着又吩咐厨房里的女佣：

“文姐，拿点浪花来。”

为了涤除死亡的污秽，按照习俗，俊三被撒上白色的盐。俊三想道，与其说谷村的死污秽，不如说他本人才污秽呢。

“实际上应该不等你迈进家里的门槛就撒盐。”

“实际上我是不配迈家里的门槛的……”俊三以打诨岔过去。

“社里刚刚打来了电话。”

“啊？”

俊三吓了一跳。

“社里要打电话来，就说我不在家好了。劳驾请你跟清和文姐也好

1　食盐的别称。

好关照一声。要是有人来找，就说我还没回来……”

“好的，好的。”敬子显得心领神会的样子，“弓子的生日嘛，你也总得悠闲一下啊……”

“弓子，把鞋收起来。”

“唉。”

敬子抱着那筐水果，从俊三背后说：

“你一直送到火葬场去了吗？这么晚才回来。”

“啊……”

“绕到银座去了吗？特地买水果去的？……”

“啊。”

“这身装束，够热的吧？”

“热呀。内衣拜托啦。”

“唉，唉。”

敬子一边利利索索地替俊三收拾他脱下来的东西，一边哼哼地嗅着内衣的气味。

“喂，别这样。别跟狗学。”俊三慌张地说。会不会有峰子的气味呢？

“有一股累得厉害的气味。”

敬子这么说着，凭她那身姿毫无疑问是俊三的妻子。俊三很想搂抱她。那是被峰子重新引起的情欲。俊三清清楚楚地感觉出女人委身是怎么回事。

看来两个人的心情都愉快，弓子脚步轻盈地走去看澡水热没热。

近来父亲总是躲避妈妈，每每教弓子做这做那，所以她才站在那里。弓子看到敬子在照看俊三，就松了一口气。

“有好饭菜吗？”

“快开饭啦。有了这水果，就丰富啦。”

弓子大声招呼说：

“妈妈，澡水正合适。”

“是吗？弓儿，你替爹搓搓背吧。”

“不行啊，我这身小姐装束……”

“清也回来了吗？”

“呃。”

“朝儿呢？……”

俊三难得从外面回来后像这样问起孩子们的事。

“朝子说是有公演的排练，出去啦。”

“不是广播吗？”

“不是广播。她说电视和广播是副业……还没担任过像样的角色，可说起话来倒挺了不起似的。对剧团就像对学校那么热心。”

“朝儿在谈恋爱呢。”俊三斩钉截铁地说。

敬子吃了一惊：

“哎呀，你说得多么直截了当。”

“啊，因为碰见过一次。”

“跟谁呀？”

“朝儿跟一个像是情人的男子下馆子去啦。我没有理会，倒是朝儿招呼我的。”

“这是什么时候的事？”

“我去热海以前。”

“是在什么电视节目里一道演出的人吗？……”敬子歪着头想了想，“是个什么样的人呢？”

“我没仔细看，好像并不赖。”

“朝子既任性又独断专行……可靠吗？”

“呃？绝对可靠的恋爱恐怕是没有的，可是年轻的时候即使失败了，也还可以从头做起。咱们就毫无办法了。”

“你在说些什么呀。”

“朝儿神情挺开朗的。”

“我认为在紧急关头，逞强的朝子比温柔的弓儿还令人担心。”

“没有不令人担心的人。”

“朝子准还没到谈恋爱的地步。另外一档子也许也说不上是恋爱：清从小就喜欢弓儿，可是好像越来越变成痛苦的单相思啦。”

“单相思？……弓子这孩子活脱儿像是黄金贝壳里的一颗珍珠。”

俊三曾经对峰子说过的话，这会子冲口而出。话音未落，他已把背对着敬子，起身洗澡去了：

“那个孩子的事，务必拜托你啦。”

敬子一直坐在那儿，甚至忘记去做菜了。

关于孩子们，连这些话近来都几乎没跟俊三谈过。俊三那说法尽管不是想要认认真真跟她分担责任，反正是坦诚相见，因此敬子也就和他贴心了。

俊三要是固守在孤独中，敬子也就感到寂寞，从而进入坚硬的壳里。

俊三洗罢澡，说声：“累啦。”就躺下来，按住胸脯。

“我是个潦倒没落的人，可是到头来却痛切地感到，人和人只有相互爱护才能获得人生的幸福。今后如果债权者甚至威胁到你个人生活的时候，你就一口咬定我只不过是个同居者而已。”

俊三脸上与其超越了空虚，毋宁说是漾出了神圣的微笑。

“清君也快长大成人了。目前好像正处在转变期。对你我的生活表示反抗和失望，正说明那孩子严肃认真吧。如今这世道，青年能怀疑和反叛，可以说是比不去这么做强，所以你必须努力理解并安慰他。”

这种情况，就连敬子也是了解的。然而经俊三异乎寻常地这么一说，她也想诉说一番：

“不过，我觉得清的青春有着不愉快的阴影。清十几岁的时候，我伤害了那个孩子的自尊心，使他变得乖僻了。他缺乏弓儿那种纯朴天真。”

“女孩子和男孩子不一样。”

“不，没什么不一样。我的孩子嘛，就连朝子不是也变成那样了吗？”

“我也不晓得她变成什么样儿了。然而假定我的孩子好，而你的不好，那就意味着在这个家里，是我不好，而你是好的。我向你道歉。”

“难道不是刚好相反吗？”

“总之，人生的道路是漫长的。不论儿子女儿现在怎么样，还不能说谁好谁不好。我总觉得自己不行啦……”

“还有前途，彼此都不晓得将会怎么样。”

“不，我的情况已经晓得了。”俊三十分肯定地说，“我也不是个属于家庭的人。这也怪京子。婚后不久，京子就病倒了，我一直过着分居的独身生活。只有病人在山里病情恶化了，才想起去探望一下，像这样怎么能……”

由于话题转到俊三的妻子身上，敬子就不吭声了。她的肩头几乎颤动起来。

“京子的头脑一点点地出了毛病。那是郁积的烦闷无处发泄的缘故。大概不是精神病，可以说是一种歇斯底里症状吧。上个月我去热海向她提出离婚的时候，她也像孩子那样天真烂漫……”

“那么，你就把这说成是‘取得了她的谅解’吗？”

“她对弓子好像也产生不出母亲般的深切爱情。对我也毫无怨气。”

“……”

“她简直把你看作朋友似的，想见见你。”

“……”

“仿佛把一般人的感情失落在什么地方啦。”

“……”

“她似乎在饲养小鸟，或热衷于做些工艺品。我这种随心所欲的生活方式好像造就了一个不幸的女人……”

“是啊。”

“我挺难过来着。”

敬子也不便附和。

俊三从热海回来的时候曾用“取得了她的谅解”这么一句话就把事情交代了，使敬子吃了一惊。难道现在只说声“挺难过来着”就能了结吗！

究竟难过到什么程度，怎么难过法儿？敬子无从确知。

兴许俊三难过得要死。

“可是……”

“你那家车站小卖店歇业后，其实我巴不得你什么都别再干了。可是在那场忙乱中，你也被卷进了惊涛骇浪，我总不能不教你去游泳。我不争气，逐渐地跟弓子两个人一道靠你吃饭了。连京子的疗养费都靠你施舍。”

“施舍吗？……”

“蒙受你的恩惠，我是知道的。我甚至于连道谢的话都说不出口，怎能还对这么尽心的你生气。我情愿让你跟我一道低声下气地过穷日子。”

“你要是让我这么做就好了嘛……”

“当我提出要把这座房子抵押出去的时候，亏得你顶住了。如果那时为了填补亏空而那么做了，一家四口子就弄得无家可归啦。”

“是一家五口子。”

“啊。我居然说出了那样的话，实在感到惭愧。我是个无足轻重的没用的人。”

“房屋嘛，我可以改写成弓儿的名义。”

“还有你的孩子呢。要是弓子和清结婚的话，将来有一天，他们两个人要么在这座房子里住下去，要么就把房子卖掉。或者就像清所担心的那样，这个家也会被炸弹炸飞了。可我对这一无所知。”

“你希望他们两个人结婚吗？”

“我好像连希望的资格也没有。”

"你不是父亲吗？"

"你要让他们两个人背负着父母的回忆吗？"

"啊？"敬子说着，注视俊三的脸，"回忆？……"

"一定是这样的。他们两个人要是结合的话，是咱们结合了的缘故。弓子对你的回忆无疑是美好的，对我的回忆却给他们两个人投下阴影。"

"他们两个人会用自己的方式生活下去。"

"但愿如此。"

敬子还是头一次听见俊三用这样颓废绝望的口气说话。

"是不是公司里出了什么事儿？凭什么你一个人受到责备呢？公司好像一家挨一家地倒闭，无力偿付债务，宣告破产。这也怪世道糟糕。"

"只有我一个人受到责备。然而一旦让公司倒闭，变得一文不名，胆子倒壮起来了。"

俊三所表露的空虚感和绝望情绪使敬子觉得害怕。奇怪的是，另一方面她又受到一种强烈的诱惑，想看到从底层东山再起的男子汉的英姿。

"如果你打算重新开创事业的话，蛮可以用这座房子去筹款。"

"重新开创？……"

俊三用两只手掌按住脸，用指尖砰砰地敲打前额。他对自己感到吃惊。

"妈妈，快来吧！"弓子从厨房里接二连三地喊着，"今天不是要给弓子做好吃的吗？"

"唉，对不起。"敬子说着，站起来走出去了。

社里第二次打来了电话，可以觉察到一种为了紧急事务正在找俊三的气氛，然而为了多少让俊三的脑子得到点休息，敬子就回绝说，他还没回家。

"这两个白兰瓜都是今天吃的好。"

敬子走进厨房后，弓子说。

"要是买一个明天吃的就好啦……可是，爹难得买这类东西。"

"爹好像累得厉害。你要好好儿照顾他。爹说是发现了人和人只有相互爱护才能获得人生的幸福。”

敬子语重心长地说，弓子却是一副喜不自禁的样子：

“这可是个大发现。所以才买了水果吗？……”

“小傻瓜。爹那条香鱼是不是最好加上盐来烤呢？……”

“他更爱吃加盐烤的吗？”

“我在问弓儿呢。”

“弓子不大清楚爹的事。”

“比起油腻的，他更爱吃清淡的。看上去好像不挑嘴，可是难吃的他就悄悄地剩在那儿。弓儿的爹就是这么个人……”

“他是在跟妈妈撒着娇吧。”

“哪里话呢。喏，生菜已经拌好了，你先把啤酒什么的端去吧。”

弓子摇曳着红花样儿的袖子来到日本式客厅，只见俊三正用双手抱着头，按摩着。

“喏，请先喝杯啤酒什么的……简直像是给爹过生日似的。”

“哎呀！”俊三仿佛是从背后被叫住了一般，“是弓子呀。”

俊三尽管面泛微笑，眼睛却是阴郁的。

刚才敬子说蛮可以用这座房子去筹款，俊三当即轻松愉快起来：

“啊，这下子可得救啦。”

然而转瞬之间他却对自己的狡黠感到愕然。

俊三并不曾企图拿敬子这座房子去填补自己动用公司金库里那笔款子所落下的亏空。他并不打算去说服敬子。然而结果还不是等于使了哭诉、哀伤的招数吗？尽管他是无意的，岂非竟要不期而然地从峰子和敬子分别偷窃爱情和房子吗！俊三只不过是怀着满腔感激和爱慕之情略述衷肠而已，并不曾向敬子哭诉，但是起到的作用却超过了将自己所面临的绝望和灭顶之灾和盘托出，并向她哭诉所能起的作用。

诚然，倘若把这座房子抵押出去，很容易就能偿还金库里的那笔钱。俊三怀疑自己莫非是当初挪用那笔钱时就指望这座房子来着？没有这么回事。他至今也不想靠敬子的房屋来得救。

然而，内心里什么地方却有一双眼睛狠狠地瞪着他本人：

“你这不是正中下怀吗？”

他也对那双眼睛怒目而视：

“我宁可死也不干这样的事。”

弓子想打开啤酒瓶盖儿，总也开不好，俊三就插上了手：

“去把哥哥喊来。”

“陪着喝啤酒吗？……”弓子说着站起来，到清的房间里去了。

从敞着的门里面，传来了弓子的声音：

“别动，你要滑头。”

他们两个人手拉着手走出来了。

菜肴做好之前，俊三和清干了三瓶啤酒。两个人都喋喋不休地聊着，清变得无拘无束了。

敬子和弓子一道往外端凉拌莴苣、红芜菁、鸡肉丸子汤、软炸香鱼、填馅倭瓜等等，她看到那两个人和睦得像亲爷儿俩一样，就思忖：

“这样的日子为什么没能早一天到来呢？”

她自己也兴头起来了。

他们等不及朝子回来，就开始吃饭了。

“爹，”今天清也这么叫了，“为弓儿干一杯。弓儿，祝贺你。”

两个人碰啤酒杯，弓子也睁大了眼睛看着。

然而，俊三好像被红豆饭堵住了胸口似的。

饭后，俊三正发愣，清把将棋[1]盘搬到他跟前来了。

“棋子都长霉啦。好久没用过了。”俊三说着，一颗颗地擦拭再摆上去。

1　日本象棋，棋盘划有81个格，双方各20个棋子，吃下的棋子还可再用。

过了十一点钟，朝子还没回来。时间拖得越晚，敬子作为母亲就越感到不安。她但愿朝子是由于排练新剧而迟迟不归。

俊三又入了一次浴，又是刮胡子，又是洗头发什么的。

深夜在亮晃晃的电灯光下，他剪着手脚的指甲，那身姿显得怪孤寂的。

“明天早晨我打算自己起床，但要是六点钟还醒不过来，请你叫醒我好不好。对啦，你是个早晨贪睡的人，求你也是白搭。”

“我起得来。”

“用不着啦。那会子弓子也该起床了。我去托托弓子。”

“弓子已经睡觉了。我睡下前，先上好闹钟。你这么早就出门呀？”

“有好几档子事儿要了结。”俊三安详地说，“你没经手走私的东西吧？报纸上登过由于捣腾走私进口的手表而被捕的一帮人的消息……”

敬子看着俊三，假装没这么回事：

“我才不插手那种事呢。我设计宝石，说不定还能领到固定的工资呢。”

“工资？……”俊三喃喃地说，“总之，社会上规定不许做的事，最好别做。就是这样的。我这番话微不足道，就像是讲给小孩儿听似的，然而后果真可怕。在意想不到的地方一下子就栽了跟头。因为我没出息，你够呛的，可我总觉得你会做过了头，看着都不由得捏一把汗。清君和朝儿都已经二十开外了。弓子明年从学校毕业了，就让她就业吧。照这样下去，你不久就会垮掉的。”

俊三闭上了眼睛。他的侧脸神色安详。

“过不了多久两国[1]就该放焰火啦。谷村喜欢两国的焰火。他虽然死了，两国的焰火还照样放啊。”

“……”

1　架在隅田川上的两国桥的西两畔的地名。古时隅田川曾经是武藏、下总两国的国界，因而得名。

“你还醒着吗？”

那是男人温存地邀她的话语。

俊三发出了疲倦者的轻微的鼾声，敬子却睡不着，就又起身了。

敬子借着枕边的灯光，朝着那张什么时候看上去都显得深沉的睡脸自言自语地说：

“外界有危险，内心里得不到休息的你；失掉了希望，正在寻觅心灵支柱的你……”

这是她看了报纸上的生活顾问栏而记住的词句。

“首先，自己多加保重吧；支持你的，只有你自己。”

刚才，敬子像是被引诱般地到楼上来了。当俊三对她说“让我拥抱你吧”的时候，她感到震惊。

俊三还是头一次用这样古怪的说法。

敬子也回答说：“拥抱我吧。”

敬子上楼梯的时候，明知道要到二楼去做什么，田部昭男的身影却忽然浮现在眼前。她怀着罪恶感，愈益强烈地渴求着俊三的爱抚。

敬子到楼下茶间去，等候朝子回来。

在南星座这次举行的公演中，朝子头一次被分派了重要角色，她就兴奋地出门去了，嘴里说着：

“向新兴宗教A·A教团总部借了间大厅，当作排练场。从今天起，我到那儿去。”

新剧剧团南星座每年约莫举行两次公演。公演一结束，主要成员就分头去演电影或参加广播，以维持生活。

成员当中，有从十四五岁起就参加进来，却十年如一日地净演配角的；也有结了婚，做了妈妈，仍不肯放弃舞台的；还有来自少女歌剧团的著名女演员。那些成员朝子并不个个都认识。

朝子曾在广播电台和电视台演出过，又跟南星座成员小山交往什么的，逐渐的，她以自己的性格、姿态与服装给人们留下了鲜明的印象。

提拔朝子担任《欲望号电车》一剧中的妹妹这个角色的是导演吉井。朝子平素就敢穿舞台服装那样花哨的衣裳，穿在身上很得体，举止又泼辣，总像是在表演似的，说不定惹起吉井注目的正是这些。

“这还拍过电影呢。”敬子这么一说，朝子就得意了：

“可不。我看过这部电影，有值得参考的地方。这出戏反映的是一个叫作勃朗茜的神经不正常的中年妇女和缺乏教养的妹妹妹夫之间所发生的种种感情纠葛。我担任妹妹斯黛拉这个角色。勃朗茜由高柳老师扮演……”

朝子把剧团的主要女演员叫作“老师”。

“斯黛拉原来预定由矢崎叶子姐来扮演。我扮演楼上的女人，小山君扮演楼上的男人……可是矢崎姐正在演电影，不能脱身，所以吉井先生把我提拔上去了。打从五月起，净下雨，电影的外景拖拖拉拉地总也拍不完，说起来，这就给我提供了机会。还叨了氢弹试验的光呢。世道真是莫名其妙，也说不清什么事就能使你走运。”

然而，心里高兴得飘飘然的朝子，自从开始排练的那一天起，就被狠狠地折磨得够呛。她立即失掉了自信。这样的重头戏毕竟不是她所能胜任的。

扮演勃朗茜的高柳用略微带点刺儿的口气一个劲儿地抱怨。要么说：

“你不要过火。你的演技太带业余味道啦，不对劲儿。”

要么就是：

“说是不要过火，可你又不是洋娃娃。你是我的对手呀。”

导演吉井的演技指导非常严厉。是他让朝子担任这个重要角色的，所以他要负责。

“对小姑娘来说，好像毕竟太勉强了。”他冒出了这么一句话，“你呀，斯黛拉尽管年轻，可已经是有夫之妇啦。而且不久就要做母亲啦。你也稍微琢磨一下嘛。”

朝子仔细琢磨着，吉井每说一句话，她就战战兢兢地怀着祷告般的心情来表演，演技拙笨幼稚，越发惹得吉井焦躁起来。

朝子感到，对女演员来说，身为处女不但毫无价值可言，甚至更是个障碍。

就这样，排练结束后，朝子已经精疲力竭，垂头丧气，简直都蔫儿了。她茫然不知所措了。

“我演不了。请谁来替换一下这个角色才好吧？”她走到小山身旁，跟他咬耳朵说。

朝子觉得小山非常靠得住。不同于一道喝茶的时候，在她眼里，小山俨然是个了不起的人了。在舞台上，小山并不怎么出色，他却能发挥潜力，扎扎实实地排练。

小山对朝子的申诉未置一词，只是报以微笑。一方面大概也是怕惹人注目吧。

A・A教团那座宫殿般的建筑，从山手线的电车里也可以望到。

剧团的人踱出排练场，朝着夜晚的车站走去。朝子落在后面，有气无力地踽踽独行。

小山也夹在前面的人群里，甚至都没回头看朝子一眼。他竭力不让剧团的成员们过多地觉察出自己和朝子亲近的事。平素他这样做使朝子觉得愉快，可是今天晚上她蛮可以长点歪心眼儿，认为小山也在唾弃她，跟走在前面的那帮人一道正在谈论她的演技如何拙劣。

在车站前那灯火辉煌的街上，吉井停下脚步，和善地招呼朝子说：

“去吃碗面什么的吧。”

然而朝子摇摇头，独自离开了他们。

当她倚着车站的柱子时，小山的手搭在她肩上了。

“你为什么没陪他们去下面馆？”

“小山先生呢？”

“我还有应酬……你要是去就好啦。吉井先生是由于紧张才狠狠地教训你的，事后大概感到不好受吧。假若你跟着去了，他会安慰你的。”

“安慰我也是白搭。我不想跟大家待在一起。巴不得早点儿只剩下我一个人。”

朝子嘴上虽这么说，却不去搭乘开到眼前的那辆她要乘的车。

“任何人也不是一开始演戏就一点毛病也找不出来。越是严厉地教训你，就越说明导演对你热心。新演员第一次登台演出，都是一场冒险。首日公演后，才能显示出你的真实价值。导演不会一直跑到舞台上来。面向观众的是你自己。你这么想，不就结啦。”

朝子多少振作起来了。

“小山先生，这么晚了，你还有工作吗？”

“今天是玩儿……应邀赴宴会，对啦，你也去好不好？”

朝子半推半就：

“今天晚上给妹妹过生日，可晚饭都已经吃过了吧？”

“你不是心烦吗？这种时候还不如痛痛快快地玩上一通好呢。根据我的经验，这样，心情就会爽朗起来，并能开拓出一条路子。”

小山好像挺着急的，朝子在他的劝诱下上了电车。这才问他：

“那地方在哪儿呀？……我去没什么不合适吧？……”

“女人也受欢迎哩，就是远了些。要是回不了家，我倒没关系，朝子小姐可就不好办了。”小山说着，眨巴了一下眼睛，“说起来，东京也够大的。到了大东京都尽头，我可没有送朝子小姐回去的出租车钱。”

朝子手头也只有够坐电车的钱。

“地方偏僻，所以宴会动不动就举行到天亮，不论谁留下来过夜，不论几点回去，都随便，完全不用客气。”

小山说那是大原千吉的儿子家。朝子也听说过这个名字。上一代人是个政治家，战前遭到暗杀。千吉是金融界人士，又在电影公司任董事。

朝子对他的公子举行的宴会怀着好奇心，也受到诱惑。

“我给家里打个电话，你带我去吧。……”

在涩谷车站换乘公共汽车的时候，朝子一直拨着小卖店的红色公用电话号码盘，但她家的电话没有拨通。——原来为了俊三，敬子把听筒摘下来了。

“拨不通。”朝子说着，脸上泛起为难的神色。

“作罢吗？”

“不要紧吧。”

“真不要紧吗？……”小山皱起眉来说。

朝子气冲冲地驳斥道：

“我已经二十岁啦。不是小孩儿了。”

“尽管不是小孩儿，可你是个女孩子呀……”

“不是孩子。家里没有一个人把我看作孩子。”

“还不至于吧。”

“穿着这件衣裳，不像样儿吧？”朝子边说边偷看小山的神色。

“这才不要紧呢。朝子小姐总是穿得最好的一个……”

听了这句话，朝子就动作灵便地上了公共汽车。

说起来，小山穿的也是一双后跟已经磨薄了的鞋。

公共汽车不知什么时候已经驶出市区，在黑暗的麦田中穿行。经过好几个朝子连听都没听说过的车站，路上不见人影儿。

每逢车子一颠簸，朝子就碰着了小山。她有时沉浸在错觉里，忽然认为自己成了舞台上的斯黛拉，小山则是她的年轻丈夫斯坦列·柯瓦尔斯基。

“不会在什么陌生的地方把我甩掉吧？”朝子温情脉脉地说。

“绝不会把你甩掉的。”

他们在荒凉的十字路口下车后，只见街灯周围爬满了细小的虫子。朝子觉得耳穴尽里边嘘地一响，万籁俱寂。

踱过那座跨在穿行于田野间的河上的小桥后，传来了舞曲的旋律。

一栋庄重黝黑的洋楼，那明亮窗户映入眼帘。

“好大一所房子。”朝子感到有些气馁，挨近了小山。小山挎着朝子的胳膊，走进庭园。

一大片淡黄色夏菊盛开。向日葵和美人蕉高高地摇曳在风中。

几对男女的肩膀，边舞边经过窗子。

缠满了常春藤的门廊里，是一道通向二楼的幽静昏暗的石阶。抬头一看，楼上窗户的镂空帘子挺美丽的。

“多么富丽堂皇的房子啊。”朝子又说了一遍，“参加聚会的都是一些熟人吧？”

“可是，很多时候宾客们相互之间并不认识。这里的东道主非常欢迎陌生人，尤其是女性。”

小山在门口的棕垫上蹭掉鞋底的泥土，就在搂着朝子后背的手上使了把劲儿，仿佛表示该出场啦。

大厅里，五六对男女正在跳着舞。小山从边儿上穿过去，把朝子领到东道主夫妇跟前，简单地介绍了一下。

身穿白衣裳、椭圆脸的夫人对朝子说：

“这么远，欢迎您光临……”

东道主大原像是对这位陌生女客给予评价似的打量着她。当她朝他那边望去的时候，他就装作毫不在意的样子，邀她坐在旁边的一把空椅子上：

“请坐。”

然后他就和小山聊起跟朝子毫不相干的事儿来了。

朝子悄悄地环顾四周，还有一对外国来宾。聚拢在那边的四五位小姐当中，没有引人注目的美人。

换了唱片后，从那些松开舞伴的手的人群当中，浮现出一位打扮得花枝招展的姑娘。她的年龄跟朝子不相上下。

“小山先生，怎么来得这么晚呀？”她嗲声嗲气地说，并把手往小山的肩上一搭。

她那身白地红水珠花样的夜礼服般的打扮蛮可爱的。一对红珠子耳坠儿摇曳着。鞋也是红色的，头发剪得短短的，脖颈儿颜色鲜明，裸露的肩膀和胸脯焕发着青春。

小山和那位漂亮的姑娘翩翩起舞。不知什么时候，朝子面前已经端来了一杯加了汽水的杜松子酒。

“也不知道在什么上面看到过这个人。”朝子一面用嘴唇抿着杯中物，一面频频望着姑娘的侧脸，这才知道那就是崭露头角的新星、正叫座儿的电影女演员加濑绫子。

奏的是布鲁斯那富于感伤的曲调。小山和绫子踩着舞步从朝子身旁经过时，绫子娇滴滴一字一顿地问：“真——的——吗？”小山则答以“绝对的”。他们的声音清晰地传到朝子的耳际。

曲子一完，小山就把视线转向朝子。然而东道主大原却正在恳切地向朝子邀舞：

“您肯赏脸吗？”

大原身高体壮，是个老练的舞伴，苗条的朝子几乎像是被他包在里面似的轻盈地飘动着。

每逢随着曲调旋转，朝子只觉得醉意浑身发作，四肢倦怠。

“白木小姐……”大原把方才被介绍的“白井”误记成“白木”，“不拍电影吗？……”

“嗯，不想拍电影。”朝子摆出一副骄矜的面孔，在那位男士肩上用拘束呆板的口吻说。

一提到演员，这个人也认为指的就是电影演员。

何况朝子眼下正在为加濑绫子的事火冒三丈。无论绫子那张俗里俗气、糖果般的脸蛋儿，还是向人送秋波的老成的风骚劲儿，都使她觉得讨厌。

“那么，只上电视台和广播电台喽？……岂不是怪可惜了儿的吗？”

“这次还要举行公演呢。叫作《欲望号电车》，目前正在排练。”

“蛮想搭乘这么一辆电车哩。”

朝子虽然想到，要是靠这个人的关系，自己就能演电影，然而对绫子的反感和对新剧的纯洁感情夹杂在一起，她就对电影露出一副不屑的神情。

朝子和陌生人也跳了舞。回到座位后，就喝兑了汽水的杜松子酒。她焦躁不堪，火烧火燎，身心都感到疲倦，情绪紧张，喉咙干渴，而且这酒的味道又来得醇和。

好容易才得以让小山回到她身边，当两个人滑行到大厅地板上的时候，朝子忽然觉出一阵头晕般的醉意。

“你跟那个新星真亲密啊。”

“也不见得。跟你差不离儿。”

“我可不愿意你把我和她同等看待。”

“没有同等看待呀。”

“把我和那个人这个那个地来比较，我可不干。”

“你这是找茬儿啊。”

“我不该来。”

由于《欲望号电车》的排练砸了锅，朝子的神经受了刺激，喝醉了酒就变本加厉了。

“那些小姐在说我的坏话呢。”朝子说着，气哼哼地瞪着那边。

“你太多心啦。”

“因为刚才我听见她们在用轻蔑的口吻这么提到我：‘听说那一位也是女演员哩。’”

朝子觉得，时而传到耳际，接着又消失的整个大厅的谈话，都环绕着她这位初次露面的宾客。那声音表达着好奇心和敌意。导演吉井和主要女演员高柳那唠唠叨叨的责骂声也混杂在朝子的耳底，嗡嗡作响。

轮换舞伴的曲子结束后，朝子就想到窗边的椅子那儿去坐坐，让心神稍微稳定下来。但刚一离开小山的手，她那没有东西支撑的身体就好像晃晃悠悠飘到空中了似的，她从心窝儿到肩膀都难受得直想吐，就打了个趔趄。

“小山先生，你的朋友脸色怪苍白的。”

传来了那个讨厌的绫子的声音。

“哎呀，糟糕，喝醉啦。”

这是小山的声音。

这话一点儿也不假，然而满座净是初次见面的人，小山竟说得如此露骨，也未免太不体贴人了。

朝子害臊得几乎浑身打起哆嗦。

“有什么药和水……”

这又是小山的慌里慌张的嗓音。

此刻，一股香水气味像雾霭一般飘过来，听见了这么一句喃喃细语：

“——在我屋里的床上……”

于是，朝子头昏眼花了。

小山的胳膊伸到她的腰下面，拢住她的身躯。

朝子已经没有把它们推开的力气了。

她依然双目紧闭，听任小山把她抱在怀里走去。她感到那间卧室离得很远。

当她被安置在床上时，急促的呼吸温吞吞地掠过她的双颊。

她被灌进了什么药。

小山温存地替她擦掉前额发际的冷汗。

“稍微休息一会儿吧。”

小山说着，正要悄悄地走出去的时候，朝子像是苦苦恳求般地呼唤了一声：

“别走……”

“你愿意我留在这儿吗？”

朝子对他点点头。她热泪盈眶。

朝子平素总是冷冰冰地绷着脸，一副清高的样子。眼下却像幼儿似的，全身都撒着娇，渴求受到照拂。

朝子是头一次到这家来，尽管醉倒了，可是居然和一个男子待在卧室里，这指不定会引起人家的什么想法呢。

朝子一反常态，以致脑子里连这样的忧虑和羞耻感都不曾浮现，小山觉得她可怜得犹如一个迷了路的孩子，心灵为之震撼。

“对不起。我……”

“都怪我邀了你。你太累啦。连续不断地排练，什么都没吃，却又喝了汽水杜松子酒……要是有可呕吐的东西，干脆就吐了出来，倒也好……”

朝子的裙子像一朵佛青色牵牛花似的在雪白的床单上摊开来。

白色的大领子和袖口，马蜂腰上紧紧地系着的皮带。朝子的眼睛里又噙满了泪水。

“没出息……”

小山在床上坐下来，替朝子摘下皮带，解开胸口的纽扣。

“就这样睡一会儿吧。”

“……”

“睡一下就好啦。”

“不会好的。”

“你觉得睡不着吗？”

“你下楼去也可以。小山先生，你想去和加濑绫子跳舞吧？”

“别胡说！”

小山的胳膊按住朝子的胸脯般地抱住了她。

一眨眼的工夫，他那温暖、柔和、湿润的嘴唇粗暴地吸吮起朝子的嘴唇来了。朝子挣扎了一下，可是马上就用双臂紧紧地搂住小山的脖子。

“等一等，等一等……窗户……”

“窗户？”

隔着敞开的窗户，积雨云密布的夜空倏地映入眼帘，但她阖上了双目。

朝子的肉体痛切地感到震惊，只觉得瀑布正倾泻到自己身上，从而体验着爱情的冲击。

小山一挪开身子，她就紧紧地搂住他的胸脯。

她认为，这样一来，一只脚掉进了深渊般的那种恐惧，好像也会消失似的。

# 人生一世

峰子租住的是空袭中没有延烧到的旧二层楼房中的一间。

楼下的那爿西装缝纫店也是房客。房东把楼上六铺席和四铺半席屋子也都租了出去，自己住在楼下不见阳光的屋子里。

峰子和她弟弟住在一间四铺半席的屋里，租住旁边那六铺席房间的一对夫妇使用着楼下的厨房和煤气。峰子则在走廊里生一座小小的炭炉，烧水做饭。

峰子把俊三一直送到坡儿下才回来。这时候弟弟还没有下夜校回家。

“太好啦。”峰子松了一口气。她不愿意让弟弟看到自己脸上这副神情。

平素弟弟回来得迟了，她就会担心。早晨是将近七点钟出门，要是一连几天都是晚上十一点以后才回来，弟弟的睡眠时间就太短了。

弟弟好像觉得白天的公司枯燥乏味，学校倒是蛮愉快的。放学后又参加夜间排球比赛，这样就迟了。

峰子对着镜子端详了一番自己的脸色，随后摘下饰针，托在手心上。

“真漂亮。他看见这个，说自己那位小姐就跟这珍珠一样，可为什么又为我买下了呢？……”

峰子觉得似懂似不懂。她认为这就是自己的爱情之珠。

楼下的收音机在报时间。天气预报接下去说，明天刮南风，估计关东地方是晴天。

峰子回顾起跟岛木社长一道度过的下午，就越来越担心了。

她已经二十六岁了，又受过苦，还在俊三身边长年待过，所以对俊三的脾气和事业上的成败都了如指掌。

夏天虽到了，公司却连电风扇都给卖掉了，还卖了照相机和客厅里的油画。在这样艰难的时候，俊三手头居然还有钱，说来是很奇怪的事。

他把二三十万元交给谷村手下那位经理的场面也给峰子撞见了。

当峰子到俊三家去取常礼服的时候，觉得这家人好像过得蛮富裕，不免感到有点儿出乎意料。然而俊三个人没有财产这一点，社里是尽人皆知的。

“那笔钱？……”

峰子开始想道：难道俊三是豁出去用非常手段筹的款吗？这么一来，俊三的一言一行都使她害起怕来。

她简直坐立不安了。

“为什么没有约好明天见面就分手了呢……”

那是在俊三家的坡儿底下，峰子本人也感到心慌意乱。

“我离开社的时候，再也没想到今天还能回家来……多亏了你。”

当俊三这么说的时候，峰子满心想回答他：

“我也没想到还会回来。”

然而她还没说出口，俊三就丢下一句：“再见，你也多加保重吧。”并开始上坡了。

“真担心。”

峰子跑下楼，走到电车路，向药铺借了电话，不停地拨着电话号码。好像老是占线，就向障碍台查询了一下。

对方极其冷漠地通知说：

“那边把听筒摘下了。我们还没办法呢。”

和峰子分手后，俊三就把剩下的钱藏在刚进自己家大门处绣球花的叶丛后面了。

俊三一面假装赏着花，巧妙地把那叠钞票塞进去，一面深刻地体会到：

“瞧我这德行……如今往自己家院子里藏钱，比从金库里往外拿钱的时候还更像是个贼。

“人一旦做贼，就有了贼的智慧。”

俊三疲倦得昏昏沉沉地睡着，却被噩梦魇住了。

五点半钟他就起来了，于是把敬子枕边那座应该在六点钟闹的钟改拨成九点。

他独自换上夏季西服，从绣球花叶丛中抓起那叠钞票，就走出了家门。

与其说把钱藏起来不让家里人瞧见，毋宁说俊三更怕的是被发现后大惊小怪。

这套夏装是英国薄毛料子的，做工也是一流的，一点儿也没走样。还散发出一股卫生球气味。

“亏得有敬子，不然的话，像这样的衣服也早就卖掉了吧。”

俊三想起敬子那总是修得整整齐齐、涂着蔻丹的指甲。

由于要戴戒指给主顾看，敬子把手指收拾得漂漂亮亮的。

“据说电视台的节目监制人曾经夸朝子那双手的表情好，能够给人深刻的印象……”

俊三听敬子这么说过。朝子大概是随母亲吧。

敬子不再经营车站小卖店，而改行捣腾宝石后，俊三眼看着她的手日益变得好看了。他原以为那是自己给了她力量，其实连这也凭的是敬子本人的力量。

到了坡脚下，俊三就停下脚步，一边点燃纸烟，一边仰望着自己家的小径。

那条坡路被踩得结结实实，发出铅灰色，清晨的树影鲜明地投射在上面。

一只茶色的狗大步流星地走上坡去。俊三对这只杂种劣狗也很熟悉。

这么平凡宁静的晨景忽然几乎使他热泪盈眶。

“弓子起床了吗？”

恍惚间他觉得弓子会来看他：这么一大早，爹到底怎么啦?

俊三急于想叫住一辆出租车，然而也许是时间不对头，一辆空车也没经过。上班去的男男女女忙忙碌碌地赶过了他。

“一直走到车站去吧。”

于是，他上了一辆停在车站前的出租车。

“浅草……”

平素他连去都没去过浅草，这个地名却冲口而出。

司机踩了一下离合器，挂上挡，车子就往前移动了，这时候不知什么人跑了过来，猛烈地敲打窗玻璃。

俊三大吃一惊。

“弓子吗？敬子吗？”

司机着了慌，赶紧停车，打开了门。

峰子仿佛捕捉一只鸟似的，两手按在俊三的膝上，跌进了车子。

“没关系吗？”司机说。

“嗯。”

俊三这么回答后，车子就开始行驶了。

“好极了。这是神仙的保佑。要是公用电话刚好空着，我就进去了，那么咱们就相左啦。”峰子气喘吁吁地说，“我在车站等了好一会儿啦。”

“……”

“从昨天起，一直睡不着。可担心，可担心啦……”

峰子急得这么说，可俊三没有吭声。

“要是见不到您，我真不知道该怎么办才好。这么一大早，您到哪儿去呀？”

岛木的沉默使峰子感到烦闷。

车子驶到大塚那条都营电车[1]路后，就沐浴着早晨的阳光，翻过几个坡，从本乡来到上野。

“就是昨天那个地方……”

只说到这里，峰子就泣不成声了。连眼泪都流不出来。跟昨天比起来，她觉得俊三就像是换了个人似的。

俊三内心里正开展着一场斗争，他感到迷茫和恐惧。

他想一个人待着。他知道自己患有神经衰弱症，行动也逸出常轨，所以只剩下一个人是可怕的。可他好歹想一个人待着试试。

尽管峰子一味地替他担心，他却感到为难，思忖着：

“究竟怎样把这女人打发回去才好呢？”

“浅草的什么地方呢？”

司机这么一问，俊三就茫然地说：

“雷门[2]。”

刚七点来钟，繁华街市还没有完全睡醒。这里的大街上，上班去的人们马不停蹄地走着。清早儿就和一个年轻女子精神恍惚地闲逛，只能被看作是带着情人去开过房间后刚离开旅馆的。

他瞥见观音堂前的商店街后身有一家食堂已经开业了。身穿淡蓝色连衣裙、系着白围裙的姑娘们正在准备桌子。

俊三在角落里落了座：

“啤酒和汽水……吃的东西还没做出来吧。”

“要是烤面包的话倒还有……而且冰箱里也有点儿东西。”姑娘回答说。

俊三喝起啤酒来，这才把笑脸转向峰子。然而好像笑得挺勉强：

1 指东京都经营的电车。

2 雷门是东京都台东区旧浅草公园南端的地名。这里有一座风雷神门（简称雷门），供奉着风神像与雷神像。

“还得等相当的时间电影院才开呢。”

“咦，一早儿就看电影吗？……”

“唔。不然的话，没法儿打发时间啊。”

“您不是来替出版社办事的吗？”

“浅草可没有出版社要办的事。”

“今天您打算做什么来着？要是一个人的话……”

“我不想碰见人，就到浅草来……”

“为什么到浅草来？……”

“浅草的商店街在中元节大甩卖的宣传中说，要举行一种叫作‘吓人狂欢’的化装游行，还有脱衣舞女郎的演出……”

峰子思忖：难道俊三的出版社也雇用脱衣舞女郎来做稀奇古怪的街头宣传不成。

“您是来看这个的吗？”

“哪会呢。我是由于看了报纸上的这么一条消息，才想起浅草的。

“说起来我已经有十五六年没逛浅草啦。”

俊三又叫了一瓶啤酒。

“我忽然怀念起浅草来了。从前的浅草嘛，就像是罪犯或落魄者的旧窝或港口似的。”

“……”

峰子随身携带着昨天那笔钱，蛮想退还给他，但总也找不到掏出来的机会。

“十五六年前我刚十岁。常常跨过吾妻桥或言问桥到浅草来，说不定那时候还在这一带碰见过您呢。”

“不可能碰见。”俊三给峰子泼了盆冷水，“战后，浅草这一带好像变得跟新宿、涩谷什么的都差不多啦。浅草的哀愁和阴影大都消失了吧。”

“离开浅草后，您要到哪儿去呢？”

俊三侧过脸去望了望穿梭于观音堂前面的行人。

“是从这里去公司还是回家呢？……”

“我原想去旅行来着。”

“把我也带上吧……不论去哪儿，我都跟着您走。”

“那可不行。昨天我不是也说过了吗？有些地方，有些场合，是不能带人去的。”

“没那么回事儿。”

峰子连连摇头，她那双大眼睛扑簌簌地淌下泪来了。

“别哭……那姑娘看着你呢。”

一大清早就有个女人在抹眼泪，就像有什么难言之隐似的，大概跑堂的姑娘看着也觉得新奇吧。

然而，即便在众目睽睽之下，峰子的眼泪仿佛也止不住。

俊三付了款，逛观音堂去了。

两人沿着参拜观音堂的道路慢悠悠地前行。门面一般宽的一爿爿小店同战前一样口琴状地排列着。卖红梅煎饼的梅林堂，玩具店，药研堀道口的五香粉店，出售和服腰带衬垫和内衣衬领的铺子，扇子店，针线铺……

松坂屋的橱窗里漂漂亮亮地摆着饰有假花的簪子和梳子，这使峰子停下了脚步。

“还有过一家同样的店，叫作银花堂，已经关闭了吗？”俊三说着，用眼睛寻觅。

“银花堂嘛，我也记得。”

“从前我给祇园的舞女邮寄过这家店的花簪。她用京极[1]的樱井屋出售的那种印有舞女图的彩色信封信纸写来了一封可爱的感谢信。那阵子日子过得多红火啊。”

俊三已经把上衣脱了下来，搭在胳膊上。

---

1 京都地名。旧时把四端的街分别叫作东、西、南、北京极。

恰到好处的醉意，连日阴雨，今天却一早就放晴，使得他的面容明朗起来了。

峰子那一直挺紧张的心情也稍微稳定下来。

从他们两个人伫立着的角落望去，新观音堂大街与观音堂形成十字形，直到远处都尽收眼底。

有人说，观音堂大街的繁华会被新观音堂大街夺了魁。然而这是一条不同于观音堂的商店街，在浅草就数它热闹了。这道银色拱廊从国际剧场所在的甬路笔直地横贯到松屋百货店所在的甬路，连雨天都用不着打伞。

“去年我在这条街上看到过七夕的装饰。”峰子说。

峰子到观音堂去抽了神签。

那是第五十五大吉：

“宜旅行，娶妻、招赘咸宜……”

俊三也从那位像煞有介事地披着袈裟的和尚手里领到一道神签。这也是大吉。

“遮月丛云放晴，天空复又明朗……”

峰子从旁边对签语扫了一眼，非常高兴。

“好，两道都是大吉大利……”俊三总算这么说了一声。

小小的观音堂里，一早就来朝拜的香客点燃的烛光闪烁着。简陋的殿堂后面，一座据说建筑费高达四亿元的钢骨水泥正殿即将竣工。

从这一带到淡岛庙[1]，是一溜儿摊贩。有的正准备开张。

俊三低头看着小小的绣名店，说：

“买上一件现成的西服，拿到这儿来绣上名字。”

一个个小摊儿卖着五花八门的东西：眼镜、手表、自来水钢笔、皮

1　供奉淡岛明神的庙宇。过去日本民间相信此神能治妇科病。

包、鞋等等，尽头净是和服店和西装店，宛如长长的隧道一般绵亘着。

战前曾在这里开设卖姓名住址牌[1]、荷包儿、细带子、笔、绢花等的店铺，如今已经找不到了。

只要走进服装店的隧道，有的摊贩就毫不客气地盯着你看，有的则起劲地朝着你吆喝，无法横着拐，只能径直从那一头钻出去。

“太太，夏季的衣服怎样？您是今天开张头一位顾客，所以大减价，就好像是白送。”有人这样招呼峰子。

现成的白地碎红点花纹薄布和服挂在竹制衣架上，在峰子眼前轻飘飘地摇曳着。

女人的和服也罢，男人的西装也罢，同样的店铺这么栉比鳞次，做得成生意吗？也许叫作估衣铺，可如今净是新衣服。

“七夕是什么时候来着？”

“是七月七日。”

两个人好像是为了排遣两侧的估衣铺给予他们的压迫感似的，开始聊起来了。

“要不是旧历，星星就不会给人留下任何印象。新历的七月七日还是梅雨季节哩……我们小时候总是买根小竹子，剪些彩色纸，写上和歌吊在竹子上，丢到大川[2]的水面上任它漂走。”

“你是生在河对岸的吧？”

“嗯。去年的七夕，新观音堂大街的拱廊里挂满了五彩缤纷的风幡、带长彩条的花绣球和老大的诗笺。把整条街都装饰起来了，叫作‘七夕甩卖’。”峰子好像边回忆起往事边说，“七夕一过，浅草就该庆祝观音菩萨的四万六千日啦。酸浆果市上，除了红红绿绿的一簇簇酸浆果，还卖避虫符和避雷符。”

---

1　这是挂在孩子身上以防止走失用的。

2　指隅田川吾妻桥以下的一部分流域，尤指两国桥至新大桥之间的流域。

峰子曾背着发困的弟弟渡过吾妻桥，从酸浆果市又折回到本所[1]去。

“酸浆果集市以后，就该过盂兰盆会了……”

“往事的回忆越多越好。”

“哎呀，淡岛明神的池子也没有了吗？……”峰子这么说着，停下脚步，朝那边望去。

在满是灰尘的树木所环绕的空地上，搭起了一座供演出用的帐篷。

帐篷门口有猴子和野鸡，他们以为是小小的马戏团，原来却是脱衣舞棚。

“门票三十元的脱衣舞啊。”俊三嘟囔了一句。

女人入浴的大红大绿的广告画也被风雨侵蚀得不成样子了。

有三四个看来是露宿的流浪汉背对着他们，在逗猴子玩。

俊三和峰子进了摊贩的隧道，穿出去就到了木马馆前面。

这里竖着几面“浅草万岁[2]”的幡旗，迎风飘扬。然而楼上的相声小棚的窗口却像洞穴一般宁静而黑暗。

楼下，随着童谣的唱片，木马颠簸着旋转。上面只骑着一个由保姆陪着的男童。

俊三边走过去边说：

“那里还剩了个藤萝架，那就是葫芦池畔的遗址呗。”

俊三这是初次瞧见没有了葫芦池的六区。

这使他回忆起古老的浅草：大地震[3]前，十二重塔的倒影曾映在葫芦池上。十二重塔存在的时候，峰子还未出生。

填平了池子的地方，盖起了电影院什么的，六区的景色也变样了。

1 隅田川东岸的低洼地区。

2 日本的“漫才”（相声）一词，系由同音的“万岁”转变而来。但作为标志，仍沿用原词。

3 指发生于1923年的关东大地震。

然而，街头摊贩好像没怎么变。

还有个男人一面用布揩拭着故意弄得满是泥巴的自来水钢笔，一面叫卖着。他翻起眼珠，用锐利的目光瞪了俊三一眼，却没有向他兜售。

红烧墨斗鱼、炒面、杂烩[1]等的浓郁气味扑鼻而来。

“只要混在浅草的人群里，我就感到轻松了。”

俊三边这么说边信步而行，峰子对他相当放心。

电影院那通知开演的铃声像闹钟似的一齐响了起来。

“敬子也已经起来了吧？……”俊三这么想着。

敬子呢，一大早就接了两次电话，弄得直头疼。

头一次是朝子打来的，说是没有车了，所以在“郊外的朋友家住下了”，她那口吻像是在报告什么事，不讨人喜欢。

而且，该说的话说完之后，尽管敬子还在叫她，朝子却啪的一声就挂断了电话。

第二次电话是在俊三的出版社搞会计的那老人打来的。公司的人们敬子几乎不认识，唯独跟这位秋田老人熟识。

“喂，您是太太吗？确实是太太吗？……”

“唉，确实是的。”

“那就好了……您的声音可太年轻了，我还只当是小姐呢……要是太太的话，喏，就秋田我个人而言，还是觉得向您说一说的好……可是，社长先生在府上吗？我有点事儿想找社长先生……”

“岛木今天一早儿就出门了，他没到出版社去吗？”

“哦？……昨天晚上社长先生还回到府上了？……是吗？说实在的，我现在打的是公用电话，说不定我离开社之后，社长先生已经到社里去了……”

“公司的电话都被拆掉了吗？”

1 杂烩，原文作“御田”。用蒟蒻、豆腐、芋头、鱼肉丸子、萝卜等炖的菜。

"不是，喏，为这事儿打公司的电话不大好说出口……"

"岛木究竟怎么啦？"

秋田老人那转弯抹角的电话，简短地说就是：俊三自从昨天取出金库里的钱前往参加谷村的辞灵仪式以后，就再也没在出版社露面。

"可是，太太您用不着担心。据说出版社的两三个头头脑脑会好歹把账目给对上的……我想把社里打算给处理善后这事儿私下里告诉社长先生一声。要是社长先生回到府上来了，您能把我的内部消息转告一下，那就太好啦……"

敬子撂下话筒后，心中充满了阴暗的不安情绪。

她回想起昨天俊三那异乎寻常的言行，就在家里待不下去了。她想到公司去好好问问俊三的情况。

于是，她就开始梳头。这时，女佣文子用莫名其妙的声音说：

"太太，我做了件粗心事。"

"做了什么？"敬子说着，停下了尼龙梳子。

"我正在掸老爷的书架，摆在一排书前面的那摞书，挤了出来，掉到桌上，打翻了墨水瓶，把什么文件弄脏了。我不知道墨水瓶没盖盖子……"

敬子并没有听她的下半截话。

她忘记了责备或宽恕文子，只顾边惦记俊三的事，边定睛看了一会儿镜子，女佣就抽抽噎噎地哭起来了。

"别哭啦。做错了事，也没办法啊。"

她巴不得说：更想哭的，倒是我哩，就站了起来。

电话铃又响了。

敬子心里直发怵，却是草野宝石店的川村打来的。

"百达翡丽什么毛病也没有，我教人好好儿地给检查了一遍……"

"是吗？好极了。回头儿我顺便去取。"

"喂喂，您这声音怪无精打采的。您这是怎么啦？"

“没什么……”

“大约几点钟光临呢？还有，您设计的戒指，又卖出去啦。另外还有一块想拜托您的宝石，是一大颗有点椭圆形的变色宝石[1]。顾客要求给设计一下坐垫，这也请您想一想。”

“呃。我尽量早点儿去。”

“我恭候。老实说，这阵子我给南方某国的宝石商夫妇当向导，冒着雨领他们到箱根和日光转了一圈。那位太太把钻石嵌在她的鼻翅儿里，可把我吓了一跳。半截儿钻石埋在肉里，闪闪发光。”

川村好像还要喋喋不休地唠叨下去，敬子就打断他说：

“那么，待会儿再……”

“啊。那就……亏得陪伴了那位鼻钻石夫人，还给您带来了个好消息呢。”

川村的电话还没挂断，门铃就响起来了。

“多么忙碌的一天。文姐，来客啦，你去迎一下吧。”敬子吩咐毕，就回到镜子前面去了。

“太太，热海那位……”女佣吞吞吐吐地说。

“是吗？就是上回来过的？……”敬子使劲把什么话咽回去了，“你告诉她，老爷和弓子小姐都不在家。要是她不介意的话，就把她请到客厅里去坐吧。”

“唉。她说是想见见府上的太太。”

“是吗？”

敬子原想从从容容地化妆，可是手不由得快起来了。

她麻利地换好了衣服。她想起：

“上一次是叫弓子把鞋拿过来，从后门出去的。”

1　音译为亚历山大特，在日光下呈深绿色，灯光下呈深红色。

今天跟上次不同，俊三和弓子都不在家。而且，那以后，按说俊三曾到热海去了一趟，谈妥了分手的事。他还说过，关于敬子的问题也好好儿地跟京子说了。

然而，并不能保证跟京子离了婚的俊三就会和敬子正式再婚。关于结婚一事，敬子这方面也摇摆不定。何况这一两天俊三好像甚至于自身难保。

敬子又站到镜子前面，竭力抑制住自己，不让前额和脖子继续冒出汗来。

总之，她和俊三一道生活了六七年，这还是初次和俊三之妻、弓子之母京子晤面。

京子拎着一只肮脏的白皮手提箱，被让进客厅。

她是昨天离开热海那家疗养所的，行李已邮寄到娘家去了。

跟上次来这儿的时候比起来，京子的处境和心情才真正不同了呢。

尽管正在清静的客厅里等着，她却感到茫然，不啻是在深山里迷了路似的。不仅是由于丈夫和女儿不在家，她觉得这个家本身已变得令人毛骨悚然。

经年累月患病的期间，她完全被排挤出去了。孤零零一个人的寂寞，化为对谁也无从发泄的一腔怨恨，凝聚在双乳之间。

敬子进来的时候，京子正用一把小扇子呆呆地往脸上送着风。

京子刚一瞥见敬子，脸上就登时涨得通红。

她心里忽然燃起了这样的敌意：“这个女人把我丈夫和孩子都夺走啦……”

“请多关照……”

“请多关照……您完全康复了吗？”

“唉……”

“不巧岛木今天……他也没到社里去，所以连电话都没办法打。”

敬子不愿意让对方觉得自己把俊三藏起来了。

“我也不知道他的下落，所以挺为难。”

“我见不到岛木也可以。”

“弓儿也直到下午才能回来，请您从从容容地等着吧。”

“太太也要出门吗？”

“唉，已经约好了一点钟在银座见一个人……”

“东京人可真忙呀。”京子用一种倒也不像是挖苦的口吻说。

倘若东京人敬子忙的话，那么恐怕再也没有像在乡村疗养了十五年以上的京子那么闲的人了。

然而敬子不愿意让对方觉得她冷漠，就竭力温和地说：

“不过，不要紧的。我还可以从从容容地待些时候。”

“呃。”

敬子弄不清京子这个人到底是来干什么的，所以弄得忐忑不安。

京子不时地朝着敬子那穿戴得整整齐齐的身姿瞟上一眼，说：

“可真年轻啊。”

这么说的京子也有点儿稚气的地方。

京子身穿白色花边衬衫和黑色百褶裙，上下都是崭新的，然而一副松松垮垮的样子，就像没有着落似的。

“我……”京子拖长语调说，“过了不少时候才死了心。”

京子仿佛是撒娇一般这么一说，敬子就浑身发麻。

“人生一世，总有一死，为什么没能在好时候死掉呢……好几次我都差点儿死啦。可是，反正总有一死，也许还是活下来的好吧？……您怎么看呢？”

“我是一直想要活下去，活下去，就这么对付过来的……”

“我也以为只要恢复了健康，就有了能够跟我一道过下去的家庭啦。可笑啊。可笑啊。”

突然间，京子悄悄地哭起来了。

敬子不知怎么办才好，她听着京子的啜泣，就越发感到难过了。

文子端点心来了，京子却并不想在人前掩饰一番。

“上次您不在家的时候我来过一趟。就连我也多少觉察出自己已经被排除到岛木的生活之外去了。在这之前，我完全认为他是和弓子一道在府上当房客呢。”

京子一面用手绢擦眼泪，一面说：

“弓子的事，务必拜托啦。”

“啊？”

敬子心里受到冲击。

“我只是来向您求这一件事的。我还怀着那孩子的时候就发了病，连奶都没能喂她，更没有亲手把她拉扯大。弓子真是很难得地才露一下面，如今长这么大了。弓子大概也不能把从来没有一起生活过的我看成亲娘吧。岛木说，她爱慕您，多亏了您，才把她调理成那么漂亮的好孩子。可她又是我的独生女儿。我时不时地也想见见她，说说话儿。”

京子有满肚子的话，快嘴快舌地说。

“是啊，”敬子只得点点头，“倒好像是我给您造成了不幸似的，我很难过。不过，有关弓儿的事嘛，什么时候都随您这位母亲的意。”

“说得倒乖巧……”

敬子是认认真真跟京子谈的，只觉得猛地吃了对方一闷棍似的：

“我是一本正经地跟您谈话呢。”

“我能够随意去做什么呢？”京子摇晃着浑圆的肩膀，露出一副天真的神情，“您想想看嘛。”

“弓儿回来后，您好好儿地跟她谈谈不就结啦。”

“哎呀，生气了吗？把人家的孩子抢了去……自己明明有两个，多贪呀。”京子这么假装出一团孩子气，使敬子忍无可忍了。

“是我抢的，还是弓儿被抢的，您自己问问弓儿再说吧。”

“不要紧的。您这是在跟病人打交道呢。对不起。我并没有怀恨在心。”京子接着又喃喃自语，“女人的爱情真是可怕。”

敬子不晓得京子指的是敬子呢，还是她自己。

“岛木先生是怎么跟您谈的，我不得而知，可我认为，也许有一天我也会有机会跟您谈一谈的。”

“岛木不能跟人平静、坦率地交谈吧？”京子开口说。

她的话总是离谱儿。

“因为岛木一向把我撇在一边，我反而始终爱他爱得不得了。我认为他对我这么个病人好有耐性啊。其实蛮不是那么回事：他是无情无义嘛。”

敬子想替俊三辩护说，他只是不忍心跟病人打离婚罢了。然而这么说的话，对京子又太残酷了。

“即使我没生病，我也许也没能一直跟随他。我觉得要不是跟一个每天都能相互生气、哭哭啼啼的人一道过日子，那就太冷清了。”京子正这么说着的时候，脸上的雀斑就浮现出来，眼看着被泪水打湿了，她用双手的巴掌紧紧地按在眉毛下面。于是，这次又歇斯底里地抽搭起来了。难道她说的是反话吗？

然而，敬子从哭泣着的京子身上突然感到了女人的丑陋。

倘若非把俊三和弓子还给这个人不可的话，敬子也有一肚子要说的话。

“说实在的，岛木先生现在也真够受的。这两三年，他的事业糟糕透了……”

京子继续哭着。

“而且，也不知道做了什么荒唐的事，公司好像都天翻地覆啦。这次我也真担心了，这会子就要去见见社里的人。”

“啊！”京子依然带着哭腔说，“我原来以为他是由于要跟我分手才那么痛苦，后来明白了不是这么回事，他是有什么难言之隐。我不是被他巧妙地说服了，这才谅解他的，没那么简单。而是由于岛木好像有什么痛苦，我简直不忍心再看下去啦。”

敬子脚底下被绊了一下。京子的爱情使她踉踉跄跄。

然而，她并没栽倒，反而挺住了。被京子的爱情这么一揍，敬子对俊三的爱情猛地绷紧了。

“他急需人拉一把，而只有我才能救他。”她心里燃起一团火。

至于京子呢，仿佛刚说的话就倏地消失了似的，她用女人特有的眼神朝着敬子的手表和戒指瞟来瞟去。

“用不着理睬这么个人。”敬子的情绪稳定下来了。京子却好像并不曾留意到敬子这副样子似的，说：

“弓子的事，拜托您啦。”

“唉。”

美国的军用飞机发出雷鸣般的嗡嗡声，擦着房顶飞过去了。

# 热带鱼

田部的弟弟昭男，除了绘画，从小还对生物有兴趣，现在饲养着热带鱼。

两年前的夏天，他饲养了一对神仙鱼。这就入了迷，今年夏天水槽也添到三个了。

最早来的那对神仙鱼已长到将近十五厘米，然而那尾雌的却一命呜呼了。以后又放进一些神仙鱼，各自恋爱、结婚，一对对地和睦相处，唯独最早来的那尾雄的却总是孤零零的，不时地以叫作桑达利亚·奈坦斯的水藻那片绿色为背景，像剪贴上去的画儿一样，显示着它那美丽的身姿。

新的水槽里装着叫作“蓝丝足鱼”的斗鱼[1]。

那尾雄的新近发情了，颜色变得很漂亮，在浮萍底下喷着泡儿。昭男在医院里值勤的时候也稳不住神儿，总是匆匆忙忙地赶回家去。

对熟稔的患者，他就情不自禁地说起热带鱼的事来。

朝子和弓子从上周起前来打针，昭男跟她们也聊起热带鱼多么美，多么有趣，还说：

“送你一对天使鱼，你试着养养看，好吗？”

然而朝子直截了当地回绝说，养活物太麻烦，她才不干呢。

昭男还谈到天使鱼怎样恋爱，以及一夫一妻什么的。

“要是硬把一雄一雌配成对儿，它们就一年到头打架，好不容易有

1　蓝丝足鱼产于东南亚。斗鱼指供观赏的热带鱼。

了鱼仔，也给吃掉。”

“这故事我在‘天使鱼’那儿也听说啦。”

“呃？”

“我指的是叫作‘天使鱼’的一家餐馆。店堂里东一处、西一处，摆着热带鱼。”

昭男向朝子打听那家餐馆在哪儿，她却不回答。

那是上星期的事，朝子来请昭男给诊察一下，她诉说身体净闹毛病，怀疑自己患了结核。

慎重起见，还给她拍摄了X光照片，但是胸部什么事儿也没有。

乳房那微细的血管浮起来，呈淡青色，有点儿发胀，乳头也耸着。根据这些症状，从昭男这个医生的眼里看来或许是怀了孕。

然而，昭男并不属于妇产科。而且，明知道朝子未婚，不论是把她转到妇产科也罢，还是直接通知本人也罢，年轻的昭男都有些犹豫不定。更由于他对朝子的母亲敬子抱有好感，就越发难以启口了。

“见了母亲再说吧。”昭男这么想着，为了缓和朝子所诉食欲不佳、感到疲劳等症候，姑且给她注射点维生素B和C看。

朝子的夏季打扮在医院这种地方格外显得漂亮。她一经过，连走廊都好像生气勃勃。她在门诊部挺有人缘儿。

朝子从来也没跟弓子一道来过。

昭男向她打听据说是下落不明的岛木后来怎样了，朝子也只是板起面孔来说：

“不知道。”

打从梅雨季节到入夏，弓子就仿佛患了轻微的脚气似的。脚常发酸，容易疲倦。

据说这是维生素$B_1$被枯草菌破坏了的缘故。

她到昭男所在的医院去注射高单位的维生素$B_1$，还接受超短波辐射。

“优良儿像这样可不行啊。”昭男这么说她，“弓子你的体质容易从喉咙里头排泄黏液。枯草菌就在黏液上繁殖起来，从胃部钻进肠子，把维生素$B_1$破坏掉了。枯草菌正如它这个名称，是长在枯草里的，但在草席上也繁殖，所以怎样也会吸进去。这是日本人常害的病，弓子你的症状还算是轻微的呢。”

然而弓子本人却认为，从来也没有犯得像今年夏天这么重过。

父亲杳无消息。这件事给她的心灵带来的创伤远远超过枯草菌，单是这个就足以使她成为半个病人。

敬子当然像是母鸟用翅膀抱雏鸟一般，给弓子以温暖。

然而，敬子越是疼爱她，一抹恐惧就越是掠过弓子的心灵深处，她生怕敬子也会离开自己。

朝子对俊三的失踪毫无恻隐之心。她认为俊三是自己逃避的，就越发明显地露出憎恶。尽管她并不曾对弓子都发泄过敌意，但两个人站在俊三的两侧，无意中形成了对立的样子。

清对弓子的爱慕是越来越强烈了。他焦急地直想抓住弓子。

总之，弓子就像是被父亲遗弃在这个家里了一样，她仿佛会被追逼得无地自容。

这么说吧：倘若这个家里有过和睦与协调，那不啻是弓子那种热情的开朗和纯朴让人们变得宽厚了，才使大家聚拢在一起。如今呢，弓子会被驱逐出去似的危险犹如穿堂风那样动辄就刮了来。

这倒不一定是弓子乖僻的缘故，而是随着父亲的影子消失，弓子好像就无能为力了。

看来弓子会变得孤零零一个人。

昭男也大致晓得个中原委。

当敬子把百达翡丽送到医院交给昭男时，就连对昭男她也未能掩饰自己那副不同寻常的神态。

“田部先生的太太是不是因为这是很贵的表，所以太小心了，才上弦上过了头呢？”敬子说。

“也许是的。嫂子是擦鞋姑娘出身，对翡翠和百达翡丽多少有些发怵……”

“现在是田部先生的太太喽，手表有什么了不起，敞开戴就是了。”

“可是直到现在，嫂子每次替我擦皮鞋都伸出手来说：喂，二十元……”昭男笑着这么说，然而敬子由于心乱如麻而沉不住气也好，严重的睡眠不足引起的憔悴也好，都没能逃过他的眼睛。

“您是不是有什么担心的事，弄得身体欠安呢？”

今年从五月起就进入梅雨季节，七月里天气也冷，据说是氢弹试验造成的异常气候。可是炎夏突然间就来了。

炎夏正是热带鱼的旺季。

在水槽里不设保温装置的情况下，水温计的红色刻度已升到二十四五度。

“斗鱼产卵的情景非常有意思，说是看了一次就忘不了啦。”昭男对哥哥也这么说，一心想让蓝丝足鱼成功地产卵，正憋足了劲儿等着。

雄鱼在浮萍下喷泡儿筑巢，就是发情的标志。它的颜色也变得鲜艳了。它张开鳍，扭着身子，向雌鱼求爱。

要是雌鱼厌恶求爱，过于逃避，雄鱼就会发怒，甚至会把雌鱼杀掉。所以得挑那些发情的雌鱼往水槽里放。要是腹部被卵胀得鼓鼓的，后尾伸出白色产卵管，就管保没错儿。

昭男挨近水槽，聚精会神地盯着看那对蓝丝足鱼。

雌的被雄的搂抱着，朝那泡沫儿筑成的巢浮上去。

于是，雄的弯起身腰，紧紧地缠住雌的。雌的身躯被勒成槲叶糕[1]的形状，往下沉的时候，排出几枚卵。这时候就受精了。

1　用槲树叶包的带馅年糕。

雄的撇开雌的，追逐那枚往下沉的卵，含在嘴里，又浮上来，把它贴在泡沫儿巢上。

这样反复好几次，大约持续了一个钟头。

“嗬。”

一直守在那儿的昭男，对初次看见的蓝丝足鱼的恋爱与生殖感到有趣极了。

田部回来的时候，昭男也说：

“可惜。哥哥，真可惜。刚刚完。多想让你看看呀。有好几百枚卵呢。”

“这些，全都能孵出来吗？”

田部也走了过来，朝水槽里望着。

“据说即使全都孵出来了，最顺当能长大的也只有十尾左右。”

“雌的呢？……”

“移到这边来啦。”昭男指着黑裙脂鲤[1]等所在的水槽说，“刚一下完卵，雄的就把雌的从巢旁边赶得远远的。据说要是雌的直转磨，兴许就会给杀掉了……另一方面，照看卵也罢，保护那孵出来的鱼仔也罢，都由雄的来做。它独自顽强地守在巢下，说是假若旁的鱼挨近了，它就跟那鱼斗。”

“是吗？”

“然而，过了一个星期，一旦幼鱼长到能独立了，这回它就开始吃自己的幼鱼啦。所以在这之前，得把雄的和幼鱼分开……”

“好厉害的父亲。”

哥哥一点燃香烟，昭男也想起了香烟的事。

“今天晚上白井夫人要我去一趟，可是由于丝足鱼，迟啦。”

“岛木先生怎样啦？白井夫人的丈夫运好像碰得不好啊。”

1　又称黑摩尔鱼，长4～7.5厘米。常为家养观赏鱼。原产于南美洲及非洲。

“结婚也是碰运气吗？”

昭男喃喃地说，田部用开朗的嗓音回答得挺干脆：

“就是碰运气。”

“可是，我喜欢那位太太。”

在哥哥这股开朗劲头的带动下，昭男也爽快地说了。

“我也喜欢。那个人曾两次为我们两个人高兴得几乎掉了眼泪。头一次是我还在跑单帮搞黑市交易，到车站的小卖店去告诉她生了娃娃的时候。第二次你也晓得。是她相隔六七年后到这家来的时候。她看到老相识、擦皮鞋姑娘居然买得起翡翠和百达翡丽了，好像感动得差点儿落泪。自己的生意倒靠后了。”

昭男听了哥哥这种善意的看法，点了点头：

“那一位使人得到一种温暖的安慰。”

“我也一样。当初搞黑市生意的荒乱日子里，只要一到她那家小卖店去，就松了口气。可是，女人要是交不好男人运，一辈子都会操劳。怪可怜的，白井夫人也是这样的吧。要是她跟岛木这个人一道生活后，就没有再工作，也不知会怎么样？”

“要是没有再工作，就不可能保持得那么年轻漂亮了吧？”

“那倒也是。”

“岛木先生这个人是不是蛮小气的呢？”

“我不知道。白井夫人在车站小卖店捣腾岛木先生的杂志那阵子，他好像搞得相当红火来着。”

“现在这座房子似乎也是白井夫人的。”

“不久就会回来的。”田部乐观地说，“也许他不屑于让女人养活吧？”

“可是，拖得太久啦。那一位为了找岛木先生而疲于奔命，我不忍心看下去了。”

关于岛木俊三的失踪，报纸上也刊登了一条小小的消息，并没有写明是私吞或拐走公司的款项。社里的同事们庇护了他。

一度倒闭过的公司，由于债权者们一半是出于同情，一半是为了替个人打算，尽管规模小，第二公司已即将开业了。

昭男还听敬子说过，出版社正在等着岛木回去。

“那一位是在岛木先生失踪两三天后，到医院来送百达翡丽的。她对我讲得很坦率。我总算给她打了一针，还给了她安眠药……”

“这些方面，你就尽量关照她一下吧。”

“嗯。”

昭男想起昨天敬子打电话到医院来的声调，她说有这样那样的话想跟他谈。

今天晚上被热带鱼的产卵拖住了，或许明天再去拜访吧。

“白井太太的闺女是个美人儿吗？”田部问。

“嗯，最近两个人都来注射。大姑娘朝子小姐又漂亮又傲慢，隐隐约约有那么一种冷漠的神态，给人留下深刻的印象。”

“朝子小姐是新剧女演员，说是也上电视台和广播电台呢……”

“哎呀呀。”

这大概同田部的女性观格格不入。

“下面的弓子小姐听说不是太太生的，却好像反而继承了太太的长处，实在是个可爱的孩子。只要弓子小姐到医院来，就连老处女护士长什么的也会变得和善起来。”

“你也迷上她了吗？”

“她不是那样的孩子。”

“那个孩子也罢，这个孩子也罢，天下哪里有不该迷上的孩子。”

“是高中的学生啊。”

“那不是蛮好嘛。”

“哥哥在煽动吗？”

“你这个傻瓜。”

“我不知道该跟那样一个小姐说些什么。”

“这可有点儿奇怪。”田部说着，摇晃着肚子笑了。

第二天早晨，昭男自以为时间还早，可到饭厅去一看，田部已经在饭桌前读着日报了。

“有莴苣吧。一片就够啦。”昭男说。

“好像有。干什么用？”

“切碎了放在丝足鱼的水槽里。”

这间饭厅兼作厨房，只要一伸手，火和水用起来都很便当。

周围是西式设备，田部却身穿方格花纹和式单衫，系了根细带子，待在这儿。

他扭转着粗腰，打开电冰箱，取出一小棵莴苣，顺便把熏猪肉和鸡蛋也拿了出来。

昭男把莴苣叶洗得过分仔细，切得碎碎的。

桌子上的加热器把昭男那份华夫饼烘热了。玻璃咖啡壶也煮沸了。

田部的妻子和孩子进一走了进来。

绫子身着适宜夏季穿的印花布室内便服，领口敞得宽宽的，裸露着双肩。

六岁的进一穿的是白衬衫、斜粗棉布短裤，就像妈妈的一枚清新的服饰品那么可爱地紧紧挨着她。

“好困。”

这就是绫子早晨打的招呼。

“正因为你早晨贪睡，反而更困啦。”

“没有这样的道理。喏，昭男弟……”

昭男一向不参与夫妻间的这种舌战。他假装没听见的样子继续品尝着咖啡。

“昭男弟，起得早是不是由于肥胖症呢？”

“没有这样的道理。”

田部这个人素来只能睡上四五个钟头。

他把四爿店转了一圈回来后，就已过十二点钟了。多半是凌晨一两点钟才睡下，可是即使冬天，一到五点钟左右就醒了。

这是一种活动型。

只要一醒就待不住。一个人起劲儿地准备起饮食来，或是修整家具什么的。

他似乎是由于自己有这样的习癖才把厨房电气化了的。

绫子从加热器里取出华夫饼，放在孩子的盘子上：

“你替宝宝浇上果子露吧。”

就连这样的琐事她都要求田部动手来做。

乍一看，田部马虎粗犷，但照顾起人来却无微不至。绫子长得瘦瘦的，一副神经质的样子，实际上却粗心大意。这两个人之间，总是有着安定与调和。

田部爱护这个家。如今，金钱好像每天都从四爿店自自然然地淌了进来。

老婆孩子都平安无事。

连昭男都认为，倘若白井敬子的“丈夫运”或“男人运”不好，那么这方面走运的大概就是绫子这样的了。

昭男和哥哥不是一个母亲生的，在这家里，人们都不曾在乎这一点。

绫子要是带着手提包去买东西的话，就会把那包东西抱走，却将手提包遗忘在陈列橱上。她就是这么个人。

绫子尽管很早就吃过苦，可总也不能自食其力。田部跟她开玩笑说：

“这家伙在陆桥底下擦皮鞋期间头脑不正常啦。给陆桥弄呆了。擦皮鞋擦呆了。这家伙还有个出了名的故事：只擦了一只鞋，把另一只给忘啦。”

“你说什么呀。我嘛，只消擦顾客伸过来的那只鞋就行啦。”

“那么，是顾客忘掉了伸出另一只吧。嗯，那时候这种事儿经常发生。”

由于绫子是这副样子，昭男也觉得挺自在的。

昭男临出门前想着：

“那么，把莴苣撒到丝足鱼的水槽里吧……”

他到处找，可切碎了的莴苣却无影无踪了。

“咦，把切碎了的莴苣，给处理掉了吗？”

“我把它跟熏猪肉一道吃掉啦。可好吃啦。”绫子回答说。

“你这个傻瓜！”

田部笑得连他那肥胖的背都颤抖得像波浪般一起一伏的。

“切得蛮精致哩！”

“你快点切出来还给他吧。”

“昭男弟切得比我好，在医院里净切人了嘛……”

《怎样饲养繁殖热带鱼》一书中写着：孵出了五百尾的鱼仔每天都会死掉一半，是鱼饵不足的缘故。

鱼仔小得只能用显微镜才瞧得见。它们吃起那用显微镜才辨认得出的鱼饵来，食量大得好像令人难以想象。把莴苣叶儿切碎，撒一些在水面上，让它漂浮，再撒些细碎的饵末儿，就变成微生物的培养体，遂制成鱼饵。

“嫂子洗得不够彻底，这可不成啊。”昭男一边仔细地重新洗着，一边说：

“嫂子，今天晚上我也许不在家吃饭啦。”

“也许可不行。说清楚一点吧。”

“也许要到白井太太家去。”

“要是也许的话，对方也为难啊。太没礼貌啦。”

“真可怕。太太这种人，越来越让人害怕。”

“那你就去找一位不可怕的太太好啦。”绫子歪着白皙的脖颈，一直把他送到正门。

早晨还不到九点钟，可是昭男刚一走上大街，就热得几乎想皱起眉来。

热气甚至从长裤裤脚儿往上冲。

然而，昭男喜欢盛夏。他本人的生命力好像为了对抗酷暑而漾出来，有一种适值旺季、青春鼎盛之感。

公共汽车沿着皇宫的护城河畔，从半藏门经由樱田门，朝着日比谷的交叉路口驶下去。林荫路的树叶郁郁葱葱。

尽管走惯了，但这毕竟是东京的一条漂亮的路。右手，国会议事堂和两座电视塔沐浴着早晨的阳光。田部家离塔不远，所以电视不需要装天线。

皇宫的森林那绿色浓郁得几乎发黑。坡度不大的堤坝般的岸上，松树的影子清清爽爽。

那是五月间吧，有人曾经割岸上的草。

成群的水禽还降落在护城河的水上来着，那似乎也是不久以前的事。

今天早晨，昭男因热带鱼产卵而感到高兴。

只剩下昭男一个人的时候，他依然对竟把莴苣吃掉了的绫子那种马虎劲儿感到好笑。

“嫂嫂这个人嘛……”昭男乘着公共汽车，回顾哥哥夫妇的过去。

绫子曾把田部的一副绑腿拼拼凑凑，为娃娃缝了一条套裤。

“女人的手可真巧啊。”昭男记得自己曾这样表示钦佩。

田部抱着这么个打扮的娃娃，直发窘。然而这位无依无靠的擦鞋姑娘只因为当上了妻子和妈妈，神态很是开朗。

“要是没衣服给娃娃穿，把它揣在怀里也蛮好嘛……”

进一出生的时候，这对夫妇一无所有。

他们那座窝棚是田部拾来几块被战火烧过的白铁皮，并搜集一些碎板子，自己搭起来的。

“搞黑市赚来的钱，会消失在黑市中。”田部这么说，就不再搞那不安定的黑市交易了，他筹款买下一爿小小的冰店。

他们在这爿店里卖中国的荞麦面条。

绫子背着娃娃，在店里干活儿。

店堂勉强够得上两坪。经营冰店时的装饰，人造丝瓜和玻璃球串成的帘子，入冬以后还照样从天花板上垂下来。

“不管怎样，这帘子总显得冷飕飕的。”昭男曾到店里来这么说。

五张桌子，二十把椅子，唯独桌布倒是怪花里胡哨的。

没想到这爿店的生意很是兴隆。

然而，这对夫妇都不顾油污，耐心地干了两三年活儿。

这期间，他们在高岗地区[1]买下了土地。当时是一片荒芜，价格便宜。他们盖了房子。那座房子就像是仙人掌繁殖似的，年年扩建。

篱笆和庭园是不久以前才齐备的。

东一块西一块买下的土地，涨了价又卖了出去，在银座开设的店也增加到四爿了。

难道是进一的出生使田部夫妇攫住了幸福之门的把手吗？

田部不像战后那些黑市起家的暴发户那样摆阔，他说：

“什么江户儿[2]有钱当天就花掉，那是胡扯。东京人也罢，京都、大阪、名古屋人也罢，凡是在大都市里土生土长的人，都不会乱花钱的。”

“你别只顾画画儿，养热带鱼什么的，慢慢地总该结婚了吧。”就在两三天前，哥哥也曾对昭男这么说，“正因为你独身，所以才借这些事来排遣。”

1 指旧东京市内知识分子、薪俸生活者、职员聚居的高岗住宅区（尤其是文京区、新宿区一带）。

2 江户是东京旧称。江户儿指地道的东京人。

“是因为在这家里住着舒畅嘛。”昭男虽然这么笑着，哥哥的话却留在他耳朵里了。

用结婚来代替热带鱼，这未免太简单了，然而这话却使昭男不禁思忖着：莫非自己正借着这样的趣味和癖好来“排遣”未婚的什么缺憾吗？

目前，在昭男看来，正因为在哥哥家里的生活是安定的，所以才能画画，也才能饲养热带鱼。

当然，昭男并不是不希望独立生活，但紧接着就该考虑结婚的问题了。

然而，在医院工作，领的是低薪，跟一般职员没什么两样，难以养活老婆孩子。

“因为我碰不上能用绑腿为娃娃做套裤的擦皮鞋姑娘嘛。”

而且，如果要挂牌行医，就得接受哥哥的巨额援助，何况学位也还没拿到呢。

“这么年轻就做个私人开业的医生，也太寂寞了。”

然而，跟白手起家的哥哥嫂嫂比起来，自己之所以能够从从容容地转这样一些念头，其实就是因为得到了兄嫂的恩惠。

“连母亲该操的那份心，也都让哥哥担负下来了。”昭男总是这么想。

田部哥儿俩的父亲是军医。太平洋战争还没开始，他就死在中国了。长子的母亲比丈夫死得早。后妻之子昭男，刚入中学。

过了不久，长子也被征去参加太平洋战争。这时他对继母那份养育之恩再一次表示谢意。随后他留下了话：要求母亲离开田部家，回娘家去。听上去像是宣布断绝养母子的关系。

当然，昭男的母亲脸色都苍白了。

“昭男是田部家的孩子，我要是活着回来了，一定会把他领去抚养。在这之前，拜托啦。”长男添上这么一句。

他对弟弟也严厉地说：

“即使我没回来，你要是到了十八九岁，就离开母亲，不要依靠母亲的娘家，务必自立啊。”

他从战场上给继母写来的信，就更明确了。也就是说，他劝母亲再婚，而且执拗地反复这么劝。

就当时的军官之妻而言，这几乎是难以想象的事。何况她又是误了婚期，给人续弦的，所以已接近四十岁了。

然而，也是有缘分吧，昭男的母亲再婚了。而且，至今过得蛮幸福。

不论是要母亲离开田部家的时候，还是劝她再婚的时候，昭男都曾和母亲一道感到愤慨。

难道哥哥果然是凭着继子的本性，对母亲心怀憎恨与怨艾不成。

多少日子以后他才晓得，“哥哥是个饱尝艰辛、阅历很深的人”。

哥哥复员之后没过多久就事业有成，他对昭男的热情关照也证明了这一点。

那一天，医院里只给一位老人做了甲状腺手术，门诊和住院的患者都比梅雨期要少。

他所翘盼的朝子和弓子都没有来打针。

该来的没来，这下子昭男的心反而被吸引到敬子家去了。

“那位小姐没来吗？”护士长对昭男说，她指的是弓子。护士长好像也想见到“那位小姐”。

“说是有一对美人姐妹常到田部大夫这儿来，引起轰动哩。”

“哪里，我跟那位母亲熟……”

昭男只见过敬子两三面，然而他觉得蛮熟的。

“有这样那样的话想跟您谈哩。”

前天敬子曾在电话里这么说，口气也俨然是个熟人。

她的语调沉闷，含意却怎样理解都可以。

昭男也像个青年的样子，往花哨的方面来听她的话，心情不免激动起来。

昭男也认为，倘若能够跟护士长所说的“那位小姐”结婚，毫无疑问，那的确是人生的无上福分之一。

“可那孩子心地也好像太纯洁了。是朵太难以捉摸的花蕾。”

如果自己的前途平平凡凡，挂牌行医，就得让妻子吃一些略微不同于一般家庭妇女的苦。

昭男寻思，那样的话，恐怕还是敬子这样的人合适。

再说，昭男也好，哥哥田部也好，都因父亲作为一位堂堂的军医以身殉职，深为感动。而且因为感动，昭男才志愿当医生，哥哥也支持他。

物理、化学那样尖端的研究，如今制造出了尖端的杀人武器，一旦打起仗来，医学不就成了宗教，医生不就成了神圣的职务吗？这是超越政治战争的最大可能性。

“到了那时候，我就会继承父亲的血统，绝不会死在草席上。”

这跟宗教中的圣徒毫无二致，还不如没有家眷呢。

弓子这样的姑娘，只不过是有这么个人而已，至于去给旁人以温暖和慰藉嘛，反正不该让她当一个在血腥的作恶场所任职者的伴侣。

昭男初次见到敬子的时候，曾随口说起他之所以放弃了美术学校而改学医科的原因。“喏，当时自己的良心或正义感也起了作用，想帮助战争的牺牲者。所以选的是外科。”

他所吐露的是平素的一些理想。

他跟敬子谈话，打一开始就自在。她能把他的话头引出来，而且能理解他想透露给她的心思。

“不过，她想谈的会不会是朝子小姐的身体的事儿呢？”

昭男想到了这一点，就觉得扫兴，然而，这准是眼下的现实。

“让人厌烦，可这也是医生的职责吧。”

东京的黄昏，风完全息了，郁积着白昼的暑热。

昭男身上渗出汗水，沿着通往敬子家的上坡路走去。

挂着岛木、白井这么两块名牌。光写着姓，看上去会只当两个都是男人，其实却是一男一女。

哥哥清和弓子丝毫没有血缘关系。

今天昭男好像突然发现了这一点。

他按了铃，但过了好一会儿也没有人迎出来。这座房屋给人以昏暗而空空洞洞的感觉。

他又按了一遍铃。

“唉。”

是弓子的声音。

正门打开了。

“哎呀，田部大夫，请进。”

弓子喜形于色。昭男确实瞥见了她的喜悦。

这样就诱使昭男情绪高涨地往客厅走去。

弓子进了里屋，半晌没有人露面。

“咦？不知道把梅原先生那幅桃给怎么啦。”

昭男瞧着没有了画的那面墙。

“妈妈也快回来啦。”弓子说着，将手巾把儿和冷饮摆在昭男跟前。

“妈妈出门了吗？……”

“说是要去连对弓子都不能说的好地方……”

“是吗？我不该在妈妈不在家的时候上门来。”

“哎呀，大夫，您可不能回去。我会挨妈妈说的。”弓子摇摇头，向后退去。

她并不是要堵在门前，然而有点像是那么一副样子。由于她背后的门发黑，凸现出她那张可爱的脸。

“我不回去。”昭男说着，露出清爽的微笑。

“你今天没到医院来啊。身体好吗？……”

“不。白天只有我一个人，没人看家嘛。”

“你一个人在家吗？”

昭男吃了一惊似的望了望弓子。

“我还以为你是因为疼才没来的。谨慎起见，我把药针带来啦。”

可是，昭男摸了摸自己的腮帮子：

“刚才那个，兑的是烈酒吧？”

“是青梅酒。”

“够呛。脸红了吧？掺了冰，所以更爽口啦……”

弓子显得挺高兴，笑了。

她身穿无袖衬衫，缩起赤裸的肩膀，忽然晃了晃。肩膀晃动得生气勃勃，天真烂漫。

昭男打惯了针，弓子的胳膊按说算不了什么，从浑圆的肩到胳膊那线条，却使他觉察到十八妙龄之美。

“我那份里，兑了一点点。”

弓子这么说着，两颊上微微泛出红晕，兴许是被昭男的红脸庞所感染。

“朝子小姐今天也没有来。”

“姐姐忙啊。因为快要公演啦……节目单也已经印好啦。”

弓子到里屋去把节目单取了来。昭男又在仰望那面墙。

“这里的画儿，弄到哪儿去啦？”

“妈妈给卖掉啦。”弓子坦率地回答说，“她挺难过来着，说那是田部大夫也喜爱的一幅画。”

敬子是到一个据说蛮灵验的算卦摊子那儿去占卜俊三平安与否和行踪的。

去找算命的可怪不好意思的，所以她才含糊其词地说了句：

“连对弓子都不能说的好地方……”

再说，倘若算出来的是凶卦，回来后就难以向弓子开口了。

“已经一个半月啦。”

打从俊三下落不明之后，敬子甚至克制自己不去当着弓子的面数日子。

她跟弓子怀着同样的不安，挨在一起，相互安慰，形影不离。

敬子出门时，弓子就觉得孤单，追在后头。敬子也一早就起身，把上学去的弓子一直送到坡下，这可是从来没有过的事。

然而，她们两个人彼此加深着感情，其实难道不正是想弄清对方是否爱着自己吗？难道不是非这么做不可吗？俊三曾说她们两个人的关系“不正常”，他那语音传到敬子的耳际。

俊三一失踪，敬子心里憋闷得简直喘不过气来。她这才领会到自己是爱他的。

京子来过一事，敬子也瞒不住弓子了，两三天之后还是告诉了她。

“我曾对她说：有关弓儿的事嘛，什么时候都随您这位母亲的意。”

“那可不行。我才不随母亲的意去做呢。”

“唉，喏，弓儿知道我这么说过就结啦。”

“我管不着，管不着。什么随意，妈妈，这是胡扯。没有随意这么回事。我才不让人随意摆布呢。”弓子边诉说，边哇的一声哭起来了。

“唉，你母亲也说：我能够随意去做什么呢？我一句话也回答不出来。”

“是呀，妈妈。弓子是不可能随意去爱人的。”

敬子心想：弓子好像还是头一回这么哭哩。

朝子那副不同寻常的样子也使敬子胆战心惊。

除了日益迫近的公演那座舞台的事，她什么都看不到，听不见，这倒还可以。不过，再怎么为自己爱好的事业废寝忘食，难道可以把肌肤弄得这么粗糙，脸上这么失去光泽，眼神这么憔悴吗？

她简直不让家人挨近自己。

敬子怀着这样的不安：

“好像是故意的。由于朝子的什么事儿，这个衰落的家会不会就垮掉了呢……”

清也几乎不待在家里。说是离开这个使他精神涣散的家，暑假期间把毕业论文整理出来。

敬子被告之他是在大学里的朋友家一道做着研究工作，要么就是担任着家庭教师，人家留他住在一间安静的屋子里。但搞不清是怎么回事。

敬子瞧见，盛夏的院子里那疏于剪枝的玫瑰，芽儿可恨地长长了，她却没有气力走下去修剪。

倘若通过昭男，自己这厄运能传到老相识田部耳里，兴许能打开一条路呢。于是，敬子就打了电话。

然而，会不会田部是个借口，而自己所追求的是昭男其人呢？敬子想起和俊三一道度过的最后一个夜晚，那一位的身影也曾浮现出来。

昨天，敬子也不知道多么盼着昭男来着。

这么说也未尝不可以：正因为等得过了头，今天就害怕等待了，所以才到占卦师那儿去的。

那一次她往二楼上走的时候，明知道俊三要拥抱自己，昭男的身影却浮现了。这成为她与俊三的后一个夜晚，那种罪恶感所引起的悔恨就更加深了，可疑的火焰却反而一闪一闪地摇曳着。

然而，背水摆阵，伫候俊三归来的这一决心并不曾动摇。

“当初盖这座房子，就是为了在这种时候搞起一家小客栈的，横下心去租给人吧……跟川村搭档，去走私宝石和手表吧……”

为宝石设计图案，报酬低微，这方面眼下也无法开动脑筋。兜售手表嘛，除非数量很大，否则也就是那么回事。

“把现在这座房子处理掉，买一爿工商区的小店呗。”川村曾这么怂恿她。

“岛木外出期间，我不能卖。我还是想在那座房子里等着他回来。一旦回来了，好供他使用。”

敬子还考虑着放弃这座房子，把它充当岛木的投资，交给现代社的第二公司。

她已经把梅原龙三郎的画交给公司了，以赔偿俊三挪用的那笔款子。

适值夏季淡月，这又是倒闭了的公司出售之物，恐怕给画商看出了底细，但理应足以偿还大部分债务。

由于俊三在外面口碑好，公司的人们毋宁说是对他抱着同情的态度。

俊三为谷村家出了五万元的奠仪，另外还交给了三十万，这就改善了谷村家对他们的印象。俊三所做的安排好像给公司带来了好处。

起先敬子还只当对俊三的责难与侮蔑在杂志社里正形成了旋涡呢。她是做好思想准备前往的，却出乎意料。

“我们对岛木君的神经衰弱也应该负很大责任。但他要是不早点露面，可就不好办了。拜托啦，太太……”

一位董事对敬子这么一说，敬子就想，她自己才“应该负很大责任”呢。

第三次去拜访杂志社的时候，她是被这么介绍给小林峰子的：

“是由这一位陪着去参加谷村的辞灵仪式的。”

敬子只瞅了峰子一眼，就感到事情不同寻常。

“这一位也在拼命地找岛木君……”

“让您费心啦，对不起。”

敬子这么一说，峰子的脸上就失去了血色：

“太太……”

下面的话哽塞在喉咙里了，峰子一动不动地呆立着。

“那一天，他举止有点儿怪，可你也注意到什么了吗？……”

“对不起太太。”

“指是什么事？”

“我要是到哪儿都跟着就好了。”峰子好像恨不得扭动身子似的说。

“哎呀。可是那天他回家了啊。”

“唉。”

第二天的事，峰子跟任何人都讳莫如深。

第二天——峰子在浅草一直缠着俊三，天色终于黑下来了。

虽然缠着俊三，却没能抓住他；随着午后时光之流逝，峰子越来越感到不安，因为不知道什么时候俊三就会甩开她并走掉。

俊三从早晨起就对峰子感到厌烦，过不多久好像就腻味起来了。连峰子对这一点也有所察觉。

不过，虽然嫌她碍事，却又不肯下狠心把她甩掉。峰子为这位俊三感到悲伤起来。

“如果像今天这样漫不经心地溜溜达达，或是瞧瞧可笑的杂耍，究竟能在浅草待上几天呢？”

俊三心不在焉地说。不知道是否打算回去了，他从雷门朝着地铁塔走去，却没停下脚步。及至挨近了吾妻桥，只见夜晚的大川上，船舷挂有一串灯的小火轮顺流而下。

“啊。从前叫作嘣嘣汽船或一分钱汽船。让人怀念的，坐一趟试试吧。”俊三说着就下到桥畔的码头。

如今叫作“水上公共汽车”的这渡船，等了半晌也不来。俊三雇了一艘那里的出租摩托船。

半个钟头一千五百元的那艘，一个钟头就是两千五百元；另外一艘为半个钟头一千八百元，一个钟头则是三千元——峰子听罢，贵得使她吃了一惊。

“那种两千五百元的小的，会不会翻船呢？”

“才不小呢。在这里的船当中，这算是中不溜儿的。有我跟着呢，绝对没有危险。”年轻的驾驶员说，一副麻利的样子。

“会不会搞成双双情死呢？”

“哪怕跳进水去，我也会给搭救上来。”

“那我可就大失所望啦。”

摩托发动起来，离开岸边后，峰子就紧紧抓住俊三的胳膊：

“我害怕。慢慢儿开吧。”

“一慢，反而会溅上水来。适当地来吧。开到下游的哪一带去呢？”

“开到东京湾去吧。”

驾驶员好像忽然觉得奇怪似的回了一下头，但还是开足马力。

水花溅到峰子的胳膊和膝上。

后部设有客席，跟前面的驾驶席是隔开来的。两个人并排坐，刚好容下身。

将船首一翘，仿佛乘在水面上一般疾驶起来之后，俊三也变得生气勃勃了。水花也不再溅了。

不大工夫就开过了驹形桥、厩桥、藏前桥。本所的震灾纪念堂，白乎乎地浮现着。

然而，驶到柳桥那家和式饭馆的灯光映在水面上的地方时，俊三就“啊”地喊了一声。

“在搭焰火看台呢。谷村也邀请我来着。要是再活上一个星期，谷村今年也能看到焰火大会[1]啦……”

峰子忽然想了起来，就攥住俊三的胳膊。果然，两国桥的上游和下游都排列着看台。

“不过，多活上一个星期，兴许就意味着延寿二三十年哩。也就是说，是不可能的。”

“又说这种话，我讨厌。”

“啊，我也讨厌。”俊三说着，把峰子拢到自己怀里。

就这样，莫非是夜晚的大川将俊三的情感浸湿了，他这才动了跟峰子一道在河岸上的那一家过夜的念头吧。

那天的事，峰子连对敬子都不能讲。

1　原文作“川开”，为每年初夏在隅田川两国桥下举行的放焰火活动，以庆祝纳凉季节的开始。这种活动自江户时代起，经久不衰。

## 生理过程

今天晚上朝子又和小山一道在“天使鱼”就餐。

还是那张挨着装有热带鱼的大水槽的桌子。

小山津津有味地吃着菜肴——牛排和撒了一层干酪粉的意大利式实心面条什么的。朝子看着，直觉得恶心。

朝子脸上泛着闷闷不乐的神色，又添了一份冰淇淋。

“这么油腻的东西，亏你吃得下去！”

“嗯？”小山抬起头来，“近来，我食欲旺盛着呢。夏天就得这样，否则身体支持不了。”

“真讨厌。”

小山吃得那么起劲，好像使朝子感到了男性那野兽般的自私自利。

“你真的什么都不吃吗？光吃冰淇淋，行吗？”小山又这么问了一遍。

“冰淇淋什么的，可不太够。哪怕接连吞下更冰凉的刨冰也是好的，好像还能稍微爽快一些。”

“……”

“这种让人憋得慌的暑热就是一股脑儿冲进身子里来了似的。”

“是吗。都说新娘子肚子爱饿……”

“不是新娘子。”

她板着脸反驳道，然而女人的羞耻却是掩盖不住的。

在此之前朝子的月经从未失调过，她的皮肤也从未对户外的空气这么敏感过，食欲更是从未这么欠佳过。

莫非是怀孕了不成？女人的不安是如此沉重，宛如在朝子头上套了个铁箍似的。

朝子呆呆地望着水槽里那在水藻间游着的火焰鱼和霓虹灯鱼那鲜艳的色彩，以及从排气管升上来的水泡。

小山边用纸巾擦着嘴，边说：

“夏天你总是这样吗？像是个病人哩。”

这已经不是外人的语气了。

“也许生病了。”

“打起精神来吧。今天吉井先生不是还夸你的演技完美吗？我也觉得你很棒。”

小山吸着香烟。

“要是有病，就打不起精神来啦。”朝子虽然这么说了，小山却没听懂她的意思。正因为大概听不懂，她才试着说的。

近几天来，生理上的不安使朝子完全陷入孤独之感。

——在美国南部，身怀六甲的斯黛拉有着一个兽性十足的丈夫；这位年轻的斯黛拉窥视男人那缺乏温情的内心深处，说了一段独白，伴以动作。

演到这个地方，朝子今天头一次被夸奖了。演技完美是导演吉井所说的话。

“演技完美？……”

朝子会不会也怀孕了呢？公演的首日迫近了。

朝子的心在舞台和现实之间像钟摆似的穿梭着，幸耶？不幸耶？她怎么也离不开小山。

由于朝子净朝着水槽望去，小山就也把视线移过来了。

“这些小小的天使鱼和霓虹灯鱼，都是今年春天生的。在这家老板的养殖场里。”小山说明道。

“这么大的也可爱。想看看天使鱼的娃娃什么的。”

说到这里，朝子的脸上发红了。

“这尾小胖麻雀一般的黑鱼，有意思。”

“黑灯鱼……这也能长到五六厘米。”

“小山先生也养过热带鱼吗？”

“没有。不是以前说过吗。只是在这家店里瞧见过，并在这家店里学的。关于热带鱼的书也向这家店讨了一本，读嘛，倒是读过。像咱们这样在家里待不了多少时间的人，不能养活物。”

“前些日子，还有一位医院的大夫说起送给我天使鱼好不好呢……”

“那位大夫说你哪儿有病呢？……”

“弄不清楚，”朝子依然目不转睛地盯着水槽说。

“是啊，我养过鳉鱼。鳉鱼蛮结实，产卵后，一尾母鱼能生二十来尾娃娃。娃娃可爱着呢。小得肉眼几乎都看不见，然而眼睛尾巴都有。不断地微微颤动着比毛还细的尾巴，游来游去，看着可愉快啦。”

“好故事。”

“啊。”小山悠然地点了点头。

“小山先生，喜欢娃娃吗？……”

“喜欢呀。”

回答得太好啦。

朝子心里高兴得暖洋洋的。于是想向小山倾诉对谁都难以启口的事，可是到了节骨眼儿上，就又犹豫起来了。

朝子和小山只是相互想象着对方大概喜欢自己，在接近的过程中，一下子彼此拥抱，陷了进去。

每逢想起参加宴会的那个夜晚，不论今后双方的关系怎样变化，朝子似乎都无从抱怨对方。

还没交换爱的誓言，更没许下终身，就先得吐露怀孕一事，女人的这种处境是何等悲惨啊！

可是小山爱娃娃，使朝子受到鼓舞。

“这是个假定，虽然是个假定，假若咱们有了娃娃，怎么样呢？……”

“咱们有了娃娃？……”

小山忽然一本正经地看了看朝子，像是猛然推开她似的。

“那可糟了。”接着，他斩钉截铁地说：

“要是旁人的娃娃嘛，就可以不负责任地疼爱……我还不想要娃娃呢。太早啦。首先，没有养活娃娃的自信。你也罢，我也罢，都刚有工作。现在正是迈开第一步去发挥才能的时刻，却被家庭啦、娃娃什么的缠住，那就统统都完啦。”

他一口气说到这里，又稍微有点不安地：

“你……有什么症候吗？”

朝子回答不出来，脸上泛出暧昧的笑。

“那么，你到医院去了吗？”

“讨厌。还、还没……”朝子略微摇摇头。她这是在做戏。她紧紧地闭上坚硬的壳，就又恢复过来了。

“不过，没弄清楚。”

朝子的眼睛已恢复了冷漠的神色。

“觉得又像是那么回事。”

“这么说来，好可怜啊。”

“别说得就像是旁人的事似的。”朝子这么说着，甚至泛出微笑，“女人真是可怜啊。”

“不……”

“我也蛮颓丧的，”朝子也竭力用那是旁人的事般的腔调说。倘若自己的身子里孕育着新生命，那就再也没有比这更切身的事了。她却故意把它说成仿佛是旁人的事似的。

不久，小山和朝子走出了餐馆。

今天晚上两个人都有空。

然而，也许是拘泥于方才那番话，小山不便开口邀朝子到跟她做爱的地方去。

而小山正迟疑着的时候，朝子却觉得不满足起来，甚至感到焦躁，好像男人从此就会遗弃她似的。她想，倘若被男人拥抱着，就有更多的话可说。

朝子这方面却不能采取主动，连暗示一下都不好意思。只不过是感到焦虑孤单而已。

上次的事之后，两个人在南星座的排练厅或因广播关系见了面，也装作若无其事的样子。他们分享着秘密的快乐，两个人在一起的时候，就把对爱情与责任的探索往后面推，只顾沉溺着。

然而，今天晚上却郁闷地走着。

漫无目标，不知不觉就进了日比谷公园。

盛夏之夜，不论树荫下还是长凳上，净是一对对情侣，他们二人几乎没地方坐。跨过了护城河。

看见成群的白天鹅静悄悄地聚集在石崖脚下也罢，眺望到银座上空升起了月亮也罢，朝子都一言不发。

小山好像对朝子这种沉默的抗议无动于衷：

“似乎是越早越好哩。让大夫给检查一下为妥。要是那样的话，钱嘛，我给想想办法。”

好个现实的说法。

朝子又受到了创伤，一声不响地忍耐着。

朝子也没有做妈妈的思想准备。这是出乎意料的事，而且太早了。

然而，妇科大夫，妇科检查的台子，手术刀，麻药，刮子宫内膜，一个不合适，就会引起子宫底穿孔，每做五百次人工流产，就失败一次……

朝子曾偷偷读过那篇妇女杂志上的消息，她感到害怕，单是做出把蛙翻过来那么个姿势，就需要勇气。

要是小山好歹能够对她有了身孕一事感到高兴，肯安慰她，哪怕是爽快地予以认可，那么朝子跟小山商量后，自己也会主动地去找大夫的。

可是他劈头就说什么“糟了”“好可怜啊”“钱嘛，我……”弄得朝子好像无立脚之地了。

关于恋爱、结婚、做母亲，朝子也曾左思右想过。她曾认为，不管怎样，那好像是个漫长的路程。身心越过那个坡、这个坡，其间该有多少歌和梦啊。

然而，这是突如其来的。好像没有旅途，一下子就到了终点似的。

不错，准是生理过程。可这生理过程究竟是卑俗抑或崇高，是残酷抑或幸福，朝子连这一点都搞不清楚。

“最难熬的时刻也就是最宝贵的时刻。”

她唯独听见了发自内心的这样一句悄悄话：在这里出了差错，就无法挽救了。

再说，即便不能生，被惠予的生命没受到祝福就给葬送掉，也是可悲的。

小山过于干巴巴地劝说动手术，朝子就清晰地感觉出在这种场合下男女之间的差别。只因为她是女子，烦劳与负担好像就不合理地遗留在她身上了。

然而，娃娃待在女人的胎内，男人束手无策。

生不生，是女人的自由，全凭我个人的意思。自古以来，女人曾被迫生下并不想要的娃娃；也有反过来，男人并不想要的娃娃却被女人生下来了的事。

朝子意识到这一点，她存心使坏，想让小山更着慌，就一味默不作声地继续走路。

“喏……我把你看得非常重要。女人的才能之所以会枯竭，是因为进入家庭后，被家务啦，育儿什么的压垮了。即使我和你结了婚，也不想要娃娃。”

为什么这个人不说他爱我呢？

只要小山肯让我看到爱我的证明，就什么事儿都没有了——朝子想到这里，情绪忽然消沉下来，眼睛里不由得噙满了泪水。

她想顶撞进行这番明摆着的简单说教的小山，然而一旦落了泪，喉咙好像就哽塞住了似的，连话都说不出来了。

刚强的朝子不愿意让小山看到女人这种软弱和悲哀，就蛮硬气地扭过脸去走着。

小山窥视着她的脸，瞥见腮帮上的泪水后，用诧异的口吻说：

“对不起。对不起。你想做妈妈吗？”

朝子用小手绢擦掉眼泪，赶紧摇了摇头。

“斯黛拉这个角色……”

“斯黛拉怎么啦？”

不知什么时候，小山已温存地搂着朝子的肩了。

“等舞台结束了，就照你的话来办。斯黛拉要做妈妈了，不是就穿上了一件宽大的罩衫吗？一穿上那罩衫，我就有了当妈妈的真实感受。今天才明白。”

朝子心里感情洋溢，却未能用话来表达，就又喊了一遍他的姓：

“小山先生……”

“什么？”

“你仅仅是玩玩吧？”

“……”

“为什么不肯回答？除非是真正被爱过，我就会害怕得鼓不起勇气来。我才不替两个人着想呢。我会让娃娃成为我一个人的娃娃。喏，说出这句话来呀。”

昭男接到了敬子的一封长信。

……把不吉祥的事告诉了您，然而我对家里的任何人都说不出口，所以无意中就写得冗长了。

昭男读罢，想道：世上可真有奇怪的事。

前些日子，敬子不在家的时候，昭男曾登门落座；敬子过一会儿就回来了，她那脸色却使弓子和昭男都吓了一跳。看了信，他才晓得个中缘由。

“哎呀，妈妈，怎么啦？您到哪儿去啦？连对弓子都不能说的好地方，是哪儿呀，妈妈？……”

到正门去迎接的弓子那声音，让人觉得不同寻常。昭男就也从客厅的椅子上站起来了。

“妈妈，是不是爹出了什么事？”

“等一会儿。给杯水……”

敬子瞧见了昭男就说了声：

“哎呀，田部大夫。”

于是，对昭男定睛而视。

昭男甚至认为，敬子是在责备或追查他竟在这个傍晚跟弓子仅两个人待在一起。

“您外出的时候我上门来了……因为听说您一会儿就回。”

敬子朝他点了点头。她试图在呆滞的眼神里泛出微笑。

“您生病了吗？”昭男问道。

关于此事，信上是这么写的：

好容易回到家来，意想不到地看见您和弓子那明朗的面容，这才放了心，同时又百感交集；承蒙您为我担心是不是生了病，脸色不好，就更泄了气，几乎连说话的气力都失去了。

然而，当弓子从里屋端来冰水时，敬子就用一只手抓住客厅那扇敞着的门说：

“哎呀，好喝，是青梅酒吧。”

“我也给大夫兑了青梅酒，喝醉啦。”

“是吗？”

“喝醉了这个说法有点儿夸张。”昭男难为情了，却又以医生的口气说，“您好像哪儿不舒服似的，我给您瞧瞧吧。”

“哪里。由于这么热……把腰带松一松就行啦。”

“是吗？”昭男说，并独自回到客厅去了。

当时，敬子连对昭男都没说自己曾去占卦一事。

敬子这么写道：

所谓占卦，就是一个叫作“灵媒师”的四十来岁的女人的灵媒术。倘若没有那位跟我结伴的朋友，我也许就吓得逃走了。

和我同龄的那个朋友，平素跟她那冷淡寡言的丈夫说不上话，就到灵媒师那儿去，请她把丈夫的生灵召唤来，通过灵媒来交谈。说是那时就能听到平时既不会说也听不到的种种话。

敬子这封信的下文是：

死别了的人倒也罢了，可竟然通过灵媒跟现在一道生活的丈夫说话，我觉得这位朋友既可笑又让人吃惊……何况她还是个毕业于音乐学校、蛮时髦的人……然而，想想看吧，世上有多少人尽管是夫妇，相互并不真正交心呢。

彼此坦诚相见，丝毫也不隐瞒，每天相互交心的夫妇，说不定倒是少数。想到这一点，我简直毛骨悚然。岛木尽管和我在一起，也是个并不交心的人。

敬子是由于找不到任何有关岛木的线索，想烦了，这才被劝诱去找那位“灵媒师”的。

那个朋友当然也是由于婚姻生活不幸，频频到敬子这儿来诉说。这一次该轮到她来同情敬子了。

“你好歹跟岛木先生谈谈看。不论岛木先生隐藏得多远，也非被灵媒师呼唤了来不可……”

那位朋友看来是彻头彻尾地相信似的。她说，丈夫通过灵媒师把情妇的事也坦白了。

“奇怪的是，每次我到灵媒师那儿去过之后，在家里，我丈夫的嘴也会松上一些日子。可丈夫完全不知道我到那种地方去……”

敬子觉得，万一能够跟失踪一个半月的岛木谈上话也好，就跟着去了。

敬子写道：

在一间供奉着什么神祇的斗室，灵媒师向我宣告：

“这是亡灵。这一位已去世。”

这时我吓得浑身发颤。

“喏，请和亡灵交谈吧。对方也想说话。”

我被这么劝诱，然而连声音都发不出来。

好容易才问了句：

“你在哪儿呢？”

回答说：

“乘出租车的地方……乘的是……现在不能说，说不得。”

既像是岛木的声音，又觉得是完全不同的人。

灵媒的形状古怪，我看不下去了，就拼命地央求说：

“请让亡灵及早回去吧。”

这也许像是自古以来的女巫的招魂术。倘若田部大夫见到了那个人，也许会从医学角度有另一种看法。被叫作灵媒师的那个四十来岁的女人，瘦筋巴骨，苍白得瘆人，亡灵附体的时候，她就像是歇斯底里大发作似的。我认为，倘若每天重复几遍，这个人的身体可吃不消吧。

直到这时为止，敬子的情绪好像还是镇静的。接着又写道：

临走的时候，她告诉我“你得安慰死者的亡灵”，我就好像浑身的骨头节儿都没了力气似的，颓丧起来。

敬子的信里连过日子的事都诉说到了：

孩子们也到了能够懂事的年龄，今后我想也该撙节度日了。

即使岛木回来了，迟早恐怕也要放弃目前的住宅，搬进一栋小房子；哪怕是到那时为止，想把空着的屋子租给哪一位。并不急，但要是有人找房子，请代我介绍一下吧。

这也使昭男感到意外。

我曾打听过令兄那位少爷的生日，届时想送点什么。但家事繁忙，错过去了。另邮寄上的是聊表歉意之物。

另邮寄的小包裹也已经到了。

是一件精致的玩具，可以当作高级轿车的模型。装有电池，一按旋钮，就会往前开，或朝后退。

田部的儿子进一高兴极了，让它在家里到处跑。就连他正做其他游戏的时候，也会想起这辆汽车，把它拿了来。

昭男边看着小小的车在这家的一间明亮的屋里漂漂亮亮地跑着，便想起了敬子。

玩具这样活动会令人感觉到赠送者的一片用心，难道是因为它被制造得实在精美吗?

“嫂嫂，看不看新剧?”昭男说着，把南星座的节目单拿给绫子看。

“近来新剧好像蛮叫座儿呢，对吗?说是当天想买的话，还得加价，呃?……”

“那指的是艺术座啦，民友座这样的大新剧团吧。”

“这一位是白井太太的小姐吧?相片照得好像显得面老些似的，多大岁数呀?”

“二十或二十一吧。初次扮演重要角色，非常紧张，身体似乎吃不消了。你去捧捧场吧。”

“昭男弟，给了你招待券吗?”

“不，是要我推销票。”

“这位朝子姑娘吗?……”

“不，妹妹弓子姑娘……”

“多少钱?”

“三千元啊。”

“咦?”

“十张哩。”

“那么，要是告诉哥哥，他会支援你的。是老相识喽，他对那位太太真是大夸特夸。新东西他样样喜欢，你还要对他说，总得能够跟到店里来的顾客聊聊新剧的事才是。”

“嫂嫂也给说说吧。”

“嗯。”绫子边仔仔细细地看着节目单边说，“这位小姐上面还有一个呢。怎么会那么年轻漂亮呢?……”

于是，田部夫妇也决定去看朝子首次登台演出。

由于过几天就能见到敬子，昭男不曾写回信。

他明明知道，像那样一封信要是不马上就回，敬子会在乎的。蛮想打个电话，这比信要快，然而电话和信似乎都难办。

借着那封长信，敬子一下子就挨近了。昭男这方面呢，也不知道会跟她亲近到什么程度。他一边踌躇着，一边受到诱惑。

圣方济各讲堂的宽阔庭园里，有很多大树，蝉声几乎盖住了东京的噪声。

六点的开演时间不一会儿就到了，也许是难以忍受场内的闷热，观众寻觅凉风，东一簇西一簇地待在夕阳映照下的庭园里。

昭男从医院里径直来到了。他想好歹知道一下自己的位子，刚登上正面的台阶，哥哥的声音就喊道：

“喂。”

嫂嫂、敬子、弓子都站在那儿。弓子边叠起小扇子，边把头略微一歪，亲昵地致意。

昭男遇见了她那纯真的眼神，一下子就忸怩起来。

“这么热……”敬子用亲切的语调说。

通知开演的铃声响了。

在走进讲堂的人群当中，敬子靠近了昭男。

“看了您的来信。真够您受的啊。”

昭男顾忌着弓子，低声耳语。

敬子一声不响，无意中放慢了脚步，盯着看昭男的眼睛。传来了融洽的感情。

凭着那封信，两个人靠拢了。昭男觉得好几年前就和敬子亲近了似的。

也许是敬子岁数大得多的缘故，不同于弓子，昭男并不感到忸怩。

观众席的灯光灭了，锣响了，拉开了幕。

——美国南部，新奥尔良市的初夏，黄昏时分，坐落在名叫“极乐”的那条街拐角处的屋子以及台阶。黑种女子和下层的白种女子坐在台阶上，边高声闲聊，边剥豌豆荚。

朝子扮演的斯黛拉抱着晒干了的衣物从屋子右边上台。她在间接照明的朦胧光线下，开始用熨斗来烙。

突然间，斯黛拉的丈夫斯汤雷和友人莽莽撞撞地走了进来。

斯黛拉被劝去看丈夫等人的滚木球游戏比赛。目送他们的黑种女子说了句下流话，狂笑了一阵。

笑声快要平静下来的时候，斯黛拉的姐姐勃朗茜打扮得蛮优雅地出现了。勃朗茜说她是搭乘“欲望号电车”来踏访叫作“坟场”的镇子的。她向台阶上的女人打听妹妹住在哪间屋子。

勃朗茜走进那间空无一人、凌乱不堪的屋子。黑种女人去喊斯黛拉。

斯黛拉回来了，姐妹之间不停地谈着别后的事，叙旧话儿。双亲去世后，爱打扮、慕虚荣的姐姐，把一大片农地也失掉了，她好像过的是求情于男人的生活，已精疲力竭。斯黛拉可怜并安慰姐姐。

这时，斯汤雷回来了。第一场以勃朗茜矫揉造作、卖弄风情地迎接这位鄙俗、粗野的妹夫告终。

高柳的演技纯熟，显示出老资格，朝子扮演的斯黛拉则像是无依无靠、被风吹拂的树叶一般纯朴。

尽管生涩，她那可爱的清新劲儿却有那么一股子动人之处，舞台刚暗下来，观众就报以掌声。

日暮，天色黑下来后，走廊的小门就敞开了。透进了略带凉意的风。

幕没有落，只是让舞台暗着而已。观众要么扇扇子，要么小声说话，没有几个走开的。

“头痛啊。”

敬子低声对昭男说。

“大概是热气蒸腾的。”

“闷热得慌。”敬子呼扇着扇子，好给昭男这边也送送风。微微飘来了香水的气味，昭男觉得那是敬子的气味。

“女儿的演出让人吃不消，看不下去。一听到那孩子的声音，就吃一惊，心跳得厉害起来。”

敬子轻轻按了按左胸下方。

“连我看着都全神贯注得过了头。做母亲的可就……”

“气儿都断啦。”

敬子的前额上显示出痛苦的疲劳。

“不要紧吧？”

“又不能不看啊。”

舞台又亮了。

斯汤雷在乱翻勃朗茜那只大衣箱。斯黛拉对丈夫说，才找不出任何东西来呢。

“她是弄得一文不名才到这儿来的哩。”

然而斯汤雷固执得很，反复说什么遗产并不是姐姐一个人的：

“连你那份都给弄没了吗？妻子的东西就是丈夫的。我要向故乡查询一番，非调查个水落石出不可。”

于是，他拽出人造宝石和塔夫绸的女夜礼服，还把围狐围在脖子上什么的。

勃朗茜正在洗澡间没完没了地化着妆。

演到盛装的姐妹俩出门到咖啡馆的场面，舞台又暗下来了。

“朝子小姐演得很出色的。”昭男对敬子说。

“谁知道呢！我心里怦怦直跳，可就是不大懂哩。她专心致志地做自己喜欢的事，倒也蛮好；但憔悴得厉害，在家里端着架子，说话带刺儿，活像是一只刺猬。”

在第三场，姐妹俩熬夜归来，斯汤雷邀来友人正玩扑克玩到兴头上。勃朗茜拧开收音机，播放音乐，边喜不自禁地翩翩起舞，边换衣服。斯汤雷焦躁地关上收音机。斯黛拉恼了，夫妻吵起架来。

幕间休息一刻钟，弓子到后台去了。

“妈妈，对姐姐说句话吧。”

敬子经她这么一劝说，就摇摇头。

“完了再说吧。”

作为朝子的母亲去见后台的人们，心情是沉重的。

敬子夹在田部一家人当中。在长椅上落座。从正面的门口透进了风。

田部买来了半冻结冰淇淋，边发给大家，边问：

“朝子小姐演了很久吗？”

“没有，只不过是近两年左右，我也是头一次看她登舞台……”

敬子正这么回答的时候，肩膀被弓子抓住了。

“妈妈，姐姐不得了啦。”

“朝子怎么啦？”

“晕倒了，在后台……刚刚。正乱哄哄的呢。”

“晕倒？……那么？……”

敬子站起来了。

由于又热又累，她原来感到怪软弱无力的，却一下子就挺起腰来了。

“去，”于是她拉住弓子的手，并对田部等人说，“对不起，我去看一看。”

“太太……”昭男好像偎依着她似的说，“我陪您一道去吧。”

“啊，大夫……请、请、恳求您啦。”

幸亏昭男是一位医生。

“我觉得用不着担心。多半是脑贫血吧。天气炎热再加上紧张……”

敬子似乎听不见昭男这番话，径自小跑着。

弓子跑得更快，连连回头，拽着敬子的手。

昭男一边想着幕间休息的时候就能恢复吧，一边追在敬子后面。

“也许跟怀孕有关系吧。”

后台明亮得过了头。

朝子背对着敞开的窗子坐在那里，由那些用色粉染了头发，装上假鼻子，用德兰[1]化了妆，身穿外国式样戏装的男女演员照料着。

她的鼻子尖儿上贴着切成两瓣儿的柠檬。

“哎呀，朝子。”

敬子松了一口气，再也说不出话来了。

昭男以医生的风度，马上问道：

“怎么啦？”

“两眼发花，一下子就晕过去了……稍微消停下来就好了。”

昭男看了看，觉得好像没什么大不了的。

可他为了号脉而托起的那只手，却被汗水濡湿得冰凉。

朝子把脸扭过去，不看昭男、敬子等人，做出一副“用不着来嘛”的样子。

昭男所要的注射器、消毒用酒精和维生素剂，后台都有。慎重起见，他托付买樟脑液来。

第二幕开始那一场是勃朗茜的独角戏，朝子要到下一场（第六场）快结束时才上台，因而能够慢慢休息，正合适。

打针后不久，朝子就恢复了精神。

化妆前，她重新坐好，把梳头匠喊来，嘱咐他重新做做头发。好像无视母亲和昭男的存在似的。跟一个看来蛮熟的男演员排练起台词什么的。

朝子这样的冷漠，给人的印象并不好。

弓子独自退到后台的出口那儿，目光呈戚色。

“别劳累过度，拖垮了身体。”

---

1　德语Dohran的译音，即舞台上化妆用的油彩。

敬子再三再四地重复着车轱辘话。

“喏，已经不要紧啦。”昭男这么催着敬子。

“走吧。”

敬子跟朝子耳语了一些什么。

朝子觉得心烦似的皱起眉头，并把脸朝着昭男调过来，用呆板的口吻说：

“大夫，多承您照顾。已经好了，请您过去看戏吧。”

必须从后台先走到外面，才能到观众席去。

昭男和敬子一道下到院子里。

夜风凉飕飕的，传来了夜间飞行的轰鸣，空中出现了点点滴滴地排列着的红色尾灯。

“已经开演了。妈妈要歇一会儿再去，你先进去吧。”敬子说。

“行吗，妈妈？……”

“马上就来。”

弓子点了点头，到观众席去了。

弓子失去踪影后，敬子仿佛坍倒似的在方才那长椅上落座。

昭男不便把敬子孤零零地丢在那儿，就跟她并肩坐下。

“请您务必去看戏……”

“唉。太太的身体好像也蛮弱的。朝子小姐倒还没什么，太太，您本人不要紧吧？”

“我在这儿歇一会儿。”

昭男点燃了纸烟。一股烟随风飘来，敬子闭上了眼睛。

“对不起。”

“没关系。烟熏着了眼睛，是累的吧。”

敬子眨巴着眼睛。也许是被烟熏的，有点湿润。眼珠子更大了，眼皮凹陷。眼睛下面甚至浮起淡淡的斑痕。

她突然间憔悴了，显得苍老起来。

昭男对这一位担心得不得了。

“朝子怎么会那个样子呢？连对您都……”

“不，她热衷于演戏，情绪紧张的关系。”

“近来连神情都变了，脸也绷了起来。朝子是不是遭了不幸呢？”敬子像是在问自己，喃喃地说。

昭男想道，敬子还不知道女儿生理上的变化。

倘若昭男猜对了，这位慈祥的母亲又该为此事多么惊慌失措呢。

“是热的。”昭男说，“大家都很累。回头给您打一针吧。”

“我吗？……”

“唉。”

“我希望您也给朝子好好看看。”

“是啊。”昭男迟疑了一下，“我到医院去转一下，带上注射器，到府上来。”

“谢谢您的关怀。注射器嘛，我家里倒是也有……”

敬子泛着感谢的微笑回过头来，但是跟昭男的目光相遇后，忽地用一只手遮住半截脸。宛若让昭男看到这张由于疲乏显得苍老的脸使她难堪似的。

然而，那只白皙娴雅的手下边儿，有着和善的嘴唇和造型优美的下巴。

敬子看上去又好像在哭泣似的。小指和唇角都微微颤动着。

昭男把视线移开了。他也想起了敬子那封长信，然而却一动不动地沉默着。

“那样精神抖擞来着……”敬子嘟哝道。

“朝子小姐吗？”

敬子点了点头。

“闹贫血，累倒了……哪怕光是今天晚上，我……”下面的话哽在喉咙里了。

她原想说，哪怕光是今天晚上，但愿能把俊三的事忘个干净，一心观看朝子的演出，却又觉得俊三会从意想不到的人后面突然出现似的。这话她难以启口。

自从俊三失踪后，敬子的心里就充满寂寞，仿佛是孤零零地被抛弃在荒野上一般。不时地难过到心都冻结了的程度。

"再到那位灵媒师那儿去，好歹说说话儿怎样呢？……"

知道是瞎话也行。明明晓得是诓骗也行。单凭着跟俊三说话的形式，也许还能稍微得到点儿宽慰。

"他准是有好多话要跟我说来着。"敬子这么想。

就那样，俊三已经尽了最大的努力，指不定多么痛苦呢。敬子觉得自己对他的体贴和抚慰都不够，然而后悔也来不及了。

每天早晨俊三出门的时候，敬子不说"你走啦"，却问他："大约几点回来呢？……"

多数情况下，俊三仿佛觉得厌烦似的，什么也不回答就把门一关，在敬子心中留下一抹冰凉就走了。

那股冰凉犹如一团干冰，喷出不平不满的烟，然而俊三高高兴兴地回来时，却消失殆尽了。

俊三下落不明后，她甚至认为自己是由于想讨俊三的欢心才爱弓子的。莫非是为了不让清和朝子埋怨俊三，她才一直不停地工作的不成？

清和朝子的父亲死的时候，敬子悲痛得心都快碎了。然而小娃娃们那柔软的手需要她，既给了她安慰，也支持了她。

而且，当时敬子还年轻。在培育幼小者的过程中，她忘掉了自己。老天好像也帮助了她。

但是现在迥乎不同了。敬子已过了四十岁。成长了的孩子们好像不再需要母亲了。

正如跟战争时期的死亡比起来，俊三的下落不明更给敬子以失落感，如今社会稳定了，反而有不易活下去之处。

跟站在车站小卖店的时候相比，如今一身盛装来观看女儿演戏，反而给弄得半死不活。

“净转些多余的念头。”

敬子对昭男感到惭愧了，从刚才起，他一直默默地在旁边陪着。

为了不让他发觉自己淌下的眼泪，她用手绢揩干了，边照小粉盒的镜子，边说：

“对不起。朝子也好，我也好，都松松散散的，净给您添麻烦啦……喏，进去吧。田部先生也会想：这是怎么了？”

然而，她的声音还没恢复平常那样。

昭男无法安慰弱得像是被打垮了一般的敬子，打方才就一个劲儿地吸纸烟。

昭男从未和俊三晤过面。

昭男只能认为俊三是个缺德的男人。

这位讨人喜欢的妇女看上去像是被不祥的亡灵所困扰似的。

昭男不知不觉间对敬子加深了同情。

## 净是女人的家

舞台上，斯黛拉正在点燃庆祝勃朗茜生日的那个蛋糕上的蜡烛。季节仿佛是初秋。

勃朗茜对妹妹说：

“留着娃娃过生日那天用吧。哎，但愿快要生下来的娃娃一辈子都有燃得亮亮的烛光，眼睛也像这火焰一样放着光辉。”

邀请了近来跟勃朗茜关系亲密的一个青年来做客，名叫迈克尔。尽管年龄悬殊，斯黛拉却巴不得勃朗茜能跟迈克尔结婚，希望姐姐获得幸福。

然而，斯汤雷走了进来，看见生日蛋糕就嘲笑说，迈克尔才不会来呢。原来斯汤雷曾告诉友人迈克尔，勃朗茜在来到这家之前，曾卖过淫。作为生日礼物，斯汤雷交给勃朗茜一张回到她原来所在的镇子的长途汽车票。

斯黛拉被丈夫的残酷行为所激怒，争吵起来。她猛地有了要分娩的感觉。

在第九场，勃朗茜边大口大口地喝酒，边对迈克尔诉说着：

“阿伦去世以后，为了填补内心的空虚，我除了像这样依靠陌生人，一点办法也没有哇。……正是被恐怖感，完全是被恐怖感所驱使，一个接一个地换对象。我……寻求藏身的地方，最近连十七岁的少年都……”

于是，斯黛拉前往产科医院的那个夜晚，勃朗茜被妹夫强奸，从而愈益疯狂了，终于被抬到精神病医院去了。

三幕十一场，足足三个小时的戏演完后，大多数女观众都哭丧着脸。

老实巴交而美貌的妇人那虚荣与梦想，被一股脑儿残酷无情地剥夺掉，以致她发了狂。正因为那人已经过了女子风华正茂的年龄，敬子就觉得更加难以忍受。

弥漫着凄惨的妖气般的最后一场使她喘不上气来了。

然而，朝子所扮演的斯黛拉，随着场面的进行好像沉得住气了。观众悄悄称赞的声音传到敬子耳里。

“祝贺您。朝子小姐演得很好。”田部也这么说，“去那边来点冷饮怎么样？”

“谢谢啦。我想等朝子，陪她一道回去……”

昭男和哥哥嫂子一起消失了踪影，可是一会儿又回来了。

“送送你们吧。我跟哥哥他们打了招呼。”

敬子的眼睛泛出喜悦的神色。

“好高兴啊。”弓子天真地插了嘴，“今天晚上就住下吧。我们家现在冷冷清清的。喏，妈妈！哥哥也不在嘛。”她一半是对昭男说的，一半是在征求敬子的同意。

朝子总也不出来，弓子就沿着后台口的台阶，上上下下的。

一簇剧团成员说说笑笑地走出来了。朝子从这簇人当中挨近了敬子，还领着一个青年，若无其事地做了介绍。

“平日受照顾的小山先生……这是母亲。这一位是大夫，田部先生……”

不知为什么，她忽视了弓子。

出租汽车刚一跑起来，收音机的音乐就从坐在副驾驶上的昭男身边传过来柔和的旋律。

习习凉风刮进了车窗。

暗淡的橘黄色月亮升到街道的屋顶上。

东京的夏夜经常能看到这种颜色的月亮，昭男却感到神秘。

“月亮的颜色好怪。”敬子也从后面的席位上说。听她那声音，精神已经恢复得差不多了。

眼下昭男对敬子比对朝子或弓子更担心。

然而他回过头来问朝子：

“那以后好些了吗？”

“嗯。昏迷不醒的时候，自己的烦闷好像一下子就消失了似的，后来反而演得轻松自在了。”朝子也快活地说。

他们在离敬子家不远的坡脚下了车，沿着小径往上走，好不容易才止住的汗水又开始渗出来了。

敬子先走进家一步，哗啦一下拉开楼下和式客厅的挡雨板，以便纳凉，又是取出坐垫，又是吩咐女佣文子去准备冰凉的麦茶。

“请您不要那么张罗啦……我不是来做客的……”

敬子那么精心照料，反而使得昭男拘束起来，并膝端坐。

“喏，去洗个澡，冲掉汗水，清爽清爽吧。”

昭男踌躇着，敬子则再三催促。

“我们也想洗。这会儿工夫把注射的准备也做好。您要是这样的话，我们就连腰带也不能解，袜子也不能脱啦。”

昭男泡在仿佛到处都渗透了柔和的女人气味般的澡盆里，思忖着：岛木这个人为什么想从这个富裕快乐的家庭逃出去呢？

敬子对亲生的女儿朝子总是客客气气的，跟弓子倒是亲密无间，就像是亲女儿似的，这也使昭男感到诧异。难道敬子对弓子的父亲爱得那么深吗？

由于岛木下落不明，敬子哀叹悲伤、困惑憔悴，昭男的心被吸引住了。

敬子那白皙的肌肤蕴含着深沉的美，犹如洗过好几次、用惯了的亚麻手绢那样柔和端庄。

这使人所感到的亲切慰藉，胜似弓子那光辉灿烂的青春。

“医生，要是水不够热的话，把那儿的小把手竖起来，煤气就着啦。”

这是弓子的娇滴滴的嗓音，玻璃门外有个人影儿。

昭男把白脸盆里放满了水，连眼睛都洗了。

衣筐里放进了浆洗得笔挺的和式单衫以及细腰带，替换下那汗湿的内衣和衬衫。

回到客厅去一看，谁都不在。

昭男不由得伸直了腿。

少顷，刚洗完澡的朝子难得地身穿白地和式单衫，系了根单层窄腰带进来了。

她洗掉了脂粉，脸上光滑，鲜溜溜的。

朝子大模大样地在昭男对面随随便便坐下来。

然后，缓缓地吸起纸烟来了。

昭男也舒舒适适地穿着和式单衫，然而和像这样单衫装束的朝子面对面坐着，只觉得害臊似的。她浴罢未施脂粉，还能瞥见她那赤足的轮廓。

这时女佣端来了漂漂亮亮地排列着醋鱼饭卷的伊万里[1]大盘和啤酒。啤酒瓶是冰凉的，挂着水珠子。

朝子拔掉塞子，说了声：

“怎么样？”就把昭男的杯子斟上了。

“唉。”

昭男再也没想到朝子会为他斟酒。

敬子怎样了呢？连澡她都跟弓子一道洗吗？朝子低着头，一面也往自己的杯子里斟着，一面开口说：

“大夫，我有事儿求您。不过，您得发誓对我母亲绝对保密，不然的话我就不能求您啦。”

昭男恍然大悟，但也不便马上首肯，就反问道：

“什么事呢？”

“因此，您得先发誓为我保守秘密，否则我就不能跟您谈。”

---

1　日本佐贺县西部一港，从这里运出去的有田瓷器及唐津瓷器等，均叫作伊万里瓷器。

听朝子那口气，倒好像是昭男这方面有什么弱点似的。

于是，她盯着昭男看。眼睛里也没有可怜巴巴或羞答答的神色，而是直勾勾地逼视着。

“您肯发誓吧？”朝子用的是女子中学生的腔调，但再一次厉声叮问了一句，接着就把那杯啤酒举到嘴边，“先生是大夫，已经稍微知道一点了吧？”

“是什么事呢？”昭男温和地说。

“我没生病。可这事儿非同小可。完全没有食欲，却非常想抽原来讨厌的烟。只要是凉东西，什么都行。浑身发热，但像刚才那样坐在公共汽车里的时候，被凉风一吹，就浑身打冷战了。”

“……”

“假若是这样的话，我并不想要娃娃。现在即使想结婚也结不成；即便已经结了婚，由于我要工作，没办法育儿。我和那个人的意见是一致的。”

朝子仍旧凝视着昭男，干干脆脆地说。

“公演结束后，我想使身子变得轻便一些，先生能为我介绍一位妇科大夫吗？要是让母亲知道了，又要这个那个地挨说了，所以想保密。”

朝子有着一股野性的敏锐，像是被什么东西附了体一般。昭男被她的气势压倒了。

“你介绍一下吧。”

“只要没有演出任务，明天也行。怪厌烦的，自己都觉得不像是自个儿啦。”

昭男把冰透了的啤酒一饮而尽。

朝子紧跟着就为他斟上了，使他觉得怪不对头的。

洗掉香粉，显出了少女气的朝子，口气格外严厉，而且由于初次怀孕而憔悴了，有着刺人般的魅力。

朝子显然患上了妊娠中毒症。

为了抑止这种症状，昭男的医院里也采用注射新药的办法。

“再像今天这样晕倒可就不好办了，明天到医院去吧。”昭男这么劝朝子，“反正要接受一次这方面的诊察，得弄清楚了啊。”

“能够给保密吧？”

“医生是会替患者保守秘密的。”昭男不大痛快地说。

之所以如此，是因为昭男想道，他并不是向朝子发誓“保密”，而是为了避免越发扰乱敬子的心绪，眼下为她保守秘密。

弓子系着淡黄色兵儿带[1]走进了客厅。她身穿白地上飞舞着蝴蝶的俏丽的和式单衫。

“哎呀，朝子也喝了吗？”敬子这么说着，就也来坐下了，并望着脸上微微泛出红晕的朝子。

朝子骄矜地装出一副一本正经的样子。大概已经成为习惯了，这下子她跟昭男之间那席话就假装没那么回事了。

倒是昭男这方面毋宁是用说和般的口吻说：

“喝了。您怎么样？”

“唉。只要一点点……”敬子借了朝子的杯子，请昭男给斟上了。

三个人浴罢，又都像被露水沾湿了的草花般地生气勃勃，看起来不再需要昭男给打针了。

桌子上的东西快要归置完的时候，煮沸消毒过的注射器端上来了。昭男灵巧地用手指肚儿敲破了小玻璃管那薄薄的玻璃。

已经过了十一点钟。

“西服在哪儿呢？”

昭男站起来了。

“请住下吧。我给田部先生打个电话……”话音未落，敬子早已走到走廊上，摘下那靠墙的听筒。

1　男人或小孩系的一种用整幅布捋成的腰带。

"别这样，真的，我告辞啦……"

"可别。不要那么固执……是九局吧。请告诉我是多少号码……"

听敬子打电话的口气，大概是哥哥接的。

"先生，"从客厅那边传来了弓子那愉快的声音。"先生的西服已经送到洗衣店去了，所以不行。"

"啊？"昭男一回头，弓子躲藏着笑了。

昭男在敬子耳边说：

"我也稍微……"

"喂，喂，昭男先生说是也要稍微说几句。"

可是敬子递给他的电话已经挂断了。

昭男漫不经心地把那像坏了的玩具一般失灵的话筒放在耳边。

昭男原是想问一声丝足鱼的幼崽今天减到多少尾了。

丝足鱼的幼崽孵出了五百尾左右，减到了三百，大约昨天，又减少了一半左右。据说能成活二十尾就算成功了，该不至于死光了吧。

"田部先生给挂断了。有事儿来着吗？"敬子的声音近得能感觉到她呼出的热气儿，昭男绯红了脸。

敬子当着昭男的面，跟弓子谈着让昭男住在哪间屋里。

"在清的屋里怎么样？把床上的被褥换一换……"

"不，哪儿都行，随便躺一躺就蛮好。在医院里值夜，艰苦着呢。……"昭男说。

"今天晚上清也不回来吗？"

被这么一问，弓子点了点头，就那么朝下望着。她用手指抚弄一下单衫的领子。缩着肩，好像在忍受着什么似的。

敬子浑然不觉，弓子却把清不回家一事归咎于自己，滋味不好受。

"是这样的。"敬子朝着昭男转过身来，"楼上的屋子是空着的，可自从岛木不在了之后，我也下楼来，跟弓子一道睡觉。不知怎的，晚上不大上楼。不上去的话，二楼好像就出现了个怪寂寞的地方……我自己这么看待这地方，我觉得让您去住也不好。”

决定住下来之后，昭男的情绪就稳定了。随着夜阑更深，没有了隔阂，敬子才这么说的吧。

“我在哪儿都行。”昭男尽管这么说，然而住在净是女人的家，好像也挺微妙的。

诚然，昭男也许最好回避一下，不去住在岛木待过的二楼。

“楼上空空荡荡，把家里弄得阴沉沉的。一方面也是由于这个，想租给哪一位。明天早晨就请您瞧瞧房间吧。……只要住上了人，倒是间蛮亮堂的屋子。”

“好像非常讲究似的，我们这样的门诊部穷医生，就是看了，恐怕也没有希望。”

“哎呀，跟田部先生府上比起来……”

“我也觉得应该离开哥哥家啦。在哥哥家里固然住着舒畅，但要是恃宠撒娇，对我的工作来说，独立精神好像就会削弱似的……”

“如果是田部大夫……”说到这里，敬子怦然心动，大吃一惊。

给昭男写信的时候，敬子头一次想起把房间租出去的事，难道是由于内心深处萌动了这样意想不到的梦吗？

“要是田部大夫来了，弓儿也高兴啊。”敬子借弓子作口实。

弓子的脸颊泛出了红晕。她那双眼睛忽然炯炯有神，几乎被泪水润湿了似的。

打刚才起，弓子就困过了劲儿，两眼清亮清亮的。

朝子已经先退回到卧室里去了。

把晚饭的醋鱼饭卷吃完之后，朝子就拽出脚本，对昭男做出一副漠不关心的样子，闭上眼睛，独自研究起台词。

所以敬子就说了句：

“明天再累着就不好了，你先去睡吧……”

朝子打了个小哈欠：

“不奉陪了。大夫，明天我到医院去。”

“弓子好像也困了。”敬子说。

“我帮妈妈的忙。”

仿佛是个大人醒着的时候不想去睡的孩子。然而，她已经不是个孩子了。

在昭男所在的客厅旁边的屋里，为敬子和自己铺床，可不便当啦，但不仅是这个缘故。

敬子让弓子帮助她在清的屋子里换床上的卧具，一面挂着白色西式蚊帐，一面说：

“昭男先生的哥哥刚才还在电话里问弓子小姐好来着。”

“哎呀，问我？……”

“是呀，说是问弓子好……看戏的时候，也一个劲儿地夸弓子来着，田部先生大概很中意哩。”

不知什么时候，昭男到走廊里来了，一边从敞着的门外进屋，一边说：

“可不是嘛，哥哥夸奖说，如今竟然有这样的小姐呢。”

“昭男先生，你在哪儿呢？”敬子说。

像是避开踱进来的昭男的眼睛似的，弓子不知怎的绕着蚊帐走。

昭男好像不曾理会到弓子这样的动作，说：

“隔着白蚊帐一瞧，弓子小姐像是一位仙女。”

弓子一闪身，消失在走廊里。

弓子这样害臊，使敬子感到震惊。

然而，她若无其事地说：

“晚安。”

“啊，晚安。”

“早晨起得早吗？”

“也许趁着您还在睡觉，我就溜出去了。”

“您要是这么说，我就不睡啦，看守着你。”敬子说罢，与昭男的目光相遇。

两个人站在蚊帐外边。

“请安歇吧……”敬子走了出去，门从外面轻轻地关上了。

床头有个书架，整整齐齐地排列着清的书籍。

瞧着清那排书，仿佛就能大致明白一个学生的思想和苦恼。

昭男从其中抽出一本叫作《日本的儿子们》的书，上了床。

这是日本死亡学生纪念会主编的，是两三年前各地的“大学事件”，或学生运动的记录。

昭男原是为了催眠而想读点什么的，可好像却适得其反。

昭男翻了个身，拉了台灯的链子。

黑暗的寂静中，过了一会儿，好像传来了女人们的交谈声。

“是神经过敏吗？”

又宛若什么人在哭泣。

注意聆听，也不是这样。

难道是自己的头脑出了什么大毛病吗？

“莫非是中了这净是女人的家里的毒气吗？”

昭男转念这么想，就又翻了个身，这一次又清清楚楚地传来了什么人在走廊上踱步的声音。

昭男认为那就是敬子。

不如索性爬起来，走过去，向她诉说好像怎样也睡不着。并和她聊点什么，也许就痛快了吧。

在黑暗中睁开眼睛一看，方才未曾注意到的闹钟的夜光针闪出苍白色的光。

昭男又拉亮了枕畔的灯，上了闹钟的弦，对着自己的手表把闹钟拨到六点半。

已经快到凌晨两点钟了。

这家里敬子、弓子和朝子的事儿，仿佛相互重叠着一般忽现忽隐，难以入寐。

早晨，昭男用手摸索着停掉了闹钟那喧嚣的响声，然而还是醒了。

房间里热得发闷。

昭男打开了窗户，家里静悄悄的。

早饭用不着添麻烦了，到医院的食堂去就行。

昭男留神着脚步声，到盥洗室去。弓子正在洗脸呢。

“早晨好。”

“哎呀，先生，您醒啦……”弓子扬起了水淋淋的脸。

犹如牵牛花含着露水般的美，使昭男那由于睡眠不足而沉重的头清爽了。

朱红色粗条纹的西式睡衣为弓子添加了少女气。然而弓子对自己这身打扮感到不好意思起来：

“还以为您一时不会起床呢。”

“放暑假弓子小姐也起得蛮早啊。”

“今天早晨已经迟了，我喜欢早起。”

弓子靠到旁边去，撩起头发，从耳后擦着脖颈。遮在发下的部分白嫩白嫩的。

然后她递给昭男新牙刷和雪花膏。

“谢谢。”

“先生早晨吃面包还是米饭呢？”

早晨醒来就跟这样一个少女见面，受她的照料，在昭男来说还是第一次。

哥哥甚至在电话里都跟敬子说“问弓子小姐好”，昭男似乎能明白其含意，哥哥大概觉得弟弟也许会和弓子结婚吧。

然而，无论是昨天晚上那个隔着蚊帐、宛若仙女般的弓子，还是今天早晨这个娇滴滴的弓子，对昭男来说，似乎都纯洁得过了头。

“妈妈起得晚吧？”

“嗯，以前是……近来可早啦。在那边，已经起床啦。”弓子一边梳头发一边说。

敬子来到昭男后面问：

“睡着了吗？……”

“唉。”

犯不上说没睡着，让敬子担心。

但是，昭男也许由于回答了一句假话而觉得过意不去，一面用毛巾擦脸，一面反问：

“太太呢？”

“好像睡着了，又好像没睡着……”

这似乎是个老实的回答。

弓子递给昭男一把齿子稀疏的桃红色梳子，就沿着廊子走开了。

“今天看来也蛮热的。”敬子说。

映在金属制脸盆里的水上的阳光，耀眼地反射到镜面上。

由于敬子老是待在他身后，昭男就回过头来。

“睡眠不足，近来够呛的……”敬子把指尖放在眼睛下面，抚摸着，“让您看到了我的本来面目。”

昭男认为敬子的本来面目并不丑。

然而他觉得在早晨的阳光下来看，是不合适的。

昭男一面用桃红色梳子梳理僵硬的头发，一面想起了不知什么时候读过的古老的故事。

题名和作者都忘掉了，记得那是个叫作葛鲁琴斯卡娅的首席芭蕾舞女演员的故事。

一个年轻的盗贼想去偷已经过了风华正茂年龄的舞姬的一串漂亮的

珍珠项链，于是挨近了她。可是当他看到那张洗掉舞台化妆的脸后，那种可怜巴巴的样子反而让他产生了爱情，到头来使自己陷入困境。

昭男把敬子当作了葛鲁琴斯卡娅。

他用毛巾边儿揩拭了一下梳子，绕到敬子身后去。

敬子像是把头向后仰似的，低声耳语：

“我想那个人还是死啦。”

“啊？”

昭男无法回答。

难道敬子由于满脑子净是这档子事，昨天晚上才未能成寐吗？

“一大早就这样，对不起。”

丰腴的上臂近得能碰着。

“可我要是不把这弄清楚，什么也做不下去。”

“没有线索吗？”

“唉。公司里有个替他处理过杂务的女人。我觉得那个人可能知道什么似的。我在等着她开口，是不是由我来逼问一下为好呢？”

敬子仿佛在等待昭男的回答。

然而昭男并不了解事情的原委。

“也许她对我难以说出口。”

“恕我冒昧，那个人和岛木先生？……”

“我觉得没有什么特别的，可那个人难过得不同寻常，所以……”

看到弓子的身姿横穿过射进走廊的朝晖，把什么东西端向客厅，闻见了咖啡那香喷喷的气味。

昭男抵达医院的时候，门诊病人的候诊室里还空空荡荡的。

金丝雀在鸟笼里啁啾着。

昭男感到恍若是从遥远的旅行相隔很久才回到这家医院里来了似的。

但是，过一会儿就着手做起跟昨天毫无二致的工作来了。

“田部大夫，有人要见您。”护士招呼他说。

从传达室的小窗户里一望，朝子那穿着装饰着镂空绣小花的白罩衫的上半身映入眼帘。

朝子的脸涨得红红的，眼睛露出怯弱的神色。

跟昨天晚上判若两人。

“想先请您打一针，您说过的那种。您肯答应吧？”她小声说。

昭男点了点头。

“今天还有日场演出，我想会比昨天还不好受。”

“不接受诊察了吧。”

朝子低下头去，简直抬不起来。

昭男让朝子坐在诊察室角落里的小椅子上。没有留病历，也没记下朝子的名字。

他到妇产科去，要来了注射液。

“真的，对母亲可什么都别说啊……”朝子耷拉下眼皮低声说。有点儿严峻的脸上，显出一丝孤寂的神色。

昭男点一点头：

“神经作用也会使人产生呕吐感或头疼。所以你也尽可能忘掉吧。”

昨天晚上那个看上去精神抖擞的朝子，和这萎靡不振的朝子，哪一个是真实的呢？

对年轻的昭男来说，两个都是不可思议的。

朝子就那么低着头，不想站起来，昭男以为她有话要说，就等着。

然而，朝子不肯开口，昭男遂漫不经心地说：

“妈妈也够可怜的。”

朝子扬起脸来，目光变得锐利了。

“先生多么同情我母亲啊！”

莫非是以为自己受到责备了不成？她用责备般的口吻说。

“就是同情嘛。”昭男安详地说，“为了岛木先生的事，夜里不是也睡不好觉吗？”

“那是个贼。”朝子像是摔出去般地说，“不光是个盗用公司公款的贼。我认为他多年来和母亲一道生活这事儿，也是做贼。他偷去了母亲的人生。”

昭男不免畏缩起来：

“偷去了人生，这可是个严厉的说法。岛木先生原也是个好人吧。”

“什么好人啊，先生。光是让周围的人受苦，是个不负责任的懦夫。那家伙是个卑鄙的利己主义者。”

“……”

“男人都是这样的吗？”

“啊？……我也是个男人，迟早也会被女人看成这样吧。”

“先生不一样。”朝子下了断语，“这下子母亲也会醒悟过来吧。”

“可你这么说，弓子小姐不是就可怜了吗？”

“是可怜。被一个不负责任的人硬塞给母亲了嘛。……可弓儿要是认为只要撒着娇就行，我就厌烦。自个儿当乖孩子，像娃娃似的，想让人家背着呗。”

“弓子小姐可没有这样的意思。”

“正因为没有这样的意思，周围的人就上了当。我一直看着那孩子，所以才相反地被迫尽力去当个不讨人爱的姑娘。”

“哦？”

昭男皱起了剑眉。他觉得仿佛头一次见到朝子似的。

“这会儿家里只剩下她跟母亲两个人，又玩起相互怜恤的爱情游戏来了。无聊得让人恶心。非常好的妈妈和非常天真的女儿演的戏，已经够啦。”

朝子离开家后不久，收款的来了。是煤气费。

敬子给弓子使了个眼色。

弓子站起来走去，回绝了。

“把正门锁上吧。”敬子说。

这回厨房那儿又传来了醋鱼饭卷铺伙计的声音。

敬子在手心上托着一大颗紫红变色石：

“糟了。告诉他回头再说吧。”

快到晌午的时候，家里清静了。

弓子漫不经心地在敬子旁边随随便便坐了下来。

“弓子也会回绝收费的啦。”敬子说着，朝她凄然一笑。

“这颗宝石，怎么啦？”

“上一次的图案不行。这颗天然石坚硬，没有办法把歪曲的部位纠正过来。工匠说是不行。得重新设计图案。弓子也给想想吧……”她把宝石移到弓子的手心上。

“贵吗？”

“不是新石头，而是天然的嘛……这种葡萄色，简直妙不可言。不论钻石、翡翠还是红玉，都是从石头里摘取的。也许是天露或地上的水珠子凝聚起来，形成了这样美丽的东西吧。”

正如宝石的出生神秘，它的颜色也神秘。

“妈妈设计的是什么样的图案呢？”

“我原想把这歪曲的部位纠正过来。不做不镶，而是打算把坐垫设计得宝石仿佛是沿着小小台阶往下垂似的。”

“蛮好嘛。”弓子举起宝石，就着阳光看了看，“为什么不行呢？”

“石头硬，好像不能巧妙地纠正歪曲的部位。而且又大，说是不安上托子的话，就不耐久。所以想在四角装上月桂树叶般的小托子，把歪曲的部位掩盖住。”

“什么样的人会来戴呢。要是弓子的话，就给做成垂饰。妈妈，做这样的活儿，能挣到钱吗？”

“哎呀，弓儿，你操什么心呢？”

敬子从弓子的手心上捏起了宝石，顺便砰地弹了一下弓子的脸颊。

近来弓子变得爱哭鼻子了。

昨天夜里昭男觉得听见了哭声，那是弓子在啜泣。

为昭男铺好了床后，敬子和弓子正在客厅里挂自己的蚊帐时，原以为已经先入睡的朝子又起来了，并对敬子说，想要公演的戏票钱。

送给人的戏票，得由朝子垫付。而且，卖掉票的款子，也这个那个地花完了。

“头一次被分派了那么个好角色。负责推销五十张、一百张票，也是应该的。”

“现在手头紧，再宽限些日子嘛……”敬子这么说，朝子却不答应。

“娘要我好好打算一下再花钱，可是娘的开销不也净是多余的吗？女佣也用不着。勤俭过日子就行啦。”

这话听上去像是在冷嘲热讽，伤了弓子的心。

被讨走了一笔戏票钱，今天连煤气费也付不出了。

弓子认为朝子所说的“多余的”，指的是自己。

弓子的父亲待在这家里也罢，一直汇生活补贴给弓子的母亲也罢，对朝子和清来说，想必都是“多余的”。

清爱着弓子，所以好像并不这么看待，但对朝子而言，弓子和弓子的父亲非但是“多余的”，甚至是有害的，可恨的，这也是无可奈何之事。

父亲不在了以后，弓子反而独占了敬子的怜爱似的，然而她在朝子那冷漠的目光下经常发怵。

“不要紧。今天就挣钱回来。朝子是个讲实惠的人，所以说让楼上空着也好，住在这样一座房子里也好，都是多余的。可我想在这个家里等候弓儿的爹，把这儿卖了，换所小房子，也不是轻易就能办到的。出租二楼嘛，也得挑选人啊。”敬子这么一说，弓子潸然泪下。

敬子越安慰她，弓子越想放声大哭。

近来弓子不时地巴不得有一股巨大、强烈的力量把自己从眼下所待的地方卷走。

敬子用铅笔在白色的图画纸上灵巧地画着戒指图案。

弓子噙着泪，目不转睛地看着。

“弓儿啊，今天也好，明天也好，妈妈都出门。”敬子用响亮有力的声音说。

“我想跟着去。”

“净是一些不能让你跟着去的地方。”

“今天也好，明天也好……”

敬子点了点头。

经营车站小卖店那阵子，敬子常让幼小的兄妹看家。那样就养成了习惯，孩子们不追在母亲后面。

每逢弓子像这样缠她，她就会猛地怀着怜悯忆起清和朝子的过去。两个人的脾气倔，莫非自己要负什么责任不成。

敬子被川村介绍给一家兼营歌舞表演的酒馆后台，以便今后推销走私手表。

她并不想跟这种地方打交道，但眼下不能说这种话。手头拮据啊。

今天，敬子打算先把返工的图案送到草野宝石店去，再绕到那家兼营歌舞表演的酒馆。

“等工作告个段落，就跟弓儿到那座山里的温泉去一趟吧。想悠闲地过上一天。”

弓子寻思，要是这么做，朝子就会越发不高兴了。

“今儿个妈妈精神饱满吧。”敬子说。

敬子要是垂头丧气的，弓子就更爱哭了。打从昨天晚上起她就想，必须恢复过来。

这好像是昭男留给敬子的什么。

“谁都不能老是无精打采的。是吧？你也打起精神来啊。”

敬子双手捧着弓子的脸，轻轻晃了晃，站起身到化妆室去了。

## 水上

暑假期间，每天都有学校同学给弓子写信来。

“究竟有多少个朋友啊？弓儿在学校里也真有人缘儿啊。”朝子甚至挖苦起她来了，“要么就净是一些无所事事、闷得慌的人吧？……”

寄给朝子的信，一封也没有。按说应该有同窗、同年级的朋友什么的，可是朝子似乎也不给人家写信。

经朝子这么一说，弓子觉得自己果然像是在借着写信来消磨时间。

然而，不仅是由于无聊，也是想散散心。

弓子不厌其烦地写朝子演戏啦，体重减轻半磅啦等事，还有功课的进度、朋友之间的传闻什么的。

至于父亲不回来的悲哀、敬子的怜爱、朝子的排斥——这些事当然对谁都不便诉说。

今天也是这样，敬子出门后，弓子被难挨的时间所包围，摊开了雪白的信纸。她思索了一会儿，给清写起信来：

哥哥，身体好吗？

但是，从开头这句“身体好吗”起，弓子就有所抵触了。

倘若清的身体不好，也许要怪弓子。明知如此，何必还去问他“身体好吗”，那简直就是装傻卖呆。

她撕掉这张，又写道：

哥哥，快点回来吧。

这也不行。

会不会被误会为弓子爱着清，殷切等待着他呢。要是清这么理解的话，马上回家来了，那可怎么办。

弓子害怕清那种急躁、单刀直入的求爱。

清不懂得该怎样把弓子这么个姑娘那种含有忧愁的憧憬温存地理顺。

然而，弓子还是巴不得清尽量待在家里。

因为近来的敬子着实显得无法依靠，清不在家一事越发成了她心头的重担。

“不知什么时候，我使清变得别扭了。”敬子对她这么一说，弓子就痛苦得难以忍受。

敬子好像认为，清的不满多半是起因于自己的生活方式。

尤其是自从俊三失踪以来，要是跟清认真商量商量就好了。可她只是惊慌失措地翘盼他回来，一天天地过着心神不定的日子。

难道清和朝子理应对此感到不高兴吗？

“可是，清也罢，朝子也罢，多少替妈妈想想也好嘛，你不这么认为吗？”

弓子无言以对。

“我直后悔由于他们俩的爹死了，把他们娇养坏了。现在也无可挽回啦……”

可是，只有弓子清楚地晓得清的不满的来由。她对敬子却说不出口。

“弓儿，你肯不肯让爸爸也成为我的亲爹呢？”清甚至这么说过。

清并不怎么厌恶或责难弓子的父亲。那是他爱慕弓子的缘故。

如今清住在朋友家里，就像是弓子把他赶出去似的。弓子心里一直感到难过。

俊三不在了，家里冷冷清清，不知从什么时候起，敬子就改为和弓子在楼下客厅睡觉了。

夜阑后，清有时走进这间客厅。

他隔着蚊帐望望弓子的睡脸再走。

仅仅是这样，却害得弓子睡不踏实。

睡觉时，她把夏季的毛巾被一直盖到前额的发际。

即使敬子已经入睡，清也不管三七二十一，总是拧开走廊里的开关进屋来。

倘若敬子还没睡，他说上两三句话就出去。虽然借口有事，也并非值得半夜里来谈的事。

“是来看我的。”弓子这么一想，就觉得心里发毛。

“没出息的哥哥……”

弓子最怕的莫过于让男人瞧见自己睡眠中的脸了。

于是，她就连白昼也情不自禁地避免跟清说话。

清好像不了解弓子的心境，变得焦躁狼狈起来，尽管住在同一个屋顶下，尽管两个人是像兄妹一般生活过来的，他竟还给弓子递送热烈的情书。

然而弓子一心一意惦念的都是父亲平安与否。清这么一做，反倒使她愈益感到孤寂了。

“弓儿要是讨厌我，我就死了这条心。照这样下去，我非常痛苦，似乎快发疯了。你就直截了当地说吧。讨厌的话，就说讨厌……”

弓子被清逼得非答复不可，就哭丧着一张脸：

“你那么说，我就在这家里待不下去了。我得出走。”

从第二天起，清就搬到姓田浦的友人家去了。

妈妈每天都为你担着心。

这么开头后，弓子的信就写得顺当了。

即使论文没整理好，也回来吧。也许你会说弓子任性，可一离开哥哥，我才觉得能够听我说各种事儿的，还是哥哥。

这话不假。
不知是什么缘故，清在远处时，弓子就怀念起他来。

近来弓子认为爹也许已不在人间了，伤心得不得了。一想到爹不在，就觉得温存安详的爹的怜爱，亲热地围着我似的，这之后，我准流泪。弓子近来动不动就哭。

写到这里，她真的泪汪汪的了。

几年前的一个寂寞的晚上，爹曾拉着我的手，把我托付给妈妈。这事儿哥哥也记得，还在新宿谈起过。爹是由于不愿意让小弓子经历伤心的事才这么做的，我虽然是个孩子，心里也十分明白。直到那时，弓子不晓得什么是母爱。总是爹为我擦鼻涕。上小学时，就跟爹一道出门。爹目送弓子走进学校的门，才折回到电车站去。

下雨天，弓子把做手工用的折纸撒在路上了，又是爹弯下腰，替我拾起来，浑身都淋湿了。

这么写着，关于父爱的回忆就接连不断地浮现出来，没有止境。

可是，自从和妈妈一道生活以来，爹就好像把弓子甩开了似的。起初我寂寞得厉害。然而后来我好容易才明白，他这是设法让我能被妈妈和哥哥等人所爱护。想到爹有多么慈祥，我就非常想再见到爹。正如爹爱我，我也愿意能为别人所爱。

弓子无意之中写到这里，把末尾部分涂掉了。

可不能一不小心给清写什么“愿意能为……所爱”。

再说，弓子凡事都把爹从好的方面来理解，清会怎样来读呢？

爹好像并不好，净让妈妈操劳了。然而，要是弄不清爹的消息，妈妈就不能专心做工作，弓子痛切地知道这一点。朝子姐对这样的妈妈感到不耐烦，情绪很坏，而且身体好像也欠佳。

写到这里，弓子稍微想了想，又接下去：

在这种时候，哥哥要是不在家，就仿佛弓子给全家带来了灾祸似的。

信上的字又被弓子的泪水弄得模糊不清了。

弓子并不想到生母身边去。也不知道是怎么回事，打很早以前起，弓子就不能跟娘心心相印了。一定是因为咱家的妈妈待弓子太好了。倘若爹遗弃了患病的娘，我这个做女儿的，按说更应该跟娘贴心才是。可不知怎的，我是个连封信也无心给娘写的坏女儿。娘也够呛，据说曾对咱家妈妈念叨过要不时地来看望弓子，但是连封信也不写。难道娘连爹也不关心吗？

这些都是清所知道的事。弓子一面犹豫着该不该写在信里，一面改变了话题。

最近妈妈好像多少打起精神来了，今天也出门了。哥哥，请在妈妈身边陪陪她吧。弓子是支撑不了她的。另外，请务必看一次朝子姐的斯黛拉吧。真是太好啦。后天公演就截止了。

写到这里，弓子一下子就顿住了。

“弓儿自己又怎样呢？”她仿佛听见了清的声音。

弓子并不特别讨厌清，但也并不深深爱着他。

她想在这封信里向他倾诉一番男人所不理解的女子那微妙的心态，然而难以表达，何况清的僵硬表情浮现脑际了。于是像推开般地用“再见”结束了此信，装进信封。

“哎呀，不知道这个名叫田浦先生的朋友的住址。”

问敬子大概就知道了。本来就是一封也不晓得投不投邮的信。

弓子把这没有收件人住址的鼓鼓囊囊的信封夹在信笺当中，在正午那寂静的暑气里，她好像快要融化了。

枕着胳膊、闭上眼睛的睡脸，稚气未脱。

敬子给医院里的昭男打来了电话。

她为昨天晚上的事致谢，昭男就回答了一句客套话：

“哪里。倒是我给您添麻烦啦。”然后就等待下文。

然而敬子不吭声。她好像不至于光道谢就挂上电话。

电话里的沉默使昭男感到不安了。

“喂，喂……”昭男招呼说，“是从府上打来的吗？……”

“不是。我刚顺路到岛木的公司去了一趟，是附近的公用电话。”

“岛木先生有线索了吗？”

“这事儿蛮奇怪的。”

“什么事儿呀。”

“我告诉您合适吗？……”

从敬子的声音也听得出，她正是因为想说那件事才打电话的。

“我正想着要为您效点什么劳呢……”

“多谢。”敬子略微迟疑了一下，“那天早晨我对您谈了谈在公司为岛木处理过杂务的那个女人的事吧。”

“唉。”

“今天我去见了一下那个女人。她说，打那以来，一直仍在水上寻找岛木来着。”

“水上指的是？……”

“隅田川和东京港。今天听说，那个人最后是跟岛木在水上分手的。”

“……”

“那个人说是想坦率地告诉我这事，曾经到我家的坡儿底下来过两三次，可是怎样也没能够上坡……那个人也没有什么明确的目的地，只是从公司回家的路上，绕到她跟岛木一起乘过摩托船的大川沿岸一带和东京湾轮船起航和入港的地方，来回踱着。”

“啊？”

“所以我也想到东京湾的竹芝码头去调查一下看看。”

“是驶往伊豆大岛的轮船起航的地方吗？”

“是的。从东京湾出海去……也许死掉啦……不过，要是搭乘轮船的话会有船客名册什么的，跳水自杀就会见报的。总不会永远也搞不清楚吧？”

“有船客名册吧？”

“我想到东京湾的轮船公司去打听一下。”

“要么，我陪您去也可以。”

“肯来吗，您？……”敬子反问道。

“是不是早一点好？”

“唉。今天，甚至待会儿就……”

“傍晚，唔，五点半左右不行吗？”

“只是打听一下而已，傍晚蛮行。您要是肯陪着去，不知道多么有倚仗呢。”

昭男想，敬子一个人去了，要是被告诉了坏消息，也许会贫血或晕倒呢。

他们约好六点钟在银座的千疋屋碰头。

敬子倚着新桥的栏杆眺望河水，只觉得像是初次来到这个地方似的。

从银座到新桥，又从新桥到银座，尽管经常过这座桥，可从来不曾看过河。

“过的时候没理会到这是一座桥。”

紧贴着桥栏杆，河面上临空搭起了个土黄色托座。

靠着桥畔一家证券公司的广告灯，戳起了“水上公共汽车”的巨大站牌。

托座的檐下，自左边起，依次写着“巡游东京湾，滨离宫[1]、新桥、永代桥、两国桥、两国驿、隅田公园……”字样。圆火屋的电灯照亮了一座座桥的名字。

然而这里依然给人以幽静的感觉。敬子发现，这是由于东京的人们已忘记了都内的水路。

托座上面设有水上公共汽车的售票处。

售票的年轻女子头上撑着一把红白相间的遮阳伞。

伞架的末端点燃着彩色小灯泡。

“就像是近郊的马戏团似的。”

托座下面的河边上就是水上公共汽车的候船室。

从那里，清脆动听的女人的声音通过扩音器传到市街上来。

“这里是水上公共汽车。在凉爽的海风吹拂下，周游东京湾：成人七十元，儿童五十元。”

但是往返银座的人们大都充耳不闻。下到水上公共汽车的托座去的

1　东京都中央区的一座旧离宫，战后改为滨离宫恩赐庭园。

人稀稀拉拉的。

“眼下是每十二分钟开一趟。请大家搭乘水上公共汽车。”

敬子是在和昭男会晤之前，为了消磨时间而来看新桥川的。因为她曾听峰子说过，有一趟从银座驶往隅田川的船。

“原先不知道银座有这么个地方。”

一辆水上公共汽车翘起船头驶进了肮脏的石油色河面。

也许这里是一方的终点，不少人下去了，然后又载上候船室的乘客，小汽船似乎马上就满座了。

发动机轰隆隆地响着，船从敬子所站的新桥底下穿过去。

乘客的白衬衫背部，都圆鼓鼓地兜着风，看上去挺凉快的。然而尽管已过了五点半钟，但暑气并未减弱。

就这样，虽然桥上被川流不息的车与人以及市街的噪声包围着，但那污浊停滞的河，却给人以静穆之感。

河边的候船室有个没搭上刚才那趟船的中年妇女，身穿和式单衫，膝上放着一包袱东西，孤零零地坐着。

河对岸那栋啤酒厅的二楼，四面都是玻璃，亮堂堂的。可以看到男人们重重叠叠的白色肩部，一派生意兴隆的样子。

“喏，水上公共汽车好像是纳凉船哩。巡游东京湾是七十元，到滨离宫就只要十元。咱们乘一趟到滨离宫试试看吧。”一个年轻女人那兴致勃勃的声音传到敬子的耳里。

敬子羡慕结伴登到托座上的两个女人那富于青春的美。

“啊。”她仿佛认头了似的闭上眼睛，于是被眼泪沾湿了的峰子的脸就浮现出来了。

峰子这么个女人的出现，对敬子来说完全是意想不到的事，但并没有产生嫉妒般的情绪。

俊三把这个峰子也甩掉，独自到什么地方去了。兴许峰子的爱情也没能把俊三和这个世界拴在一起。

敬子这么一想，就觉得两个女人面面相觑，双双都变得悲惨了。

今天峰子也曾难过地说：

“我要是走到哪儿跟到哪儿就好了。”

敬子一直不晓得，为谷村举行辞灵仪式的第二天，俊三也曾见到过峰子。

峰子说是由于心中不安，如坐针毡，这才一大清早就来到敬子家附近，叫住了俊三。

那天早晨敬子睡得连俊三出门去都不知道。俊三托付她六点钟叫醒自己，她就上了闹钟。及至她醒来一看，给拨到九点钟了。

敬子想，也未必就能说明两个人对俊三的爱情就有这么大的差距吧。然而她还是内疚于心。

峰子好像简直把俊三的失踪看作是自己的责任，越想越钻牛角尖，在她面前，敬子感到有些气馁。

乍一听说峰子跟俊三是在“水上”分手的时候，敬子甚至不禁反问道：

“岛木跳河了吗？……”

因为峰子悲恸得令人怀疑俊三莫非是从两个人同乘的摩托船投水的不成，说起来就像是情死者中的一方。

峰子说是来到敬子家的坡下两三次，却没跟她晤面就回去了，也有些蹊跷。

“那么，你就一个人在隅田川和东京港寻找来着吗？”

“唉。与其说是寻找，不如说是情不自禁地想路过跟社长先生一道乘摩托船的地方……”峰子说到这里，声音被眼泪弄得模糊不清了，“我好像另外就没地方可去了似的……简直待不住了，有时就乘水上公共汽车逆流而上或顺流而下。”

“你为什么不早点儿跟我说呢？我还以为岛木不过是跟你一道去参加了谷村先生的辞灵仪式，又回家来为弓子庆祝生日呢。”

“太太，对不起。”峰子说着，两肩发颤了。

"要是第二天你又见到了岛木的话，说不定多亏了你，他的寿命才延长了一天呢……又要去浅草溜达，又在隅田川坐船……"敬子边这么说，边认为岛木的那一天诚然是走向死亡者的一天。

"那么，你是在哪儿跟岛木分手的呢？"

"……"

"你们又回到吾妻桥去了一趟吧？"

"唉。吾妻桥的……那个开摩托船的年轻驾驶员，我后来还去见了一次，问了问。"

"问什么？……"

"我想知道打那以后社长先生又坐没坐过……"

新桥川上又传来了水上公共汽车的发动机声。

敬子离开了桥。和昭男约会的时间到了。

千疋屋里，从水果侧面到店堂尽头，还排列着玫瑰花苗、草花的球根和种子、热带鱼什么的。

昭男站在鹦鹉笼前，连敬子走过来他都不曾理会。

那是产于墨西哥的小鹦鹉，是绿色的。标着八千五百元的价目牌。鹦鹉正在静静地啄食。

"您看什么呢？"

"啊。"昭男泛着恬淡的微笑，凝视着敬子。这是昭男遇见人时的习惯。

"您来早了。今天真是对不起。"

"不客气。"

"叫您久等了吗？"

"我来早了一会儿，可这家店里有值得看的东西……"

这家店的咖啡室里，顾客的座席之间也摆着热带鱼的水槽。

敬子叫了葡萄汁，从手提包里取出香烟，向昭男递一支。

"我不吸。"

"你要不要吃饭？"

"天儿太热，晚饭尽量迟一些再吃。"

在这样的地方约会，又只有两个人在一起，但敬子的情绪是消沉的。

"让您陪着我去办这么一件讨厌的事。"

"听见了您刚才打电话的声音，我绝不能让您一个人去啊。"

"我的嗓音有那么凄凉吗？"

"啊，可不是嘛。"

敬子的脸上泛出了淡淡的红晕。她这是在无端地利用人家的善意。

"我刚才朝新桥川望了一阵。您知道那儿有水上公共汽车吗？……"

"水上公共汽车？……"

"果然不知道啊。"敬子的眼睛忽然变得炯炯有神起来，"隅田川上行驶着公共小汽船。好像还能巡游东京湾呢。"

"就是岛木先生乘过的摩托船吗？"

"不是。岛木在吾妻桥包租了一艘摩托船。当时跟他一道坐船的女人，说是搭乘水上公共汽车，在寻找岛木。"

店里的少女端来了装有深紫色汁液的玻璃杯。用麦管一搅和，冰块儿碰着了玻璃杯的边缘。

"四五十天前就死了的人，这时候到河上去找也没用，只不过是那个人的一番心意啊。"

"谈恋爱来着吗？"

"怎么说好呢。"敬子绷紧了脸，"那个人一心一意地思念岛木来着吧。"

"……"

"我好像明白岛木的心情。乘摩托船开到河口后，就看见了黑暗的海洋，说是岛木也害怕了。据说竹芝码头满是装饰性电灯。"

从银座只不过五分钟左右，出租汽车就驶抵了东京港的竹芝码头。

刮着海风，闻见了潮水的气味。

身穿白色衬裙般的东西的人影，在露天下乘凉。大概是附近的居民吧。也有背着孩子的女人。还看见了赤着膊坐在码头上的男人。

来到大岛观光轮船的起点站后，昭男四下里看了看：

“虽然住在东京，我这还是头一次到东京港来呢。”

每天晚上九点钟驶往大岛的轮船东京丸侧身靠拢在码头上。

猛烈的海风掠起敬子的和服长袖，刮过去了。

海上，天色已黑了下来。船灯彼方，低处可以瞥见市街的灯火。

“问些什么呢？”昭男说着，贴近了敬子。

“弓子的生日是六月十四日，第二天岛木就一走了之。假定他是从这儿上的船，那就是六月十五日吧。要是能查明当天的乘客的名字……”

“所以，要是有船客名册就好了。再就是出没出过事故……”

然而，昭男难以理解敬子是根据什么来相信岛木似乎是跳海自杀的。

她会不会是由于岛木下落不明，担心得患了神经衰弱呢？说是搭乘水上公共汽车在寻找他的女办事员，恐怕也是如此。敬子莫非是受到了那个女办事员的暗示吗？

“我给问一下吧。”昭男站到了接待处旁边。

昭男说是想看看六月十五日的船客名册，又打听船客的数目，负责接待的姑娘对他投以怀疑的目光。

在这里买船票的人，姓名就被登记入册。

“不过，在旁处观光服务站买了票的人、持有报社等的招待券的人，在商店什么的抽签得彩的，像这样的船客的名字，这里可就查不出了。”

“要是有跳海的，必定能搞清楚吗？”

“啊。我觉得不会搞不清楚。船是二十一点钟从这里出发，早晨五点钟到达大岛。这中间要是有跳海的，一般说来，马上就会知道的。”

“会见报吧。”

“有见报的，也有不见报的。要么就是没在这儿买票，要么就是死者事先用的是假名字，直到家里人来找，始终搞不清楚身份……”

昭男朝敬子回过头去。

“为了六月十五号的船客的事，我想打听一下……”敬子说。

“啊，请稍等一下。”

负责接待的姑娘领来了一个中年男子。

那个人彬彬有礼，非常恳切。

据说春天开茶花的季节，船客最多。从放暑假到秋天的红叶，始终是拥挤的。但六月的黄梅天，就只有旺季的三分之一左右了。

“六月十五日的夜晚吧？”那个人用指尖按着名册，“没出事故啊。”

昭男松了口气，露出开朗的神色。敬子却接着问下去：

“十五日以后那三四天呢？……”

“是啊，”轮船公司的人偷看了看敬子的神情，“请进到这边来吧。”

他邀两个人到排列着桌子的屋子里去。

“十六日也没有事故，可是十七日呢，”他好像在掂量措辞，“乘船的和下船的人数不一样。一位……”

“哦？”敬子的脸上失去了血色。

“十七号晚上乘船的有七百三十九名，夜里似乎有人跳海自杀了。”

说是自杀者没有遗留东西，住址姓名均不详。

“什么缘故呢？”

“不用说，公司和水上署[1]都进行了调查……只知道是三等船客。”

“三等船客？……”

难道爱虚荣的俊三乘了三等吗？然而，也许是为了掩人耳目，故意

---

1　水上警察署的简称。负责管理水上交通（包括日本的湖泊、河流、港湾等）的警察署。

弄成三等的。

据说尸体也没浮上来。

“大约多少岁，还有穿着什么的，搞不清楚吗？”昭男插了嘴。

“把船员叫来问问看吧。”

等待船员的时候，公司的人反过来问道：

“是不是有点什么线索呢？……”

“啊……”敬子答不出来，瞅了瞅昭男。昭男也茫然失措，不知道该怎样回答才好。

“十七号那一位好像一个亲属都还没有来找呢。”

对方这么一说，敬子就猛地往下看，并猜想那准是俊三了。

昭男仿佛能听见敬子的心脏怦怦地直跳。

“十七日的气温是二十二度，上午刮西北风，后变为南风，落雨，海上平静——是这么写的。”轮船公司的人边看着本子边说。

六月十四号是弓子的生日，打下午起，淫雨就停了。第二天放晴，相当热，敬子回忆起俊三的妻子京子来了。还扇扇子来着。然而，十七日的天气她却一点也不记得了。她觉得今年的六月凉飕飕的，净接连不断地下雨了。大家还说着什么冷灰或放射能雨。

这种阴沉的天气就那样压在俊三身上，诱使他去死的也未可知。

那么，俊三就是十五日夜里在大川沿岸一带和峰子分手的了，而十五、十六两夜，他还活在东京的什么地方。

眼下，当敬子在这里想到俊三离开她家后，与峰子一道度过的一天，直到他和峰子在隅田川分手为止，她的手腕和胳膊上就一阵阵地起鸡皮疙瘩。

十五日早晨上到六点钟的闹钟，俊三给改拨成九点钟，敬子未曾怀疑那是出于温存的体贴，然而是何等徒然啊。

被叫的船员来了，但不得要领。没有一个船员看到跳海的现场，也不记得有过跳海自杀者。

他只是说，十七日的跳海者好像不会泅水。

据船员说，倘若会泅水，即使有意寻死而跳进去，还是会出于本能浮上一次，并活动四肢。十七日那个人，好像因冰冷的海水而引起心脏麻痹，当即沉下去了。

“是个准备周到的人吧。船客们之间，要是对方在角落里避人耳目，也就不会怎么注意了，所以连有没有眼镜帽子都记不准的。”

俊三是个旱鸭子。他不戴帽子。敬子知道，十五日早晨，他是今年头一次穿上灰色薄毛衣料的夏服出门去的。

“那个人的西服是灰色的吗？”

“唔……是藏青，还是深灰，就不清楚了。据说多半是衣着整洁、举止文雅的人。”

“年纪有五十来岁吧？”敬子急切地说。

“啊。好像是个中年人。反正没有人留神看过……”

船员的话也是含糊其词。

由于敬子就那样低着头，沉默良久，昭男就招呼道：

“太太。”

船员出去了。

听到了登上台阶到候船室去脚步声。还播放着轻松的唱片音乐。

“太太，”昭男又招呼了一声，“不要紧吗？”

“唉。谢谢啦。”敬子致谢后，茫然地走到外面去。

仿佛是被码头上的轮船吸过去一般，敬子绕到东京丸的船尾去，眺望着黑魆魆的海洋。

海洋彼方升起了焰火。划了道红色弧线而后消失的焰火，只升起了一次。

敬子犹如见到了不祥的幻影，打了个冷战。

“果然是岛木。”

"……"

"十四日，岛木去参加朋友的辞灵仪式。他大概记起了那一位曾邀请过他去观赏两国的焰火。他说过这样一些凄凉的话：那一位虽然死了，两国的焰火还照样放啊。他自己也打算去死呢。"

"太太为什么要把刚才的事断定为岛木先生呢？"昭男说，"凭着那么一丁点儿情况，不是什么都弄不清楚吗？"

"不，我是清楚的。"

敬子连被风刮乱了的头发都顾不得撩起来。

"不，不清楚。"昭男生气般地摇摇头。

如今，他是借着这样做来安慰敬子。

"轻率地这么相信是不好的。因为一旦相信了，不论什么，都会觉得是那样的。首先，认定岛木先生已经死了这个前提，就错啦。"

"他想去死。"

"想死的人多得很。不论是谁，都有想死的时候吧。然而人即使想死，也是轻易死不了的。"

"我也好几次都想过，要是自己一个人能离开人世就好了。如今，在这儿，也是这样，今后也会有这种想法。只要活着，各种事情就……"敬子这么说着时，只觉得忽然远离尘寰了似的，她寂寞难当，闭口不言。

"可是太太会活下去的。您改变念头，就认定岛木先生也还活着吧。"

然而，敬子稍微摇摇头。

"照我从太太这儿听来的，岛木先生好像并没有非死不可的理由。据说公司又重新开张了……"昭男还这么安慰着她，"如果是个懦弱的人，也许会暂时把行踪隐蔽起来……"

"您要是这么说的话，如今的人就没有非自杀不可的理由了。甚至判了死刑的人也不会自杀吧。人并不是根据受苦悲哀的程度或分量而自杀的。却会为从旁人看来是无足轻重的事而寻死。"

"那倒也是，情况是各种各样的。"

尽管是各种各样的，却同样离开了人世。他是寂寞的。对自己感到厌烦了。虽然身边有女人，却居然就让男人这样死掉。被风一刮，敬子差点儿打了个踉跄。码头上没有栅栏，昭男几乎是扶着敬子的肩。

“我不相信这要怪太太。如果会导致周围的人感到有责任，那就再也没有比自杀更大的罪恶了。”

“待在身边却让男人自杀了的女人的心情是怎样的……这，你是理解不了的。男人痛苦的时候，女人既想做母亲，也愿意做牺牲。和岛木一道到大川去的那个女人一定也是这样的。那个人一旦想到，尽管奉献了自己的一切，还是没能牢牢实实地留住岛木的生命，大概就受不了啦。”

“……”

“我看着黑暗的海，就害怕……”

“走吧。”

敬子顺从地点了点头。

昭男越安慰她，她好像就越依赖他似的。

“对弓子怎么说好呢？我回去晚了，这会子她已经含着点儿眼泪等着呢。”敬子脚步蹒跚，回头看了看东京丸。

“跟弓子两个人一道乘那艘船，去把花儿撒在岛木死在那里的海上吧。……”

昭男仿佛把敬子用胳膊拢住似的离开了码头。

“既没有遗书，也没有遗物，岛木居然打定主意不给我留下任何东西。是一种孤独的死法，对我来说这已到了残酷的地步。”

“是一种利己主义。”

“清和朝子的父亲也是在外地死的，说是遗骨，其实真正的东西什么也没送回来。我这个女人就这么命途乖舛吗？甚至连想抱住什么，悲伤一场都办不到似的……就像是暗示着我的命运，可怕的是未来。”

“……”

“我是个想依赖男人、在男人的怀抱里找到幸福的女人……”

然而，唯独岛木的感触却还留在敬子的肌肤上，反而活生生地复苏了。她好像为此对昭男感到不好意思似的：

“岛木去世的事，以前的太太也好，公司的人们也好，都得通知。要不要请峰子小姐这个人再到这家轮船公司来一趟，亲自调查一遍呢？……”

对敬子来说，化妆品的气味、衣着的色调，宝石和玫瑰，一切都是空虚的。

他们来到一条荒凉的路，这里绵延着似乎由美军使用着的一座仓库的混凝土长墙。昭男离开敬子，想去抓一辆空车，敬子却不知不觉间搂住了他。宛若支撑着敬子般的昭男的热气儿好像是能够把敬子从对死者的绝望当中拯救出来的唯一的力量。

## 各有所思

南星座的公演，由于报纸上所刊载的剧评也给予了肯定，所以才有了入秋后原班人马到大阪或名古屋去演出同一节目的消息。

朝子总是迟迟不肯上医院，这下子可就下定了决心。

一旦进了诊察室，就只能成为唯医生之命是从的一个无力的患者。

“现在是孕吐闹得最厉害的时候，三个月……”被这么一说，朝子感到吃惊：都到这个份儿上了。

“三个月？”

近来连自己都知道面容起了变化。

初诊那天，为了第二天做手术，对朝子的身体大概采取了什么措施。

明天的手术已经成为无法更动的了。

“说是手术，其实非常简单，只消在医院里躺上一两个钟头，从麻醉中醒过来后，就能走回去。”

五十开外的妇产科大夫对于朝子接受手术一事，不发表任何意见，面无表情，只是慰问般地说。

然而，朝子感到了未知的危险。

回到家后，下腹部和腰部也不断地隐隐闷痛。几乎要呕吐。

朝子躺在床上。

小山打来了电话。

“觉得怎么样？……”

“不好。”

“决定了吗？”

“明天啊。”

“能去探望吗？”

“唔……明天给你打电话。”

“好像生着气呢。”

“没办法呀。”

“对不起啊。”

“……”

“等着你的电话。”

敬子的来客们聚集在那儿，朝子不好说话。

说是俊三好像自杀了。俊三那家公司的同人，朝子素不相识的一些人，都来商谈办不办丧事什么的。

清也回来了。

朝子认为一切都是荒谬的。

她觉得，母亲手头拮据，却在那样的事情上去花钱，是在摆排场。

这是不是一种作戏般的感伤呢？

“这人什么都没留下就消失了。事后也什么都别做，让他消失掉不就结啦。”朝子巴不得这么说，“这样才是埋葬严重的利己主义者的方式。”

明天，一个生命即将从朝子的体内消失得无影无踪。

朝子眼里那憎恨俊三、可怜胎儿的泪水几乎夺眶而下。

据说写信通知后，弓子的母亲也不曾露面。

朝子想道，弓子的母亲倒是态度鲜明，令人钦佩。

弓儿也回到这个娘那儿去，不就结了嘛。

还幸亏朝子今天身体不舒服，才能待在屋里，也许还值得庆幸哩。

敬子不时地来探视一下，她好像确信朝子是由于公演而累病的。

这两三天，客人出入频繁，敬子打扮得整整齐齐。

尽管母亲面带戚色，近来肌肤却蛮滋润，眼睛和嘴唇都显得轮廓分明，看上去很美。朝子觉得简直不可思议。

对大多数女儿来说，母亲年轻漂亮应该是值得骄傲和高兴的事。

然而朝子也许因为个性太强，却稍微不同。

朝子总是对镜浓妆艳抹，连个小斑点都试图给彻底去掉，要么就反过来，下功夫让它显得好看。敬子为了掩饰年龄，也精心化妆。但俊三失踪后，她好像忘记了梳妆打扮，这下子反而显得天生丽质了，这使朝子感到焦躁。

当天晚上客人回去以后，敬子临睡的时候走进了朝子的房间。她依旧是美丽的。

朝子想捉弄母亲的念头油然而生：

"是想举行个辞灵那样的仪式吗？"

"唔。什么都没有啊。来烧香的各位也很狼狈吧。"

"要是办了丧事，就明确了，也许是好事儿。他即使还活着，也不能到咱们家来了……"

敬子看了朝子一眼，若无其事地接下去说：

"决定做个灵牌供在照片前面，并在他办过公的公司那间屋里请和尚做佛事。这才算是头一次知道爸爸家里信日莲宗[1]。"

"在公司举行挺好。在家里搞就可笑了。街坊也会风言风语……"

就朝子而言，这是温和的说法了，随后她忽然问道：

"妈妈，前些日子介绍给您的小山先生，您觉得怎么样？……"

"前些日子吗，什么时候？……"

敬子已经忘记了。

"看完公演回去的时候，在后台门口……"

"觉得怎么样？……只是寒暄了一下，连看的工夫都没有，记不清楚。"

"那可不行。赶明儿再见一次面吧。"

"见面？……朝子，你喜欢那一位吗？"敬子边说，边竭力记起那

1　日本佛教十三宗之一，以日莲（1222—1282）为教祖，创始于1253年。

个青年。

这时朝子说：

“我想结婚。”

“哎呀？跟他约定了什么吗？”

“是呀。所以希望娘也见一见面，知道是怎么回事。”

敬子浑身都紧张起来。她无法面对像这样道出订婚一事的朝子，摇摇欲倒。

“想在秋天举行婚礼。小山先生也没有钱。他跟哥哥住在一起。要是结了婚，不是住公寓，就是租间房。所以尽可能不在婚礼上花钱。即使开个茶会，也打算让参加的人出钱。如果娘肯考虑为我办嫁妆，就请折成现钱。”

这是什么时候，提的又是什么事儿呀。敬子这么想着，凝视朝子的脸。只见她眉毛好像稀疏了，病态的皮肤，连静脉都仿佛浮起了似的，显得凶横的眼皮周围……这些是唯独做母亲的才察觉得到的症候。敬子就情不自禁地加强了语气：

“朝子。”

“什么呀。”

朝子也从床上狠命地还了敬子一眼。

莫非母女之间那柔情的纽带，不知不觉地就断了吗？

朝子打断了敬子要问的话：

“不给娘添麻烦。要是您说没钱，我就认了……”

朝子说着，忽然闭上了眼睛：

“我一辈子就只请求您这么一次，希望您答应。”

敬子看着女儿那骤然落了坑的眼睑，觉得可怜。可紧接着她就来上一句不中听的话：

“可别毫无意义地把钱花掉。”

今天晚上敬子不想吭声了，正要走出屋子，朝子叫住了她：

“娘，我学校里有个同学，她妈妈失踪啦。战争期间，空袭的时候，正好待在日本桥白木屋旁边，一阵暴风，两个眼球子就蹦出去了。原先我也见过的，那位母亲比娘还漂亮呢。打那以后就无影无踪了，再也不回来啦。咱家爸爸的什么理性，兴许也蹦出去了呢。”

敬子几乎浑身打起冷战来，就悄悄地把身后的门带上了。

身穿睡衣的弓子坐在走廊上，在眺望夜空。

皓月下，白云飞快地飘浮过去，使人联想到季节的推移。

“看上去月亮就像是轻快地逃跑似的。”弓子边说边回头打量了一下敬子。

“妈妈，姐姐不舒服吗？”她说着就站起来想到朝子的房间去。

“今天晚上就算了吧。把这儿的挡雨板拉上。”

关上挡雨板后，弓子钻进了蚊帐。

“爹如果健在，要是举行了丧礼那样的活动，准会吓一跳，就回来啦。”

朝子说的则与此相反。

“是呀，他会回来的。”敬子回答说，接着灭了灯。

“这次的战争中，说是已经死亡并且办完丧事的人，有不少又回来了。今后还会有回来的人呢。”

“弓儿，要是你不愿意的话，爹的佛事可以拖延，干脆作罢也成。”

“用不着拖延。弓子也认为爹已经不在了。不过……”

两个人的话中断了。

从走廊里传来了清的脚步声，又拧开了电灯旋钮，所以蚊帐中又亮了。

弓子慌忙用麻布被子遮住了脸。

“我一考虑今天那档子事儿就睡不着了。”清在蚊帐外面盘腿而坐，“难道要给爸爸办场丧事，并确认弓儿是个无依无靠的孤儿吗？”

“不是个无依无靠的孤儿。还有我呢，而且……”

弓子的母亲的事，眼下敬子说不出口。

“那倒也是。即使父母兄弟姐妹齐全，一大群，可也有谁都不爱，也不被任何人所爱的，这种人比孤儿还孤哩。”清说。

弓子悄悄地缩起脚，睡成一小团儿。

十二点半钟，朝子按照约定的时间来到了医院。

她请人把昭男喊了来。

“什么事儿也没有。放心吧。”昭男说，“到这儿来看一下。有我家里孵出来的斗鱼崽……今天早晨运来的。”

朝子被邀到诊疗室去，只见门口的台子上摆了个小小的水槽。朝子俯视那五六尾半厘米长的鱼在游泳，但她等于是没看。

然而只有这一点她是很清楚的：昭男在试图安慰她。

朝子相信，这个人会绝对替她保守秘密。

也许并不是出于对她本人的关怀，而是由于体贴母亲。那也行。

但是昨天晚上母亲的眼睛兴许觉察出了似的。要是母亲问起，这个人能隐瞒到底吗？

“白井小姐。”护士从门口探进头来，小声叫道。

“唉，”朝子答应后，朝着昭男掉过头去，“对我娘什么都不要说……”

昭男既像是点了一下头，又好像只微笑了一下。总之，朝子遇见了一双清澈明亮的眼睛。

朝子的心脾里也不知沁入了什么，她用眼神表示谢意，步出屋去。

“好人啊。”

她想起小山昨天那个电话。

“能去探望吗？”小山曾这么说。“探望”叫什么话呢？难道是指女人独自任意生病，而男人来探望吗？

五十开外的妇产科大夫几乎没有跟她搭腔。

朝子脱内衣的时候，手直发颤。

医生用听诊器在朝子的胸脯上听了听，拿黑橡皮带系紧上臂，摸索静脉，把注射液打了进去。

“别紧张。跟着我数一下吧。好吗？一。”

“一。”

“二。”

“二。”

“三。”

“三。”

过了一会儿，朝子的舌头迟钝了。

好像正在被拖进抵御不住的睡眠似的。

“九。”

她无论如何也没法回应了。

既不疼痛，也没有苦恼。

朝子是在明亮的病房床上恢复了神智的。

她对自己被从手术室推出来一事，浑然不知。

最初，白墙和晌午的亮光直晃眼睛，及至听见了娃娃的哭声，朝子感到愕然。

那是隔壁病房里的娃娃。由于热，每间病房都敞着门。

朝子慢慢地试着欠起上身。

脑袋并不怎么发晕。心口闷堵的症候已消失殆尽。

她赶紧对着小粉盒的镜子照了照，并没有什么变化。

下了床，到走廊里去，望见一位跟小婴儿一道睡着的母亲的身姿。

朝子像逃跑似的穿过了走廊。

弓子曾看见白色的浮云在夜空上飘动。八月进入下半月后，忽然到处都刮起秋初般的风来。

直到七月都曾阴雨连绵，今年的夏季太短了。

可是到了为俊三做佛事的月底，暑热猛然回升，就连伏天也没这么热过。

这是俊三离家出走后第七十五天。

敬子穿上黑色平纹罗和服，系好黑色罗带后，又脱下薄绢长汗衫，换上白麻短汗衫。

“汗流成这样，没办法啊。”

弓子仅仅在白色网眼针织连衣裙的胸前佩戴了黑纱而已。

“西装多好，好像挺凉快的。”敬子说。

然而，白色胸前配以黑纱带，艳丽得不同寻常。

弓子的美正迎来了宛若月亮初升那样一个明亮时期。

由于暑气，肌肤犹如初出浴一般略含玫瑰色，连那悲哀的眼神都诱使人动心。

朝子一面把眉梢描长，一面对她们两个人感到嫉妒。

黑色丧服反而使母亲显得好看了，甚至说得上是妩媚。

朝子对母亲那冲着镜子走过来的身姿说：

“我不去也行吧。”

“行啊。”

“咱爹老早就去世啦，今天搞不好让人家一问，可就难以回答了。我这个人不会扯谎……”

打一开始，敬子就没指望朝子会来。

但是也用不着当着弓子的面说得这么露骨。

“黑和白，就这么去吧。鲜明得很呢，”朝子回头看了看弓子，“我在家里，该拜的也会拜。”

可是她看见清在那儿，就说：

“哥哥，这么穿多闷啊。”

清这是隔了好久才穿上学生服，扣上竖领，就仿佛哪个部位热得难受似的，愁眉苦脸的。

由于对朝子憋了一肚子气，敬子看了清这副皱起的面孔，也不由得感到别扭。

“这么热，够呛。”

“……”

敬子想，要是清来到大家面前，情绪上还是像那样有所抵触地双眉颦蹙，令人焦急，那就不让他来也罢。

然而，清的神色不悦，并不是因为今天太热，或者对俊三不是自己的生父这一点耿耿于怀。

自从回家以来，清对弓子就产生了一种卑屈般的悔恨，从而感到痛苦。

乍一听说俊三自杀了，清就像是深深地有所触动似的同情起俊三来，甚至头一次感到由衷的亲爱之情。

对于去参加俊三的佛事，他丝毫也不觉得厌烦。

他还有着向俊三之灵谢罪，为了弓子向俊三起誓的念头。

使清变得忧郁的原因之一是，俊三不在了之后，家族仿佛起了微妙的变化。

出了家门之后，三个人或许是各有所思，就默默地走下了坡。

坡下那条路没有遮阴，阳光反射强烈。

敬子和清边走边频频回头，但是没有空车开过来。

弓子被敬子遮着，落在后面半步光景。清一回头，她就觉得晃眼似的。

横竖也要坐车去，犯不上在热地方走，等着过空车就行。但好像有什么东西使得清缺乏这个耐性。

敬子也顾不得清，自己倒焦躁起来。

“所谓佛事后的集会，大约来多少人呀？”清这么问。

“三十个人……也许更多。”

“连田部先生和川村先生这样跟爸爸并不亲近的人，也邀请了吗？”

清究竟在想些什么呢？敬子一面纳闷着，一面说：

“川村先生跟爸爸并不是不亲近，以前……”

“是吗？”清把头扭向一边。

“佛事后的集会叫作岛木俊三君追忆会。是公司里想出来的主意，还收五百元会费。”

“收会费吗？”

“公司嘛，也是承蒙把欠款挂起来，好容易才重新开的张，不可能景气啊。”

田部和川村等人的费用，敬子恨不得自己替他们出。

“可是五百元才下不来呢。我请公司给包办了。后面那个会，咱们也等于是客人。”

“那样就轻松了。”

“倒也说不上是轻松……”

“娘办事总是靠不住嘛。今天的佛事也……”

清没有往下说。

今天这个佛事，既像是俊三的辞灵仪式，又像是追悼会，也像是祭奠活动。

不管怎样，这是与世上的习俗相悖的。

敬子到轮船公司之后，公司方面也尽量地调查了一番。他们假定十七日夜间跳海自杀的那个人大概就是俊三，然而并不确切。

“弓儿到底是怎么想的？”清说着停下脚步，目光炯炯地盯着弓子。

清当初曾盘问弓子对自己是怎么想的，喜欢还是讨厌。现在又以同一种目光逼视弓子。

俊三从家里出走后，弓子连做梦也没想过父亲会死掉。当她被告诉说他大概自杀了，她就变成仿佛被风刮倒的浮萍似的，再也挺不起来了。

幼时，弓子曾是“爹的孩子”。她可以说是只依赖父亲一个人，通过父亲才与这个世界有联系的少女。

“怎么想，指的是什么呀？……”敬子像是帮助弓子似的说。

"不，没什么。"清把话打断了，"我想的是，如果来参加佛事的人表示哀悼，该怎么回答才好呢？……"

"清吗？"

"弓儿呀。"

从清那似生了气的声音中，弓子感觉出对她的怜恤。

"一声不响地低头，或是道谢啊。"敬子回答说。

停在车站前的那辆出租汽车，被太阳晒得车身发热。

白衬衫的背上渗出了汗的司机年纪轻轻的，好像开得速度太快，让人捏把汗。

"爹在外面蛮有人缘的。"敬子说，"据说杂志社的人们会后为了悼念他而打麻将……说是要发奖品，所以把爹的金质香烟盒带来了，当作一等奖。"

弓子点点头，看了看右边的敬子。

弓子对敬子的长脖子，窄圆的肩膀，意想不到地丰满的胳膊都年复一年地怀着甚至像同性爱般的仰慕之情。

然而，倘若父亲不再回来了，她能够倚赖敬子那白皙温暖的胸脯到什么时候呢？想到这里，她就觉得没有仗恃了。

弓子这个孩子能够天真地向爹所爱的敬子撒娇，像这样一个继女在身边越来越出挑儿一事，其实对敬子而言起着接木般的作用。弓子却丝毫也没有理会这一点，说不定敬子也不知道。

敬子永葆青春，浓妆艳抹，也是把弓子所漾出的朝气作为养分吸收了。

"麻将什么的……"清简短地嘟哝了一声。多讨厌。

清从来就不爱交际，不和悦，却并不像朝子那样冷漠，任性。

他见到了跟朝子订了婚的小山，也结识了昭男。

昭男给他的印象是好的，敬子却跟昭男亲密交往，引人注目，连弓子都随着与昭男打成一片。看到这情景，清心中自是难以平静。

他一向不喜欢川村那副猥琐的面容。

近来这个川村频繁地出入于他们家。他明白敬子为了生意上的事而器重川村，但川村好像多嘴多舌使人心烦。

“白井大嫂辛辛苦苦盖起来的这座房子……”川村像口头禅般地这么说着，反对卖掉它。

川村劝敬子把房间出租。

例如，关西的宝石掮客每个月要到东京来几趟，在旅馆下榻。如果敬子她们家能留宿，据他说：

“每月大概肯出两万元吧。”

清有时感到焦急，恨不得找个机会尽情地教训川村一顿，让他再也不能露面。

照清看来，俊三自杀的说法成立后，敬子被常来常往的客人们摆弄着。

出租汽车遇上了十字路口的红灯，并在前面那辆巨型公共汽车屁股后头急刹车，几乎咬住了它似的。

“危险！”敬子喊道，弓子搂住了敬子。

清没有着慌。

“两位田部先生都来吗？”对这事他好像还放心不下。

“唔，那位弟弟还有医院里的工作，这个时间也许太勉强。”

下了出租汽车，走进楼房侧面的入口。那里从走廊起，张挂着黑白竖条相间的布幕。

还装饰着几个花圈。

进入楼房侧面的入口后，走廊尽头处就是俊三等人的现代社。

这是座小楼，底层是仓库、楼梯什么的，租来的办事处只有一间。因此，才获准为俊三举行说不清是辞灵仪式还是追悼会的活动吧。

办事处的隔扇都被撤掉了，宽敞了许多，打开了三面的窗子后，比原来想的要凉快。

烧香台上摆着俊三的大照片，还搭着一条黑丝带。

泛着微笑，并不阴沉。细细端详，总觉得这张脸虽带愁容，略显着柔弱，却轮廓鲜明，给人以高雅之感。

“承蒙各位展出了一张跟弓子蛮像的照片。”敬子差点儿脱口而出，却把话咽回去了。哪怕就这么着，弓子还憋着眼泪呢。

完全是举行辞灵仪式的样子。

这里既不是家，也不是寺院。敬子感到，这种异样的场面俨然象征着总也没有着落的俊三之不幸。

尽管偿还了谷村装订厂一部分借款，挪用了公司公款的俊三竟能享受社葬待遇。毫无疑问，这要么是出于同人的好意，要么就是由于俊三有品德。

然而，尽管俊三死了，公司好歹还维持着。这跟俊三所说的谷村虽然死了，两国的焰火还照样放是一码事。

“吵吵着要重建公司，重建公司，但所谓重建，并不光是事业。命也是这样。如果明天还活着，就是延长了一天寿命，但也可以看作是重建，人的生命时时刻刻都被重建着。”俊三会不会是因为曾致力于活下去，才向敬子吐露了这样一段奇怪的话呢。

自从公司逐渐垮台以来，连星期日俊三都不待在家里。他在涩谷和新桥的场外马票场购买马票什么的，并对敬子说：

“你去吗？”

敬子讨厌那样的地方。

他借着打麻将等，不回家来，也是为了忘掉现实，却消耗了与现实搏斗的精力，神经衰弱也愈益严重了吧。

要是跟他一道去场外马票场就好了。敬子悔不当初。

清、弓子、敬子并肩坐在遗族的席位上。

过一会儿，与楼房不般配的一片读经声传到耳际，敬子不胜悲戚。

烧香毕，人们聚在一起参加岛木俊三追忆会。那是在距公司两三百米远的一座大厦五层的餐馆里。

是鸡尾酒会的形式，但日本人讨厌一直站着，所以设有座位，每张桌子能坐五六个人。

冷盘和三明治、啤酒、果汁，服务员踱来踱去，替人们往鸡尾酒杯里斟日本酒。

打刚才起，敬子就为两件事感到不安。

一件是，不论烧香还是这个集会，俊三之妻京子都没露面。

再就是在那张背对着敬子左侧窗子的桌前，把鸡尾酒杯端到唇边，像舔着似的品尝的峰子那身姿。她变得那么美。

峰子身穿黑白棋盘格花纹的衬衫，黑色百褶裙，领口戴着一枚金色的贝壳饰针，镶在贝壳当中的珍珠好像是真货。

脸上的化妆也不同了，连指甲都染了。完全变得开朗漂亮了。

起初敬子简直认不得她了。

客人来齐后，餐间三四个人致了词。

由于有敬子和弓子在座，没人露骨地谈论俊三的自杀。

“我们为岛木君办完丧事，接着又在这里召开岛木君追忆会；我总觉得岛木君本人正在什么地方看着呢。”这么说的是继岛木之后任社长的高尾。

“也许岛木君会泛着他独特的微笑，说着‘啊，你们受累啦’，并在这儿出现呢。”

倾听着的敬子把目光移向门口那边。

“要是出现了，那可是岛木君毕生最大的幽默了。遗憾的是，岛木君似乎还不是那么出色的演员。然而，我们之所以办丧事，开追忆会，与其说是为了吊唁岛木君，毋宁说是由于想让岛木君活在我们当中。而且，我又认为是我们使得岛木君死去的，所以这也是为了向岛木君表示歉意。岛木君是个从不责备旁人的人，恐怕也不会责备我们。岛木君去世后我们才清楚地知道，不论在家庭里还是公司里，能够有一位从不责备旁人的人，这究竟意味着什么。”

一位来客谈起岛木赌起输赢来本事有多么大。

“要是有个拖欠着其稿费的作家到社里来讨，他就邀对方打麻将，经常打赢。即使对方被窝心地打输了，只要一看见岛木先生那张笑脸，心里就像是受到安抚似的。可是，就看你怎么想了，那张笑脸其实会不会是木然的呢？会不会是出于苦肉计，试图借着打赢麻将来减轻欠债的重担呢？”

这些人的话使俊三那富于魅力的精神面貌浮现到敬子眼前。

餐间致词结束后，人们就随心所欲地聊起来。

有从那边的座位站起走过来的人，也有从这边移到旁的桌子去的人。

男人们不时地朝着那穿黑色丧服、美丽端庄的敬子和一身白连衣裙、像仙女一般光艳照人的弓子扫上一眼。

俊三的姐夫矢代来到敬子身边。

“好像没见到京子弟妹光临……”

敬子想道，问一下矢代就知道了，于是提到让她挂念的那一位的名字。

矢代之妻是俊三的胞姐，记得俊三到热海去交涉与京子离婚的事时，是由她奉陪的。

“昨天晚上打电话说是因为没有丧服什么的。”

敬子感到，京子仿佛轻轻地把肩膀闪开了似的。

然而，即便是举行丧礼，倘若俊三的两个妻子来到许许多多人面前，在好奇的众目睽睽之下，就会双双陷入悲惨的境地。

即使不是为了敬子，莫非京子是替弓子着想而避免了这么个场面不成。

“府上的小姐近来还参加电视演出吗？”矢代问。

“您指的是朝子吗？近来她忙着演戏……”敬子边回答，边觉得仿佛由于朝子今天没有出席而受到了指责似的，“您认得朝子吗？”

“大约是梅雨季节吧。我跟岛木君正在餐馆里，她偶然进来了，经岛木君介绍了一下。”

“有过这样的事啊？”

“那以后，在电视上见到了。美容术的……”

“这个电视我也没看。”

“非常时髦而且漂亮。内人没有闺女，所以直羡慕。说是既然有这样一位好小姐，能不能把弓儿过继给咱们呢？……”

弓子吓了一跳，看了看敬子。

清仿佛生了气般地说：

“娘最疼爱弓儿啦。”

“当然是说着玩的……”矢代一笑置之，“弓儿，钢琴长进了吗？”

“没有。”

“太太，敬请您光临。弓儿也来玩吧。姑妈可疼你啦，常常念叨着你哩。”矢代说着，离开桌子走了。

弓子三四岁时，祖母去世后，曾被托付给矢代家一个时期。她不记得当时的事了。

然而，矢代家的姑母曾把压岁钱啦，郊游那天的礼物什么的送上门来，她倒是还记得。

自从和敬子一道生活以来，就好像和矢代家断绝了关系似的。

幼小的弓子把父母的亲戚统统遗弃了。她只当他们不存在，一味地依赖敬子。弓子这方面也不是没有下过决心，做过努力并付出过代价。

不知什么时候角落里的桌子显得冷清了。好像也有三三两两地回去的人。

川村的座位也罢，田部从远处不时地往这边瞧也罢，敬子都晓得，但她忙于应酬那些向她寒暄的人，没工夫站起来。

看不到昭男的身影。

田部夹在那些隔行的陌生人当中，一副无聊的样子，敬子一面惦记着应该走过去向他致意，一面问坐在身旁的高尾：

“那个短发的美人儿，是在社里待过的小林姑娘吧？”

高尾朝着峰子那边斜瞟了一眼，叉开腿用鞋尖使劲登住桌子的踏脚板，伸直了腰，径自点了点头：

“那个姑娘可奇怪啦。”

接着，他放低了嗓门：

“她在公司里待过不少年头，那期间一点儿也不起眼。朴素而不开朗……她好像非常喜欢岛木君，很尽心，岛木君却似乎没把她当回事。究竟是什么缘故，最后那一天她才和岛木君在一起的，对我们来说是个谜。她说是觉得岛木君仿佛会死似的，所以那一天从黎明时分起就在离府上不远的地方等他来着。”

敬子也听峰子说过这档子事。

“乍一知道岛木君死了，那个姑娘忽然就辞掉公司的工作，当上了酒吧女招待。”

“酒吧女招待？……”

“让人吃惊吧。就是最近的事。如今这么萧条，又是夏季淡月，我估计情况好不了，也曾试图劝阻她……社里的人们还只当她是由于岛木君死了，受打击而神经不正常了呢。可是她突然一下子就变得开朗了，女人是会变的啊。我们都感到惊愕哩。”

“那一位，多大呀？……还年轻吧？”

“不，已经有二十五六岁了吧。”

“既然是这样，也好。”

敬子不由自主地又朝峰子那边看了看。

一旦和峰子那双大眼睛相遇后，敬子不禁就由于近乎恐怖的感觉而心里怦怦直跳。

峰子神态安详，向她致以甚至含着微笑的注目礼。

她使人感到像是一只纯白美丽的猫。

俊三是在和峰子发生过关系后死的吗？不顾场合与时间的疑惑震撼着敬子，岛木的事活生生地复苏了。

尽管人们说她年轻啦，漂亮啦，不知什么时候指尖已失去光泽；她正垂下眼睛呆呆地看着的时候，峰子悄悄地来到桌旁。

她坐在弓子身旁的座位上，跟弓子聊起来了：

“承蒙令尊指点给我一句有益的话。他说：‘你呀，除非神情开朗，不然的话是交不上好运的。好好儿记住这一点……’我打算试着按照他的指点生活下去。迟早准会迎来幸福。我是这么想的。”

甚至她说话的腔调都变了。

然而俊三所说的“你要是认为自己是美人儿，你就是个美人儿”这话，连峰子都没启口。

“我晓得，为了工作和金钱的事，当时他的头脑出了点儿毛病。我没能把先生挽留在人间，只觉得自己也活不下去了。因为先生太善良了……”

她又像是把想告诉敬子的话说给弓子听似的。

“就怪当时我缺乏自信。倘若是现在……”峰子的眼睛带着热辣辣的光。峰子想的是，原本凭着她这女儿身，多半能维系住俊三的生命的。

这种不可思议的感觉甚至传到敬子身上来了。

峰子还会进一步说出什么来呢，敬子害怕起来。

“我在这么个地方工作。恐怕也不是个值得光临的场所哩……”峰子在桌上放了张名片。

名片反面是酒吧路线图。

弓子怀着天真的好奇心瞧着那地图。

敬子开始嘀咕起来。她望见田部站起来了，就向峰子致意，并把自己的椅子挪了挪。

敬子和田部站到宁静凉爽的走廊窗边。

“天气这么热，承蒙您专诚光临，真不敢当。”

“昭男说是今天在大学里有解剖检查，好像来不了。”田部劈头就说。

“解剖检查”是什么呢？指的是解剖吧。敬子边这么想着，边说：“这些天来我们全家都受到昭男先生照顾……”

她稍微低了一下头。

田部直了直他那宽宽的背：

“弓子小姐是个美人啊。太太，可不可以把她许配给昭男呢？”

他不可能看不见敬子这身丧服。

在俊三的追悼会上，席间认真地提出亲事，太不合乎常理了，不像是平素为人周到的田部。

倘若这是说着玩的，会不会是由于近来敬子动辄就被昭男所强烈吸引，内心活动被看透了呢？她吓了一跳。

然而，表面上她沉着地搪塞过去：

“今天可奇怪啦。弓子竟有两件事……”

“哦？另外还有一件吗？”

“另外一件是说什么希望把弓子过继给他们。”

“您谢绝了吧？”

“唉。”

敬子边从远处看着弓子的侧脸，边说：

“刚才这件事，是昭男先生提出来的吗？”

话音未落，敬子的胸口就堵得难受了。

田部摇了摇大脑袋。

“我从头会儿就看她来着，长得那么美，要是不及早提出这个愿望，只怕会被抢走似的。到现在为止，我也为四五对儿做过媒人，年轻人能迟疑一天，就总那么犹豫不定，要是看着合适，从旁给促成，那可再好不过了。”他发出的是极其爽朗的笑声。

“这么说来，弓子是被田部先生相中的喽？”

“昭男怎么样？您觉得怎样？”

田部忽然一反问，一股热烈的恋慕之情涌上敬子心头。

然而，她还没回答，就不得不去应对从场内走出来的人们的问候。

啤酒和日本酒大概均已告罄，人们接连不断地告辞。

田部也趁此机会对敬子说了声：

“赶明儿再……请多多保重……”就走到天色还明亮的市街上去了。

不知什么时候，清和弓子也来到敬子身旁，极其自然地朝回去的人们低头致意。

川村也出来了。他熟头熟脑地凑到敬子旁边来：

“太太，鸡尾酒会这玩意儿简直是走过场。”

“是不是因为没喝够呢？”

“不，不是那么回事……怎么说好呢。不论气氛还是时间，对我们这样的人来说都觉得没有着落。也就是说，不能恳切地交谈。”

“实在对不起。”

“说是岛木先生的追忆会，可缅怀岛木先生的话，我连一句也没能讲。这不成了大家信口开河的杂谈会了吗？”

“让人家听见了，这么大的嗓门……”

“不要紧的。我是为了表达追悼之意才来的……漂亮的餐间致词，那叫啥名堂呀。岛木先生跟我是同岁吧。”

“是日俄战争结束后的第三年生的。”

“明治四十年[1]？果然是同一年。真是可惜啊。”

“唉。”

“各位直接回去吗？”

“当然喽。”

敬子对这位老相识川村露出一副“竟问这么一句废话”的神色。

敬子返回会场，向高尾致谢。

这时，川村对清和弓子聊起什么来了。

---

1　即1907年。

## 通过男人

敬子等人和川村是最后乘电梯下来的。

快到六点钟了，电车道上满是下班的人群与川流不息的车辆，沐浴着夕阳。

“太太，大阪的大丸终于发展到东京的八重洲口来了。”

川村有个毛病，总把尽人皆知的事当作自己一个人探听到的消息那样说出来。

“营业时间好像一直到晚上八点，比到现在为止的东京百货公司延长两个小时左右，这是争取下班时的顾客的妙计。可这样就违反了店员的八小时劳动法，所以仿效美国的百货店，采用所谓小时工制，招募太太小姐来打工。”

川村这话是对敬子说的，弓子却接过话茬儿说：

“我在报纸上看到了广告。十月中旬开店，九月底举行小时工的口试吧？”

“什么呀？……说什么呢？”敬子反问道。

弓子对川村说：

“是登在昨天的报纸上的。”

“太太从上午九点到十二点，也就是说，把上班的老爷送出门以后去做三小时工，小姐呢，唔，下午四点到……”

“是五点到八点。”弓子又明确地回答说。

“对啦，对啦。从学校的读书时间中抽出三小时空闲，挣一百六十元，还跟一般工作一样，有健康保险和失业保险，所以对当前东京的太太或小姐来说，会有吸引力吧。”

“可是只录用二百名，少了些，太难啦。”

“弓儿对情况真熟悉啊。”清说。

“昨天看了广告嘛。而且我觉得有意思。”

敬子看出弓子打算就业。她认为弓子蛮可怜的。

学校还剩两个学期。

敬子也念念不忘田部所提想把弓子许配给昭男的事。然而，清怎样呢？敬子也清楚地觉察出清在爱着弓子的苗头。

弓子成长得如此之快，敬子有着一种被追赶着的感觉。

“连小姐都觉得有意思啦。所以嘛，做了相当的宣传。”川村接下去说。

“东京的百货商店迟早也非延长时间不可。”

清叫住了一辆西姆牌的空车。

敬子先从敞着的单门上了车。

川村用手扶着车门：

“太太，最近您就会到店里来吧？”着实是一副留恋不舍的样子。

清也跟着弓子上车后，川村就像缠住敬子似的说：

“请多加保重……”

清把泛着厌恶神色的脸转过去，将门拉上。敬子和弓子正要点头致意时，在川村后边瞥见了昭男的身姿。

“哎呀。”

两个人同时叫道。

昭男大概是看到了敬子她们才停下脚步的。

昭男整整齐齐地穿着西服上衣。

“您是来参加岛木的追忆会的吧？对不起。”

敬子双手使劲按着弓子的膝，边低头表示歉意，边对昭男说。

"我来晚了，应该道歉的是我。"

"您上车到什么地方去吧？"敬子急切地邀他。

助手席是空着的。

"我走一段……"昭男的手推了一下车，"再见。"

西姆牌汽车疾驰起来，进入了车群。

令人扫兴。

为了使由于出乎意料地见到昭男而加速的心脏悸动缓和下来，敬子沉默了半晌。

看方才昭男那副神态，会不会介意她们招待不周呢？不然，解剖检查什么的刚一完，明明晓得大概来不及，可还是赶来参加这个会了。

"难道是不好意思吗？……"

田部把昭男和弓子的这门亲事就像随便说着玩儿似的提出来，昭男也知道吗？

敬子精神恍惚地望着流过去的市街。

清也把视线投向窗外。

俊三那不同寻常的葬礼顺利地结束了。清认为，所有的吊唁者脸上都没有深重的恐怖和悲哀。

"葬事是极其快活的。所有的人都对死者抱着优越感。站着的贱民总比被埋葬的皇帝有价值。"马塞尔·帕尼奥尔[1]这句话浮现到他的脑际。

然而，唯独弓子却一味地认为俊三还活着，正在他们即将回去的那个家里等候。

倘若是平时，她就会立即对敬子这么说，并征求她的同意，但她觉得打刚才起就默不作声的敬子好像在想着什么遥远的事情，所以说不出口。

清那硬邦邦的腿碰着了弓子的柔软的膝。

1　马塞尔·帕尼奥尔（1895—1974），法国剧作家。以讽刺喜剧《托帕兹》（1928）成名。

弓子难耐孤寂之感，忽然双手掩面，哭泣起来。

敬子和清都说不出话。

当天晚上，敬子和弓子像往常那样并着被褥钻进蚊帐。

弓子很快就入睡了。刚说了三言两语，就发出安稳的呼吸。

“在车里还哭来着呢……”敬子悄悄地把手伸到弓子的额头上，触着了弓子的睫毛。

敬子的头脑清醒，怎么也睡不着。

跟很多人见了面，她的神经兴奋起来了。

往事的回忆与对未来的茫然的不安相互交替着。

她与清和朝子之父白井，是相亲后结的婚。

白井是个过于一本正经的人，尽管不吵架，彼此总是客客气气，总有隔阂。如果夫妻生活持续下去，这种隔阂也许是能消除的，然而敬子还没跟丈夫成为地地道道的夫妻，他就被战争夺去了性命。

当她得悉白井已死的时候，对他的一腔狂热的爱情才被唤醒。

随后她与俊三相遇，被卷进欣喜的感情旋涡。心想：难道这就是恋爱吗?

然而，这也没有持续多少时候。

不久，敬子就陷入寂寞，觉得仿佛在和街坊一道生活似的。

“我内部蛰居着一个永远得不到满足的女人。”

敬子这么觉得。

俊三不在了之后，对俊三的一腔爱情又强烈地复苏了。

一想到两次都是在对方死了之后，敬子就剜肉般地为悔恨折磨，觉得自己像是个罪孽深重的女人。

弓子的睡脸天真烂漫，一团孩子气。

这个弓子嫁人后，也将通过男人去寻找幸福吗？想到这里，她心疼起弓子来。

尽管朝子是亲生的女儿，弓子这种令人怜爱的劲儿，在朝子身上却是感觉不到的。

“订婚还早着呢。不论昭男先生这个人多么好……”敬子嘟嘟哝哝地说。

敬子丝毫也不认为，弓子越发出挑儿了，已经成为她嫉妒的对手啦。

“明天得侍弄一下玫瑰花啦。”

敬子试图借着想玫瑰的事入睡。

秋天的玫瑰比春天的娇媚。香气馥郁，色彩也鲜艳。

春末，敬子栽植了德国种的艳红色玫瑰，原想今年秋天一定让它开出正宗的深红色花儿，然而一直没管。

整个夏季，她都疏于侍弄。

把长疯了的枝子修剪一番，就施亚硝酸盐化肥试试吧。

然而，想着玫瑰花的时候，纷杂的念头毫不容情地钻了进来。

俊三讨厌这位从五月底到六月初拾掇玫瑰花的敬子。兴许他看透了敬子是借着玫瑰来排遣自己对俊三的不满。

一想到俊三的眼睛，就连心头浮现出玫瑰的念头都觉得过意不去。

“我这个女人，怎么会这样呢？”

敬子的朋友中也有儿女众多、面对生活中的艰难困苦、明朗快乐地保持着身心健康的人们。敬子却做不到这样。

她起身，把俊三留下的安眠药服下。

敬子曾见过田部家篱笆的玫瑰。纯白色的花美得简直应戴在新娘胸前做装饰，敬子在那场梦中想：这是梦啊。

田部家的爬蔓玫瑰是敬子老早就想要的东西。

梦中，敬子提着一只里面装了黄莺的纸糊鸟笼，沿着田部家的白台阶拾级而上。

昭男迎出来了。他提着一只漂亮的竹制鸟笼，说：

“请给移到这里来。”

把纸笼口和竹笼口紧紧对上后再打开来，黄莺却逃到外面去了。

敬子逮住了那只被玻璃门的框架挡住，正扑扇着翅膀的黄莺。

黄莺那小小的头挣扎着，还把喙伸到敬子的手指缝儿里。黄莺一咽气，敬子就着慌了。她害起怕来。

“给想个办法！……”她想对昭男这么喊叫，但发不出声音。

喉咙干渴得厉害，就从噩梦中醒过来了。

她舒了口气，但掌心上还遗留着小鸟的挣扎，就像是继续在做梦似的。

家里明亮得使敬子吃了一惊。她起身，站到西式瓷脸盆前，手掬自来水，喝了一点。

用手心逮住黄莺时胸口那股憋得难受的感觉还没消失。

“让它逃掉就好啦……”

然而她在梦中却好像惶惑不安，认为可不能让它逃了。

雨声噼里啪啦落在房檐上，由昨天的炎暑，骤然变得令人感觉到秋意。

朝子来到她身边，洗了脸。像是独自嘟哝般地跟她搭话：

“得做旅行的准备。”

“旅行，到哪儿去呀？”

“名古屋和大阪。说什么也需要一只大一点的手提箱。”

在敬子眼里，朝子近来变得活泼而美丽，犹如焕然一新似的。

洗罢脸，涂上橄榄油的朝子，显示出女人的妩媚。

敬子思忖，她还得找个机会同朝子要跟他结婚的小山好好谈一谈。

小山曾到家里来看过朝子，他给敬子的印象是：有着与朝子略微相似的冷漠。他们两个人结婚，这究竟是好是坏，她难以判断。

朝子只是喜欢在家里收拾收拾而已，这个姑娘却连厨房里的煤气都点不着。跟小山这样一个人结亲，能般配吗？

可是到了节骨眼儿上，敬子心中就涌现出失去女儿的母亲的寂寥。

看来朝子连这一点也不会理解。

“我可以陪你去买东西，正好我要到银座去……”敬子说。

早饭后偶然拽出了一些布头什么的，敬子就被这女红缠住了。她已经好久不曾这样了。

由于经常在外面工作，就没有耐性和时间去缝纫编织了。总是托人去做。

敬子把交给缝纫社的东西归拢到一起，又将弓子那件带兜帽的雨衣借来穿上，走到下着小雨的院子里。

四季都开花的玫瑰长着坚硬的蕾。

凉气从攥着花剪的指尖传过来，敬子一连打了几个喷嚏。

“妈妈，不出门吗？”朝子从廊子里招呼。她难得地露出温和的笑脸。

除了手提箱，说不定她还会缠着敬子给买些旁的。

要出嫁的女儿嘛，这也是理所当然的吧。

敬子从院子里绕到浴室去。她泡在澡水里，细心地用刷子刷指甲。花了将近一个钟头才梳好头，化完妆。

“和服？西装？”

朝子像是催促一般站到那里。

“下雨呢，就穿西装吧。”

“是啊。西装快一些。穿什么样的？”

“什么样的，也没有多到值得挑挑拣拣吧？”

“芥末色的连衣裙怎样？……”

“还可以。”

敬子正穿着贴身背心和衬裙时，朝子绕到她背后去，说了声：

“这儿有根白头发……”就伸过手指去拔掉了。她冰凉的指尖触着了敬子的脖颈。

“朝子要买的东西就光是一只手提箱吧？”敬子抢先试着问了一声。

"嗯，手提箱……还想让娘给看看领带。"

"领带？"

"是啊。"

"谁的？送给小山先生吗？"

"是啊。"

小山送来了三千元作为手术费；固然理应如此，但小山日子过得紧巴巴的，即便出去旅行，任何新东西都买不起，这一点朝子是晓得的，所以觉得哪怕是送给他一条领带也是好的。

没能做妈妈的朝子借着送礼物给小山好像还可以得到一些安慰。

要是看见了小山的新领带，朝子也许就能确切地想到：

"这个人的孩子……"

"如果是小山先生的，由朝子来选才好。"

"想让娘给看看。"

敬子还不大了解小山的人品。

然而，说出这样一些话的朝子，女孩儿气十足，这就使得敬子心软了。

到现在为止，朝子好像不论什么事都拒绝让敬子插手似的。

因此，敬子总觉得自己是在摸索朝子的心情，作为母亲，她是苦闷的。对朝子在外面的行动，她就一无所知了，总感到女儿的行踪充满了神秘的味道。

朝子我行我素，仿佛是在用自己的手左右着自己的命运。

敬子一方面觉得有点可恨，可作为母亲，又不断地感到不安。

领带什么的，横竖是小事，但朝子提出让她给看看，是为了事到临头能够倚仗母亲吗？

难道朝子心中果然是对恋爱没底吗？她对确实是幸福的这一点缺乏自信吗？

朝子已经在正门那儿等着敬子了。

敬子给昭男往医院里打了个电话。

昨天晚上竟然就那样告别了。为此，她想向昭男表示歉意；同时她也不由得想听听昭男的声音。

敬子好像迫切需要听到昭男那含着体贴的中音：“您好吗？”

敬子的双颊变得年轻了。

然而，昭男并没到医院来上班。

“娘，快点儿呀。”

“一出门去，就忘啦。”

“既然会忘，往后拖拖不就结啦。我替您记着。”

母女二人不知拌些什么嘴，弓子笑脸相送。敬子感觉出弓子的笑是勉强的，她心里遂有所触动。

“很快就回来。”敬子只留下声音，反手关上了门。

下雨天的国营电车，不能开窗，闷臭闷臭的。

同车的有五六个像是做小生意的妇女，背着大包包。从她们的领子周围和包包发出了汗臭和货物的气味。

朝子露骨地泛出厌恶的神色。

“小山先生有父母吗？”敬子问。

“没有。他跟哥哥一道生活。是个油画家。”

“你见过吗？”

“嗯，好几次……”

“你们结婚的事他也晓得吧？”

“唔，这就很难说了……”

朝子十分冷静从容。

她们从新桥车站乘地铁，来到百货公司的底层。

随着食品的气味，飘来了花香。

沿着镶有棋盘格瓷砖的墙壁，排列着唐菖蒲。

等待电梯的时候，敬子边观赏花色，边无意中想道：

“昭男先生是不是生病了呢……”

她觉得待不住了似的，就对朝子说：

“走上去吧。”

买了一只一拉拉链就分成两半拉儿的旅行用手提式衣箱。

是柠檬黄色的尼龙制品，看上去却宛若上等皮革制品。

“便宜啊。”朝子跟敬子耳语道。

简直让人不能相信定价是一千六百元。

朝子似乎觉得称心，叫人包起来之前，先提了提看。还说：

“跟黑色的套装也相配。”

她们在摆着进口货和奢侈品的特选服饰用品出售处物色小山的领带时，敬子动起也送给昭男一条领带的念头。

“从前些日子起，连注射费也没收……”

“医院的药嘛，白给的吧。”

“可是……”

“是啊。表示一下谢意也好。”朝子也点了点头。她不像是要窥探敬子内心活动的样子，“光送一条领带可不合适。”

往陈列橱上取出了好几条，敬子认为其中蓝地上有着淡青与深红色碎花纹的那条好像适合于总是给人以清新感觉的昭男。

朝子还是老样子。她拿起一条浓淡相间、茶色大斜纹的界线上加了个红道子、蛮帅的领带，痛痛快快地决定了。她好像忘掉了曾说过要让敬子给挑选的事。

敬子觉得可笑：

“不用让我看吗？”

“您不是看见了吗？娘也没跟我商量呀。”

两条都标价七百五十元。

“说明是英国制造的，也许是其中的便宜货吧。”敬子有点迟疑，“颜色和花样都挺典雅的。”

“按理说，好的要两千元呢。”

用同样的包装纸包起来后，两个人各自拿着一个包，以免弄错。敬子感到心情年轻了。

那是下午四点钟。

步出百货商店，踱进一家叫作梦幻的咖啡馆。

是一爿宽敞亮堂的店，挂着藤田嗣治[1]的画。

朝子大概常来，和柜台后面的姑娘搭着话。

朝子一面用叉子戳柠檬馅饼，一面说：

“娘，旅费由对方负担，可我想要点零花钱。”

“大约多少呀？”

“没有三千元，心里就不踏实。”

“哪天动身呀？”

“十号。”

“我给想想办法吧。”

一向如此。

归途，敬子预定绕道到草野宝石店去，听昨天川村的口吻，好像有什么事情似的。

前些日子经川村介绍，她曾把走私手表卖给兼营歌舞表演的那家酒馆的女人们，好几份款子还没收回来。

“我到附近来了，所以……”敬子想露一下面。

“朝子待会儿要到哪儿去呢？”

朝子正在照马克斯·法克特的小粉盒的镜子，她的肌肤光润，眼睛和嘴唇都生气勃勃的，那阴影好像已经被抹掉了。

---

1 藤田嗣治（1886—1968），日本画家，曾留法，将日本画和油画的特点糅和在一起，独辟蹊径。

“我六点钟去听交响乐，这段时间陪陪娘也可以。”

“啊，已经足够啦。再让你陪下去，我就破产啦。”敬子笑着，假装要逃走，就势儿站了起来，“快点儿回来吧。当心着点儿。”

朝子大概跟小山约好了去赴音乐会。

为了消磨这之前的一段时间而去逛银座，又被缠着买什么东西，敬子固然受不了，但更使她感到寂寞的是跟已经属于小山了的女儿相处。

朝子仿佛起了很大的变化。做母亲的明白这个。然而这一变化是敬子不知晓的时候在她所不知道的地方发生的，已无法挽救了。

朝子和小山的婚姻，也说不上是允许，反正就承认了目前的样子。

“我把这个在车站上暂时存一下。”朝子把手提箱的包包拎起来给敬子看，接着就头也不回地走了。

敬子呆呆地一直步行到草野那家店。

川村在接待一位年轻女顾客。

敬子沿着陈列架踱了一遭。

朝子是四月间生的，生日宝石是钻石。半克拉值二三十万元的钻石，她可送不起。

“给块亮晶晶的白锆石吧……”

敬子边想：把宝石镶在白金座儿上，让朝子在举行婚礼时戴，边审视着盒子里那玲珑的戒指。

顾客走了，川村来到敬子身边。

“昨天……说实在的，昨儿晚上……”他压低了嗓门，“打那以后，我喝了一通。跟那位年轻大夫……”

敬子大吃一惊。

“那一位和我都好像是被人甩在那儿似的，装作不认识而分手也不自然，所以我就掏出名片，自我介绍了一番。这之后就不对头啦。我白活这把岁数了，稀里糊涂地跟到那一位的哥哥所经营的中华料理店去，还请我吃了一顿。”

“哎呀，真让人吃惊。”

川村缩起脖子，露出由衷地感到不好意思的神色。

川村天生爱嚼舌头。据说昨天晚上喝醉了，就连他在敬子的娘家学徒时，幼小的敬子的往事都给说出去了。

“那位先生是个好人呢。说是还打光棍呢。朝子小姐怎样呢？”

“你没说什么多余的话吧？”

敬子的声调那么严厉，以致川村把头摇得连颊上的肉都颤动了。

“才没说呢。我只是刚刚想到的。”

“朝子自个儿找到啦。”敬子直截了当地说，“好像过不了多久就要结婚啦，川村先生也送点礼吧。如果你愿意，这枚钻石戒指就行。”

“嘿？对象有那么了不起吗，还得送钻石？朝子小姐好打扮，起了作用吧。”

敬子趁着川村还没为这事刨根问底，令人心烦，赶紧改变了话题：

“川村先生，有什么活计吗？……”

“有的。”

川村消失在店堂尽头。

敬子想道，昭男是由于宿酒未醒才没到医院来也未可知。她嘀咕着川村跟昭男一道喝酒的时候究竟聊了些什么。

昨天田部提出要把弓子说给昭男，今天川村又要把朝子说给昭男。

两次敬子都觉得仿佛是胸口被顶住了似的。

“让您久等了。”川村走出来了。

他拿着一串项链——纤细的白金链上系着一只装纪念品的金属小盒、紫晶、蛋白石、男人用的国际式[1]什么的。

1　国际哥特式的简称。系14世纪末至15世纪初兴起于欧洲的哥特艺术，尤其是美术风格。这里指有着哥特风格图案的戒指。

“主顾要求把这项链熔化了，加工成一枚戒指。手艺精良，怪可惜了儿的。我也曾劝过主顾，如果有人愿意买下来，还不如把原件卖掉，再买一枚新戒指呢。”

金属小盒的盖子上，雕工精巧的天鹅啄着一小粒钻石。

盖子反面，把姓名首字组合在一起。是S和K二字。

“要是熔化掉的话，就只算钻石和白金的价钱，共两万……要是就这样摆在店里出售，也许标七万都不算贵。”

S是白井朝子，K和小山也相通[1]。

朝子的婚衣多半是纯白的礼服。把这只白天鹅配在装饰前胸的花旁，就会栩栩如生，人见人爱。

敬子将这枚垂饰托在手心上观赏。

“这项链是有来历的吗？”

宝石经常是有来历的。

还有这样的事：拥有珍贵钻戒的主人倒了霉，而第二个主人和第三个主人也均保存不住了，钻戒屡次又转回到店里来。

“不是这样一回事。是把母亲的项链熔化了，给女儿加工成结婚戒指。这样的话，钻石不是就嫌小了点儿吗？这是战前这家店里售出去的货，主顾就托付给我了。”

“在我这儿寄存一下试试吧。……急吗？”

“说好戒指是十一月交货，时间也不太充裕。可是啊，先把戒指交了货也行呗。您心里有谱吗？”

“也不是没有。”

“首字怎么都好办。”

“正好合适啊。”

敬子抑制不住想为朝子把它买下来的诱惑。

1　S是白井（Shirai）的首字，K是小山（Koyama）的首字。

她把这串项链连同一块瑞士手表以及被托付设计图案的宝石一道放进手提包。她希望有一笔能任意花的钱。

老板草野走了出来，交给敬子装在牛皮纸信封里的东西。

“这是上个月的设计费。很少的一点……”

不论多少，只要是做了工作挣来的钱，就会使敬子振作起来。她就像是重新活过来似的，挺直了身板。

临离开那家店时，敬子摘下出纳台旁边的听筒，将田部家的电话号码拨了一半，“啊”了一声，又改拨自己家的号码。

川村打算送她，站在那儿呢。

按说这也不打紧，敬子却感到震惊。

“弓儿吗？……”

“哎呀，妈妈？从哪儿？……”

“店里。”

“妈妈，一个人吗？……”

“是啊，朝子到旁的地方去啦。”

“妈妈，有事儿吗？”

“我只是想，弓子不知怎样了。”

“快点儿回来吧。想跟您一道吃晚饭。”

“会回家吃晚饭的。给你带点什么礼品好呢？”

“与其带什么礼品，我更希望您早点儿回来。”

敬子猜想，弓子固然觉得寂寞，但莫非是害怕跟清单独面对面地吃晚饭吗？

然而，一看见街角那家香烟店的红色公用电话，她就被吸引过去了。

这是大街的当中间儿，没有秘密，她对自己做着稀奇古怪的辩解。

敬子经常看见年轻的男女打这样的电话，商量幽会的事。从脸上的神色就看得出来。

“喂，喂。”

单从这声音，就知道是昭男。

敬子扑哧一笑。

“您向医院告假了吗？”

没说自己的名字。昭男马上就晓得是敬子了。

“是从府上打的吗？”

“不，我在银座呢。我想待会儿去打扰一下……”

“请来吧，请来吧……”昭男抬高了嗓门，“恭候您。”

敬子那种像是受到呵责般的困惑消失了，浑身变得轻盈了。

昭男的声音温暖地余音缭绕。

敬子在风月堂为田部的孩子买了蛋糕。顺便也为弓子买了一小盒。

话说田部携带妻儿，搭乘昨天的夜车回故乡去了。

昭男向医院请了一星期假，负责看家。他在准备学位论文，这是整理正写着的研究笔记的好机会。

昭男所做的是有关肝脏血管走向的研究。

为了审视血管的走向，昭男近来一直在检查死于突发事故者的解剖体。

昨天的炎暑不同寻常，今天的冷雨也是。

他慌忙把电热器放进三个水槽，它们正发出催眠般的声音。

水温的激烈变化使丝足鱼的鱼仔减成五尾了。

搬到医院去的恐怕已死光了吧。

昭男忽然想喝咖啡了。这时，敬子打来了电话。

昭男备下咖啡，等候着敬子。

敬子是坐出租汽车来的。

“又下雨，还得及早回去。”她对自己这样分辩着坐车的理由。

田部家里的玫瑰所开的花，没有敬子梦见的那么多。

铺了草坪的院子，被雨淋得一片凄清。

然而她还没按铃，门就开了。昭男站在眼前。

“我知道车子停下来了。”

敬子点了点头，说不出话来。

“喏，请进。谁都不在。在我屋里也没关系吧？”

“唉。”

被引到昭男的房间后，敬子说：

“像是清的屋子。”

“是吗？是留我住过的那间屋吧？”

昭男重新四下里打量了一遍。

“不。不过是不知怎的有点儿这种感觉罢了。”

“也许像哩。”

窗边有张大桌子。靠墙放的长椅，夜间大概就会被改成床的形状。

书架上放的净是医书和西洋书。

屋子中央的圆桌上摆着糖罐子和牛奶罐以及两只咖啡杯子。

敬子一看见两只杯子就害起臊来，连她自己都感到愕然。

由于昭男出去了，敬子就像是把视线从两只杯子上移开般地站了起来，低头望望水槽里的热带鱼什么的。

分明是第一次见到的屋子，第一次接触的场面，只觉得很久以前就有过这样的事。

敬子昨天晚上梦见的是日本式房间。

乍一醒过来的时候，她觉得这是有意义的，黄莺也好像是什么象征。眼下到这里来，方知是一场无谓的梦。

“不要对他谈做梦的事了。”

昭男端着咖啡壶走了进来。

敬子把领带和蛋糕的包包摞在一起递了过去。

“惠赠给我的是什么呀？”

“请打开看看吧……可心不可心呢？下面的是蛋糕，想送给孩子的……”

昭男解着领带的包儿时，敬子像是待不住似的倒着咖啡。

“好得很。多谢。”

昭男用两只手抻开领带瞧了瞧，又把它放在领口给敬子看：

“怎么样？”

“给人以清洁的感觉，所以我喜欢。”

昭男瞧着敬子那双正打量昭男胸前那条领带的眼睛。

“不过，是便宜货。”敬子交代了一声。

他们二人比先前在电话里要羞涩得多。

想放轻松一些，就反而更拘谨了，眼睛和声音都变得僵硬起来。

“您送孩子的礼物我也收下了，合适吗？”昭男笑着，拎起了那盒蛋糕。

“蛮好。我来切吧。”

“天短啦。”

敬子望着窗户。

心里虽兴奋，映进眼帘的东西却好像看不大真切。

“已经到了傍晚似的。”

“因为下了雨嘛。”

这是宁静的公馆街，从稍微离得远一些的电车道那儿不断地传来车子的汽笛声。那响声也使人觉得这是雨天，是傍晚，而且已经入秋了。

天气微寒，甚至烤烤手炉都可以。

“原以为您会穿着和服来呢，没猜对。”昭男说。

敬子仿佛能知道他是怎样伫候她的。

“由于下雨的缘故……”

然而，昭男更喜欢敬子的和服打扮吗？要是穿和服就好了。

“我头一次到府上来拜访的时候，穿的也是西装。”

“可不是嘛。”

“您不记得了吧，男人嘛……”

“我在给猫画素描来着吧？”

“是啊。您连头都没回一下。”

“是五月吗？”

“五月初……府上的爬蔓玫瑰，花蕾鼓鼓的，街上竖着鲤鱼旗。”

“那时，对哥哥来说，和太太是奇遇，对我来说也是奇遇。”

“真的……”

“我头一次见到太太的时候，您穿的是和服。”

“啊？……”敬子凝视着昭男，“您说头一次，指的是带弓子到柿本医院那次吗？为了动盲肠的手术……”

“是呀。”

“是前年五月。”

难道昭男是说，他记得那天敬子穿的是和服吗？

参加手术的助手何以会记得患者的母亲的服装呢？

“说是盲肠，慌慌张张地就出去了，多半是日常穿的衣服。”

敬子想不起是哪件和服了。

昭男拿起蛋糕来吃，喝了第二杯咖啡。

“这样的雨天，田部先生他们早点儿回来就好啦……”

“到福岛去了，从昨天晚上起……”

“福岛？那么，今天不回来吗？”

“嗯。我跟哥哥不是同母。她在福岛，哥哥答应过要把进一带去让她看看，就这样动身了。”

然后，就像是为了消除敬子的疑团似的，昭男吐露说：

“母亲再婚了。一个劲儿地劝她再婚的是哥哥。哥哥的母亲老早就去世了，我母亲是填房，所以父亲去世后，哥哥要母亲离开家再婚，母亲和我那滋味都很不好受。我曾抱怨过哥哥。可现在，我母亲过的虽然是平凡的日子，还算是幸福的。她和哥哥也保持交往，所以哥哥才会把孩子带到她再婚的家去，让她看看。”

“等我的研究工作告个段落，我就打算去探望母亲，顺便去接哥哥他们。母亲在福岛也生了孩子，她这次的丈夫也是个好人，对方、哥哥和我都能自自在在地相处。”

“多么和美的关系。”敬子低着头，好像在沉思，“不过，那是哥哥和昭男先生的工作都顺顺当当，又都到了今天这个岁数的缘故。”

“哥哥是个饱尝艰辛、阅历很深的人啊。哥哥虽然在战场上，却还劝母亲再婚。那时他已拿定主意代替父母来抚养我了。我母亲对哥哥来说是继母，但待他很好，所以哥哥肯定是感谢母亲的，才这么诚恳地替母亲的幸福着想。代替父母为我尽到的责任，他也完成得很出色。我至今对哥哥是撒娇得过了头，总想着适可而止地离开家拉倒。我也觉得母亲再婚是做对了，可我等于是失掉了母亲，不可能不寂寞啊。”

敬子点了点头。

敬子一方面被昭男温存地安慰着，另一方面她自己也不断地对昭男倾注着脉脉温情。会不会是昭男的这种寂寞心情感染了敬子呢?

“有一次我和哥哥谈起过太太。我说我能够从太太那儿得到温暖的抚慰。”

“哎呀。”

“哥哥也说是这样的。在哥哥做黑市生意最困难的时期，他感谢太太，说是太太曾两次流眼泪替哥哥他们高兴。”

“有这样的事吗？……”

“据说一次是生了娃娃的时候，另一次是太太头回到这家来的时候。”

“啊，是吗？”敬子也想起来了。

“田部先生成功了，而且那么爱护当年受苦时候的太太，我就高兴了，想起了过去……”

“他没遗弃擦皮鞋的姑娘，您就放心了吗？”昭男快活地笑了。

“做黑市生意的人嘛，谁晓得会怎样呢？”敬子面泛微笑。

“哥哥是个严守交往礼节、富于常识的人，还肯带孩子去见改嫁了的继母呢。他好像也在替太太操心，只要您开口，我相信他会效劳的。”

昭男仿佛还和田部谈论自己呢，这也是敬子所没料想到的。

“说是昨天晚上，后来您又请川村先生吃了一顿？”

“那位先生可从头到尾净谈太太的事儿啦。打小时候谈起，滔滔不绝。”

“哎呀，这种人真少有。”

“像是一部传记。”

“一部荒唐、可怜的传记吧。”敬子绯红了脸。

“那位川村先生从小就崇拜太太来着吧，人不可貌相，竟是个多情的人，倒让我吃了一惊。”

“是吗？……”

昭男端详着敬子，宛若重新看一看这位被一个男人所崇拜的女性似的：

“哥哥真的……”他把下面的话咽回去了。

“真的，怎么啦？”

“恕我唐突。他说，白井先生这位太太，男人运碰得不好，净操劳啦。”

听了“男人运”这话，敬子感到像是被针扎了似的。

有这样的说法吗？倘若有的话，必然也有用在身上刚好合适的人。

昨天敬子本人也有过类似的感受。

然而，与其说是男人运碰得不好，她更认为是自己不好，所以懊悔得很。

一旦知晓昭男和田部在谈论她“男人运碰得不好”，她就觉得眼前一片漆黑，感到自己好像失去支撑，要沉沦下去似的。

敬子扯起别的事来。

“女佣呢？……”

“没有。嫂嫂仿佛觉得与其在女佣面前受拘束，还不如自己干活为好。”

“像我这样就太奢侈啦。岛木不在了，家里有两个女儿，可还不把女佣打发走。”

“我们家有事时就请小时工。可我情愿一个人待着。”

“那可不方便吧。饭也自己做吗？”

“没什么了不起的。早晨面包咖啡就凑合过去了。然后到附近去吃也行，叫点什么来吃也行。不过，一个人待着，杂事多得令人吃惊。得接电话。推销员或收费的也找上门来。还有找哥哥来办事的。简直坐也坐不踏实。”

敬子笑了。

“从明天起，每天请个女管家来，不住在这里。”随后，昭男望着雨天院子的黄昏，“太太，您吃什么？什么都可以叫。”

听了这句话，敬子反而拿起了尼龙手套。

“您要回去吗？”

“我跟弓子说好了回去吃饭……”

敬子静悄悄地站了起来。类似悲哀的感觉使她喘不过气儿来。

昭男来到她身边，站在那儿。

敬子抬起眼睛，由于昭男的脸挨得太近，正想逃开，忽然打了个趔趄。

昭男的胳膊伸过来，搂住敬子的背，面对面地接了个吻。

“啊！”

敬子不曾喊出声来。她浑身的力气都没有了。

昭男的嘴唇柔软，发散出青春馥郁的香气。

热乎乎的什么正往敬子的嘴唇间滑进来。她也没有抵抗。

敬子感触到了昭男那稍微发颤的身躯上的热气。

敬子被抱起来送到长椅上。于是她搂住昭男的头，闭上了眼睛。

好像也混杂着母亲般的甜蜜安详的快乐。

开灯后，昭男就那样出去了。

“连袜子都没脱……”敬子对这事感到非常难为情。只觉得自己像是个街头娼妓似的。

然而眼下她既没引以为耻，也不懊悔。

昭男拿来了梳子和带柄小镜，递给敬子。

当敬子看见映在镜中的昭男那双眼睛时，她就觉得想跟他开句玩笑似的。那是为了遮掩甜甜的羞怯。

## 秋天的彩虹

敬子很迟才回来的那个夜晚，先是下着雨，后又转为浓雾。

然而从第二天起，九月的暑热气候又继续下去了。

清和弓子的学校都在中旬开学，假期还剩一星期左右。

敬子常常出门。弓子想道，大概是工作开展得蛮顺利吧。

敬子的生活就像是伴随着快活的音乐，劲头很足似的。

当敬子迟一步进屋来吃早饭时，弓子觉察出她那宛若晨风的朝气。

她边从烤面包器里取出面包，边说：

“妈妈，您就仿佛在神仙泉里洗过似的，变年轻啦。”并对她投以天真的赞美眼神。

丝毫也没有讥讽的意思。

“多谢。不过，不管是在谁眼里显得年轻，妈妈毕竟已经四十岁了啊。”声音有着弹力，像是在蹦跳，就连往面包上涂黄油的那只手的动作也不同了。

清虽然嘴里没说，却想起敬子当年经营车站小卖店时那生气勃勃的神态。

敬子那股饱满的精神往年轻人身上也洒遍了明亮的光。

朝子的冷嘲热讽和清的大道理，一时都被堵住了似的。

“娘，您的眼睛怎么弄的？”连清都这么说。

“怎么弄的？……”

“像是上了眼药似的，那么亮。”

“因为是秋天。空气的关系。”

敬子像是个顽皮姑娘一般，把面包掰成碎块。然而一听见电话铃响，倏地就站了起来。

但是电话是学校里的同学给弓子打来的。

敬子感到沮丧，却又若无其事地喊了弓子。

弓子一个劲儿地回绝着什么。

她好像一个人难以决定似的，就放下听筒，到敬子身边来了。

“开学以前，她们邀我到奥多摩[1]去野营。怎么办呢？……”

“弓儿要是想去，就去吧。大约多少人，是什么样的朋友呢？……都是女的吗？……”敬子问。

“教图画的老师带队，四个同学，都是女的。说是到了这个季节，简直清静极了……听说还有小棚屋呢。”

“那就不必搭帐篷啦。”敬子瞥了一眼清的脸，“随你的意思去做吧。整个夏季你哪儿都没去，也好嘛，可以转换一下心情。”

“说是要在那儿把暑期作业做完。”

“不行，不行，”清摇摇头，“光是女孩子，关在小棚屋里，还用得了功吗？吵吵闹闹地就混过去了。”

清赤裸裸地露出了厌恶的神色。

“简直是荒唐可笑的事。不如不去。”

清一反对，犹豫不决的弓子就反而决定去了。

弓子耍小性子，毋宁是出于对清的亲密感情。

清可不懂这一点。

弓子回到电话那儿去了。

“让你等了半天。我去。带去的东西，该准备些什么呀？”

清一赌气就出去了。

1　奥多摩是日本多摩川上游的风景区，位于东京都西端。

"嗯，嗯，还有？……唉，唉。"弓子用柔和的鼻音没完没了地回答着，"等一等……不记下来就会忘掉啦。"

弓子拿着纸和铅笔又回到电话跟前。

敬子看着那背影，一声不响地闭上了眼睛。

"弓子。"

弓子和昭男之间的这门亲事，已经是不可能的了。趁弓子不知不觉的时候，敬子就把昭男夺了去。

敬子感到一种吞下火焰般的疼痛。

然而眼下她脑子里只有昭男。

朝子已去参加公演旅行了。要是弓子再去野营，清的学校也开了学，她就可以对任何人也不必顾虑地会见昭男了。

敬子抑制不住思念之情。

"反正也不能持久。"

一旦开始碍这个比自己年轻十几岁的男人的事了，一旦有了使对方感到厌倦的苗头，就干干脆脆地分手。

"不要玷污那一位的生涯……"

对敬子来说，看来这是孤注一掷，而且是最后一次恋爱的冒险。她一方面高兴得忘乎所以，一方面好像也有着孤寂达观的冷静。

弓子将于明天三点钟在新宿车站集合，敬子主动帮她做准备。

"水壶、铝制饭盒、大米四合、酱油、砂糖、少量黄油……黄瓜四根。为什么要四根？"敬子开朗地笑了，"大马哈鱼罐头两个、点心、水果。盥洗用具、睡衣长裤、罩衫、毛衣、火柴……"

敬子犹如一道去郊游的年轻姑娘似的，按捺不住心里的高兴。

"把你要去的地方仔细给我写下来吧。不然的话，万一有什么事就不好办了……"

"说是野营，可还有电话呢。……乙津四号。"

"乙？"

"嗯。这个地方好像叫作都下，北多摩郡，乙津。"

"是吗？来回的电车和公共汽车钱是二百五十元？……按理说不会太远。小棚屋的宿费是六百元。"

敬子想道：为了俊三的事，打从入夏起就郁结在弓子心头的忧愁，哪怕能稍微消散一点也是好的。

从新宿乘中央线到立川，在立川乘公共汽车，然后在什么地方又换公共汽车；说是小棚屋就在多摩溪谷里。

敬子非要送到新宿车站不可。

弓子准备就绪后，敬子依然一动不动地坐在镜台前。

"妈妈，约好的时间都快来不及啦。"

"知道。"

"您要是鼓捣得过了头，就又变成原来那副样子啦。"

"妈妈想变成二十岁试试。哪怕一天也好……"

"二十岁？……"弓子大声说，却又补了一句，"要是被同学们撇下了，可就糟啦。"

"乘出租汽车赶去吧，小姐。"敬子边说边飞快地走了出来，她那犹如一杆崭新的钢笔般的美貌，把弓子慑住了。这次好像轮到敬子来催促她似的。

弓子她们从立川乘上了公共汽车，在武藏五日市换了一趟车后，到了十里木车站就下了车。

这是一条悠闲自在的乡村街道。也有酒铺。左侧的草原上，孤零零地立着公共澡堂的烟囱。

夕阳下，空气清澈，有股甜蜜气味，好像沁进了草木馨香似的。

弓子把父亲和家庭的事都抛在脑后了。她以妙龄女郎的开朗，笑语喧哗。

"一直以为是老师带队呢，原来是七里姐呀？……"

“是呀。我也是头一次。”教图画的大西老师也变得像少女一般纯朴、年轻了。

她们踱过石桥，沿着茄子和西红柿地之间的道路走了一会儿。

又跨上一座桥，眼前的河，水虽然涨了，颜色却是清澈的。

打从这一带起，就成了上坡路。灌木丛中长着瞿麦花和溲疏花。

“据说叫作马头割山……”七里英子讲给她们听。

又过了二十来分钟，就抵达了立着一间间小棚屋的杂木林。

被小棚屋围起来的草坪上，砌着一座石炉。还有也是石制的桌子和圆木长凳。

把行李撂在小棚屋里之后，弓子等人就跟着英子到小棚屋管理员那儿去取柴火。

看着什么都觉得稀罕。

管理员经营着一家小卖店。

那里排列着啤酒、汽水、果汁、梨、苹果、牛奶糖乃至蜡烛、蚊香什么的。

“早知这样，何必沉甸甸地带来。”弓子说。

这儿也有电话。

小棚屋管理员跟弓子她们一道搬来了被褥。

炉子里点上了火。吊在上面的铝制饭盒里发出饭熟了的香气。

太阳完全落下去后，星星就在树间闪闪发光。柴火的火焰映亮了吃着饭的少女们的双颊。

她们用抓阄的办法结伴，两个一组，分别住进小棚屋里。

“要是有这样独立的屋子，能够自个儿过日子，该有多好。”

弓子叹气般地说。

“真是这样。有时候我也想离家出走。”

这么回答的是富豪家的独生女，同学们都羡慕她得天独厚。

旁的少女们似乎也有着同样的憧憬。

“你们慢慢儿地都想学着当大人了吧。”大西老师说。

现在她已四十二岁了，可从来也没结过婚。

“你们太幸福了，所以才有这种想法。”

少女们仿佛抵制这话似的，闷声不响。

至少眼下的弓子认为自己说不上是“太幸福”。

清那追逼般的眼神以及在新宿车站分手的敬子那股年轻得令人害怕的劲头，忽然浮现脑际。

“我想离开家的心情，跟别人可不一样。”她心里嘟哝着。

经过抓阄，弓子和英子睡在同一间小棚屋里。

有两铺席和一块没铺地板的地面，高处开着一扇窗子。

她们二人都把手电筒放在枕边。

“咱们聊到这支蜡烛燃尽了为止吧。”英子说着看了看烛光。

这是一支只剩半截的十文目[1]蜡烛。

远处的唱片音乐结束后，一片虫声几乎使小棚屋飘浮起来了。

“真吵。”

“叫得太厉害，就不风雅啦。”英子就像是申斥虫声一般开玩笑地说。

“英子姐，上次是什么时候来的？”

“这个夏天。和哥哥他们一块儿来的。我觉得要是跟同学们一道再来一次一定愉快吧。夏天可真来了各式各样的人。好事和坏事，我都看到了。小卖店前面的树林子里有座小木房，暑期学校的小学生就住在里边。小棚屋里还住着一对情侣。那个女的每次一出来，大家就起哄，真可怜。都在一个地方洗碗，所以不方便。”

“这样的小棚屋有好几间吧？树林子里……”

---

1　旧时日本重量单位，一文目等于3.75克。

“大概是每四间挨在一起。夏天晚上，那边生火，这边也烧柴火，晚饭后还在草坪上跳舞什么的。”

“真的？”

“男学生说是来用功的。女伴儿不是少吗？要是找不到伴儿，就嗷嗷地怪声喊叫，蛮可笑的。”

“谁要是有个情人，带到这种地方来就好了。”弓子说。

“我可不愿意。我才不跟情人一道到这种地方来呢。”

“为什么？……”

“女人做饭是推不掉的责任，多讨厌。一看，就连到了这样的地方，女人也个个都在做饭。”她说出了弓子所意想不到的话，“还是像王子和公主那样，吃和看人家做好的东西才愉快。”

英子在毛毯下面笑了。

烛光忽而亮了一下又灭了，但她们两个人还是睡不着。

夜风刮响了高窗。感觉出了山间之秋。

“大西老师为什么没结婚呢？”弓子喃喃地说。

“也许是因为恋爱过吧……”英子回答。

“由于恋爱过才不结婚吗？……是啊，这种事儿也是有的，”

弓子自问自答，接着又说，“老师不寂寞吗？……”

那是一家天主教学堂，独身的修女并不新奇。然而大西老师既不受洗礼，也不结婚，如果说是自由的话，永远都是自由的。

像她这种境遇，似乎有着牵动女生感情的什么东西。

“可不是寂寞嘛。所以才跟着咱们到这种地方来呢！”英子说。

“刚才还唱歌来着。”

“跟咱们一道。那是爵士乐，呃？”

“我看着老师那样子，觉得独身倒也不赖。”

“哎呀。弓子姐也转这样的念头吗？我倒是赞成……”

“老师自由自在地享受着人生。电影啦，音乐会啦，戏剧啦，什么都看啊听的……”弓子说。

“这就叫自由吗？……”英子反问了一句，却又说，“是啊。老师看上去比我家妈咪[1]还快乐呢。我家妈咪啊……”

英子好像迟疑了一下，要么就是不知从何谈起似的。

“说是非常不喜欢向爸爸要钱……就连我们这些孩子的开销，也悄悄地写在纸上，放在爸爸的衣兜里。”

“衣兜里？……那么你父亲要是在旁的地方把这张纸掏了出来，多讨厌啊？”

“爸爸也习惯了呗。可我觉得，过一辈子都这么留着心眼儿，真够呛。”

弓子想起，她爹和敬子之间也有相似的情况。但是，虽说是相似，却又大相径庭。

首先，两个人不曾结婚。其次，近来敬子没向俊三要过钱。最后，俊三仿佛自杀了。

还是说不出口。弓子轻轻地把手掌按在胸口上。

英子家自古以来开着第一流的男装成衣铺，是个大家族。

她比弓子早熟，个头也大。

弓子稚气未脱，总想缠住什么人似的，英子的思维方式和说话腔调都跟她形成对照。

“我想保持自己的本色，所以就跟我既不喜欢也不讨厌的人结婚。”英子像是已经决定了似的说。

“既不喜欢也不讨厌的人？……”

弓子把英子的话重复了一遍。

“因为假若不被相互间的爱情束缚起来，不是就轻松了吗？”

---

1　原文为英语。

“那样好没意思！”

“弓子姐，你虽然这么说，你不是还没尝过爱情的痛苦和恐惧吗？我也没尝过。”

她们毫无倦意。

兴奋得怎么说也说不够，可是头脑又迟钝，思想不集中。

不过，犹如从纺车里放出线似的，那话就连绵不断。

“我家里，哥哥、姐姐、店员什么的，不是乱七八糟地有一大群人吗。这还不算！哥哥姐姐的朋友们不断地来玩，轻轻松松地过了夜再走。妈咪嘛，原先简直把我当成了黄酱渣子，要是房间不够使，就连我的屋子都让闯进来。有一天晚上，哥哥和他的一个老搭档，在我屋里过夜来着。”

弓子真不知道英子会说出什么来，心里怦怦直跳。

“就像今天晚上这样，哥哥他们絮絮叨叨地神聊着，我假装睡着了，其实没睡着。到了早晨，我一醒过来，哥哥已经起床了，那个朋友在旁边呆呆地瞧着我。我挺难为情的，就问他瞧什么呢？于是被他强吻。当天我在学校里，整整一天都懑闷得慌，对自己感到厌烦。”

弓子想起了清的事，声音都几乎发颤了：

“那是你几岁时的事呀？”

“还是个孩子呢。十四五吧……”

弓子不愿意让英子听见自己的呼吸，就一声不响地抑制着。

“过了两三年，我听哥哥说，那个人念叨着喜欢我，我就突然恨上他了。把我小得还不懂得拒绝时候发生的事当作把柄，让人受得了吗？”

“那个人怎样啦？”

“说是新近有了情人。我感到舒畅了，心想，不论什么时候在哪儿碰见他，我都不至于觉得别扭。”

弓子几乎要把清的事和盘托出。然而她却不能像英子那样把这当作偶然事件似的说出来。

一翻身，英子的肩膀那儿蒙蒙亮了。高窗已经迎来了拂晓。

“纸烟好抽吗？”英子问。

“不知道。”

“你想没想过抽一次试试？”

“没想过。”

英子也把脸转过来了，明亮得彼此能看见脸，两个人就发出淘气的笑声。脸上看上去有些发白，恐怕是熬夜累的吧。

“睡吧，早晨啦。”

打那以后，不知道睡了多久，两个人是被其他小棚屋的同学喊醒的。

小棚屋前的炉子里，已经冒起早晨的火焰了。

“瞌睡虫。”这么说着的同学脸上也有睡眠不足的痕迹。

大西老师脸上的肌肤也显得粗糙，一次次地用手背捂着嘴打哈欠。

“你们没睡觉吧？”

“老师睡了吗？”

“我陪着俊子姐，是三点左右睡的吧。”

“老师的故事太可怕了，我都睡不着啦。”

“鬼怪故事？……”

“怎么说好呢……说是有一位大夫曾做过一种研究，让人的一部分器官活下来……”俊子讲起来了。

“别讲啦。在早晨的阳光下面，魔力会消失的。”

“有一次，大夫把为患者做手术割下来的一截肠子泡在他研制成的细胞培养液里了。实验成功了。他望着活在烧瓶里的肠子，就疼爱起它来，喊什么‘肠子啊’……那截肠子吸收着大夫给它的奇妙的食品。有一次，大夫旅行去啦。外出三天左右。据说他把研究室上了锁，谁都进不去……旅行回来，刚一进研究室，那位大夫就死啦。谁都不晓得死因。大夫的腮帮子上粘了个古怪的东西，原来就是那截肠子，这也是个谜。说是肠子寂寞极了，大夫一回来，它就高兴得跳到大夫的嘴唇上，使他窒息而死。”

“哎呀，让人恶心。早饭都吃不香啦。”

“这是大西老师做的梦吗？”弓子问。

石桌上摆着六个人的饭。

“到了这样的地方，连酱汤的气味都好闻啦。”有人说。

既有罐头鲑鱼，又有卤拌黄瓜。

小卖店的收音机频频播放着今天后半夜或明天上午台风登陆的预报。然而山里是宁静的。

少女们把照相机挎在肩上，下坡到河滩那儿去了。

一看见河水，她们就想要游泳了。

“要是带游泳衣来就好啦。”

弓子光着脚，站在水浅的地方。

“冰凉得很。怎么也不能游。”

“弓子姐，今天早晨出彩虹啦，你没瞧见吧。净贪睡了……”俊子说。

“我不知道哇。”

“出现在杂木的绿叶之间，可美啦。我正想到高处去眺望，就消失了。”

在日照好的地方，可以看到成群的小鱼。

有个男子带着鱼叉和鱼篓，在下游捕鱼。

弓子的脸映在流水上。

水中的脸显得凄凄凉凉的。

弓子想起，爹是死在水里的。

水静悄悄地继续流着，映着弓子的脸，她的脚就浸在里面。

倘非弓子看到了水在流着，她会感到，它是在暗地里孤独地流淌。

流水的心绪非常细腻。

“跟爹的爱情一样。”

俊三的爱情从来就是不显眼的，或者说就是想要把它隐藏起来一般。然而，很小的时候就由爹一手拉扯大的弓子，一向是理解爹的爱情的。

稍长大些就更依赖敬子了，表面上恍若和爹疏远了似的。然而，俊三一旦不在了，弓子就每每认为，她所衷心爱的，除了爹没有旁人。

“爹一死就这么感伤起来，可对不起妈妈。”

即使是爹这方面不对，弓子曾多么盼望妈妈肯体贴爹，爱爹呀。

“我要是爱男人的话，就得是爹的化身那样的人。”

弓子想躲在不显眼的爱情后边过日子。

没料到昭男那张端正的脸竟浮现到脑际。

“眼睛像爹。”

这么说来，不是连嗓音都像吗?

“由于这个缘故，妈妈才爱护昭男先生的吧……”弓子天真地这么想着，心里感到有点不安了。

脚心底下的沙子稍微陷下去一点。水把脚脖子上边浸湿了。

她想起小时被清吻的时候，彼此的嘴唇周围多么冰凉。

当时还什么也不懂。弓子并没有选清这个人。她不应该有责任。

“正如英子姐所说的那样。”

弓子还对大西老师那个“肠子”的故事感到非常害怕。

倘若这是老师做的梦，说不定老师也有关于接吻的可诅咒的回忆。

弓子曾听清讲过弗洛伊德的精神分析的话，按照弗洛伊德那一派的想法，“肠子”的梦好像也有着浓厚的性的色彩。

人的一截肠子竟然从烧瓶里跳出来，吸住大夫的嘴唇，以致使他窒息而死，似乎再也没有如此丑怪的接吻的梦了。

有朝一日和什么人接吻时，要是想起了大西老师的“肠子”的故事，可怎么办好呢？

弓子像是发冷似的，胸部稍微颤悠起来。

话又说回来了，昨天抓阄后，在同一间小棚屋里过夜的弓子和英子，两人在小时候都尝过接吻的滋味。弓子思忖，五个少女当中，只有她们两个人是这样吗？英子向弓子吐露的时候，好像决没料到弓子也有过这样的事。

“我可说不出口。”

那个时候，小小的弓子弹得一手好木琴。是木琴的旋律撩拨起了清的爱情。

俊三为朝子买了一架钢琴。然而，弹得更勤的却是弓子。

弓子面向着钢琴的时候，清就来到她身后，贴近她站在那儿。

弓子害怕起清来了。

清说爱她，只消她点一下头，这一辈子就注定和清结合了。弓子却感到不安。

然而，只要和清住在同一个屋顶下，就总是不断地被逼着去点头。

“岛木，”大西老师招呼弓子说，“发什么呆呢？上来吧。老是那样把脚泡在水里，就发酸了。今天晚上还是会睡不着的。”

弓子用手攥着长裤两侧，像孩子一般飞溅起水花跑着。

“收音机继续播放着台风预报呢。趁着还没挨淋，下午就回去吧。”大西老师说。

“哎呀，太扫兴啦。好不容易赶上一场风暴，我才不愿意回去呢。”

“正因为要起风暴，这才回去的呀。”

弓子恨不得在远离家庭的地方，被暴风雨浇上一场。哪怕是在这里多待上一天也是好的。

但是，下午云彩移动得快起来了。

台风的预报改为警报了。

过了一会儿，姑娘们顶着忽下忽停的骤雨，下了山。

抵达新宿车站的时候，迎来了乌云令人毛骨悚然地压到头上般的黄昏。

“当心啊。”她们慌慌张张地分手了。

弓子被雨追赶着，跳进了正门。

家里亮堂堂的，好像和台风毫无关系似的。

“我回来啦！”

没有回答，唱片轻轻地响着。

“真难得。是肖松[1]的协奏曲。”

是蒂博[2]和科尔托[3]合奏的，弓子也喜欢这张唱片。

弓子边记起蒂博是在赴日做演奏旅行途中因飞机失事而死的，边解运动鞋上的带子。

雨声再加上音乐声，好像谁都不曾理会到弓子回来了。

弓子撂下旅行袋，就走进了烹饪香气扑鼻的厨房。

敬子身穿炊事用的白色罩衫，正从干蒸器里取出烤鸡。

“我回来啦。有客人吗？……”

“啊，回来了……”敬子将她那两颊通红的脸掉过来，“我想你准会由于台风的缘故回来的。”

案板上排列着四个西餐盘子。

花椰菜的白、胡萝卜的红、柿子椒的绿，整整齐齐地码着，在野营回来的弓子看来，蛮漂亮的。

“有客人吗？……”

“田部大夫来啦。”

1 埃尔内斯特·肖松（1855—1899），法国作曲家。

2 雅克·蒂博（1880—1953），法国小提琴家。在法国阿尔卑斯山脉的凯梅特山附近因飞机失事而遇难。

3 艾尔弗雷德·德尼·科尔托（1877—1962），瑞士出生的钢琴家、指挥家，长期居住在法国。

“好得很。我请他给打一针吧。累得脚发酸。”

“在清的屋里呢。”

“哥哥那儿？”弓子好像觉得意外似的。

“所以在放唱片吗？”

“怎么样？好玩吗？”

“好玩。”

“去洗个澡，换身衣服吧。”

“唉。”

敬子认为弓子准会回来，所以连她这份盘子也给准备好了，这番心意使弓子感到高兴。

浴罢，她脸上只抹了化妆水，穿着挺随便的条纹布裙子，配以无袖白罩衫，就到客厅去了。

已经开好了饭，看来三个人在等待弓子。

被弓子打了招呼后，昭男仿佛觉得晃眼一般把视线移开。

清问弓子，野营开心吗？紧接着，昭男也问了同样的话。

弓子讲起来了。然而她当心着可不能无意中把英子那番关于接吻的自白、大西老师所做“肠子”的梦，以及她曾觉得昭男像她爹等事说漏了嘴，所以不能随心所欲地谈。

“要是在那间小棚屋里赶上了台风就有意思啦，真可惜。”弓子最后说，“我曾央告老师说，甭回去啦。”

“那位老师是大家心仪的人吧。会不会是同性恋的对象呢？”清问。

“大西老师不会成为那样的对象。她没有女人气。”

“有男人气的女性不是才富于魅力吗？”

“没这么回事，女人心仪的是有女人气的美人儿。”

“就像自己爱自己似的……”清这话带着几分辛辣味道。

弓子一下子无言答对，朝敬子望去。敬子默不作声。

关于女人的同性恋，清从医学的角度向昭男提问。

昭男马马虎虎地回答了一句，就换了话题：

“明天要给女人做剖腹手术。年轻的女人……”

他说，是因为肠粘连来剖腹的，然而要是妇科病就不好办了，所以也请其他大夫来会诊。

弓子的脸失去了血色。她听了“肠粘连”一词，想起了“肠子”。

“怎么啦？我说什么手术的事，真对不起。”昭男着慌了，道歉说。

“我害怕。”于是弓子盯着昭男，过了一会儿说，“大夫的领带非常漂亮。”

“弓儿懂得男人的领带什么的吗？”清出乎意料般地说，并瞧着昭男的领带。

由于弓子的话，昭男绯红了脸。

“懂啊。”

“嗬。注意起男人的领带来了吗？”清又这么说了一句，弓子的双颊也泛红了。

她觉得像是被清嘲弄了似的，仿佛有点窝心。又不知怎的，内心恍若被触摸了一般，所以有几分羞涩。

敬子更是弄得心惊肉跳。

昭男是系着敬子的礼物来的。弓子马上就注意到了这条领带。

弓子恐怕是头一次谈起男人的领带的事。

敬子害起怕来了。

与其说是出于女儿的敏锐的直觉，毋宁说是神秘的灵感在起作用似的。

弓子那话，骨子里仿佛有什么严峻的东西正在谴责敬子那不合人伦的行为。

“蛮合适的。”敬子为了排遣内心的歉疚，这么说。

这句话里还包含着年长的女人那种百无聊赖的心绪。

然而昭男既没有回答，又连看都不曾看敬子一眼。

“这一位也为难，想隐瞒哩。”敬子明知道是这样，却由于昭男做出了敬子只不过是清的母亲而已这么一副神色，而感到苦闷。

清一向沉默寡言，连跟弓子在一起的时候，偶尔也会愁眉苦脸，简直摸不清他在想些什么。今天晚上他却和昭男侃侃而谈，敬子觉得不可思议。

“清也有点不对头。”

朝子瞧见了敬子为昭男买领带的事，但她绝不会对清和弓子说的。朝子的性格不是这样的。何况现在朝子轻易不跟清和弓子搭话。

昭男系着这条领带翩然而至，固然使她高兴，但左不过一条领带都会使她转这些念头，与其说她竟变得像个姑娘那样年轻起来了，毋宁说是由于她和昭男之间的恋爱异乎寻常吧。敬子预感到前途暗淡，胆怯起来了。

在清和弓子的簇拥下，昭男愈益朝气焕发了。他与敬子之间的代沟，显而易见。

昭男丝毫也不透露像是敬子的情人那样的表情，连眼神都完全看不出来。

“没想到还真有两下子。”敬子恍惚觉得有点儿可恨了。

昭男装作没那么回事儿似的，跟清和弓子显得蛮愉快地打成一片，按说是有助于打圆场的，敬子却觉察出自己竟然连弓子也在嫉妒着，心里就不免咯噔一下子。

这是昭男最后的假日，敬子说什么也想请他到家里来吃饭，却又想：

“迟早清和弓子也可能会为今天的事责备我呢。”

敬子渴望早一点和昭男单独在一起。

敬子只要和昭男单独在一起，只要被昭男搂抱着，就幸福得宛若摆脱世上的一切羁绊，获得了解放似的。过去消失了，未来呢，她根本不去想。

然而，不论是自己的家，还是昭男所在的那个家，都好像不容许为这样的爱情提供机会。这大概是无可奈何的，敬子却简直想抱怨自己命途乖舛。

年过四十的女人沿街踅来踅去，寻摸一个和年轻的男人幽会的场所。这种事能持续到什么时候呢？

倚着昭男的胸脯，向他这么倾诉一番也无济于事：

“我恨不得晚生二十年。生不逢时，是什么缘由呢？”

敬子也许会卖掉这座房子，所以一方面也是想“趁着这座房子还在……”才把昭男请来的，及至他来了，又得做出一副冷漠的样子。昭男俨然是被清和弓子夺去了。

“能够抑制并隐藏真实感情的、自己的家和家族……”

最近以来，敬子的工作繁忙得不必急于把房子卖掉了。市面上一片萧条声，工作却进展顺利，这倒像是桩稀奇事儿。

其实是由于闹这场新恋爱，敬子的生命力才旺盛地涌出来了，所以一点也不稀奇吧。

要是稀奇的话，这样那样的订货遽然增多了：有人说是经老主顾介绍而来，也有敬子都快忘掉了的人。这就好比是赌起输赢来手气好，兴许是商运亨通起来了。

敬子雄心勃勃地想，凭着这个势头，蛮可以卖掉这座房子，自己经营一爿小店试试。

这么看来，昭男仿佛是个幸运的使者了，可是拿她和昭男的关系而言，敬子不像是能交好运的。

“可是，能遇上这个人本身就是交了好运。”敬子也曾转念这么想。

而且，不论就她本人来说，还是人之常情来说，几乎都是不可能发生的恋爱，如今不是正在发生着吗？

风雨加剧了。院子里的树沙沙作响，风雨交加，夹杂着远处的街上什么东西被刮跑并掉下来的声音。

弓子自己把准备好的维生素剂拿了来，挨着昭男坐下。

弓子听任昭男摆弄自己那散发着青春的胳膊，边看着他用药棉花擦，边说：

“住下来吧……天气越闹越大发儿啦。”

敬子把视线从弓子的胳膊上移开，说了声：

“沏点热热的番茶[1]吧。”就逃离了现场。

“今天晚上非得查完一本书，所以还是回去吧。”昭男说。

“是吗？那我去睡了。困得很。”她边揉着打过针的地方，边干干脆脆地走出去了。

弓子连睡衣都懒得换，就躺到跟朝子相对的那张阔别经日的床上了。甚至如飞瀑直落渊潭的雨声，也不曾妨碍她入睡。

1　一种粗茶。

## 粉红色的珍珠

朝子从关西回来后，继续做广播剧的工作。然而，这次她既没有被派上好角色，也未出名。

清呢，秋季的学期也开始了，和大学里的同学往来频繁，不知道他在做些什么。

暑假期间，他好像从事禁止原子弹氢弹签名运动来着，但并没有告诉敬子。

弓子原先参加升大学那一组，如今改入就职组，法文也放弃了。

关于这，她并没有问敬子的意见。对弓子来说，这种情况是少见的。也许可以说是她长大了，敬子却认为是出于孤独。

九月间那场暴风雨的夜晚，清冒着倾盆大雨送昭男到车站去了，老也不回来，敬子感到不安，寻思他们二人也不知道在说些什么呢。可是第二天，弓子却说了这么一句话：

“妈妈，田部大夫长得像不像爹呀？”

敬子听了，感到震惊。

弓子看见敬子吃了一惊，不由得害臊了。

“我是在奥多摩这么想的。眼睛那儿什么的……”

“不像。”敬子否定说。俊三的眼睛没有昭男那么水灵、明亮。他有的是一双疲倦、郁闷、忧愁的眼睛。

然而，敬子又想：据说小山也曾对朝子表示过，俊三有着一张“像是基督的脸”，兴许弓子还说对了呢。

不管怎样，弓子开始感到昭男长得像她爹，这莫非表明在她本人还不曾意识到的情况下，内心深处迷恋上了昭男吧？

秋意渐浓，一连多少日子都是明朗的晴天，敬子像个不坐班的工作人员一般，每天出门去，生气勃勃，很是标致。

“今年入秋才迎来了日本特有的晴天。”敬子对弓子说这样的话。

“而且妈妈蛮漂亮。看上去挺潇洒哩。”

“活儿也多着呢。这是头一次有人托我设计时装表演时戴的宝石式样。当然是人造宝石喽……也有订婚戒指的式样。”

敬子设计的式样疏疏朗朗，获得了好评。

在日本，宝石设计师好像寥寥无几，敬子开始受到赏识。

直到这个年岁，连她本人都不晓得自己竟有这样的才能。

“是不是因为生长在宝石商家里的缘故呢？……”敬子这么想。

好像毕生的花都盛开了。是不是这场新恋爱使女人的梦膨胀起来了呢？

用桃色珊瑚打磨成的直枝形的饰针，与之配套的四分玉耳环，戒指上的卵形宝石等，只要一展示在草野宝石店的橱窗里那黑天鹅绒上，就接连不断地有订货的。

“珊瑚什么的都不新鲜了，形状似乎也不起眼，不过珊瑚上寄托着自古以来的日本女人的梦想。”敬子这么说。她总觉得自己赋予了它以新颖的感觉，因而挺高兴。

五瓣花的紫水晶饰针、宝石磨得较大的戒指、摇曳的长耳环，这一组首饰适合于敬子的灰色西装，她就为自己订了货。

“有适合于戴金子的肤色，也有适合于戴银子的肤色。”敬子这么想。

“如今对我来说，金子显得太鲜活啦。”

她自己的首饰就用了银质的。

弓子那淡粉红色里透白的肤色，很适合于戴金子。

肤色比金子还鲜活，把金色映衬得绚丽典雅。

朝子已确定十一月间举行婚礼，所以敬子决定把川村存放在她那儿的垂饰买下来。

尽管敬子的工作一帆风顺，但做活儿挣的钱是有限的，花的钱却没有止境。

虽然收入比俊三还在的时候增加了，但近来向妇女服装店和绸缎庄等所赊欠的多起来了，为累积的负债感到头痛的事也是有的。

她频繁地前往草野宝石店。

人总是根据自己的爱好来收藏宝石，所以那些女顾客即使对敬子设计的图案感到称心，却还是提出种种难以解决的要求：金子的颜色怎么啦，宝石的大小有点什么啦。川村巴望敬子每天到店里露露面，接待她们。

敬子临出门时把手伸进信箱，跟百货公司的商品介绍和固定资产税的催促通知装在一起的，还有一张写给弓子的明信片。

那是百货公司的小时工考试通知。

“她打算就业。”

弓子大概寄去了履历书。敬子觉得这令人感动。

弓子要是想就业，那也好，可是学校还没毕业就去当小时工，敬子可不愿意。

这里也包含着要在弓子的生母京子面前争这口气。

“也不跟我商量一下……”

这也使敬子感到受了冷落。

她把考试通知单收进了手提包。

敬子在草野摆弄宝石的时候，忽然想起了装饰着峰子领边的那枚珍珠饰针。

也许是刚才瞧见致弓子的明信片后，京子的事浮现到脑际了。

把珍珠像水泡那样点缀在贝壳里，这丝毫也不稀奇。哪家店的橱窗里都出售着同样的东西。

“可是……”敬子猜想道，“那枚饰针或许还是岛木买的呢？……一定是的。”

六月里死去的俊三，而且，弓子的生日也在六月。

六月份生的人该戴珍珠。

敬子想用珍珠装饰弓子的手指。

打从岛木还在的时候，弓子就开始为家计操心。

要是买了一只戒指什么的，她心里想必多少会感到宽裕一些吧。

朝子的婚礼上，弓子也不妨有一枚戒指。反正也不用交现钱。于是敬子托川村给挑选一粒形状好看的粉红色珍珠。

“有人订货吗？”

“是给我的。”

“不像话！什么粉红色……”

近来敬子在各方面都浮华起来了，川村自是有点不满。

“女人要是没有丈夫，毕竟不好对付。”川村内心里这么看待敬子。

“为什么我就不行？我还想装扮成二十岁的样子呢……”敬子边走边俯视着宝石盒，“这里的粉红色珍珠，多少钱？……”

川村把头扭到一边，没有作答。

“简直连句笑话都不能跟他说。”敬子忍着笑，望着川村那开始变得稀疏的头发，“顾客来了。朝这边看看呀。问你多少钱呢。”

“两万。”

“瞎说。这是店里定的价吧。”

“不卖给您……”

“是给弓子的。”

“不要跟善良的老掌柜的开玩笑。”川村走过来了。

“如果川村先生是老掌柜的，我也成了老妇人啦。至于善良不善良，就是另一个问题了……”

“您是小姐。打从我在您娘家当小徒弟的时候起，直到在草野当掌柜的今天……”川村说，他的气也消了。

敬子边让粉红色珍珠在手心上滚动，边说：

“川村先生，我想在六本木大街俳优座盖起了剧院的那一带开一家店。”

“不行啊。那儿的街面太宽，行人也不多。”

“市街会起变化的。这种肤浅的想法往往是会破灭的。既有例外，也有奇迹，得要凭人力吧。”

“可真有自信啊。”

“我的主顾大多是高岗地区的。最近以来，无论怎样也想有个自己的橱窗了。现在的房子还是决定卖掉。上次你曾劝我出租，或经营公寓，那是消极的做法。”

“不，那是因为我觉得太太留恋这座房子似的……”

“七百万左右不知道怎样？……川村先生，你给找个买主吧。”

“唉。”

看来川村被敬子慑服了。他再也不提自己的见解了。

他用手心抚摸着粗壮的后颈，凝神盯着敬子说：

“我留意一下吧。”

从前川村在菊田那爿店里当小徒弟，每逢下雨降雪就到小学校去接敬子。打那时起，他就仰慕老板家的美少女，这种感情至今仍残留在内心里。这比多年前就认识的姑娘至今还没失去魅力可要强烈一些。是少年时代的一场未消失的梦。

“太太要是有这个决心，我就报从前的恩。”

“什么报恩，这一套我都听够啦。”

“我给房子找买主儿，店呢，也找个好地点。不是六本木也行吧。”

“你那么讨厌六本木吗？”

敬子想，不论是六本木还是哪儿，要是在远离现在这座房子的地方开店，就还得让昭男迁移吧。

昭男离开哥哥家，已搬到目白车站附近一座新建成的公寓里来了。

昭男是为了敬子才离开哥哥那儿的，但他甚至没告诉敬子本人一声，搬来后让敬子突然吃了一惊。

“离我家太近了。好大的胆子。”

“近一些更好吧。”

“那倒也是……”敬子又说了一遍，“好大的胆子。我家的孩子们在目白车站上车下车，你也是这样吧。会碰见的。车站上也罢，电车里也罢……”

“即使碰见了……”

“次数一多了，就会知道你搬到附近来了。也许清和弓子还会到公寓来看你呢。”

“没关系。”

“我可不愿意。这样一来，我就不能上门啦。”

“是吗？我太轻率啦。”

昭男大概也觉察出敬子这话的含意了。

“我另找个地方，搬走吧。”

“哎呀。你搬到近处来，就甭提我有多么高兴啦。”

“我这个人一身轻，搬动一下算不了什么。”

“我也想变得一身轻。”

敬子并非不爱清和朝子。

然而在俊三面前她总是有点自卑，仿佛两个孩子在抖落她的过去。她在孩子们面前又有歉疚感，不断地因和俊三过日子而受到责备，使得她这个母亲和孩子们之间的关系就变得客客气气，不融洽了。

敬子总是巴望自己能做个孩子们的好母亲。

“即便清和朝子结婚以后……即便添了孙儿……”

孩子们迟早会有理解的一天。哪怕我死了以后让他们觉得我并不是个坏母亲也是好的。

和昭男的关系嘛，迟早会结束的。

即使自己死了以后，也不愿意让清和朝子——尤其是弓子觉察到这个。

深夜从昭男的公寓里走出来的身姿，要是给孩子发现了，会怎么样呢？

“何况又是在离家这么近的地方……”

然而，当敬子办事回来顺路前往，而昭男在公寓的房间静悄悄地等待着；或由于什么缘故去迟了，他竟无端地吃起醋来，闷闷不乐。看到这副样子，敬子就会陶醉在疯狂的喜悦中。

起初按说是昭男向她求欢，转瞬间就好像颠倒过来了。敬子那淡淡的思慕，曾几何时变成了强烈的情欲。

就敬子而言，和清与朝子的父亲是经过相亲平平凡凡地结的婚，和弓子的父亲是交往了较长时期后互相信赖而同居的。她浑身精疲力竭了，想找俊三这么个靠头。

昭男是第三个，她认为这是头一次也是最后一场恋爱。

至于昭男这方面，好像是被敬子那温暖的人品和肉体，荡漾着丰盈姿色，奇妙的才能，迟开的花儿之魅力所吸引。

他竟被吸引得胆敢搬到敬子的家附近来了。

但是，敬子还打算自己经营一爿店。

“我也等搬好了再告诉他，让他大吃一惊吧……”想到这些事，敬子就乐滋滋的。

由于第十几号台风的余波，东京市街上刮起风速二十米左右的风。

那是九月底的一个星期日。

“到哪儿去呀？风很大。收音机好像播放说，富士山顶的风速有七十米什么的呢。”敬子看见了弓子的出门装束，就说。

“我约好了跟参加野营的同学们一道到大西老师家去道谢。”

“台风那天从野营地回来，又在刮台风的日子去道谢吗？这位台风老师的家远不远？”

“近着呢。约定在目白车站跟大家会齐。”

不知是不是由于刚洗过，弓子的头发一闪一闪地发亮。

“头发会刮乱的，系根缎带就好啦。小心点儿。”

“妈妈，下月八号是修学旅行，您可要记住啊。”

“好的，好的。要买手提箱吧？”

“用不着买。我把姐姐的借去就行。”

“也给弓儿买一个吧。尼龙的可便宜啦……”

朝子这个人难伺候，弓子用她的东西恐怕会顾虑重重。

“还有一样好东西给你。”

“什么呀……给我吧。”弓子走过来，伸出手心。

敬子起身去拿手提包。

她让弓子看那装有昨天刚做好的戒指的盒子。

“戒指？”

“戴上吧。”

“姐姐的吧。”

“是弓儿的。喏……”

敬子将弓子的手拉过来，边替她把戒指戴在手指上，边说：

“瞧，多合适。蛮好看的手。弓儿，另外还有一样东西给你。”她递给弓子她收着的东京大丸的临时工考试通知。

“哎呀……妈妈。”

“弓子想工作，我很理解，可是学校还没念完的期间可别这样。不然的话，也让妈妈为难。”

“唉。我只是觉得有意思，所以寄了一下试试。”

弓子害臊了。

“考试的日子已经过了。我故意给藏起来的，我先跟你道歉。”

“是我向妈妈隐瞒来着，对不起。”

“妈妈并没介意。将来我还指望让你养活，悠然自得地过日子呢。”

“那可真够受的。”弓子说着，轻轻地站了起来，靠近风正呼啸着的走廊玻璃门，弯起手凝视着戒指。

纯朴的喜悦使她那侧脸容光焕发。

弓子现在这句“真够受的”，大概是说着玩的，但敬子想起清曾告诉她，先前弓子和清到新宿去的时候，她曾反复说：“真够妈妈受的。”

为了昭男的事，敬子对弓子怀着很深的负疚感。眼下她内心里也针扎似的作痛。

“刮风的日子好像会有什么好事，我不讨厌。”弓子仍站着，举起戒指迎着光端详。

然而一走到外面，风就太猛了，令人毛骨悚然。

那声音犹如几千辆车在乌云深处疾驰一般。

弓子以为仅仅刮着风，所以没穿雨衣，但风中却淅淅沥沥地夹杂着雨点。

“同学们也许吓得不敢出门了吧……”

商店街上，有些店铺摘下铃兰形的装饰电灯，也有往下卸霓虹广告灯的。

大风一阵接一阵，街上发出各种声音。

被刮得聚拢在陆桥一侧的乱纸，飞舞到半空中，弓子的短发都扒到额头上了。

谁都没到约定的地点来。

进站后才得以松口气。

左手上那颗珍珠使弓子乐呵呵的。走在风中的时候，她摁着手指。

同学准会希望把它从弓子的手指上摘下，戴在自己的指头上来欣赏。

敬子怀着一腔挚爱所设计的式样，使得这粒珍珠栩栩如生。

粉红色的珍珠象征着弓子的肌肤之美。

“最近以来好像有点跟妈妈怄气似的，我真不应该。”

约定的时间过去了五分钟、十分钟。

她想给同学打个电话试试。正当她往车站前的公共电话那儿踱去，只见昭男从青灰色的油漆开始剥落的木质阁子里出来了。

“哎呀。”

弓子突然微笑了。她并没感到这是个意想不到的人。

然而昭男的脸上倏地泛出红晕。

昭男的腼腆总是含有温暖的纯洁。弓子安详地继续微笑着，等着昭男说话。

把视线移开的倒是昭男。

上次刮台风的第二天，昭男为之做过剖腹手术的重症患者，今天拆了线，改吃普通食物了。

外科的成败立见分晓，就连简单的盲肠手术，执刀的医生在剖开患部之前也必然会多少感到些不安。倘若像昭男这样年轻而经验少的，这种不安就更深重了。

由于今天心情轻松了，他希望能贴近敬子的体温。

“从医院里回来了。”只要这么说一声，敬子就懂了。

“过一会儿。”敬子也只说了一句就挂上了电话，余音还留在耳中，他就走出公用电话阁子，见到了弓子。

昭男心里一个劲儿地怦怦直跳。

是弓子先招呼的：

“大夫，您要到我们家来吗？”

“不是……刮着风，到哪儿去呀？”

“到前些日子带我们去野营的老师家道谢去。跟同学在这儿会齐。”

“好像蛮高兴的。”

话就这样断了。

弓子忽然把手举到昭男的眼睛那么高：

“我是为了这个才高兴的。您猜猜是谁送的？……马上就能猜着。”

“唔，不知道。”

昭男一看见珍珠，立即意识到是敬子。

而且，弓子那种既可以看作是天真也可以看作是轻佻的亲热劲儿，软软地揉开了他的心，使他恢复了镇静。

可是敬子的名字他可说不出口。

“是妈妈的礼物。”弓子说。

“哦，所以你这么高兴啊。”

“嗯。虽然高兴，可我想，为什么要给我呢。妈妈一点儿都不阔啊……”她的眼皮泛着忧虑的表情，眼神却露出女孩儿气的喜悦。

弓子固然由于珍珠而高兴着，遇见昭男一事好像也使她率真地感到高兴。

一发觉这一点，昭男就又觉得亏心了。

“朝子姐要结婚了，所以也想让我戴上个戒指吧。”

弓子看上去挺兴奋的。

“头一个拿给看的是您，这太好啦。我就是想给谁看一下。跟这样刮风的日子可不适合。”

经她这么一说，乌云滚滚，狂风大作，只见珍珠一点粉红。昭男感到这就是弓子似的。

“一戴上这枚戒指，我就觉得自己各式各样的东西都想要了，这可不行。”

风把弓子的话卷走了，昭男没怎么听清楚。

朝子结婚的事，弓子想就业的事，昭男都听敬子讲过。

敬子一见到昭男，就一五一十地向他倾诉。

家长里短儿以及三个孩子的话题太多了，昭男惊讶于女人竟被家庭束缚到这等程度。然而尽管年轻的昭男觉得有点烦琐，却还是不厌其烦地听着，因为他猜想，敬子或许是从向情人吐露中得到慰藉的。

三个孩子当中，关于弓子的话题较少。昭男最乐于听关于弓子的事，敬子却好像有意回避。

“啊，来啦。”弓子朝车站里面回头看看，说，“大夫，再见。”

“再见。”

弓子匆匆忙忙告了别，就朝着花枝招展地聚拢在一块儿的少女们跑去，她那身姿清新美丽。

弓子等人在风中一道走起来了，昭男目送了她们半晌。

这会子撞见了弓子，弄得心情狼狈，就好像把他与敬子之间那甜蜜的安乐夺走了似的。

“这么快就撞上了。”

果然让敬子说中了。昭男也想，难道搬到一个糟糕的地方来了吗?

敬子变得大胆到使昭男吃惊的程度，另一方面，却连对琐事都极端地操起心来。

尽管今天从早晨起她就不动声色地向家里人透露说：

“四点钟我有事情跟人见面。”要是提前出门的话，她还是会于心不安。

明明知道昭男打电话是表示“想早点见面”，在催促她，可是因为清和朝子都在家，所以轻易不能这么做。

她心神不定地刷着指甲。

“娘，这样的风您还出门吗?”清从背后招呼说。

在鞣皮制的指甲刷子上蘸点桃色指甲粉一擦，就有了光泽，同时竖皱纹也明显起来了。

大拇指甲尤其厉害。

不知什么时候指甲已经失掉了珊瑚珠子般的颜色和光润。

敬子边抿起嘴，涂着口红，边对朝子和弓子的青春心怀妒意。

就在这时，被清这么招呼了一声，敬子几乎失手把口红掉下：

“约好的嘛。”

“能不能打个电话说，由于刮起了并没有约好的风，去不成了呢？”

“以我的身份，还说不出这样奢侈的话。”

“弓儿也是约好了出去的吗？”

“对啦。弓儿也约好了。为了野营的事，到图画老师那儿道谢去了。”

“道谢是借口，她是想跟同学到处游逛吧？”清虽然这么说，却没什么不高兴的样子，敬子就回过头来说：

“你不是也一样吗？昨天晚上多迟呀？”

“虽说迟，还不是末班电车哩。”

“你拉开正门的时候，已一点钟啦。”

“是啊。我和朋友两个人被先辈邀去，在银座吃了饭，然后到酒吧去了。有了三分醉意，就又到那个叫什么名字来着，那位峰子所在的店里去了。”

“咦？”敬子吃了一惊，却若无其事地问，“有意思吗？……”

“也没什么了不起。”清安详地说，“高尾先生他们也去啦。”

“高尾先生就是爸爸那家公司的？……真不像话。”

不知道是不是想换个话题，清自言自语似的说：

“今天是星期日，田部大夫不在医院里吧？”

“你身上不舒服吗？”

“不是。我想见见他。”

“想见见，有什么话要说吗？”

“给他打个电话，说是请他到咱们家来玩吧。”

“多半不在吧。”

敬子只能说这么多。

敬子甚至无法去阻挡徒然打这次电话的清。

清大失所望般地回来了。

“医院里果然说他已经回去了……他家的电话号码是多少啊？”

“你希望今天无论如何也见到他吗？”

换好了衣服的母亲年轻得使清难以置信。他觉得晃眼般地说：

“倒也说不上是无论如何，因为并没有什么事嘛。”

敬子隔着睫毛，像是窥探般地看着清。她简直不知道清在转些什么念头。

“那一位有魅力嘛。娘是不是也这么认为呢？”

“唔。”敬子无可奈何地点了点头。

“昨天晚上，那家酒吧的一个女招待曾请田部大夫给治过病，她说什么他有着性的魅力。”

敬子想起了昭男那少年般细溜的腰肢，脸上就略微泛红了，她抚摸着穿了布袜的脚趾尖。

昭男长得清新水灵，身材苗条，有着能打动人心那样的气质。

昭男那非常腼腆、把女人当作可悲的人看待的眼神，浮现到敬子的脑际。

“要是今天田部大夫有空，就把他邀到家里来，也介绍给我的朋友们，想一块儿聊一聊。”清说。

“在这么个刮风的日子邀他可……”

“娘到哪儿去呀？”

“我？……巢鸭。”

敬子不禁随便扯了一句谎。同样是扯谎，倘若说是银座什么的，恐怕清竟会跟着来呢。

“那么我也到新宿去。一道去车站吧。反正得乘国铁吧。”

“嗯。”敬子有点儿焦急了，“你带朝子去不就结了？今天她难得地待在家里……”

“朝子就随她去吧。她关在屋里，在背广播剧的台词呢。”

娘儿俩并肩走下那风正往上刮着的坡。

“娘晓得弓儿想就业的事吗？”

“晓得。”

“娘打算怎么对待弓儿呢？”

“怎么对待，你指的是什么？……我监督她，可是并不干涉。那孩子不是糊涂虫，好像也在思考着，所以我认为最好是听任她爱怎么做就怎么做。”

清沉默了半晌。

“我想劝阻弓儿不要刚从学校毕业就成为职业妇女。弓儿为什么放弃了钢琴和法语了呢？”

“是为家计着想啊。弓子性情温顺，不管怎么说也还是客气的。打从爹不在了，就更是这样。”

清常常帮助弓子预习和复习法语。

清仿佛能从弓子放弃法语一事上也觉察出她的抗拒，心里怪没趣儿的。

“我更想知道的是，你打算从事哪方面的工作呢？已经定好了方针吗？”

“不管怎样，只好去当个职员呗。想凭着法语进外务省什么的，已经托了人……”

“能当官员吗？有把握吗？”敬子边说边想，清有没有左倾呢？

清想向敬子坦率地说，他希望和弓子结婚。母亲多半会赞成的。

然而，关键的是弓子的意向他却摸不透。索性请母亲替他探索一下弓子的心绪吧。

风稍微小了一些，清楚地听见了进站的电车声。敬子看了一下表。

“娘，有钟点吗？”

“嗯。约好在四点钟。”

清忽然露出了老气横秋的倦容。

“你有什么话要说吗？”

“嗯，行啦。还是我一个人处理吧。”

“你的话，我回来后慢慢儿听吧。”敬子体贴入微地说。

“用不着啦。”

幸而清要搭乘的那辆电车先进了站。

站在那扇涂成茶色的门前，就听见了喃喃细语般的音乐。

耳熟，敬子却想不起曲名。

几乎刚敲门，门就开了，昭男站在眼前。

敬子发出甜蜜的、小小的吃惊声。

没料想昭男穿的是和服。

是萨摩飞白花纹布做的，还系了条藏青献上[1]腰带。

不是崭新的，穿得自在而可身儿。

“没想到你还穿和服。蛮合适的。”

这就代替了寒暄。

由于被伫候而感到的喜悦，以及对身穿藏青地飞白花纹和服的昭男的眷恋之情，使得被大风刮着走来的敬子的眼睛温暖地润湿了。

昭男让敬子坐在桌前那把唯一的椅子上，自己站在她身后。

朝南的窗户造得宽宽敞敞。

一面墙前摆着书架，床是像壁橱那样嵌在墙里的，挂着条纹棉布帘子。

铺席散发出清新的气味。还没擦掉砥石粉[2]的柱子发黄。

还没凋谢的西番莲和美人蕉挤在一起。

院子那边，摇曳的树丛和瓦屋顶绵亘着。

1 献上博多的简称，是在博多地方出产的藏青地腰带料子，上面染出金刚杵花样。原为黑田藩主献给江户幕府用以做腰带的布料，故名。

2 黏土烧制的粉末，用作木板和柱子的涂料。

唱片不知什么时候止住了。

敬子在这间新竣工的屋子里待得不踏实，就试着邀他：

“风好像快要停了，到外面去走走吧。工商区什么的……你不愿意吗？”

对此，昭男没有回答，只说了句：

“刚才我在车站看见了弓子姑娘。”

“看见了？……你没跟弓子说话吗？”

“不知道在想些什么，那个年龄的女子？……”昭男朝她摇摇头，“而且，回来一看，顶着这么大风，嫂子来了。我一直捏着一把汗，生怕她会和你撞在一起。”

“哎呀。亏得我没早来。”敬子像害了怕似的抓住昭男的手。

昭男也把自己的另一只手放在敬子的手上，但他不像平素那样将她搂过来。他仿佛由于什么事情，精神都涣散了。

敬子再一次因莫须有的妄想而心乱如麻。

昭男也许开始爱上了弓子吧。

比起性格平庸、身体肥胖的丈夫来，田部太太莫非是被昭男那纤细的身腰和对当前事务敏感的心灵所吸引不成？昭男这方面呢，和嫂子之间多年的亲爱，或许已深深地渗入内心，成为依恋之情也未可知。

以前，敬子没怎么嫉妒过。

当俊三神色不悦、心情郁闷的时候，她认为要是在外面舒散一番，也许就能在家露出笑脸，所以甚至希望他出门拈花惹草一番。

峰子的出现给敬子带来的也不仅仅是痛苦。她甚至还舒了口气，因为她觉得俊三那寂寞的临终也许得到了慰藉。

然而敬子对昭男却总是感到忧虑不安，恨不得把他的眼睛缝起来，除了她自己而外，不让任何女人的影子映入他的眼帘。

她希望早点把昭男拉进仅属于两个人的世界。她抑制不住自己。

# 红羽毛[1]

星期日那场风没给东京造成多少灾害，在北海道却导致从青森驶往函馆的班船沉没这一浩劫。死了一千数百人。

秋雨连绵，犹如降在人们的悲哀上似的。弓子动身到关西去做修学旅行的那一天，也是打早晨起就阴沉沉的，下午是小雨。

在相模湖，中学生乘游览船去郊游，因超载而沉没，二十二人溺死。

敬子在报上看到把尸体打捞到船上去的照片，就说：

“把这样的照片登出来，做父母的受不了哇。”

从水里抱上来的尸体，在船帮上耷拉着。

然而，放晴那天的早晨，不合时宜的焰火响了起来，通知着学校在召开运动会，接连好几辆游览大汽车载着外地的学生和东京观光团，疾驰在东京的街上。

林荫道的树叶上，总算见到了秋色。

弓子捧着红羽毛的募捐箱，和四五个同学一道站在银座的大街上。

由于学校和天主教的慈善团体有联系，每年自十月一日起，红羽毛的那一星期中，学生们轮流站在街头上募捐。

开头的时候肯捐款的人多，所以学校方面让初中低班的学生先去。直到周末才把高中三年级的学生派去。

每周在街头站上两次就行了。

学校方面声称这是学生自发的行动。

1 社会救济基金捐助者的标志。

可是就学生而言并非如此。

就连当天站在哪儿募捐，都得等到了学校之后才能知道。

弓子她们这一组，被分派于星期六上午十一点站到下午三点，地点是千疋屋外面稍微靠近新桥处。

天气晴朗，行人如云，弓子等人却互相说：

“大家对红羽毛都腻味了啊。”

募捐的成绩不佳。

“求求您啦，求求您啦。”就连这么一句话弓子都不能顺顺当当地说出来。她那圆润的嗓音太小了，传不到行人耳里。

从修学旅行回来后，每逢早晨起床时，弓子的脸总是有点浮肿。站久了，脚也好像肿胀起来似的。

每隔五分钟或十分钟就递给一个人一根羽毛，逐渐地会感到倦怠的。

“给家里打个电话，拜托一下妈妈吧……”弓子想。

学校方面是不会对募捐款项的多寡说长道短的。但是在分别募到八百元、一千五百元、三千元的各组中，毕竟还是募到三千元的少女们既得意又快活，这是理所当然的事。

为此而走父亲或母亲的门路的，并不罕见。

在水果厅吃午饭的时候，她给敬子打了电话。

敬子已经出门了。

“银座吗？……”

“什么都没说。”女佣回答。

“银座吧。在哪儿呢？……”

从下午起，行人众多，眺望着年轻女子的秋装，就忘记了时光的流逝。

弓子一心盼待着敬子会打这儿经过。

有个少女想起了报纸上所刊载的一条消息，说是街上的一位慈善家往站在日本桥那家百货公司前的学生的募捐箱里装了一万元。

"该不会是支票吧。怎样装进去的呢？"

"准是递到手里的……"

"要是有这样一个人走过，多好啊。"

每一个路过的人胸前好像都佩戴着红羽毛。

"请帮帮忙吧。"

少女这么说着，向没有羽毛的人低头致意，对方就露出像是把什么东西遗忘在家里了那样的神色，放进一枚十元硬币，将她给自己的羽毛佩戴在胸前而去。

弓子她们有时出神地望着小姐们那身穿宽松的白色短外衣和红红绿绿的方格花纹裙子的秋季打扮，或茫然地目送着穿着和服的艺伎们。

一个美国兵往弓子的募捐箱里放进了三张百元钞票。

士兵那头金发丽光闪闪，有着一双淡蓝色眼睛。他操着听起来像煞英语的日本话，说明天就回故乡去了。

这大概是平生没有几度的快活日子吧。他把弓子递过去的好几支红羽毛，佩戴在帽带上和胸前。弓子还没有给他之前，他就已经佩戴着二十来根了。

他用力挥了一下手就走了。

"看上去蛮高兴的。"

少女们的心情也快乐起来了。

然而，打那时起，弓子就略微感到头痛了。连站着都吃力了。

三点五分以前，当弓子在人流中瞧见身着圣袍的修女像尽义务一般分秒不差地前来接学生们，就舒了口气，却又反而感到了极度的疲乏。

"各位辛苦啦。"老师彬彬有礼地说。

这群身穿藏青色制服的学生和头戴白软帽、念珠几乎与长长的黑色圣袍下摆相碰的修女，引得过路人回过头来看。

然后，她们就朝新桥车站踱去，过了一会儿，弓子瞧见了迎面走过来的敬子和昭男，她立即感到想躲藏起来的冲动。

她自己不明白为什么想躲藏起来，为什么不愿意被发现。她心里交加着依依不舍般的羞涩和预示着不祥似的气氛。

敬子若无其事似的走了过来。

然而敬子也注意到了弓子脸上那副凄怆的神色。

“我邀田部大夫来看玫瑰展览会的。你不能自由行动吗？”

敬子身上发出甜蜜、令人神魂颠倒的香水气味。

弓子摇了摇头。

她尽管感觉到了昭男在凝视她，却不能朝昭男望去。

她甚至于还没向昭男鞠躬呢。

弓子不愿意被认为自己的态度古怪，好容易说出一句：

“半路上绝不能采取自由行动。”

“由我向老师请求一下，也不行吗？”

“不行。而且，我，累啦……再见。”弓子说罢，转瞬间就离开了一两丈远。她追赶那群人去了。

敬子一直目送着弓子的身影消失在人群里。

弓子脸上泛着悲痛欲绝的神色，以致敬子不得不目送。

弓子的父母，已故的俊三的眼睛和京子那责难般的眼神浮现到敬子脑际。

敬子心里发怵，做出交抱胳膊那样一种姿势：

“弓子太累啦。也许会生病的。”

她是想使自己信服什么而向昭男这么说的。

昭男的脸上阴沉沉的，闷声不响。

敬子看到了弓子而走过去时，昭男恨不得阻拦她。可能的话，他希望自己消失得无影无踪。

倘若弓子跟少女们分手，被敬子邀了来，昭男指不定多么困窘呢。

弓子待在敬子身旁的时候，看上去楚楚动人，天真烂漫，使昭男隐隐约约感到温暖。但那是过去的事了。

就拿现在来说，弓子那悲戚的眼神刺穿了昭男的心。弓子绝没有看昭男，反倒是昭男在定睛望着弓子。

“你为什么要邀弓子姑娘？”

昭男不禁使用了啪地击打一般的口吻。

“因为弓子一直站着，累成那个样儿。我想让她喝喝茶什么的，歇一歇……”

“仅仅看见了咱们，她就露出那么悲哀的神色，你还……不像是你的做法。”

“哎呀，我好难受啊，也没想到你会这样责备我。对不起。”敬子像年长的女人应有的样子道歉着，她郁郁不乐，差点儿要哭出来的样子。

昭男之所以不高兴，骨子里是由于他深深怜恤着弓子。

“你是从什么时候起这么喜欢弓子的？”

“别胡说……”

敬子的话一下子跳得那么远，使昭男吃了一惊。

敬子那僵硬的表情更令他惊愕。

既像是被孩子揪掉花瓣的花，又像是跳进火焰的蛾子。

一种痛苦倏地震撼了昭男的心。他觉得仿佛在敬子身上看到了生为女人所背负的难以估量的悲哀。

“你这是什么神色啊。这是在银座。是大街上啊。”他温和地申斥着，“提起兴致来吧。人家看着呢。”

“可你为了弓子的事，神色那么可怕。”

“要是看玫瑰展览的话，得到马路对面去吧？

“田部先生提出过想把弓子说给你，是你先表示的吗？”

“我可不知道呀……”

“就算这么说，只要一提起弓子，你简直跟丢了魂似的。”

昭男边等候着车流一时中断，边像是轻轻儿地扶着敬子似的。

“我栽培玫瑰，正表明着我活得寂寞。”敬子附耳私语，“近来只是心血来潮才侍弄一下，连令人满意的花也没能让它开出来。”

“我头一次到府上去拜访，请你把嫂嫂的手表重新修一下的时候，院子里的玫瑰蛮好看的。还有梅原先生的桃画……”

“你要是那么喜欢那幅画，迟早我再买回来奉送给你。现在虽然办不到……”

“是一幅能给人留下印象的画。花瓶里的玫瑰也一样……”

以昭男胳膊的触碰为信号，敬子踱过了马路。

“即使到玫瑰展览会上去，我大概也已经无意买新的品种了。跟你一道去看人家栽培得漂漂亮亮的花儿，才是幸福。”

“说起来，我也任凭丝足鱼的幼崽去统统死光啦。”

“哎呀，多可怜……”

“热带鱼的水槽也整个儿留给哥哥的孩子啦。”

“那么个小不点儿，会吗？”

“嫂子会给照料吧，悠闲着呢。”

百货公司的大橱窗里展示着秋季的毛衣、身着七五三的过节衣裳的偶人和绚烂夺目的婚礼服装。

逛惯了银座的顾客出出进进，其中敬子打扮得格外典雅，极为引人注目。

莫非是同性对于女人之美敏感的反而更多，不论是年龄跟她相近的女子们，还是刚脱下校服没多久的姑娘们，好像都把视线移到敬子身上。

敬子的这种过分华丽的服饰，有时候就成了昭男的重担。

玫瑰展览会场在八层。红白相间的帷幕把它和廉价品售货处隔开来。

敬子虽参加了玫瑰会，却没展出过产品。排列在接待处出售小册子的会员们当中也没有和她面熟的。

玫瑰是带茎叶剪下来的，插在花瓶里，在齐胸高的台子上摆得恰到好处。跟春季的那次会差不多。

有皇后和皇族妃子的御展品，也有来自遥远的仙台、关西的展品。

柔和的少女嗓音从扩音器里流到花和人群上空。

“系着白缎带的玫瑰特别馨香。红缎带的玫瑰把这一品种的颜色显示得很鲜艳。蓝缎带是系在形状、色调和气味都出类拔萃的花上的。”

敬子把脸几乎贴在系着白缎带的大朵玫瑰上：

“这下子痛快了。”她说着，回头望了望昭男。

看不出是方才差点儿哭了一场的人。

“我小时候还不大看得到玫瑰呢。”敬子边在花中转悠，边说，“父亲是个始终待在家里的人，侍弄杜鹃花，栽培牵牛花什么的。但开着玫瑰花的时髦的院子才是当时我所向往的。”

于是敬子无意中讲起了从东京震灾至战争期间，她在工商区那段生活的回忆。

连对清等人的父亲和俊三都没讲过的微不足道的回忆，为什么竟要对昭男讲呢？

“那时候是靠巫术和免灾符来治病的。是不是因为住在工商区呢？牙痛和咳嗽都是这样。出麻疹那阵子川村先生已经在我们家了。我已经不记得了，家母却告诉我，他每天早晨都带着我的汗衫去朝拜司期限的祖师爷，祈求让我早点退烧。不过，我与其说是感谢，倒不如说是对他感到厌恶。”

两个人沿着楼梯到屋顶平台上去了。

吃罢晚饭，今天就得分手。

昭男有要探望的病人。敬子和川村得为工作的事碰头。

他们站在平台的一端。隔着周围的铁丝网可以望见闪着红光的西空的富士山。

敬子将冰凉的手轻轻地摞在昭男那扶着铁丝网边缘的手背上。

从那冰凉的手的战栗，昭男晓得了敬子正巴望着悄悄地同他接吻。

敬子似乎独自定了这是一场既没有未来也没有誓约的恋爱，而年轻的单身汉昭男更是感到茫然不知所措。

风开始变凉了。屋顶平台上的人寥寥无几。

“你跟什么人谈起过我吗？……你大概会谈的。我有时试着想象一下那样的情况。”敬子说，“不过我跟谁都不能谈你的事。做女人可没意思啦。”

对此，昭男没有作答，却说：

“你生长在工商区的哪一带呀？”

“一句话，就是叫作本所、深川的那个地方，寿座剧场附近。闹地震死了很多人，也遭到了空袭，被炸得够呛。那是一条净是脏水和桥梁、密密匝匝地排满了房屋的街。”

“麻疹好像是靠川村先生的信仰治好了的，可你没患百日咳吗？”

“不记得了。没有打预防针，大概患过吧。上小学那阵子，冬天总是在咽喉部围着一条丝绵。害支气管炎什么的，咳个不停的时候，就到上野宽永寺后边的一座寺院去，请他们用丝瓜来掐诀念咒。把丝瓜切成薄片，埋在雨水顺着房檐流下来的地方。这样那样地回忆起来，就没有止境啦。挨着门上的名牌钉上把饭勺啦，睡觉的时候枕头旁边摆个梆子啦……傍晚还要过七座桥。要是碰见了认识的人一说话，符咒就不灵了。我还记得怎样为了避免遇见人，就边咳嗽边沿着河边的路走去。”

“那样一来，好像会加重病情哩。”

“大概认为只要老老实实地照人家说的那样去做，病就能治好吧。跟现在的清和朝子可完全不一样。家母要是活着，约莫有六十五岁。只要什么地方一疼，她就去刷洗一座叫作净行爷的石佛。”

“完全没有请大夫治过病吗？”

“不。对大夫可尊重啦。”

“放心啦。”昭男笑了，“让人觉得是个神奇的童话。其实你一点儿也没有陈旧的地方……”

“是吗？……我家里至今有一些老规矩，恐怕就到我为止了。烧洗澡水也不忘记放柚子或菖蒲。有时还按旧历来占卜当天的吉凶。”

敬子这么说着时，替弓子在头发上系起避邪用的菖蒲那一天的事又浮现在脑际了。

五月五日，打那以后，宛若骰子掷出了个意想不到的点子。

通知打烊的铃响了一会儿。

两个人开始从屋顶平台往下走。楼梯上寂静得让人怀疑这是不是在百货公司里。

一只手摸摸索索地伸了过来，昭男用手回握了一下。敬子那股激烈的情欲难以排遣般地传了过来。

昭男一个人待着的时候，偶尔会想起来，以致心情激动，羞红了脸。

然而，敬子的话音并不紊乱，她继续回忆着往事。

“工商街那爿店，要是叫作宝石商、稀有金属商什么的，听起来挺神气，可现在回想起来，简陋得很呢。铺子的作坊和店堂都在一块儿，大大小小各种各样的挂钟围绕着作坊。是从前的偏僻地区的钟表铺。圆形闹钟，石制方座钟，带金链的手表，金银雕刻的戒指和带子扣[1]，玻璃框架上面还摆着盆栽杜鹃花。我曾想过，要是用玫瑰做装饰该有多好。即使每天用羽毛掸子来掸，也净是灰尘。尽管我这辈子不走运，也总觉得比父母强。清和朝子过的日子也会比我过的要强。不论世道会怎样演变，要是不这样相信，可让人受不了啊。”

“要是能这样相信就好。”

“自从战败以后，很多人都说过去好，然而对我来说，还是现在最好。大概是托你的福吧。”

“哪里，”昭男感到不好意思了，“你是从那爿店里出嫁的吧？”

“对啦。哥哥要娶媳妇，说是不打发我出嫁，就会碍事的……我都哭啦。”

1　日本女人在和服的宽腰带上勒一根绦带，绦带正面有个装饰用带子扣。

“是个藏在深闺的千金小姐吧。”

“哭的是回来……举行婚礼后，回娘家来的时候。出嫁之前，什么都不懂，更兴奋的是能穿上长袖和服。”

“你可曾有意自己做出点什么来吗？我看着你，有时就想：倘若不是年纪轻轻地就结了婚，而是往什么艺术领域发展，会怎么样呢？”

“我好打扮，对漂亮的东西贪得无厌。就是这些。”

“不仅仅是这些。”

“家父有点名家气质，对宝石有鉴别力，喜欢经手跟自己的店不相称的货色，高岗区还有着爱挑剔的顾客。说不定正是这个缘故，如今我才会鼓捣起宝石。”

“你倒是也适合于搞宝石……”

“要是晚生了二十年，喏，我会成个什么呢？就假定现在我是二十岁，你替我想想吧。”

“能不能当上演员呢？朝子姑娘是不是继承了你这方面呢？”

“我那么擅长演戏吗？……”

“有时候也擅长。”

“你当情人，可不行。”

“我不行？……”

“……我想要个娃娃。所以……”

昭男吓了一跳。

一个有着二十来岁的一对儿女的四十三岁的妇女，竟想跟不能公开的情人之间生个孩子。对昭男来说，这非同小可。

然而，敬子兴高采烈地继续走下楼梯。

暮色苍茫的街道上，正是霓虹灯发出美丽光彩的时刻。

今年的银座，屋顶上的巨型霓虹灯广告塔增多了。淡紫色与浅蓝色直线风格的式样，给人留下了鲜明的印象。

敬子邀昭男到松屋旁边一家叫作十八屋的法国餐馆去。

七点钟，他们在昭男搭乘公共汽车的那个车站分手了。

前来卖票的女售票员问昭男到哪儿去，他心不在焉地说了声："目白。"

售票员露出诧异的神色。这趟公共汽车是开往相反方向的。

"不，到四谷见附去。"

昭男暗自感到羞涩。原来他正在回想着敬子那肌肤的气味。

四谷的一个熟人家里有个少年由于脚被鞋磨破而引起破伤风，正接受昭男的治疗。他已度过了危险期。

敬子那女孩儿气的感伤回忆，从前的人那些刷洗石佛，甚至拜草木，几乎连命都任凭其摆布的故事，作为医生的昭男听着也觉得蛮亲切似的。他心想，自己要是当时行医，替少女敬子诊察身体该有多好。

敬子目送着公共汽车：

"漂亮的人儿……好人儿……"她边喃喃自语，边仰望百货公司的建筑物。

所有的窗户都关上了，大约从六楼悬挂下一面大得出奇的旗子。

玫瑰展览会，在傍晚的天空上看到了富士的屋顶平台。长长的楼梯，快乐的片刻，然后就因各自有事而分了手。但由于如今相互间已了解得透透彻彻，所以尽管美中不足，还是留下了甜蜜的余情。

正要前往的草野宝石店那边好像也有什么好事儿在等着似的。

可是一在人群中走起来，敬子就想到了弓子。一方面也是因为擦肩而过的人的胸前那红羽毛很是显眼。

"弓子准是哭哭啼啼地睡着呢。得及早回去……"

草野那家店里鸦雀无声，看不到川村的踪影。

年轻的店员看见了敬子，就消失在店堂尽头了。过一会儿又露了面，仿佛有什么事情一般，向敬子招了招手。

在小小的办事处那样一间屋子里，背对着一座大保险柜，草野老板泛着极不愉快的神色。

“真糟糕。川村被拘留了，他有购买走私手表的嫌疑。”

“啊？”

敬子觉得就好像脚底下的地板移动起来了似的。她一歪身靠到椅子里，想使心情镇静下来，然而脸色还是变了。

昨天晚上曾在这儿见到川村，所以大概是今天出的事。

川村交给敬子的走私手表，她已销售一空。

“你没有经手川村的手表吗？”

老板的口气间带着冰冷的盘问意味。

敬子当即摇头否认。

“那就好了。如果你也是同伙，就会越发引起人们的兴趣。一旦把本店的字号抖搂出去，就影响到本店的信誉了。所以我担心来着。”

敬子的心跳得厉害，感到疼痛。

“川村的人品我是知道的，大概不会说出给人家添麻烦的话。”老板说。

也许老板从敬子的脸色看出了她也有瓜葛。然而，他大概不愿意扩大事态。

“跟本店毫无关联这一点也是清楚的。我也有作为旁证人被叫去的思想准备……真叫人心烦。由于这样的事，生意中的机密也难免会被暴露出去呢。”

敬子无言以对。川村那张难看的脸浮现在她脑际。

川村是晚婚，战争结束之后才成家，有两个幼儿。听说妻子老是病病囊囊的。光靠工资，想必难以维持生计。

那位妻子指不定多么孤寂不安呢。

“我到川村先生家去看看吧……”

“哎呀，那还了得。别去啦，别去啦。”老板慌忙捻灭了香烟，“目前不要挨近为好。指不定有什么人在监视着呢。遭到怀疑可没意思。”

敬子想起俊三离家前那个晚上曾说过：

"总之，社会上规定不许做的事，最好别做。……在意想不到的地方一下子就会栽跟头。"

这位什么也没留给抚养着三个孩子的敬子，径自死去的先生，毋宁是说出了一些冷冰冰的话。

然而，近来敬子劲头太足，或许是迫于需要，好像被引诱去犯罪了。

"暂且不想让川村到店里来上班了。这阵子许多顾客都喜欢你设计的式样，所以，可能的话，想让你整天到店里来，你看怎么样？"

"啊。"

"宝石是属于女人的东西，想来想去，要是有个稳健可靠的女人待在店里，对顾客来说也蛮好似的。"

敬子巴望有一段容她考虑的时间。

"不是有过一个坐飞机遇难而死的女宝石设计师吗？"草野边这么说，边打开保险柜，取出一只天鹅绒面小匣，"听说她曾空运海洛因来着。就是白面儿……金钱，为了金钱，大家都为非作歹。"

老板掀开小匣的盖子给敬子看。

里面有个直径三厘米左右的圆形七宝[1]，图案是色彩绮丽的花束。还有十二粒发蓝的天然珍珠，个儿均匀，粒粒皆有小豆一般大，形状不一。这是什么呢？

敬子精神涣散，哪里顾得上这个。

"您打算解雇川村先生吗？"

"喏，暂时不能让他到本店来了。本店的信誉要紧嘛……他被拘留的事会登报吧。"

"光是暂时吗？"

---

1　佛教对七宝的说法不一。有以金、银、琉璃、玻璃、砗磲、珊瑚、玛瑙为七宝的，也有将玻璃一项换为琥珀的。后凡用多种宝物装饰的器物，也多以七宝为名。

“这我还要考虑考虑。跟他交往后，就知道他是个好人，可是冲他那副长相，就连真货都容易被人当成假货。有时让人替他捏一把汗。而且，他还喜欢赌输赢。也就是说，为了金钱，他也会过险桥。”

敬子对草野由不满意而引起抗拒，感到轻蔑，于是恢复了情绪的稳定。

藏在川村那丑陋“长相”后面的好东西可比宝石强。

草野那么多年的老主顾之所以不离开，靠的不正是川村的诚实吗？

倘若草野开除川村，敬子也就不想再为这爿店做事了。

尽管她无法喜欢川村，却是信任他的。由于从小相识，对他的同情油然而生。

敬子默默地点了纸烟。

“这个活儿挺麻烦的，可不可以费心给赶一赶呢？”老板像是向敬子讨好似的，谈起活计来，“这是顾客的东西，战争期间把金银都拆下来捐献了。这七宝仿佛是中国造的。七宝周围镶着珍珠，是罕见的坤用金挂表的盖子。顾客希望把这两样配在一起做成装饰品，或者分别做也行。请你想一想吧。”

“……”

“是一位总穿西服的顾客，年纪是三十出头，希望能在十一月中旬做好。”

敬子也没正经看一眼就把小匣子放进手提包，咯嗒一声关上了。

草野再一次向敬子投以满腹狐疑的锐利眼神：

“白井女士，不要紧吧。你跟川村毫无牵连吧？”

敬子露出朝气蓬勃的笑脸：

“唔，这就很难说了。没准儿我还曾意想不到地假借贵店的名义推销来着呢……”

“别、别开玩笑啦。”草野龇牙咧嘴地说。

“我也向贵店赊着账呢。一粒珍珠，一只垂饰，还没付款给川村先生呢。最近就送来。”

“不，这些嘛，什么时候都行。请不要放在心上。”

“可是，对川村先生不合适啊……”敬子说罢，就像光顾本店的主顾当中也算是高级而优雅的一位那样，穿过一排排的宝石盒缓慢地朝门那边走去。

“每天到店里来这事儿，就拜托啦。这也是替川村着想啊。这样就不必再雇个代替川村的掌柜啦……”

川村大概在任何场合都会袒护敬子的。草野这爿店的字号被公布出去也是无可奈何的事。然而，他想必绝不会透露敬子的名字的。正因为明白这一点，她觉得对不起川村。

“不能丢开不管。都怪我。”

当然川村本人也贪心，但又有挂念敬子的生计的一面。

话虽如此，指不定什么时候会出点儿事呢。不论是谁，只要活着一天，就会有危险，心里就会感到不安。敬子边这么想着，边呆呆地站在生气勃勃地活动着的街角。

她走进一家以气球为赠品来推销西式糕点的铺子，要求给她包了一份整盒的饼干。

她叫住出租汽车，说了声：

“水天宫。”

据说川村被拘留了，恐怕不在家吧。

这样的时候跟川村的妻子见面，可真不好受。

也许川村只对妻子讲过让敬子去倒卖走私手表的事。恐怕妻子在抱怨敬子吧。

可是，总不能弃之不顾啊。既然被拘留了，她还想给送送东西什么的。

敬子紧紧贴着车子的一隅，这样一个念头忽然变得强烈了：

“想开个铺子。想有个铺子。”

替朝子办完婚礼后，就积极地推进这个计划吧。

“要是草野把川村先生赶出去，我就请他到店里来。”

跟川村共同经营也行，让川村协助也行，反正有老练的川村在，生意就有把握了。

开店的计划好像能实现似的，敬子从这一桩想到那一桩，机敏地动着脑筋。昭男的事刹那间她也忘掉了。

出租汽车经过一条仿佛是批发店林立的街。

“水天宫的哪一带呢？”司机这么一问，敬子就从手提包尽底下掏出川村的名片。她教司机拧亮车厢里的灯，借着微光看了看再递给司机。

敬子被撂在一条没有几家商店的黑暗的街上。

敬子边走边挨家挨户仰望那同样的玻璃门门口的名牌。

也有散发出工商区那种晚饭气味的家。

“弓子回去，吃了些什么呢？”敬子偶然想道，“看她那副样子，朝子安排的饭，大概咽不下去吧。”

眼下敬子觉得在银座遇上弓子后，悔不该又和昭男到十八屋去吃饭。

朝子安排的饭就连清也觉得够呛。

那一天的晚饭是炸肉排，一层茶褐色面衣裹着硬纸壳那么薄的肉。

用刀子一戳，炸肉排就从白盘子上溜出去，半落在桌布上了。

“像秋天的落叶似的又干又轻。”清挖苦了一句，“凭着朝子的手艺，我就不相信能切这么薄。”

当然是叫女佣从附近的副食店买来的。

饭桌当中间儿，也是白色的小碟儿上盛着黄色腌萝卜片。

紫色雕花玻璃小花瓶里插了一枝发朱色的菊花，也给人以不景气的廉价食堂的印象。

朝子闷声不响地吃着，眉宇间透出几分刚强。

清像这样和朝子面对面地切着炸肉排，差点儿切着盘子。心里觉得乏味，就去回忆战争刚结束时的那段生活。

也许由于那是少年时代，那些日子里也有过愉快的事，新奇的事。

然而，他无意和朝子谈这些。

要是遇到什么不称心的事情，朝子就一连几天不跟家里的人过话，还大大咧咧的。而且，眼看着她的举止越来越变得歇斯底里了，清对她生不起亲睦的感情。

近来敬子经常出门，晚饭多半是冷冷清清。

每逢弓子下厨，她好歹会在菜的花样和味道方面想想办法，然而弓子仿佛也不起劲。看来她不再像是在敬子的指导下或帮助敬子去做的时候那样那么热情地尽心了。

傍晚朝子不在家，清和弓子面对面地坐着，也不尽然就快乐。

只要待在敬子身边，弓子对待清就像骨肉亲似的，自然而天真。一旦只剩他们两个人时，她就有所戒备了。

由于和弓子生活在一个屋顶下，清忽而放心，忽而沮丧。他想向母亲倾诉衷曲，但又迟疑着：

“万一弄得弓儿在这个家里待不下去了，可……”何况他又没有机会和敬子定下心来谈。

吃完乏味的晚饭后，朝子也不想马上拾掇。她手托腮帮，正在饭桌上读一本叫作《广播文化》的杂志。

清忍不住了：

“你，你……”

“……”

“喂，你……”

“别说什么你不你的，我有名字。”

“拾掇一下。”

“文姐，文姐！”朝子大声呼唤女佣。

“朝子对做饭一点兴趣也没有啊。”清奚落般地说。

“兴趣是有的。”朝子对这番奚落予以反驳，“可是女人一旦有了工作，看来最好就完全从家庭琐事中解放出来，所以对这方面，我不上心。”

“我算服了。分明也做得一手好菜，却用理性加以抑制。凭着顽强的意志来吃难以下咽的东西喽？”

“嗯，是这么回事。”

“是小山君的主张吧。真是个古怪的男人。”

“人嘛，不论做什么都得付出代价。”

“那么，好像也没有必要成家。”

“老脑筋。饭嘛，在外面可以吃得挺便宜，衣服送到洗衣坊去不就结啦。省出来的时间就用来钻研业务啦，工作什么的。这就行啦。”

“要是生了娃娃，就请旁人抚养吗？”

“不要娃娃。”

“依我看，你作为一位大艺术家，正在刻苦钻研喽。”

“比哥哥强。我不采取模棱两可的态度。”朝子丢下这句话，一下子就从茶间里走了出去。

随着天儿变短，弓子回家的时间就让人觉得迟了。她上的是五天制的教会学校，星期六放假，每天上七节课。

然而，今天是不是太迟了呢？

清好像连动弹一下都会觉得无聊似的，就拿起了桌上的报纸。

从中国返回者[1]的照片，针对相模湖事件起因的议论，对走私手表案件的揭发，交通事故，关于正出访外国的首相的消息……

就连家庭栏中有关宝石的行情，清都隔三跳四地读了。——如今已进入了人造宝石时代。东京都内有二十来家妇女服饰用品批发商店。它们各自向专门的工厂、雕刻师、瓷器店定做仿造的珍珠宝石，在式样上煞费苦心，为流行推波助澜。

---

1　指日本军国主义者发动侵华战争期间（1931—1945）到中国领土上定居，自中华人民共和国成立后，分批被遣送回国的日本侨民。

## 倒下去的人

日本桥的一家服饰用品批发商店雇着不止十名美术学校出身的设计师，他们不断查阅世界各地的时装图样，推出半年后的流行款式。

然而，据说即便是最受欢迎的式样，销售也不出三个月。

“主顾们这么容易腻烦，所以娘倒有活儿可干了。”清想道。

美国真的为了把冲绳建成原子弹氢弹基地而花掉了十亿美元吗？

健康咨询，明天的食谱，最下面的一栏是：

原子弹——正在出国访问的首相是日本玫瑰会会长，他把因受核污染而废弃的金枪鱼变为肥料，栽培出新品种的玫瑰，取名为原子弹。

这仿佛是读者来信栏，清认为倘若这是个玩笑，可开得太阴沉了。他皱起眉头。

这时，正门那儿有响动，清就站起来走过去。

来到走廊里，就看到弓子背对着正门里的灯光坐在那儿的身姿。

“你回来啦。”

她没有回答，像木偶似的站了起来。

也许是两眼发花，趔趔趄趄地踱了过来。

“怎么啦，弓儿？”清这么说着靠近了，弓子的整个身子倒进了他的怀里，“哎呀！”

弓子显得苗条纤弱，可一旦这样瘫倒下去，就重得几乎抱不起来。望到她那张仰着的苍白的脸，清着了慌。

“弓儿，弓儿……朝子，朝子。”

清踉踉跄跄地把弓子抱到床上。

“朝子，把昭男大夫请来。马上就打电话。”

“昭男大夫，不要，不要……”弓子这才头一次开口。

“对啦。昭男大夫不赶趟儿。他又是外科。”

他们请了一位附近的医生。结识昭男以前，通常总是请他看病的。

医生还没到，弓子就因血液缺氧，脸色变得青紫了。

呼吸急促，诉说胸部疼痛。

清心疼地想道，弓子是强忍着难受，好不容易才回到家里的。

“会不会就这么死掉了呢？”清感到不安了，“朝子，你替她松开校服前胸，把袜子给她脱掉吧。”

“是啊。”朝子点了点头，“怎么回事呢？怪可怜的。”

清听凭朝子去弄，自己走了出去，又打电话催医生。

以前为年方十五的弓子动盲肠手术，要给她脱光衣服的时候清好像还想站在那儿。昭男就把他领了出去。如今他已换了个人。

“说是医生已从家里出来了。”清回到弓子旁边来，又悄悄地把朝子领到屋角，“弓儿要是死了，可怎么办？”

“人是不会那么容易就死掉的。”

“不，很难说。可是，即使弓儿死了，我既然是真正爱过她的，对我来说，能够这样也就不错啦。”清说着，热泪盈眶。

“啊？令人吃惊的利己主义。真可怕。”

医生来了，诊断为心脏性脚气病。

他给弓子注射了大量的维生素B，说：

“不必担心。”他还留下暂时不要吃白米饭等等注意事项就走了。

朝子送走医生后，径自站在房间门口说：

“哎呀，这下子就放心啦。护理嘛，就拜托哥哥啦。哥哥，你可以睡在我的床上。我借哥哥的房间……”

然后，她倏地消失了踪影。

既像是在挖苦，又像是在表示同情，要么就是善于体谅人。

清甚至没来得及回答。

清以为弓子会死掉，一时惊慌失措，顺口向朝子倾诉了对弓子的爱情，然而他并不曾后悔。弓子不会死掉一事所带来的喜悦要更大。

既然告诉了妹妹，大概也会告诉母亲的。于是，一腔挚爱就像潮水一样涌了出来。

尽管如此，朝子说他是“令人吃惊的利己主义。真可怕”，这使他嘀咕起来。倘若弓子就那么死掉了，除了回顾自己曾经真正爱过她而外，还剩下什么呢？

即便弓子生前未能晓得清是爱她的，而且，即便弓子已不在人世了，清相信，唯有毕生一直这么想下去，否则就找不到任何慰藉了。

朝子嘴上虽这么说，还是有关怀人的一面，也许跟他们两个人待在一起，有点不好意思吧。

弓子的胸脯随着她的呼吸一起一伏，清对她这一部位的不安尚未消除。

正睡着的那张白皙的脸突然好像消瘦了，令人联想到古画中的美女。

他一动不动地注视着，一腔爱怜之情油然而生，恨不得跟她接吻。然而她是个病人。

对弓子来说，最好还是敬子早点回来。

“娘干什么去了呢？”

弓子的痛苦从呼吸的声音也听得出来。

清摸索到了弓子的手，号了号脉。脉搏倒还蛮有规律。

清握着的是一只柔软的手。好像没有骨头，滑腻地粘在他手上了似的。弓子的肌肤都是这样的吗？清心里兴奋不已。

清仿佛抚爱婴儿的手一般，把弓子那指甲像樱花瓣那么薄的五个指头托在自己的手心上，一屈一伸着。

弓子偷偷地把手抽回去了。

“怎么样？好多啦。”

弓子没睁开眼睛，只是动了一下头。

她好像不想让人家跟她说话。

想到弓子的病发作得多么厉害，大概只有保持安静她才能康复。

再也没有比弓子静悄悄地病卧着的这间屋子更能使清平心静气的了。

沉寂的屋子里，仿佛塞满了清的话语。弓子被包在里面睡着。

“不要紧的，睡吧。”

话语简短，像是个病人的样子。

“在这儿待到妈妈回来……”

清上了朝子的床，在脑后交叉起十指，在被子上舒展了身子。

然后，在脑子里跟病人聊起来了。

“弓儿。你恢复健康后，好好儿地听我说吧。结婚后，哪怕你一辈子虚弱多病，也一点儿关系都没有。自从弓儿小时候眼睛里露着害怕的神色，那天晚上头一次到我家来，我就是这么想的。”

“你太小，大概还不懂，当时我就感到那是命运。咱们是随着命运成长起来的。我信守命运，跟你一道生活。我无比地疼爱弓儿，曾跟弓儿接过吻。那绝不是小孩子家的游戏。”

清无声地这么说下去，悲哀一直堵到嗓子眼儿，就闭上了眼睛。

爬上高高的雪山，边飞翔在夜晚的星空中，边织着美丽的梦那样一种感觉——这就是他的梦境。

等冷得脚脖子都快发麻了，清就醒了。

当即把那场梦忘得干干净净。因为看见了白色幻影般的东西。他的心跳得厉害。

屋子里昏暗，原来是刚出浴的敬子，身穿白毛巾睡衣，连带子都还没系呢。

“我只当是死神呢。”清气呼呼地说，“弓儿差点儿死掉啦。”

“听说了。”

敬子低声回答道。

清理会到，不知什么时候电灯蒙上了一块淡蓝色包袱皮。

正睡着的弓子，呼吸是安详的。

时钟凄凉地敲了一点钟。

“大睡了一场。”清起身，摇了摇头。

“有澡水。”

“一洗澡，眼睛就清醒过来，好像会睡不着了似的。”

“泡在热水里暖一暖。”敬子命令般地说，“什么死神，说得太刻薄了。”

“朦朦胧胧地站着个白玩意儿，吓了我一跳。”

“我才吓了一跳呢。”

“大约几点钟回来的？”

“大约几点钟呢……回来不少时候了。”敬子含糊其词。

从川村家回来的路上，她绕到昭男的公寓去了一趟。她非去不可。

对昭男嘛，她就可以吐露自己曾推销过川村那些走私手表的秘密了。她也可以把在川村家所见到的、所感受到的，如实地讲给昭男听。

敬子想倾诉一番，松口气。

即便告诉了清，他多半不是咂咂嘴了事，就是严词申斥她一顿。对弓子可轻易不能说出去。她指不定会多么忧虑呢。

然而，首先是敬子像喉咙干渴一般，强烈地想要和昭男在一块儿。

昭男已经回到公寓了。他说：

“我觉得你会来的。”并马上就把她搂在怀里。

深夜，举头望明月的时候，敬子才想起了弓子。

她悄悄地走进家里的正门，谁也没出来迎她。

她是从女佣文子嘴中听说弓子生病一事的。

朝子大概已入睡了。

弓子也在睡着。清正在她旁边的朝子那张床上假寐。

敬子赶紧去入浴，把昭男从身上冲洗掉了。

清一挨近刚出浴的敬子，就觉得仿佛是温暖的霭雾掠过腮帮似的。

母亲跟过去不同了。她仿佛有自信了，不再像过去那样惴惴不安地操心什么的。

清感到不论是对弓子的事，还是对他自己和朝子的事，母亲都略微不同于过去了。

第二天，害过一场急病后，弓子看上去“全然寡欲”。

还稍微有点头痛，但情绪颇佳。

敬子为了不露痕迹地给弓子解闷，使她在心灵上得到安慰，就让弓子拿着昨天晚上草野存放在自己这里的七宝。

“要把这个做成首饰，弓儿也替我想想式样吧。那是个三十出头、穿西装的人。”

“我好像头脑都没有了，什么都不能想。不知道三十出头的人喜欢什么式样。”

尽管如此，由于那东西很美，弓子还是看得出神。

敬子知道了弓子并不是由于这样那样地想念昭男的事而病的，这时才舒了口气。

“听说心脏性脚气病可怕着呢。弓儿，可得当心啊。”

弓子在被窝里点了点头。

“打从在街头募款的时候起，你好像就难受来着。”

“可难受啦。”弓子把头掉了过去，“在学校里结了账，回来的电车上满满当当的，心脏怦怦直跳，一会儿又差点儿停止跳动了，还出黏汗什么的。”

“要是在外面倒下去了，可怎么办？这种时候，坐出租车就好了。回来以前，到昭男大夫的医院去也行嘛……”

弓子想起自己是怎样把神经绷得紧紧的回来的，并倒在清的怀抱里了。

清曾全心全意地护理她，她一点儿也没对他感到发怵。

清累得什么也没盖就假寐了。这，弓子也是知道的。

“哥哥，会感冒的，哥哥。”她这么呼唤，清却没有醒。

弓子胸口堵得慌，发不出大声音。她更不可能起身走过去。

尽管挂在心上，却昏昏沉沉的。

昨天晚上弓子并没有等待敬子。

今天早晨，敬子轻易地就放下心来，她可搞错了。不知从什么时候起，弓子凭着女孩儿家的本能，厌恶着敬子对待昭男的那副样子。

她觉得爹好像转瞬之间就被遗忘了一般，所以对敬子心怀怨气。那根信赖的纽带都快绷断了似的。

昭男比清更牵动着弓子的心。

每逢看见敬子和昭男待在一起，弓子就感到仿佛被出卖了，或是自己的领域遭到侵犯了。与其说是单纯的嫉妒，毋宁说是复杂的厌恶。

弓子一边在胸脯上摆弄那有着美丽图案的七宝，一边对自己的心情纳闷不止：

“为什么会这么觉得呢？……”

她感到会发生什么可悲的事。

近来一点小事就会使她冒出想马上离开这个家的念头。

她并不想回到生身之母那儿去，也不认为能回去，只是一味地想离开敬子和清。

病要是拖长了就糟了，她甚至感到焦躁起来。

“我要是得长期向学校告假，索性休学算啦，您说呢？”

“为什么？……”敬子吃了一惊，“不是就剩一学期多一点了吗？”

“要是期中考试缺席，也许还不能毕业呢。”

“不要紧的，要求补考就行啦。”敬子安慰道。

弓子却打不起精神来，说：

“明天我问问大夫要休息多久。”

“待会儿打个电话，请田部大夫给瞧瞧，向他打听一下就成。”

“不愿意。绝对不愿意。”

“不愿意什么？……”

弓子的口气那么坚决，敬子不由得反问了一声。

“不愿意，不愿意，不愿意。田部大夫不是外科医生吗？用不着请他来。”

敬子大吃一惊。

她一时无话，就用4B的铅笔在手头的白图画纸上画起仁丹大小的环儿串成的宝石链儿来了。

敬子像是悄悄地探索突然回避起昭男来的弓子的心绪似的，安详地试着说：

“虽然是外科，他对你的身体是一清二楚的。”

“不愿意，不愿意。”

敬子这种口气，使弓子两肩发颤。

敬子认为要是把昨天晚上所到过的地方讲给弓子听，就能减轻她的疑虑，于是说：

“昨天晚上，那以后不久，我就到草野的店里去了，出了一件不得了的事。”

“……”

“川村先生为了走私手表那档子事被警察局传去了。”

然而弓子甚至不肯问一声：

“妈妈，您没受牵连吗？”

“川村先生家里的人还不知怎样了呢，怪可怜的。所以我非到他们家去拜访一下不可。我这是头一次到水天宫附近的川村先生家去。”

敬子把仿制七宝的玉石和珍珠交替着穿在银质宝石链儿上。

珍珠是椭圆形的，好像跟玉石不般配。改成细细的锭子型的怎样呢？敬子忽而用橡皮擦掉，忽而又画起来。

“有两个可爱的孩子，七岁和五岁，太太一看就非常和气……可是她浑身是病，身子骨儿挺弱，看上去日子过得并不宽裕，妈妈好难过啊。”

弓子听没听着呢？

敬子的来访使川村的妻子不好意思起来，或者毋宁说是感到了狼狈。

“太太一个人也有事要操劳的啊……”她说着，眼睛就湿润了。她从川村口里听到的关于敬子的描述是怎样的呢？

“妈妈想为他做点什么。因为打从当小徒弟的时候起，他对妈妈就忠心耿耿。我跟他太太互相唠叨，所以拖延了那么久。要是知道弓儿病了，应该早点儿回来的。”

敬子在弓子枕边软软地弯下身去，把珍珠和七宝放在图样上看了看。

“怎么样，弓儿？这根长链儿索性不求均衡，弄得更长一些，折成两圈儿也行。一位身穿宽宽松松的淡绿色薄纱衣的夫人戴的项链……”

弓子瞥了一眼：

“这是吉卜赛式的。”

“吉卜赛式的可要不得。”

敬子想把它弄成优雅艳丽的东西。

她把它连纸一道轻轻放在一旁，准备再琢磨一番。

“朝子姐多么幸福啊。她有自己喜欢的事情做，跟自己喜欢的人一道生活下去的道路已经安排好了……”

弓子说出了这样的话。

“朝子幸福吗？……我正担心着朝子要么是个自己把幸福破坏掉的人，要么就是个让幸福溜掉的人呢。”敬子把心里的话照实说了，“幸福也许是更纯朴的东西。尽管这样，还需要耐性和献身精神。幸福是自己缔造的，可又不是单凭自己一个人就能缔造的。认为有自己喜欢的事情做，跟自己喜欢的人一道生活下去就是幸福，这是浅薄的想法。”

然而弓子的眼睛里还是多少泛着不满意似的神色。

“我要是也能懂得这才是真实的就好了，可是不论问什么也弄不懂。烦死了。”

弓子说这样的话，是因为生病呢，还是为昭男的事耿耿于怀呢？

敬子又想道，也许是昨天夜里和清之间发生了什么事吧。

清那寂寞的睡相浮现到敬子眼前。

虽说是为了护理病人，他毕竟曾和弓子在同一个房间里，睡在并排的床上。

敬子想道，她得留神，好好儿观察这两个人的情况。

弓子又是注射维生素B，又是以燕麦片和面包、蔬菜水果为饭食，保持静心养病一周，她好像已当腻了病人。

不过，只要有清在场，她看上去就又成了病人。也许是藏在生病这个挡箭牌后面，以便逃避清的追求。

说不定由于和清单独在一起的时间太憋闷，弓子才期待敬子回来。

然而这可能是敬子的命运发生巨大变动的年头吧。

几乎没有一天能够踏踏实实地待在家里。

跟房子的买主也快谈妥了。敬子认认真真地为店铺的地皮和营造等事到处走动。

正赶上市面萧条，木料降价，工匠找不到活儿干，好像用不着忙于结账。

敬子心里盘算着，一个人办各种交涉。

“要是有川村先生在，可以得到多大帮助啊……”

一周的拘留期结束后，川村还是没有被释放。

敬子给他送过饭，还请律师去跟他会过面。

“看来川村先生还是没有把我的事说出去。”敬子这么相信。

一连几天都是小阳春天气，医生允许弓子每天到学校去参加两小时的期中考试。

她打电话把两三个要好的同学叫到家里，请她们帮她补习所缺的课。

嘴上虽然把考试说成是沉重负担似的，但弓子毕竟还像个学生的样子。最快乐的大概莫过于专心用功的时候，书声琅琅，生气勃勃，响亮有力。

同学来了一下午，她们刚回去后，快吃晚饭的时候，弓子在厨房里边轻松地唱着歌什么的，边做菜。只见女佣通报说：

“喏，田部大夫来啦。”

“哎呀，是吗？……可是？……”弓子的回答让人觉得莫名其妙，但她立即朝正门那边赶过去。

昭男已经被让到客厅里，坐在沙发上了呢。

“您来啦。今天妈妈出门啦。”

有着一对双眼皮、水灵灵的眼睛的昭男，点了点头。

“不知道什么时候回来。出去的时候，每次都说早早儿地回来……不过，我想这就会回来的。”

昭男与其说是听弓子说话，不如说是望着弓子本人：

“好久不见了。稍微瘦了点儿。”

“是吗？……”

弓子并不曾觉得好久没见着昭男了。

“说是心脏性的，是吗？……幸亏犯得轻。怎么样？好像不要紧啦。”

“是的。您是听妈妈说的吧？……”弓子这么一说，昭男露出仿佛觉得晃眼般的表情。

这下子弓子也想起，奇怪的是昭男存在于自己心灵的什么地方。近来就是这么消磨着岁月的。

女佣端茶来了。

“您还没用饭吧？”

弓子宛若娇滴滴的主妇似的问道。

“我没关系。马上就告辞……”

“哎呀，为什么？要是不挽留妈妈的客人，事后会挨说的。”

“今天我不是你妈妈的客人。我是来探望弓子姑娘的。”

“实在不敢当。那么我就更应该款待您啦……”

昭男巴不得跟她开句玩笑：

“你的嘴真甜。”他却把话咽回去，面泛微笑。

他掏出一个包装纸甚为精美的小盒子。

那是蜜饯栗子。

“多谢。弓子爱吃的东西，您知道得很清楚啊。”

“我是听令堂说的。还听说，你不肯叫我这么个庸医给看病……”

“哎呀。”弓子的脸泛红了，“您什么时候见着妈妈的？”

“昨天。”

“什么都泄露出去了。这可不好。”弓子露出困窘的神色，“不过，我指的不是庸医，不是那样失礼的意思。”

“我一点儿也没介意。因为我对自己有信心。这么快就能治好的病，还用不着我这样的名医呢。”昭男圆滑地说。

“也不算快。我心里直不痛快。下周是期中考试，不上课，医生才准许我上学，这才松了一口气。”

“可不能逞强。”

昭男已经从敬子嘴里得悉，弓子不愿意让昭男来出诊。

昭男是受敬子之托而来的。她说，弓子在闹别扭，不好办，请他给拉拢一下。

今天的拜访，可以说是在做戏。

然而现在昭男和弓子面对面地聊天，只觉得弓子尽管在一定程度上了解敬子和他之间的事，却又好像仍为他保留着几分好意。所以他不愿意再这么做戏下去了。

“我告辞吧。”

“哎呀。再待一会儿吧。只有我一个人嘛。”弓子的眼睛里甚至泛着亲切的神色，她娇滴滴地转过身去，就走出了房间。

昭男此番做戏，是不是达到了目的呢？弓子好像既没什么不高兴，也并不郁闷。

昭男看着弓子，不由得产生了朝气蓬勃的感觉，他已经好久没这样过了。仿佛瞥见了光亮似的。

昭男独自待了一会儿。

随着餐具在朱漆长盘上咯嗒咯嗒的相碰声，门开了，弓子那张两颊通红的脸出现了。

“妈妈回来了再正式款待您，现在就陪陪我吧。肚子饿极啦。”弓子边说边摆碗箸，“这是给患脚气病的人吃的。对不起，还为大夫预备了米饭。”

最后一句是用逗乐儿的口气说的。

是通心粉以及撒有一层花菜、胡萝卜和荷兰芹的奶油烤菜等。昭男的盘子里还有一份扣成花形的黄油炒饭。

“是你的手艺吗？”

“唉。”

“你是个倾向于家庭的人。”

“不知为什么，我不讨厌做菜。改天我再多做些好吃的。”

“这就蛮多了……我吃啦。”

他觉得好像是来郊游似的。

“朝子姑娘呢？……”昭男问道。

“这些天来有联播节目，每天晚上都出去。”

“快要举行婚礼了吧？”

“唉。可是和平时完全一样。我觉得，我要是也能像她那样有自信、情绪稳定就好了。”

“你要是决定出嫁了，情绪也会稳定吧。女人不都是这样的吗？”

“是吗？……”弓子仰起脸，从正面看着昭男，“有这样的事吗？……您是不是小看了女人呢？”

“确实有这样的倾向。”

“那么，我也随便地嫁到什么人那里去吧？……”

“随便地，是吗？”

“因为我不能老是任意地待在这个家里嘛……”

“啊？”

“我一个人的时候就考虑，自己究竟该怎么办呢？”

“你在考虑这样的事吗？”昭男双眉紧锁，“妈妈和清君都疼你，你用不着去考虑什么吧？”

“像田部先生这样幸福的人也许不了解，可是……”弓子脱口而出地说，“我太狂妄了吧？”

“确实狂妄，”昭男笑了，“我是幸福的人，而弓子姑娘是个不幸的人喽。”

“先生在笑我呢？”

“我在吃惊。”

“打从爹不在了，妈妈对我就挂虑得过了头。”

昭男想，恐怕真是这样，就点了点头。

“所以我这方面也就顾虑重重。”

“……”

“哥哥也是个好人，可我总觉得像是强加于自己似的，所以烦得慌。”

弓子说到这里，就连耳朵都红了，屏息一动也不动。

“为什么呢？你再跟我说说。”昭男也硬生生地问道。

“不说啦。那才真会让妈妈担心呢。”

“弓子姑娘认为我什么都会告诉妈妈喽？”

“嗯。”

弓子随随便便但是态度明确地点了点头。

昭男心里不安起来。

他用手心拢着那杯焙茶，瞧着弓子。

事先已商定，今天晚上趁着昭男还在，敬子从外头不动声色地先打个电话，然后再回来。

要是昭男不等敬子打电话来就告辞，敬子就到昭男的公寓去。按说敬子是巴望昭男掐掉使弓子产生疑窦的芽，根除她的抵触情绪。然而昭男一开始就不赞成这么做。

不过，他倒是想来探望弓子。

前来一看，弓子好像并没有怀疑敬子和昭男有什么关系。似乎并不恨昭男。

而且还听到了弓子这番意想不到的自白。

“要是烦闷，就好好儿地谈谈，告诉他你怎样烦闷。”昭男说。

弓子垂下眼皮说：

“我不大懂得什么叫怀念啦、爱慕啦的。”

她像是在低声咕哝呢。昭男能够体会得到。

弓子和清是像兄妹一样两小无猜地一道长大的。弓子难以把清当作一个男人那样去爱，但清恐怕在爱着弓子吧。

“我很难受。仿佛是无意之中一直在欺骗着哥哥似的……”弓子继续说到这里，就用双手捂住脸。

昭男以为她哭起来了，其实看来是为了遮羞哩。

昭男轻易不敢说什么。

“弓子姑娘，你要是考虑得过多，脚气病又要闹到心脏上去了。”他就这样支吾过去了。

弓子把手从脸颊上移开了。

“假若我从妈妈这里逃走了，先生能明白我不是个忘恩负义的背叛者吧。”

“哦？你这是什么意思？这可不妥当。不是听听就算了的事。要是弓子姑娘逃走了的话……”

“我也想找到自己的生活。让我去先生的哥哥的店里干活儿吧……”

“没影儿的话。像你这样一位小姐哪里干得了呢。哥哥会断然拒绝的。”昭男一边推脱，一边想起哥哥喜欢弓子，并曾透露过想让她跟昭男成亲的意思。

昭男已经无心坐等敬子的电话了。

他觉得，与其让敬子在这里露面，假惺惺地做戏，还不如自己回去呢。

而且，他自己既然已经和敬子在一起了，却面对着弓子那香气袭人般的青春，这不仅让他感到痛楚，甚至还有点凄凉的意味。

起初，敬子那种女性的安详温柔比弓子的朝气更吸引着昭男。

说起来，昭男初次到这家来造访，就听到敬子向他诉说身世。接着，朝子又秘密地拜托他办事。

现在，弓子的心扉也即将向他开启似的。

清对昭男也表示着好感。

昭男不知从什么时候起就在这个家里成了这样一个人。他仿佛在回顾自己般地说：

“弓子姑娘所说的自己的生活并不仅仅体现在就业方面。保持弓子姑娘自己的本色，那才是自己的生活。”

“我自己在哪儿呢？”弓子反问道。

“在这儿。坐在我面前的弓子姑娘家里……”

“妈妈回来了。现在这件事，可不要告诉妈妈……”

然而走进正门的是清那黑乎乎的身姿。

这一天，敬子一直忙到天黑。

中午是和被允许回家的川村以及律师，三个人一道吃的饭。

川村好像不大愿意提到这个案子的事。

敬子也明白这一点，所以就报告了变得具体化了的店铺计划。

就连听说敬子用目前这座房子的定钱在麻布的大街上买下了三十坪相当昂贵的地皮后，川村也只是翕动了一下嘴唇，什么都没说。

他的脸上显得闷闷不乐。

“店里得请你帮忙。我一个人顾不过来。”

川村眨巴着眼睛：

“隔壁是做什么生意的？”

“是美容院。”

“美容院？……另一边呢？……”

“另一边有座围着长长的石墙的宅邸。墙尽头是咖啡馆或是俱乐部，光顾的大多是外国人。”

“……”

“都营电车公司的车站也很近。围着石墙的宅邸的二楼和前面那座宅邸好像都是外国人的。毛儿剪得短短的小狗系了飘带溜达着。”

“狗嘛，怎么都好……”

“川村先生，你去看看吧。星期一什么的，一道去吧。也可以瞧瞧狗。”

“啊。”

敬子跟诚惶诚恐的川村分了手，到百货公司去看首饰的陈列柜。

为了供设计式样做参考，敬子经常逛百货公司。

映入敬子眼帘的是宝石般的玻璃和金银花朵，在纤细的金属丝上贴起带色云母做成的花和昆虫。

随后她在草野的店里露面，接待顾客。

她还和营建店铺的人见了面。

六点钟，敬子跟小山的哥哥在资生堂的二楼碰头，以便为朝子的结婚仪式进行最后一次商谈。

在教堂举行仪式，在餐馆设结婚披露宴，两家参加的共约四十来人，赴伊香保去新婚旅行。这些，事先都已经大致商定了。

“伊香保已经有点儿冷了吧？”敬子这么一说，小山的哥哥就回答道：

“让他们挨点冻，把精神振作起来也好嘛。满山的红叶就仿佛燃烧着一般，冻得身子好像都抽缩了似的。”

说好婚礼的费用由双方平摊，伊香保的旅费由新郎出。

小山要在下北泽租间屋子，开始新婚生活。

小山大概原指望能暂时住在敬子家里。这一点落空了，敬子也觉得遗憾。

小山的哥哥和敬子已见过两三次面，关系越来越融洽了。

吃罢饭，敬子正要在银座八丁目尽头跟小山的哥哥分手的时候，他不肯放她走，叫住一辆出租车，说：

“送您回府上去吧。”

所以敬子就没有时间给家里打电话了。

结果，敬子一直被送到坡下。

到正门来迎接她的弓子说：

“哎呀，您没在那一带碰见吗？”

“碰见谁？……”

“田部大夫刚刚回去。”

“哎呀，是吗？”

敬子大失所望，脱下草屐。

弓子在场，敬子不大可能往昭男的公寓里打电话，也不便刚一回来就又出去。

今天一天都没能看到昭男的脸，她觉得非常倒霉。

“要是从车站走回来，准会遇上了……”她认为很可惜。

话又说回来了，昭男回去得可真干脆。难道有过什么不愉快的事吗？

“大约几点钟来的？”

弓子边在走廊里踱步，边回答说：

"天都快黑了……五点半左右吧……"

她走进茶间，就在桌前坐下了。桌上摊开着一本教科书。

"请他吃饭了吗？"

"跟我吃了一样的东西。"

"呃？……"敬子泛出也不知是钦佩还是惊讶的神色，"弓儿，你告诉他生病的事了吧？"

"妈妈总是夸张地宣传，多不好啊。"弓子垂下眼睛看着教科书，"他送我一盒蜜饯栗子做慰问品。妈妈吃吗？"

"现在不想吃。"敬子把腰带解松了，"你们都说了些什么话呀？……"

"什么话……这样那样的，好像净是我在说啦。过一会儿哥哥回来了，他们两个人一道呼啦一下就出去了。"

"呃，和清一道？……"

昭男不可能把清带到公寓去，那么到哪儿去了呢？

敬子不愿意让弓子看见她的脸，就站起来，坐到镜前，仔细端详自己这张脸。

突然显出了倦容。

昭男也许还会被清领着，忽然回到这个家来呢。敬子一心翘盼着，在正用着功的弓子身边翻阅收有古代美术照片的书。

是战前出版的《世界美术全集》的"工艺编"和"染织及服饰编"。

她从从容容地看着古希腊的金戒指、塞浦路斯岛古代人的项链、罗马时代的青铜制卡子、法国古时候的装饰性梳子等照片。

当朝子回来的时候，她正在读久米武夫的《宝石学》。

"今天见了小山先生的哥哥，统统定好了。"敬子说。

"是吗？"

"伊香保的旅费，说是小山先生给出……"

“嗯。我也跟他这么说过了。”

“是你求他的吗？”

“我说的。当然应该由小山先生出喽，对吧？”

朝子连坐都没坐下，对答毕，就那样倏地到浴室去了。

“果然，正像弓儿说的，沉着得很呢。”敬子轻声笑了。

朝子如此冷漠，她想在弓子面前掩饰一番。

夜阑后，电话铃响了。

敬子把听筒贴在耳边，听到清用略带嘶哑般醉醺醺的声音说：

“娘？……是娘吗？您知道我现在在哪儿吗？今儿晚上不回去啦。行吧？田部先生也跟我在一起。——问弓儿好……”

敬子连回答一声都忘了，就把听筒挂上了。

这一夜，敬子没有睡好觉。

四点钟左右，雨下得很大。

然而第二天早晨晴朗了，在不合时令的很大的湿度中，敬子醒了。昭男和清的事，立即逼上心头。

“他们两个人不知道在干什么呢？”

不同于平日，化妆的时间也拖拖拉拉的，差不多对镜坐了一个小时，只见清挺不好意思似的走进来了。

“你回来了。”

清伸着腿坐在母亲背后。他点了纸烟。

“到底干什么来着？”

“到银座去喝了一通。”

“又是峰子姑娘所在的那家酒吧吗？……”

“不是。”

“在哪儿过的夜？”

“田部先生要我保密，说是妈妈恐怕会生气的。”

“我想听听。说吧。”

敬子一边用发针别住耳朵上的卷发，一边从镜中窥伺清的表情。

“说起来，都怪我不好。”清大概没睡觉，连声音都是尖俏的，“我把昨天夜里的事坦率地告诉您，可您得在田部先生面前绝对装作什么也没听我说，不然就难办啦。”

“讨厌，还摆架子呢。好的，就算我没听见……”

清垂下眼睛，掸香烟的灰，敬子感觉到他还是一个乳臭未干的男人。

“是我邀他去的，又是我先醉的。我跟田部先生刚认识不久，以为他在酒吧里没有什么相好的……”

“后来呢？……”

“醉了以后，他和我亦步亦趋，把一个看上去原来就跟他亲密的女招待以及女招待的朋友带到她们租的屋子去了。”

“真荒唐。”

敬子不是对清，而是对不在场的昭男这么大声说着。

“娘，生气了吗？”

“生气了吗？这……”

清这说法，几乎使敬子浑身发抖。

“虽说是女招待，两个人都是知识分子，通情达理，并不下流。”

“你也够浅薄的。”

敬子觉得镜子里的自己这张脸显得苍老，她难过得把镜子的两侧折叠起来了。

“大家说静悄悄地玩吧，一边玩扑克牌，一边喝威士忌，只见田部先生刚一躺下，就打起呼噜来了。直到下起雨来的时候我都还没睡着。”

敬子匆匆忙忙地刷起指甲来，脸上一片凄容，让人觉得丑陋，清说不下去了。

他在脑子里重新回味着昨天晚上的事。

“睡着了吗？下雨啦。”躺在身边的女人想要把头伸进清的胳肢窝里，“你害怕啊。”

在黑暗中，女人的表情什么的全都弄不清楚。女人的动作尽管温存，却显得挺淘气的样子。

“没玩过吧？”

女人那微温的嘴唇使清的恐惧消失了，于是他被卷进女人的柔软里，只觉得自己的脚硬到不好收拾的程度。

“要是没做那样的事就好了。”

清那悔恨的声音孤零零的，听上去怪寂寞似的。敬子的母性仿佛被唤醒了。

“会引起悔恨那样的经验还不如别去尝试呢……难道你忘记了自己是怎样把弓子一个人留在家里而出去的吗？”

“没忘记。正因为想起了弓儿，我才得救的。”

“怎样得救的？”

“……”

“是银座的哪家酒吧？那些女招待都叫什么名字？”

“这种事儿无所谓。反正也不打算跟她们再见面啦。”

“你是什么时候跟田部先生分手的？”敬子小心谨慎地问。

“他在涩谷请我吃了早饭。咖啡蛮好喝的。田部先生说是要回家去，我们就在车站分手啦。”

“我甚至都不能向他道一声谢。”

“道声谢倒也可以……可是，谢什么呀？还是装不知道为好。他会害臊的呀……”清龇牙咧嘴地笑着，敬子恨不得用指甲弹弹他的额头。

要是敬子不在场，年轻的昭男就把她忘得一干二净。

然而敬子叹着气想道：“我只好装聋作哑，忍受着。”

昭男会不会是在担心敬子和他之间的事一旦暴露出来的时候，为了使清态度硬不起来，才给了清女人的呢。

“我托他去安抚了一下弓子，也许倒把事情搞糟啦。”

# 结婚之前

十月底的一个吉日，麻布那爿店举行了上梁典礼。

预定在正月中旬开张。

朝子的婚礼也日益迫近了，全家都生气勃勃的。

打从昭男和清二人在女招待屋里过夜以来，敬子的感情就被伤害了。在昭男来找她说点儿什么之前，她打定主意不跟他见面。

然而，一连两三天没有音信，她又觉得对方漠不关心似的，简直受不了啦。

“难道没有我，他竟满不在乎了吗？……”

她寂寞得喘不过气儿来，思念不已，又像是有一种揪心般的快感。

由于忙乱，敬子才好歹一直忍耐到昭男打电话来。

“有能乐的票，您去看吗？”

“不行啊。忙得厉害……”

敬子本来无意谢绝，不知怎的，辞谢的话却脱口而出。

昭男那随随便便的口气就仿佛他们刚刚分手似的。敬子一方面感到释然，却又认为他狡猾。

“不是今天。”

“什么时候呀？”

“明天下午一点钟开演。即便去迟一点，也不碍事……”

“明天嘛，可以。”敬子的声音掩盖不住喜悦之情。

“是染井的能乐堂，所以我在巢鸭车站等你。一点钟以前能到吗？”

“能。”

"那么，回头见。"

电话被干干脆脆地挂上了。

这四五天的空白，他甚至不肯问一声："你好吗？"

他连"前些日子承蒙弓子姑娘请我吃了顿饭……"这么一句话都不肯说。

敬子对昭男的淡漠依然心存不满，却开始想着回头就跟朝子到美容院去，以及明天到能乐堂去穿的和服要配上什么腰带的事。

刚好绸缎庄的人来了。

朝子将在婚礼上身着西式礼服，她新近还定做了新婚旅行穿的暗红色衣裙和紧腰式黑大衣，用不着找绸缎庄了。然而敬子却为参加朝子的婚礼定做了底襟带黑色花纹的礼服和腰带。绸缎庄的人就是送这个来的。

那是一件深灰蓝色的特等绉绸礼装，抚摸起来很舒服。她还顺便定做了款式时髦的和服，下摆和领子下面分别织出约莫两寸宽的灰色与赭红色条纹花样。这一件也已做好，一道送来了。

背后没有花纹，用稍微华丽了一些的中国锦缎做的筒带很是醒目，一定挺般配。

"明天就能穿了去，太好啦。"

近来敬子对谁都无所顾忌地添置和服。而且，她的衣履整齐了。

她好像蛮快活，可又总觉得有点儿孤孤单单，无依无靠。

绸缎庄的人回去后，朝子进来了。她就像个客人似的在屋子当中间儿一坐。

"娘这阵子也挺美的。"她感到新奇般地望着摊在包装纸[1]上面的和服和腰带。

"像这么华丽，才跟妈妈般配，蛮好。"朝子既坦率又温存，"弓儿

1　原文作纸叠，在厚纸上涂以漆料折成盒状，用来包装和服。

这件塔夫绸衫，颜色好吧？那是我挑选的。”

“我原来以为太朴素了，可发出彩虹色的光，倒挺好看的。”

“塔夫绸的颜色使得珍珠戒指熠熠生辉，对吧？”

“一定是这样。”敬子也点了点头。

“钱花过了头，事后娘会不会手头拮据呢？”

“我指望在圣诞节期间做些珍珠的活儿。要把珍珠设计成各种式样来挣钱。”

“我指的不是弓儿的珍珠，而是为我的事这样那样的……”

“新娘子就不用担心了，喏，就听凭娘来办吧。”

“是吗？请不要把钢琴卖掉。”朝子马上就进一步提出了要求。

“不卖。带到麻布去。弓子也还要弹的。”

“那是岛木先生为我买的。”

“是啊。那是朝子的东西。”

“我要是能够住到更好一点的房子里，就来把它带走。”

“但愿你及早能够这样。”

只要能够让女儿女婿抱起住进放得下钢琴的房子这么个希望，替女儿在麻布那狭窄的家里存放钢琴也无妨。

然而敬子想，朝子究竟什么时候才能来拿走呢？

“我那套装的裙子，当中间儿好像有点往下坠，不喜欢。”

朝子长得过于苗条了。

作为新娘子，或许给人以既敏锐又严厉的感觉。

“时间还很从容。要求他们给改一下就成。”

“我想现在就送去。”

“那么，咱们去吧。我要顺便到松坂屋的美容室去，在这之前……”

“要是美容的话，我最好明天去。”

“改成今天吧。咱们一道去。”

估计今后母女不会有多少次一道闲荡的机会了。

近来和朝子一起步行时，甚至被人问及是否为姐妹俩。敬子与其说是高兴，毋宁说是激动。

这是由于敬子长得少相，又竭力想让自己变得年轻的缘故，而且孩子们也长大了。

在襁褓中的时候，清和朝子净闹病，弄得敬子惴惴不安。然而上小学后，两个人都结实了。那是连孩子都生不起病的年代。还没顾得上去照料他们，不知不觉的，他们就长大了。

然而觉得孩子们在搂着她的腰那个时期，她不断地想：

“他们早点儿长大就好了。”

敬子还认为，世上唯有长大成人的孩子才是绝对站在她这一方，是将来她所能够依靠的。

然而，她一次也不记得清和朝子成为自己的依靠，可如今仿佛即将失去他们了。

敬子想，要是清和弓子能够结合，好像就不至于把一切都失掉了。

“你们都长大了，我觉得自己成了老太婆啦。”

“没这么回事。娘年轻着呢。”

“喏，快点儿走吧。”敬子催促着朝子，“我的青春和寿命都来日无多了。”

刚刚做完的头发和化好的妆，简直不像是自己的，敬子不喜欢。既然明天和昭男去看能乐，她想今天就打扮好。

一到外面去，阳光融融，敬子对神情开朗的朝子说：

“如今哥哥和弓儿的‘圆井膛之恋’要是成功了，我好像也终于要隐退了。”

“哥哥似乎巴不得这样，可是弓儿怎样呢？……”朝子泛着冷笑，“哥哥过于尊重弓儿，然而他笨手笨脚的。又是一块儿长大的，不好办。”

“旁人的事你讲得倒好像头头是道。”

“我认为弓儿大概喜欢田部先生那样的人。”

“有这样的苗头儿吗？……”敬子放低了声音，仿佛试探般地问。

“他可比哥哥温柔多了，人们会不由得被他那明亮、双眼皮的眼睛所吸引。生活也过得蛮像样子……就连我都认为田部先生比小山先生更信得过。”

“你在说什么呀。”

“田部先生准讨厌我这样的女人。”

“眼看就要结婚了，也犯不上让旁的男人喜欢嘛。”

“希望被男人喜欢，这是女人的本性吧。在这方面，我没有多少缘分……我的性格不大招人喜欢，所以就认头了。跟弓儿不一样。”

“你说话得像个结婚前的闺女啊。”

“弓儿说，她认为田部先生长得像她去世的爹，一这么想，就连嗓音都觉得像了。”

“嗓音才不像呢。”敬子反驳说。

“娘不对。为田部先生闹腾得什么似的。”

朝子的鞋后跟发出坚硬的声音。

“为什么不对？”敬子只得装糊涂。

昭男和她本人以及弓子之间像是会出什么事似的。仿佛是迷蒙的雾在漂浮，却宛如电流一般有着感度，敬子觉得害怕。

“弓儿爱爸爸，喜欢娘。打一开始就无条件地……正因为不是亲骨肉，反而被娘的魅力所吸引。凡是对娘来说好的东西，她看着样样都好。当我听她说田部先生长得像她爹的时候，我就想：啊哈！”

朝子的话刺着了敬子的心。

“我并不认为田部先生长得像爹，却觉得田部先生和弓儿有相似的地方，很是般配。不是蛮好吗？尽管哥哥怪可怜的……”

敬子的脚都快麻了似的。

一走到银座，敬子就瞥见了姑娘们那富于朝气的打扮和衣着，青年们的身姿也映入眼帘。

她觉得自己已经在被那些人推开了的另一个世界里了。

朝子到西装店去，敬子则顺便去草野，两个人说好在美容室碰头，就分了手。

在草野，除了跟她商量怎样迎接圣诞节和新年外，还托付她把老式的玳瑁簪子改成西式的首饰。

敬子在这方面动了动脑子，然而走出草野，乘上百货店的电梯后，就让自己的心灵变成一片虚空。她竭力什么都不去想。

朝子还没有到。

敬子躺在美容术的睡椅上，涂以掺了激素的酸奶，并用附有橡胶吸盘的器具把皮肤捏个遍；她听任旁人摆布，心情舒畅，只觉得这间斗室活像是女人的避难所。

她漫无边际地想着即将竣工的麻布那爿店的装潢啦，该把老式的玳瑁改成什么式样啦，以及据说是今年流行于巴黎的发型——在脸的周围饰以花瓣般的鬈发。

然而，这也只不过是借以分心而已。

“难道朝子是知道昭男先生的事才那么说的吗？……”敬子感到忐忑不安。

敬子美容完毕，就换到另一间屋子去。她被安顿在镜前的一把椅子上。

“您要什么样的发式呢？……”年轻的美容师问道，“香月老师出门啦……”

敬子请她把自己后面的头发剪短，用柔软鬈曲的刘海儿点缀额头。

不知什么时候，朝子也罩着吹风机坐在附近的席位上了。

朝子把头发留得较长，烫着大花，她已经好久没改变这种发型了。

她大概打算结婚时也梳这样的发型吧。

敬子向服务台付款的时候，朝子在外面等候，然后小声问：

“多少钱？”

“两千二百元，两个人的……”

“结婚后就来不了啦。”

“这么年轻，靠朝子本人的打扮就足够啦。”

“我祝愿娘的店生意兴隆。”

“是吗？”

“要是不能去打秋风，可就糟啦……”

“那样的话，我就糟啦。”

“多半会去打秋风的。”朝子说罢，笑了。

为了明天和昭男见面，敬子已准备就绪，这时忽然又思念起昭男来了，浑身火辣辣的。

“我举行婚礼前，您把弓儿也带到美容室来一趟好了。”朝子说。

“嗯。我是打算这么做的。”

“她用甲酚水一个劲儿地擦草席，患了神经衰弱症。”

“那是大夫嘱咐她做的。打算把草席上的枯草菌消灭掉。”

“家里发出病房般的气味。”

“那种气味好像能使弓儿的心神平静下来。”

“近来还有点儿洁癖。只要白内衣和手绢儿上稍微沾点污迹，她似乎就嘀咕。这不正常。”

朝子这句话仿佛也在责备敬子一般。

这阵子弓子曾梦见被清那冰凉的嘴唇接触。

她觉得犯了重罪似的，又害臊又打哆嗦，惊醒过来。

那是她还不懂事时发生的，近来只有从新宿回来的路上那一次，然而在梦中就都变成现在的事了。

这大概也是弓子患“洁癖”的原因。

要是敬子不在身边，弓子就总也睡不着。

半夜里她会忽然醒过来，把落叶声听成雨声，或心里打怵，以为那是什么人的动静。

她认为，自己之所以焦躁，沉不下心来——

“也许还是生病的关系吧？……”

放学回家的路上，她顺便到大夫那儿去继续打针。有时大夫出诊去了，扑个空；有时又因挤满了病人，只得等着。弓子却无意到昭男那家医院去。

期中考试结束了，学校又每天继续上着同样的课。

国语课出的题是写一本书的读后感，因此她读了父亲遗留下的文学书籍，就势整理了一番。

翻译的小说也有弓子理解不透之处，但其中描述着恋爱与情欲之百态，使她觉得人世似乎是由复杂的男女关系构成的。

弓子所心荡神驰、捕风捉影地盼望着的那种“爱情”，也许哪儿都不存在。

随着朝子婚礼的迫近，家里弥漫起清新的充实感。敬子生气勃勃地活动着。

唯独弓子觉得孤独。

弓子不能由衷地祝福朝子的婚姻。“为什么呢？”她对自己感到厌恶起来。

莫非是由于她们不是真正的姐妹吗？难道是由于自己心术不正吗？

弓子一点儿也不羡慕朝子的婚姻。对她来说，爱情理应是更美好的东西。

虽然不是正式的婚姻，爹和敬子之间开头几年的生活曾有过爱情。弓子的安宁渊源于此。

然而，突然失踪了的爹也罢，而后的敬子也罢，均使弓子感到孤寂，就像被遗弃了似的。

敬子把弓子挂在心上这一点，弓子是一清二楚的，但这些天来敬子和昭男亲亲密密，使得弓子难以伸出手去求助于她。弓子是不可能长期怀疑或憎恨人的。这既是弓子的天性，也是弓子在这个家庭里的处境使然。

红羽毛那一次，弓子瞧见敬子和昭男结伴而行，受到了事后倒下去那么大的打击。但她卧床期间，曾竭力消除这个念头，想把它看作是自己的误会。但是依然残留着抹不掉的阴影。

弓子感到极其孤寂的时候，会偶然想起昭男，心情就开朗了。可敬子的身姿却犹如庞然大物般地堵在了眼前，弓子就闹起别扭来。

朝子出嫁后，夹在敬子和清之间生活，日子恐怕比现在还要难挨。有朝子在，会更好过一些。

“不知道怎么办才好，真伤脑筋。”弓子茫然地坐在那儿，一动也不动。

最近这样忙碌起来之后，敬子就很少下厨了，只是吩咐一声而已。而且，她经常不在家。

弓子少不得去跟推销员碰头啦，帮女佣一把什么的。

先前弓子并不觉得准备饭菜是桩苦差事，如今却感到心烦。因为大抵她只不过是和清两个人一道吃晚饭，过家家玩儿似的。

能吃到弓子亲手做的菜，清非常高兴。

但这反而使弓子心情郁闷，仿佛觉得是罪上加罪。

做什么好呢？今天也没有准主意，就招呼女佣道：

“文姐，文姐。”

她正要派女佣去买副食品时，想不到敬子和朝子双双回来了。

“好极啦。妈妈，晚上吃什么菜呢？”

“讨厌。刚一进门，劈头就是晚上的菜什么的，成天考虑柴米油盐……”敬子却紧接着又说，“对不起。让弓儿操劳啦……今天买来了做御田杂烩用的料。”

“啊，好极啦。”

弓子高兴了。

“把锅拿出来。边炖边吃吧。”

桌子上的煤气炉冒着白色蒸汽，散发出香味，还有煮东西的声音，其乐融融。

敬子和朝子做了头发，喷上了发胶，闪闪发光。

吃晚饭的时候，家族一张张的脸已经好久没像这样齐全过了，弓子固然乐呵呵地盛着饭，却又反而觉得缺少了什么人。

“爹为什么藏起来了呢？”

这是一种错觉，竟以为那个按说是已经死去了的人还躲藏在家里的什么地方似的。

弓子寻思，她之所以会蓦地像这样想起爹的事，也是自己神经疲倦的关系。因此不曾说出口。

敬子兴许是被弓子这种思绪所感染，说了句：

“好像缺个人似的。”

于是弓子感到毛骨悚然，仿佛突然被紧紧抱住了一般。

敬子原是漫不经心地说的，似乎也吓了一跳。

她赶紧补上一句：

“朝子嘛，本来也从早到晚不在家，可这下子终于不在了，毕竟会觉得冷清的吧。”

没有人作答。

“唉，尽管认为迟早会这样，我可没有想到朝子这么快就结婚。”

“我也没有想到。”朝子说。

“亏得你能结那种没有想到的婚。”清嘟哝道。

“就是这么回事。结那种十年计划的婚，到头来还不是一码事。”

“明年可要热闹啦。”清避开了朝子那句讽刺话的矛头，“搬进新房，弓儿从学校里毕业，身体也结实啦。我听大夫说过，有些人在二十四五岁以前，内脏就是孱弱。朝子会带着娃娃来玩吧。”

朝子笑着支吾过去：

“那一位不喜欢孩子。”

"是为了靠演技为生吗？"

"固然也是这个缘故……"

朝子含糊其词，低下头去，用着筷子。

小山并不厌恶孩子，然而看上去似乎打心里害怕自己有孩子。

莫非是由于对作为女演员的朝子有所期待吗？

这么一想，朝子有时就感到害怕。

他们是露水姻缘，朝子还不大理解小山。两个人的心灵还不像肉体那样亲密。

她无法告诉小山自己的身体又不正常了。

尽管听说过人工流产后，有时很快就会怀孕，朝子与其说是尝到了女人的快乐，倒是先晓得了女人的生理何等沉重。

"日子还长着呢。今后也常常会这样的。"

就朝子本人而言，每当遇上这个问题，关于结婚的纯真、清新的感觉就荡然无存了。

"你不想做爸爸吗？"

朝子这么一说，小山就直截了当地回答道：

"与其说我不想做爸爸，毋宁说是我不想让你当妈妈。"

难道朝子非认为自己受着爱护不可吗？

过不了多久就又得做人工流产手术了，这令朝子感到忧郁。

朝子怀着无法向任何人吐露的乖谬的不满，只觉得新娘那雪白的纱、礼服以及缎子鞋，无一不是徒然的装饰，就连婚礼和新婚旅行也都是剧中的一个场景而已。

"这是演员的婚礼。"

另一方面，朝子也在审视自己，并打算完全进入角色。

朝子认为眼下正演着序幕，于是就尽力让这顿四个人都齐了的晚饭吃得愉快一些。

“春天弓儿就该毕业了，指不定多么有出挑儿了呢。我才不会带着娃娃来呢。”

“女人嘛，生了个把孩子之后才会变得漂亮。”

“哥哥，你晓得这种事儿呀？”朝子容光焕发，也恭维了母亲一句，“把孩子拉扯大了之后，女人就又会漂亮起来。”

敬子神色羞涩，她正在想着明天能见到昭男的事。

第二天，在约定的时刻，敬子在巢鸭车站出口与昭男相会。她到得稍迟了一些。

昭男点燃了纸烟，在眺望那明亮、熙来攘往的市街。那张侧脸显得蛮愉快。

“你等了会儿吗？……”敬子也嫣然微笑，凝视着昭男。

仅仅这么一凝视，敬子就把昭男探望弓子后，跟清一道去冶游，以及把敬子撇在一边等事一股脑儿忘掉了。

“又是店铺动工，又是为朝子做准备，连打电话的工夫都没有。对不起。”敬子反倒用道歉般的口吻说。

近四五天没有见面，竟成了敬子的不是。

然而昭男也不能坦然自若地说出这样一句话：

“弓子姑娘好吗？”

沿着电车道向右拐去之后，有一条漫长的柏油路，绵亘着大宅子的围墙和不曾受到战灾的古老房屋。

“你喜欢能乐吗？”

“哪里，医院里有个朋友是打鼓的。我是个门外汉。”

“去年，大概也是这个季节，朝子邀我去看了场《船辨庆》[1]。前前

1　观世信光（1435—1516）所作能乐剧本。写源义经在大物浦与妻子分手，辨庆凭着祷告使出现在海上的平知盛的怨灵降伏。

后后只看过这么一场。”敬子说，“承蒙你邀我来，好高兴啊。”

“也许会觉得厌倦的。”

“不。我也想观看能乐。我干这种装饰宝石的工作，好像只不过凭的是眼前的一点心血来潮的主意，可每次看到或是听到什么美丽的东西，要么就是有别出心裁的感觉的东西，我对式样的构思仿佛也就变得新颖了似的。”

敬子朝气蓬勃地仰望着昭男的脸。

在染井的能乐堂，前来观赏的人们似乎也值得敬子观赏。这又是平素完全意识不到的世界。

昭男将一本薄薄的谣曲[1]摊开来，放在两个人的膝间。那是《弃老》[2]。

昭男告诉敬子，击鼓者中的一个是他的朋友，鼓声遂清脆地震荡着她的心灵。

然而，不论多么出色，对敬子来说，《弃老》未免太凄凉了。

狂言结束后，他们出去了。

“到热闹的街上去吧。”敬子说。

“银座？”

“银座不行……”

“浅草呢？……”

“浅草讨厌……”

在银座，他们被弓子撞见过。浅草是俊三去世前曾经与峰子徘徊过的地方。

“池袋呢？……离这儿挺近。”

“池袋可以。不大熟悉，去瞧瞧吧。”

两个人在池袋提前吃完了晚饭。

---

1　能乐剧本。现有保留剧目240多出。题材多取自日本民间传说和历史故事。

2　根据将老人遗弃到深山里的故事改编的能乐剧本。

他们只在新兴的繁华地带步行了一会儿，就叫住了一辆出租车，仿佛理应回到那儿去似的，进了昭男的房间。

敬子将脸贴在昭男胸脯上时，感到幸福安宁。

“这是我吧？我不能相信跟待在家里时的我是同一个人。请你拍打或是掐掐我，我就能晓得这就是我了。”敬子边抚摸昭男的脸边说，“是你。”

“我嘛，一走出解剖室，就飘来一股你用的香水气味——香奈儿。”

“真的吗？……”

“老是飘来这股气味。于是我就想让你搂抱我。”

“五天不见面，也会有这气味吗？”

“因为你的气味已经活在我心里了。”

“……”

“就连睡着觉，也巴不得在你那种搂抱孩子般的温柔中找到安逸。”

“我才是这样呢……”

“我是一个怎样也不习惯于做手术的大夫。正如不能沉下心来做手术，对解剖也不能麻木不仁。越是解剖了尸体之后，就越发对美好充实的生命向往不已，所以香奈儿的香气才会飘过来吧。”

“解剖，是尸体吗？”

敬子一想到昭男这双手曾碰过死尸，只觉得自己浑身发冷，可是一股更加热辣辣的东西随即喷上来了。

“没关系，只要你活着就成……”

手术前的兴奋和紧张，缝合后对经过所感到的不安——外科医生那种沉着认真的态度尤其能获得人们的信任，所以昭男也竭力显得这样，但有时也想从自己的职业中解脱出来。

尸体解剖也屡次三番地做过，一旦事毕，摘掉口罩，脱下消毒衣后，起初瞥见解剖体时所受到的刺激总是死死地缠绕着昭男。

死人前额上的皮被剥下来，用锯子锯断白骨。

头盖骨像碗一般突然被摘掉，露出了桃色的脑浆。

执刀的大夫正检查着集中在脑顶上的那些血管的病理。

胸骨上还粘连着肉，也就那样被摘除了。

心脏也罢，胃也罢，肺也罢，查得越仔细，越使人纳闷。数小时前还生存着，既能思考，又能动喜悲爱憎之情的人的生命究竟是怎么回事？简直难以探索其不可思议的魔力，以致昭男连四肢都没了力气似的。

起初，他每一次路经肉铺前都掉转脸，一溜烟儿跑过去。

“经过解剖我们所看到的死亡，只不过是肮脏的空寂而已。”昭男说着，把眼睑贴在敬子胸脯上。

过了一会儿，敬子说了声：

“暖和。”并把一只发热的脚悄悄地从床上耷拉下去。

“我给你发了朝子的喜帖，不知收到了没有？……”

“不，还没有。”

“朝子举行完了婚礼，我就轻松了。”

“可不是嘛。”

“舒了口气，就想去旅行。十年以来，净为别人做旅行的准备啦。”

“到什么地方去逛一趟吧。”

“哎呀，你真坏。这种口气，像是卸包袱似的。”

因为昭男太干脆了，敬子慌了神。她再一次用柔软的胳膊搂住男人的肩膀，琢磨着眼下昭男在转些什么念头，简直难以排遣愁绪。

“我还有医院的事，你就带弓子姑娘去吧。”昭男恨不得这么说，然而弓子的名字难以启齿。

他未必是对敬子冷淡。朝子举行婚礼后，要是敬子和昭男出去旅行，弓子会落什么下场，令人觉得害怕。即使敬子独自出门，昭男也替弓子担心。

而且，关于弓子，敬子只字不提。女人的这种本能使昭男感到憋闷得慌。

那天晚上，喝醉了的清向昭男吐露说，他爱着弓子。在涩谷吃早饭的时候他也说：

“田部先生，多亏弓子，我才得以保持清白。那个女人嘲笑我来着，可是到了早晨，我没什么可后悔的。田部先生，迟早有一天请你在弓子面前替我做证吧。”

“我睡得很熟，什么也不知道，可我相信你。”昭男这么说罢，弓子的面影就浮现到他脑际。昭男也产生了错觉，仿佛自己不是为了敬子，而是为了弓子才避免犯错误的。

“弓子姑娘就是有这样的一面。可不能玷污她。”昭男对清说，这话也是说给自己听的。

于是，他打定主意不去接近弓子，但弓子那句无心之言以及她的表情与动作都骤然带着强烈的魅力兜上心头。

昭男之所以打定主意不去接近弓子，是因为弓子向他倾诉了自己对清所感到的不安。

事后昭男越想越觉得那天晚上的事乃是出自弓子的一番不同寻常的好意，对他而言是一场美梦。

弓子犹如被众神的爱追逼得化为草花的希腊神话中的少女们。要是逼紧了，她好像也会藏到什么地方或化身为什么东西似的。

“何况我已经和弓子的妈妈成了这个样子，再去想念弓子，苍天不会饶恕的。”

然而昭男心里并非没有闪现这样一个想法：纵使能够偶然遇上一位对自己来说是最佳的异性，却还是不可能与之结合，这就是人生。

观赏能乐的第二天，医院的传达室递给了昭男一批公函，他瞥见其中还有朝子的喜帖。

“我去合适吗？……”

作为母亲的不能公开的情人，自己究竟是处在什么样的境地去参加女儿的婚礼呢？

绝不会是作为曾帮助朝子堕胎的医生而被邀请的吧。

倘若自己已和敬子结了婚，就会成为新娘子的年轻继父，而与敬子并肩坐在主桌的一端吧。

然而敬子连一次也不曾说过“结婚”的话。昭男这方面也没有提及。

他承认旁人有谈恋爱而并不许诺结婚的，也曾设想自己也会有这种事儿。然而如此突然地就热恋起来，却是他始料未及的。

他好像并不想处在别别扭扭的境地去出席，可又仿佛是由于别扭，所以才会觉得别扭。

“至少那一位愿意我去祝贺她女儿的婚礼。”

昭男把这封喜帖放在内兜里。

压在那一摞信最底下的是没有写明发信者姓名的淡蓝色信封。

打开一看，是弓子写来的。这是他意想不到的。

谢谢您前些日子来看望我。

一想到当时对您说过的话，我的脸就红了。

事后我才明白，随心所欲地说话，是极没有礼貌的。我在懊悔。

我觉得对哥哥也做了不好的事。

请不要告诉妈妈。请你把没有底的筒子堵上。[1]

如果妈妈风闻我甚至说了那样的话，指不定多么痛心呢！

务必拜托啦。

信就到此为止。她想必是由于小心谨慎，才写得这么短的。

“没有底的筒子……啊。”昭男感到，这里他好像在读着弓子那不知不觉的抗议。

然而，写剩的纸的空白处，填着小小的字。

1 没有底的筒子，不论装什么全都漏掉。转义为“（秘密等）完全泄露”。这里意指“请代为保守秘密”。

美丽的小彩虹

桃色，淡绿，浅紫

嫩黄色，乳白色

小溪上，五彩虹

伸手似够得着

倏忽吸入天空

昨天那般消失

# 女儿旅行

打那以后，直到朝子的婚礼那天，昭男不曾再和敬子与弓子见面。

是弓子那稚气的、诗一般的话语使他这样的。

为什么弓子要写那样的东西呢？

是在信里空白处淘气地胡乱涂写的吗？还是在倾诉心灵的秘密呢？

信文本身倒无所谓，昭男一味地听到弓子出声朗读附在后面的那首诗。

彩虹按说是七色的，弓子却写成“五彩虹”了，这一点也使他感到可爱得无法形容。

不知什么时候，昭男竟觉得那是一首他歌颂弓子的诗。

十一月七日，下午三点，朝子的结婚披露宴。

那是刮了台风[1]般的风的第二天，稍凉一些，天空却是纯净的。

昭男从医院里出来得较迟，又搞不清请帖上所写的帝国剧场后身那家餐馆在哪儿，沿着古色古香、大厦林立的街道走了老远。

那家餐馆坐落在教会般的洋楼的第三层。

昭男进去时，不知什么人的祝词刚结束，来宾们正在鼓掌。

这好像是不拘形式的结婚披露宴，倒很合乎小山和朝子的为人。

有人在昭男胸前系上缎带结的时候，他望见了清在靠近门口的桌子跟前向他招手。

---

1　原文作野分，把旷野的草刮得分开来之意。指9月1日或9月11日（自立春数起，第210天或220天）前后所刮的暴风。

他走到空着的座位去，弓子和川村都在那张桌子跟前。

“可喜可贺。我来晚了……”

弓子没有正眼看昭男，却低下头去，并把视线移向刚好站起来的广播电台歌手那边。

“是船山景子。”清悄悄地对昭男说。

由于小山和朝子的工作关系，请来的宾客净是舞台和广播的表演艺术界人士。

身着华丽和服的船山景子被要求唱一支歌，以代替祝词。

也有弹钢琴的。

昭男偷偷地朝新娘子那边望了望。

朝子已脱下结婚礼服，换上了露肩的淡蓝色夜礼服，肩上披着同色尼龙薄纱。

她看上去与其说是娇滴滴的新娘子，倒更像是个潇洒的少奶奶。

接着，昭男又去扫视敬子。

礼服的黑色好像使得喉咙的白皙愈益突出，浮现着一张优雅的脸。瞧不见下摆的花样。毕竟比周围的妇人强得多。

小吃、冷龙虾和拌生菜、夹心面包片，虽然简单，酒杯里却映照着枝形吊灯的光。

干杯毕，新郎新娘就用刀去切那大型花蛋糕，博得了一阵热烈的喝彩。

正吸着香烟的昭男，受到清的邀请后，傻里傻气地说：

“啊？去领蛋糕吗？”

弓子也跟在后面，朝着摆有蛋糕的桌子那边踱去，从侧脸看，她好像是在生昭男的气似的。

弓子那件紫红色的塔夫绸西装很合身。

她那紧腰身的百褶荷叶袖也罢，裸露着洁白的胳膊，靠肩处圆鼓鼓的袖子也罢，都招人喜爱。

天真烂漫的款式和神秘的色彩以及绸料的感触都焕发着弓子那年轻生命之化身般的美。

连昭男也觉察出年轻的来宾们那感叹与艳羡的目光了。

昭男不去看弓子，却走到敬子和朝子跟前去。

“恭喜恭喜。您大喜啦。”

“多谢。”

敬子微微一笑，把已经取了蛋糕的盘子递到昭男手里。

敬子的眼睛湿润了，就好像感动得哭过一场似的。

“请你多坐会儿。我去送两个人启程。”又像是高兴，又像是寂寞……当她柔柔地压低嗓音的时候，有人唤道：

“太太。”

临离开昭男身旁的时候，她若无其事地丢下这么一句谜语般的话就走了：

“那么，回头再……”

只有他们两个人相互领会、旁人却不大理解的这种玩笑，好像使敬子喜滋滋的。

昭男生怕弓子从“回头再……”这句悄悄话中悟出了什么，就涨红了脸。

参加披露宴的人们零零星星开始告辞了。

昭男在衣帽寄存处领大衣的时候碰见了川村。

“太太打算到车站去送行。新娘子的父母是不兴送新婚旅行的。”川村说。

“为什么？……”

“新娘子会哭的呀……”

“朝子姑娘不会哭吧。”

“是个痛快人嘛……可是，举行婚礼后，既然已经打发出嫁了，就不该恋恋不舍。要干干脆脆……”

“那些是所谓封建残余。该送朝子姑娘去新婚旅行的，首先不就是母亲吗？”

“这么说来，确实是如此……我非常明白。”川村朝昭男点了点头，“各位大夫先生可真好。”

“为什么？”

“不管赶上啥世道，您们都是靠自己的本领吃饭，而且被大家看作是不可缺少的……即使轰隆一声掉了颗氢弹，也需要大夫。我们的日子可难挨啊。”

昭男也曾听敬子谈过川村栽跟头的事。

他并不厌恶川村，认为到银座去听他发发牢骚也无妨。

径直回公寓去，一心一意等待敬子倒也行。昭男正这么犹豫不决，只见一群热热闹闹的人簇拥着已换上旅行装束的朝子和小山，就像是什么庆祝活动的队伍一般走下楼梯。

已商定只由小山的哥哥和敬子到车站去送行。

清身穿崭新的西装，从楼梯上俯视着昭男，脸上泛出“有没有趣味盎然的第二次宴会呢”那样一副神色。

可是敬子叮嘱道：

“你就跟弓儿一道回去吧。”

弓子携带的东西多得几乎拿不了。

大概是新娘子换下的衣裳，人家送的花束和礼品吧。

清也用双手提着什么。

“送给先生这个。”

弓子将红白两色的康乃馨花束递向昭男，她的神色快活得出乎意料。

这不是披露宴上新娘子插在腰带侧面那一小束花吗？

“这……”昭男感动不已。

“姐姐，也可以送给川村先生的孩子吧？”

弓子拿起一把用玻璃纸包着的花，问朝子。

朝子在黑大衣的领子上别着兰花，装模作样地微微一笑。

“这可……”川村朝弓子鞠了个躬，“小姐，承蒙您关怀。多谢啦。”

川村从拘留所里被放出来后，他家恐怕就没收到过花束吧。

弓子对川村的关怀，昭男是能理解的。但就连他也不明白，弓子是出于什么样的感情而把新娘子插在腰间的花束给了他的。

昭男正呆呆地要扣大衣纽扣的时候，弓子说：

“把胸前的那个摘下来好不好？……”

她的嗓音亲切，倘若没抱着东西的话，几乎会动手替他摘下来似的。

昭男的西服领子上还系着缎带结呢。

临走出楼房时，昭男凑过去对弓子说：

“谢谢你的信。”

“把它扔掉吧。”

弓子身穿大领子外套，戴着顶上垂有绒球的同色圆筒形无檐帽。

弓子像少年般显得稚气，给人以清新的感觉。昭男想，不该用男人脉脉含情的眼神来看她。

弓子像是把下巴颏埋在大包袱里似的。从帽子当中间儿用带子垂挂下来的圆球儿，在她背上微妙地摇曳着。

停着两辆车。新郎新娘和两个送行者乘上了前面那辆。

弓子和清乘上了后面的车。

“再见。”昭男说。

她也许从车里回答了，他却不曾听见。弓子一低下头去，帽子上的绒球就溜到腮帮子这儿来了。车子开动了。

昭男马上叫住了一辆刚好路过的空车。

他像追赶般地在弓子等人后边疾驶。

朝子等人的车早就无影无踪了。

开到二重桥[1]的宽阔马路后，弓子等人的车也从昭男的视野中消失了。

昭男骤然感到寂寞了。

“为什么竟想追在他们两个人后面呢？”

昭男转念一想，他是要回自己的屋里去，并不曾特意去追他们。不过，他和他们的方向一致，都是目白。

然而他并没有被敬子那句“回头再……”所吸引，而急匆匆地回去。

爱着弓子的清，不知道怎么办才好的弓子。意外的是，他好像会对这两个人荡漾起醋劲儿。

昭男连吸香烟都觉得没味道。

一旦觉得自己讨厌了，他就恨不得把心一横，干脆从敬子身边也急忙闪开。这样一来，和弓子也就疏远了。

昭男搓揉着前额，闭上两眼，弓子那顶帽子的绒球摇曳着浮现出来。

“哎呀，我原想跟川村一道去银座，安慰他一番，却忘记啦。”

弓子到家后，把淡蓝色的夜礼服挂在朝子那还保持着原样儿的衣柜里。

她还悄悄地将脚往新娘子的白缎鞋里伸了伸。

她也脱下西装，换穿毛衣和方格花纹裙子。

她将一束束玫瑰和菊花插进各种花瓶，往一间间屋子里放。

她一边从饭厅的橱柜里往盘子上取自己爱吃的水果，一边关照女佣：

“你去跟哥哥说一声洗澡好不好。”

于是，她就独自在茶间的火盆旁边坐了下来。

柿子和橘子已经打心儿里透出了甜味。

清进来了。他换上了高领毛衣。

“吃水果吗？……”

---

1　二重桥是架在日本皇宫正门前的双重桥的俗称。

"不要。"

"姐姐他们已经上火车了吧？"弓子说，"妈妈好像寂寞似的。做爹妈的觉得没意思吧？"

只有他们两个，这片寂静似乎暗示着什么。

"弓儿。"

弓子心里感到拘谨起来。

弓子在车里的时候也一直惦念着敬子肯及早回来就好了。

"弓儿！"清又招呼了一声，"在你眼里，妈妈好像寂寞吗？"

弓子点了点头。

"可是，还有弓儿呢。我不认为弓儿会像朝子那样走出家门。娘也是这么想的。"

弓子的脸色苍白了。

"今天，朝子举行婚礼的时候也罢，披露宴的时候也罢，我都仔细看着。心想：下回该轮到咱们两个人了。要是弓儿的话，就更纯真一些。"

弓子的两颊又淡淡地泛红了。连喉咙那片白皙都染红了。

"我尽管爱着，这却不能成为两个人之间的许约。小时候我曾相信，只要爱着，对方就能理解。我原以为自己晓得弓儿是怎么想的，现在却完全不摸头脑了。夏天的时候，我打算死了这条心，还暂且离开了这个家。"

"对不起。"

清抬起头来。

"弓儿道歉吗？向我道什么歉呀。我一辈子也不想让弓儿向我道歉！"

"那时候我给哥哥写过信。不过，没寄出去……"

"什么样的信？"

"请你回家来……对不起妈妈，我不好受啊。"

"妈妈吗？"清脱口而出，"弓儿有喜欢的人了吗？"

"这……不晓得。"

"不晓得什么？"

被清这么一问，弓子心里井井有条的事立即乱了，她无言以对。

然而，弓子不想坠入感情里。

"不晓得什么？你是说，不晓得自己有没有所喜欢的人吗？"清追问。

"我不理解自己。我也许糊涂。"

"说自己糊涂，是人们常使用的卑鄙的遁辞。"

"我不是那种人。"

"论糊涂，我比你还糊涂。论不理解自己，我比你更不理解自己。"

"不能相信自己，却又许诺，我认为不合适。"

清用阴暗的眼色看着弓子。

"原来如此。你把这当作不理解自己，又不能相信自己。呃？把这当作并非爱情的问题……"

自从清不知不觉间明确地把"爱情"一词挂在嘴上以来，弓子在他面前就觉得受拘束了。而且，越来越受拘束。

近来，当着清的面，她感到手足无措。

清和朝子拌嘴也好，在旁边听着清和敬子说话也好，不知怎的，弓子总会捏一把汗。

正因为她和清是一道长大的，又被少年时代的清吻过，也弄不清是从什么时候起，只要有清在场，她就反而难以随随便便地说话、哭或者笑。

清的爱情丝毫也不甜蜜。

要是跟他在一起，想必会是寂寞的。

"总之，你是说不能爱我。"

"我不喜欢你用这样的口吻。"

弓子腾地站了起来，想躲到朝子的房间去。从今天起，朝子不回来了，成了弓子一个人的屋子。这间屋子能上锁。

“弓儿。”

清追逐站起来的弓子，把手搭在她的肩头上。

他紧紧地搂住了她，使她动弹不得。

“好好儿地，让我好好儿地看看你的脸……你把这看作是命运好不好？我一直相信这是命运的恩赐。”

弓子浑身微微颤着，把脊背紧贴在拉门旁的柱子上。

“我冷。”

清用一只手托着弓子的下巴颏，试图让她把脸冲着自己。

然而弓子的脑袋顽强地挺着。

她一味地继续抵抗下去。

清伸手去摸弓子的脖颈，像是摇撼般地把它朝自己这边勾过来。

“我是个弱者。爹去世了，现在我是个弱者。”

“啊？”

清的身子僵直了。

他一撒手，弓子的脑袋咯噔一声撞在柱子上了。

“哎呀，弓儿。”

弓子沿着走廊跑掉了。

清不曾跟在她后面追。

他把前额顶在弓子用头顶过的柱子上，就那样伫立片刻。

“现在我是个弱者。”

清认为这是弓子的爹去世后她所发出的悲鸣，他懊悔不迭。

“我并不是乘人之危。”

然而，弓子的父亲像那样消失后，弓子被撇在这个家里。他毕竟是逼弓子接受自己的爱情来着呀，他觉得自己可耻。

小山和朝子站在二等车的窗口，从两边将年轻的脸相互稍微靠拢过来似的。敬子忽然热泪盈眶。

把女儿交到一个男人手里的母亲，难道都是这样的吗？

打从喂朝子奶吃那个时期起，一桩桩往事接二连三地在她脑际时隐时现。

她还想起了死去的丈夫的事。

“这会子朝子正在想些什么呢？……”

敬子觉得朝子脸上有和亡夫相像之处，她已经好久不曾这样想过了。

接着，她把视线移到小山脸上。

“拜托啦。喏……”

小山点了点头，朝子嘴唇上的胭脂就在敬子眼中模糊了。

敬子竭力不让眼泪落下来。这时，长长的火车逐渐加快速度驶过去了。

周围好像突然变得冷冷清清，敬子和小山的哥哥并肩沿着站台走向检票口。

“承蒙您各方面照顾了。”小山的哥哥说。

“弟弟有了一位好岳母，我添了位漂亮的弟妹，觉得自己变年轻了似的。”

“朝子才如愿以偿呢。”敬子边回答边意识到“如愿以偿”这话不中听，“我女儿对一般妇道人家该做的事一窍不通，还是被追求她的先生娶到手了。”

朝子并没有详细吐露自己跟小山之间的来龙去脉，敬子却略微觉察出他们好像是一下子就发生了关系，转瞬间她又打了胎，所以担心到头来是否结得成婚。

朝子却利利索索地把婚事办成了。敬子倒是吃了一惊。

小山的哥哥望着好像失落了什么东西般的敬子那副样子，邀请道：

“找个地方喝杯咖啡怎么样？有那么一种不想直接回去的心情。”

“谢谢您。不过，家里在等着我呢，所以……”

“您做妈妈的，累了吧。”

小山的哥哥并不曾硬劝。

然而他跟敬子一道走到国铁电车的站台上来。

敬子巴不得早点儿只剩下她一个人。她的情绪在宾客面前绷紧了将近半天的工夫，她希望解放出来。

小山的哥哥说是要到银座去，上了电车，敬子松了一口气。

刚过七点钟。

“那一位肯回来吗？”

除了在那间公寓的屋子里等待昭男，敬子这颗心在哪儿也找不到归宿。

朝子结婚，新建店铺，草野的工作，自己个人的生意——敬子作为一家之主，应尽的责任纷至沓来。曾几何时，她对比自己年轻的情人的那份爱恋也注入了母亲或姐姐般的感情。

但是，昭男的心好像逐渐地比敬子先变得僵硬了似的，敬子感到不安。

这四五天，昭男转什么念头来着呢？

敬子想早点儿跟他见面，摆脱围在身边的那片寂寥。

挨近公寓后，望到了昭男室内的灯光的颜色。

从昭男的屋子里传来了唱片的声音，就像先前似的。

敬子敲了敲门，等了一会儿，自己开了门。

昭男坐在桌前，还穿着刚才那身西服。

他不像是边听音乐边等候情人的样子。

他仿佛是个抑制着某种感情，正在消磨时光的人。

“真早。是直接回来的吧？”

“嗯。”

敬子摘下手套，把大衣也脱了。

她巴不得连布袜子也脱掉。

“累啦。”

打光脚就能消除疲劳吧。

然而，昭男并没有安排她去脱布袜子。

“我听说过不该送女儿去新婚旅行，真的是这样。”

“川村先生也说过这样的话。”

“据说父母也不去为孩子送葬……意思大概是：比父母先死是不孝的。我原以为女儿出门子，父母高高兴兴地去送行也好嘛。朝子没有拘泥于形式，我也就没墨守成规。不过，还是寂寞啊。心里堵得慌，可让人看到眼泪又不吉利……”

敬子顶着乐声说。

好容易唱片才止住。

可是昭男走过去把唱片翻过来了。

那是梅纽因的小提琴。曲子并不美妙。

昭男那副毫不动情的样子使敬子心神不定。

“每天都做些什么呀？”

“也说不上来。跟病人打交道嘛……对，对，做过手术。我只是参加会诊而已。是个患子宫癌的年轻太太。”

“真够受的。”敬子说着，坐下来。

昭男从唱片架上挑选着新曲子。

“别放唱片啦。”敬子温柔地说。

“这，第三乐章蛮好。光挑好的部分……”

“你喜欢音乐啊。”

“是啊。”

“现在不想听。”

昭男将双手盘在脑勺后边，仿佛正徘徊于火烧云飘动般的声音里似的。

他抬着双肘，所以多半看不见敬子的脸。

“你怎么啦？”

"……"

"就好像我不该来似的，啊？"

"不。"

"你没等着我吗？"

"不，我等你来着。"

昭男斩钉截铁地这么一说，敬子就感到一阵不协调的焦躁，她亲自去把留声机关上，并将脸伏在昭男的肩头。

"今天晚上就规规矩矩地吧。为了朝子姑娘新婚的这个日子……"

敬子惊愕地离开了昭男，飞红了双颊，凝视着昭男的脸。

"不行吗？你知道得很清楚，朝子可不是头一次啊……"

其实昭男想说的是：为了弓子。

敬子深夜回来的时候，只觉得全家人都静悄悄地入睡了。

清的屋里虽点着灯，却鸦雀无声。

弓子已经睡下了吧。

敬子感到高兴的是，她不曾被任何人撞见，也就用不着说分辩的话了。

锁正门的时候，她当心着避免发出声音，几乎是蹑手蹑脚地走进了屋子。

"简直像个淘气的小妞儿。"

女人用的带子扣、腰带、细带等琐碎的东西，她都归置到浅筐里了。

她把和服挂在衣架上。

她想喝粗茶，就把水壶坐在煤气灶上，却先在厨房里咕嘟咕嘟地喝了一气凉水。

她边等着水烧开，边试着呼唤道：

"清，清。"

这声音小得即便清还醒着，兴许也听不见。

本来敬子也该早点儿回去，跟清和弓子一道东拉西扯地闲聊着朝子结婚的事，连夜已阑都不知道。这才叫作家庭。这不是女儿举行婚礼的夜晚吗！

然而，把女儿嫁出去的日子，敬子心头的寂寞却将她引到昭男那儿去了。

“清和弓子都早就睡下了吗？……”敬子这么想着，连手都没洗就把身子沉到床上了。

床单是冰凉的。

不知怎的，敬子觉得屋子里只摆一张床简直是出奇的奢侈。

她把疲乏的四肢悠然自得地伸开来。

过了一会儿，只觉得眼睑里边甜甜的，昭男的脸忽隐忽现。

也许是由于当晚敬子连梦都没做，睡足了的关系，第二天早晨在她来说起得就早了。

清待在茶间里。

“蛮早啊。”

“我要去听九点的讲义。”

“弓儿呢？……”

清没有回答。然而已过了弓子出门的时间，所以敬子并不曾放在心上。

早饭有煎鸡蛋和紫菜、红烧鲫鱼、酱汤等，敬子慢悠悠地品尝着，清却像赌气般地扒拉完一碗饭就闷声不响地站起来。

“你是不是什么地方不舒服？”敬子试问道。

“昨天娘回来得很迟啊。”

“嗯。小山先生的哥哥邀请了我，所以晚了一些。”

这是有所准备的谎言，一点儿也没结巴。

“今天反正也会迟吧。”

“我总是打算早回来。有事儿不能回来，也没办法呀。”

敬子说罢，看了看清。他满脸戚容，都走了样儿，使她吓了一跳。

“你有话要说吧？”

“希望娘跟弓儿好好谈谈，请她踏踏实实地待在这个家里。告诉她只要肯待下去就行……”

“清！”敬子呼唤道，“怎么回事呀？”

“请对弓儿说，我也会重新考虑的。”

“是不是弓儿说，不想待在这家里？”

“不是的，但弓儿要是这么想，我就受不了啦。”

“你就平心静气地跟我说说吧。”

“娘是不会明白的。”

敬子思忖，清和弓子之间大概为什么事伤了和气。

倘若是这样，想必是昨天晚上出的事。

在朝子的披露宴上，他们两个人都跟平素没有两样。

敬子待在昭男的公寓里的时候，只有他们两个人在一起，准是出了什么事。

“清，你说得更清楚一点儿好吗？……你爱着弓儿的事，我也是知道的。你跟弓儿谈了吧。”

清心头火起，犹如撞在纸拉门上似的步到走廊里。

“今天我早点儿回来。咱们好好谈谈吧。”敬子的声音追在后面，清却头也没有回就到学校去了。

敬子同情清。她想为清成全这场恋爱。

“弓儿好像没有理由拒绝清……”

她忽而猜疑道，倘若拒绝了的话，兴许是弓子出于对敬子的反抗吧，可她又对自己这种任性感到吃惊。

“弓儿也不再会听任我们摆布啦。”

敬子今天也去了银座，办完事径直回来了。

可是清和弓子都没回来。

敬子度过一段情绪稳定不下来的时光。

清姑且不论，由于弓子太迟了，敬子愈益感到不安。放学的时间，她是知道的。

她想向弓子的同学打听一下，正从电话号码的摘录簿上找七里英子的电话号码时，铃响了。她刚好站在听筒前，铃声使她吓了一跳。

那是英子打来的。

“是伯母吗？弓子姑娘还生着病吗？”

难道弓子没有去上学吗？敬子的心跳得厉害了，她感到“这是从家里出走了”，一时说不出话来。

“喂，喂，电话好像听不清楚……”

“唉。喂，喂，没什么大不了的。”敬子撒了句谎。

“不能接电话吗？”

“啊……正睡觉呢……”

“请问好……务必多加保重……”

挂断电话的声音留在敬子的耳朵深处。

敬子吧嗒吧嗒地跑进弓子的屋子。

她茫然伫立在弓子的桌前。

书桌上还照样摆着看惯了的八音盒、花瓶、月份牌儿、玩具小狗等。

用图钉钉在墙上的南星座的公演海报、米歇尔·摩根的明星照，以及侧桌上的红色座钟、毛线编织的玩偶等，前些日子朝子都给搬运到新房去了，也就相对地冷清了。

敬子打开衣柜看了看。

昨天晚上朝子穿过的那件淡蓝色夜礼服和弓子的西装友好地挂在一起。

然而为弓子的修学旅行所购买的棕色手提箱却不见了。

“还是出走了。”

敬子惊慌地把弓子那张书桌的四个抽屉全都拉开来看。

习字的文具、有着美丽图案的装手绢的空匣、电影和戏剧的节目单、上面还摆着个笔记本。打开一看，写着《我的见闻》。

不愧是弓子，笔记本上，一丝不苟、密密匝匝地每一行写着一桩。

是近两三年的记录。

……

《拉扎尔·列比》。日比谷公会堂。×月×日。父亲、姐姐。

《顶层楼座的人们》。新宿音乐堂。×月×日。母亲。

《第三个男人》。日比谷电影院。×月×日。七里姐。小野姐。偶然在市中心看上一场也是愉快的。

《饮泣》和《跳舞的会议》。×月×日。新宿文化剧院。哥哥。

……

敬子隔三跳四地读着，也想起了一些事，然而哪里也没有能够为弓子“从家里出走”提供线索的东西。

敬子依然翻腾着抽屉，从信纸底下找到了个鼓鼓囊囊的信封。是封好的，却没有收件人的姓名地址。

“是遗书吗？”

敬子用发颤的手拆开了信封。

不知是什么时候写的，墨水的颜色黑乎乎的，干透了。

妈妈每天都为你担着心。

敬子刚读开头的时候，以为是弓子写给父亲俊三的信，读到下一行就晓得是写给清的了。大概是给夏季不曾住在家里的清写的，却没有投邮。

弓子这封信里渗透着对父亲的满腔挚爱。悲悲切切，使敬子感到心情沉重。

这种时候要是哥哥不在家，弓子就觉得自己给全家带来了灾难。弓子并不想到亲娘身边去。为什么呢？弓子老早就不能跟亲娘心心相印了。一定是因为咱家的妈待弓子太好了。

看光景弓子并没有回到生身之母跟前去。

她还不如去投靠京子呢，敬子好歹也能放心啊。

倘若多愁善感、心灵容易受创伤的弓子竟然追随父亲而去了……

“那时候，我也就不能这样活下去啦。”

俊三也罢，弓子也罢，为什么都默默地消失了呢？为什么要让敬子同样地担惊受怕呢？

敬子四肢瘫软了，靠在弓子的书桌上。

清也没回来。

敬子觉得仿佛同时失掉了三个孩子，寂寥笼罩着这个家，不祥的鬼魅从屋角探出头来了似的。她的两肩颤抖起来了。会生病的。

“清，清。”

她一味盼着他们回来。

她也认为弓子会翩然而归。

# 离巢

昨天晚上弓子受到清的逼问后，她就想早点儿逃掉，找个什么地方一走了之。她跑进自己的房间，把平常穿的西服和内衣等不顾一切地塞进了还装着新的盥洗用具的手提箱里。

随后，她拉上了拉链。

那么，从家里出走后，可怎么办呢，到哪儿去好呢？

弓子简直没有着落儿。

她茫然不知所措地和衣卧在床上。

尽管像这样等着敬子回来，但也无法向她申诉清的事啊。

敬子是清的母亲，而不是弓子的母亲。这使她不胜悲哀。她熄灭了台灯，就像哭乏了似的迷迷糊糊地入睡了。

刚睡着就做了个梦，只听见父亲大叫一声“混蛋”，弓子就醒了。

为什么事挨骂了呢，她半睡半醒地慌了手脚。

是为了她跟清的事吗？是因为她想从家里出走吗？不然，她觉得由于自己迷恋上了昭男，才遭到严厉的斥责。于是，心总是怦怦地跳个不停。

这时，她觉察出敬子悄悄回来的动静。

弓子以为她会前来，朝自己的屋子探探头，就注意倾听，等待着。

然而，敬子似乎就那样睡下了。

“妈妈已经把爹的事忘得干干净净。”弓子只得这么想。

不知从什么时候起，弓子不再到门口去迎接敬子了。固然是因为敬子回来得太迟，弓子却又动辄就把迟归与昭男联系在一起，惦念着，这种心境使她苦恼。

"还是不行。"

她一度打消的从家里出走的念头，显然又变得强烈了。

等明天早晨上学的时候就把手提箱带出去，存在同学家吧。

投奔到矢代姑母家去试试吧。

这么打定主意后，弓子就犹如离巢的小鸟似的，觉得心中没底，当即大哭一场。

然而，哭干了眼泪后，心里好像变得轻松些了。连梦中听到的父亲的声音，她都认为或许是对窝窝囊囊的自己所作的鼓励。

"去拜托矢代姑爹给我找个活干，我要去工作。"她沉浸在奇妙的兴奋中。

她起个大早，先把手提箱搬到正门的一个角落里。

她没让任何人瞧见就溜出了家门。

弓子拎着上学用的书包和手提箱，经过每天早晨换车的新宿时没有下车，却在品川车站换乘京滨线，以便前往大森的矢代家。她觉得新奇。

她隔着窗子眺望那眼生的沿街的市容，脸上甚至泛起微笑。

姑母刚把丈夫和儿子们送出去，正在那里拾掇着。

"哎呀，稀客。你来得好啊。"她欢迎着弓子，"这么一大早，怎么啦？"

她当然知道弓子是从家里出走的，就刨根问底，想知道个中原因。

不论是清还是敬子的事，弓子什么也不想说。

这样一来，姑母就任凭想象，独自认定敬子是个坏女人。

"俊三也被轰出去啦，这回连弓儿也被轰出去了吗？"

"不是轰出去的。"

"摆出坚决把你赶走的态度了吗？也好嘛。你就当姑妈家的孩子吧。从前收养你的时候，我们家也够呛，现在已经不要紧啦。个个都长大了……"

弓子也无意这么简单地就成为“姑妈的孩子”。

“敬子弟妹还只当弓儿上学校去了吧。活该。”

听姑母这么一说，弓子就想，敬子会像当初父亲出走时那样对自己的出走感到担心，甚至还超过那一次。随着时光的流逝，她坐立不安起来。

弓子回忆起父亲出走后，敬子那副凄怆的样子，心里堵得慌，可又不能露出悲容。

她开始后悔前来投靠姑母了。

“弓儿，你不想去见亲娘吗？”姑母问。

弓子摇了摇头。

“是吗？相互间没有感情啊。也就是说，你们尽管是母女，可不同寻常。”姑母像怜惜般地看了看弓子，“京子弟媳的身子骨可完全结实了……”

弓子巴望早点摆脱这样的话题。

弓子和下学或下班回来的姑表兄弟们一道吃了晚饭，边看电视边等候矢代。只觉得自己是来做客似的，光是挂念着敬子的事。

她觉得自己正无端地让敬子着急，所以心神不宁。

矢代一见弓子就用快活的声调说：

“哦？……”

“弓儿是从家里出走的。敬子弟妹那儿好像待不下去了。”姑母边把矢代的大衣挂在衣架上，边这么说。

“这可不得了。”

姑父不慌不忙。

“不是待不下去了。”弓子说。

姑父坐下来说：

“从家里出走了，多么可爱的公主啊。”

“才不是公主呢。姑爹的公司能不能雇用我呢？……”

“不行。哪家公司也不肯雇用从家里出走的姑娘。喏，要是高中毕业了，找个事儿做做也好。那时候再商量吧。”

“姑爹在跟弓子开玩笑呢。”

“你是对什么事儿不满意才跑出来的？”

矢代反而比姑母更平易近人。然而，弓子什么也说不出来。

“家里正担心着吧？”

“嗯，正担心着呢。妈妈……想到这一点，我就难过。”

“那么，我打电话说一声你到这儿来啦。”

“只给妈妈打……求求她，可别告诉旁人……”

“旁人，指的是谁呀？”

“……哥哥。”

在姑父和姑母的凝视下，弓子涨红了脸。

矢代通过电话跟敬子约好明天下午见面。

“天使鱼”这个字号敬子听着蛮新奇，她想起昭男搬到目白的公寓时把热带鱼撇下的事了。

矢代已经先来了，等在那里。

“这里是头一次吗？”

“唉。”

和矢代面面相觑使敬子觉得难堪，她就四下里打量着。

水槽里的水稍微发红褐色，一条条热带鱼一动也不动。

“这家店跟府上有因缘哩……”矢代用轻松的口吻说，“小山先生和朝子小姐好像在这里留下过美梦。”

“啊？”

“我也在这里碰见过他们二位。那时我跟岛木先生在一起来着。”

敬子感到忽然被击中了弱点。弓子的父亲也来过这儿吗？难道矢代是为了责备自己才选了这么个地方的吗？

然而，弓子毕竟肯活下去。弓子的心情，敬子了解得一清二楚，用不着听矢代说什么。

“喏，弓子让您费心了……”敬子这方面先开口了，“这是弓子名下的，请您转交给她。”

她把包在紫地白梅花样的小方绸巾里的存折和图章递给了矢代。

矢代被抢了先，不知所措：

“别，请不要这么做，她恐怕是出于一时的冲动。”

“不，那孩子大概等着用呢……”

“是吗？姑且由我保存，转交给她吧。”

像这么简简单单地就得到解决了似的，敬子感觉寂寞，眼睛里湿润了。

眼下她什么也不想说，也不想听。

她正在失去一切。没有一样能够相信是自己的东西。

“女人还是待在被丈夫和子女围绕着的地方最放心。我越来越深切地懂得了女人为什么要拼命地爱护家庭。”敬子吐露了一点心事，“近来家庭成员都各奔东西了，让人觉得无依无靠，感到悲伤……”

关于弓子从家里出走一事，敬子既没有进行辩解，也不曾托付矢代什么，更没有跟他商量今后怎么安排，而是直接就把存折递过来，他难以理解她的真实用意。

敬子该不会怀疑，矢代或其妻子曾对弓子进行过挑拨吧。

然而，难道敬子生了弓子的气，想把她抛弃拉倒吗？难道她认为，俊三去世后的今天，弓子毕竟是外人，而冷漠地死了这条心吗？

要么就是：姑父姑母等第三者所不可能理解的深重的眷爱与悲哀，使得敬子和弓子都受了创伤吗？个中莫非有难以言说的原因不成！

“现在您肯不肯光临舍下，让弓儿放心呢？我可不可以把弓儿带到府上去，让她向您赔不是呢？”矢代试问道。

“今天我不见。我曾想，那个孩子万一有个好歹，这一次我可活不下去了。”

矢代看得出昨天夜里敬子没有睡觉。

矢代家的生活和睦而平凡。矢代的意见就是至高无上的命令。

弓子按照这一无上的命令继续上学，不知不觉间也被推上了矢代家的轨道。

学校里，谁都不晓得弓子从家里出走的事。

然而，她从家里出走时仅仅拎了一只手提箱，一星期后就缺这样少那样了。

“等妈妈一个人在家的时候回去试试看吧……”弓子想。她不肯用交到自己手里的存折取款，把那边的家中已有的物品重新买上一通。

矢代家的姑表哥洋一已经就业了。姑表弟春次比弓子小两岁，是个高中学生。

姑母向她诉说着往事，说是由于生了春次，“我就不能再继续收养弓儿了”。

姑母那四肢的形状跟弓子的父亲相像得吓人。这也使她产生了奇妙的亲切感。

姑母看着弓子，掏出了关于俊三幼时的老话儿。

“上面的哥哥生下没多久就死了，只有我们姐弟俩，所以也没吵过架。俊弟可真够倔的。在浅草的人群里，他差点儿走丢了，就巴不得让我拉着手，可他还大摇大摆地说什么：‘怕冷的家伙，快点儿伸出手来。’把大人都逗乐了。想起他从小以来的事，并不像是公司垮了就会去寻死的人。姑妈认为他好像还在什么地方活着呢。”

“……”

“打什么时候起变得软弱了呢……哎，他患上了神经衰弱吧。我原以为他能够跟敬子弟妹一直过上幸福的日子呢……可怜啊，俊弟就是头儿开得不好。”

“开头儿？……”

“出发呀。开结婚这个头儿……指的是弓儿的妈妈。因为是病人，就认为没办法啊，没办法，旁人和她自己都容许她被娇惯，只好听之任之了。病情忽好忽坏，还在海边儿住过呢。记得是过新年，我跑去一看，俊弟正从背后替京子弟媳托着袖子，她就用猫那样的手势洗脸来着，我觉得两个人都可怜巴巴的。这么一丁点儿事就闹腾得体温又升高啦。俊弟干这个干那个，可是笨手笨脚的，他不论做什么都惹京子弟媳着急。你又是个娃娃，照顾起来有困难。娃娃就由我来抚养了，回家后，还请一个帮工的大妈到他们家去。一年到头，翻过来掉过去净是这样的事。不论什么样的夫妇都会生分的。一来二去的，不是又长年分居了吗！”

弓子无言以对。

“娘和我长得像吗？”她怯生生地试着问。

“那当然，不管怎么说也是你娘哩，长得像呀。”

“哪儿？……眼睛？鼻子？头发？手指头？……”

“是啊。孩子的脸嘛，看着看着，有的地方跟爹妈都一模一样，究竟像谁，是哪儿像，都说不上，可是又像……”

“真吓人。”

弓子仿佛出于本能地抵抗着，她不愿意像父母那样遭到不幸。

不知怎的，她尤其不愿意长得跟母亲相像。

弓子到这儿来了之后，听说京子要到有孩子的家去填房。

京子被弓子的父亲休了，他又比她先过了世，弓子也不肯认她。按说她再婚，是无可厚非的。

况且母亲有了落脚的地方，弓子也该高兴才是。

然而，弓子仍认为这是对自己的背叛。她觉得自己完全成了个迷路的孩子。

她甚至任性地感到怨艾：尽管自己把脸背向母亲，其实是毫无保留地打心里爱着母亲的，不明白这一点的，反倒是母亲。

“娘也罢，妈妈也罢……”

弓子这般那般地思索着这两个妇女的生涯。

弓子还觉得，自己纵然有母亲，却得不到爱护，又被父亲所抛弃，连跟敬子都快要分别了。莫非打从少女时代起就纠缠着自己的这种苦命，将来也挣脱不开吗？弓子感到无依无靠。

跟敬子家比起来，矢代的家族彼此之间完全是无拘无束的。

姑父回家的时间或早或迟，家里的人并不等他吃饭。回来得晚的时候，甚至不到正门去迎接。他们好像不大把相互的存在挂在心上。

既无色彩，也缺乏情趣，每天的家庭生活总是老一套，按部就班，但凡事都轻松安逸，自由自在。

“啊，有点空闲才好哩，忙死啦，忙死啦……”姑母边像口头禅般地自言自语，边转悠着，弓子在矢代家的日子也随之飞快地流逝过去。

“按说有弓儿帮忙，就该相对地能省点儿力气嘛……”

“因为我没什么用处……”

“不是这样的。我们家也生养一个女孩子就好啦。”

姑表哥洋一下班回来就说：

“弓儿，你刚才大声朗诵的是法文诗吗？我站在正门跟前听了一会儿，从这个家里发出好听的女人的声音，可真难得啊。”

弓子由于思慕敬子，嗓音里含着忧伤，朗诵教科书上的诗句来着。

“稍微有点像妈的声音。我一想到咱妈年轻时候的嗓音原来也是这样的，就有点儿伤感起来啦。”

弓子不知不觉地给这个家里带来了情趣。

姑母跟弓子谈天说地。姑父和她开玩笑，常常逗她。

也许进入了恢复健康的季节，弓子饭量也大了，即便为了定期考试而熬夜，第二天早晨头也不觉得昏沉。

高中学生春次的屋里也总是点着灯。然而，春次是春次，弓子是弓子，各用各的功。

姑父深夜归来，一边在冰凉的廊子上走着一边跟姑母说话，弓子听见了也用不着迎出去。就是这么干干脆脆。

弓子有时产生错觉，以为自己老早就待在这个家里似的。

到这里来了之后，第二个星期，姑母邀弓子道：

“我到日本桥的百货公司去买东西，弓儿也一道去，看看好吗？”

“会不会碰见妈妈呢？……”弓子这么想。

倘若弓子现在遇见了敬子，也许只能逃跑，她还无法表达自己的感情。

一想到敬子，弓子就从内心深处倏地感到一阵闷堵，像擂鼓似的怦怦直跳。

相形之下，她觉得被清追逼一事倒仿佛算不了什么了。

承蒙敬子眷爱的回忆清晰地重新浮现在脑际，弓子纳闷，自己为什么会忘恩负义地从家里出走。

然而，由于敬子和昭男之间的事，弄得弓子透不过气来，就想从中逃之夭夭，只不过她自己不曾明确地意识到这一点。

弓子害怕到银座那一带去。因为她觉得好像又会见着跟昭男结伴而行的敬子。

姑母说是要到日本桥的一家百货公司去，弓子就跟着她前往。

姑母买了毛毯和家里人的内衣之后，就目光炯炯地转悠着，观看展示的那些和服衣料。

“我们家没有女孩子，就是想买这些漂亮的东西也用不上。”

随后她就向弓子推荐偶人所穿的流行的白地上印染着华丽小菊花纹的衣料。

“好看吧。弓儿穿着蛮可爱的，准会显得格外鲜艳。”

“虽然可爱，可我不想要。”

“不合适吗？……我没买过，所以对近来小姐们的和服全不摸头。是不是因为穿在偶人身上看着就好呢？”

“太小姐气了，没有机会穿这样的。”

“想让你穿穿看。别客气……”

“不用啦。”弓子面带戚容。

她心里是这么想的：“要是妈妈给我买，我就答应。”

“我是特意要给你买的呀，你真不想要吗？”

姑母看上去不无遗憾。

在出售西服的柜台，这一次甚至没和弓子好好商量一下，姑母就为她买了尼龙衬衫和毛线上衣。

沿着衬衫那小小的领边，满是精细的抽褶，袖子薄得像是蜻蜓翅膀。

弓子一边接过那个包儿，一边蓦地想起她还在敬子那儿留下了一条美丽的镂空衬裙呢。

忽然昭男的脸就像白昼的梦一样浮现到弓子眼前。她呆呆地说：

“什么都不要。”

“真奇怪……姑爹曾说你简直像是个女书生，姑妈还只当你更爱打扮呢。”

听到“打扮”一词，弓子恍若瞥见了在敬子的三面梳妆镜前排得满满的一瓶瓶化妆品，并闻见了香奈儿香水的气味。

跟敬子相比，矢代姑母“全然”不修边幅。

“我也变得不修边幅了。”

弓子在餐厅里歇了口气，正这么想着的时候，朝子的嗓音从肩后落了下来。

“弓儿。”

“姐姐？……”

弓子缩成一团，绯红了脸。

朝子脸上泛着既不吃惊也不亲切、骄矜冷漠般的表情，却老成地先跟姑母寒暄了一通。

“买东西吗？”姑母问得平平凡凡。

“不。是来工作的。”朝子回答说。

据说她是作为一份妇女杂志的摄影模特儿来到这家百货公司的。

弓子看见，在稍微离开一点的桌前，有几个像是朝子同伴的男人。

“是两三天前，”朝子跟弓子打耳喳，“我头一次回家去，就被妈妈留下了。当天晚上哥哥醉醺醺地回来，说是妈妈把弓儿藏起来了，将玻璃杯猛摔到壁龛上。”

弓子仿佛窒息了。

“说是文姐也想辞工啦……妈妈还说开店之前想去住旅店呢。”

弓子一句话也说不出来，用手指按着眼角。朝子诧异道：

“用不着为妈妈担心。有店铺和工作什么的，好像还巴望着去住旅店呢。”

朝子被她那座位上的一个人打了招呼，就轻轻地欠起身来。

弓子觉得还有满肚子的话要问，正在发呆；朝子却迅速地离开了桌子。

“什么？……说是想让你回去吗？……”姑母边对情绪消沉的弓子这么问着，边把披巾重新围好。

过了三四天，弓子的行李被送到矢代家来了。

“是一位叫作文姐的女佣坐出租汽车送来的。女佣还希望能见到弓儿来着……”姑母说。

当时弓子上学去了，没在家。

“跟行李一道，还送来了带根的玫瑰。咱们家的院子里没有地方种，这玩意儿可教人头疼啊。”

日本式院子的造型是在石头和青苔之间点缀着小树。

“我想修个花坛，把玫瑰栽上。”弓子忍着泪说。

“是吗？就这么办吧。”

这次把行李连同院子里的玫瑰一道送来，“是不是由于妈妈要搬到旅店里去呢？……”于是，自己终于弄得无家可归、与敬子离别了的念头就紧迫地涌上弓子的心头。

被搬到弓子屋里的行李，尽管是用出租汽车运来的，可体积大得惊人。

不论打开哪个包，看哪一样东西，无不使弓子由衷地勾起敬子对自己那腔深厚挚爱的回忆。

弓子恍若朝着敬子所在的那一方低下头去。

“弓儿，你过的可真是奢侈的日子。”姑妈也吃了一惊，“出门穿的和服也都齐全了。”

“唉，去年秋天，妈妈。……”

敬子的信就放在那身出门穿的和服上边。

弓子小姐：

十一月快完了，冬天就要到了。你身体好吗？我一心一意地挂念这件事。

自从你走了之后，喜欢你的文姐好像心神不定，说是想回老家去。住在这么宽敞的家里也太寂寞了，所以店铺竣工之前，我想暂且住在旅店里。

快要送旧岁迎新年了，可是就我一个人，既缺乏乐趣，也没有劲头。

下月十日左右，这座房子就归旁人所有了，本月中旬我大概就要搬到代代木一家叫作桥本的旅店去。另一方面，能够摆脱缠住这个家的令人心烦的生活，我也并不是不高兴。弓儿嘛，恐怕是左思右想得过了头，正在伤心吧。情绪要放轻松一点。妈妈心里只剩下可爱的弓儿的事。请你务必露露面吧。用不着拘泥。当然你要是回来，我固然高兴，即使不能回来，妈妈也对你从小的那片爱心深信不疑。一辈子都珍惜着，不能忘怀。

妈妈刚刚活到四十二三岁。不过，以形形色色的方式遇见了形形色色的人，又以形形色色的方式分离了。然而，一旦遇见了，即便分离了，兴许也不会真正分离的。只剩下一个人后，我总这么想。世上，虽然肉眼瞧不见，形形色色的人们那一颗颗的心却彼此把筋抻开，相互联系在一起，仿佛是布满天空的蜘蛛网。

弓儿要是缺什么东西，哪怕是放学回来的路上也好，尽管来吧。有什么话要说的时候也一样。就像是今天早晨才从我这儿出去的孩子似的……

店铺竣工以前，我把原先的珍品存放在这座房子的一间屋里，假若弓儿有什么要用的东西，不必向我打招呼，尽管取走吧。

天气快冷了，当心身体，别太依靠打针吃药，首先要做到身体健康。

我不便前去矢代家向各位请安，请代为问候。

敬子

关于清，她一句也没提。

“哥哥是不是也离开家了呢？……”弓子似乎感觉到了。

她把好几包东西都归置到适当的地方时，最后出现了木琴。

令人依恋。

弓子弹起自己爱好的乐曲来了。

过了一会儿，姑母往弓子的房间探了探头。方才由于弓子读起信来，姑母到那边去避了避。

“弓儿呀？我还以为是收音机呢。弹得蛮好啊。”姑母表示钦佩。

“我从小就敲来着。”

“要是弹钢琴就好了。”

“我也弹姐姐的钢琴来着。”

“还有钢琴吗？”

“是爹给姐姐买的。”

敬子的信和木琴的声音使弓子的精神清爽了。

她巴不得听听敬子的嗓音。

她还想通过听筒让敬子欣赏一下木琴声。

她到电话机跟前去，拨了号码。

“喂，喂。”忽然传来了男子的声音。

弓子吓得心里扑通一跳，挂上了电话。

她以为拨错了号码，赶紧挂断了电话茫然地朝着在厨房咯嗒咯嗒切东西的姑母那儿走去。

## 蜘蛛丝

近来，敬子频频地跟昭男幽会。

朝子出嫁，弓子突然从家里出走。清要么和同学一道喝个醉，要么就在外面过夜，日益自暴自弃。敬子无法安慰他，为难极了。

敬子只有情不自禁地在昭男胸前闭上眼睛，才能排遣这种无依无靠的孤单感。

而且，她像是个单身女子似的，对谁也用不着顾忌。两个人随时都可以见面。

敬子总是反反复复说同样的话，缠着昭男不放。

“也许不该说这样打如意算盘的话，可请你让我相信，即使你和什么人结了婚，也不会忘记我……务必这样。一旦又老又丑了，不等你对我感到厌倦，我就死掉。”

昭男每逢听到敬子那不像是她本人的、兴奋得尖细的腔调，就感到压力而畏缩了。

“你要是遗弃我的话，就预先告诉我一声，我好去死。害怕啊，我害怕啊。”

敬子知道，要是年长的女人可怜巴巴地纠缠不休，男人就觉得憋闷得慌，难免会把她看作是“丑女多情”。然而，正因为明知是这样，她就愈益焦躁了。

“为什么会这样呢？为什么呢？我不能相信你爱着我。”

昭男恨不得原原本本地反问敬子这番话。

敬子梳理了头发，化完妆，走出门后，剩给昭男的似乎是倦怠和空虚。恋爱冒险那样的愉快已经荡然无存了。

昭男感到除了尽外科医生的职责，自己不知怎的不大有果断力了。

他什么事都懒得去想。医院下班后，就精神恍惚地回到屋里来。既然回来了，按说就该等待敬子了，可是缺乏翘盼情人那种生气勃勃的感觉。

昭男仿佛要排遣倦怠感似的听音乐，画画什么的。敬子有时刚好进来了，高兴地说他老实。

昭男反而皱起了眉头。

唱片的乐声并没有使昭男联想到敬子。它在昭男心里重新唤起了对纯洁的少女的憧憬。他觉得音乐里仿佛存在着跟自己已经疏远了的少女们。

弓子也显然是其中的一个。

当昭男听说弓子从家里出走，去投靠了父亲的亲属时，他觉得好像珍贵的东西被粗暴的手破坏了一般，惊愕得几乎窒息。他立即感到，清干了点什么名堂。

“别告诉清。”敬子叮嘱道。

昭男却不能问：

“出了什么事吗？”

打那以后，敬子压根儿不提弓子的事了。

自打弓子离开敬子以来，昭男也认为敬子顿然失去了魅力。

十一月底的一个阴天，一位受了严重外伤的妇女被抬进了昭男这家医院。

是那个对年轻妻子行刺的丈夫，狼狈地把她送来的。从汽车里被抱下来撂到床上的那个女人已经奄奄一息。

打了止血针，再去缝肩膀和胸背部的刺伤。可是，为了止血而暂时没给打强心针，使年轻女子的心脏一下子就停止了跳动。

刑事警察和警医来了，立即割断缝合的线，将血淋淋的尸体当作一桩案件调查开了。昭男这才得以走出手术室，胡乱抽起纸烟来。

在暗淡阴沉的天空下，那个年轻男子仿佛虚脱了一般被押送走了，昭男正目送着他的背影，有个妇科大夫和他搭了话：

“多么残酷啊……晌午，你认识的美人儿来啦。”

“谁？……”

“还是那位女演员。”

“干吗来啦？……”

“两个月的人工流产……预定明天还来。”

大夫若无其事似的说。

人们聚在暮色苍茫的诊疗部，传布的净是有关凶杀案的风言风语。

也有他们两个人并不是正式夫妻的说法。

大家对遇害的女人那年轻白皙的身子表示惋惜，但话题很快转到男女之间的事情上来。

“医生已经缝合的伤口，人刚一死，警察就割开来看。这种事儿，旁处好像也有。”有人说。

“常常说任意摆布女人，但只要女人活着，按说是没有被我们任意摆布的道理。连自己活着一天，还不能任意摆布自己呢。”

“然而我认为人生再也没有比能杀人或自杀更不可思议的事了。这是神并不存在的证据。”

昭男站起来了。

他挂念着的是他在手术室时来过的朝子。

“今天也许会在坡上的娘家过夜吧。”

要是见到了朝子，大概就能听到弓子的消息。

昭男摆脱不了自己也和弓子的出走有关的念头。

昭男晓得，当弓子在街头用红羽毛来募款时，他曾使她受到深深的创伤。然而在朝子的婚宴上，她还是把朝子腰间那一小束花给了他。而且，在敬子家只有他们两个人在一起时，弓子又出乎意料地向他倾诉了衷肠。

打那以后，关于弓子，敬子只字不提，昭男也就不好问了。

“朝子和清长大以后都巴不得离开父母和家庭。”以前敬子曾这么哀叹过，但那和弓子从家里出走恐怕不大一样吧。

昭男还想象着，越想越钻牛角尖的清，两眼充了血，正在寻找弓子的样子。

昭男认为自己不是出于嫉妒，只是珍惜纯洁而已。但他猜疑清可曾凭着暴力对弓子有过越轨行为，这绝不只是一般的感伤。

自从在公寓里和敬子幽会以来，昭男就不好再到敬子家去了，但朝子再一次做人工流产，今天晚上却为他提供了一个借口。

拉开带格子的正门，寂静得仿佛没有人似的。有一双磨损了的木屐和一双深蓝色小山羊皮平底鞋。

昭男的直觉应验了。朝子从走廊尽头踱了出来。

朝子身穿敬子的宽袖棉和服，在昭男看来，她有点像敬子。

“是田部大夫呀。”看她那神色，仿佛在等待昭男之外的什么人来着。朝子伸手去摸摸头发，“我因为头痛，正在躺着。”

“你，一个人吗？……”

“唉。刚刚托付文姐去买格雷兰了。”

“说是你到医院里来过？”

“原想见见大夫的，可又听说有急诊病人，腾不出身……”

“啊，对……”

朝子光是一双眼睛贼亮贼亮的。她很憔悴。

“仅仅是头痛吗？”

“浑身都不舒服。上次也是这样的……”朝子仿佛站都站不稳了，“我现在稍微休息一会儿，再跟您说话。对不起，请到这边来好吗？不久娘也会回来的。但是也没准儿……”

她把昭男领到原先她跟弓子同住过的西式房间去。

“我有点儿惦记着，所以过来看看。”昭男说。

“承蒙您的好意……”

大概由于昭男是位大夫，朝子对他是放心的。她指着并排着的两张床中的一张，让道：

“请坐……”

她自己就像只猫似的，把身子哧溜到被窝里去了。

昭男坦然自若地坐到弓子的床上。自从弓子离开以来也不知过了几天，有着漂亮的花卉图案的被子还是老样子。

走廊里，电话铃响了。

“讨厌。”

朝子皱着眉正要爬起来，昭男于心不忍，就去接电话。

“喂、喂，是白井府上吗？”

没错儿，想必是弓子的嗓音。

“喂，喂……”昭男迟疑了一下，“是的。是白井……”

然而，电话已挂上了。

跑腿的女佣回来了，朝子服了止痛药。

“电话，错了吗？”

“我觉得好像是弓子姑娘的声音……”

“说什么来着？”

“对方给挂上了，也许不便跟我谈吧。”

“那也是可能的。说是今天把行李送去了……先生去接的，多半她误以为是哥哥吧？”

“你说把行李送去了，那么弓子姑娘到哪儿去了呢？”

“哎呀，娘连对先生都保密吗？到矢代府上，也就是弓儿的姑妈家去啦。弓儿她爹的姐姐家……”

看来由于药剂见效，朝子的头痛已止住了。

她欠起上半身，取过香烟来，也向昭男递烟。

“又想抽烟了……”

“请你给弓子姑娘打个电话试试吧。”

“两三天前，我跟弓儿见过面。”

据说弓子从家里出走了，敬子却给她送行李去。弓子又打电话来，朝子还跟她见过面，弄得昭男莫名其妙。他问：

“你到姑妈家去了吗？”

“没有。我到一个地方去工作来着，偶然间……可是弓儿看上去蛮精神的。”

“冬天一到，脚气大概就能康复。”昭男用大夫那套话支吾过去，“清怎么啦？”

“我还以为这一点先生知道得更清楚呢。”

“不。出了什么事儿吗？”

昭男为了打听弓子的消息，先从清身上兜圈子。

“我到这儿来，算上今天，毕竟才第二次啊。刚才见到了娘，这次动手术的事，对娘也是保密的。”说到这里，朝子用锐利的眼神瞪了一下昭男，“上次来的时候，哥哥也不在家。娘发牢骚说，他总是醉醺醺地回来，教娘为难。哥哥大概失恋了吧。我知道哥哥打小时起就爱弓儿。”

朝子幼年的回忆绝不是愉快的。

母亲被岛木夺了去，哥哥又被弓子夺去了，就是这么个状态。

朝子把无处发泄的不平与嫉妒宣泄到哥哥一个人身上，她对待哥哥的态度顽强得厉害，吵得不可开交。弓子来劝架，清就去摸摸弓子，并心中暗喜。连这一点朝子都冷眼旁观。

朝子并不曾跟弓子对抗，但偶尔也有把弓子卷进去的三个人之间幼稚的争吵，到头来被排斥出去的准是朝子，被安慰的则总是弓子。

朝子只得流着眼泪死了这条心。就这样养成了厌恶人的性格。

她虽然并非由于有了深深的爱情才与小山一道出发的，却因为两人牢牢地结下了夫妻关系，使得和小山共处的所在，好像是朝子首次安居之地。

她表面上过的是新式的婚姻生活，实际上却恢复了自自然然的女人气，甚至想生个自己的娃娃抱抱看。

第二次怀孕的征候早就勾起了朝子做母亲的情愫，使她依稀产生了温煦的希望。

然而小山就像是听到了什么微不足道的小事似的，只简单地吩咐一声拉倒：

“还是托付上次的大夫吧。”

朝子怯怯地泛红了脸：

“我在什么地方读到过‘夫妇之间的头一个孩子是人生的盛典’这样一句话。难道又要把我身子里的你那小小的生命葬送掉，不让它见到天日吗？我心里好难过啊！”

“某一段台词里是有过这么一句话。怎么说都可以嘛。自古以来，有无数美好的台词。可是一不当心上了这美丽辞藻的当，咱们就完蛋啦。这跟女人一听男人的花言巧语就迷了心窍，做出无法挽救的事是一样的。”

“不是台词。我想生嘛。”朝子悄悄地说。

“咱们过的是两个人工作还挣不到两万元的日子。再添个娃娃，怎么得了啊。首先，你就暂时不能工作了。等父母的生活稍微安定下来再出生，孩子不是才幸福吗？”

“不过，现在的孩子是现在的孩子，跟以后的孩子不是同一个。”

“现在的还不是孩子呢。照你说来，我身子里有好几亿个孩子呢。我始终把几万、几十万个孩子葬送掉，不让他们见天日。不论你怎么想生，一年也只能生一个嘛。”

朝子吓了一跳。

“咱们不想被孩子压垮。为了尊重你、保护你，即便我想当父亲，也忍受着。”

朝子尽管不能平息心头的火，可又觉得都怪自己不懂事。

倘若她意气用事，非做母亲不可，恐怕就会失掉小山的爱了。

小山认为朝子是个女演员，然而朝子果真有才华吗？朝子对这一点也感到不安。她怀疑小山对演戏热心过度，以致对朝子的评价太高了。有朝一日，他会不会突然产生幻灭呢？

朝子害怕的就是这个。倘若可能的话，她想当一名电影明星，获得压倒小山的声望和收入，并且认为那样一来，心里大概就能踏实了。

“不想做父亲的丈夫和想做母亲的妻子，恐怕不会幸福吧？……”

但是不管怎样，她决定不生了。一旦决定下来，就想越早动手术越好。

自年底至新年，不论广播电台和电视，娱乐节目都不少。看来小山和朝子都会有工作，一想到竟会由于孕吐而白白受折磨，就令人感到厌恶。

朝子急于去动手术，心情是沉重的。

她无意向敬子吐露，或跟她商量，但由于怀念母亲，就从医院里回到这边来了。

尽管如此，她也还是离不开小山，就打了个电话。

“先生不是说来看望我的吗？奇怪。”朝子眨了眨眼，“先生，您是怎么晓得我回到这边来的呢？”

“有那么一种感觉。”

“是吗？先生真能体贴人。”

朝子以坦率亲昵的眼神凝望着昭男。

朝子认为昭男理解了自己从医院里回到娘家的心情，不禁感动了。

“哥哥又任性又急躁，弓儿柔弱敏感，还是像您这样一位能体贴人的先生跟她般配吧。”朝子连笑容都没有，一本正经地说。

朝子不曾猜疑母亲和昭男有关系。

她却觉察出昭男好像有爱慕弓子的苗头。

敬子似乎老早就盼望清和弓子能在一起，梦想着这能使她和俊三和好如初，也用不着让弓子离开自己了，但朝子总觉得这是敬子打的如意算盘或感伤，太荒唐了。

弓子从家里出走后，朝子就想：瞧！

弓子是由于讨厌清才出逃的，而今只有促使清把热情从弓子身上转移开。假若弓子与昭男结合，清肯定也会早一点死了这条心，平静下来吧。

不愧是朝子的简明作风。

朝子甚至会产生一种淘气的想法：让好像相互倾慕般的昭男和弓子偷偷地见一次面。

“在我的婚礼上，弓儿竟把我插在腰间做装饰的那束花送给了先生。弓儿的大胆使我吃了一惊。看上去蛮天真的人会做出如此干脆果断的事。”

朝子的眼睛露出快活的神色，亲切地说。

朝子不信任人，性格倔强。

她原以为自己甚至结不成婚，但不知怎样一来，就和小山在一起了。她一方面对女人之缺乏深谋远虑而表示自嘲，觉得小山并不是她理想的男人，另一方面又感谢不由分说地把自己这么个难对付的人娶走的小山。

然而，她确信昭男比小山强。

打一开始，朝子就信任昭男，一次也不曾对昭男产生过反感。

“要是跟这一位在一起，我的脾气也就能够变得温和了。”

就拿今天来说吧，回到娘家后，母亲出门去了，小山还没来，正一个人难受得厉害。昭男却意想不到地来了，她实在高兴。呕吐感也止住了，不仅是药剂见效，大概还因为有昭男大夫在场吧。

要是昭男和弓子结合，朝子丝毫也嫉妒不起来。把昭男作为对象来考虑，她就觉得：

“弓儿这个人，毕竟是生来就该享受温暖的幸福啊。”

尽管清是亲兄弟，朝子并不硬逼着自己去偏袒他。清囿于如今这个世道真难以生存这么个念头，让他去体验更阴暗的青春的彷徨吧。他不是弓子的人生伴侣。

“我跟娘或者弓儿谈谈看吧。”

“那怎么能成。可别这样。”昭男张皇失措，脸上好像没有了血色似的。

看来朝子并不晓得昭男跟敬子之间的事。在她面前，他认为自己是个十足的恶棍。

要是朝子提出让弓子嫁给昭男，敬子很可能会自杀。想到这里，昭男眼前浮现出刚才他给缝合过伤口的女尸。

“弓子姑娘嘛，不是我那个世界的人。”

“弓儿又不是天使……她是个非常温柔的女孩儿家。”

“不，不……”昭男仿佛惧怕一般猛烈地摇头，朝子反而吃了一惊。

“是吗？我要是弓儿的话，就嫁给田部大夫。”朝子板起了面孔。

这时，正门“砰”的一声被拉开了，连这间屋子都听见了。抱着一包买来的东西的小山，连同女佣啦，脚步声啦，一股脑儿进来了。

“蛮早啊。田部大夫来看望啦。”朝子接过包，喜形于色。

“啊，实在，总是……”

小山摘下花花哨哨的围巾，含糊地寒暄道。

昭男也从床边站起来了。

他们两个人只在结婚披露宴上见过一面，这就像是初次会见，拘拘板板的，也不知道该说什么才好。

昭男晓得朝子动手术的事，所以在小山面前觉得尴尬。

“这，你买什么来啦？”看样子，朝子好像要打开包了。

“可以打开吗？”

“唔、嗯。”小山有点腼腆似的，“拿到厨房去吧。”

“哎呀。做晚饭用的？……难得啊。现成的吗？还是我来做呢？”

“一看就知道了。”

“是啊。也可以请田部大夫吃吧？”朝子忽然动作敏捷地边走出去边模仿小山的腔调，“一看就知道了。”

只剩下了两个男人。

也不能一动不动地沉默不语，俩人就先有一搭没一搭地相互问问工作的事。

“忙吗？”昭男问。

“嗯。忙的时候，接连熬夜，吃不消啊。”

“蛮好嘛。”

“可是一旦闲下来，又闲得身子都快烂了。我们的工作看起来好像有自由职业的一面，其实简直是不自由职业。派不派工作给你，是对方的自由，我们是囚犯。比方说，给父母送终，公司职员就可以请假，演员可请不下假来吧。我想，从学校毕业的时候，要是当上银行职员什么的就好了。”

“你是文科毕业的吧？”

“不是，是政治经济。”小山露出冷笑，“一年到头到一定的地方去上班，就是工作，这多好啊。像是不自由，反而有自由。”

“有懒惰的自由……”昭男也笑了。

“是啊。如果懒惰，心就离开了工作，自由了。然而，不仅如此，还有固定的工作岗位。明天也好，明年也好，在那儿总有固定工作，让人感到轻松。现今要的就是自由。从今天下班到明天早晨为止，是自由的时间吧。即便没有捞到工作的时候，我们也像是被工作套住了似的……”

昭男不明白，小山说的究竟有几分是真心话。

“可是你们的工作既表现自己，又使自己成长下去，有干头，多好啊。”他用不即不离的口吻说，“我们要是一不留神表现了自己，病人就危险了……”

“我们也连一句随心所欲的台词都不能说。观众没有病人那么老实；大夫出了岔子把人弄死了，也不会挨批评家狠狠地整一顿吧。”

“哪里话呢。艺术批评因人而异，科学却可以把大夫的失误查个水落石出……”

女佣来喊用饭了。

昭男打算回去，一到走廊里，就闻到满院子洋溢着熏猪肉烧煳了般的气味。

身穿白罩衫的朝子探出头来。

“先生，我可难得做一次菜啊。喏，你给挽留一下嘛……”她还征求着小山的同意，“弓儿的事，我也跟先生提了提。”

昭男一边急急忙忙系鞋带，一边想把浮现到脑际的弓子那纯真的双颊和眼睛甩掉。

敬子的店铺，外围已经竣工了。

就等墙和瓷砖干了再装修。敬子每天都必得去看一趟。

也有没人在干活的日子。那种时候她就独自进去，幻想着装潢这里的那些宝石。

橱窗还没装上玻璃，体会不到从马路上观赏的感觉，店铺的外廓却与周围的市街融为一体，却又分外鲜明，引人注目。

看来霓虹灯广告和华丽的招牌都用不着，不论是沿着长长的石墙走来的人，还是从花店和美容院那边来的人，都自然而然地会在橱窗前停下脚步，窥视宝石和手表。

搞设计的是一位年轻的工学博士，在一家大学里任助教。

是敬子的一个老主顾给介绍的。

“作为设计家，他是崭露头角的一派。”

听到这话，敬子踌躇不前了，介绍者却轻松地说：

“是学校的同学，好好跟他说明内情，让他优惠一下。修建一座可爱的宝石店，对他来说一定也是桩乐趣吧。”

敬子看了那个人的设计图，又听了他的说明，觉得自己作为外行，最好别这个那个地提意见。她完全满意，一切都任凭他去做。

“字号打算叫美宝堂。”敬子对川村说，“陈旧而平庸，可对我来说还是……”

“小姐，了不起。”

“讨厌，什么小姐……”

“美宝堂的小姐不是把店铺重新开张了吗？”

可不是嘛。这是敬子娘家的字号，它曾坐落在毁于战争灾害的工商区。

“我也重打锣鼓另开张，重新做小徒弟川村。”

“我也重新做美宝堂的女儿。”

“把多年的劳苦忘掉吧，小姐。我对自从做小徒弟起锻炼出来的手艺是有把握的。”川村那张脸感动得看上去更滑稽了。

打那以后，川村仿佛是被草野那家店解雇了似的，为敬子这爿店铺的开张忠实勤奋地干着活。

新店点燃起希望，敬子好像暂时排遣了恋爱的苦恼和家庭的寂寞。

家和宝石都既不能动也不能逃，要么没有感情，要么就如实地反映出敬子的感情。

午夜敬子独自观赏一点点地收集起来的宝石的光辉，她的眼睛里就也放出了光辉。

川村原来建议挂起霓虹灯和招牌，然而他总是听从漂亮的女主人的话。

“自从做小徒弟的时候起，我就没有违抗过小姐……”

“是呀。回想起来，川村先生可是我的老相识，比我的孩子还早呢。到头来，我也许还会在川村先生的照料下了此一生呢。这么一想，我这辈子可真没意思啊。”

“我并不这么认为。这是回到了该回到的开头儿的地方了嘛。”

“最重要的也许是开头儿。”敬子也搭讪说。

但是，敬子无从知道，矢代姑母也曾对弓子说过有关父亲开头儿的事，弓子却没听懂“开头儿”的含意。

每逢接到拍卖宝石或钟表的通知，抑或探听到了消息，川村就代替敬子前往，并以高超的鉴别力大显身手。

拍卖市场设在上野公园的古老茶馆等地方。

为此，敬子交给川村一百万元左右。她在与新店之间隔着一条电车道的路边[1]咖啡馆里等待着。

由于地点关系，外国兵很多。

敬子一看到身穿阿斯特拉罕羔皮大衣、金色耳环闪闪发光的外国妇女们，就想：

“得把这些人的购买力吸引住……”

她还幻想着五花八门的橱窗装饰方案。

“弓儿要是学会英语会话，肯待在店里，就会给外国人美好的印象吧……”

川村到得迟，敬子就叫了第二杯咖啡。

父亲曾告诉敬子，宝石和钟表的拍卖成交后，同行经常一道喝酒赌博冶游，她认为“川村先生绝不会这么做”，却还是略觉不安起来。

敬子心里不踏实，就摊开报纸来看。

看情况内阁可能要改组，所以政治消息一直挤到社会版上来。下栏角上的一则熟人的讣告偶然映入眼帘。

那是三花西装店老板娘小柳静子。敬子也请她给做过两三次衣服。

她比敬子大十来岁，战争初期跟比自己年岁小的青年谈恋爱，与丈夫离了婚。世人风言风语，打那以后就没再听到她的消息。

十一月二十七日上午五点四十分去世，十一月三十日下午一点至两

1　这里是意译。原文为英语drive in（开进）的译音。指设在路边、顾客不用下汽车即可吃吃喝喝的店铺。

点在麻布教堂举行天主教的辞灵仪式。及至读到“丧主大岛忠男”，敬子的心里就一惊，热泪夺眶而下。

她记得很清楚，从前小柳静子的那位情人姓大岛。那时那个比敬子还要年轻三四岁的青年的面影浮现脑际。

“多好。亡灵指不定多么高兴呢。”

从战争时期到战后，将近二十年间，年轻的男人一直没离开比自己大十几岁的情妇。尽管看来不曾结婚，但他不顾姓氏不同，竟作为丧主在报上刊登讣告。敬子认为这是世间罕见的美好爱情。由于有昭男这桩事，才深切地感受到的吧。

看来敬子和昭男是不会在一块儿待到死别的。不知怎的，她就是这么觉得。

她想象着自己被嗣子清送终。

她一面不让自己再起这样不祥的念头，一面对近来的清感到悲哀。

而且，被年轻英俊的情人昭男送终的话，即便死掉好像也是愉快的。

“不行。”敬子摇了摇头。

还是让清和弓子这对夫妇送葬最为称心。

敬子还想去见弓子一次，帮她解开思想疙瘩，改变主意。

敬子看出了弓子之所以从家里出走，七成是为了逃避清的追求，三成则是由于敬子和昭男在谈恋爱，但她并不是没觉察出昭男与弓子之间那微妙的思慕。

这好像使她难以和弓子会面。

## 和服短外衣

“让您久等啦……”川村的红脸膛站到敬子面前了，“来晚了，我原想直接到您府上去拜访呢……”

川村看到敬子那副样子，以为她是等倦了。

“可是，今天……”

“有好货吗？”

“有哇。照那样可不能回来啊。”川村喜不自胜，却又没有当即拿出东西给她看。

敬子为川村叫了一杯热咖啡。

“肚子饿了吧。去吃小竹醋鱼饭卷吧。想早点儿看看。”

“小竹醋鱼饭卷，是在新桥吗？”

“快点儿让我看看吧。”

川村从用手磨得发光的皮包里取出红黑色的小方绸巾。

里面包着一粒蚕豆大小的翡翠。

“怎么样？是从十二万元起哄抬上去的。”他把翡翠连同放大镜交给了敬子。

“多少钱买到的？”

“嘿，您猜猜看。”

“别装模作样了。三十几万吧？……”

“不，二十几万哩……太太，您毕竟是一位外行的小姐啊。”川村得意扬扬地说。

色泽确实很美。既然川村能看上，敬子就没有必要用放大镜去查看瑕疵和斑点了。

比以前卖给昭男嫂子的那粒大。

川村又从皮包里取出一个注射盒那么大的宝石匣。

有半克拉左右的钻石，当中间儿略微鼓起的部分清晰地现出纹路的猫眼石以及天然红宝石等。

还装有在拍卖场上被叫作垃圾，然而适合于敬子加工的珊瑚和紫水晶。

不论看哪一样，敬子都很高兴，因为这一次能够作为自己店里的商品，对任何人都可以毫无顾虑地随意设计式样了。

川村从笔记本上扯下了记有买价的那一页，递给敬子。

“多谢。”敬子将一快活就露出天真烂漫神色的眼睛转向川村，“这都是我的啊。”

“是啊，是店里的。”

“你替我保存着吧。我家里现在不安全。一般只有我和女佣，我又成天外出……”

敬子把翡翠也退了回去，并把川村的皮包当作自己的东西似的，啪的一声扣上了金属卡子。

“店铺修建好了之后，跟我熟悉的投机商人也会聚拢来。可是，太太，那帮投机商人就由我去对付吧，投机商人可比拍卖场还靠不住哩。”

“拜托啦。”

“虽说是不可靠，他们当中可还有专心致志地钻研宝石的名家呢。一程接一程地旅行，周游各地，到处流浪，练出鉴定宝石的本领。要不是被太太选中了，说不定我也成了投机商人呢。”

“不是好像蛮有意思的吗？”

“别瞧我这样，可是个规规矩矩的人。没有那种散漫豪侠的放浪性。要是投机商人的话，倒是可以逃避税金。”

“我也到现在为止还没交过税呢。”敬子小声说。

“店铺修建好了以后，税款就成了首要问题。”

“是啊。我从来没想过，所以捉摸不透……”

“小姐的生意做得蛮出色。要是内阁改了组，减了税，那就太好了。咱们经手的毕竟是奢侈品啊……跟失业、破产的时代是相左的。”

“这方面的事就交给你去办了。掌柜先生不是有这种本事吗？”

“我直打哆嗦。”川村真的打起哆嗦来，一边缩着肩，一边站了起来，“我已经被拘留过一次啦。再因为逃税而受牵连，可害怕啊，害怕啊。”

“可是我完全摸不着头脑。”

“好的。那方面的事就拜托草野的会计师吧。”

几乎月月都会收到固定资产税和都民税的通知单的敬子只把那当作洗衣费似的交纳而已。

她没交过所得税什么的。

草野支付给她的草拟式样的报酬是私下里通融的，钟表和宝石也大多是捣腾旁人的东西，光挣佣金。

敬子记起，就连俊三为了出版公司的赤字而伤脑筋的时候，拖欠的税款算起来数字也惊人呢。

“税款还在其次，店里的资金啦，货色什么的能不能备齐，不是让人担心吗？”敬子说。

他们到新桥去，吃了小竹醋鱼饭卷作为晚饭。

敬子和要回到工商区去的川村分了手，上了国营电车。

她的脑际不断地浮现出有关新店的幻梦和宝石式样的构思。

身穿阿斯特拉罕羔皮大衣的外国妇女的耳坠子，要用黄杨那样的木料来做。在皇后装束的女偶人手持的那把小朴木扇子的轴上，穿个金环怎样呢？朱红色的线会不会使白皙的皮肤显得好看呢？连这些事她都想到了。

她还想起在博物馆看到的那副据说是从朝鲜古墓里出土的金色坤耳坠子。也许又大又重，然而一千年前东洋妇女就曾戴着那么华丽的耳坠子。

她也记得唐代的各种精巧的金属工艺品，女人的化妆用具和首饰。

日本古代的勾形玉坠儿也是用珍贵的翡翠制成的。

她想在橱窗的角落里摆上一把小型金质战刀和一束紫罗兰。

敬子的心焕发着青春，仿佛徘徊在幻想与童话的世界里。

敬子走进自己家的正门，放在走廊里的明亮灯光和齐放着的两双鞋使她感到震惊，然而那既不是昭男的鞋，也不是弓子的鞋。

她的感觉多么古怪啊，乍一看到并排放着的一男一女两双鞋，就联想到昭男和弓子。

敬子明白了，原来是朝子夫妇来了。

她劈头就问迎接自己的文子：

“什么时候来的？”

“太太出门后不久朝子小姐就来了。”

“呃？”

“说是身子不舒服，到医院里去过。田部大夫刚才也来了一会儿。”

“怎么回事呢？……”

敬子露出挨了一记耳光般的神色。

朝子像是和小山重叠在一起般地走了出来：

“您回来了……今天晚上我们就在这儿过夜啦。”

看上去跟平常没有两样。

“说是你身子不舒服吗？……”

“有点儿。累的。明天还得到医院去一趟……”

“是吗？瘦了点儿吧？”

“还发胖了呢……”朝子用右手摸了摸脖子。莫非是说那个部位胖了吗？

敬子把视线移到旁边的小山身上，她意识到离开了自己的女儿。

“打扰您啦。”小山补上了一句。

小山也没有挂念朝子的病情的样子。

作为一个女人，敬子更放在心上的，倒是自己不在家的时候前来，连等都不等就回去的昭男。

有小山在场，他是不是有意避免跟敬子见面呢?

敬子既不便往昭男的公寓打电话，又不能刚回来就又出门去。

“田部大夫心好，是个善良的人。”朝子说。

“给我把茶沏得香香的。我累啦，想喝茶。”

敬子这么托付朝子后，边把腰包里的东西收进衣橱，边对小山说：

“朝子连怎么沏粗茶都不知道吧？很多事都让人吃惊吧？”

“我也不懂得粗茶的味道。”

“朝子算是交了运。”

敬子走了出去，把腰带系紧，正换上和服短外衣的时候，听见了清的嗓音。

“啊，回来啦。”

昨天晚上清也没有回来。

如今敬子认为，清之所以在家里待不住，而到外面去过夜，也是由于感到苦恼，并想把自己从深重的创伤中拯救出来。作为母亲，她一个劲儿地发愁，生怕他那颗年轻的心会破碎。

清对敬子要么感到焦躁，要么怄气，愁眉苦脸，就好像凡是不如意的事都怪母亲似的。因此，清待在家里的话，使敬子既心烦，又难受，她自然而然地就对清的举止置之不理了。

然而，她一听到回家后跟妹妹朝子聊着天的清那嗓音，脉脉温情就油然而生。

背地里听上去，妹妹朝子的年纪倒好像大得多。

“你动不动就露出这么可怕的神色。哥哥不懂幽默。”

朝子仿佛是为了结束一番话才这么说的。

“朝子议论幽默，好像是螳螂在笑。”

“螳螂是什么呀？……”

“你不知道螳螂吗？是一种虫子，一年到头似乎都在生着气……”

“螳螂嘛，不可能一年到头活着。”

“一年到头扬起镰刀[1]来过日子。”

敬子走进了茶间，三个人很是融洽。

敬子软软地坐到正在剥着淡绿色麝香葡萄的清的身边。

清梳理了头发，胡子也刮了，肤色是光洁的。

敬子边捏起自己那只盘子里的麝香葡萄，边问朝子：

“这是哪儿来的？”

“小山送的。”

“是吗？这……多谢……”敬子和小山面面相觑后，把头略微一歪，“没有想到，好高兴啊。我这几天挺寂寞的，觉得没着落。”

这话其实是说给清听的。

“文姐也说年内想要回去，所以我们打算在旅店里住一段时期。”

“我们不能再到这个家来了，可有点儿寂寞啊。”

“小山先生也说这样的话吗？”

接着，敬子又转过身来：

“喏，清，是不是这么做更好一些？生活变得简单了，心情也转换啦，你也反而能踏实下来了吧？”

清目不转睛地看了看母亲，随后面泛微笑：

“我怎样都行。娘觉得怎么好，就决定下来吧。”

这话既可以理解为出于坦率，又可以理解为冷嘲热讽。

“这座房子已经卖出去了。新房子只要墙壁一干，装修好了，就能住进去啦。所以，只在这期间，是啊，送旧岁迎新年……”说到这里，敬

1　螳螂生有一对呈镰刀状的前足，故日文里叫作镰刀（Kamakiri）。

子忽然又想起来了，“同样是在旅店里过日子，还是到山中的温泉去迎新年吧。怎么样？……小山先生，你也一道去好不好？”

今天晚上，在清和朝子夫妇待着的这个地方，敬子找到了安稳的席位，昭男的事在她心里也变得淡漠了。

她甚至觉得，在旅途中迎新年，那是打开一扇通向新生活的新窗。

小山首先表示赞成：

“好哇。务必带我们去呀。”

小山是和朝子商量结婚的事时初识敬子的，只见过屈指可数的几次。然而他毕竟被敬子那稳重的年华之美所吸引。

每逢见到敬子，他的心情就舒畅起来，直想跟她撒娇似的。

他认为这是一位不曾被生计弄得疲倦了的、不可思议的妇人。

打从学生时代起，他就住在兄嫂那狭窄的家里，床铺几乎和孩子们的摞在一起，手头总是拮据的。大学毕业后也找不到工作，凭靠自己所喜爱的戏剧好歹能够自立了。兄嫂因家务拖累而显出憔悴的神色，操心烦恼，使他厌恶透了。

他和朝子结合，也并不是由于想要结婚，建立家庭，而是因为两个人可以从事同一职业。他认为朝子也不愿意过正常的家庭生活。

然而，敬子不曾给小山以因拉家带口而容颜憔悴之感。与其说是岳母，他觉得像是获得了一位美丽的中年妇女知己。

小山寻思，和敬子一道去参加家族的旅游，该是一次温暖的休息，心里就高兴起来，问些什么：

“娘，滑雪吗？”

清有点唐突地：

“娘，我呢，情愿被撇在一边，没人理睬。”

敬子被泼了冷水：

“你是说不想去旅游吗？过新年嘛，陪陪娘不是也行吗？”

清愁眉不展，没有回答。

敬子仔细地审视着清的神态。

大概是药的效验逐渐淡薄了，朝子的头似乎又重新痛起来。

她用指头按住太阳穴来着，这时忽然站起来，走出了茶间。

敬子素日正想和儿子从从容容地谈一次，她就像是想让小山尾随在朝子后面似的：

"小山先生，你去洗澡吧。"

小山出去后，敬子把做母亲的眼神移向清，开口说：

"清，娘也觉得咱们家仿佛摇摇欲坠，真是感到无依无靠，简直受不了啦……如今我在世上最大的期望就是你能够获得幸福。"

"啊？幸福是什么玩意儿呀？"清顶了一句嘴。

"娘认为，弓儿和你要是能够成了，该多好啊。娘不会把那孩子藏起来的。弓儿到岛木的姐姐家，就是到矢代先生那儿去啦。要是男人一个劲儿地扑过来，年轻姑娘就害怕了，失去了判断力。所以你就等一等吧，我打算好好儿地和弓儿谈一谈。"

敬子温存地说出了心里的想法。

然而清的眼睛里泛着对什么事都觉得可疑的神色，好像连弓子这个话题都听不进去似的：

"娘现在真的感到无依无靠吗？"

敬子吓了一跳。

"真也罢，假也罢，你想想看，不觉得娘无依无靠吗？"

"照我看来，娘说得上是独立自主吧。不论出了什么事，您总是断然采取下一个措施，就这样活下去。在这一点上，我认为娘比岛木先生了不起。"

儿子这话说得阴阳怪气的，敬子摸不透他的真实用意，就胆怯起来：

"为什么要拿我跟那一位相比呢？我一点了不起的地方也没有。"

"是吗？"

“只有我一个人，不过是迫不得已，这呀那呀想方设法地干着就是了。”

“田部先生搬到目白的公寓里来了，我可一直蒙在鼓里来着。”

清突然又提到昭男，弄得敬子提心吊胆。

“弓儿喜欢田部先生。我起初认为田部先生是由于喜欢娘，才对我们这么亲切……”

“这是你太多心啦。”

敬子慌了手脚，她不晓得这话是从嘴里说出去的呢，还是仅仅在心里嘀咕了一下而已。

“娘，弓儿从家里出走以后，我呀，曾到麴町的田部先生家去找了一趟，以为或许会……所以我才晓得那一位搬到附近来了。为什么瞒着我呢？我还以为自己跟他蛮亲密呢。娘也不对我说。弓儿的下落也隐瞒到今天。关于他，我也想多方面地了解了解。也许手法卑鄙一些，可我曾不露痕迹地刺探了一番。”

敬子再也不能看清的脸了。

血管里涨满了罪恶感与羞耻感，她几乎朝前面扑倒。

莫非清对一切都知晓了吗？

“他不可能了解真实情况。”敬子尽管这么想，却仿佛被追逼得走投无路了似的，就定睛俯视着矮脚饭桌的一个地方。

看来清也得颇费点劲才能继续说这番话。在重新开口之前，他迟疑了片刻。

“披露宴的那个晚上，告别的时候弓儿把朝子腰间的花束递给了田部先生，又差点儿替他摘掉胸前的缎带结，好像还在说着什么话儿，所以我就马上觉察到了。我着了慌，认为可不能磨磨蹭蹭的了。回家后，只两个人谈着话的时候，我兴奋得厉害。这下子就糟啦。弓儿说，爹死了，现在我弱着呢，于是我跌到山谷底下去了。”

“……”

“但是我再也没想到，没等第二天早晨，当天夜里弓儿就会从家里出走啦。讨厌我就讨厌我，也没关系，我只希望她待在这个家里。除了这里，弓儿没有家，弓儿甚至比我们更是娘的孩子。要是我不在弓儿才肯回来，那么我随时都可以离开家。我并不完全出于卑鄙的根性才到田部先生家去的，另外也还想好好儿跟田部先生谈一谈。拜托他让弓儿幸福。”

“……”

“然而现实比我想象的更加奇怪。娘的事也使我非常悲哀。原来弓儿不在的话，娘就可以无所顾忌了。我什么也不再相信了。我打定主意，再也不去爱什么女人。”

清断然这么说罢，将冷漠的干笑转向敬子。那是看透了对方、加以嘲弄般的笑。

敬子感到了恐怖般的痛苦。

她觉得自己这个儿子就像是自己所背叛的年轻丈夫似的，简直喘不上气来了。

倘若清是为了昭男的事而气愤，敬子还能忍受；但他却抱着一种抓住母亲的弱点，表示轻视的态度。敬子真想要哇的一声哭起来。

但是，要是让清看到了眼泪，他准会越发嘲笑她罢了。

那么，跟清说什么才好呢？

清大概再也不会相信敬子所说的任何话了。

“娘，这座房子卖了多少钱啊？”

“这座房子？……多少钱？……”

敬子被清占了上风，而且清所说的每一句话都是她始料未及的。

“原来想卖七百万的。可是连六百五十万都不到。”

好容易岔开了那个怎样也难以忍受的话题，可是敬子还没来得及窝窝囊囊地松一口气，清就说：

“给我二十万左右好不好？”

“啊？”敬子又遭棒喝般，“你想做什么啊。支付了新店的建筑费再加上进货，还亏空两百万呢。喏，这部分就变成借款啦……”

“我不放心。娘是不是做过了头呢？麻布的店也好像太时髦啦。”

“我也许有商业才干或交商运哩。车站的小卖店也成功啦。那以后好歹也供你们进了费用昂贵的学校。”

“旁的运气好像也亨通哩。”

敬子以为清打算挖苦她交男人运，就赶紧小心翼翼地探问：

“你要钱做什么用呢？”

对于做学生的清来说，二十万元是一笔巨款，但敬子认为，要是想办点什么事，却又不够用。

“我们的小组正在为学生运动募捐。还有，要是娘带着他们在温泉迎新年，我倒是想在乡下庄稼户的炉边过一次朴素的新年。”

“乡下的庄稼户，是哪儿的？……”

“说不上是哪儿。去慰问死亡学生的家族啦，要么就到处去调查那些被征用后死伤了的学生的情况……”

“是吗？”

“对军人和军属[1]多少给点伤病养老金。可是被征用后死伤的学生，完全得不到国家补偿金。由于被动员去劳动而死伤的人，同样是战争的牺牲者吧。光是学生就成千上万地送了命，可是听说甚至没做过调查……这就成了问题，所以想开展一场要求国家支付补偿金的运动。比方说，广岛一家女子中学的六七十名女生，同时死在原子弹轰炸下。”

“开展什么样的运动呢？”

“一听说运动，娘大概马上就认为是赤色分子。我们协助调查那些牺牲了的被征用的学生，还出版记录什么的……”

---

1　军属为军队或军事机关中的文职人员或雇佣人员。

“出版吗？”

敬子守在俊三身边，吃够了“出版”这玩意儿的苦头，所以害怕清对它发生兴趣。

“我向您缠着要二十万，其实十五万、十万都可以。”

敬子点了点头，却又问：

“那么，你怎么样呢？”

“我暂且不考虑个人的事。恋爱也是我的私事。”

清这么毅然决然地一说，敬子无言以对。

“娘，弓儿的事也许用不着担心。她比我坚强。”

敬子思忖：按说清应该去参加外务省举办的考试，可他到底参不参加呢？

这时，刚出浴，脸蛋光润的小山回来了。他在浴衣外面罩了件宽袖棉袍。

“先洗过了。”

三个人说了些不痛不痒的话，敷衍过去。

清和小山聊起来了，敬子认为这是个好机会，就站了起来。

敬子正沿着楼梯上二楼的时候，清冲着她的背影说：

“娘，和服短外衣多讨厌啊。”

“是吗？你要是觉得讨厌，我就不穿啦。”

“那倒不必。反正我也不在……”

敬子拧亮了二楼那个房间的灯，床铺就浮现出来了。

敬子仿佛是快要患贫血症了似的，直觉得恶心，就跪在被窝脚下那头。

她感到犹如坐在冰冷的地面上一般。这是个暗夜。周围能够庇护敬子的墙壁或栅栏之类的东西，好像一样也没有。

她独自暴露在荒凉无遮拦的天地之间，却意识到凄惨的耻辱。

她那隐秘的爱恋与情欲的火焰竟被清刺探出来了，这一点固然可怕。清还暗示，弓子是由于爱昭男才从家里出走了似的，这就更使敬子害怕了。

“我就是死了，也补偿不了。”

敬子出于女人的一种嫉妒本能，也并非完全不曾感觉到弓子那隐蔽的心思。

朝子一向动不动就流露不满，弓子却一味地跟敬子亲，她认为这是赐予自己的美好的关系。她也晓得，弓子和自己的寂寞相互呼应着。

到现在为止，敬子之所以对清和弓子的事不曾插嘴，是因为她期望弓子能够在毫不勉强的情况下，衷心倾向于昭男[1]。

她想，唯有让弓子喜结良缘才能对已故的俊三和他那离了婚的妻子赎罪。

她在内心深处还认为，尽管弓子从家里出走了，既然知道她的下落，那就等于没有离开敬子的身边，迟早还会回到她这儿来的。

然而，倘若弓子爱着昭男，敬子就会想是她把弓子的“情人和幸福都夺走了”。

清探听到了几分情况呢？是那公寓里的幽会吗？敬子感到毛骨悚然。

敬子和俊三一道过日子那些年，俊三还有妻子。当时清和朝子这两个孩子对敬子的生活方式都有些想不通。

俊三不在了，清却在当年就晓得了母亲的隐私。他究竟怎样看待敬子呢？

敬子觉得，他多半是把她当成在对待男人的关系上不检点的浪荡女子，并将她冷淡地推开了似的。

母子之间相互交流着一般的挚爱和信赖已荡然无存了。

---

1 这里的“昭男”，可能为“清”的笔误。因为敬子一直希望弓子跟清成亲，她最怕的就是弓子和昭男接近。她绝不会期望弓子“衷心倾向于昭男”。

“或许弓子也……”

可怜也罢，可耻也罢，敬子唯有责备自己而已，却无法抱怨任何人。她只顾陷在悲惨的境地里。

昭男今天晚上到她家来了，但不等她回来就告辞而去，他的冷淡也使她感到怨恨。

“我并不了解他心里是怎么想的。”

即使见到了昭男，敬子也会被清和弓子的影子缠住，快活不起来。

敬子觉得仿佛胸口被插进一根硬邦邦的棍子似的，生理上的痛苦使得她几乎淌下汗来。

敬子的指尖和前额的发际都变得冰凉。她明白，由于精神上受了刺激，她快要犯贫血症了。她听得见清在楼下说话的声音，然而她却无意把他喊来照顾自己。

“那孩子也是个瞎话篓子。”

刚跟母亲谈过那样一番话之后，居然就能够跟来客谈笑风生。

清缠着向敬子要钱，她也感到吃不消。

她十分了解清的悲痛，为了让清能够恢复过来，哪怕是为了表明母爱，她也是舍得出一笔钱来让清做他所愿意做的事情的。

他想做的事好像并不坏。大概是发自青年本着良心的正义感。然而，身为依靠父母生活的学生，竟投入这样一大笔钱，太荒唐了吧。对此，清那个所谓小组的成员们难道满不在乎吗？还是由于弓子和敬子使清受了打击，以致他竟不能克制了呢？

既像是在办一件好事，又像是办一件徒劳无益的事，敬子摸不大透。

尽管房子脱手，有了钱，然而新建的房屋开张，欠下不少债项，手头的周转资金令人简直感到心中没底。

从中还十五万、二十万地被讨走整笔的款项，实在吃不消。

支持敬子，使她生气勃勃地工作的是清，是弓子、朝子，也是昭男。

这些人像现在这样离开了她，彼此之间也相互背叛，只剩下敬子一个人。那么，她就连开铺子也没有劲头了。

“要不要一股脑儿交给川村呢……店铺的权益归清……”

那么，她自己怎么办呢?

“好没出息。别再想下去啦。”

冰冷的汗水湿淋淋地渗了出来。

传来了登上楼梯的脚步声。

“文姐吗？”

“唉。”

“文姐，替我推拿一下背吧，我不舒服。”

趴在那儿的敬子使文子吃了一惊。

“太太，您这是怎么啦？”她边说边让敬子躺下来，“是背吗？”

“对，推拿一下……”

“这儿吗？这样就行了吗？”

“再使点劲……”

用力替敬子推拿脊梁的那只手使她深深感激，觉得亲切。她的嘴唇孤寂地发颤了。

“好厉害。连脑子都震到了。”

“太太一个人什么都得管，肯定会累的呀。”

“文姐，你真这么体谅我吗？你非回乡下去不可吗？弓子不在，就不行……”

“倒也不是非回去不可……”

“那么你就再待一阵子吧。”敬子郁闷得对女佣都求起情来了。

于是，敬子一边让文子揉背，一边跟一无所知的文子聊着，一点点、一点点地恢复了生机。

# 真正的恶作剧

第二次动手术后，朝子也很快地就恢复了健康。

然而她越发苗条了。

那腰肢纤细得仿佛双手的指头就能握过来。

“瘦成这副样子，是不是有病呀？”

人家这么一问，朝子两眼就露出厉色说：

“我是妖婆嘛，瘦一些好。”

她正在童话剧中扮演妖婆这个角色。

装上鹰钩鼻子后，那张消瘦的脸和老妖婆无异。

这是她喜爱的工作，越是忙得不可开交，劲头倒越足。每逢在镜中望到自己那张累得气色不好的未化妆的脸，她就像是为了宽慰自己似的，每天进行维生素B和肝脏强化剂的皮下注射。

小山很是勤奋，什么活儿都揽下来。

他还拖着朝子到有关方面的人士那儿去转悠，替朝子揽活儿，做得精明周到。

两个人都忙得像明星一般，其实连名字都还不曾为任何人所认可。

每一次的演出费连税在内虽不足一千元，然而一旦回数增多，尤其是时而兼任两个角色，收入也就不可小看了。

他们作为配角，或末角，辛辛苦苦地跑跑颠颠，每天晚上都过了午夜才回到自己的房间。

“电视观众中有个狂热的戏迷哩。”一天夜里，小山回来得很迟，忽然说。

难道也有迷上小山的观众吗？朝子连睡意都没有了：

“是吗？”

“今天在演播室，菊池伊三郎把一封女人的信拿给我看了。写的是：每一次有伊三郎的脸的特写镜头，我就去吻电视机。”

“哎呀。”

朝子假装吃了一惊，皱起眉头，其实她是大失所望。菊池伊三郎是个年轻英俊的男演员，因饰演古装影片刚刚走红。

“我心想：可不是嘛。虽然没法去吻电影的银幕，却能吻电视机哩。”

“真恶心。”

“你啊，女孩儿家吻电视机，毕竟也算是捧场吧。”

“像我这样演招人恨的妖婆角色的，说不定人家会用拳头尖儿去打我那张映在电视上的脸哩。”

“哼……”

“难道咱们就永远这么下去吗？”

“不会永远这么下去的。”

“是吗？”

“机会会来的。”

“可在那之前就已经累坏啦。”

“现代人的生活就是这样的。”这是小山的口头禅，“我不会累的。”

然而，朝子感到自己累得甚至不愿意接受小山的抚爱。

或许她好像是一点点地退缩着，连小山的抚爱都拒绝似的。

她对再一次做手术心怀畏惧。

人家一说朝子的脸色不好，太瘦了，小山的冷漠就弹回到她身上来。

她认为小山所寻求的生活里，缺乏温暖的血液。

能不能维持生活这个歪理，朝子难以信服。她想：只要有意，一个娃娃嘛，不管怎样也是养活得了的。

朝子并不在乎什么装在镜框里的明星照片，倒对抱着孩子的妇女像怀着茫然的憧憬，从中获得安详感。

想要在生活里“有温暖的血液”，使朝子的心态发生了变化。

然而，对分娩的恐惧，以及对刚生下来的婴儿发怵的感觉还没消失，难道做妈妈的心已经在朝子内部苏醒了吗？当小山搂抱着朝子的时候，她会蓦然想象自己抱着孩子回到敬子跟前去的样子。

于是，有些夜晚，小山把她推开了说：“你在想什么呢？”

“心神不宁的……”

朝子一下子心就凉了，既说不出甜蜜的话，也不去搂住对方。

“下次再有了的话……”她径自闭上了眼睛。

他们再也不像先前那样相互打听白天分别去从事不同工作的情况，也不告诉对方什么了。

在少女时代，朝子未能向母亲和哥哥撒娇。用可爱的嗓音常常唱歌的是弓子。在家里，朝子冷冰冰地，连一支歌都没唱过。

要是能唱歌什么的，她就不会这么一意孤行了。

然而，少女时代，朝子曾由学校派去慰问战争孤儿。演给孤儿们看的木偶剧的玩偶，都是她做的。那一整天朝子都觉得自己仿佛曾被人温柔地安慰过似的，始终是愉快的。

在做玩偶啦，女孩儿家的手工艺方面，朝子很是灵巧，一开起头来就一丝不苟。

可是不知从什么时候起，她撒手不干了，也讨厌缝纫和烹饪。

未能向母亲和哥哥撒过娇的朝子，曾暗中梦想，结婚后可以向丈夫撒娇，但小山却不是个适宜她撒娇的对象。

她甚至想过，与其被忐忑不安地跟她走在同一条演戏的路上的男人捅着拽着，还不如在一位中年男子的爱护下，过安乐富裕的生活呢。那样一来，演技好像也就能够充分地得到发挥了。

朝子怀疑自己不再像以前那样爱小山了。

“我对谁都是这样的。跟弓儿不一样。”

在家的时候，朝子讨厌弓子那种提心吊胆地关怀人的和善劲儿，可是分手后，弓子却常常浮现在她的脑际。

朝子收到了弓子为祝贺她结婚而送的带盖钢笔盒，每天都用着。

每逢看到白象牙般的盖子上面那浮雕的红玫瑰，朝子就怀念弓子的和善。

由于拍电视而结交的一位朋友送给了朝子两张音乐会的票。她给弓子寄去了一张。

音乐会在十二月中旬的一个星期六晚上举行。听说那位年轻音乐家的演奏，在欧洲也是最出色的。

弹钢琴的弓子一定会高兴的。

当天晚上小山因工作不能去。

弓子马上就寄感谢信来了。

她写道，正在举行定期考试，可那是星期六晚上，能够见到你，很快乐。

朝子也喜滋滋地盼着那个晚上。她受到正高兴着的弓子的感染，心里涌现了姐妹的亲密感情。

直到星期六朝子才知道，由于工作日程改变了，当天晚上抽不出时间来。

朝子垂头丧气地茫然想道：

“这一张给谁好呢？……”

要挨着弓子坐。

“给娘吗？……”

这也蛮有意思，可是弓子兴许会受窘。

为了拍电视剧，朝子在后台由梳头匠给染头发啦，装上琴爪[1]般的指

1　弹古琴用的象牙、塑料等制的假指甲。

甲什么的。这时，她猛地想道：

“田部先生怎么样呢？……”

不知怎的，她一个人喜不自禁起来。

她举起指甲老长的妖婆的手，摆出施魔术般的架势，试着用朗诵口吻说了句：

“两个人由妖婆牵线，见了面。”

朝子没大怀疑过母亲和昭男之间的关系。一般来说，她天性对旁人的艳闻不怎么感兴趣，也不太留意，从来不去多心。她本人也淡泊得很，小山说她缺乏女性的魅力。

朝子一想到昭男怎样和弓子并肩坐着听音乐，就觉得好像有着浪漫色彩似的。朝子隐隐约约地对昭男怀着好感。

第二次动手术的头一天，她甚至和前来探望自己的昭男说过：

“我要是弓儿的话，就嫁给田部大夫。”

朝子在等待出场之前，眼睛上装了长长的假睫毛，往医院里给昭男打了电话。

“是朝子。前几天……”

“啊，打那以后，你身体好吗？”

“托您的福……田部大夫，明天晚上您有事儿吗？……”

“不，没有什么事……”

“卡钦的钢琴，您愿意去听吗？”

“啊？”

“有一张票，我不能去听了。不然就要作废啦。”

“是钢琴吗？”

“没兴趣吗？”

“哪里会呢？”

“那么，您就去吧。”

朝子还是那个腔调，昭男笑了起来：

“简直像是在挨说似的。”

“我发快信把票寄给您。地址呢？……”

“唔。”昭男不便提出寄到公寓去，“寄到医院去吧……”

“呃。要是寄不到就糟了，我就留在这里的传达室吧。是日比谷的公会堂，反正您也会路过那附近。”

“唉。明白啦。”

“六点半钟开演。”

“多半会去的。”

“多半可不行。一定得去……”

“那么，一定去。女人不喜欢多半。”

“什么？”

“没什么。”

“一定的。再见……”

朝子放下电话，回到后台去。只见使魔术的妖婆在镜中微笑着。

“朝子小姐，遇到了什么好事儿吗？”扮演公主的女演员甚至这么问她。

那是西洋的童话剧，朝子和看守山林的人以及戴着狼头马头、奇形怪状的人们一道，沿着幽暗的廊子踱向演播室。

小山也出来工作的日子，朝子等工作一结束，就往小山可能在的地方打电话，跟他碰头。

朝子即使饿了，也大都忍着，等着和小山一道吃晚饭。然而小山只顾自己合适，不肯等她。

“饿着肚子，身体衰弱了可不行。”他这么说。

“我想一道吃。女人自个儿去餐馆可没劲。”

今天晚上小山先结束了工作，他就到有乐町的麻将俱乐部去了。

朝子在俱乐部隔壁的咖啡馆里一直等到打烊谢客，这才等到小山。

“饭？……我吃完啦。利用两圈牌的空当儿……”

他们顺着路人已稀少了的、刮着冰凉夜风的小路，走向有乐町的车站。

在明亮的小巷里的一家中华料理店，朝子吃了一顿很迟的饭。

小山百无聊赖地看着晚报。

“你陪我吃碗荞麦面条也好嘛。”

“不用啦。白糟蹋。”

“麻将手气好吗？”

“也不算好。”

“我可等了不少时候。”

“嗯。因为你在等着，我见好就收啦。”

“赌输赢的游戏，你搞不来。”

“嗯，喏，是搞不来。”

“没有这种闲暇。搞不来倒好一些……”

小山不回答。朝子像是想起来了一般：

“死去的叔叔赌起输赢来，厉害得难以想象。”

小山只在“天使鱼”见过岛木俊三一次。那时当着小山的面，朝子曾管俊三叫作“叔叔”。所以至今她这“叔叔”一词依然指的是俊三。

小山这才从报纸上抬起头来。

“那个人并没有死。”

“哦？”朝子吃惊地盯着小山，“……为什么？难道你是说，他还活着吗？”

“也说不上是为什么，我只是有点儿这么觉得就是了。”

“这办了丧事呢。”

“是随便举办的呗。”

“你是说，娘把活人当成死人了吗？”朝子眼睛里露出严厉的神色，“没有这么一回事。”

“是啊。那个人还没在任何地方露面呢。可是，我看见那个人以后的感觉是：他不像是个会自杀的人。”

朝子脸色阴沉，眼睑抽动着。

“那个人假若还活着，那就是个坏透了的家伙。我恨他。你也真是的，为什么直到现在才说呢？”

“不，我并没把那个人当一回事。不过，有点儿感到厌世的时候，曾想起了他的脸。”

朝子的肩头发颤了：

“那家伙还活着，而把弓儿引诱出去的吗？……弓儿正待在那家伙的姐姐家里呢。”

近来再也没有比朝子寄来的音乐会招待券更让弓子高兴的了。

尽管正在举行定期考试，但隔着星期六、日两天假日，就只剩下星期一还有社会、音乐没考，此刻令人感到已卸下重担。

矢代家的朴素生活跟在敬子家所过的那种读了报纸上的电影、戏剧节目介绍就去追赶自己想看想听的东西的日子大相径庭。这家人轻易不谈电影的事。

以今天的处境，弓子对这些早已完全死了心，钢琴也不弹了。

然而，朝子请了弓子后，就勾起了她一些愉快的回忆。

弓子一旦像那样从家里出走，她跟干脆到冷漠程度的朝子之间就很难再有交情。

想不到朝子竟给弓子写信来了，这也使她感到高兴。

大约十天前，弓子把头发剪短了。

“得利索一点……”弓子认为自己对新生活的精神准备也体现在发型上了，但这样一来，倒也显出了妙龄少女的风韵。

脖颈稍长，优美娇媚。肩膀的浑圆显出来了。

这是到了这家之后头一次赴音乐会，弓子施了淡妆，还像敬子和朝子那样，也磨了指甲。

她不愿意让朝子觉得自己离开家后，变得又脏又寒酸了。

当弓子穿上西装和尼龙袜后，净看她那身校服装束的姑母瞠目惊视，说：

“我简直认不得了，好像可以做新娘子了似的。”

“涂上口红后，觉得自己怪讨厌的……”

弓子边这么说，边当着姑母的面，把一度涂上去的唇膏又抹掉了。

那红色淡淡地、明亮地残留在她嘴唇上了。

她提前吃了晚饭，五点半左右离开了家。

东京的岁暮，那些正在举办大甩卖的商店，在门松[1]与门松之间拉起红色的帷幕。

竹枝把路面弄窄了。店头和橱窗的圣诞树上，小电灯泡一明一灭的。

弓子所看惯的市街，正迎来繁忙的黄昏时分。

正当她被人推推搡搡地登上日比谷公会堂台阶的时候，她和父亲、妈妈常常来这里的往事重新涌上心头。

记得敬子边听着弓子爹所喜爱的西盖蒂的《匈牙利民谣调》和达米亚的大众歌曲，边说：“我累得很呢，累着呢……”并悄悄地拭泪。弓子还和朝子一道听过拉扎尔·列比的钢琴演奏。

弓子的座位在二楼正前面。

演奏开始后，并排的座位还约莫空着三个。

“姐姐快点来吧……”弓子挂念着姐姐。

第一个乐曲节目、拉罗的钢琴协奏曲结束后，在一片鼓掌的嘈杂声中，有人站起来走出去，也有迟到的人们走进来，弓子回过头去望着他们上上下下的甬道。

她立即发现了边找座位边走过来的昭男。

1　门松是新年在门前装饰的松树或松枝。

“哎呀。”尽管吃了一惊，不知怎的，一种奇妙的静谧在胸中蔓延开来。

弓子在座位上往后拧着身子，等待昭男留意到自己。她差点儿出声呼唤他了。

昭男比她还要吃惊。昭男愕然止住了步子。“你也……不，我没有想到你会来。”昭男好容易才说出这么一句，却惊慌失措。

“姐姐给我寄的票。”

“嗯，我也是……”昭男查了一下座位号码，在弓子旁边落座，“朝子姑娘打电话来说，她不能来了。”

“咦？姐姐不来吗？”

“我得到的就是朝子姑娘的那张票。”

弓子乍一看见昭男的时候，也以为朝子会来的。她打量着昭男，心想：一共是三个人。

要是朝子不来，而让她跟昭男两个人坐在一起，弓子的感觉也就不一样了。

“朝子姑娘会不会是由于广播或什么事，忽然没空儿了呢？”昭男像是替自己来到这儿做辩解般地说。

弓子点了点头。

然而，昭男认为这是朝子为了让他和弓子见面而耍的花招。

昨天在电话里，她也曾叮嘱过：“一定得去……”朝子对他隐瞒了邀弓子的事。而且，先前他去看望朝子那一次，她也说过刺探昭男的心意般的话。

昭男觉得仿佛被人从什么地方监视着一般，或是被什么东西束缚着似的，甚至不能随便跟弓子说话。

虽然如此，昭男跟弓子见面已经够于心不安的了。他告诫自己，不得和弓子见面。

自从和敬子建立了恋爱关系以来，昭男把自己对弓子的仰慕也隐藏在内心深处，但现下又将遽然死灰复燃似的，使他惶恐不安。

昭男感到自己对弓子从家里出走一事也有责任。然而，只要一想象自己怎样偶然跟弓子相遇，他心里就兴奋起来。兴许正因为他想跟弓子疏远才这样的。

但现在弓子竟然坐在他身边，两个人一道听起音乐来了。

幕拉开了，朱利叶斯·卡钦刚在灯火辉煌的舞台上那架黑色钢琴前落座，场内就肃静下来。弓子也整个儿被音乐吸引住了。

这是昭男所喜爱的德彪西的曲子，乐声却不曾和谐地传到他耳里。

即使昭男没有侧过脸去偷看，沉浸在乐声中的弓子那光艳也似乎能照着昭男的脸。

弓子在昭男面前并不怎么拘谨。

朝子本人不能来，却没有把敬子或清邀来顶替自己而邀了昭男。这固然使弓子吃惊，但她认为，朝子大概是替她考虑到，如果敬子或者清来了，她会更加为难吧。

而且，能够出乎意料地见到昭男，她甚至有点喜悦。

敬子眼看着就跟昭男接近了，弓子觉得自己的爹那么容易的就被遗忘了，曾寂寞地怀恨在心。但那种彻底受挫折的感觉却没有持续下去。

再说，弓子丝毫也不想插到敬子和昭男之间去。

也有这样的可能：弓子由于崇拜、爱慕敬子，也就被敬子所喜欢的昭男吸引住了。

尽管如此，昭男不知不觉间就进入了弓子的心。

不过，弓子并没有意识到这样的矛盾，也不曾为之感到苦恼。

眼下弓子正单纯地被优美的音乐所感动。她既没有批评卡钦的钢琴演奏的能力，也没有这样的想法。

这位崭露头角的美国钢琴家的演奏，说是新派的，令人耳目一新，但也有人责难说，他对乐曲的解释太随便了。弓子听上去却觉得朝气蓬勃。

休息时间到了，走出门去，纸烟的烟雾缭绕，人头攒动，使人感到恍若天花板压将下来似的。

昭男和弓子站在出售饼干、糖豆儿、巧克力、蜜柑、橙汁等的小卖店跟前。

“妈妈的身体好吧？……”弓子说。

看她那副样子，好像认为向昭男打听敬子的事是理所当然的。

昭男只是轻轻点了点头。他的脸泛出了红晕。

“妈妈给我写了一封挺好的信，我蛮高兴的。”

“你为什么要让妈妈感到寂寞呢？”

“为什么啊……”弓子结结巴巴地说，“我没办法哩。”

弓子避开昭男的眼睛，低下头去。她就仿佛向他撒娇一般。忽然间，一抹淡淡的哀愁般的情绪向昭男传来。

剪得短短的头挨近了昭男的胸脯。她一点也没有戒备。桃色的耳朵那儿使昭男感到亲切。

“你还是回到妈妈身边去吧。”

“唉。”

弓子顺从地回答说。

“我对妈妈说你要回去，好吗？”

弓子吃了一惊，看了看昭男，却摇了摇头。可能是音乐遗留下来的激情，她的眼睛在灯光下湿润起来。

“该回去的时候，我自己会回去。”弓子用清晰悦耳的声音说。

“现在的地方，听说是你父亲的亲戚？……”

“唉。是姑妈家。爹生前我们没怎么来往，所以我到那儿去对妈妈不合适，可是……”

昭男想：弓子很坚强。

“学校还是原先那样，妈妈也写信来了，跟朝子姐也碰上了，又给了我今天晚上的票什么的……离开家时的那种迫不得已的心情，逐渐变得可笑啦。”弓子缩着脖子笑了。

“那就好。我也放心了。”

“我觉得对不起妈妈。”

“你的身体好像也蛮健康的。”

“先生……”弓子喊了一声，“我离开家以后，曾左思右想，可我还是妈妈的。先生见到妈妈的时候，能不能这么对她说一声，会不合适吗？”

“与其由我来说，还不如弓子姑娘写信告诉她呢。”

“我再也不能向妈妈撒娇啦。”弓子回答说，“虽说不能再撒娇了，可是即使离开了家，心情上怎样也是对妈妈撒着娇。”

“那么，妈妈去接你的话，你就肯回去吧？我可以向妈妈这么转达吧？”

昭男边这么说，边想：要是弓子回到敬子那儿去了，他自己就得和敬子彻底分手。

昭男每次见到弓子，都不禁这么想。

“我不愿意成为妈妈的重担。”弓子喃喃地说。

“你不是说过，你是妈妈的吗？既然是妈妈的，再怎么重，也是轻的。不是有这么个说法吗：当成自己的，只觉得轻飘飘的，伞上之雪啊。”

“把我当成雪啦。我不像雪似的一掸就掉，更不会融化。”

昭男笑了，却忽然回顾道：对自己来说，敬子才是“伞上之雪”那样的。难道男女关系竟那样一掸就掉，一融化就消失吗？

“今年不论圣诞节还是新年，都不像是会下雪的样子。”

弓子点了点头，却又说：

“明年毕业后，我打算就业。”

“你想找到自己的生活吗？保持弓子小姐自己的本色，那才是自己的生活。”

“上一次您到妈妈家来的时候也这么说过。”

“可不是嘛。那时候弓子小姐已经打算从家里出走了啊。我要是劝阻一下就好啦。”

“我孤零零一个人，到哪儿去都像是寄人篱下。姑妈说。女人就业反正长不了，什么也学不到手，还不如去学习做西装或茶道呢，可我还是想就业。”

“我也赞成你姑妈的意见。”

“为什么呢？……我的事，先生都知道吧。娘的事也罢，爹的事也罢……”

“我同自己的娘没有多少缘分，爹也去世了，可你父亲……”

从走廊墙壁的什么地方传来了开幕的铃声。

“我嘛，等于是异母哥哥代替了父母。嫂子原先也是陆桥底下一位擦皮鞋的姑娘，这样的女人精神实在可嘉。哥哥嘛，跟你爹的性格也许完全相反，可是非常喜欢弓子小姐。你要是有困难，我想他一定什么忙都肯帮。”

昭男假借哥哥这么说。

从门口沿着台阶走向座位的时候，昭男想再多讲些关于自己的事。

然而，敬子站在两个人之间。他们好比仅仅是隔着敬子相互点点头而已。

而且，倘若昭男再往里面迈进一步，弓子大概就像疏远了清那样，也会从昭男身边逃走的。昭男惆怅起来了。

“肖邦。我可喜欢这支曲子啦……”弓子几乎要把她那只软和的小手轻轻地放在昭男那总是用刷子洗得没有了光泽的、清洁的手上。

钢琴演奏家的手一动，刹那间，她那张侧脸就屏息静听着。

她好像已经把昭男忘掉了。昭男觉得那副样子真是美。

不埋没一本好书，不错过一个爱书人

# 东京人

川端康成经典辑丛

下

（日）
Kawabata Yasunari

川端康成 著
高慧勤　魏大海 主编
文洁若 译

金城出版社
GOLD WALL PRESS
·北京·

# 旅店小住

这是天气一直放晴的十二月，既不下雪也没有雨。

尽管也有冷天，但东京的冬季一年比一年转暖，就这样迎来了岁暮。

购买房屋的人搬进来的日子终于也定好了。到了最后阶段，敬子心头的种种不安反而消失得一干二净，感到轻快起来。

她让女佣文子暂且回家乡去了。

“从从容容地过个年吧。搬进店铺之前一定得回来啊。”敬子额外给了她一笔火车钱和零用钱。

“小姐会回到店铺那儿去吗？”

“弓儿吗？……你喜欢弓儿啊。”

敬子利利落落地搬进了旅店。这家旅店，字号桥本，坐落在从千驮谷通到信浓町的高岗上。

敬子和老板娘是老相识，她预先订好了尽里头的一间厢房般的屋子。

这是个朝南的八铺席房间，檐下是落地廊子。套间里，三尺见方的壁橱旁边还附有厨房。

敬子为了简便，只搬进些许随身用品以及清所需用的东西，然而连壁龛上都摞起来了。

清对敬子生活的变化不再说三道四，总算跟着到了桥本。

一旦在旅店里过起日子来，两个人面对面坐着的时候就多起来了，连睡觉都在一间屋子里。

然而，他们好像相互乖巧地躲闪着。

敬子和清一道生活着，只说些不痛不痒的话，却心神不定。那天晚上清所说的话仍萦绕在她的脑际。敬子胆战心惊，不知道清什么时候会说出什么话来。

敬子思绪纷乱：新店的计划，恋爱的烦恼，为清和弓子担心，对将来感到不安……搬到旅店里以来，很多夜晚她都服安眠药。

这是曾使俊三中毒的同一种药。

“我可不愿意变成那副样子。跟昭男先生说一声，改成医院的就好了……”

清既然睡在她旁边，单是服昭男给的药，她好像就会脸红似的。

早晨不由得就起晚了，有时清的被窝已空了。

“他说，因为母亲睡得正香，在套间里吃完饭就走了。”女佣说。

“是吗？吃了些什么？”

“燕麦粥、烤面包片、拌生菜，还有鸡蛋和……”

“红茶吗？”敬子说着，笑了。

隔着镶在拉门上的玻璃看到的院子并不宽敞，然而无微不至地精心吊起松枝，树上覆盖了防霜的草席，还铺上松叶[1]，换好冬装，等着迎接新年。

稀稀拉拉地看到了掖起和服下摆、罩着白大褂的妇女以及男仆们的身姿，有的在刷洗正房的拉门，有的在搬运东西。

快到年底了，留宿的客人毕竟少了。

一个人吃着饭的时候，只觉得像是被挤到繁忙的社会外边去了似的，无所事事。

“除了我，已经没有住客了吧？”敬子向照料她的女佣说。

“也不见得。还有在这里过年的客人呢。”

“是吗？”

1　日本人为了防霜或平添情趣，在院子里铺上枯松叶。

“一位美国客人，再就是一对泰国夫妇……”

“不是日本人啊。”

难道偏偏就有挑中这么个纯粹日本式旅店来过年的外国人吗？

“从旁人眼里看来，像我这样的，日子过得蛮安逸吧。”

“像太太这样的人，真是值得羡慕啊。”年轻的女佣说，将一张快活的笑脸转向她。

也许她从旅店老板娘那儿听说过这是一位女宝石商，迁入新修建起来的店铺之前，在这里逗留。

“有什么可羡慕的。我就像是在岁末的寒空里飘着的一只气球。我才羡慕你的青春呢。”敬子拿着洗澡用具，仿佛追在女佣后面一般走出了屋子。

就连在旅店里生活，敬子的日课也从入浴与化妆开始。

当敬子对着梳妆台搽激素雪花膏的时候，她的手指停住了。

因为她瞥见自己脖颈的短发当中，夹着几根白发。

小时候母亲曾告诉她，操劳会添白发。而最近以来，她忧心忡忡，彻夜失眠，紧接着就准能发现白发。

夹在脖颈上那烫鬈了的头发中的白发像是躲避着人的耳目似的。

“藏着，真讨厌。”

四根，五根，还有呢。往后面绕，胳膊都累了，拔也拔不尽。

“是不是接连服安眠药，白头发就多了呢？”俊三曾这么说过。为什么会想起俊三来了呢？敬子凝视着镜中的自己：

“都到了这把年纪啦。”

而且，又要添一岁了。

“到了这把年纪，怎么竟会爱上了年轻人呢？”

正要拔白头发的敬子，由于绝望的寂寞指尖发颤了。

近来，除非敬子这方面这个那个地进行联络，昭男那边连电话都不肯打。

即使见了面，昭男也是满腹忧虑的表情，弄得敬子心情郁闷。

“想什么呢？”有时昭男反倒这么问敬子，使她吓一大跳。

哪怕被他撇在一边，抱怨也好，伤心也好，苦苦地恋着也好，嫉妒也好，然而一旦见到了面并被拥抱，她就会热烈地沉溺在昭男那水灵灵的青春里了。接着就乖乖地就范，这也是无可奈何的事。

也许由于这是今年最后的星期日吧，昨天昭男难得地打电话来说，想跟她见面。

“有话跟你说，所以明天想在外头见面。”昭男这口吻怪客气的，像是外人一般。

使心里感到兴奋的那种快乐，到底是从何时起变得这般淡薄的呢？

敬子但愿自己有个友人，能使她彻底醒悟道：还不如对年轻的昭男死了这条心倒会幸福一些。

然而，她这个隐私是连对朋友都不能坦率说出去的。

敬子一边为凄冷的惨痛纠缠住，一边仔细地化着妆。

拢过头发之后，敬子故意让一绺乱发垂在额角。

“有客人，川村先生来啦。”女佣通报说。

“是吗？是约好了的。请他到这边来……”

敬子隔着拉门的玻璃看见由女佣引进来的川村那下半截身子，一下子就重新振作起来了。

刚才她甚至忘记了自己由于有事，曾请川村来一趟。

“接连都是好天气。”川村拉开纸隔扇，朝着敬子那张镜中的脸随随便便地鞠了一躬。

“蛮早啊。”

“是吗？这还算计着时间，在新宿转悠了一圈才来的呢。还侦察了一下钟表的价钱什么的……”

“怎么样？便宜吗？”

“唔……这个嘛，迟早……等我把整个东京都调查了，考虑一番，再给您看调查表。可是，熟识的店铺也不少哩。”

“川村先生，你也可以到处告诉人说，最近你要自己开个店啦。”

“我倒没什么，我更想说，从前那家美宝堂的小姐是位军人的遗孀，正在重新修建她父亲——一位名家——的店。”

“眼下还是川村先生的名字响亮。女人嘛，会被认为做起生意来太天真。”

“天真而迟钝也自有可取之处。生意这玩意儿玄妙着呢，得碰运气。”

敬子把川村留在屋子里，边在拉严了纸隔扇的套间换衣服，边跟不管三七二十一继续攀谈着的川村搭腔。

“太太……”川村叫着，“您认得清泷的老板娘吧？她养着一匹同名的赛马……”

“我没见过那匹马，岛木好像见过。就是那个漂亮而且看上去蛮刚强的老板娘吧？怎么啦？”

“圣诞节的前一个晚上，她自杀啦。”

“哎呀！为什么？……”

“如今市面萧条，过不了年关嘛。”

直到夏季，她还是敬子的一个老主顾呢。

川村本人似乎也受到了震惊。

他这话仿佛是冷不防说出来的，其实他一路上都在想着要讲给敬子听。

纸隔扇那一边没有作答，川村就独自讲下去：

“她安排自己的情人——打少年时代起她就一直照料的那个骑手——跟她亲闺女结了婚，这才自杀的。心里是什么滋味呢？让年轻的情人和闺女成为夫妇，自己却寻了短见。”

难道他是有意借饭馆老娘之死，来委婉地规劝敬子吗？

单凭妇道人家，买卖房子、经营店铺等是难以解决的，川村就替代敬子去办了。

被草野那家店解雇后，川村就没有固定收入了，敬子以月薪的方式亲自付给他生活费。

川村对敬子所怀着的善意的憧憬，想起来也将近三十年了。

川村总是打心里想帮敬子一把，如今敬子反而成了他的靠山。

连他都觉得自己太窝囊似的，可他有意大干一场。

这些天来，川村替敬子保管正式印章，晓得了敬子那份财产的底细。于是，敬子对生活的根本方针使他感到极其不安。

如今敬子的安危会立即关系到川村的浮沉，所以他爱护敬子的心情也不同于过去了。

连当学生的清都说过，敬子这家店铺的格局“好像太时髦啦”。甚至川村都承认，敬子对于在店头陈列一些赶在流行头里的手工艺品以及品位高的贵重东西方面仿佛有着不同寻常的才能。

然而，在经营或经济这些方面是不是有着初生之犊不怕虎的地方呢？

川村一表示惴惴不安，敬子就说：

“正因为是个女的，也许反而大胆哩。”

“不，兴许是我天生穷飕飕的。太太这方式与其说是做生意，还不如说是自己在任意花钱。”

“我也是为了生计才开铺子的啊。”

“我希望您对世上的景气好坏了解得一清二楚。全家自杀，抢劫汽车，大批人失业……”

“尽管这样，全家自杀和抢劫汽车的，反正也不会是宝石店的主顾吧。”

“可也不然。您的脑袋得多一根弦，认为全家自杀和抢劫汽车都是咱店的顾客干的，这跟受到政府贪污案牵连的人是咱店的主顾是一码事……而且，今天失业了的也是咱店的主顾。您得想一想，可不能就这么下去。世道可严酷啦。不像小姐过家家玩儿。”

“过家家玩儿，还能盖起一家店铺，采购翡翠吗？”敬子就这样把话题岔开了。

要是想正经八百地劝导敬子，只会使她感到厌烦，所以川村才谈起处境与敬子有点相似的那位饭馆老板娘由于过不了年关而自杀的事。

“我羡慕那种能够一死了之的人。”敬子边说着足以使川村吓得打冷战的话，边走了出来。

盐泽出产的飞白花纹和服上罩了件下摆略短的一越小花纹绉绸[1]外褂。

还飘荡着香料的气味。

为什么非要这样不惜工本打扮得漂漂亮亮的不可呢？即使不修边幅，敬子也是位美人儿啊。川村觉得这也是徒劳。

“正因为您这么打扮，才会认为死去的人值得羡慕。”

“可不是嘛。就川村先生来说，这可是句名言哩。”

给敬子打击更大的，与其说是清泷的老板娘由于生意方面的烦恼而自杀，毋宁说是她在死前让她那个当骑手的情人跟亲闺女结婚一事。

“昭男先生和弓儿吗？……”

难道川村将敬子那档子艳闻也刺探出来了吗？

“电话怎样啦？”敬子用公事公办的口吻说。

“算了吧。不像话。出十五万元呢，号码又不好……向电话局申请的话，早晚会轮到吧。目前不是用不着电话吗？要是非装不可，把隔壁美容院的电话安个分机不就结啦。”

“电话不也是一种资本吗？没有电话的店铺会让人瞧不起的呀。出去办事，没法跟店里取得联系啊。即使是十五万元，还是想装。号码就那么不吉利吗？……”

---

1　织绉绸时，通常是从两旁捻进双股丝线。一越绉绸则捻进单股丝线，故质地较硬，用来做出门穿的和服。

“要不得。什么三三九六（历尽辛苦）[1]……”

“是吗？不是‘阵雨潺潺’[2]啊。”

川村也忍不住笑了出来。

“不是蛮好吗？我过去历尽千辛万苦，今后也且得辛苦呢。店里的顾客为了买东西也蛮辛苦的啊，尽量买贵的……喏，就要这个号吗吧。有趣儿哩。”

“我已经打心眼儿里不愿意再受苦啦。才没趣儿哩。您呀，明摆着的，申请一部电话才九万元，而且六万元还能以公债的形式回到手里来，即便是吉利的号，也用不着花十五万元去买。手里得尽量多留些现款，不然的话，一下子就走投无路啦。哪怕内阁改了组，通货紧缩政策也是轻易不能变更的，就连生产生活必需品的中小企业还要稳健地经营呢。”

“不过，我在这家旅店看了日本广播协会的电视新闻焦点。有个股票经纪人模样的在作明年景气会逐渐好转的解说。他说是波浪式地回升……”

“是呀。您要是稳稳当当地多少捣腾点儿股票，对经济情况也许就会变得敏感一些啦。”

“拜托你啦。”

“这么干脆地托付给我，也叫我为难。横竖咱们的宝石啦，高级钟表呀，在如今这个社会是奢侈品……”

“在哪个社会都是这样的。”

“喏，且听我说。净得上税了，在萧条时期就是不合时宜。店铺也得估计到这一点，多陈列些仿造品和实用钟表。至于太太设计的那些，改成订购制，也省得浪费。至于钟表的修理业，我已经跟一个手艺蛮高的

1　日语里“三三九六”（sanzan-kuro）与“历尽辛苦”谐音。

2　《阵雨潺潺》为日本江户时代的民谣，原文读作“sanza-shigure”与“三三九六”发音相近。

承包人挂上了钩。必须不顾一切地考虑实际问题，不然的话生意是做不下去的。”

敬子也觉得川村那番满怀信心的饶舌有道理，然而她想岔开川村的说教：

“朝子的丈夫还是经济系专业的学士呢。”

“没能帮他就业，他却当上了新剧演员。是那样的经济学吗？”川村一笑置之。

敬子想把店铺改在清的名下，对敬子这种良心上的谴责，川村也没有理睬。

“清哥儿帮什么忙啦？不论是卖掉的房子，还是建成的店，还不都是太太拼命干活儿挣出来的吗？无忧无虑地上着大学，却愁眉苦脸的，也不知道是对什么不满意。必须把父母的东西和儿女的东西分清楚，不然的话，根据新宪法，据说父母的权利和辛苦都得不到承认哩。”

正如清讨厌川村，川村这方面也不喜欢无意帮助单身母亲的清。老脑筋的川村是小徒弟出身，从他看来，清每天都趴在妈妈的背上闹脾气。

“太太那样疼爱岛木先生的那位小姐，她怎么会从家里出走了呢？如今的人啊，简直是忘恩负义，该挨天罚。在店里帮帮忙总可以吧……”

敬子也巴不得纯真可爱的弓子能待在店里，她却腻烦起川村来了。

“去者日日疏。我的返老还童法就是不追回去者。川村先生，到银座去不去？”

敬子将黑皮手提包拽过来。

“川村先生，这是一点儿心意，对不起。快开店啦，所以……”她说着，将信封放在对方那圆鼓鼓紧拢着的膝盖那儿。

川村害羞了。

“实在不敢当。”他稍微弯下身去做出双手拜受的样子，将信封收进内兜后，神态忽然变得温顺了。

还没开店就从敬子手里接受报酬，川村心里觉得难过。

然而，不接受的话，川村家哪里谈得上过年的准备呢？想到这一点，川村就不禁颓丧，但内心深处却憋足了劲儿，无论如何也要让敬子的店铺“取得成功”。

敬子跟川村在银座分了手，正办着两三件事的时候，天色早早地就黑下来了。

在岁末这忙忙碌碌的混乱拥挤中，敬子所惦念的只是：

“昭男先生到底有什么话要说呢？……”

她一直走到约定的时间为止，路上还遇见了人什么的。

昭男独自坐在黑色木椅上，下面是座山中小房结构的舒适的餐厅。他跟前摆着一玻璃杯白兰地。

他好像刚理过发。耳朵那儿柔嫩柔嫩的。穿着一身新定做的双排扣西服。

敬子那颗妇女的心被触动了，不必要的苦恼一下子就消失掉。她露出了笑脸。

“怎么啦？过年的西服，从今天起就？……蛮合身哩。”她就仿佛用眼睛抚摸他的肩膀似的，贴近了他。

昭男也挺惬意似的把侍役喊了来，并拿起玻璃杯。

“这个。”

敬子把侍役放在她跟前的玻璃杯端到唇边。

“这个，我……”

那酒就像是刺着了嘴唇、舌头等柔嫩部位一般，使她吃了一惊。

“这么烈性的？……”

“给你叫一杯淡一点的就好啦。比起威士忌来，我更喜欢喝上一杯这个……”

“你有什么话要说呢？”

“待会儿再说吧。”昭男拿起菜单，递过来。

“叫几样你想吃的就行。”

“我吗？”昭男好像遮掩着什么似的，“来个嫩牛排。鸡肉要什么样的呢？还有法国式黄油烤鱼或油煎牡蛎……”

“我想吃炸蛎黄。不要鸡肉。”

“我也要炸蛎黄吧。再要一份汤……这家的浓汤，味道可好啦。”

菜上齐了，他们被引到二楼去。

汤像温暖的幸福一般滑过喉咙。

“很香。”

昭男只点了点头，话很少。他忽然说：

“我啊，搬出了公寓。”

敬子放下手里那把正在叉炸蛎黄的叉子，抬起眼睛。这就是他要说的话吗？

“你又回到哥哥那里去了吗？”

“不，我和朋友租了个小房子。也可以说是我去跟他同住啦。”

“哪儿？……”

“高圆寺。”

“高圆寺？……远得很呢。”

“不远啊。”

“我并不知道什么高圆寺，所以觉得远。有电话吗？”

“没有。”

“没有电话，那么我怎么办？医院里的电话可轻易不能说什么……只能一味等着你来联系喽？”

昭男像是避开敬子的眼睛似的，将挤剩的柠檬渣滓又挤了一遍。

昭男通身都没有一点情人般的兴头。

“你跟朋友住在一起，我甚至不能去拜访了吧？”

“是在同一家医院工作的……”

“就更糟啦。”

“是做同样的研究的朋友。朋友的亲戚出差到福冈去了，要么就是借调去的，过一年左右还回来，所以不能把房子租给旁人。喏，就算是替他看家呗。”昭男好像在进行辩解一般。

“你搬家的事，为什么不通知我一声呢？”

“很紧急，而且最近总是沉不下心来。”

“你要说的话，不光是这房子的事吧？”

“要不下狠心把生活改变一下，脑筋可就越来越不好使啦……也就是没有志气吧。”

“怎么说这样没出息的话。”

这个人竟也用这样没出息的口吻说话！敬子听了恨不得往他身上摔点儿什么。

敬子明白，所谓想把生活改变一下，无非是昭男巴不得离开她。她感到郁郁不乐，就好像是沉沦到一团漆黑中去似的。

然而她姑且能够掩盖住这方面的感情。

敬子甚至装出一副笑脸，说：

“咱们已经丝毫也不幸福了吗？……好像太早了点儿……”

这话带刺儿，包含着几分挖苦的意味。

昭男好像被敬子的话击垮了似的，不则声了。

“这里坐着个马上就要被男人遗弃的女人。”敬子一想到这里，就在跟十几岁的姑娘没有两样的嫉妒与怨恨驱使之下，猛地不禁说走了嘴：

“你呀，如果喜欢弓子那孩子，为什么不一开头儿就对我这么说呢？”

昭男与敬子面面相觑。

“我和你都已失掉了谈论弓子姑娘的资格。”

昭男的话语严峻得令敬子吓了一跳，她仿佛这才领会到自己说了些什么似的。

“咱们不要用话来玩弄弓子姑娘吧。”

敬子颤着嘴唇，用几乎听不见的声音喃喃地说：

“对不起。”她觉得像是吞下冰冷的刀刃似的。

“该说对不起的是我。前些日子，我偶然遇见了弓子姑娘。不，从我这方面来说是偶然的，大概是在朝子姑娘的安排下见的面。”

“啊！”

敬子吓得脸色苍白了。

“弓子姑娘神情开朗，身体好像也健康。我认为弓子姑娘不光是为了清的事而从家里出走的。一想到咱们的事也曾让弓子姑娘吃不消，我真是受不了。那一次弓子姑娘也说过，自己是妈妈的。”

敬子抑制着涌到胸口的痛苦，忐忑不安地等着昭男继续说下去。

然而，昭男在音乐会上遇见弓子，分手之后的那种咯噔一下子就断成两截儿般的空虚感，他却未能向敬子透露。

“弓子姑娘没有写信来吗？”

敬子只答以“没有”，连这声音都哽在咽喉里了。

“弓子姑娘说：‘我离开家以后，曾左思右想，可我还是妈妈的。’她好像希望我见到妈妈的时候，能这么转告一声。”

“……”

“由于我说，你回到妈妈那儿去吧……”

“弓子说了些什么？”

“她回答说：‘唉……’我认为，如果你去接，她好像会回来的。她仿佛不愿意到哪儿都像是寄生木似的，说是想就业哩。”

这么说来，昭男的所谓有话要说，竟也包括弓子的事啊。

昭男要跟敬子分手了。作为补偿，说是把弓子打发回来，好让寂寞的她得到安慰吗！

当然，弓子那可爱的身影总是留在敬子心里，但失掉昭男后的创伤却不是弓子所能治疗的。

然而，昭男曾告诫说，她已失掉了谈论弓子的资格。他又告诉敬子，弓子说过：“可我还是妈妈的。”这两句话以不同的意义强烈地震撼着敬子。她宛若被这些话束缚住了。

昭男呢，本来没打算今天晚上跟敬子见面后就谈弓子的事。

他这话是被敬子那有失体统、出于嫉妒的胡言乱语所引出来的。

毫无疑问，弓子的事是促使他与敬子分手的根源，可另外还有一桩更可怕的事。

当昭男到哥哥家去报告自己要从目白搬走的消息时，田部点了点头说：

“嗯，这就好了。这就好了。早一天，好一天。”

于是，田部冷不防拿出一张陌生小姐的照片给他看：

“怎么样，这一位？……”

准是相亲的照片。

“这是绫子的一个熟人家的小姐，听说是个挺好的人。等明年春天，见一次面如何？”

小姐的脸也许从侧面看最美，由于这样侧过去，她那安详的眼神简直不知道在盯着什么。她留着富于青春气息的发型。

田部窥伺着正审视照片的昭男。昭男觉察出，哥哥什么都了解啦。

“老是独身下去，大概也轻松吧，可我这么看着，总觉得让人捏把汗。也就是说，旁人会替你的前途担心。据说除非是恋爱结婚，否则就是虚伪的，我倒是认为也不尽然。夫妻、父母与子女这种关系，好比是心和心的什么部位相互粘在一起，再也没有这么相互爱慕的了。这是不同于友情和恋爱的另外一种爱情，忽高忽低地连绵不绝。什么开场白也没有，就把家庭组织起来，从头出发。这给人以清新的感觉，不也蛮好吗？结婚就是碰运气。”

“……”

“我原是希望让你娶白井大嫂的小姐的。我非常喜欢那位小姐。你不是自己毁掉了这份幸运吗？”

昭男无言以对。

# 还活着吗

“听说那位小姐已经不在白井太太家里了，是吗？”

哥哥是打哪儿听说这样的事的呢？昭男提心吊胆的。

然而，再也没有比哥哥紧接着所说的话更使昭男吃惊的了：

“而且，有风声说，弓子姑娘的父亲岛木先生还活着呢。”

“啊？说是还活着？……”昭男不由得放高了嗓门，“可是，连葬礼都举行过了呀。”

“被举行过葬礼而又回来的人，要多少有多少。”

“那是在国外吧？这跟那种情况不一样啊。”

“谁也不会自个儿举行葬礼……”

“不过，哪里会有明知道自己被举行葬礼还一声不响地隐藏着的人呢？”

“你向我追问这样的事，我也不晓得呀。因为我不是岛木先生。”

“嗯？”

“你在医院里也见过吧：人类岂止生四百零四种病，还有非常奇怪的病呢。人类所想的和所做的事，远比怪病还千奇百怪的，多得很呢。这可不是贫乏的想象力所能形容的。回忆一下战争曾使咱们这些平平凡凡的人干下了什么样的事……”

“当然喽，被奇怪的命运所摆布的人也是有的。”

昭男边这么说边想：倘若岛木还活着，那么以为他已死去而与敬子陷入情网的自己，岂不也是个“被奇怪的命运摆弄的人”了？敬子也是这样的一个人吗？

俊三也许还活着，这使昭男毛骨悚然。沉湎在对敬子的情欲中的他，刹那间惊恐得清醒过来。

“可你不是和白井太太到轮船公司去调查过吗？”

“去过呀。”

“当时，你作为医生这样一个科学家的冷静？……”

“我不是作为医生而去的。”

“你应该彻彻底底做个医生。”

“唉。”

“假若彻彻底底做个医生，说不定这会子已经跟白井家的那位小姐订了婚，让我高兴着呢。那位小姐要是作为弟弟的未婚妻到这家来玩，我该多么快乐啊。我曾因你对着老天哀叹过。老天为什么不肯把那位小姐赐给我弟弟呢？……”

田部直眨巴眼睛，几乎噙出泪水来了。昭男低下头去。

“你为什么没有正正经经地看那张相亲的照片？”

“……”

“你哥哥找到了那个全身沾满陆桥下面的尘土的擦鞋姑娘，贯彻了初衷。为了你的缘故，直到现在我还觉得那位小姐太可惜啦。她叫弓子姑娘吧。弓子姑娘不是白井太太亲生的闺女。你有勇气吗？悔改后，如果有朝一日能得到宽恕，你有足够的诚实来使恶因获得善果吗？”

“像那样只顾自己合适的勇气和诚实，我可都没有。”

“是吗？你还不明白，在这个世界上，在你的一生中，可只有一位弓子姑娘啊。”

然而，正是昭男和哥哥的这番交谈，使他做出了与敬子分手的决定，就在他听说俊三也许还活着的那个时刻。

昭男既没见到过岛木俊三其人，更没跟他晤过面，所以对他所害怕的对方不摸头脑，这样就越发感到毛骨悚然。

倘若他还活着，由于晓得了敬子和昭男之间的事而不露面的话……

岛木的死鬼或生灵该不会曾溜到昭男和敬子幽会的公寓里去过吧？

“不像是个医生。又要挨哥哥骂的。”昭男这么想着，简直在屋里待不住了。

哥哥也提醒过他。当他跟着敬子到东京湾轮船公司的竹芝码头去的时候，听说有个身份不明的自杀者，昭男就说：

“太太为什么断定这就是岛木先生呢？”

岛木好像没有非死不可的理由，就这么轻率地认定，会铸成错误的。于是他又说：

“你改变念头，就认定岛木先生也还活着吧。”

昭男不曾当场相信岛木已死。可是他也并非不相信敬子的悲哀。

难道是由于昭男对敬子的同情转换为爱情了，这才失掉了“科学家的冷静”吗？

不，既然家族和亲戚替岛木举行了葬礼，昭男就再也不曾怀疑，他和敬子到轮船公司去过之后，岛木跳海自杀一事已经通过某种方式查明了。

然而在码头上，昭男一半是为了安慰敬子，偶尔说了一句：

“如果是个懦弱的人，也许会暂时把行踪隐蔽起来……”

这话竟成了出乎意料的预言，而今作为事实出现了吗？

几天来，昭男苦思焦虑，这才打定主意从公寓里搬走，并且打算离开敬子。

然而，把敬子约出来后，还没正经说上几句话，敬子就怒不可遏，顺口用嫉妒般的腔调说出弓子的事。这么一来，昭男畏缩了。……

他再也提不出愈益使敬子惊愕、悲伤和苦闷的话题了。

“不等岛木先生在咱们面前出现就分手好吗？……”昭男原是想这么说的。

说实在的，岛木会不会出现，还弄不清楚。

即使出现了，又怎么样呢？只要昭男爱得执着，该耷拉下脑袋退出去的，难道不是岛木吗？

由于这么想也未尝不可，昭男不免感到内疚，就有气无力地说：

“我说这话，跟弓子姑娘完全没有关系。然而，我发现自己有点儿神经衰弱，这些天来不论做什么，脑子都迟钝，缺乏自信，只不过是觉得应想些办法才行。”

“真是这样吗？”敬子用黑黑的眸子追问道。

“连眼神儿都模糊了吧？”

“不，是水灵灵的眼睛。你这眼神儿只表示：可糟啦，对不起我啊。”

敬子觉得昭男就像清和朝子似的，同样有着她所再也约束不了的青春以及一颗轻薄的心。

敬子勉强恢复了与年龄相称的沉着与从容。

在这么快就变了心的年轻男人面前，她粗俗地忘记了自己的年龄，一颗女人的心即将有失体统地裸露出来了。她好不容易才重新振作起来。

“作为医生的你患了神经衰弱，这可大意不得。我替你诊察一下吧。我是一位名医哩。”敬子恢复了也可以领会为开玩笑的这种口吻。

“拜托啦。医生也不能替本人和自己的家族诊察。”

“我曾经比你的家族还靠近过你……”

“诊察神经衰弱嘛，外科医生可有点儿……”

“力不能及吧。神经衰弱的诊察，按说是由比家族还靠近的人来做的。就算是跟弓儿没关系吧……你是不是由于背上了和我的关系这么个思想包袱，才感到为难呢？”

敬子一边这么淡淡地说着，心脏却一个劲儿痛楚地怦怦直跳。

“要是为这样的事患上神经衰弱，那就不像是你啦。我已做好了精神准备：你和般配的人结婚的时候，咱们的关系也就结束啦。不过，好像太早了一些……”

“开始得也太早了一些。”

这话是敬子所始料未及的。她忍住了屈辱。

其实昭男想说的是：还没查明岛木的事就……

“你是从什么时候讨厌起我来的呢？”

“我并不讨厌你呀。”

“明天就能够作为并不讨厌的人而随随便便地重新见面的那种分手，什么时候都好办。”

昭男那双水灵灵的眼睛痛苦般地显得阴郁：

“你瞧不起我吧。但是，没有办法。哥哥在劝我结婚呢。”

敬子听到昭男这种小妞儿似的口吻，浑身的血腾地升到头部，两眼发花。

然而，她以更开朗的笑脸，像做母亲的那样，对昭男的话点了两三次头作为回应。

“听了这话，我就越发不能老是妨碍你的幸福啦。”

敬子估量着时间差不多了，就悄悄地伸手去够侍役留下的账单。

昭男伸手阻拦她，敬子一碰着他那只手就像触了电一般慌忙将手缩了回去。

因为她生怕这一碰就会使这场演得岌岌可危的戏哗啦一下分崩离析，因为她被闪电般的快乐刺穿了。

“我领了工资和津贴，今天晚上原是想请你吃一顿的。不知怎么一来就不对头了……不论什么时候，对我来说你都是不可代替的、特别的人。”

“好高兴。”

敬子这句话既可以理解为打心里消除了隔阂，又像是讽刺意味十足。

过去，敬子常在昭男的怀抱里说“好高兴”，她那嗓音才有着特别的韵味。

“今天晚上我原想跟你一道到一个意想不到的地方去的。”

“意想不到的地方？……”

是东京都内哪家一流的饭店吗？热海一带的温泉吗？要么就是坐飞机去大阪或京都吗？

不，凭着昭男的工资和津贴，是不可能坐飞机往返的。敬子发觉了这一点，就说：

“作为最后分手吗？”

她感到浑身都要发热了似的，就立即站起来了。

连偶然碰一下手，都会那样的。

“正因为无谓地操这样的心，你才会患神经衰弱呢。这顿最后的晚餐就足够啦。”

再一次——然而在这再一次的现场，自己指不定多么慌乱失措呢。敬子这么想着，将背转向昭男，走下台阶。

她把手伸进侍役帮她穿的大衣，半截脸埋到淡蓝色马海毛披肩里。

她比昭男先踱到外边去了。

她望见那儿聚着好几辆等待兜客的出租汽车，就恨不得乘车漫无目标地急驰而去。

昭男连大衣纽扣都还没扣，就匆匆地走了出来。

他拿着敬子遗忘在桌子上的手提包。

“哎呀。”

敬子认为昭男看穿了她抑制着自己的心所演的戏。

“我送你。”

昭男说着，替敬子叫住了一辆出租车。敬子上车后，用若无其事的口吻问：

“你是在哪儿遇见弓儿的？”

“在音乐会上。”昭男像是冷冷地推开她般地说。

对啦。难道她“没有资格”谈弓子的事吗？

“店铺盖好后，我向弓儿低头哈腰，请她回去吧……”

“店铺什么时候盖好呢？”

"按说过了七草[1]就能住进去啦。你向我定做订婚戒指吧。"

"我可不愿意。"

幽暗中，听见了昭男在咂嘴。

敬子朝他那俊秀的侧脸瞥了一眼，并把自己的身子紧紧贴在汽车的另一端。

仿佛跟坐在同一辆车里的昭男完全无关似的，宛如一场遥远的梦，种种回忆接连不断地浮现到敬子的脑际：昭男那就男人而言，小而给人以圆润感觉的嘴唇，连这个部位都好看的喉结，焕发着青春、细溜而肌肉富于弹性的身子。他那压到她的皮肤上的热乎乎的皮肤，还有那总是干干净净的指尖等等。

"师傅，赤坂离宫——就是现在的国会图书馆，劳驾从那跟前往信浓町的方向走上坡路。"

敬子冷漠而斩钉截铁地说。

昭男好像也困惑到了极点。

敬子默不作声，昭男也绷着脸一声不响。

车子从旧赤坂离宫旁边，朝信浓町的方向走上坡路。

敬子所住的旅店坐落在住宅街上，沿街是一溜儿树木，像是一座清新的树林子。

敬子叫车停在靠近旅店的地方。

"再见。"

敬子提防着不去碰昭男的膝，从他跟前以别别扭扭的姿势下了车。

"要是就此拉倒，就连我也受不了。我写信吧。"

敬子听见了从肩头传来的昭男这话，就说：

---

1 指春天的七种蔬菜（芹、荠等）。日本人于正月初七日吃七草粥，因而这一天也叫作七草。

“好。”

敬子略一踌躇，却一边把泛着微笑的脸掉向他，一边将汽车的门往回一推。

载着昭男的车开动后，敬子小跑着进了旅店的门。

女佣说着“您回来啦”，迎了出来。敬子却连一句话也没搭理她，一进屋就精疲力尽地坐到圆筒形火钵旁边。

她的心情一直是紧张的，免得让昭男瞧见一个悲惨的女人，现在骤然抑制不住了。

端茶来的女佣也走掉了。

敬子对任何人都无所顾忌地哭个不停。她好半晌都没领会自己为什么伤心，如何伤心，只是泪流不止。

敬子觉得，她好像清楚地了解了并不想了解的事，所以感到痛苦。

“还是弓儿的事。”

昭男由于害怕自己爱弓子，就打算跟敬子也分手。敬子是这么想的。

为了连敬子带弓子都一股脑儿忘掉，难道昭男想接受哥哥所劝的那门亲事吗?

可是听他那口气，好像实在不起劲儿似的。

“何必结这样的婚呢?……”敬子这么嘟哝着。

究竟怎样才能从这种悲惨的郁闷心情中得到解脱呢?

跟情人分手的悲哀，比把过去几次使敬子哭泣的悲哀加在一起还更难以排遣。

直到刚才，敬子还认为与昭男分手总不至于这样难舍难挨吧。

独自一动不动地坐下去，她可受不了啦。

先下手把事情推到破裂局面的，毋宁是敬子:

“要是没提出弓儿的事，情况本来不会这么急转直下的。”

倘若乖巧地岔开昭男所表现出来的苗头，继续跟他幽会，兴许还能再幽会一个时期吧?

“我写信”，昭男这话好像给了敬子一点盼头儿，然而即使把那封信盼到手，大概也没有希望再去死灰复燃了。他们两个人之间还站着个弓子呢。

寂寥从脚底下不断地冒上来，敬子把煤气炉的火捻大了。

她想心事想累了，像晃悠身子似的，就那样坐着解下了勒在和服腰带上的绦带。

莫非是神宫外苑的体育馆里正在举行拳击或摔跤比赛吗？从远处传来了欢呼声。

敬子脱下布袜子，一站起来，下摆就轻轻地垂下去了。她换上了冰凉的睡衣。

敬子听任四下里弄得邋里邋遢，乱七八糟，径自服下了比平时多一倍的催眠剂，钻进被窝。

第二天早晨六点钟她就醒了。刚一醒就开始想着昭男的事了。

清正在她身旁酣睡着。屋子里有股男人的体臭。

昨天晚上清回来后，究竟是怎样看待邋里邋遢地入睡的母亲的呢？敬子想在清起床之前，把自己脱下来丢在那儿的衣物归置一番。然而转瞬之间，那泪水就扑簌簌地顺着眼角淌了下来。

除了昭男的事，她什么都不能想。

不论是试着抽纸烟，还是洗着脸，有关昭男的回忆都死死缠住她。

近几个月来，她有没有过五分钟不曾想念昭男呢？她回顾了一下自己，仿佛现在才发觉似的吃了一惊。

修筑店铺也罢，朝子举行婚礼也罢，弓子从家里出走也罢，昭男的身影整日萦绕在敬子的脑际。

今后也忘不了他，却不同于过去。

今天早晨，敬子边和清一道拿起吃饭的筷子，边意识到自己正追寻着昭男的面影，就忽然脸红了。

“怎么啦，娘？……”清倒先开口了。

“昨天晚上服安眠药过了量。”

“我回来的时候，您正蛮痛苦似的在梦中喊叫呢……”

“我说什么来着吗？”

“是我把您喊醒的。”

“不记得啦。”

“屋子里乱七八糟的，我心想：这是怎么回事呀？”

“我累坏啦。”

“……”

“精疲力尽后，就感到颓丧，心里发慌，仿佛成了病人似的。”

清也用纯朴的眼神瞧着母亲那像是痛哭过一场似的微红浮肿的眼皮。

母亲为什么会突然变得懦弱了呢？

“两天也好，四天也好。我想和你啦，还有朝子他们一道到温泉去舒舒服服地泡一泡。”

就连今天剩下的辰光，敬子都不晓得该如何消磨。

岁暮和新年无所事事，独自待在东京这寂静的旅店里，简直是难以忍受的。

敬子认为，要是和清与朝子待在温泉，自己这番痛苦也就能度过最难挨的阶段了。

“你也陪我去吧。”

“很抱歉。我已经跟朋友约好了。今天傍晚从上野车站动身。”

“是吗？”

“要是娘生了病，推迟个把天也可以。”

敬子摇了摇头。

“我没生病。跟你同路的朋友也是搞学生运动的吗？……”

“喏，是叫作学生运动吧。他是个蛮好的男子汉。下次回来后，我把他带来。”

“嗯。我愿意从从容容地听你们讲一讲。”

“我也好，娘也好，不是都只晓得东京吗？什么早先住过的地方啦，战争灾害前和大地震前曾经是怎么个情况啦，是这么个情况啦，还对已经烧毁了的东西怀念不已。喏，咱们等于是没有故乡。那些确实拥有故乡——那里至今还出没着熊——的家伙，真值得羡慕啊。光是听朋友讲这些事儿就……”

“可是，咱们不能住在那样的山里啊。”

“是啊，能够逛温泉的生活要比有熊出没的山里的生活舒适，感到的烦恼也有所不同……朝子和小山先生会陪伴您吧。四号我也就回来啦。”

“我呢，会在二号回来的。”敬子回答着，步出到浴满阳光的廊下去。

朝子打算把那花三千元租的位于下北泽的六铺席房间弄成气氛清新、明亮而且安宁稳定的住处，然而丈夫小山完全不肯理解妻子的想法。

“别这样抠抠搜搜地收拾屋子啦。这样就丧失了自由精神。”小山夸张地皱起眉头来说。

既然已经成了家，在这种地方用“自由精神”之类的词，听上去让人觉得有点可笑。

朝子爱整洁，又好打扮，所以熨衣服、补内衣等，不拾掇得井井有条，她心里是不会踏实的。

两个人的早点只要有个烤面包片器和咖啡加热器，再就是黄油、白糖、面包、罐装牛奶以及两三个瓶装罐头就够了。晚饭不准时，都在外面吃。做饭并不费事。然而衣服却不能统统送到洗衣店去洗。

这一年只剩两天了，从工作中解放出来后，朝子就想定下心来，花上一天时间整理这斗室。

她觉得，哪怕是用图钉在柱子上钉个小小的稻草圈[1]，观赏一番，按

---

1 稻草圈（或稻草绳）是新年期间日本人挂在门前取吉利用的。

照古老惯例送走旧岁，迎来新年也是好的。

这样的设想不像是朝子平素的为人。

跟敬子住在一起的时候，她从未留意过这些。

朝子在向外凸出的六尺长的窗户上拉起一根尼龙绳，把洗过的手绢、袜子、贴身胸衣、紧腿短衬裤什么的晾起来。对朝子来说，这下子仿佛就将憋了好久的闷气舒散开了。

然而小山好像觉得挺无聊的，一副厌烦的样子。

“好天气。”

“新年准暖和。”

妻子正埋头做着妇道人家的琐事，小山在她身旁把手伸进浆洗得挺软和的衬衫。

他系上花哨的领带，边拿起美国式的长裤边说：

“你的事好像总也完不了。”

“到哪儿去呀？”

“也说不上去哪儿。”

“那么你就等一会儿吧。刚过新年就蹬缝纫机，你会觉得讨厌吧？我马上就拾掇好了，带我去吧……上了大街，我也要办点年货。”

“办年货吗？”

朝子想，这种时候丈夫哪怕在自己身边发发呆，她也会高兴的呀。

然而丈夫却在家里待不住。

就小山而言，只因为妻子和他同行，他到哪儿妻子总跟到哪儿，一天二十四小时都得与妻子打交道，这使他心烦。

他愿意独自轻松愉快地待着。

“待会儿你再到银座来吧。四点到五点之间……”

“银座的什么地方？……”

“从四丁目通到歌舞伎座的路上，以前有条河，如今填死了，修了条地下街道。”

“是吗？我不知道。你常去吗？”

“也就是说，这条地下街道是从三原桥的电车道底下横穿过去的。有新闻剧场，另一边是弹球[1]房……我就在那儿。”

“我找得到吗？……”

“找得到。”

小山在和平牌香烟的空盒反面画下了地下街道一带的路线图，递给朝子。然后就背着手拉上门，像是舒了口气似的走出去了。

他说，从四点到五点这一个小时里，他将在地下街道的弹球房等候，但一时半会儿还到不了四点呢。

“要是肯等二十分钟或半个钟头，就可以一道走了嘛……”

四点以前的这段时间，小山将在哪儿，怎样消磨呢？

小山不说，朝子也不问。

近来总是这样的。他们从事着同样的工作，消磨着同样的时间，关于丈夫的行动，做妻子的大抵一无所知。

朝子的自尊心很强，她不愿意让丈夫觉得自己喜欢纠缠，讨厌过于冒失地插手，所以就泰然处之。但由于丈夫总像凡事都抱着干脆明确的态度，有时让她感到无法接近，不禁茫然。

“在演技上可不能输给他……演技姑且不说，得比他走红才行……”朝子尽管这么想，但对方是自己的丈夫，她也就泄了气。

按说不应该是这样的。演技方面也应该进一步携手，要么就是由他更紧地拉着自己的手前进。

小山肯推荐朝子，却不肯引导她。

“是不是工作累过了头呢？……”

---

1 一种游戏，用弹簧弹出的球滚入台上特定的小孔内时，即蹦出奖品球来，可用以换取奖品。

朝子从凸窗的框子上探出身去，想看看丈夫的背影。

然而，关栅门的小山，肩膀只那么一闪就消失了。

在金钱方面，朝子也心存芥蒂。

小山管交房租，在外面吃饭也由小山付款。

到澡堂去洗澡的费用、黄油、白糖、洗衣费，以及身边一些琐碎开销，全由朝子支付。

朝子总是入不敷出，就不断地从敬子交给她的存折中提取。

钱不够也罢，提取存款也罢，朝子都还没来得及告诉小山。

“这种地方，我是不是像我娘呢？……”

朝子想起当年敬子总是难以向俊三提出金钱的事，自己好歹凑合着过下去。

当然，朝子不如说是从一开始就想过一种丢掉家庭这个形式的婚姻生活。

然而事到如今，她却体会了被撇在一边的女人那种无依无靠的处境。她心里就是不踏实。

不知从哪儿传来了收音机报时的钟声。朝子边听着，边拆开腰身又嫌松了的裙带，放在缝纫机上，轻轻地蹬起来了。

这家的房东大娘，就连房客搬进缝纫机都没有好脸色给你看：

“会不会把草席子损坏了呢……”

连缝纫机的声音都使朝子心里嘀咕。

朝子想起了和弓子并排着床的那个房间。

“收被子铺被子，看着就讨厌。还是睡床来得自由。”小山也想要一间能放床的屋子，却付不起昂贵的房租。

“朝子的妈妈肯不肯出一笔钱，好让咱们租一间能够摆床的屋子呢？”小山曾这么说过。

“目前娘可办不到。她只是穿戴整齐而已，其实手头好像够紧的。”

不仅是床，朝子连钢琴都存放在母亲那儿了，她认为，迟早会有把它们搬进自己住处的一天，但不晓得那将是什么时候的事。

对朝子来说，小山比结婚前要难对付多了。

不论对母亲还是对哥哥，她的态度都很强硬。只要自己的心情不对头，或是办事不顺当，就冷漠相待，但对丈夫可不能这样。

朝子老得看小山的脸色行事，留着心眼儿。婚后还不到两个月，已弄得疲倦不堪。

近来朝子一个人待着的时候，偶尔就会回忆起童年那些被遗忘的往事。

冬夜，敬子攥着她的手，她将一双小脚伸进敬子那柔软的胯间，睡着了。过五岁生日那天，朝子穿上了据说她刚一出生敬子就给买好了的带席面的高底儿漆木屐和友禅绉绸和服；岛木带着弓子住了进来，从此敬子就顾虑重重地过日子。曾几何时，朝子晓得了清对弓子的早恋，她感到自己陷入了黑暗的无底深渊……

少女的嫉妒，漫无目标的憧憬，朝子也巴不得爱点什么，并被什么人爱上，但在家里，脸上却露出一副冷冰冰的神色。

自从在学校演戏部所排练的《圣女贞德》一剧中被派上贞德这个角色以来，朝子就成了演戏的俘虏。她扮作十五世纪初生在法国偏僻的乡村的一个少女，由于接受神谕而救了祖国。低年级学生给她写了好多封爱慕的信。

朝子俨然成了一位被挑选出来的少女。

然而眼下，在当代的现实生活中，朝子对于能否演好年轻的妻子这一角色是没有把握的。她好像也缺乏爱的演技。想到自己，朝子的脸上忽然泛出了一片红晕。

她又蹬着缝纫机倒轧了一道，连眼睛都没眨一下。这时，楼下有人喊道：

“小山先生，电话……”

母亲邀她去箱根，然而那声调却是无精打采的。

“今天晚上？……多么紧急呀。小山也出门去了啊。”

“我孤零零地去，太寂寞了，务必来吧。岁末去温泉的事，我早就跟小山先生说过。”

朝子说要带着小山到敬子所在的旅店去，敬子却说她在东京车站的名店街等着。

“五点到六点之间……”朝子无意中用模仿小山般的口吻回答说。

她忽然高高兴兴地忙着照镜子，甚至想洗洗头发。

穿上了新婚旅行时穿的那件罩衫和套装。

把盥洗用具和小山以及自己的毛衣装进淡黄色手提箱。

将尼龙绳移到室内，锁上窗户，拉严了窗帘。

这样一些准备耽误了工夫。朝子下到银座东边的地下街道时，已经过了四点半。

毕竟是岁末三十，也许没有人在新闻剧场或游戏中心消磨时间。从地下街道的入口到那一头的出口，刮着冷飕飕的穿堂风。

用不着找，站在边上那个弹球台跟前的小山的身姿，立即映入眼帘。

朝子像是把脸贴近他的肩头似的说：

“娘打电话来，邀咱们到温泉去……”

“是吗？什么时候？”

“现在，这就去。五点到六点之间，到东京车站去。说是到箱根……”

“你是做好准备出来的吗？”

“嗯。”

小山继续弹着球，连头也不回。

“别弹啦……”

“拿盒子来吧。”

朝子把装球的盒子取了来，小山甚至从裤兜里都抓出球来。

“弄了这么多吗？”

不知怎的，朝子觉得厌烦起来。

“别弹啦……怪不好意思的。”为了让小山停下手来，朝子就把槽子里那冒尖儿的球也放进盒中。

“去旅行的话，这也不占地方嘛……你替我换纸烟、周刊和牙膏什么的来吧。”小山精明地说。

奖品交换所里还排列着新出版的杂志呢。

朝子把球换成他指定的那些东西就回来了。

小山的台子还在发出音响。

朝子被母亲邀去参加过年的短途旅行，喜出望外。原以为小山也当然会精神振奋的，岂料他竟恋恋不舍地泡在弹球台那儿。

从朝子眼里看来，那是个贪婪可耻的背影。

那球就像是算好了时间似的，骨碌骨碌滚出来，总也没个完。朝子心里直焦躁。

每逢有个球没滚进去，朝子就撇着嘴故意讥诮说：

“喏，运数已尽，运数已尽……”

小山好容易才没有球了，他就洗了手。

“是一百元的本钱。”他得意扬扬地说。

“你是什么时候玩起来的？”

“从四点钟起。要不是你来了，扫我的兴，我本来还能出更多的球呢。”

“另外又没有人。这种时候，不是有点儿不好意思吗？后天就是元旦，就好像是来捞本儿似的。”

“没有人才好呢。到了年底，弹球房好像也在优惠吧。”

“多讨厌。”

朝子仿佛从微寒的地下街道逃出去似的上了台阶。地面上，银座的岁末热闹得很。

“净是弹球房的礼品，不能拿给娘看。”

四丁目的大钟响起来了。

“已经五点钟啦。”朝子倾听着，并在灯火辉煌的巧克力店前面停下脚步。

他们等着店员包装那排列着巧克力的美丽小盒。

“你有教养。”小山说。

“你是无忧无虑地长大的，所以才会觉得在弹球房占了便宜怪害臊的。”

“才说不上是无忧无虑呢。你一点儿也不了解我。”

“你和我压根儿想不到一块儿去。拿孩子来说吧，你认为只要生下来就能长大。你断定孩子是天使，连冷风都会绕开他。”

眼下，在这样的地方，小山为什么会忽然提到孩子的事呢？朝子越发怒上心头了。

“你并不想跟娘和我到温泉去。你心眼儿真坏。”

朝子恨不得一个人跟着母亲去旅行，但她对小山还没有薄情到竟然把这个可恨的丈夫孤零零地丢在银座杂沓的人群里，自己一走了之的地步。

“旅行嘛，我高高兴兴地奉陪。像新年逛温泉那样潇洒的事儿，凭着我个人的力量是指望不上的。况且你妈妈看上去不是蛮寂寞吗！正如《万尼亚舅舅》[1]中的一句台词，诚然像是一朵恼人的秋玫瑰。总是这样的……要是岛木先生这个人还活着，我倒是觉得，及早为她的缘故回来就好啦。”

丈夫这番麻木不仁的话使朝子感到惊愕，她唯有望着小山的脸而已。

由于他提到了俊三的名字，就愈益使她不愉快了。

---

1　《万尼亚舅舅》（1897）是俄国小说家、戏剧家契诃夫（1860—1904）的剧作，描写没有真正理想的知识分子的可悲命运。

小山仿佛这会子才理会到似的朝着手提箱伸过手来说：

“我来拿吧。”

朝子把他的手扒拉开了。

名店街的各爿店铺，购物的人流像波浪般起伏着。回故乡过年的人们也在这儿置办礼物，有名的甜烹海味店和紫菜铺等还开设了分店。

敬子大概也刚到。她把黑手套放在咖啡馆的桌子上，点燃了香烟。

小山一看见敬子，就像换了个人似的，变得和蔼可亲。

朝子斜眼瞅着这位小山，摆出一副骄矜的面孔。

敬子思忖，他们两个人是不是闹了什么别扭呢？就说：

“我随随便便地就邀了你们，两个人原先有什么过年的打算吗？”

“才没有什么打算呢。直到昨天晚上都在工作，今天这一位想做家务，我想出去玩，所以弄得不高兴啦。”小山满不在乎地说。

敬子查了查发车时间，说了声：

“到了箱根再吃晚饭吧。”就啜起咖啡来。

朝子觉得娘憔悴了。好像有点儿显老。

小山站起来买车票去了，朝子就说：

“娘，不论生活在什么方式下，女人总是要吃亏的。我有时想，不应该是这样的。”

敬子凝视着女儿的脸。

“小山先生在家里不好伺候吗？”

“不论在家里还是在外面，我简直不知道他的行踪。他也许是按照自己的方式爱着我，可一会儿被巧妙地甩开，一会儿又假模假样的，我就会感到寂寞。”

“哎呀，哎呀。现在就说这种话，太早了吧？”

“未免太晚啦。要是早点儿知道就好了。难道当初我好像非要跟他结婚不可吗？……娘当时是怎么认为的？”

“哪里有这么说话的。你这样就不对啦。”敬子规劝着女儿，然而由于她心事重重，说话有气无力，愁眉不展。“你说小山先生即使在家里，也不知道他的行踪，指的是什么？不是只有一间屋子吗？”

“就是有这样的时候。他就是这么个人。”

“这可不行。那是因为你只顾自个儿待在那儿。你得温厚地认为，男人什么时候都待在自己这个女人身边，不然的话，怎么都不行。这取决于女人的心。”

“要取决于对方。”

“跟男人待在一起，女人过于感到自己寂寞，也是由于任性的关系。你不这么觉得吗？”

“我不这么觉得。是他使我感到寂寞的。”朝子每句话都顶撞母亲。

车还未开动，湘南电车二等车厢里就几乎没有空席位了。

朝子和敬子面对面坐着。她将胳膊肘支在窗框上，手心托着下巴，望着暗夜的窗户出神。不久，就闭上了眼睛。

“好个冷冰冰的人。”敬子边这么想，边看着小山那蛮帅的长裤的条纹。

然而，敬子跟小山也没有什么特别的话好说，不知不觉就沉默了。

她眼前浮现着昭男的身姿。昭男信里的话萦绕在她的脑际。

当初，敬子觉得像是被提交了一份休书似的。读完就把它撕得粉碎，扔掉了。

然而，再也没有比下面这两三行更使她惊愕并且受到严重打击的了：

哥哥说，岛木先生还活着。我完全不认识岛木先生，但不由得害怕起来。对你也罢，对弓子姑娘也罢……

“这不可能。这不可能。”

但她又不能认为，这是昭男为了和她分手而想出来的借口。

难道田部听见了俊三还活着之类的风言风语吗？

难道田部在东京的什么地方遇见了个长得像是岛木的人吗?

“瞎说八道。准是瞎说八道。”

兴许田部刺探出了他弟弟和敬子之间的事，于是就捏造出俊三还活着的谎言来威吓昭男吧。只要动动脑筋，好像就想得出这样的点子。

“那个人该不至于还活着吧?……”敬子一再想打消这个念头，但这种莫名的恐惧却缠绕在心头，越箍越紧。

敬子再也不能独自在旅店里一动不动地待下去了。

她甚至觉得，俊三正从窗户外面往里窥伺着呢。

“难道那个被认定已经死掉并为他办过丧事的人，还活着吗?”

倘若还活着的话，对敬子来说，活着的俊三本人，比俊三还活着这件事更可怕。

听说俊三还活着，而自己却高兴不起来，这也使她感到害怕。

她仿佛被肉眼看不见的东西所严加斥责似的，心里唯有痛苦在狂旋着。

敬子边望着还在睡觉的朝子，边想:

“这孩子的睡容挺温和的。”

朝子合上眼皮后，睫毛也显得柔顺。兴许是她年轻的缘故。

同昭男分手后，直到现在敬子才清清楚楚地记起，她终于也不曾让他看到自己的睡容。

她从未在昭男的公寓里过夜。那以前，总是在街上幽会，即使夜深，她也不曾投宿，却必定回家去。

“怕什么来着呢?……”

毫无疑问，那是由于她在孩子们跟前有所顾忌，可是担这样的心思又顶什么用呢?回顾起来，这正证明她和昭男之间的爱是不安定的。

连一天也没跟情人去旅行过，却和女儿夫妇一道前往箱根。她感到自己怪可怜的。

倘若这是昭男得悉俊三还活着后，竟然肯跟自己出逃的旅行，她大概会高兴得浑身发颤。

敬子晃了晃肩，朝小山望去。小山在读一份周刊。

“小山先生。”敬子唤道，“把朝子叫醒了吧。我闷得慌。”

小山把视线移向朝子那睡着的脸。

“她睡着了后，总是这样一副神态吗？”敬子不经意地这么说罢，又赶紧补上一句，“像是个孩子，那么稚气。”

“啊……”

小山站起来，换到敬子身边的座位。

“还是不要把她叫醒吧。乍一醒过来，脾气不好……她累啦。”

“你真体贴她啊。朝子会变得任性的。”

“反正我一向是受压的。”小山这么说，他的嗓音被车轮的轰鸣淹没了一半。

“看这睡容，倒不像是会压制你。看上去也并不累。累的是我。”

“娘也睡吧。”

“我最近患了失眠症。要是白天睡了，夜间就好像成了地狱。”

“……”

“小山先生，有没有什么有趣儿的事呢？”

“有趣儿的事吗。我刚刚读到有个男人见过乘着圆盘腾空而来的金星人的故事。那是个美国人，可开心啦。”

“当然是瞎编的喽。”

“瞎编的也有点儿意思。您读读看吗？”

“不，不行……近来，我什么都不能读。铅字嘛，根本读不进去。眼神儿倒还好。大概是神经衰弱吧。就连报纸，刚读上两三行就已经在想着旁的事啦……”

这时，朝子直起身来。

也许是托着下巴的手麻了，边揉边说：

“娘老是单独跟哥哥在一起，所以才累呢。”

“朝子，你没睡着呀？”

“您把弓儿叫来好不好呢？”朝子若无其事地说。

敬子正在想：到了箱根，等只剩她跟朝子两个人在一起的时候就问问她，究竟是出于什么意图而让昭男和弓子见面的，因此，朝子突然提起弓子的名字，她就回头看了看朝子的脸。

# 新年

除夕，弓子和姑父夫妇一道把脚伸进固定被炉[1]，静听着收音机里午夜的岁末钟声。

两个儿子到志贺高原滑雪去了。看来他们每年照例都去的。

他们也邀弓子同往，但她觉得：

“这不合我的身份。”

儿子们不在了，矢代家也就越发清静起来。姑母倒也不一定等候每天晚上都回来得很迟的丈夫，她只是有条不紊地把家务料理完。

这是个像洗净的白色衣物一般毫无色彩的家。

姑父、姑母似乎对除夕的钟声也没有什么感情。他们既不送旧岁，新年也没什么好迎的。

跟敬子家相比，过年的多层食盒也贫乏到寒碜的地步，姑母只不过是在百货店的地下室简便地凑合着置办一下。

随着收音机里的钟声，弓子亲切地怀念起敬子家的除夕来了。

长野善光寺的钟，越前永平寺的钟，松岛瑞岩寺的钟，镰仓圆觉寺的钟，近江三井寺的钟……随着广播员那咏叹调般的解说，转到古寺之都京都去了。知恩院和天龙寺等东山和西山的钟声响成一片。

敬子非常喜欢这除夕钟声的广播，每年所熟识的钟，连余韵她都记住了。脸上还泛出与钟声相称的表情，留恋旧岁，追忆往事。

正吃着除夕荞麦面条的弓子也停下筷子，和敬子一道聆听起钟声。

1　镶在铺席或地板下面的，不同于放在带地板的木架里、可以随意移动的被炉。

矢代家连除夕的荞麦面条都没有。

“除了收音机，另外还有钟声哩。”弓子说着，抬起眼睛。

“啊，这是池上本门寺的钟。”

姑父漫不经心地说，捏起多层食盒里的沙丁鱼干，大嚼着，并给自己倒着粗茶。

“姑爹，一百零八种烦恼可真够多的，都是哪一些呀？”

“我不知道。凡是人所期望的事，想做的事，就都是烦恼吧。”

“你呀，沙丁鱼干明天再吃吧。”正补着袜子的姑母说。

“啊。可已经是元旦啦。该说恭贺新禧啦。别再补东西了。”

“快完了……弓儿，要是袜子破了，就拿出来吧。姑妈补得可好啦……”

“弓儿也补得好。”

“喂，该睡啦。会着凉的。弓儿也睡吧……”姑父打了个哈欠。

“唉。”

弓子站起来，步出到走廊里。隐隐约约地听到了风绕过房屋的声音。

弓子借着枕边那座台灯昏暗的光，换上睡衣，把脚伸进冰冷的被窝，孤寂感就渗透了肌肤。

在敬子家过除夕，可不是在这个时间睡。

和敬子等人共同生活之后，头一次过除夕，给弓子留下了很深的印象。

房屋也是新的。铺席也色泽鲜明。电灯也蛮亮。

他们边听着一百零八下钟声，边热热闹闹地吃着除夕的荞麦面条。随后就像是被敬子追赶着似的走出家门，到浅草去。

他们从观音堂又去参拜观音菩萨。据说，除夕的钟声还没响完，新年伊始来参拜的人群就通宵达旦，络绎不绝。也看到了一些用纸把刚梳好的日本发髻包起来的人，大概是舍不得让它在元旦之前弄脏了吧。

从浅草回来的途中，他们还绕到明治神宫去。连通到神宫的道路上都燃着篝火。

回家后，他们沐浴洁身，喝屠苏酒来庆贺新年。然后就钻进被窝。

清和朝子都喧闹着。即便小小的弓子也一点儿都不困。

元旦照例睡早觉。

每年到了除夕，敬子就活跃起来，连孩子们都被她那生气勃勃的劲头所感染，不知不觉就熬到天明这样的事并不稀奇。

然而，敬子过的这种工商区风味的年，唯独俊三是从来不奉陪的。

“兴冲冲地过除夕又有什么用。还不如让我安安稳稳地睡个懒觉呢。”弓子还想起父亲曾这么说，他连过年后初次的参拜都不参加。

自从学会帮助敬子做年菜以来，每逢除夕弓子就越发过得愉快了。

去年较早地就把年菜做完了，弓子和敬子以及清三个人在银座的一家中华料理店听收音机里除夕的钟声。

“今年妈妈在旅店里，也不知怎样呢？……”这么一想，弓子心里就充满了怀念之情。

“我边想着和妈妈一道过的除夕，边睡觉。祝您迎接一个好年……”弓子巴不得双手合十。

由于岁末一连多少日子都是晴天，人们反而为元旦担起心来。然而，看来是个日光柔和温煦的小阳春天气。

弓子在梦中被魇住，就醒过来了。

挡雨板已被拉开，明亮的阳光照射着她的脸上方那扇纸门。

弓子没有立即起床，却对被窝里的温乎气儿撒着娇。

“元旦做了个奇怪的梦……”

有一只手把十五厘米左右的爱神玩偶放在弓子枕畔了。弓子晓得那是她爹的手。刚一放下，玩偶的双脚就轮流晃动，边摇着手，边在左近走起来了。大概有这样的玩偶，在梦中却不觉得它可爱或新奇，只感到毛骨悚然。弓子想逃脱那个动弹着的小东西，这才发生梦魇的。

“是不是做了个讨厌的梦呢？……”

弓子穿上紫色平纹丝绸宽袖棉袍，系上细带，叠起被子来。

她瞧见了姑父那待在盥洗室里的背影。

茶间那个固定的被炉上，排列着屠苏酒和多层食盒。

弓子洗罢脸，回屋去了一趟，薄施脂粉，穿上和服，然而腰带总也系不好。

“姑妈，姑妈。”

“糟糕。因为家里没有女孩子，所以我也手生。我一系，就不像个年轻人了吧。这是筒带啊，可麻烦啦。”姑母绕到弓子身后去，像是动脑筋似的停下手来，忽而又独自笑了起来。

“喏，勉勉强强……”说着，拍了拍腰带后边的鼓包。

在茶间落座后，姑母郑重其事地对姑父说：

“恭贺新禧。”

弓子也跟着姑母鞠了个躬：

“姑爹，姑妈，恭贺新禧。”

“新年好。弓儿，好漂亮。”矢代边欣喜地望着弓子，边听任妻子替他往朱漆酒盅里斟上屠苏酒。

“那么，弓儿。”

继丈夫之后，姑母又劝弓子。

“唉，请姑妈先喝……”

“上岁数的人靠后。”

“我靠后。”

弓子拿起同样的朱漆酒器，模仿姑母的手势，往姑母的酒盅里斟上黏糊糊的屠苏酒。

“每年都光是姑爹和姑妈一道过年吗？”

“啊，近两三年总是这样的。”姑父点了点头，“弓儿，再说一遍恭贺新禧好不好？”

“再说一遍？……为什么呢？”

“多好听的嗓音。就像是黄莺飞到梅枝[1]上，啼叫了一声似的。是真的呀。往年只是两个人，这次过年有弓儿，的确给人以梅花和黄莺迎来了春天的感觉。”

“您这么一说，我简直没法开口啦。”

“弓儿十几岁啦？”

“算是十八岁零七个月了吧……”

“七个月？好怪啊。虚岁就是二十吧。我们按足岁算，还跟去年一样，是五十六和五十一吧。正月到了，也不长岁数，可怪啦。好像失去了日本的优良风气和美好习俗。”

“想到要满二十岁了，我就害怕。”

“喏，吃煮年糕吧。”姑母催促道，“好天气，过个好年。开春弓儿就高中毕业了，二十岁这一年准会赶上好事儿。”

“好姑妈，快别说什么二十岁啦……我不爱听。”

元旦这一天既不去给人拜年，也不会有人来拜年。矢代就邀弓子说：

“吃完煮年糕庆祝元旦后，弓儿，咱们去散步吧。一直走到本门寺一带，怎么样？”

“弓儿还在服丧呢，不能去拜神。”

姑母一边摘掉橘子上的筋，一边提醒般地说。

“本门寺不是寺院吗！是日莲宗的。”

弓子听姑母说是在“服丧”，就想：可不是嘛。

“姑妈，您去吧……我看家。”

“我最喜欢待在家里啦，因为习惯啦。元旦一早就跟姑爹去散步，做这样奇怪的事儿，我会累着的。”

---

1　梅花和黄莺是早春的象征。

矢代大概性子急，不知什么时候已经在正门那边的走廊里不指名地招呼着了：

“喂，喂！”

弓子挨着身穿黑色和服外套的姑父走去，总觉得这是“奇怪的事儿”。

他们沿着不曾在战灾中烧毁的古老房屋绵亘的路走去，穿着长袖和服的少女们在拍羽毛毽，漆木屐上的铃发出响声。

不久，房屋和行人都稀疏了，来到穿过分块出售土地的路上。

分块出售的土地分布在稍高的土岗子上，道路两侧的低崖裸露着赭红色的地面。

冬天枯萎了的杂草，根部露出了绿芽。

“姑爹，这是艾蒿吗？”

“唔。我可弄不清楚。”姑父说。

弓子看见了好几根绿色的新芽。

也许是冬天暖和的缘故，还没有入寒，却已经隐隐约约有了春意。

“弓儿，这是艾蒿。”弓子觉得敬子那响亮而又娇滴滴的嗓音好像传到耳际。

大约是去年二月间，敬子在手绢里小心翼翼包起艾蒿，从外面回来了。

“今年的艾蒿已经……”

“是暖房里的吗？”弓子这么问了一声，被笑话了一通。

“过年的时候不是在炸虾铺里吃过款冬根茎吗？那也不是暖房里的，是从南边的什么地方运来的。”

敬子把艾蒿芽儿凑在鼻前嗅着气味。

“妈妈喜欢这玩意儿吧。”

“是啊。它有着从前的工商区的气味。艾蒿其实是农村的东西……”

去年敬子摘来的艾蒿比现在长在脚下的要长一些。

然而弓子还是蹲下去摘了一两根。

“想见见妈妈。”弓子这么想。这是发自肺腑的恋慕。

“弓儿，怎么啦？”

姑父喊着走得缓慢的弓子。

“穿着和服外套，就觉得发懒似的。”

“元旦要是好天气，就感到今年会交好运。”弓子边说边用手绢包住艾蒿，揣进怀里。

“今年弓儿大概会交好运的。三月里从学校毕业后，还是打算就业吗？”

“唉。我想去工作。因为不能闲待着。”

“那也可以嘛。那些像弓儿这样的姑娘，不是都闲待着吗！”

“也不一定是这样。只有很富或是体弱的人才既不升学也不就业呢。”

“那你升学不就结啦。”

弓子并不认为高中毕业后一就业，马上就能过上独立的生活。不过，一味地靠旁人的照顾继续念书，那就像轻微的浸润型肺结核总也好不利索似的，使她感到心情暗淡。

“姑爹，别看我这样，我还想到百货公司去当小时工来着呢。也想过，要是到工读酒馆去当个女招待，也许能多挣些钱……”

“那当然好。假若弓儿当上女招待，姑爹也去照顾。顺便监督一下……”姑父好像并没有把弓子的话当真。

然而他回头望了望弓子，她那显得悲哀、孤寂的神色并未逃过他的眼睛。

“天气太好啦，嗓子干渴。”

元旦这一天，晚上也安静，大家早早就睡下了，但二号连矢代家都有客人，一直熬到深夜。

三号还没吃完早饭，就有人给弓子打电话来了。

大概是约好在什么地方会齐，到一位同学家去。这些话一五一十地传到矢代夫妇耳里。

“不是和服。据说我正在‘服丧’，其实好像应该多加检点才行。就穿你也知道的那件连衣裙。不，我才不冷烫呢。也不做头发。”弓子这么说着。

“咱们家也是梅花和黄莺喽。”姑父微笑了。

“嗯。元旦我穿和服来着，可是由于正在‘服丧’，从二号起就不穿啦。十一点吗？不会让你等的。你才……”

弓子挂上电话后，就径自沿着廊子吧嗒吧嗒地赶紧朝自己屋走去。

矢代正在看成捆地投递来的贺年片。丈夫看罢，妻子又一张张地看。

“敬子弟妹这个人，好像蛮有钱的。”妻子说。

“恐怕也说不上是有钱吧？”

“到箱根去了呢。跟女儿夫妇一道……名叫朝子的姑娘给弓儿寄来了明信片。洋一和春次也寄来了滑雪消息。”

姑母把寄给弓子的明信片另放起来。

弓子将大衣和红色尼龙头巾夹在腋下进了屋。

“我出去一趟。到学校的同学家里。”

“尽管正在服丧，还是可以穿和服。”姑父说，“到头来，如果只有姑爹一个人跟身穿和服的弓儿散过步，那就不合适啦。”

“十一点钟可就不赶趟儿啦。为了系腰带……”姑母笑着说，“寄来了明信片。”

从裙子底下露出膝盖的弓子就那样蹭过来。读着明信片：

“姑妈，春儿说是想洗澡……他原是个那么讨厌洗澡的人啊。他们住在公司的山间小屋里，没有澡缸。洋一哥呢，说是滑雪和洗盘子都长进啦。”

“回来后，就让他洗吧。”

朝子那张风景明信片，弓子只默默地瞧了一眼。就收进了手提包。

“我走啦。”弓子又说了一遍，就站起来了。

“可别回来得太迟了。”

“唉。”

弓子出门后，矢代也换上了西服。

“别说什么正在‘服丧’就好了。‘梅花和黄莺’小姐非常介意这件事。”他边系领带边说，“有那么个女儿，岛木君竟然还能去死吗？敬子弟妹这个人，我认为也是个好人哩。”

“头三天别谈死人的事啦。”

“嗯。”

“我对敬子弟妹不满意。开了新店——而且你呀，还是一家宝石店呢。有那么一笔钱，救救俊三也好嘛，多冷淡呀。”

“不，到了那个地步，即使投进一些钱，也是杯水车薪。”

“他是一筹莫展，走投无路才死的。俊三是个窝囊废。”

“我看着敬子弟妹和弓儿，简直不能相信岛木君已经死了。可那时他跟京子弟媳离了婚，看来还是做了这方面的思想准备吧。”

“弓儿也怪可怜的，对敬子弟妹比对亲娘还亲呢，可是到头来又从家里出走啦。”

矢代背对着妻子说：

“岁末二十八日，我到浅草去吃过一次鸡。回来的路上，在东武线电车站的入口，看见一个戴马头的男子。那是给正月赛马做宣传的。那位广告人只是在人群里晃晃荡荡地走着而已。可那活像是个出家人般的背影，跟岛木君一模一样，让人吃惊。”

“哎呀，真讨厌。你这话太可怕啦。”姑母用袖子捂住耳朵。

应娘之邀，在箱根过了年。

娘正在服丧。说是就不给府上拜年了，谨向各位问好。

十号左右，你能不能到麻布的店里去一趟呢？如果事先跟我联系一下，我就也在那一天前往。

娘无精打采的。原因不明……

元月一日

朝子

那张风景明信片上是从十国岭所拍摄的富士的照片，朝子的短信把下栏填满了。弓子在出了家门的路上，慢慢地读了。

“好像是妈妈叫姐姐写的。准是这么回事。”弓子想，“因为正在服丧，所以没道新禧。”

朝子替敬子写了，这也使弓子感到高兴。

她认为，与其冥思苦想，茫然失措，觉得孤单单的……

“还不如干脆去见妈妈，倒好像能沉下心来。”

从今天早晨起，弓子来了例假。也不管什么“正在服丧的正月三号”，该来的就来。弓子对生为女儿身感到厌恶了。

她坐在公共汽车里，驶往与同学们碰头的神田车站，颠簸着，心里还惦记着这事儿。

近来弓子好容易才晓得，自己每逢来例假前，情绪总波动得厉害。连乳房都会有预感。

她一想起悲哀的事，就郁闷无比，精神恍惚地睡下后，就会产生梦魇。

然而，知道了打从元旦起的忧郁原来是这个缘故，弓子就稍微舒了口气。一旦开始了，情绪倒平静下来了。

朝子的风景明信片也使弓子的心情变得温和了。

“我要是在家的话，也会和妈妈一道去的。”

神田车站上人山人海，但站在小卖店前面约会地点的两位同学那华丽的长袖，引人注目。

回头看的女人，以及男人那露骨的眼神，使得三个人的话少了。

“弓子姐还是让人家等。”

“你说‘还是’，可我什么时候让你等过呢？……十一点还没过五分呢。”

“可我是提前一刻钟来的。等了二十分钟。”

“弓子姐，”另一个人叫道，“都二十啦，你知道吗？按照虚岁……”

“知道。”

那位同学低声说，除夕她和父亲乘飞机飞到京都，在东山的一家旅馆过了元旦，二号下午又乘飞机回到东京。

“蛮快活的。爹也挺高兴。说是这很好，美代子出嫁前，每年都这么办吧。我说，那么我十来年之内不出嫁。爹说：‘是吗？要是十年后的话，除夕飞到巴黎或罗马，三天之内就能回来……’”

“真的吗？……”

三个人是应邀到七里英子家去的。

那是座钢骨水泥结构的方形建筑，店铺和住房是毗连的。

内正门里边，满是脱下来的男女草屐、木屐、皮鞋什么的，几乎没有落脚处。

轻音乐的节奏从出来迎接的英子背后赶过来。

“恭贺新禧。”

“恭贺新禧。”

英子首先把弓子等人邀到自己屋里，并且端来西式糕点、橘子和干年糕片什么的。

从电影扯到《安妮日记》[1]和《悲哀，你好！》之类的翻译小说，有一阵子，时装的话题也谈得很起劲。

1 《安妮日记》系犹太少女安妮·弗朗克（1929—1945）所著，记载了她随着家族逃避纳粹迫害的经历。

“说是今年还有一家女子高中，为那些快要毕业的三年级学生把美容师和模特儿请到学校来，开美容讲座呢。”

“教室里可不作兴听什么美容课。会不会是那家美容院的宣传呢？”英子说。

不知什么时候，话题转到关于人的消息和风声上了。

导火线好像是美代子那桩飞机旅行的新鲜事儿。

“大概是我们正在伊势湾上空飞行，眺望到纪伊半岛的山岭的时候，我爹提出买架直升机吧。说是假若战争开始了，原子弹怪可怕的，马上就逃到日本阿尔卑斯山脉[1]的深山里去……有直升机的话，从我家的院子里也能起飞哩。”美代子这番话使同学们听了，如坠五里雾中。

“多浪漫呀。美代子姐家……”

“哎呀，是讲求实际。到了紧急关头，怎样也不能乘火车，也来不及坐汽车逃走。”

“不论有任何情况，下次我家再也不肯疏散了，说是已经吃够了苦头……要跟东京共命运哩。”英子说。

“我爹说，要么乘直升机飞到日本阿尔卑斯山，要么乘飞机逃亡到中国去。究竟哪一样更安全呢？因为我爹跟航空公司有关系……”美代子接着说下去，“要是哪一位当上了空中小姐，也许可以和我们一道搭客机逃走哩。”

“丢下家族，光是自己一个人？……美代子姐只跟爸爸两个人，倒还好……”

“可别刚过年就谈战争的事啦。不是要迎接和平共存的年头吗？就连日本，不是也要和苏联以及中国恢复邦交，重新开始贸易吗？”

“好像也不一定是这样。据陆军的一位原参谋少将说，英国的原子弹进步了，苏联似乎甚至落到英国后面去了，军事力量有了差距，所以现

1　日本阿尔卑斯山脉是日本中部飞弹、木曾、赤石三山的总称。

在美国的意思是：你要是凭着武力来，那么就来吧……”

“日本会怎样呢？要倒大霉的。”

“据说，如果美国表示战争结束后，让日本人任意居住在辽阔的中国，日本大概也会参战的……原少将的意见是：牺牲固然大，但为了世界的永久和平，参加这场最后的战争也是迫不得已的。”

“要是有这样的预料，咱们当乖妞儿，又有什么用呢？”

“下一次京都会不会也消失了呢？……”弓子嘟哝道，“美代子姐，你在东山的旅馆听除夕的钟声来着吗？”

“好像响来着，但我没留意。我正在跟舞伎玩呢。”美代子说罢，战争的话题就结束了。

这之后，同班同学的家庭中那些秘密的风声就具有了奇妙的魅力，也不晓得什么时候会泄露出去，什么时候会扩散开来。

据说稻子自打圣诞节前夜起就在咖啡馆唱爵士乐歌曲，关于她的传闻是最吸引英子等人的话题。

“三月就毕业了，学校要是知道了，就得退学吧。”

“她不会再到学校来了吧？由于她爸爸的事业失败了，家境好像挺困难哩。”

“仔细一想，即使高中毕了业，也不见得就怎么样。只不过在提亲的时候，被探听一下为什么没有毕业就是了。”英子好像在偏袒稻子似的，“我觉得，人嘛，只要趁着还能工作的时候，在自己能够工作的地方工作就成了。”

“这是人在危险的年龄所起的危险念头。”

“为什么光是女人不论什么都动不动就危险呢？你所向往的恋爱也统统比咖啡馆危险哩。眼下不论男女，指不定冒着多大风险出去工作呢。能够唱爵士乐歌曲，不也是被挑选出来的才能吗？”

“稻子姐的父母都不是亲的，说是得尽情分，对吗？……”

谈这类话的时候，弓子总是光听着。她露出一本正经的神色。

弓子忆起，在奥多摩的小棚屋里，英子曾说要跟自己“既不喜欢也不讨厌的人结婚”。

从英子的哥哥们所在的屋子里传来了舞曲。

英子的哥哥发散着发蜡气味，打开了这边的门，邀道：

“来跳舞吗？”

弓子她们有点儿装腔作势。

“待会儿再说吧。”英子也只这么说了一句，没有马上答应。

英子的哥哥像是用下巴数数儿似的挨个儿看着弓子她们：

“连英子才四个人呀。”

“真没礼貌。”

哥哥耸肩缩背走掉后，美代子又恢复了被打断的话题：

“稻子姐是孤儿吗？”

“不能叫作孤儿。”英子回答说，“没有了母亲的美代子姐要是一半孤儿的话，稻子姐就是三分之二孤儿了吧？……也许是五分之四左右吧。现在的妈妈是稻子姐还是婴儿的时候续弦的。四五年后闹离婚，那时她把稻子姐要了去。这位妈妈就拖着稻子姐这个油瓶嫁给了如今这个爸爸，所以双亲都不是生身父母。”

“再说一遍……我没怎么搞清楚。”

“为什么？……不是挺简单吗？稻子姐的亲娘去世了，才有了现在这个妈妈。这位妈妈和她爸爸离婚后，再婚的时候把稻子姐带去了。所以她的亲爹还在什么地方活着呢。”

弓子一颗心都好像抽缩了似的，就低下头去。

“多复杂呀。稻子姐不会去投靠她亲爹吗？”

“怎么能做这么薄情的事儿呢？想想看。现在的爹据说是一位和善的人……可是患了胃癌，住院呢。”

“多么凄惨的故事啊。”美代子说。

“别用这样古怪的词儿啦，你还是个坐过飞机的人呢……”

“可不是凄惨吗？本来咱们做女人的，家里杂七杂八的事儿就够多的了，难道稻子姐还要挣钱负担医院的费用吗？”

“是呀。”英子昂然地回答，于是大家默默无声了。

直到不久以前还在教室里并桌而坐的一位同窗，成了咖啡馆里的爵士乐歌手。也就是说，我们这些高中三年级学生，要是想当的话，也不是当不成爵士乐歌手这样的角色。表面上是惊异、同情或轻蔑，骨子里这样的想法在悄悄地扑扇着翅膀。

“我想看看稻子姐唱歌。想听听。”美代子向前探着身说。

“这可不合适。稻子姐一定不愿意。她只顾惦念咱们，就唱不好啦。”

弓子尽管这么规诫着，元旦那天她甚至还和姑父说过，自己曾想到工读沙龙去呢。

使四个姑娘动心的，与其说是让稻子当上了爵士乐歌手的缘由，毋宁说是她当上了爵士乐歌手这桩事实本身。

“咱们大家今天晚上去一趟试试吧。”英子像是拿定了主意似的说，“没关系的。”

“那家酒吧叫什么呀？”

“‘欢乐’。也不晓得是酒吧还是歌舞酒馆。究竟怎样区分呢？……地点在银座二丁目。”

“英子姐好熟悉啊。”

“她说不会化妆，所以圣诞节前夜是我跟去的。”

“那么，要是咱们去了，也肯放咱们进去吧？”

“除非跟男人结伴，否则就不能从正门进去。人家会想：这是来干什么的？”

“不能给歌手捧场吗？”

“不能吧。”

“今天晚上也在唱吗？……”

“从七点钟起，每场唱四五支曲子，就完啦……”

“唱什么样的歌呢？”

“各种各样的。我听的那次，《田纳西华尔兹》和《太好了》什么的，很叫座儿。稻子姐唱得蛮好。”

“也不知道是什么时候学的？”

这时，英子的哥哥又来窥视妹妹的屋子了。英子缠住他，央求他把她们带到“欢乐”去。

姑母曾嘱咐弓子早点回来，所以她是边犹豫着边被邀进英子的哥哥那间屋子里的。

少女们和青年们聚在一起后，时间就过得更快了。

英子的哥哥和他的朋友们，年龄都跟清不相上下。然而在这个年龄，要么是只大上两岁或四岁就完全变了，要么从一开始性格就不同。他们是属于与清不同世界的青年。

弓子想起了在奥多摩听到的英子那番自白。她想：那个忽然硬是跟十四五岁的英子接了个吻的人会不会也来了，就夹杂在这些人当中呢？

及至晚餐桌上摆出醋鱼饭卷的时候，大家已说妥一道去“欢乐”看看。

弓子跟英子和她的哥哥，还有哥哥的朋友，四个人同乘一辆出租汽车。

英子的哥哥谈着进口的摩托车的事，他的朋友或许是在炒股票，列举了几家自岁末起股票可能会上涨的公司的名字。

他们不时地说些无聊的笑话，逗得英子等人直笑。

弓子也轻松愉快地笑着，却觉得格格不入。她感到自己一个人孤零零的，无依无靠。

“哥哥，酒吧、歌舞酒馆和夜总会有什么区别呀？刚才我们没搞清楚。”英子说。

“还有叫作什么社交茶馆的。都是供男人玩的地方……”

“近来的女孩子还到啤酒店去呢。”

“因为净是哥哥们这样的醉鬼，所以听说九点以后稻子姐就不唱啦……”

“是位闺秀爵士乐歌手喽。”

汽车驶进了西银座的后街。

摆着门松的一座白壁般的建筑就是“欢乐”。

三角形的广告灯上写着：

——摩亚娜乐队伴奏，少女歌手演出。

“唔，少女歌手。果然是位闺秀。”英子的哥哥说。

然而，可能是领着四个穿着新年盛装的姑娘的缘故，哥哥这些人也道貌岸然地走了进去。

天色刚黑下来，又是正月，店里挺安静。

正面，一座半圆形舞台凸了出来，舞台侧面有个螺旋形楼梯。扶手是用细铁丝、梯磴则是用镜子做成的。镜面稍微向观众席倾斜着。

楼梯上端大概就是女招待的化妆室，观众非但能够仰望到沿着旋梯转来转去、上上下下的女招待的身姿和动作，连映在亮晃晃的梯镜上的下摆和脚都映入了眼帘。

女招待隔不多会儿就下来一个，夜礼服的下摆飘动着。照明反射到镜子上。红或蓝，以及金色银色的鞋也浮现出来。

这好像是一种花样翻新的时装表演，沿着旋梯或上或下地转动，还有脚下镜面那复杂的投影，使得女招待们的动作变化多端，富于节奏感。

女招待们对这楼梯已习以为常，有意识地让自己或升或降都给人以美感。

把割成各种形状的玻璃缀成一大串的饰穗，从顶棚上垂到楼梯前面，边静悄悄地旋转，边闪闪发光。

打扮得花枝招展的弓子这伙人，好像作为新年的稀客受到了欢迎。

七个人都叫了杜松子酒汽水，等着乐队演奏。弓子从来没喝过兑了汽水的杜松子酒。

稻子身穿有着圆鼓鼓短袖的白罩衫，裙子外面系了条围裙，脚蹬红鞋，一副舞女般的打扮。走上舞台后，挺招人喜爱地唱起来了。

在一片淡蓝色、浅粉色的照明当中，她或许认不出弓子等人吧。

嗓音虽细，却很悦耳。有气派，毫不怯场。

“要是扎把鲜花来就好啦。”美代子说。

“咱们要是扔一把花给她，就太招摇了。”

稻子唱罢，走下舞台，径直到弓子等人的席位跟前来了：

“恭贺新禧。”

弓子等人好像被稻子抢了先。

“你马上就认出我们了吗？来了一大帮人，你可别生我们的气。”

“我好高兴。尽管怪不好意思的……”

稻子跟弓子等人兴冲冲地聊着，然而连看也不看英子的哥哥他们一眼。

弓子觉得稻子仿佛当了什么选手似的。

在这里，她当然不再叫作稻子了，却被起了个俨然是个爵士乐歌手的艺名。

“稻子姐会不会也成为雪村逸美或江利智惠美那样的呢？……”美代子说。

“没影儿的话。我才不愿意呢。我既当不了，也不想当。”

“是啊。”英子点了点头，“美代子姐虽然能够在过年的时候一下子坐飞机到瑞士去滑一趟雪回来，但稻子姐却无从当上雪村逸美呀。”

“可是稻子姐正这么唱着的时候，比方说，也许还会被电影公司的人看上了呢。”美代子望着稻子那焕然一新的装束说，“昨天我坐飞机在天空中飞着的时候就想过：咱们从学校里毕业后，由于偶然的机缘，指不定会当上什么呢。”

“我只不过是有了这么个职业就是了。这是我没料想到的，可也没有好好考虑一下的余地。我仅仅是拼命地唱着而已。是好是坏，就不得而知了。”稻子虽这么说，声音却是快活的。

“你说的没料想到，就是偶然的机缘吧。”

“我到了这家店以后，懂得了很多事。为了自己而工作的人确实很少。大都是为了孩子，为了父母，或为了供哥哥弟弟读书……像这样的，就不是什么偶然的机缘了吧。”

“可不是嘛。”英子又替稻子帮腔了，“这跟心血来潮，坐飞机到京都去过年可不一样。”

弓子也一直在想：客串的少女气的稻子，凭借唱纯真的爵士乐歌曲帮助继母，还或多或少赡养着继父，而他又是个垂死的病人。如果是过去，说不定女儿会卖身的，虽然如今卖身的女儿仿佛也不少。

大家仰望着稻子沿着螺旋型楼梯消失在尽里边，接着，英子的哥哥等人就喝起掺姜汁啤酒加冰的威士忌来。

从这时候起，零零落落地就有顾客出出进进了。

弓子惦念着姑母的家：

“我说过要早点回去，所以就先告辞啦。”

她断然拒绝了大家的劝阻，独自走出了“欢乐”。

“小姐。岛木先生的小姐……”一个女人的声音从背后招呼着。

弓子停下脚步，一回头，只见一位身穿华丽的和服、系着一条鲜艳的浅黄窄腰带、女招待派头的妇女，睁着一双大眼睛，连眨都不眨一下地走过来了。

“小姐。是岛木先生的小姐吧？好久没见啦。”

妇女那双炯炯发光的眼睛逼视一般，使弓子全身发僵。

“您忘了吗？……我就是在令尊的公司里待过的小林。”

弓子想起来了。这就是曾参加过她父亲的辞灵仪式的人。

“是那个人，可跟那时候完全不同了。”

“小姐，为了令尊的事儿，有点儿……”

“小姐，不耽误您的时间。”小林峰子跟弓子挨得那么近，几乎连体温都传来了。

有一股浓郁、甜蜜的香料气味。

“在这边只耽误一会儿工夫……”

她把弓子邀到前面的一家小咖啡馆里。

峰子以熟客般的语气叫了红茶和糕点。

“原来小姐认识那位唱爵士乐歌曲的人。我也是刚刚换到那家店来的，”峰子仿佛是为了抑制心头的兴奋，从这样的事说了起来，“您跟大家一道来的时候，我‘啊’的吓了一跳，可又觉得跟您打招呼不合适，就一直忍着。”

弓子忐忑不安地等着。

“小姐。令尊……身体蛮健康的。”

“啊？我爹？……他在哪儿？”

“我想早点儿告诉小姐，好几次站在目白府上的坡下，等着小姐出门。有一次还走到大门前去了。”

“……”

“年底我又去了一趟。木工和草席店的手艺人在干活儿来着，名牌也换了。你们搬家了吧？”

弓子凝视着峰子的脸，点了点头。

“小姐，想见面吧？”

“……”

“这次我带您去。”

听峰子那口气，好像把弓子的父亲当成属于自己的似的。

弓子望着峰子那口红涂得浓浓的嘴唇，原先在她心里占了很大地位的父亲的身姿，一下子就凝缩到句号那么小了。

弓子难以立即相信。

然而，一方面对父亲还健在感到惊喜，另一方面又作为弃儿心怀恐惧，浑身颤个不停。

“您吃惊了吧？我也吓了一跳。”峰子看着弓子的时候，好像自己也泪汪汪的了，“我一直在寻找令尊。举行了葬礼后，我以为他当真去世了，也一时死了这条心。可是，随后又继续找起来了。与其说是找，也许不如说是关于令尊，我越想越钻牛角尖，就在隅田川的水上和岸边的路上徘徊来着。我一个劲儿地认为，令尊正从大川那边呼唤着我。”

弓子感到毛骨悚然。

倘若父亲还活着，为什么峰子不肯走进家门，告诉敬子或弓子一声呢？

真是奇怪。让人觉得害怕。

“就这样，等我真正见到令尊的时候，还只当是幽灵……幽灵呢。我以为，凭着女人的精诚，能看到幻影呢。不论令尊走到哪儿，我都跟着，并且招呼了他一声。”

弓子寻思，这么说着的峰子，头脑或许不正常，于是觉得有点发怵。

“令尊的头发一下子全白啦……”峰子支支吾吾地说。

“令尊光是一个劲儿地说：‘可别告诉任何人，可别告诉任何人……’”

峰子好像自个儿想起了什么事。

“我硬是把令尊拖到我现在所住的地方去过。但还是不行。令尊目前待在哪儿，我也晓得……”

“……”

“令尊目前的生活方式，与其说是弃世，不如说是把自己遗弃了似的。不过，我认为只要令尊见到了小姐，他的心情说不定也会再一次起变化。所以打从前些时候起，我就想尽办法让令尊单独跟小姐见见面。”

“我不愿意跟爹见面。”弓子直截了当地说。

“哎呀？怎么回事呢？”

“怎么都不想见。”

弓子也弄清楚了父亲依然在世这件事并不是峰子的幻想或妄想。

打一开始，弓子就不曾怀疑峰子。然而她好像有过抵触情绪，不想相信峰子。

“一想到由于我的话，使小姐受到了创伤，我就觉得难过。”

峰子的敏感使弓子有所触动。

“原来如此。”

弓子边这么想，边说：

“不是这样的。我得先告诉妈妈一声。只有跟妈妈一道，我才能去见爹。”

弓子的颤抖稍微止住了一些。

这回好像轮到峰子发抖了。

“我曾听说，小姐同父亲是亲骨肉，而母亲并不是生身的……”

“我是妈妈的孩子。”

弓子在心里痛切地喊着“妈妈”。这也许意味着喊爹，但她喊的却是“妈妈”。

“他是我爹。不是你的。”弓子恨不得朝峰子这么喊叫，却抑制着自己。

“小姐只顾对这位母亲多心了，那么您唯一的父亲岂不是太可怜了吗？”

“我只有妈妈，父亲已不在了。你就去这么说吧……”

“去跟令尊说吗？我是个微不足道的女人，可我曾一心一意不断地去寻找那位您妈妈已经给办过葬礼的令尊。”

峰子的话犹如冰冷的刀刃，刺伤了弓子。

"要是小姐说，非得跟妈妈一道去，那也可以嘛。人家怎样看待我，我个人将会怎样，这都没关系。"峰子的眼睛闪着光，"小姐，令尊活着呢。对我来说，唯有这一点才算数。不论令尊的为人或生活方式是好是歹……"

弓子从小时候起，就生怕失掉唯一的父亲的身影。她这个做女儿的是这样活下来的。

她那幼小的心灵根本不能想象父亲会死。父亲先死，而自己还继续活下去，她简直连想都不可能想到这样的事。

这位父亲据说是自杀了。打那以后，弓子心里竟是多么不安和悲哀啊。

然而，这位父亲居然还活着，他躲着弓子和敬子不露面，这使弓子感到凄惨，就像是个弃儿或被丢掉的小狗小猫似的。

峰子原来以为弓子指不定会多么高兴呢。

然而面对着弓子那种说不出是痛苦还是悲哀的表情，峰子就感到那恐怕是出于少女的洁癖。难道是由于被自己这样一个女人告知父亲还活着，弓子就不能心悦诚服地接受吗?

"令尊并没有投靠像我这么个人。"峰子恢复了镇静，安详地说，"我不忍心看下去，多管闲事，照料了令尊一个时期就是了。尽管这样，不论当时还是现在，令尊都并没有认认真真地对待过我。他从来也没有自个儿到我那儿去过。我只是独自干着急罢了。"

"……"

"究竟是真正自杀未遂呢，还是到什么远处流浪了一阵呢?反正令尊连装束都跟当初完全不同了。不论问他什么，他都不肯说。有些地方甚至让人觉得，他患上了健忘症。所以我希望小姐肯见见他。我巴不得您把令尊呼唤回来，让他复活。"峰子这么诉说着。

"爹在干些什么？"

“我也不大清楚。”

“你见过爹好几次吧？”

“您是女儿，我才告诉您。直到前些日子，他还整个儿戴上马头……也许是为地方赛马做宣传，胸前挂了块写着举办日期的招牌，在繁华地带转悠来着。”

“哎呀。”

“我还瞧见过令尊搭乘隅田川的砂石船呢。”

“砂石船？……”

“是不是捞取河床上的砂石呢？令尊坐在那只船上发呆。我闹不清楚他是不是在监工……”

弓子不曾料到竟然是这样。她感心如刀割，愧对峰子。

“怎么会，这样……”

“不过，小姐，令尊活着呢。”

“我不了解。往后，爹会怎么样呢？”弓子受了严重打击，好像连抗拒峰子的气力都失掉了，“你是怎样看到爹那副样子的呢？”

“我什么地方都找过了。光是惦念令尊的事……最后分手的那天，也是在浅草转来转去，接着又去了大川。瞧见令尊那副意想不到的样子那次，还是在浅草。与其说是避开人们的耳目，兴许他是为了让自己混在人群里，才待在那一带的呢。小姐，请您跟令尊见一面吧……”

从峰子一味地挂念弓子她爹的声调，弓子也不禁觉察出她多么爱他。

弓子默默地凝神望着自己心里的旋涡，只见从旋涡中浮现出了爹的形象。

## 妈妈的怀抱

从箱根回来后的敬子，新年伊始就被工作赶得厉害。与昭男分手后的寂寥，白天多少还得以排遣。

除了为麻布的店铺开张做准备外，还在百货店那精选服饰用品柜台的一角，陈列了刻着“白井敬子制品”字样的首饰。

这是川村经过一番热心奔走所取得的成功。美容院的香月镜子也为敬子说了好话。

“我认为这是为太太这家新店所做的一次很好的宣传。抓住紧要关头，把他们说服了。”

“多讨厌。川村先生嘛，指不定说了些什么呢。你是不是又在吹牛说，我从十来岁时起，就是个设计式样的天才？”

“对他们吹牛才不灵呢。草野宝石店时代各种各样的制品，我都给他们看啦……”

“光是我的吧？没把旁人设计的东西也都当作我的拿给大家看吧？”

川村脸上泛着一本正经的神色说：

“太太也每天都站柜台吧。打扮一下，作为漂亮的招牌。”

为了这小规模的陈列，岁末川村曾大卖力气。

他把草野那家店里卖剩下的敬子制品统统取回来了。以前受过欢迎的式样，他又教人重新制作了。

他从为麻布的店保存下来的东西中，也挑出一些来展出。

“我的长相不好，所以……”川村这么说，他尽量不去挨近柜台。

敬子在那儿显示着俊俏的身姿。

百货店的一楼也有光卖耳环、胸针、项链的柜台。然而二楼精选柜台的这个角落，宁静得却犹如另一家店，前来观看陈列品的顾客的档次也有所不同。

带着年轻女人的外国人，买走了一串价值两三千元的人造宝石项链。

敬子设计的式样有着温情脉脉的女人气。看上去古雅的东西也显示着柔和的优美。

金、银、红和粉红色宝石的耳环，它们的尺寸和形状，以及坠链的长短，都有着亲切的调和，大概诱使男顾客觉得可以放心地送给情人。

“白井先生设计的式样充满了女人的情感。”

跟敬子熟悉起来的柜台女店员这么一说，她高兴了。

她觉得自己仿佛能够排除心中的不安，继续活下去似的。

在远处溜达着的川村，每逢卖出了什么就走过来，随后又离开了。

仿佛是中等家庭的一对母女，在低头往陈列橱里面望着。十六七岁的女儿活脱是健康的化身，穿着一身西装，手里拎着小箱子以及镶有绿色饰边的纯白冰鞋，漫不经心地看着。

她们叫女店员拿出胸针和耳环，这枚那枚地试戴着，最后决定买一副制成穗状的金属流苏耳坠子。

这母女俩使敬子联想起弓子。

她离开柜台，又上了一层楼，隔着楼梯旁的窗户望到了富士山。

今天也是晴天，整个冬季都能够像这样望见富士山。

敬子想起了和昭男一道乘车，望见富士山的那个傍晚。车子驶离繁华街，爬到坡顶的时候，只见富士山浮现在宽阔的道路对面。车子朝着笼罩在晚霞中的富士山继续疾驶。

那是昭男搬进目白的公寓里来之前的事。他们两个人徒步走去，寻找着栖所。敬子偎在昭男的怀里，压在心头的郁闷就舒散了，身子也变得轻快起来。

一想到再也见不到昭男了，敬子就觉得自己对昭男比那时爱得更深了。

连自己都曾领悟到过于愚蠢的情欲，以及认为跟自己的年龄不相称而竭力抑制着的一腔恋情，又像波浪一般滚滚而来。

敬子边眺望着浮在淡蓝色天空上那藏蓝色影子似的富士山，边走上四楼。

美容室里挤满了顾客。

混在这些茫然地坐着等待轮到自己的女人们当中，真感到腻烦。

“把清叫来，看场电影吧……”

记得什么地方在放映高峰秀子的《浮云》[1]。敬子拿起沙发上的报纸，浏览着电影介绍。

“白井女士，祝贺您。”香月镜子招呼说，“获得了好评，连我都觉得蛮风光的。”

“多亏您的帮助……”

“贵店什么时候开张呢？……我在盼望着呢。”

“逆着眼下的萧条去开珠宝店，这使我激动。”敬子笑着说。

镜子站在敬子跟前，陪她说了一会儿话。

过不多久，敬子也在小单间的躺椅上伸直了身子。

二十来岁的美容师一面往敬子的肌肤上涂酸奶，一面低头望着敬子那双合上的眼睛：

“这位太太的睫毛也开始脱落了。”

美容术结束后，敬子又在别的房间里，请师傅给做了个时新的发型：

“请把前面的头发蓬起来。”

她下到底层，给旅店打了电话。清不在。

她想：现在回去嘛，又得一个人吃晚饭；然而独自看电影仿佛更凄凉似的，所以还是回到旅店去了。

---

1 《浮云》为根据林芙美子（1903—1951）的同名小说改编的电影。女主人公由高峰秀子（1924—2010）主演。

清究竟在寻求着什么，敬子捉摸不大透。

敬子至今仍认为，倘若弓子肯接受清的爱情……

“我的生活也就可以找到个归宿了……”

然而，由于昭男和敬子本人之间那档子事，就连在弓子心里都给留下了一抹污痕，因此好像更没有指望了。

打那以后，清再也不提昭男的名字了。他大概有意不去触及昭男。

敬子这方面也难以告诉清，她已经跟昭男分手了。

“果真分手了吗？……”敬子心存疑窦，很想这么问问自己。愿意分手的是昭男一方，而不是敬子。

敬子走出百货店后，觉得眼下比什么都使她快乐的是：在旅店的洗澡水里把疲倦的身子泡得热热的。

一动不动地浸在澡水里的敬子，看见浴室的门开了，感到纳闷。

“妈妈。”

“弓儿……是弓儿吗？”

“妈妈。”

弓子进了脱衣间，好像就贴在里面的毛玻璃隔扇上似的站着，她的影子朦朦胧胧地映在上面。

“弓儿，你可以把那儿打开。”

弓子把玻璃隔扇拉开一条缝儿，刚够伸进脸的，接着又叫一声：

“妈妈。”

“你来啦。”

两个人的脸上都泛着难为情的神色：你看看我，我看看你，仿佛是漫长的旅行之后重逢，倒先勾起了眷恋之情。

弥漫在里面的蒸汽飘向弓子。

“朝子姐给我写了张明信片，邀我一道到新开张的店去，但我等不到那个时候就来了。”

“你什么时候来都可以。”

“我没说要到妈妈这儿来，就出来啦。”

“是吗？我刚刚还在想念弓儿来着，就盼望你回来。”于是，敬子像是忽然理会到似的说，“弓儿，你也进来暖一暖好不好？别呆呆地站在那儿啦……澡水好着呢。”

“我临出门的时候刚洗过……”弓子忽然像是羞涩般地迟疑着。

弓子乍一听峰子说父亲还活着，从那儿就想跑来投入敬子的怀抱，但正赶上例假，身上不干净，就觉得不合适。

她等这个过去了，今天洗了澡才出门来的。

“打开这儿站着，妈妈会冷的吧。”

“所以你就进来洗嘛。好久没这样过啦。”

“洗洗也好啊……”

“那儿有毛巾吧。”

自从弓子离开了敬子的家，敬子和弓子都没和旁人同浴过，也没让人给搓过肩。

敬子先给弓子冲洗脊背。敬子觉得弓子焕发着青春，漂亮得难以用美这个词来形容了。

“弓儿，你把头发剪了啊。”

“我想，离开了妈妈可就得利落一些，所以……”弓子把手往脖子那儿一放，“你看怎么样，妈妈？”

“因为这个部位好看，蛮好。”敬子把自己的手按在弓子的手上，抚摸着弓子的脖颈一带。

这回轮到弓子替敬子搓背了，她的操作却变得缓慢了。

“怎么啦？”敬子连头也没回就问道。

“我有话跟妈妈说。是件可怕的事哩，我心里扑通扑通直跳。”

“什么事？……”

“妈妈，我是个任性的孩子，可我想回到妈妈这儿来。”

“唉，唉，就这么着吧。这怎么会是可怕的事呢？再也没有比这更使我高兴的事啦。”

倘若她告诉敬子父亲还活着，敬子该会多么吃惊啊。

然而，使弓子感到害怕的，与其说是会让敬子吃惊这一点，毋宁说是父亲还活着这档子事本身。

泡在澡水里，光着身子，是没办法谈的。

敬子拨通了脱衣间角落里的电话，要了两份晚饭：

“来点好吃的吧。”

敬子花很长时间化了妆。这时，女佣摆好饭菜就走了。

两个人相对而坐，快要拿起筷子之前，弓子这样谈了起来：

“妈妈，您记得小林姐吧，就是在爹的公司里待过的那个女人。”

“记得呀。”

“她说是见到爹啦……爹还活着呢。她说，要我去见见爹。”弓子嗓音发颤，她抑制着自己，一口气儿把话说完。

敬子的脸色苍白了好半晌。

“果然是这样。”她茫然地嘟哝道。

她想起了昭男的信。

“果然是这样，那么妈妈原来知道爹还活着呀？”

弓子凝视着敬子的眼睛。

敬子点了一下头，接着又好像惊慌似的摇了摇头。

“最近从一位先生那儿听到了点儿这样的风声。”

“哪一位？……”

敬子无法回答，就说：

“把弓儿听到的事详详细细地告诉我吧。”

“妈妈，爹不像话吧？太不像话了吧？”弓子的两眼含着泪，“我再也待不住了，就想飞快地回到妈妈这儿来。弓子害怕爹。”

迷恋上了昭男的敬子，好像已经失掉了责备俊三的资格。

“都怪我不好。我和公司的人举办了辞灵仪式什么的，太轻率啦。没有遗嘱，也没有任何东西，就把爹当成去世了的人，我简直不知道该怎样向弓儿道歉才好。”

“到现在为止，什么都不说一声，爹到底是怎么想的呢？弓子被爹欺骗啦。被遗弃啦。”

“好大的弃儿呀。”敬子勉强露出一丝微笑，“你跟矢代姑爹姑妈谈过吗？”

“我没说。我说不出口。”

“爹也真是个倒霉的人。”敬子自言自语着。于是，令人浑身发颤般的寂寥，冷飕飕地逼了过来。“爹也真糊涂。”

“以为爹去世了而伤过心的弓子，也糊涂了。这下子我就想妈妈想得不得了。”

接着，弓子把从峰子那儿听到的话一股脑儿讲了出来。

“是吗？我好担心呀。”敬子泛着不安的神色，“正赶上隆冬季节，过这样的日子，既会生病，又可能受伤，说不定这次真会送命呢……”

“妈妈。”

“弓儿，反正得去跟爹见面。哪怕光是你一个人也好……”

“为什么光是我去见呢？妈妈要是不去见面，弓子也不见。”

敬子觉得峰子也使她害怕。

毫无疑问，峰子已打听到敬子的艳闻，并告诉了俊三。

听说俊三还活着，穷途潦倒，到处流浪，敬子觉得这使她受到了严厉的惩罚。

而且，既然已到这般地步，敬子再也没有脸见俊三了。

然而，以敬子的脾气，是不能将他弃之不顾的。

何况弓子一听说爹还活着，就回到敬子这儿来了，却没有去爹那儿。弓子是如此令人疼爱，敬子感动得都快哭了。

弓子由于生爹的气而回到敬子的怀抱里来了，其实她思念爹之情，想必是深切的。这一点，敬子也明白。

弓子望到敬子那神色郁郁不乐，就催促说：

“妈妈，吃吧。”

“是啊。汤会凉的。”敬子也掀开了汤碗的盖子。

“已经温吞啦。”

敬子吃什么东西都没有味儿。

“什么时候开学？”

“从十一号起。”

“放假期间，咱们两个人到浅草那儿去看看吧。”

“找爹去吗？……”

敬子有气无力地点了点头。

即便去上一两次，见得着俊三吗？

峰子大概是长期以来每天都坚持不懈地，或是执拗地一味寻找俊三来着。找俊三恐怕就是峰子的生活。

“这期间，我做了些什么？……”这么一回顾，敬子就觉得像是被打翻在地上了似的。她为俊三办了葬礼，并与昭男坠入情网。

“爹会不会不愿意见到咱们呢？……”弓子说。

“是啊。”

“我觉得，爹要是被咱们瞧见了，又会像一只鸟儿似的逃到什么地方去了。”

敬子感到，这是弓子反复地替父亲着想之后所说的话。

“也许正像弓儿所说的那样。可是总不能就这样丢下他不管呀。”

“爹可把我丢下了啊……”

“爹大概这样那样都丢下了，可是唯独弓儿，他绝对没有丢。”

“我曾对小林姐这个人说，我只有妈妈，父亲已不在了。”

敬子点了一下头。

“即便去见爹，我也不愿意让那个人领着去。”

“咱们自己去找，哪怕背地里见一见，不知行不行？……”

“背地里？……”

“弓儿倒用不着背地里……”敬子改口说，“我为难啊。”

“爹那方面，应该来见咱们的吧？爹这个人真糊涂……说不定爹半夜里还偷偷地到目白那个家的大门外面或坡底下来看过呢？……”

“哦？”

“我觉得是这样。”

敬子从肩膀那儿开始感到发冷。

新年短暂的假日，昭男是跟一位同事一道乏味地度过的。

他闲居家中，无所事事，脑子里偏偏充满了关于敬子的鲜明回忆。

从四号起，他照例到医院去。

麹町的哥哥家，不知不觉地没有去成。

哥哥好像又会提起敬子和弓子似的，这使他厌烦。

“和白井女士已经分手了。”他也不愿意这样向哥哥报告。

既然已经形成了和敬子分手的局面，他跟谁都不想谈敬子等人的事。他希望这事儿被悄悄地撂着。

最后跟敬子会面的晚上，两个人会以那样的方式分手，这是昭男也没料想到的。

敬子抢了先，意气用事，连眼泪都没让他看到就分手而去，昭男却沉入无底深渊般的空虚的悔恨中。

“明天就能够作为并不讨厌的人而随随便便地重新见面的那种分手，什么时候都好办。”敬子这句话总是萦回在昭男的脑际。“明天就能够”的“明天”，指的是什么时候呢？

昭男仿佛每天都在等待这个“明天”。

然而昭男对于前去跟她见面是有所忌惮的。难道敬子也是由于同样的原因才不来跟他晤面吗?

昭男有时渴求敬子到浑身都疼痛得烧焦了似的。他要么把胸脯压在腿上，紧紧地抱住膝盖，要么就冲到寒冷的院子里，深深地吐气。

“她曾多么爱我来着呀。”直到现在他才充分地理解这一点，从而体会出，自己指不定使敬子多么悲伤呢。

昭男可以说是由于敬子真挚沉重地强加于他，因而感到苦恼；如今他背叛了敬子的真挚，到头来，唯独自己的不真挚正显出一副寒酸相，给他以极不愉快的感觉。

明明是昭男自己想跟敬子疏远，可他又觉得被敬子轻轻地推开了似的，他认为像自己这样的人诚然少有。

“反正是由于都说岛木先生已经死了，那一位才迷迷糊糊地抓住了我。一听说岛木先生又复活了，本来就应该分手的。”昭男除了像这样想得干脆一些，别无他法。

昭男结识敬子那阵子，正赶上她岌岌可危的时候。昭男对她所面临的危险未能置之不问，就那样深深陷了进去。

事到如今，昭男可以说是对岛木也犯下了罪，然而岛木不是也该负起罪责吗!

“倘若年龄不是这么悬殊……要是那一位是女儿就好了……”

昭男每逢对这一点感到惋惜，就想起：初次到敬子家的时候，拿给他看的相册上也有敬子少女时期的照片。敬子事后告诉他，当时她曾暗自想说：

“我要是能够在照这张相片的时候见到现在这个年纪的你，那该有多好哇……”

然而现在，昭男只要试图想一想少女时期的敬子，他的眼前就浮现出弓子的面影。

其实，跟敬子分手，就意味着联系弓子的那根纽带也断了……

看上去仿佛像天气预报那样，从阴成淡葡萄色的天空会飘落头场雪，但不知什么时候，空中的云彩出现了缝隙，既没下雪，也没下雨就暮色苍茫了。

五点钟，昭男结束了医院里的工作。

但是，他继续在医务室里整理着研究笔记，这时哥哥打电话来了。

“怎么样啦？连过年也不露个面儿……滑雪去了吗？”

“没有。”

“出来一趟吧。我在京桥呢。”

“今天晚上吗？”

“嗯。等着你呢。”

田部的邀请是不容分说的，带有强制的意味。昭男对此也习以为常。

“京桥”指的是田部所开办的中华饭店之一，坐落在银座二丁目。虽然位于银座，却挨近京桥，所以把它叫作“京桥店”。

昭男走出了医院，正在刮风。天空上闪耀着星光，气候骤然冷了起来。

昭男面对着新桥车站一带明亮的霓虹灯，停下脚步。

“许久没到银座来了。”

他横穿过川流不息地拥向银座方面的人群，走下地铁的台阶。

过去，昭男常常在银座和敬子碰头、吃饭什么的，所以没有心思在这儿步行。

因为连一些眼熟的微不足道的事物都会使他对敬子思念不已。

而且，走过这条使他勾起对敬子的回忆的市街，心情是难堪的。

“准会碰上似的。”

倘若碰上了敬子，昭男多半会打招呼。然而倘若碰上的是弓子，他就不晓得自己将怎么样了。

他当即步下地铁，边看边走过夜间的百货店底层的柜台。

陈列橱上罩着白布，寂静得仿佛空荡荡的。

只有两三个人的脚步声跟随着昭男。

田部那家店左近，歌舞酒馆和饭庄一爿爿地挨着，出租汽车为了拉客在徐徐开动，昭男不得不从车辆隙缝间迂回穿过。

就中华饭店而言，“白”这个字号起得蛮新奇，而店堂里名副其实地给人以清洁白净之感，简朴素雅。

只在结账处的屏风上挂着一副朱字对联。

桌上摆的也是白水仙和白色的香豌豆花。

五六张桌子上有顾客。

从尽里边的座位前的屏风上端，露出了哥哥的脸。

还看到了妇女和服的彩色花样。

“嫂子也来了啊。”昭男大模大样地走了过去，只见哥哥前面坐了个昭男不认识的女人。

田部像是把他那圆滚滚的身子挪一挪似的腾出点儿地方，随随便便介绍说：

“这是弟弟。这是小林姐。”

“头一次见面……请关照。”

从昭男看来，那个丝毫也不认生、低头致意的女人，是个举止文雅的女招待之流。她的眼睛给人以深刻的印象。

“田部先生旁边太挤，请到这边来吧……”女人也往一边挪了挪，替昭男腾出了座位。

昭男搞不清楚这个女人和哥哥是怎样的一种交情，所以心神不定。

他当然还是挨着哥哥落座了。

“还没吃饭吧？叫点什么吧。”田部说。

“唉。”

“请吧。我正要告辞呢。”

女人掏出带镜子的小粉盒，按一按鼻头，擦擦嘴边儿什么的。

于是，她忽地站起来了。

“承蒙款待了。”

昭男目送着她的背影：

“那是什么人呀？……”

“是附近一家歌舞酒馆的女招待。近来成了店里的熟客，可今天她带来了实在意想不到的顾客，所以……是你很熟悉的女人。”田部的眼睛里泛出既像是严厉地责备，又像是温和地嘲弄的笑意。

“我熟悉的，谁呀？”

“白井夫人和弓子小姐哩。”

田部的视线简直像是表示：怎么样，吃了一惊吧？昭男顾不得避开那视线，吓得心里扑通一跳，屏住了气。

“刚才那个女人在岛木先生的公司里待过很久，恋慕着岛木先生。据说岛木先生失踪前的最后一天，也跟那个人在一起来着。岛木先生要么是没有死成，要么就是没打算去死，不知道从什么地方忽然回到那个女人那儿去啦。”

“哥哥曾经说，岛木先生还活着，是从那个女人嘴里听说的吗？”

“是呀。她说是在浅草找到岛木先生的，我可不这么认为。我认为岛木先生是飘然又回到那个女人的怀抱里去的。”

“……”

“然而她说，关键是岛木先生本人变得十分超脱，毫无风情，对什么都冷漠。她这才想到，哪怕是让他见见可爱的弓子小姐也好嘛。于是，她跟弓子小姐谈了这件事。所以白井夫人和小姐两个人就找她来啦。可是在歌舞酒馆不得谈，就给领到这儿来啦。”

“啊？”

“白井夫人吓了一跳。她大概不晓得这是我的店。”

“……”

“谈话的时候我也在场。白井夫人太可怜啦，所以我故意没有离座。”

“……”

“也许我爱管闲事，就拦住她说，像岛木先生这样的人，还是以不见为好。犯不着想去见他。”

昭男无话可说，垂下了就男人而言好像太美的长睫毛。

敬子看上去是一位充满女性的勃勃生机、体贴温存的妻子，可难道岛木这个人也是自愿从她身边逃走的吗！

“岛木先生即使当上了乞丐，那也好嘛。俗话说：‘乞讨三天，欲罢不能。’”

“……”

“可怜的是弓子小姐。把那个姑娘要来吧。”

昭男又一次感到震惊。

“我非常渴望把那个孩子得到手。”

“要来”也好，“得到手”也好，田部这种说法听上去却仿佛打算把弓子收留为自己的养女似的。

倘若指的是给弟弟娶媳妇，他这是完全不顾昭男和弓子的意志。

然而，哥哥照例用着过于独断的腔调，昭男反而得救了。

“弓子小姐已经回到白井女士那儿去了吗？”

“是这样的，刚才那个人……也就是父亲的情妇般的女人，告诉了那个孩子她父亲还活着，她就径直回到妈妈的怀抱里去了。不是蛮善解人意吗？而且，挺坚强。”

昭男也深深地点了头。

“再过两三天好像就要搬到新店去了。夫人在说，这之后再回来吧……”

昭男一想到敬子和弓子刚才还坐在这个座位上来着，就沉不下心来。他嗓子干渴，一个劲儿地喝水。

他没去碰端来的饭菜。

“有着现在这样的父亲，大大地妨碍弓子小姐的婚姻。”田部愁眉不展起来，“所以，你还不是没有希望的。”

田部边说着，边看昭男：

“就像今天，我估计夫人真是为难透了。假若我说想把弓子小姐得到手，她好像是会首肯的。”

“不行啊。”

“凭什么不行？弓子小姐是暗自喜欢你的。”

“……”

“这是微妙复杂的，我也明白。刚才我也留神着，尽量不对她们提到你的名字。然而还是提了，我就理解了夫人和弓子小姐的反应。别看我这样，毕竟是个饱尝艰辛的人啊。弓子小姐隐隐约约藏在心里的秘密，我觉得十分可爱。”

田部把昭男和敬子之间那档子事当作是玩火，想将它扑灭拉倒。

这种想法，昭男也了解，但哥哥对弓子的看法，他是难以接受的。

作为一个“饱尝艰辛的人”，哥哥说不定直截了当地认为：倘若昭男与弓子结缡，敬子毋宁说是保住了面子。敬子向后退了一步，以这样的处境，不论昭男还是弓子她就都不会失掉了。兴许他还认为这是对敬子所做的一种补偿呢。对昭男来说，这却是不纯真不洁净的。难道哥哥就不懂得敬子和弓子这些女人的心理吗？

昭男一方面想为了弓子而和敬子分手，另一方面又想为了敬子而忘掉弓子。

然而，弓子回到敬子身边去，就得和清住在一起了。弓子对清的感情是不是也起了变化呢？

“弓子小姐原是由于被清先生逼得走投无路才从家里出走的呀。”昭男无意中这么说穿了。

“你那么介意，就把她娶过来吧。”田部发出了含着亲密感情的笑声，“我去跟敬子女士谈谈，告诉她有一桩得豁出命去干的事。”

昭男摇摇头，掰开了木筷子。

他想起峰子那妖媚的眼神，只觉得既然岛木有那样一个情妇，敬子就怪可怜的了。

## 店铺开张

把床搬进新建成的店铺尽里面的屋子倒还行，但将钢琴吊起，从二楼的窗口装进去，却谈何容易。

“朝子太贪啦，说钢琴是我的，可别卖掉，替我存放着什么的。”敬子捏着一把汗抬头望着，对川村喃喃地说。

然而钢琴是俊三大大方方地为敬子的女儿购买的。那是俊三最佳岁月的纪念。俊三的女儿弓子比朝子弹它的时候更多。

俊三还活着，弓子又要回到敬子的怀抱里来，所以敬子不由得这么想：

“幸亏没有卖掉。”

“太太。这玩意儿虽然是个累赘，可又不是累赘。顾客在下面的店堂里赏识宝石，这时要是从二楼传来了美妙的钢琴声什么的，有一定效果哩。”川村也说。

“其实我也这么想。不过弓儿弹出来的也许说不上是美妙的音调。”

“过一会儿，弓子小姐就下楼到店堂里来啦。顾客们都会意识到刚才的钢琴就是这位可爱的小姐弹的。”

“你说些什么呀。”

也有些行人在好奇地围观着敬子家往店铺里搬迁。

还听见有人说，这大概是咖啡馆或服饰店吧。

厨房啦，浴室啦，洗衣间啦，家庭生活的中心统统都在二楼。

“二楼的西式澡堂，我说什么也想洗上一遭。能够眺望到四下里的风景吗？”川村兴高采烈地。

楼下尽里边有一间宁静的斗室。

“要想卖给顾客昂贵的东西，就得把他领进单间儿，心平气和地接待。在店头可使不得。”

是经川村这样提醒才设计的会客室。

敬子和清的卧室紧挨着这间斗室。

保险柜就安放在敬子屋里。

门户严锁，建造得周到，万无一失。

开张日期稍微推迟了些。尽管已经进入大寒，却仍是个暖和的晴天。

“再过半个月就立春啦。今年连雪都没下，好像就会这样开春啦。”

新店使得敬子容光焕发。

千驮谷那家旅店的桥本送来了一只食盒，里面装着红小豆糯米饭什么的。

田部也派人送来了中华料理，还采取了保温措施。

而且还附了一束含羞草。

花束上有一张写着“送给弓子小姐”字样的名片。

“究竟是放在钢琴上好呢，还是摆在橱窗里呢？……”敬子举棋不定。

“橱窗好。会引西洋人注目的。”川村回答说。

“这个人露骨地迷上了弓子。”

然而弓子还没有来。

他们从附近的鱼店叫了盐烤大头鱼和生鱼片儿等，然而坐下来吃这顿喜庆饭的只有敬子和清，还有从早晨起就来帮忙的川村夫妇，共四个人。

“夫人，恭喜恭喜。”川村正像外国人那样神气十足地举起酒杯的时候，店门拙笨地被打开，抱着行李的女佣文子从乡下回来了。

敬子本来估摸着文子八成儿是不会回来的了，所以自是高兴。

“我任性了很久。东京多么暖和啊。”文子说。

文子被领到二楼上的西式女佣室，好半晌没有下楼。

过一会儿，川村夫妇回去了。

十二点以后，他们才上床。

清隔着屏风温和地搭话道：

“想不到这么安静。又是电车道，我以为噪声还要大一些呢。”

“好得很吧。”

新盖成的家里，喜气洋洋。搬家尽管劳累，也称心。

“墙壁和涂料有气味。说不定太新了，睡不着呢。”

“没那么回事。新房子让人心情舒畅。”

“好像睡不着呢。讲一讲你旅行的事儿吧。”

清只“嗯”了一声，却没有再搭腔。

敬子想起，今天早晨店铺开张后，还没陈列完，她亲自设计式样的一套耳环和戒指就被外国人买了去，她认为这是幸运的先兆。

这一带，外国人的住宅和旅馆增多了，好几对偕同女伴的外国人路过的时候，都曾朝着橱窗里探头。

敬子想，倘若没有昭男和俊三的事，心情指不定会多么轻松呢。然而这全都怪她自己。

俊三并没有成为敬子所希望的那样一个丈夫。敬子对这一点快要认命了。表面上看起来，俊三是俊三，敬子是敬子，两个人似乎在不同的生活方式中找到了归宿。然而俊三的工作连连受到挫折，他已沦落到一筹莫展的地步。

但是，他为什么要跟京子离婚，并且向敬子隐匿行踪呢?

他把弓子留在敬子手里，却又贫困潦倒地回到小林峰子身边，弄得敬子莫名其妙。

当敬子认定俊三已经死了的时候，她本人也面临着危机。二人还同居的期间，她就对不论在物质上还是心理上都指望不上的俊三有着反感。又快要更年期了，心中的寂寥近似刚做了女人的小姑娘，她就开始感到迷茫了。也可以说，她是情愿被诱惑住的。

而今，难道又由于俊三才被迫和昭男分手不成。

但是，两个男人中的任何一个她都不能怨恨。

“清，”敬子招呼道，“弓儿也想回来哩。”

“真的吗？”

“可不是真的吗！……明后天也许就来啦。”

“……”

“明天朝子也来。”

清爬起来，灭了灯。

“弓儿大概是放学回来的路上顺便来一趟……”

清什么话也不说了。

“我打算到矢代先生家露一次面。向他们致谢并道歉，把那孩子领回来。”

“……”

“睡着了吗？”

还是没有回答。

假定敬子到矢代家去的话，既然俊三还活着，她的处境恐怕是尴尬的，而且她担心这会给领走弓子一事造成障碍。

再就是弓子和清待在这狭窄的房子里，将会怎样呢？

然而敬子正想服安眠药的时候，由于白天的疲劳就被诱入睡眠。

敬子连梦都没做，一直睡到清设定的七点钟的闹钟响了。

“店铺说什么也得在九点钟开门。请太太务必得在店堂里待到下午三点。”昨天晚上川村曾这么说，随后把经商的窍门，商人心得般的话絮絮叨叨地说教了一番，这才回去。今天早晨还不到九点他就已经来了，正在把窗上的遮帘拉上去。

“太太真早哇。”

川村好像对打扮得神采焕发的敬子感到满意。

“昨天晚上到今天早晨，我可不愿意打从店铺开张的第二天早晨起就贪睡挨骂。”

“店铺这一开张，您好像更少相啦。”

“因为我昨天晚上睡得蛮好……”

“炉子敞开点着，新墙和木板不打紧吧？让它们快点儿干，也行吧？”

“我想是可以的，可是这会子没有顾客，咱们把火弄小了，到里面去待着吧。”

“早晨不能说是没有顾客。凡是路过这里并往里面瞧的行人都是顾客哩。”

十点钟左右，两个结伴的三河万岁[1]咚咚咚地打着鼓走进来了。

敬子高高兴兴地包了钱。

川村却把脸耷拉下来了。

“不是挺好的顾客吗？好像是来庆祝新店开张的。”敬子目送着万岁说。

“唔。就照太太说的那样去办吧。”

这之后不久，百货公司的送货车停在店前了。

一个小伙子抱着盆栽的兰花走了进来。

敬子在送货单上盖了图章，收下了花，赠送者是“田部先生”。

“昨天刚收到了含羞草……”刚想到这儿，敬子心里就有点起火。

也像是哥哥田部，但他会接连两天送花吗？田部难道会只送一盆花作为祝贺吗？昨天的含羞草是附在饭菜上的。

“是不是昭男先生送的呢？……准是的。”

今天的花，可不能轻易向田部致谢。

1　万岁是日本过新年时沿门打鼓、跳舞、唱喜歌的人。“万岁”一词，后转变为同音的“漫才”（相声），见前注。三河万岁则为以爱知县西尾市以及安城市为据点的万岁。

由于有川村那双眼睛，敬子就若无其事地把花装饰在待客用的桌子上，两手却颤悠着。

“为什么这样高兴呢？……”她差点儿热泪夺眶而出，连自己都感到吃惊。

“这一次是顾客送的花吗？”川村说。

“嗯，朋友送的……”敬子回答，并定睛俯视着花。

刚好在十一点钟，一位时装模特儿般的年轻女郎先走过去后，又折回来，对橱窗注视了好一会儿。接着进了店堂，买了紫水晶胸针和戒指。

那是配套的，共一千五百元左右的便宜货，但川村也喜洋洋地说：

“第三次就该来一位真正的顾客啦。”

敬子坐在兰花前面，眺望着马路。

午饭后，敬子到店堂里去，瞧见了身着校服的弓子。

“这是放学回来，所以不能待长。”弓子先这么说了一句，并在家里到处转悠着看。

喜欢弓子的文子，陪着她走，乐呵呵地说个不停。

“妈妈，这是座时髦的房子啊。洗澡间和厨房都在二楼上，使我吃了一惊。”弓子下楼来说。

“据说画家冈本太郎先生家，也都在二楼过日子，下面是画室……”

“钢琴也在楼上。妈妈，把钢琴钥匙给我吧？”

“钢琴钥匙吗？……收在哪儿了呢？……川村先生，你不知道吗？”

“唔，我倒是还没连钢琴钥匙都管看……”

各处都寻找了一通，结果还是藏在敬子的手提包里。

过一会儿就听见了弓子弹钢琴的声音。

“这蛮好啊。太太，正如我说过的那样吧。在银座，根本听不见二楼上的钢琴声，这里却能显出住宅区店铺的意境。”

朝子总也不露面。

弓子惦念着时间，嘟哝了一句：

“我回去吧……”可是她那神色却不像是想回去的样子。

进来了一位上年纪的外国妇女。

敬子听不大懂英语，就把弓子叫了来。

弓子虽然腼腆，发音却是清楚的，慢慢地讲着英语。

听力好像蛮准确。

敬子明白了：老太太正说着她想要定做一枚翡翠戒指，坐垫要银质的，做成中世纪骑士所持的那种盾牌形状，有无名指的一节那么长就行。

敬子想借着弓子的口译把这位顾客抓住。

“后天下午一点钟，妈妈得把设计好的式样送到那位老太太家去。她说，日本压根儿就没有制作戒指的历史……她自以为了不起地说，英国的博物馆里收藏了好几千枚戒指呢。要是妈妈去了，她就把自己所收藏的、印着戒指图样的杂志拿给妈妈看。她好像是个戒指迷。”弓子说。

“是吗？弓儿可真了不起呀。她是不是看中了弓儿呢？”

“她问我是这家店的姑娘呢，还是店员。”

“你是怎么回答的？”

“两者都是。”

“太好啦！”川村也发出了快活的喊声。他好像对弓子佩服到极点似的。

“得给弓儿佣金呀。后天是成人节，弓儿的学校不是放假吗？跟妈妈一道到那位外国人家里去吧。回来的路上到银座去，我酬劳你一下。”

“去也可以，我也只不过罗列一些单词就是了。”

“要是没有你，妈妈一个人去也是白搭。”

弓子也由于自己的英文真正派上了用场而感到高兴。

“我希望你及早成为这两者。”敬子说。

“朝子姐是怎么回事呢？”

“要是跟你约好了，好像会来的呀。”

“我回去吧？……今天可以回去吧？”

弓子边这么说，边穿大衣。敬子觉得，比起过去在家的时候，她仿佛老成起来了，看上去稍微带点愁容似的。

一月十五日的成人节，天气也晴朗。

敬子带着弓子前往外国顾客家，量了那位西洋妇女手指的尺寸。手指粗得使她吃惊。整只手都大，一节手指也长。

把周围镶着银粒的翡翠嵌在银盾当中间儿，这种炫耀的式样似乎与这样的指头是协调的。

老妇人用铅笔按照自己的爱好略微做了改动。敬子携带着式样和翡翠，领着弓子，还到手艺人那儿去转了转。

然后去了银座。已经快到三点钟了。

在千疋屋的咖啡室，敬子无意中叫了葡萄汁。

“妈妈，凉的吗？……”弓子这么一说，敬子就清晰地想起：夏季为了弄清俊三的下落而赴东京港的时候，曾与昭男在这里碰头那天的事。

“要热乎的柠檬汁吧。”敬子改口说。

敬子呆呆地出了一会儿神，弓子招呼她道：

“妈妈。”

“弓儿，咱们到浅草去一趟吧。乘水上公共汽车……”

这话好像再也抑制不住了似的，冲口而出。

“唉。”弓子也被吸引住了。

“田部先生是外人，所以上次说得那么干脆，但是妈妈毕竟不能就这么下去。我惦念着。但愿哪怕是暗中见一见。”

“……”

“要是他还活着的话。”

“我可不愿意暗中去见。”弓子摇了摇头，“田部大夫的哥哥说，犯不着想去见他。”

“即便到浅草去，也不一定就能见着他。”

“不论是浅草这个地方，还是爹，我现在都害怕。要是跟妈妈一块儿，也不妨去一趟试试……”

不同于夏天那次，水上公共汽车的售票处有个身材矮小的老人。

赴浅草的票价是每人七十元。

敬子等人走下了摇摇欲坠的板子，水上公共汽车的乘客只有她俩。

雅致舒适的船舱固然整洁，但是新桥川的水却恶臭滞缓，尽管是冬天，还噗噗地冒着泡儿。这泡儿使得水面上仿佛在落雨似的。

大概时间到了，年轻的驾驶员只载着两名乘客就开船了。

“无聊啊。”驾驶员马上就跟敬子搭起话来。

“是因为没有乘客吗？多少时间才能开到浅草？”

“四十分钟。”

“那样的话，按说乘客应该更多一些嘛……”

“即使有乘客，也还是无聊。”

这辆水上公共汽车，在滨离宫与驶往浅草的车衔接，要在那儿换乘。

“开到浅草去的没有玻璃，所以冷。”驾驶员说。

滨离宫一带，河浪漫到古老的石墙脚下。

水还比较清澈，河面也宽阔。

她们换乘驶往浅草的水上公共汽车，溯流而上，风的寒气溜入领边。

“弓儿，到这边来。”

两个人在角落里紧紧挨在一起。

好几艘日本老式大木船连接在一起，激起蓝黑色的三角形波浪，顺流而下。

两艘船相互交错的时候，水花飞溅，像雾一般淋到脸上来。

霭雾弥漫中，船上晾着洗过的衣物，既有娃娃的衣衫，也有狗的用物。

“在船上过日子呢。”

弓子觉得稀奇。

炭饼炉里生了火，冒着煮东西的热气。

船上还有人呆呆地朝敬子她们这边望着。

驶过好像是筑地市场一带后，岸上绵亘着窝棚模样的房屋，快要坍塌了般。

岸下，也能望到有人把不再能行驶的破船拴在一起，当作栖身之所，在里面过活。

从水上眺望，宛若正在窥视悲惨人家的后门似的。

敬子想到，这样的景物那一边，竟有着银座的繁华，就陷入了说不出的惆怅中。

俊三也莫非是在无比失意的情况下，一边沿着这条河往下游漂去，一边想沦落到底层。他莫非是连自杀的劲头都失掉了不成？

敬子浑身都被河风刮凉了，好像只有眼睑里边在发热。

“弓儿，我还是不能见。你对我是一番好意，我固然感谢，可是我对爹，净做坏事儿啦……净是一些甚至无法谢罪的事……”

敬子把下巴深深地埋在披肩里。

“我不想找爹。”弓子斩钉截铁地说，“除非是爹想起了咱们，肯回来……”

“爹是不会回来的。不会回到妈妈这儿……”

“爹遗弃了弓子嘛。”

弓子想说，弓子也遗弃了爹，回到妈妈这儿来啦。

然而，弓子仿佛要岔开这个话茬儿似的说：

“我忘记东京还有这么一条大河呢。难道不能把河弄得更干净一些吗？”

“从前水也干净过，沿着河还有一些令人怀念的名胜古迹。”

每逢从桥下经过，弓子就抬头看看，又回过头去望望。

胜哄桥、永代桥、清洲桥以及新大桥、两国桥一带，日本式饭馆般的大房子濒临河水。

纳凉船和啤酒馆夏季的招牌还遗留在那里，任凭风吹雨打。

她们两个人在吾妻桥畔那座叫作“浅草”的水上公共汽车停泊处上了岸。

那是隅田公园靠近浅草的那一侧。

敬子也好久没见到公园这景色了，她感到亲切。但是一看到冬日的傍晚那白乎乎沾满尘土的树木以及用被火烧过的马口铁搭起来的低矮窝棚什么的，心里还是感到凄凉。

敬子这方面反而在倚赖年轻的弓子似的。

约莫有三个阶磴的混凝土台阶上，一个妇女将中年花样的和服外褂连头蒙起，把包袱当作枕头睡着。

“怎么啦？不冷吗？……”弓子说着，靠近了敬子。

“能够念叨什么冷啦热啦的，还算是好的呢。”

敬子绕道走过了据说是峰子遇见过俊三的那个地方。她的心虽然被牵动，却吓得不敢靠近。

她们到底是到浅草来干什么的呢？只是径直走向观音堂。

游览汽车那位身穿浅茶色制服的导游小姐，率领着一队像是从地方上来的旅游者正在步行。

她们跟一个广告人擦身而过——他把头伸进跟身子一般大的法国偶人的脊背那儿，是给歌舞酒馆做广告的。

敬子和弓子心里都怦怦地跳着，然而什么也没说。

那不是俊三。尽管看不见脸，还是分辨得出来。

又遇见了一个绅士服装店的广告人。他也戴着一个头具。简直成了地地道道的偶人，动作惟妙惟肖。

“会不会是艺人落到这般田地了呢……”敬子想。

也许广告人还有把头或介绍所呢。据说曾经戴过马头的俊三所住的地方，兴许也“能查到呢”。敬子边这么想，边在梳妆用品店前停下脚步。

“浅草的店里的服饰用品就是不一样。大概因为很多顾客都是舞台上的人吧。”

弓子也往橱窗里望着。

那些零零碎碎的妇女服饰用品确实多起来了。

“最近我听说，那些在山中的家里长大的、连海和火车都没见过的姑娘，一到东京就去买耳坠子……”

“……”

“也许就像人们把贝壳捂在耳朵上听海的声音似的，说不定她戴着耳坠子就会想起都市的声音和光亮呢。”

观音堂旁边的广场上也聚集了许多人。

那里在出售一百元一本的《空手拳指南书》。单凭小指就能把火筷子弄弯，或把瓦啦，瓶子什么的击碎给大家看。

人圈子一动也不动，书却谁都没买。

由于从小养成的习惯，敬子抽了观音菩萨的签。

是“第四十五号”的“吉”。

“妈妈，您祈求什么呀？”

“店铺兴旺……福星高照……”

“是吗？”

“弓儿不是也乖乖儿地膜拜来着吗？”

弓子目光炯炯地朝着敬子望过来，摇摇头。

“我祈求的是爹身体健康。……弓子有个能待的地方，好把爹接去……”

弓子是不知不觉地这么祈求的。

搭乘水上公共汽车，沿着大川驶向浅草的时候，弓子觉得父亲真是太可怜了。

“爹！”她满腔伤感，恨不得朝着河水这么喊。

既有跟父亲同乘飞机旅行的同学，又有为了养父而在歌舞酒馆里唱爵士乐的同学。她感到唯独自己比谁都悲惨无力到家了。

当初乍一听到峰子说父亲还活着，她曾对父亲又恨又怨，一味地怀念起敬子来了。

然而，不知怎的，冬天的河风里恍若冒出一股父亲所怀的悲哀，追在弓子后面。

传法院前那条坐落着区公所的马路上，停着小型的雷诺和福特、大型的普利莫斯和雪佛兰等私人汽车。

还停放着英国制造的摩托车。

敬子想在什么地方歇一歇，但又不便进陌生的店铺。

老早以前曾以芋头羊羹闻名的舟和，如今已改装成现代化的店铺了。

敬子走过去后，又折回来，打开了玻璃门。

“天气冷，吃点年糕小豆汤吧。”

“唉。”

弓子做出用手心摸自己的腮帮子那样的姿势。

“今天弓儿走出家门的时候，说是要到哪儿去呢？”

“说是到妈妈那儿。”

“姑妈也知道你时不时地到妈妈这儿来吧？”

“嗯。”

敬子以前就晓得，弓子的姑母对自己没有好感。兴许她认为敬子对俊三见死不救，还把弓子轰出去了，而恨敬子呢。

敬子本人有时也只好接受了，并觉得站在姑母的立场，这样看待她也无可奈何，她难以辩解。况且这样辩解能不能为对方所领悟，那就看对方的接受程度了。

最近，弓子和敬子见面，姑母恐怕也不痛快吧。

“到银座去吃了饭，我送你到矢代先生家去吧。”敬子说，“我去见见姑妈，求求她把弓儿放回来。”

弓子摇了摇头，看着敬子。

“不行吗？为什么？……”

弓子感到为难般地又摇摇头。

“也没什么不行……”

“不能这么简简单单地回来吗？可不是嘛。你曾经一度去投奔她的啊……”敬子好像在苦思冥想，“还是我去谈一谈的好。”

“我自个儿回来。”

“那样的话，弓儿在姑妈她们面前不合适吧。我也对不住她们。”

“我不是快要毕业了吗。我跟姑爹谈过，毕业后想就业。姑爹已经向银行和工业公司托了人情。等到二月，就去参加这方面的考试。”

“要是去工作的话，在妈妈的店里帮忙，不是也一样吗？”

“当时我曾想自个儿去工作试试。”

“你不是肯回到妈妈这儿来吗？不是这样的吗？”

弓子点了点头。

然而，她那温和的微笑中带有一抹犹豫不决的影子。

“不过是不是在妈妈的店工作，这要看弓儿自己的意思……”

还待在敬子家里的时候，弓子就巴望参加工作了。恐怕是她心里早就对维持生活感到没有把握的缘故。弓子巴不得好歹有自己个人的生活这一愿望，敬子也是晓得的。

“得让弓子随心所欲地去做。”敬子正这么想着的时候，弓子忽然说：

“妈妈，弓子到底该拿爹怎么办呢？”

“知道爹还活着，按理说我应该感到高兴吧？在河上，我是这么想的，可我又觉得，仿佛连我自己都快被拖到河里去了……”

## 墙上的镜子

直到一月底，朝子才在敬子的店里露面。

“跟弓儿约好了，都怪我不好。”朝子满脸倦容，“我固然也有工作，小山去大阪，也得做准备。”

敬子想着：是不是去大阪那边做广播什么的呢?

“简直是突如其来，我吃了一惊。到大阪去就业，他连一句话也没跟我商量，就决定下来了。”

“就业吗？”

敬子也没料想到。

“说是当上了关西广播公司的计划部成员……职员呗。”

“为什么？……”

“连我都不大知道为什么。”

“朝子也到大阪去吗？”

“好像说定了，三四月份就调到东京来，所以我留在东京。”

“是吗？”

敬子总觉得有些难以理解。难道朝子就没有责任吗?

“我认为他对生活感到害怕。好像在想：老照这样是对付不下去的。恐怕也有对自己的演技总也不见起色已感到绝望的方面……”

“你这么着，行吗？”

“行也罢，不行也罢，反正是他自己任意决定下来的。”

“那么，你呢？……”

“他打算让我继续现在的工作。他仿佛是为了我才暂时当上计划部职员的。说是待在计划部里，为我制造机会。”

“……”

“我觉得过意不去。小山比我这个人有才能，也肯钻研。”

“你呀，本来应该倒过来就好啦。”

朝子也点了点头。

“但是，他对生活感到害怕。”朝子又说了一遍。

“对生活感到害怕，指的是什么？……”

“要是没有固定收入，他就踏实不下来。”

“结婚后才这样的吗？”

“不知道是怎么回事。”

“是不是你过得太铺张了呢？”

“没这么回事。”

小山那吝啬的毛病，朝子就连对母亲都说不出口。

小山对自己的收入总是含含糊糊，连朝子都不告诉。

然而朝子的收入呢，小山连二月底的工作都调查到了，甚至一百元零钱都一丝不苟地记在他的笔记本上。

小山说，不够的部分他从大阪的工资里汇来，但朝子一想起哪怕交给她一千元时，他都多么舍不得，脸上就几乎泛出讪笑。

小山锱铢必较，在钱上抠门儿，共同生活后，使朝子恶心的事层出不穷。局外人是看不出来的。

为了这一点，朝子甚至对小山产生了怜悯般的感情。

“这样可不行，”她时而反省道，“趁着他去大阪的期间，我倒是想歇口气哩。”

这里也包含着向敬子要点零花钱，多少挥霍一番的意思。

三位女客走进来说：

“多漂亮的铺子啊。可真了不起。”

她们就站在那儿，朝陈列橱里望着。

敬子在摆着兰花的桌子周围安排了座位，和蔼可亲地接待了她们。

她们大概是熟客，约好前来的。

“这是我女儿。”

朝子被这么介绍了一下，只好站在旁边。

“前些日子，弓儿说是跟你约好了，等你来着。那天店里来了一位英国老太太。弓儿做的口译。”

敬子对朝子说到这里，随后朝着妇女们转过身去：

“那个英国人托我设计翡翠戒指的式样。她说，日本没有制造戒指的历史，她自以为了不起地谈到英国博物馆所收藏的戒指。我听不懂，事后女儿告诉了我，我听了有点儿窝心。我巴不得跟她讲讲古代日本和东洋的服饰，以及首饰的故事。要是把一颗人造大翡翠拿给她看，她会吃惊的。古代朝鲜的耳饰也罢，唐代的化妆用品也罢……”

一位女客无意中抚摸着兰花瓣。

大概是昭男送的那盆兰花，时间长了，就挪到敬子的寝室里了。她又新买了一盆，放在店堂里。

过去，敬子并不喜欢兰花。

“只要花店里一天还有兰花出售，我就在这里摆上一天。其实把店的字号叫作‘兰花’也蛮好。”敬子心里甚至悄悄地转着这样一些念头。

兴高采烈的夫人们扯起与朝子无关的话题来了，朝子就到里屋去了。

“哥哥。”

清没拉开窗帘，点了台灯，坐在桌前。他说了声：

“好久没见到了。”就回过头来，“你有点儿无精打采啊。”

“是吗？”朝子在床上坐下来，“跟娘住在一起吗？”

“住在一起呀。”

“好窄。”

“因为摆了两张床……”

“弓儿回来后，住在哪儿？”

“二楼。”清用结束谈话般的口气说，“钢琴也在二楼。女佣也在二楼。”

“我想瞧瞧放钢琴的屋子。”

“锁上了。”

“把钥匙借给我吧。”

“娘拿着呢。”

“是吗？还有顾客呢……”

“嗯。这间屋子窄，倒也没关系，可是听得见店堂里说话的声音。据说还安装了隔音设备呢……”

“哥哥，小山当上了职员哩。”

“那好哇。”

“哥哥，你认为好吗？”

“作为小山的老婆，先说说你的看法吧。”

“他都决定好了，才告诉我的。”

清瞧了朝子半晌：

“我也要任职。”

“任职？已经决定下来了吗？”

“啊。”

清刚要回答，从店铺那边传来了哄堂大笑的声音。

朝子略微吃了一惊：

“老是这样吗？……”

“啊。女人总是发出可怕的声音。买东西又怎样也定不下来。还有一个人顽强地坚持两小时的呢。接连两三天都来看，然后要求送到家去给她看。送去后，又把货品摆弄上三小时，闲聊天儿，到头来，说是再考虑考虑。”

“对大多数女人来说，买一枚高价戒指，是一辈子中重大的问题嘛。”

“好像比对待结婚还慎重哩。接连不断地奉陪这样一些人，娘的精力够旺盛的了。娘竟然不累，我算是佩服啦。”

“你的意思就是说，明白了娘的辛劳？……”

“出嫁后，你也会说值得赞许的话啦。”

两个人相互笑了。

正因为朝子嫁作了他人妇，彼此之间反而产生了过去不曾意识到的骨肉感情。

“哥哥任职，是哪方面的呢？”

“都厅向学校招募公务员。下月二十号考试，我已经提交了履历书。”

“都厅的？……”

“是民生局。我大致知道那里都做些什么工作。同学的姐姐……虽说是姐姐，岁数却跟咱娘接近，打从还叫作市厅的时期，她就在民生局做事。那个同学把情况告诉我啦。工作尽管平凡，我觉得好像适合我的性格。我无论如何也想试试，也已经跟同学的姐姐见了面。”

“工资，给多少呢？”

“大约九千元吧。起薪嘛，哪儿都不相上下。”

“跟娘谈过了吗？”

“还没有。一说是公务员，又得瞧她那灰心丧气的脸蛋子。一流的银行或是一流的公司她肯定愿意。对，娘大概希望我去外务省什么的。”

“三个孩子，一个也没能使娘如愿以偿。”

“使娘如愿以偿？……”

“弓儿将会怎样，倒是个未知数……”清的眉间出现了阴影，“为了那孩子，我曾想托付娘来着。可是，情况却变得莫名其妙。你晓得吗？”

这时，敬子进来了，打开西式壁橱的门，从橱里取出和服和腰带。

“出门吗？……”朝子问。

“不是。顾客们说是想看看我的小花纹和服，还有葛丝腰带。一会儿就完了。朝子，你不能多坐会儿吗？”

“今天倒是什么事也没有……”

“那么，就行啦。”敬子叮问了一句，“咦，还有这么个玩意儿呢。”

敬子把一件娃娃衣服撂在朝子的膝盖那儿，是毛料的，领边和袖口用彩线刺绣出蜂窝形的褶饰。

“哎呀，好可爱。这是怎么回事？……”

“怎么样，你那儿还不需要吗？”

朝子着慌了，飞红了脸。

“我还在车站开小卖店的时候，有一次田部先生给送来过这样的东西。我觉得送给什么人也好，就买下了。我都忘了。是英国制造的吧。”

“又轻又软和。”朝子低着头，用手摸着，“田部先生就是那位大夫的哥哥吗？……”

“是呀。大夫的哥哥。”

敬子背对着她，这么说罢，就抱着衣服下楼到店堂里去了。

像是替换着似的，文子端来了饮料。

朝子端起一杯红茶，看到自己那映在墙上镜子里的脸苍老而憔悴，不禁毛骨悚然。

在后台的梳妆台前忙着化妆时，不知不觉地就涂上了油彩。然而在这间屋子里一看，却满脸倦容，失去了魅力。

“我必须转换心情。”朝子自言自语般地说，“我想再长胖一些。小山要是不在了，我就偷懒。”

清假装没听见朝子的话。

“哥哥，我要大偷其懒。”

“偷什么懒呀？”

朝子没有回答，抿嘴朝着镜中的自己微微一笑。

“我缺点儿什么。”

“小山君不是为了生活就是为了你，要到大阪去就业。你却想偷懒，确实缺点儿什么。”

“不是像这样表面上的事儿。”

“你不喜欢小山君吗？”

“并不讨厌他。喜欢嘛，恐怕还是喜欢的。有时候我也搞不清楚……”

“你给我再瘦下去看看。”

“我可不愿意再……”

“像这样的朝子，会不会就是小山君放弃了演艺的个中原因呢？我同情这位并没告诉你一声就决定去就业的小山君。”

“也许是打算让我出了名，自己也攒下钱，然后再回到演剧上来哩。小山就是这么个人。”

“这位小山的老婆又是怎样一个人呢？”

“是个累得想偷懒的人呗。是个只要娘拿给她看娃娃的衣服就想哭的人。”

“好个难缠的人啊。”清说着，倒了第二杯红茶。

“也给我倒一杯。”

“你连红茶都叫小山君给倒吗？”

“你这叫多管闲事。”

“你发个誓，说要一辈子为小山君沏红茶。你为小山君累趴下试试。”

“给我。我自己倒，行了吧？”朝子一边把开水倒进过滤红茶的纸兜，一边颤动着手，“弓儿来过了吧？”

“我没在家。”

一提到弓子，清周围的空气好像就凝固起来了，连朝子也受到感染。

“弓儿也想回到这儿来哩。”

“肯回来就好。”清喃喃地说，“爸爸也活着呢。”

“是吗？果然是真的呀。哎呀，讨厌。”朝子浑身战栗起来。

“你动不动就这样。”

“活着，干什么呢？”

“不管干什么，反正活着呢。”清口气强硬地说。

“是吗？意思是：即使活着，也碍不着咱们的事吗？……娘又是怎样一种心情呢？……”

清连昭男的事都晓得，心里想着母亲的处境该是多么困难，却无言以对。

“但愿他绝对不要再理睬咱们。”

“娘可不像朝子那样寡情寡义。”

“那么，要是那个人又回到这儿来了，哥哥仍照先前那样过日子也行吗？”

清面有难色：

“这事不是我能决定的。我认为，这是娘的人生。”

“哥哥宽恕吗？”

“父母这种事儿，做儿女的吵吵什么宽恕啊，不承认啊，这兴许还是日本的家族制度不好的方面呢。”

“我可不愿意。那个人还活着这件事本身，就是对娘和咱们犯下了严重的罪。难道还有脸说自己活着吗?！”

“对方并没有来说自己还活着。甚至没有在咱们跟前露面。”

“当然喽。再也没有那样卑鄙、狡猾的人啦。讨厌。但愿娘也别忘记他是自个儿消失了踪影的。”

“单凭着没有同情心的女孩子的洁癖，连路都没法走啦。”

“正因为同情娘，我才生气呢。有一次我对田部大夫也说过，那个人不是偷去了咱娘的人生吗？”

“还有弓儿呢。”

“我明白啦。正因为他是弓儿的爸爸，哥哥才这么心平气和。”

“那个人对朝子好极了。”

“由于那个人，哥哥和我都长了歪心眼儿。”

“被人弄歪了，自个儿矫正回来不就结啦。”

“什么呀。哥哥甚至不能够堂堂正正地爱弓儿，好没出息。”

清勃然大怒，扯开了嗓子：

“朝子，你好好儿想一想。小山君去大阪，跟那个人失踪，没有多大区别。”

“区别大着呢。”朝子的脸色苍白了，对清怒目而视。

从门外传来了脚步声。

“啊，累啦。今天是顾客多的日子。”敬子边说边进来了。

兄妹不吭声了。

“清，为什么不开窗户？不憋得慌吗？”

敬子把和服收进衣橱。

“经手这小花纹料子的染布师傅是位名家。如今被指定为‘国宝’了，所以她们要求我拿给她们看看。”

新年的时候，敬子曾穿上这件和服，系着素淡无花纹的赭红色腰带，站在百货店的柜台前面，引起了夫人们的注意。她们今天前来，要求转让给她们。

她们说出了女人气的任性话，要是不给和服，就连那块预定要买的猫眼石也不要了。

敬子身穿这件和服，被昭男拥抱过好几次。由于这段记忆，她是不肯撒手的。猫眼石呢，她也不想出售。

桐木抽屉咕的一声响了。

“娘，听说岛木先生还活着呢。”

朝子忽然这么一说，敬子感到愕然。

“嗯。”

“这个人即使活着，跟娘已经没有关系了吧？”

朝子好像一刀从后面砍过来似的，敬子想轻轻地躲闪开。

然而，她不能掉过肩来回头看。

“娘嘛，给还活着的人办了丧事……”敬子这么说着，好容易伸直了腰。

墙上的镜子照见了敬子的脸。她避开了视线，转过身来。

“他这个人，自己葬送了自己。娘肯为他办丧事，他怎么当得起呢。他连娘的脚后跟都赶不上。”

“朝子……”

“是呀，娘。”朝子难得地用体贴入微的语气说，“哥哥也嘱咐过，所以我不干涉娘的人生。但是，我讨厌那个人。叫老婆孩子给办丧事，自己却假装不知道，他是个墓地里的人。”

“……”

“弓儿嘛，倒可以给叫回来。我认为她是娘的孩子。”

“谢谢。可是，朝子啊，弓儿有爹，也有妈。尽管有，我也认为她是我的女儿。即便有一天，她不再是我的女儿了，我也认为没关系。万一有那样的一天，你也不要责备弓儿，好吗？”

“唉，明白啦。”朝子乖乖地点了一下头。敬子忽然间几乎泪汪汪的了。

“那件娃娃衣服可别送人，给留着啊。”

“啊？”

这又出乎敬子的意料。

“要是娘能够我行我素，生活得更幸福，我就高兴啦。”

“什么呀……”

敬子几乎脱口而出：“这不像是即将久别的人吗？”

朝子究竟有着什么样的悲哀，竟使得她说出这样的话呢？

从店堂那边似乎传来了喊敬子名字的声音。

“又来客了吗？……”

然而，敬子就像是松了一口气似的走出去了。

田部那肥胖的背影，正在从店堂里望着橱窗。

敬子想道，要是刚才照照墙上的镜子，把疲倦的脸重新化一下妆就好了。

昭男在敬子心里留下的印象是那样鲜明，就连看到田部她都坐立不安。

“您来啦。”

“啊，本来想更早一些来祝贺的……”

“哪里，您这么忙……”

“多暖和的冬天啊。”

田部泛出了快活的微笑。

“真的，一连多少日子都是晴天，帮了大忙。您还送来了贺礼，应该去登门道谢的，却被店里的事拴住啦……”

“弓子小姐呢？……上学去了吗？”

“弓子还没到这边来呢。”

“那太遗憾啦。”

“您找弓子有什么事吗？”

敬子自以为这话是自自然然说的，然而她的口气却有些生硬。

“没事儿。只不过能见到小姐就会使我感到愉快。”

田部的嗓音里含着笑。

“弓子说是要自个儿回来，我却想到那边去拜访，为了到现在为止的一切道谢，并且把她领回来。”

“快点儿这么做吧。”田部说，“好事肯定是不宜迟的。”

“是不是好事就很难说了。”

“跟弓子小姐这样的人一道生活，自然是好事。”

“啊。”

“生意方面怎样呢？”

“托您的福……还需要一个人。川村先生到老主顾家去转，或是为其他什么事外出，我就得站柜台，一点闲空也没有。”

“可是，太太真了不起呀。就拿这家店来说吧，也……”

田部边说，边走到桌子跟前，坐下来，慢腾腾地点上了烟。

他好像对眼前的兰花漠不关心。

“果然是昭男先生送的。”敬子的胸口憋得难受起来。

田部边朝橱窗那边望着，边说：

“那粒钻石，喏……”

敬子站起来，走了过去。

那是一克拉半的钻戒，标价三十二万元。

“这是精品吗？”

田部用胖乎乎的指尖捏起戒指，迎着光，像个外行那样盯着看。

“还有更好的，可是就价钱来说，这钻石的质量蛮好。是川村先生在拍卖时买到的，所以不晓得来历。然而作为钻石，说得上是货真价实。店铺开张，觉得这样的货品也来上一个吧，就摆在橱窗里了。”

经过琢磨的钻石，在田部的指尖上闪闪发光，璀璨夺目。

“那么，我就要这个吧。”

“要是田部先生买的话，三十万就行。不过，是您太太吧？田部先生的太太，该戴枚更好的……”敬子说着，从里屋取出一枚两克拉重、约值七十万元的戒指。

“不一定是我内人。要是昭男订了婚，送给那一位也可以嘛……”

“我内人即使买了宝石什么的，出门也不大戴在手指上。她这个人没有多少欲望。那粒翡翠，有时候倒还戴戴。”

卖掉那粒翡翠的那一天，敬子初次见到了昭男。

“内人说，即使自己戴上它，谁都不会认为是好东西。她对这样的事儿还觉得高兴呢。”

敬子后来取出的那枚戒指，田部甚至都没想用手拿起来。

“这，三十万就行吗？”

“唉。”

敬子把钻戒放在红皮小匣那黑天鹅绒坐垫上，递给田部。

“我现在没带钱。”

“过些日子我会去府上拜访的，那时也成，什么时候都……”

田部漫不经心地把它放进裤兜里。

“弟弟患了流感，向医院请假了。我不放心，去探望了一下。这是回来的路上。”

敬子的脑际浮现出躺在床上的昭男的身姿。

她想，她也在公寓里躺过的那张床，准被搬进了现在的住所。

“烧老也不退，据说是神经疲劳的关系……”田部毫不在意地说。

敬子用眼神听取了这句话。

“喏，再闲待上两三天，就能好利索了吧。”

田部好像什么都晓得，特意把昭男的事讲给敬子听似的。

“那小子也已经三十岁了。趁早成家就好啦。”

“……”

“我每次见到弟弟，就会加深想把弓子小姐得到手的心愿，这是怎么回事呢？”

敬子抬不起头来。

“太太觉得怎么样呢？”

“……”

“我试着鼓动过昭男……”

敬子觉得胸口难受，连小肚子都不自在起来。

“太太可不可以也考虑一下呢？”

“唉。这种事儿，弓子还……她一个劲儿地说，今年春天学校毕业了，就想一个人去就业呢。”

“让她在店里帮帮忙不就结啦。这家店正适合于弓子小姐。”

“唉。”

“太太，出去吃顿饭吗？”田部邀道。

他大概想进一步推动这档子事。

“多谢您啦，可是川村先生也不在，而且朝子头一回到这来了。”

“朝子小姐吗？我内人打从去看朝子小姐演戏那次见到弓子小姐以来，也赞成我的主意。咱们大家一道吃顿饭吧。”田部说着，站了起来。

敬子肩膀沉甸甸的，喉咙疼痛。

她仿佛被极度的疲倦所缠绕，连挽留田部的客套话都想不出来。

于是，把田部送出去后，敬子将额头顶在玻璃门上，身子也靠上去。暮色迟迟，四下里一片灰蓝，玻璃上如实地反映着马路风光。

脊背胀得像块板子似的，寒气从下半身一阵阵悄悄地钻上来。

“是流感吗？……”

直仿佛田部把昭男的流感带到敬子身上来了一般。

按理说不会是这样。近来患感冒的何止昭男一个人。正如“流行性”这个说法，在学童当中也蔓延开来，以致有的学校还停课了呢。而且，也不会刚传染上就发作。

然而，敬子乍一听说昭男患上了流感，就被自己也得了流感这一神秘念头所缠住。

“说是把感冒传染给别人，自己就痊愈了。要是昭男先生能康复就好啦。”敬子紧紧地闭上了眼睛。

从里屋传来了朝子的嗓音：

“娘，客人呢？……”

“是田部大夫的哥哥哩。”

“哎呀。您要是叫我一声多好，我原是想见见他的……”

“为什么？”

“我也许要去演新剧。为戏票的事，想再拜托他一次。想事先活动活动。”朝子照例说着一些只顾自己合适的话。

敬子一面锁上橱窗，一面巴望川村及早回来。

川村到镰仓、逗子、叶山一带的老主顾家兜揽生意去了。

“我饿啦。”朝子从里屋探出头来说。

“朝子，你不会做点儿什么吗？求求你啦。”

“不会。我可不愿意回到家来还做饭。我正想趁着小山不在家，足偷一阵懒呢。”

“你这人真没办法。叫文姐给叫点儿什么吧。我好像感冒了似的……头直疼。”

敬子把椅子拉近煤气炉，暖一暖脚。

“叫清替我要点感冒药来……”

“唉。”朝子也点了点头，“叫文姐去给叫点儿什么呀？”

“这种事儿，你自己去想想吧。你喜欢的就行。”

“娘，睡一睡怎么样？”

“我要等到川村先生回来再说。不然的话，他也没劲头了吧。”

“您真肯干。”

“你也多少拿出点干劲儿来吧。女人要是不肯干，结婚也罢，干什么也罢，都会倒霉的。”

“不论怎么干，该倒霉的时候就得倒霉。”朝子顶了一句嘴就去取感冒药了。

敬子的体质天生结实，几乎没有正经害病卧过床。

即使是隆冬，身子骨里好像也悄悄地燃着火，觉得冰凉的被褥很舒服，脚一会儿就焐暖了。

由于缺乏生病的经验，体温一旦突然升高，心里就没底了，生怕会害一场大病似的。

炉火把脚尖儿烤暖了，发烧引起的寒冷却爬上了脊背。

“昭男先生发的烧统统传到我这儿来了吧……”敬子还转着这样的念头。

清手持装有淡黄色药片的小瓶子，和朝子一道走出来了。

“您怎么啦？”

“好像感冒啦。”

“累的吧？”

清和朝子都对母亲身体结实习以为常，不大肯替她担心。

朝子从店铺陈列橱里随手拿出一套华丽到极点的首饰。

“娘，下次在舞台上演出，我想向您借这个用用。”

敬子服下药片，仿佛忍受什么似的说：

“扮演什么角色？”

“多半是《娼妓玛娅》……当然喽，玛娅是由高柳先生扮演……我的角色还不知道，但我觉得，借给先生也可以。”

朝子忽而戴上穿成念珠般的项链，忽而又试戴各种各样的耳坠子，十分惬意。

敬子感到孤独，热切地盼望着川村回来。

“娘，弓儿要是回来了，就站柜台吧？我有点儿羡慕哩。”朝子喜不自禁地说，“弓儿会越来越出挑吧？”

“是啊。”

“我要是回来了，也在这儿做事。”朝子又戴上另一副耳坠子，照镜子看着。

# 邻居的火灾

弓子觉得不便离开姑母的家。

乍一听说父亲还活着，一时兴奋就贸然离去倒也罢了。一旦见到敬子后，就像姑且了却一桩心事似的，也沉下气来了。

事到如今，她已抓不到机会向姑父姑母说：

“让我回到妈妈那儿去吧。”

一开学，一两个星期眨眼之间就过去了。

从一月底到二月，为了三天的期中考试，弓子忙于熟记教科书，整理笔记。

矢代家适宜读书。没有使弓子分神的事。

晚饭后，无论待到几点钟都不睡，也没有人好意来干预。随她的便，所以感到自在。

期中考试后，二月中旬学校将举行礼堂竣工典礼。

那天上演的英语话剧，弓子也被派上了一个角色。

不论住址变了，还是监护人换了，弓子都没向学校报告，所以学校的请帖按说是会寄到敬子那儿去的。

弓子的备忘簿上记载着：

二月二十六日，就职考试，日本桥和平大厦，下午一点开始。

三月里的第一周是毕业考试，后面还什么都没写。

想去就职的工业公司是姑父介绍的，然而交履历书时，在监护人一栏，她写的是父亲的名字。

而且，现住所填的是“白井敬子女士转交”。

连填一份履历书，弓子都不得不茫然失措，感到为难。

“因为我已经晓得了爹还活着嘛。”她自言自语着。其实，现在她丝毫没有受到父亲的“监护”。

就职考试时，如果被问到父亲的职业，该怎样回答呢？

尽管是那样，自从她知道父亲还活着，就好像这才开始和父亲有了亲密关系似的。

弓子目不转睛地看着自己所写的“岛木俊三”字样。“白井敬子女士转交”。这“转交”字样也有点儿虚伪。什么叫“转交”呢？她不是敬子的女儿吗？

再说，履历书上好像忽视了目前所在的这个家的姑父、姑母。

弓子连对姑母都没提自己曾遇见峰子，并被告以父亲的情况一事。

她时而觉察出姑父、姑母晓得俊三的事，却不去跟她谈。

倒不是偷听，可夫妇的话声有时会传到她的耳里。

“没出息呀。”

“不，也许反而是个无比坚强的人哩。身家性命都不顾的人是坚强的。”

“是不是精神错乱了呢？要是能碰上，请你多少给他点儿吧……”

“是啊。要是肯收下，给点儿也行。”

“会收下的。”

“恐怕也是白搭。”

不一定指的是弓子的父亲。

可是弓子听着，害臊得血都几乎发热了。

弓子也好像竭力避免跟姑母谈起父亲和敬子的事，正因为这样，就越发难以向她开口说要回到敬子那里了。

期中考试结束的那天，弓子回来得早，想去看场电影。

由于考完了试，她有着一种解脱的畅快，这是只有学生才能体会到的。

仿佛困倦懒散，可又待不住。

这时，朝子打电话来了。

“喂，喂，你是弓儿吗？……”

“嗯，我是弓子。”

在电话里，朝子的嗓音跟弓子相似。

“我是朝子。好久不见啦。”

弓子当然怀念朝子，她对朝子的嗓音更感到亲切。

“喏，娘生病啦。”

“生病啦？”

“用不着那么吃惊。是流感，可已经接连发了四天烧啦。”

“姐姐，你留在妈妈那儿吗？”

“可我办不到呀。昨天小山动身到大阪去了，我是为他送行，回来的路上顺便去的。”

“现在你不是从妈妈的店里打的电话吗？”

“不是呀。妈妈开始不舒服的那天，我也到店里去了，我还以为昨天她已经起床了呢，结果依然病着。弓儿，希望你去探望她一下。”

“唉。马上就去。”

“如果可能的话，但愿你肯在家里住到娘能起床的时候……”

“唉。我来护理。今天期中考试刚完。所以，这一阵子不要紧……”

“你是还得考试的学生来着。”朝子发出轻轻的笑声，“那么，拜托啦。”

弓子回到自己的房间，急忙换上已经脱下来的校服。

她把教科书和参考书装进手提箱，又塞入了一两件内衣和家常穿的衣服，就到姑母屋去了。

姑母听她讲了情况。

“嗯，请吧。”姑母像是推开她似的板起了面孔，“敬子弟妹这个人只顾自己合适。何必把正在读书的你喊去护理她。请一位护士也好，女管家也好，不就结啦……”

弓子撞上了姑母那颗僵硬的心，感到意外。

她一门心思只顾早点儿赶到敬子那里去，却不曾替姑母的处境着想。

“唉。不过，妈妈也许并不晓得这事儿。是朝子姐打来的电话……”

“病人才不会打电话呢。这位朝子姐是亲闺女吧。由朝子姐来照料就好了。”

“因为她已经结婚啦。”

“你去也可以，弓儿……”姑母望着弓子的脸说，“一两天就回来吧。我嘛，是弓儿的亲属，我并不在乎，可是姑爹会觉得不愉快吧。我在姑爹跟前也有个脸面问题。弓儿不是到这家来做客的，而是逃来的。我觉得俊三也罢，弓儿也罢，都被敬子弟妹随意摆弄着。”

姑母那激烈的话语毫不留情地指责着弓子。

弓子感到自己的轻率被责备了似的，立即就意气消沉了。

“哪怕是夜间，从那边给姑爹打个电话吧。”

“唉。”

“假若没有什么大不了的，你就回来吧。”

“唉。”

“装了这么大个行李。”

“我把书放进去啦。我会早点儿回来的。”

弓子好容易才说了这么一句。

跨出姑母家，走起来后，憋着的泪水就夺眶而下。

姑母为人并不坏，也疼着弓子。

然而，姑母方才这番话，使弓子痛感自己身世之可悲。

在这个时刻，国营电车很空，但是弓子甚至仿佛忘记了自己拎着手提箱的事，竟倚窗伫立在角落里。

“我并不是从妈妈那儿逃出来的呀……”弓子嘟哝道。

倘若让姑母这么想的话，弓子是对不起妈妈的。

而且，要是现在回到敬子家，她觉得就不便再返回姑母家去了。

“我嘛，没有家呀。”

不论待在哪边，都缠绕着模模糊糊的影子，那大概就是生身的父母她都无法依赖的缘故。

弓子的情绪低落了。她心想，索性就这样吧：

到谁都不知道的地方去算啦。

这时她才恍然大悟：兴许爹当初就是像这样的吧。

午后，敬子这家店铺由于外界明亮的日照，优美而宁静。

川村独自在摆弄着一座小钟。

弓子想问问清在不在家，然而又说不出口。

“唉呀，您啊……欢迎欢迎。”川村那张不招人喜欢的脸一旦高兴起来，就露出和善的神色。

川村慌慌张张地走在前面，替弓子打开了通往敬子正睡着的那个房间的门。

“太太，一位好人来啦。”

“啊？”

屋里的敬子的声音，有着想要起来的样子。

敬子也许还发着烧，从枕头上抬起那张气色反而显得比平素更鲜活的脸。

即使昭男来了，川村也不可能说是“一位好人”。然而敬子还是弄得心惊肉跳。

“弓儿，本来希望你早点儿来的。妈妈差点儿死啦。好像已经快要好了似的。我心想，要是现在死了，身后还有好多未了的事儿呢，所以就挺过来啦。”

一半仿佛在开玩笑，一半又宛若在向弓子撒娇，敬子显出了不同于自己这番话的悠闲神态。

“直到姐姐打电话来，我一点儿都不知道嘛。听说您不舒服，我马上就来啦。”

“是吗？你说是朝子给打了电话。我并没有托付她。可是我多么想看、多么想看看弓儿的脸啊……我在想，你要是露了面，就再也不放你回去啦。”

弓子点了点头。

她心里变得热乎乎的。

“你好像累啦。满脸悲哀的神色。”

弓子反而被病人敬子这么一安慰，就掉了眼泪。

她悄悄地坐在蓝色的椅子上。

“是不是姑妈说过，不许你到我这儿来？”

“……”

“好吧，哪怕是明天呢，妈妈去拜访，赔赔不是……”

“明天可办不到。”

“不碍事。我都想今天就起来呢。”

敬子欠身坐起来，把床上的弹簧弄得直响。

弓子从被子角下拿起宽袖棉袍，替敬子披在肩上。

她对这件棉袍也是熟识的。她曾常常扒住敬子的肩膀，觉得这袍子很美。

弓子把手放在敬子的后颈上，轻轻地撩了一下鬓发。

“乱蓬蓬的吧？”敬子也向后面伸手。

她的手与弓子的手重叠后，就攥住弓子的指头，将它转到前面，放在自己的膝上。

“弓儿，去把行李搁在二楼吧。有换洗的衣服吗？”

“唉。”

弓子拎着提箱，站了起来。

“哥哥呢？……”她挂念着，但还是难以开口去问。

弓子既不恨也不讨厌清。离得远了，甚至依恋之情也会油然而生。偶尔想起幼时接吻的感触，双颊就不禁会热起来。

然而，一旦清急躁地追逼她，她仿佛就无地自容了。正因为这样，她才从敬子这里出走的。

眼下，她刚要步出敬子的房间，摆在屏风后面清的那张床和桌子，又使她感到不安了。

她觉得清好像待在二楼呢。

二楼有一间西式的屋子，以这座房子来说就算是大的了。不显眼的地方有个两铺席的小屋子，那是文子的房间。

通向阳台的晒衣场的甬道两侧是厕所和浴室。

明亮的厨房，洗涤槽也是不锈钢做的，煤气灶锃亮。确实干净。布置得不论做什么都很省手。

那间大屋子可以当作客厅、起居室或书斋用吧。

用帷幕隔出一块地方，一面墙上半截是壁橱，下半截装着一张床。

钢琴和琴上的摆设，以及床上那缀着淡奶油色珠子的罩单，都是使弓子感到亲切的东西。

然而，四下里打量着新屋子，弓子就注意到：

“爹的东西，什么都没有。”

父亲已经被人从这个家里消灭掉了。

弓子把校服挂在深红色衣架上，又拿起同色的尼龙刷子，感到这里角角落落都只是敬子一个人的家。

文子从阳台上抱着被子走进来了。她边往床上铺，边问：

“小姐，您会一直待下去吧？”

“嗯。谁知道会怎样呢？……”

“谁知道会怎样呢？……”文子反问了一句，“小姐，你就待下去吧。”

“我倒是愿意这样……”

“我不是把小姐的行李运到大森那一家去了吗？……”

“嗯。那一次，多谢你啦。咱们没见着面。”

“我看到那天晚上太太那副寂寞、痛苦的样子，这才又在府上打搅下去的。”

“是吗？”

“我最喜欢的小姐到大森去了，我就也想辞工来着……”

“是吗？”

“太太可真了不起呀。一个人就盖起了这样一座房子……我回来后，吓了一大跳。店里的东西也那么漂亮，那么漂亮。这样那样瞧着，把早晨打扫的活儿都给耽误了。太太还赏给我一副白色耳环呢。所以今年夏天，我想穿双白色高跟鞋试试。”

“高跟鞋？……我也想穿双试试。”

由于话题转到这方面，弓子正想着这下子可轻松了，文子接着又说：

“太太做事可真勤快。她说，要是停下来不干，就会死掉的。”

弓子到文子打开的阳台上去看。

从后面的墙边起，差不多一样的低矮房屋鳞次栉比。

只有左邻大概幸免于战灾，树木环绕下，可以望到一座考究的古老西式建筑的二楼。

听到了小孩儿尖锐的声音。

刮起了冷风，太阳快要落了。

文子上楼来收洗晒的衣服。

弓子边帮助她边说：

“邻居没遭到过火灾啊。”

“二楼住着洋人，洋人家的保姆还到咱们店里来过呢。”

“是吗？”

“各式各样的人都到店里来，可有意思啦。但是站柜台我不顶事儿，太太一个人忙忙碌碌，够累的吧。今年以来，我连电影都没看过。”

“趁着我在这儿，你去好了。”

“小姐，您还要到大森那一家去吗？”文子抱着晒干的衣服，看着弓子。

“行李还放在那儿呢。”

“是我送去的行李，我给领回来。”

弓子回到敬子的房间去，清已经回来了。

清脱下学生制服，正在换上藏青色毛衣。

清那张从套上去的毛衣领口伸出来的脸，涨红了。

他泛着既像是困惑，又像是害羞的表情。

弓子伫立在打开了门的地方。

打从弓子由目白的家里出走的头天晚上，两个人这是头一次见面。

清刚刚听到敬子说弓子来了，弓子也晓得清过一会儿就会回来，然而两个人都感到难为情。

怎样见面才好呢，即使想做精神准备，也做不到。

由于有敬子在场，好像帮了大忙似的。可是又由于有敬子在场，有些话清也就难以说出口。

弓子没有朝着清看，却忸忸怩怩地往敬子的床那边踱了两三步。

敬子像是替他们两个人打圆场似的说：

“朝子替我给弓儿打了电话。可得救啦。我打算不再放弓儿回去啦……”

“可不是嘛……”清含混不清地说，“这下子可好啦。”

清的真挚感情传了过来，弓子松了口气，心也软了。

“朝子也好像跟以前不一样了。她会体贴人啦。”

“不，可是……”清正要反驳敬子，却又改了口，“是啊。”

敬子正生着病的时候，朝子替她把弓子叫了来，她就别提有多么高兴了，以致连朝子的任性她都忘掉了。

清也不应该顶撞这位母亲。

“哥哥也要考试吧。”

弓子仰起脸来这么问。

“我还没有……”

“我呢，期中考试刚完，正在发呆呢。”

“真早哇。”

“因为要举行学校讲堂的竣工典礼，妈妈这儿还没收到请帖吗？”

“还没收到。什么时候呀？”

“二月十七日。讲堂的墙壁有隔音设备，还像小剧场那样，也有舞台和放映室。竣工典礼上的英语剧，我也上台演出。”

弓子在对敬子说话，可是清认为也是说给自己听的。

清也蛮想搭茬儿，可是当着敬子的面，他不知道该说什么才好。

“十七日的话，我也好利索了，能去。”敬子边搭腔边从床头桌的抽屉里取出扑克牌，在手心里洗牌。

弓子定睛看着敬子那双手的动作。

敬子心血来潮，打算和清以及弓子，三个人玩一玩。

除非是生病的时候，恐怕是不可能沉下心来这样团聚的。

何况她还想使清和弓子在精神上松弛下来。

三个人已经有好几个月不曾在一间屋子里待过了。而且，照敬子看来，清和弓子与其说是相互背离，倒好像是想恢复亲密感情似的。

敬子洗牌的时候，过去的岁月仿佛走马灯一般流逝。

至今回想起来，她对弓子的那腔挚爱连自己都觉得是不可思议的。

俊三刚住进敬子家的时候，幼小的弓子天真地跟她亲，那是多么意想不到的幸福啊。

“也许是我这辈子最幸福的时期吧。”

打那以后，她这个平凡的女人也经历了种种风波；然而，倘若清和弓子肯结合，她就觉得消失了的过去仿佛转眼间又复返了似的。

敬子一张张地发着扑克牌。

这是清所想出来的一种类似“第一张”[1]的游戏，规则别出心裁。

发完牌，把堆着的牌最上面那张亮了出来。

那是方块杰克。手里要是有它，原是可以成为全能王牌的。

“哎呀，真可惜。”弓子叫道。敬子出了方块皇后，弓子出的是梅花皇后。

“弓儿居然没忘记，值得佩服。”清沉浸在幸福中说。

弓子原来这么美啊。清固然觉得吃惊，但更有着一种像是被温暖的馨香包围着般的亲切感。

然而清手里大概没有梅花，就从堆着的牌中掀了一张。

“一开始就吊儿郎当的。”敬子刚这么说笑着，只见川村慌忙打开门，风风火火地冲进来了：

“有人大声喊来着吧？”

“什么呀，川村先生？你吓了我一跳。”

“出了什么事儿？”

“怎么啦，川村先生，你才……”敬子一边规诫着川村，一边听见了女人不同寻常的惊叫、狗叫和孩子啼哭的声音。

川村和敬子都默不作声了，吓得面容僵硬，你看看我，我看看你。

“什么事呀，妈妈？出了什么事呀，妈妈？”弓子这么一说，清就

1 “第一张”是扑克牌的一种玩法。从手里的牌中出一张与亮出来的牌同类的牌，手里缺牌时就从桌上的牌中摸一张，最早出尽者获胜。手里只剩两张牌而从中出一张时喊声“第一张”，故名。

欠起身来。

“太太！……”文子气喘吁吁，滚也似的冲进来了，“隔壁人家着火啦！”

“隔壁？……”

文子兴许是说不出话来了，用手指着左边。

敬子等人朝那边一看，头上边的窗玻璃红彤彤的。

“哎呀！”

左近发出了熊熊燃烧的声音。

好像是萧萧的风声似的。

听见了警报器的声音，传来了消防车越来越近的震响。

敬子的嘴唇没有了血色，她站起来了。

“哎哟，难道这座房子是注定要遭到火灾，才盖起来的吗……”

飞来横祸的恐怖使得她两腿瑟瑟发抖。

“我这个女人，凡事都是这样。”

川村、清和弓子都飞奔到外面去了。

“沉住气，沉住气……”敬子换上和服。

“太太。”川村回来了，“有院子，要是不起风的话，我想是不打紧的。不过，那房子太大了，所以就怕有火星飞溅过来。”

“川村先生……”

“川村先生……”

“咱们从晒衣场把房顶浇湿了好不好？美容院正往外面搬东西呢。”

“川村先生，请你把窗户关上，光把货品归置好了吧。请告诉弓儿，跑到外面去可得当心别伤着。”

敬子的嗓音被那为了浇湿与邻居之间的隔墙而喷过来的瀑布般的水声淹没了。

传来了凌乱的脚步声，人们正往从窗子里冒烟的隔壁人家二楼上跑。不止是一两个。

“哎呀，哎呀，着火啦。”

弓子一瞧见火焰，就用全身的力量揪住了清的整只左臂。

“不要紧的。”清说。

“怎么会不要紧呢！”

火舌正往大洋楼二层的房顶爬去。

由于隔着石墙，看不到下面，使人感到火势很近。

“是二楼起的火。”清看明白了，“要是就这样的话，不会延烧过来的。”

然而，由于火焰势头吓人，弓子紧张得浑身发抖。

清听凭弓子缠住自己的胳膊：

“不可怕呀。”

“不，不，可怕啊。”弓子说着，把脸伏在清的肩上。

火焰从窗口也蹿了出来，横爬过屋檐将其吞没，通红的火苗在建筑物里面蔓延。

连院子里树梢那叶尖儿看上去都令人毛骨悚然。甚至还有被大火星烧落了枝子的。

“树都烧着啦。眼睛里面好像也在燃烧。”

“别看啦……”

弓子又把眼睛紧紧贴在清的肩上。

着火的房子里面，长长的黑乎乎的木材边在虚空中飘浮，边燃烧着。

好几根水龙带都在喷着白白的水，怎奈火势太猛，竟把房顶烧穿了。

火星蹿上去，边往下落边扩散开来。

二楼向一边倾斜着，燃烧得坍塌下去，发出骇人的响声。

那时反而变得鸦雀无声了。

尽管火还在蔓延，但势头好像减弱了。

“喏，已经真正不要紧啦。”

清这才摇一摇肩上的弓子。

从弓子的头发上也发出了煳焦气味。

会不会是溅上了火星呢？清这么想着，抽出胳膊，双手抓住弓子的肩膀。但是弓子仿佛茫然自失一般，连脚都软了。

“好个胆小鬼。”这次清就像把她抱住似的，回到店里来了。

敬子正在店铺门口和看似就住在附近的一个陌生男子大声说着话。

清让弓子坐在椅子上。

他端来了一玻璃杯水。

弓子给清的左臂留下了发麻般的触感。

火着得正旺的时候，清几乎一动不动地听任弓子缠住自己。按说他是不会忘记母亲和家宅的事的，然而除了弓子，又宛若把什么都忘掉了。

“你那么害怕吗？”

“要是烧过来了，可怎么办呀？……一想到妈妈的事儿，就……”

“嗯。”

清感动不已。他觉得弓子多小啊。

“弓儿，喝水吧。”

弓子点点头。

“哦，好喝啊。”

水从弓子的喉咙里经过的那副样子，纯真得使清想道：

“再也不要欺负这个孩子啦。”

弓子却开口说：

“不是说，如果女人生娃娃前看见着火，就会生个有痣的娃娃？……”

“有这样的迷信吧？”

“是迷信。”清说。

“不过，也许不是迷信。我是看见刚才的火灾才这么想的。要是我的话，好像就会生个有痣的娃娃似的。害怕极啦。”

弓子也许是吓得忘掉了羞耻，竟跟清讲起生娃娃的事。

“毕竟是个女孩子。”

可是个小女孩呢，清这么想着，一瞧弓子，已恢复了血色。

她那依然显得疲倦的眼皮下，目光炯炯。

倘若清试着说，自己和弓子之间是不会生出有痣的孩子来的，那么她大概马上就会绷起脸来。

弓子本人恐怕不曾理会到的、发自女人本性的幻想使他动心，他却若无其事地说：

“用不着介意。全日本的城市在战争中大都烧毁了，可也并没生下多少有痣的孩子。”

川村从里面摘下橱窗上的白窗帘，并且不停地把宝石等等往保险柜里收。闹了火灾后，他这是在提防吧。

消防车开回去了，警报器比刚才鸣得低一些。

由于他们离火场很近，有个自称是居民会的人还前来慰问了一番。这之后也有人出出进进。

风传起火是由于使用炉子不小心或加热器过热造成的。

据说外国人的保姆正在派出所受盘问。

“哎呀，可把我吓坏了。我还以为刚盖好就会被烧毁了呢。”敬子说着，点上了店堂里的炉子。

一家人围炉而聚。

由于兴奋后的疲倦，身子里好像没有了主心骨似的。

“可太太毕竟是蛮沉着的呀。不是还换上了和服吗？”川村说。

“沉着什么呀。我总不能在睡衣上披件棉袍就冲出去呀。”

“最沉着的是清先生吧。”

他说得倒也是，清就像是弓子所靠着的柱子一般直直地站着，几乎连动都没动一下。这是一次异乎寻常的体验。

“妈妈，我一想到店铺要是烧掉了，会怎么样呢，就害怕呀，害怕呀……”弓子说。

“真的。妈妈就是有像这样倒霉的一面。弓儿呀，你就在咱家待下去吧。”

“唉。妈妈，不知道能不能在附近借电话？……我想给姑妈打。就这样住下去，她也就不至于不愉快了……隔壁人家着火了嘛。”

“隔壁人家着火了嘛。”敬子重复了一遍弓子的话。

清要把弓子领到对面的咖啡馆去，两个人就一道站起来了。

电车道上淌着水，有一股煳焦的气味。

“这道路就像是下过一场大雨似的。”敬子也把他们送到店铺外面，“由于火灾，感冒好像居然好啦。”

夜空上星宿晶莹，都营电车行驶着，这一切都令人难以置信。

“川村先生，道路这么湿漉漉的，咱们家的阳台、墙壁和窗户上的遮篷，恐怕都是水了吧。半夜里会忽然冷起来吧？……”

敬子边这么说着，边走上二楼。

她打开一扇窗户看看。

墙也干透了，窗玻璃的油灰剥落下来了。

“多危险啊。”

邻居院子里那黑黝黝的树丛间，建筑物变成阴森森的残骸，余烬依然在冒着烟。

遭到火灾的那一家人怎样了呢？

一进大门的地方，转瞬间就搭起了帐篷。

好像是新装上去的电线上，秃灯泡冷飕飕地闪烁着。

也有人的动静，停着三辆私人汽车。

由于闹火灾，敬子家的晚饭耽误了。做菜的用料也没准备好。

敬子对上二楼来的弓子说：

“弓儿，有什么简单省事的东西呢？……你到厨房去看看有没有。”

“唉。”弓子到厨房去了，说，“有鱼块儿，用黄油一煎，马上就好。”

“好的。你给做吗？”

“唉。”

另外，弓子自作主张，炸了土豆。一看就炸得蛮脆的样子，发出香喷喷的气味。还熬了一道京都腐竹。她在黄酱汤里放了块冬根茎。这也有着早春的气息。

朝子曾在敬子发高烧的时候来过一趟，却顶撞说，她压根儿就讨厌做晚饭。于是吩咐女佣到外面去叫了西餐。敬子现在又想道，弓子可远比她有女孩儿气。

敬子挽留了川村。川村也不像想回去的样子。

二楼的大屋子又成了饭厅。

弓子端来了长把酒壶。

“嗬，哎呀呀……小姐，您给我烫了一壶吗？”川村夸张地赞赏着。

“我问了妈妈。”

“小姐提议的，有眼力劲儿，多么体贴入微啊。为了祝贺没有遭到延烧，大家干一杯吧。”

“邻居着了火，还祝贺，多不合适啊。”

“世道就是这么回事。即便隔壁的房子烧掉了，只要自己家没着火，就喝酒庆祝呗。也许是火灾离不开酒。通常去慰问遭受火灾的人，大多带上酒。”

于是，川村兴冲冲地回顾起敬子父亲的店铺两次被焚烧的往事。

川村来到深川的美宝堂后不久，就赶上了大地震，店铺被烧了一次。第二次火灾是空袭造成的。川村在南方做了荷兰的俘虏。

“二十一年[1]五月，我才能踏上东京的土地，径直到了深川，美宝堂

1 即1946年。

连影儿都没有了，全家人同归于尽。听说只有这位太太保住了性命。我想：到底是运气好呀。”

“一点儿也不……”敬子摇了摇头。

“不，就拿今天晚上的事儿来说吧。要是风向不好，由于隔壁的房子大，兴许就延烧过来了呢。即便没烧着，为了防止延烧，也会受到更大的损害。太太就是命硬。就拿这家店来说吧，由于世道不景气，我担心得几乎睡不着觉。不过，照这势头，嘿，好歹……”

川村回去的时候，已将近十一点钟了。

弓子也想下楼去送。敬子却说：

“还得早起，用不着下楼了。明天你不是还得上学去吗？”她做出阻拦的手势，“刚回家就告假，可糟啦。”

敬子跟在川村后面下去后，弓子和清两个人就留在二楼了。

弓子摸不透清会对她说些什么，她也不便回到原来坐的椅子上去，就一时呆立不动了。

“晚安。”清温存地说罢，到楼下去了。

“晚安。”

弓子觉得扫兴似的。

川村喋喋不休地讲着的时候，清默默地听着。弓子意识到自己频频地被清盯着看，但她不曾像先前那样觉得受拘束。

刚才清给了她一玻璃杯水，两个人面面相觑的时候，眼睛里好像都漾起了亲切的神情。

刚才是清变了，还是自己变了呢？弓子纳闷着，边用冷霜使劲揉着皮肤，边端详着映在带柄小镜子里的脸。

“是怎么变的呢？……哥哥的感觉确实不一样了。”

弓子上了帷幕后面的床，没有睡意。

并不是新床的缘故，而是心情平静不下来。

都营电车在左近停下来的声音，以及从远方传来的汽车警笛，仿佛扎进耳朵尽里边似的响着。

不久，街上几乎没有了响声，但弓子的眼睛还是发亮，怎么也睡不着。

给姑母打电话的时候，她那语气依然挺冷淡，忽而跟同学谈论自己看过的立体电影的嗓音重叠在一起；在店铺橱窗里瞧见的贝壳做的镯子忽而浮现在眼前；英语剧的台词忽而又顺顺溜溜地冒了出来。隔壁的房屋燃烧时那可怕的火头儿和响声一直萦回在脑际。还有清的事。也许是为了排遣这些，她才不着边际地想下去的吧。

弓子巴不得把散乱了似的神经拢在一起，就拧灭了脸上边的荧光灯。

四周黑下来后，就听见了钟的秒针的声音，就像是刚响起来一般。

于是，她觉得自己仿佛是孤零零地蜷缩在广漠世界的一角似的，心中涌现了不安的情绪。

不知是什么人蹑手蹑脚地沿着楼梯走上来了。

“哥哥？……”

弓子吓得在胸前交抱着双臂。

唯独壁灯被拧亮了。

边留意着不要弄出声音边走过来的，大概是敬子。

弓子假装已经睡着了。

敬子把帷幕稍微撩开一点儿，就站在弓子的枕畔了。

她悄悄地将手放在弓子的额上。

然后，为了不让她肩头进风，就用里面的毛毯给她裹好，又按了按被角。

她又蹑手蹑脚地出去了。

“妈妈。”弓子想这么叫一声，却忍住了。

拢在敬子那安详的体贴柔和中，弓子这才放下心来。

敬子走出去后，弓子那双大眼睛喜滋滋地眨巴了两三下，然后睁开了。

与其说是想睡，弓子毋宁是正竖起耳朵跟踪着敬子去听听她要做什么。

敬子仿佛是到浴室去点燃了煤气。

“哎呀。”

弓子想起，闹火灾后，川村迟迟没有回去，家里人全都忘记洗澡了。

敬子又折回到帷幕后面来，从嵌在墙里的西式橱柜中轻轻地取出崭新的内衣。

“妈妈，您洗澡不要紧吗？”弓子恨不得这么问，却没吭声。

敬子在浴室里小心翼翼地脱下和服。

她边让冰凉的身子就合着热热的澡水，边把肩膀静悄悄地沉下去。

浴室里没有一点声息，弓子就越发担心了。

直到方才，她好像还在发烧，正睡着呢。说是那场火灾使她的感冒好利索了，难道是真的吗？

“妈妈，我睡不着。”弓子直想这么说着，到浴室去探头看看。

今年正月间，峰子告诉她父亲还活着后，她曾到敬子下榻的那家旅店去了一趟。她回忆起，当时敬子也洗澡来着。

现在，敬子会不会又这么说呢？

“弓儿也暖一暖好不好？澡水好着呢。”

好像要是用澡水泡暖了，就能入睡似的。

然而，一直追到浴缸里面又好像是向敬子撒娇过了头。

敬子这是隔了好几天才洗的澡，心情轻快了。

深更半夜在温暖的浴室里独自这么待着，种种事好像就都得到了解脱似的，安宁感油然而生。

做完一天的工作，睡前入浴，每每都多少有这般感受。而今天幸免受灾，弓子又回来了，病仿佛也好了，一桩桩事都赶在一起。

“我是不是正如川村先生说的那样，命硬呢？……”

由于战争灾难，娘家的亲骨肉全都烧死了，可自己只因为嫁作他人妇，捡了一条命。就这样，人家还说她“运气好”，也许这就是人生。

店铺刚一开张，想不到也蛮顺利。

“明天起来后，又得忙乎啦……”敬子精神抖擞了。

还要到矢代家去，商量一下弓子的事。

她把蒙上水蒸气的镜子一擦，里面映着一张未加修饰、显出本来年龄的脸，另一方面却由于天生的性格还透着年轻。

敬子刚一出浴，弓子就喊道：

“妈妈，妈妈。”

“哎呀，弓儿，醒了吗？”

“妈妈，您还洗澡，不要紧吗？”

“妈妈结实，所以……”敬子点上灯，轻轻地坐在弓子的床头。

弓子有点腼腆似的仰望着敬子。

敬子往下抚摸弓子的眼睑：

“妈妈硬朗着呢。”

## 奇特的自由

小山动身去大阪后，朝子尽管觉得寂寞，却也感到了奇特的自由。

寂寞也罢，自由也罢，都跟做姑娘的时期迥然不同。

“小山要是不在了，我就要大偷其懒。”朝子跟娘家的母亲和哥哥都曾这么说过，但丈夫外出期间独自在租来的屋子里究竟怎么偷懒法呢？身体却闲得怪发慌的。

两个人从事同样的工作，虽然说是相互尊重对方的“自由”，但是不知不觉之间主导权好像就被小山掌握了似的。

小山丝毫也不指望朝子做个对丈夫照顾得周周到到的妻子。然而他总是对朝子的工作提出要求。

朝子不愿意做的工作，小山也会从什么地方找了来，硬塞给她。

他不高兴朝子上台去演那些需要自己负担一部分费用的戏。

“已经不是小姐玩儿票的时候啦。还是得先打好两个人的生活基础。”小山说。

难道他真是连两个人的生活，那遥远的未来都考虑到了吗？

朝子认为，只不过是他这个小气的吝啬鬼对生活心怀恐惧而已。

小山还阻拦她参加这次的公演。

“趁着他不在家，我去上演。”朝子忽然起了对抗的情绪，“他把我当作玩偶，打算小心翼翼地操纵玩偶，到头来却会把玩偶毁掉的。”

小山对生活的见解是冷冰冰的，犹如紧紧地上了锁一般。

朝子觉得，她跟他既不能像夫妇，也不能像朋友那样畅所欲言，心里越来越不满。

在小山旁边，朝子找不到自己的位置。

倘若小山允许朝子生孩子，说不定朝子就会放弃自己的工作，把小山的工作看成是自己的，像世间许多妻子那样献身于丈夫。不知什么地方，这种乡愁般的感怀在摇曳。

如果她自己也靠工作维持生活，她就希望能够更独立自主，有更大的自由。

一旦结了婚，女人这方面无形中就有着得照男人的意愿行事、受男人束缚之处；朝子随时都意识到小山，她抑制着自己，退避三舍，也不大说话了。

小山走后，朝子就回绝了小山替她约定的两三档子工作。

“可不要觉得过意不去。”她这样给自己打气。

她同意在南星座即将公演的一出戏中担任配角。

敬子店铺的生意好像很兴隆，她估计会接济自己的。

要是朋友邀她去咖啡馆，小山在的期间，她就得掂量一下囊中的钱。可如今花这点钱就用不着发怵了。

跟丈夫别离后才一个星期，镜中的脸好像已变得白皙丰腴了似的，有时朝子觉得可悲。

“这叫作夫妇吗？……你一点儿也不理解我。”朝子对远方的小山嘟囔道。

一天晚上，朝子回到屋子里，只见晚报上放着个白信封。

是小山的来信。

朝子依然穿着大衣，把手伸到逐渐透出火色的电炉那点可怜的暖气上，又将棉坐垫放在膝下，读那封信。

小山告诉她，自己已在广播公司的宿舍里安顿下来，接着就逐条开列着要朝子注意的一些事务性事项，以及他的意见。

当朝子读到这里的计划中也有适合于她演出的节目，所以“三月间两个人也可以在大阪一道过”之句时，她还是感到不够意思。

她希望他能表示“想一道过”或“一道过吧”，而不是“也可以一道过”。

信的末尾另起一行，写着：两三天前东京的报纸上刊登过有关麻布一家外国人住宅着火的消息，那个门牌号码是否就在敬子家附近呢？

朝子漏读了那条消息。

她把乱丢在身边的报纸归拢在一起。

六日下午六点二十分左右，二楼的锅炉房起火，木头结构的二层楼一百五十坪全部烧毁，因靠近都营电车车站，致使电车运行暂时受阻。

朝子觉得，这位肯纳尔曼先生家好像就在敬子家隔壁。

“我压根儿不知道哇。娘也真是，为什么不通知我一声呢？……”

说起六日，那正是她给弓子打电话的当天啊。敬子拖拖拉拉地还没有退烧。

“明天去一趟看看吧。”

她想请敬子把公演的海报挂在店里，也想托付一下戏票的事。

话又说回来了，小山虽然身在大阪，似乎还在仔仔细细地读着东京的报纸。她开始认为，他也未必就是个薄情郎。

朝子从壁橱里抱出被褥。

法兰绒睡衣是冰凉的。毛毯也没把她的身子焐暖。

她又重读了一遍小山的信。

朝子尽自着急，一发不可收拾，焦躁不已。

“哎呀，讨厌。”

唯一可靠的好像就是血逐渐暖和起来了，她一会儿把腿蜷起，一会儿又伸直。

第二天她睡了懒觉。下午一点来钟到敬子的店里去了。

店前停着一辆新车。

她心想，会不会又像上次那样，敬子成了女客的俘虏，害得她久等呢？一推门，看见了田部那浑圆的肩膀。

细溜溜地穿着浅咖啡色套服的田部妻子，脸朝着门口。指头上闪着钻石。朝子看出是敬子推销给她的。

“您们好。上次公演的时候，多谢啦。”朝子像个怯生生的少奶奶似的，装腔作势地说。

朝子思忖，田部夫妇嘛，大概又可以认购几张票了吧。我来得正是时候。

“您总是这么忙吗？”田部的妻子直率地问道。

“唉，总是……这个月又有演出了，就更不得闲啦。这一次也希望您们赏光。”

她就像是希望母亲替她说几句好话似的，朝敬子眨了眨眼，敬子的神情却变得忧郁不安了。

“咱们去看吧，你说呢？”田部的妻子对丈夫说了一声，就重新打量起朝子的姿容说，“像您这样的工作，蛮有乐趣吧。”

朝子露出了谦虚和蔼的笑脸。

然后，她把一张卷得细细的海报递到母亲手里。

“娘，请您给贴在醒目的地方好吗？”

敬子好歹点了点头。

“橱窗正好，不行吗？”

“橱窗吗？……”敬子犹豫起来。

田部搭腔说：

“朝子小姐，上次演戏的时候，您还是闺女呢。”

朝子想起，然而自己已经有身孕啦，可她并不曾形之于色。

“这回可已经结婚啦，作为演员，也能演出个中妙处了吧。懂得人生的各个方面……”

“我不懂得。说不定还失掉了一心一意的劲头呢。”

“跟你先生是同行，能相互勉励啊。”

“好像是彼此正在把个性吞噬掉似的。”

“彼此吞噬掉，可够吓人的。”田部看着妻子笑了，“哦，上次昭男到府上来拜访，还承蒙留他过了夜。”

敬子离开了座位，漫不经心地把陈列橱里的戒指挪动了一下。

“因为我在后台晕倒了，大夫对我放心不下。”朝子说。

“我这个人什么业余爱好也没有，可是别看昭男那副样子，不论西洋音乐还是歌舞伎，他好像大致都听过看过。说是去年曾承蒙你送给他音乐会的票。他还说，想请你到哪儿走走呢。”

“大夫的身体好吗？我已经好久没见着他啦……”

“嗯，多半还好吧，我正在劝他好歹成家算啦。”

“要是大夫的话……喏，娘。”朝子为了征求母亲的同意，回头看了看。敬子那闷闷不乐的面孔使她感到纳闷。

“我们也正在拜托令堂呢。”田部用直率的声调说。

敬子轻轻地倚着陈列橱。

“最近大家一道吃顿饭吧。”田部站起来了，“晚上的话，太太也可以吧？”

朝子也和敬子并肩一直送他们到店外。

朝子挨近那辆小轿车望了望：

“好看。这车是什么牌子呀？”

“奥佩尔。据说是德国车……”田部的妻子像是在谈旁人的事似的回答着，她坐上驾驶台，用左手扶着方向盘。

“是太太开车吗？”敬子也往车子里扫了一眼。

“说是下次要是穷下来了，就去当个出租汽车司机。总比擦皮鞋强吧。”

田部这么说着，就从另一边的门稳稳当当地坐到妻子旁边。

“这样一个大块头助手，教我可为难啦。”她做了个嫌丈夫的胖腿碍事的手势，挂上了挡。

车马上就像个活物一般跑起来了。

“田部先生看上去生意蛮兴隆的。”朝子说，“那颗钻石也是从您这儿买去的吧？”

“今天是由于咱家附近着了火，来慰问的。”敬子边说边走进店堂。她没告诉朝子田部来送钻石款子的事。

“邻居全烧光啦。吓了一跳吧。”

“岂止是吓一跳。我还以为自己命中注定就是到这儿来挨烧的，好害怕啊。”

敬子把朝子领到窗户那儿去。

“你瞧瞧遮篷。折叠好的褶子上头有烧煳的印儿吧。火星落上去了。”

“我漏读了报纸，一直不晓得。哪怕是给我来张明信片也好嘛……”

“……”

“小山不放心，从大阪写信来啦。”

“小山先生他……”

“这个人就是特别。信写得仿佛是在一条条地罗列事项，末尾儿才提到火灾的事。”

敬子自己动手归置起给客人喝红茶的茶碗来了。

朝子仍坐在儿，说：

“娘，我到这儿来住住行吗？”

“你一个人寂寞吧？行啊。昨天把家里搬动了一下，楼下的屋子里空出一张床来。我睡楼上的床，弓儿睡沙发床。你要是住的话，就跟清在一块儿。”

“弓儿还住着吗？”

朝子仿佛感到惊愕，露出锐利的目光。

"不是你给打的电话吗？"

"是啊。那时我可怜娘，我想帮忙也没有工夫，所以才请弓儿来的呀。我可没想到她就势稀里糊涂地住下来不走啦。"

"昨天我到矢代先生家去问候了一下。矢代先生是一位和善、通情达理的人，那位姑妈对我可似乎没有好感。"

"哪里用得着娘去问候呀。应该由对方来向您问候嘛。简直是把人看扁了。"

"我要是不去，弓儿的处境可就难啦。"

"我不愿意让娘去向他们低头。弓儿嘛，又不是娃娃，就该自个儿去解决。"

"不是这么回事儿。"

朝子站起来，踱来踱去。

"娘跟弓儿在二楼睡觉吗？我跟哥哥在楼下，倒像是前房的子女哩。"

"啊？"

"我嘛，既然回到这儿来了，哪怕一个晚上也好，愿意跟娘睡呀。"

敬子无话可说，就将红茶茶碗放在托盘上，上二楼去了。

"朝子的婚姻也并不幸福。"敬子这么想着，就马上下了楼，"小山先生什么时候回来呀？"

"月底要回来一趟，可是在大阪究竟工作到什么时候，好像不大清楚。"

"时间拖长了，你也去大阪吗？"

"谁知道会怎样呢？现在我一个人，心情可轻松啦。我长胖了吧？"

"把小山先生一个人撂在那儿，可不对头。"

"夫妻间的事儿，娘也没法理解。"朝子眼睛里露出想要这么说的神色，微微一笑：

"我原来以为他承认我是个能自食其力的人，他本人是自由的，我也是自由的。可其实我一点儿也不自由。他越任意妄为，我越好像是逐渐缩作一团。我总是对他多心，为了不让他瞧不起我，不是逞能，就是脚不着地，晕头转向。我累啦。只为了避免让他失望，我还做了一些不适合于我的，要么就是无聊的工作。”

“你低首下心，乖乖儿地向他请教，不就结啦？”

“他想平等地对待我。至少表面上是如此……表面上赏识我，其实我的任何一方面他都不承认。他本想把我培养成一个好演员，骨子里是打算让我挣钱。”

“倒好像是你对这方面的要求太挑剔了似的。”

“我觉得自己内部仿佛有两个女人。一个又哭又撒娇，另一个是会演戏的女人……跟小山在一起的话，两样都办不到。连演戏我都总觉得有点怯场。”

“……”

“由于小山不在，这次上台演戏我认为准能演好。排练的时候还受到称赞，逐渐进入了角色。娘也来看吧。我再也不会晕倒啦……”朝子的面容重新变得开朗起来，“时间到了，该去排练啦。这票就拜托您吧。田部先生那方面也请娘托付一下。”

“田部先生那里就算啦。”

“为什么？……上次也买了嘛。”

“……”

“那串紫色的项链和手镯，我也可以借去演戏用用吧？”朝子说着就站起来走向陈列橱。

“可别给弄丢了啊。”

宝石的紫色跟朝子身上穿的灰衣服很般配。

朝子自己好像扣不好那细链的金属卡子，敬子就绕到她身后去。

由于头发短，后颈就略微显得长了，透着白皙，细腻光滑。

“朝子，你越发出挑啦。”

敬子脱口而出。

朝子绷紧了肩膀。

女儿的后颈那成熟的美，使敬子吃惊得就像是看到了什么新鲜东西似的。

敬子想起，当弓子到她下榻的千驮谷旅店去看望她时，头发已剪短了，她曾替弓子洗过脖颈。弓子生来皮肤就白，娇嫩得就像是有胎毛似的。

“娘的手好凉啊。”朝子摇了摇头。

敬子把手缩了回去。

跟女儿的青春刚好相反，敬子的手曾几何时每一节都添了细碎的皱纹，逐渐衰老了。没办法呀，她也认头了。

“也许太高级了吧……”朝子说，“不过，我要戴这个。我扮演织毛线活儿的娼妇。要是脖子和手腕上没有首饰，在那儿编织着，我的形象好像就会被破坏了似的。”

朝子在镜子里寻找着母亲的面容。

朝子把镯子也戴在手脖子上说：

“今天我就这样戴走试试。行吧？”

敬子默默地点了点头。

“弓儿多晚啊。”

“今天晚上朝子不是也要回到这儿来吗？那样就能见着面了。”

“娘，岛木先生要是知道了弓儿在这里，会不会来呢？我也肯把弓儿看成娘的孩子。另一方面，希望弓儿也只当她没有这么个爸爸。那个人即使露面了，娘也不会理睬他吧？”

敬子为了避免心烦，什么也没回答。

“上次我跟哥哥也谈过，娘爱做什么就做什么，我都不在乎。小山甚至说，娘的脸比我显得还年轻呢。即使娘要再婚，我也不会吃惊。”

"你在说什么呀！"

"我唯一不能容忍的是岛木先生回到这个家里来。我可不愿意。"

朝子那激烈口吻使敬子畏缩了，她却又说：

"娘，田部先生是来讨弓儿的吧？"

"……"

"说是要在哪儿招待咱们，会不会就成了弓儿和田部大夫的相亲呢？"

敬子焦躁起来，觉得朝子有点儿可恨。

"弓儿多好哇。我羡慕她。"

"你说什么呀？"

"可不是好吗？要是田部大夫的话……弓儿喜欢田部大夫哩。我都看出来了，娘大概老早就想让哥哥和弓儿成为夫妻，可弓儿跟他是像兄妹那样长大的，所以生不出这种感情。哥哥自个儿闷闷不乐，也是白搭。"

"……"

"在这个家里，弓儿待在身边，哥哥又要患神经衰弱了吧。愁眉不展，说话带刺儿，我觉得讨厌。"

说话带刺儿的不正是朝子本人吗?! 敬子边这么想，边说：

"近来，清可完全不一样啦。他开始考虑帮助我过日子了，也变得稳重啦。就拿昨天来说，挺重的家具和床，统统都是他自己搬动的，把屋子重新布置了一下。他对谁都和善。"

朝子站在店堂里的镜子跟前，噘起嘴唇，重新涂口红。

"您就早点儿把田部大夫这档子事决定下来吧。这样一来，哥哥也就死了这条心。我呢，每次公演，就让田部先生当赞助人。"

敬子把朝子撂在那儿，打算退回到自己屋去。

"我觉得弓儿是愿意的，要不我去弄清一下弓儿的意思吧？"

"可别那样……"

"您这是怎么啦，娘？"

朝子边戴帽子，边在镜中瞧见了母亲马上就要有气无力地瘫下去般的背影。

朝子自是感到有些蹊跷。

朝子出去后，敬子在店堂里呆坐了片晌。

等到戏排练完了，朝子大概先绕到她租的那间屋里去，把换洗的衣服准备一下再来住。但敬子总觉得这家的和睦或是她本人的平静好像又会被搅乱似的。

“本来倒也说不上这家和我本人有什么和睦或平静……”

眼下她被朝子惹急了，疲倦得厉害。

她听了朝子那番话，不禁纳闷着朝子和小山之间的关系到底怎么样。她对两个人的生活感到非常不安。

她认为，那是两个人的性格所起的难以抑制的变化造成的，旁人是无可奈何的。

然而，朝子竟轻率地说出把弓子给了昭男就好啦这种话，使敬子听罢，胸口憋得难受，以致不能仔细考虑其他的事。朝子仿佛挺残忍，甚至可怕。

敬子也晓得，朝子老早就有这个想法了，但恐怕不是出于对弓子的深切关怀。

然而，兴许朝子正因为态度冷淡，才彻底看清了弓子喜欢昭男吧。

“会不会由于朝子对昭男抱着好感，她才更能了解弓儿的心情呢？……”敬子又这样怀疑着。

不管怎样，既然知道了俊三还活着，就更绝对不能让弓子和昭男结婚了。

俊三失踪后，敬子就和昭男结合了。要是让弓子跟昭男成为夫妇，那还了得！万一见到了俊三，敬子真不知道如何交代。一想到这里，就浑身发抖。

尽管她们母女没有血缘关系，然而田部是大致晓得昭男和敬子之间的关系的；但他还是把这档子亲事强加于人，如此硬干，她也认为是荒谬的。

多半是田部一个人在使劲儿，昭男没有瓜葛吧。刚才敬子还想从田部妻子的神态来刺探一下呢。

“小叔子昭男这次感冒也拖得够久了。”田部的妻子这么温存地一说，敬子心里就涌现出奇怪的胡思乱想：难道这个人也悄悄地爱着昭男吗？

昭男为了敬子而搬进目白的公寓后不久，敬子曾冒着初秋的劲风前去看望他。他却告诉敬子，田部的妻子刚刚告辞。那一天的事也浮现到敬子的脑际。

但是清晰地浮现出来的并不是当时那轻微的疑窦，而是与昭男热烈地做爱的姿态。

“他是我最后一个珍爱的人。”每逢想起昭男，敬子就痛苦不堪，“我再也不会爱上什么人啦。”

只要一追忆起昭男的事，俊三的生死等等就钻到心灵的旮旯儿里去了。

敬子竭力想把昭男忘掉，可是由于昭男的哥哥嫂嫂来访，仿佛又从伤口处重新喷出了鲜血似的。

弓子回来的时候，敬子脸上也没能马上泛出快活的神色。

“妈妈，冷吗？外面可冷啦。”

“不，店里按理说不会冷的。就着这儿的炉子烤烤吧。”

弓子把手伸到炉子上方。敬子摸了摸那双手。

朝子曾说敬子的手凉，然而她呆坐着的时候已经暖和起来了，比从外面回来的弓子的手温暖多了。

“刚才朝子一直等弓儿来着。”

“是吗？她来了啊？”

“多半从今儿晚上起，要回家来住啦。她一个人大概无聊吧。”

“姐姐教我回来，可连封信都还没给她写呢，多不好啊。”弓子嘀咕着。

“在那以前，田部先生也和太太一道为了咱家差点儿被延烧，来慰问了。”敬子说。

她思忖，兴许迟早得跟弓子谈一谈昭男的事。是不是朝子来之前就谈才好呢？

简直弄不清朝子会跟弓子谈些什么。

“哥哥还没？……”弓子问。

“还没有呢。”

“妈妈，今天的晚饭就让弓子操持吧。”

“嗯，你瞧着办吧。”

“估计哥哥会回来，那么川村先生和姐姐呢？……”

“川村先生就算啦。朝子排练后，大概会饿着肚子回来，给她留点儿什么就行啦。”

弓子站起来，轻盈地爬楼梯上了二楼。

弓子好像并不曾由于听说田部夫妇来访就联想到其弟昭男。而且，她那口吻毋宁像是等待着清回来似的。敬子这么感觉。这也许是一种一厢情愿的解释，然而她的心情多少轻松一些了。

从二楼传来了弓子和文子那年轻活泼的笑声。

过一会儿，文子下来了，边横穿过店堂边说：

“太太，我去买点儿东西。”

“是弓儿吩咐的吗？……”

“唉。”

“是什么呀？”

“小姐读了妇女杂志的附录。”

“好像可以打一顿牙祭啦。”

不久，清回来了，从二楼的厨房里发出了弓子对文子说话的声音。

敬子上了店门，躺到床上了。

天仿佛逐渐长了似的。

弓子为了饭前让屋子暖和一点，就去关二楼的板窗，就势俯视了一下马路。

有个人影儿贴近关严了的店窗而立，突然离开，快步走远了。

“哎呀！”

那背影像是父亲的。

弓子蹿下了楼梯。连拧开门上的钥匙都等不及。

她仿佛不曾留意到清正守着店堂里的炉子烤火。

她朝着人影走去的方向小跑。

“弓儿，弓儿。”清追在后面，抓住她的肩膀。

弓子立即想甩开。

“怎么啦？”

“……”

“有谁走过去了吗？”清察觉到弓子的心脏跳得厉害，就说，“爸爸？……”

弓子点了点头。

弓子刚一点头，仿佛两腿就发软似的，停下了脚步。

“到哪边去啦？”清焦急地问。

“……”

“爸爸到哪边去啦？”

弓子目送着电车道。

“这边吗？”

“已经看不见啦。”

“去看看吧。”

“算啦。”

“快去找吧。”清催促着弓子。

弓子犹豫着。

“是由于我神经过敏。”

“磨磨蹭蹭地可不行。”

“准是弄错了人……”

“弓儿看见了吧？”

“穿得整整齐齐。爹现在不会那样吧？”

“啊？”

“落魄啦……”

意思是说，恐怕是一副寒酸相吗？清恨不得使劲摇晃着弓子的肩膀的：

“这种事儿就不去管它了……反正像是爸爸吧？”

“是我神经过敏。”

“爸爸好修饰，会打扮得整整齐齐地来的。”

“……”

“会不会躲到横街里去了呢？去看看吧。”

“用不着啦。即使是爹，我也不找啦。”

“这么说着的工夫，就没影儿啦。”

“……”

“是不是弓儿从楼上看着，打了招呼呢？”

弓子摇了摇头。

“也许是爸爸哩。爸爸好像会来看看的。我这么想来着。”

“爹不会来的。”

“不，会来的。”

“回去啦。”弓子缩着肩膀，回头望了望，“菜刚做半截儿，我就出来啦。”

“那玩意儿，怎么着都行嘛。”

“我不去找爹啦。我不愿意。”

“那么，我去替你找回来。”

“哥哥！”弓子喊了一声，清却急步而行，头都没回。

弓子的悲哀好像刺穿了清似的，他非要把那个长得跟俊三相似的人弄清楚不可。

弓子伫立在那儿，一直目送到清的身影消失在那边的横街里。

然后她走动了，但那脚不像是在踩着地面。

她来到烧毁了的邻家那儿，挨近石墙站着。在昏暗的冷僻处，眼泪夺眶而下，连路都看不见了。

她全靠用一只手摸着石墙来走路。

清替她去找那个长得像爹的人，可一直找到哪儿去了呢？

弓子巴不得倚着石墙一直等到清回来，然而毕竟有行人。

“一定不是爹。爹是轻易不会来的。只因为我正在想着爹的事，所以才认错了人。”弓子这么说给自己听，但一想到要是清把父亲领回来了，又该怎么办呢？她心里就感到痛苦。

下起小雨来了，清稍微淋湿了一些，回到了家。

听到好像是弓子在厨房干活的声音，清正要上二楼去，敬子却从店堂尽头的屋里招呼他。

“什么事儿呀？”

清走到门前站着。

“你为了什么事儿从弓子后面追出去了呀？”

“什么事儿都没有。”

“是吗？”

敬子既不像是要站起走出来，也不像是在等待清打开门。

“你务必得让弓儿消停消停。”

“我明白。”

门后面，什么也不再说了。

“娘，在设计式样吗？”

“是啊。我忽然想出来的，正画张草图试试。待会儿你再把杂志上的法语读给我听听。”

清上了二楼，朝厨房探了探头。

弓子一边搅和一口大煎锅，一边回过头来。她那双有神的眼睛睁得大大的，宛若申诉什么似的。

“没有找到。”

弓子用眼神答应了。

清再也没有什么可说的了。

“下起雨来啦。”

“淋着了吗？对不起。”

“那雨还不至于淋湿人。我以为会变成雪呢，就看了会子。今年没下雪啊。”

“……”

“做什么呢？”

“炒饭。因为是冷饭……用了不少黄油，可能会挨妈妈说呢。”

也许是女人气十足地活动着身子的关系，弓子的表情意外地开朗，清也就放心了。

“好香啊。是什么炒饭？……”

“什么都有。把这儿剩的东西全都放进去了。”弓子熄灭了煤气，“成了杂和饭。其他菜是从书上看到的，没有把握，所以借着饭来糊弄过去。”

“我们竟被杂和饭和没有把握的菜来糊弄一通啊。”

“这就端去了，你到那边去吧……”

“嗯。”

清到大房间里去了，可是心神不定。

他把窗户打开一道缝儿，伸出头去，俯视着马路。

“按说他是不会折回来的……”明知道是这样，清还是挂念着。

他又觉得，是自己寻找不得法。

灯光从他打开的窗户透出去，在下面的道路上明亮地舒展开来。柏油路被雨淋湿了。

一辆都营电车驶了过去。经过时站在车门口的年轻女人抬头望着清。

端着盘子走过来的弓子一看到清在眺望马路，好像吃了一惊。

清关上窗，安详地说：

“弓儿，我替你把爸爸找回来。”

“用不着。想找的话，我也能够找……”弓子掉过头去，到厨房那边去了。

“不过，兴许我去找要更好一些。”

清把弓子的父亲找回来后究竟怎么办？除非见到了俊三，否则清本人也不摸头绪。

然而，为了弓子，清也想跟俊三当面谈一谈。

清并不希望俊三回到这个家来重新跟敬子一道过日子，俊三自己恐怕也没有这样的打算。

清不像朝子那样憎恨、鄙视弓子的父亲。近来他已经宽容到能替俊三设身处地地考虑了，但是竟像那样撇弃母亲而去，不管怎么说也是难以饶恕的。

俊三不仅遗弃了母亲，也许还遗弃了一切。而且，说不定母亲和他们兄妹对于促使他这么做也是有责任的。

就连年纪轻轻的清本人，有时候也不是没动过恨不得舍弃一切的念头。

“可是，也难为我在那样一个人身边生活来着呢。”他时而这么想，“要是没有他，朝子和我都会成为不同的人了吧。”

不过，唯独弓子是不一样的。

朝子举行婚礼的那个晚上，清正要拥抱弓子时，她却说了句：

“爹去世了，现在我是个弱者。”

再也没有比这句更使清吃不消的话了。

第二天早晨弓子不就从家里出走了吗？

自从听说父亲还在世后，弓子反而回到敬子的怀抱里来了，她心中该隐藏着对父亲的何等悲哀啊。

方才清一面走东街串西巷地寻找跟俊三长得相像的那个人，一面也曾这么思索着。

弓子又从厨房里端菜来了。

“弓儿，我还没跟你谈过你不在家期间，我到乡下去旅行的事吧？”

“没有。”

“去年树上刚吐出新芽的季节，弓子病倒过一阵子。你还记得当时我买回一部《全国方言辞典》，想到穷乡僻壤去来着吗？”

“记得呀。”

“我说过想在乡下的炉边谈谈话。这次我不是在新年放假期间去的吗？深山里下着雪，围炉谈了话。我是和朋友一道，到处去寻访那些阵亡学生的遗族。”

弓子看着清，点了点头。

“你猜猜当我回到东京后，最感到吃惊的是什么？是文字的泛滥，文字的狂舞。看上去街上净是招牌和广告上的文字。待在东京，好像就麻痹了，可那简直到了令人头痛的地步。满街的文字，仿佛在交口喊着大都会的生存竞争有多么剧烈。”

弓子站着等候清的话告个段落，这时才说：

“再端饭来，就齐啦。”

于是，弓子又去了一趟厨房，摘下围裙，招呼了敬子。

敬子就座后，弓子就越发温和地跟清面对面地坐下来。

敬子觉察出，弓子那双望着清的眼睛里泛着坦率的神色。

“娘，我正跟弓儿讲起新年旅行的事儿呢。”清说。

“是吗？我也还没详细地听过呢。”

## 未失掉的影子

那天从早晨起，东京一带就刮着劲风，傍晚的风速是十八米，转瞬间就达到二十六米。

“欢乐”歌舞酒馆一个顾客也没有，灯火辉煌的大厅里，玻璃饰穗开始旋转了，但仍旧给人以空荡荡的感觉。

然而，乐队队员还是准时登上了舞台。

少女歌手从临街的入口踱了进来，依然用手使劲按着大衣领口，横跨过大厅，爬上螺旋形楼梯，步入化妆室。

女人们也一个接一个地顶风而来。

“真够呛。”她们相互梳拢着被风刮乱了的头发。

“脸都快划破啦。”

大家都重新化了妆。

“这样的日子，就是来了也是白搭。”

“我怕店里冷冷清清，怪不合适的，可是跑来一看，想不到都到齐啦。歇他一天就好啦。”

她们聚在没有顾客的大厅角落里闲聊着。

奏起慢四步爵士舞曲来了。也有两个女的一道起舞的。白制服侍役也凑上来跳了跳。

进来了五六个大学生模样的顾客。

少女歌手站在舞台上唱了支歌，大意是教堂里唯一的钟被盗，所以谁都结不成婚了。

年轻的顾客们鼓掌，像是对抗着外面的风似的，开始起哄。

不知什么地方哐啷哐啷地直响，要是一动不动地待着的话身上就发冷。

将近九点钟光景，一个姓东野的熟客带着个同伴来了。

“峰子小姐！”今天晚上侍役在入口招呼的声音分外嘹亮，响彻大厅。

东野是自从峰子换到这家店那个晚上以来的主顾。

他好像比外表要有钱，习惯于一喝威士忌就待上老半天。

这段时间他慢慢地跟女人们说话，或跟峰子跳跳舞。至于他风流不风流，就不得而知了。

东野说自己是单身，听上去倒不像是为了吸引女人而编的谎话。然而已经四十开外并且显得怯懦的他，好像缺乏朝气，不大吃香。

女招待们认定他是峰子特定的主顾。

他时而给峰子买个带镜子的小粉盒或香水，时而又客客气气地邀她去做短途旅行。

向峰子表示此等好意的顾客另外也还有，她并不打算深深倾心于他。

然而，正因为这是个狂风大作的夜晚，峰子一看见正在衣帽间存大衣的东野，毕竟还是感到高兴起来。

峰子赶紧迎出来，只见东野的同伴是个意想不到的人，她连招呼都忘记打了。

那是俊三的同事，如今担任着俊三原先职务的高尾。

高尾瞧见了峰子就大笑道：

“嘿，你在这儿呢。好久不见啦……”

“您来啦。好久不见啦。”

“还健在啊。你可越来越漂亮啦……”

“哎呀。”

“你越来越漂亮啦，又听说岛木君还活着，世上怪事儿多得很。”

峰子和高尾像是老相识般地寒暄着。东野看上去倒有点气馁了。

东野那双仿佛怯生生的眼睛使峰子觉得可笑。她说：

“我在高尾先生那家出版社里受了很长时期的照顾。”

“是吗？这样我就明白啦。”东野点了点头。

“二位都喝威士忌吗？……”峰子问。

东野一向喝这个。

“我那杯给兑上普通苏打水。”高尾这么说，他好像已经在什么地方喝过了，脸上一片红晕。

东野喝酒，从来也不上脸。

峰子把他们叫的酒通知了侍役。

“您说：‘我这样就明白啦。’您明白了什么呀？”她挨近东野，一双大眼睛含情脉脉。

“真让人吃惊。你连声音都变啦。”东野还没回答，高尾就说，“东野君说，让我同他的意中人见见面，就顶着这样的风把我领来啦。”

峰子已觉察出大概是这么回事，所以眼睛也罢，声调也罢，都在向东野卖弄风情。

“我再也没想到这位意中人是你哩。”

“是我，让您失望了吧？”峰子轻松地回应着，她感觉出，今天晚上高尾也处在向东野讨好的境地。

“喏，明白了什么呀？”峰子轻轻地碰了一下东野的肘部。

“关于你的风言风语。”

“什么风言风语呀？……”

“店里的风言风语。”

“哎呀。风言风语就是风言风语。据说把人家的风言风语信以为真的人是寡情寡义的……”

“什么样的风言风语呀？”高尾插了嘴，做出非常想听的样子。

“风言风语的老底儿，统统都由高尾社长来泄露。”

“那就包给我吧。可是，不论男女，要是没有任何风言风语，那会怪寂寞的。就像你在社里的时候那样……”

“那风言风语好像就是关于我在社里的时候的。”

“这么说来，由于你的花开起来了，所以关于你的风言风语也遍地开花。”

“我的花从来也没开过。”

“还是花苞吗？”

“这怎么说呢？还没开花，仿佛就要谢了似的。”

两个人含着些许暗示，这么交谈着。

关于峰子，人们传说她原来在出版社工作，跟那里的社长一道情死未遂，要么就是使社长因失恋而自杀。

有些顾客对有关女人过去经历的“风言风语”感兴趣，在他们之间，峰子有着奇妙的人缘。

峰子仿佛又有一腔蕴含着忧愁的神秘激情。

峰子认为东野是试图引诱自己这么个女人的那些好奇的顾客中的一位。

东野并不豪饮，所以女招待们也不大围上来。可由于今天晚上东野有个伴儿，就有两三个女招待凑上前来，坐下了。

峰子让她们留下来陪东野，却和高尾翩翩起舞。她想谈谈俊三的事。

“我原来以为岛木先生要是见到了小姐，精神就会振作起来呢……净是一些寡情的人。”

“倒不一定是寡情，可是大家都几乎自顾不暇啊。”

峰子听了这话，觉得高尾是在替自己分辩，她心里百感交集。

“把自己照顾好了，再去替旁人考虑吗？聪明人大概就是这样的吧。愚蠢的女人却把自己的事抛在脑后，去为别人卖力气。如果从而能顾上自己，就算走运，顾不上也没关系。”

“打那以后，公司也一点儿都不见起色。”高尾果然这么说了。

“就拿这种刮风的晚上来说，岛木先生究竟有没有个家还不知道呢。”

“家嘛，也有各式各样的。”

“才没有各式各样的呢。自己的家只有一个。而岛木先生是没有的。”

“出版社还向东野君新借了一笔钱呢。”

峰子想当然地认定：那个时期公司虽已濒于垮台，不管怎样它也是岛木的。高尾顶替了岛木，现在好歹有几个人还能维持生活，那就应该为他做点事情。

“我和东野君是同乡。在中学里，我比他的班次低。自从我们的杂志刊登橱窗的照片以来，就由于同乡的情谊……”高尾说。

东野拥有一家小工厂，设计橱窗并制造橱窗零件。据说两年前，他妻子撇下一个孩子去世了，眼下跟母亲、女佣和那个孩子，四个人一道过日子。

高尾连有电冰箱和洗衣机的东野家的情况都详细讲了一通：

“他是个正经人，你们交往一个时期后，他也许会要求你跟他结婚。准会这样的。”

峰子心里也动摇了一下，只觉得一直是朦朦胧胧的东野好像忽然通体发亮了似的，可是这下子她就愈益怀念起不啻曾为自己打开生涯的俊三来了。

“说岛木先生患了神经衰弱，就把他打发掉了……即便是严重的神经衰弱，终归是公司的工作造成的吧。”

峰子想谈俊三的事，高尾则继续东野这个话题，简直是牛头不对马嘴。

“高尾先生是认认真真地为岛木先生举行葬礼的吗？”

高尾的酒也醒了。舞也跳得不起劲了。

他心里对峰子的纯真无邪感到几分惊讶，觉得棘手。

“我一点儿也不想为岛木先生送葬。如果在追悼会上指名要我即席发表谈话，说不定我会喊：‘搞错啦！搞错啦！’假若是现在的话，我大概会自己站出来抗议的。”

“当时是没办法啊。”

“认为没办法，这就是寡情。要是自己内部的那颗想念那个人的心死了，那个人也就死了。”

裸露着白里略微透青般的肩和背的峰子这么说着，身上发散出馨香的气味。高尾跟她跳舞的时候还是觉得难以置信，这是个不可思议的女人。

“你知道岛木君现在待在哪儿吗？”

高尾这么一问，峰子摇了摇头。

现在她确实不知道。

“什么呀。连待在哪儿都不知道，不是让人无可奈何吗？”高尾像是把肚子里的话倾吐出来似的说。

他的口气是轻松的，既像是巧妙地推卸了自己的责任，又像是在揶揄峰子。

“我还只当你现在也跟岛木君有联系，养活着他呢。”

峰子好像不曾理会到舞曲已结束了，她仍把手放在高尾的肩上站着。

“明白。一定去找。大家都认为已经死掉了的人，我还找到过一次呢。”

“怎样去找呢？”

“怎样都去找。”

下一支曲子开始了，高尾尽管不起劲，又移动起舞步来。

“你有着奇妙的自信哩。”

“不是自信。”

然而由于峰子被高尾击中了要害，所以她不便说这是爱情和诚意的问题。

峰子同她一度找到过的那个人又失散了。

与其说是峰子同俊三失散了，毋宁说是俊三再度从峰子面前消失了踪迹。

正如上次未能把俊三一直抓住，这次抓到他后也未能将他留住。

前些日子峰子曾寻思，也许敬子和弓子已经去过，并找到了俊三吧。她想弄清楚，就到俊三那座位于浅草山谷的隐居处去看他，然而他已不在那儿了。

“我甚至还把他领到我的房间去过呢，可是他连行踪都不告诉我。”峰子觉得犹如从山崖上被推下去了似的。又像是被撇在夜晚的沙漠上了。

她遇到过一个曾在山谷认识俊三的人。那人说：

“那位先生老老实实，斯斯文文，一点儿也不贪，好像会有谁分点活儿给他做似的。他究竟到哪儿去了呢？大概离不开大川沿岸一带吧。兴许在明石町附近吧。”

峰子也曾沿着筑地明石町的那条河岸走过。

河岸的那条马路上，堵着一座青灰色的大型冷冻工厂，发散出运河的臭水沟气味和即将腐烂的鱼的气味。

几乎要坍塌到河水里去似的岸边上，排列着一座座窝棚。

停放着几辆装了垃圾的小型箱式车子。面色红润的幼儿身穿毛衣，待在车子的夹缝里，朝河水眺望着。

一个少年正在兜售鱼杂碎，体格健壮的姑娘们围着他的自行车。

“他不会在这种地方的。”当时峰子这么觉得，所以也就没能鼓起勇气去向窝棚里的人们打听俊三的事。

“由于岛木君，酒都醒啦。”高尾回到座位后，连饮好几杯。

东野诧异地轮流打量着峰子和高尾：

“怎么啦？”

“没什么，是幽灵的故事。”

不知什么时候，风停了。约莫过了十点钟，顾客零零落落地聚拢来。

大厅里的空气也被烟酒气味弄得混浊起来，像是座歌舞酒馆的样子了。乐队也在酝酿着气氛。

高尾又醉上来了，三番五次地说：

“峰子纯真无邪啊。”

东野像往常那样，让峰子陪着，在摇骰子杯。

“怎么样？打烊以后，在新桥一带吃点热的好不好？高尾君也在，我送你回家去。”

“掷骰子来决定吧。我要是输了，让你请客可就不对头了。我要是赢了就奉陪。好吗？”

峰子不擅长赌输赢。即使对方掷出来的点儿小，她也大多认输。

“准会输的。”她这么想着，从东野手里接过骰子杯，以熟练的手势摇了一下。

五个骰子清一色是一点和六点[1]。

“好厉害！”

东野像是吓呆了似的看着峰子的脸，他自己不想再摇了。

“我把红色的雷诺停在酒馆稍微靠向京桥的地方等着。尽量早点儿来吧。”

他用的是异乎寻常的坚决命令的口吻。

峰子把正在同一张桌子跟前陪着高尾的宫子也邀上了。

女人们除非是喝得酩酊大醉，不然到了打烊的时候就会既饿且累。

但是峰子由于掷出了不像是自己的大点儿，从而意识到了俊三的存在。俊三是擅长赌输赢的。

在这家酒馆，不论对旁的女招待还是对顾客，峰子都没谈过俊三的事。

不知打哪儿传来的关于自己往事的风言风语，峰子也当作没听见，不吱声。这样就越发加深了峰子魅力的层次。

1　一点和六点分别代表天和地，其他四点分别代表东西南北。天和地最大。

今天晚上见到了高尾，得以谈谈俊三的事。于是峰子也回忆起自己在出版社的时期那副像一只淋湿了的猫一般凄惨的样子。

俊三失踪的前一天，曾对峰子说：

“除非神情开朗，不然的话是交不上好运的。你要是认为自己是美人儿，你就是个美人儿了。”

这下子峰子的生活道路就完全改变了。

她在酒吧和歌舞酒馆学会了喝酒抽烟，也会陪人跳舞了。还遇到了跟她说上几句话的男人。

不论西装还是和服，她都各做了几套，这样在人前就不至于觉得难为情了。

只要峰子有意，她大概总能过上普通人的生活。

然而，她不想搬出二楼那间租来的屋子，她还是俊三在公司时就住在那儿了。

因为她觉得，迟早有一天，俊三也许会忽然溜来。

“让东野先生送我去，要是被到我家来的岛木先生瞧见了呢？……”连这样的事峰子都嘀咕，但又觉得，女招待原是习惯于让顾客用车送的，就换上了和服。

峰子和宫子到外面去一看，深红色的雷诺在等着。

东野在驾驶台上斜起身子，把头贴在窗玻璃上，正守望着峰子她们出来。

那是一辆只能坐四个人的小型车。宫子说声：“对不起。”就挨着高尾坐下了。峰子只好坐在驾驶台的东野旁边。

“前边坐着更舒服。”

东野这么说着握起变速杆的时候，峰子把膝盖闪开了。

银座的单行线上，车辆像是重叠在一起似的，好容易才从车缝间挤出去，上了通衢大街。今天晚上东野态度积极，边往东边开车，边说：

“跟我在外面从从容容地见一次面行不行？”

“嗯，可是我有个白天工作、上夜校的弟弟。酒馆放假，我还得替他洗衣服，偶尔也想让他看上一场电影。没空儿啊。”

“连这位弟弟也一道去怎么样？这次的星期天也好嘛……”

“这个星期天……”

又要到大川沿岸一带去找俊三的事，她是说不出口的。

“从高尾君那儿听到了各种事儿。果然是我心目中的那样一个人。”

高尾究竟说了些什么来鼓动东野呢？

“峰子这个人纯真无邪。”高尾喝醉后曾反复这么说，峰子回顾起他的话来却觉得讨厌。

东野打算到坐落在新桥车站前那条窄巷子里的一家叫作“幸月”的别致的小饭馆去。他让三个人在角落里下了车，就去找停车场。

那是等候东野的仅仅几秒钟间出的事。

峰子望到了沿着小巷尽头的屋檐下迅速消失了的影子般的人，就跑起来，和服下摆都凌乱了。

“社长先生！社长先生！……”

峰子的尖叫声使得高尾愕然伫立在那里。

高尾也觉得那像是岛木，但犹如看到了幽灵一般。

那个人被招呼后也没回头。

他好像理会到自己被招呼了，于是就加快了步子。

尽管有点脏，该穿的衣服都穿着，还围着一条黑围巾。

峰子追上去后，就像是要缠住他似的央求说：

“社长先生，我找您来着。简直不知道我是怎么找的。”

她喘着粗气。

“丢人现眼。彼此都丢人现眼。”

俊三仿佛躲避她，继续往前走着。

他的面庞并不憔悴。清亮的眼睛泛着凄凉神色。

先前那种忐忑不安的神态已荡然无存。

“高尾先生也在那儿呢。”

“我不认识这么个人。”

“就是出版社的高尾先生呀。”

“忘掉啦。”

“请您跟他见见面吧。”

“我想遁世。我是被安葬过一次的人。还不如把我丢开别管……”

“我没有安葬您。我不会丢开您不管。”

“我要是露了面，只不过是使人们的生活乱了套。”

“您要是不露面，我就乱了套。小姐也……”

俊三边踱步，边背过脸去。欲言又止，仅仅吐出口白气。

“您现在在哪儿呢？”

“我们这伙人所在的地方。”

“我跟着去。”峰子紧紧攥住了俊三的胳膊。

“您要是生病了，怎么办呢？”

“不会生病。人的身体构造就是有灵活性。过着生不起病的日子就不会生病。”

“跟我一起回去吧。”

“我现在正在回去呢。”

“回到哪儿去呢？”

“丢开我别管好不好。求求你啦！”

“即使不到我那儿去，也让小姐见见您的面啊……”

“也别告诉女儿，你曾见到过我。”

“我领着小姐来，也不行吗？”

“饶了我吧。正因为你好像会向我女儿泄露，我才离开浅草的。”

“您要是肯到我那儿去，我绝不跟任何人说。”

“我们已经是个连气味都不同的人啦。”

峰子本人甚至也闻见了歌舞酒馆的女人那甜蜜的香水味儿。

俊三身上莫非发散出流浪汉的气味不成？难道他浸透着东京的污垢以及大川那股腐烂了的垃圾气味不成？

“你好像已经完全变成另一个人了似的。”有点羞涩似的看着俊三锐利的目光，使得她一时怯生生的。

“你就告诉高尾君认错了人好啦。”他甩开峰子的胳膊就敏捷地踏进了眼前的车流。

“危险啊！”

峰子用双手捂住眼睛。

俊三仿佛没把那排疾驰的车辆放在眼里，只顾横跨过电车道。

峰子找不到空隙来挤进车辆之间。

“峰子姐！东野先生要你把那一位也领去呢……”

峰子听见了宫子从后面挨过来呼唤她的声音，倒反而认头了。

在设有地铁站台那一头的新桥站入口，俊三的背影混进了人群。

峰子感到，这里有着自己力所不能及的东西。

“那位先生是什么人呀？……”宫子问道。

“我认为是恩人……”

宫子既没点头，也不曾由于看到峰子这副样子而再问什么。

两个人迟一些走进了“幸月”，东野和高尾已经喝起来了。

老板娘和蔼可亲地把蒸热的毛巾和菜单也送到峰子跟前。

峰子露出一副觉得寒冷的神色，坐在那儿一句话也不说。

大家的情绪低落下来了。

东野用夹着香烟的那只手把酒杯举到嘴边。

“我要……”宫子叫了生大头鱼片茶泡饭，“峰子姐要什么呀？”

峰子发着呆。

“怎么样？”她把东野这么说着递过来的酒杯接住，轻轻地一饮而尽，杯子沾上了口红。

高尾也边把那只酒杯斟满，边说：

“是岛木君呀。”

“……”

“你被他甩掉了吧？”

“不是那么回事。”峰子忽然像反驳般地说，一双大眼睛含着热烈的光。

“你这个人真厉害。”高尾接着给峰子斟酒，“你刚说准能把他找到，那个人的身影就出现了。”

“您就只当跟自己没关系似的，冷眼旁观来着吗？”

“我不是也告诉了东野君，还叫这一位去请你们了吗？”

“您就不肯亲自来一趟吗？”

“眼下还是别去惊动他的好。他不是自个儿断绝了一切，逃掉的吗？你虽然找到了他，可也没能把他领来。你不是露出一副被甩掉的神色，垂头丧气地回来的吗？”

峰子接连喝了几杯，眼睛下面泛起一片红晕。

“岛木君原先就有那么一种孤零零地从家庭和社会中挣脱出来的意味。他有一种难以形容的、散发着郁闷气息般的魅力。如今回顾起来，你正是抓住了这一点。”

“……”

“可你是抓不住岛木君的。你仔细看了他刚才的背影吗？你拼命地追，什么也没瞧见吧？”

峰子心想，她再也不跟高尾谈俊三的事了。

“活人的手是捉不住幽灵的。”

“……”

“你也死了这条心吧，去给东野君当太太好不好？”

高尾改变了语调，眼睛稍微带点调皮的神色。

“您净跟人开玩笑……”

峰子由于干这一行，陪顾客的时候这样的话几乎都听腻了。

她已经习惯了，不像是认真对待的样子，轻轻地避开。可又用带有媚意的眼睛瞧着东野。

俊三那事儿就算是结束了，还是这样来得轻松。

东野大概很喜欢峰子，听了高尾那句直截了当的话，他脸上泛出腼腆的笑容。

“我当媒人。”高尾顺水推舟。

“是一位寡情寡义的媒人，可是东野先生总不至于从人世间消失吧。”峰子用女招待那种吊对方胃口的口吻说。

东野尽管显得怯懦，他的侧脸却有着生活安定的男人那股子刚强。说不定峰子是由于对女招待这一行已经熟练到家了，才看出这一点的。

宫子吃完了热乎的茶泡饭，就用法克特代理商的粉扑将鼻尖儿重新擦拭了一番。

“承您款待了，谢谢。太晚了，我该……”她边这么说着边要站起来。

“等一等，等一等，用我的车把你、高尾君和峰子小姐都送回去。”

“好好儿一门亲事，就怕被我打搅了。”

“据说媒人寡情寡义，你要是不陪着，就更没把握啦。”高尾按住宫子的肩膀。

“真的，绕道会耽误的。”

“欲速则不达。喏，东野君。”

“你去哪儿？……”东野问宫子。

“神社旁边儿……去麻布。”

“麻布啊。按顺序，接着就是四谷的高尾君喽。峰子小姐呢？……”

“我可不得了呢。去本乡啊。”

“我去大冢，所以没什么不得了的。”

“刚好顺路。”高尾也说。

“深夜驾车兜风，我也蛮喜欢的。”

“您的孩子是位小姐吧。为了她也该早点儿回去才好。”

“她是奶奶拉扯大的。老早就在奶奶的怀抱里睡着啦。”

“多孤单啊。”

“我不会丢下女儿离家出走的，这一点令人放心。”东野说罢，叫了米饭。

“还是吃点儿什么，身上热乎热乎才好。这家的鱼饭蛮有滋味哩。还有蘑菇黄酱汤……”他也替峰子张罗着。

他们走到外面，出租汽车寥寥无几了。深夜的市街直到远处都是肃静而冷飕飕的。

峰子又坐到东野身旁的助手席上了。

“令弟多大啦？”车子跑起来后不久，东野问道。

“弟弟吗？二十岁。现在为了考大学，正用功呢。”

“你在替他挣学费吗？”

“先生的孩子呢？……”

“女儿是十一岁。”

“太太是什么时候去世的？”

“女儿九岁的时候……”

“前年喽。”

汽车加快了速度，沿着溜池朝左边行驶。

“太太在世的时候，您也喜欢去歌舞酒馆来着吗？”

“我是最近才开始喝酒的。”

高尾从后面的座位上跟东野开玩笑说：

“喂，司机，危险啊。”

“二位都是那么一副平心静气的样子，真令人担心。”宫子含笑说。

车子驶到麻布的马路上后，高尾“哦”的大叫一声，从后面摇了摇峰子的肩头。

“噢，就在这儿。这里就是岛木夫人的那家珠宝店。”

东野放慢了车速。

在大家都入睡后静悄悄的一排房子当中，有一爿虽小然而漂亮的店铺。峰子甚至瞧见了一个年轻女人的苗条背影，刚从出租汽车里下来，站在店前正要开门呢。

“一定是那个结了婚的女儿。”高尾也从车窗里回头望了望，“也许回来住了吧。”

东野这辆雷诺过一会儿就把宫子撂下了。

独自被撇在后面座位上的高尾打了个大哈欠，也说不上是对谁喃喃地说：

“岛木君好像也值得羡慕哩。我也累啦，希望患上神经衰弱这么个玩意儿。要是老婆在工作，稀里糊涂地从家里出走也蛮好嘛。”

浸透全身的寂寥使峰子闭上了眼睛。

没能够一直脚跟脚地追在俊三后面，深更半夜却同这个想跟自己结婚的男人像这样驰车，她觉得是不可思议的。

刚才混进了新桥车站人群中的俊三那背影，以及两个人在大川岸边的客栈过夜后，第二天早晨俊三的笑脸，重叠着浮现到她的脑际。

俊三打算那天早晨就隐遁，仿佛由于跟峰子一道过的这一夜并未出差池而舒了口气。

然而，峰子也受了创伤。

“我没能把他抓住。”峰子觉得懊悔，因此至今没有死心。毋宁是越发恋慕起俊三来了。

# 春天来临

田部寄来了歌舞伎座的票，弄得敬子心情沉重。

票是三张。

田部的意思是不是给敬子和弓子各一张，另一张给朝子呢？可没有清的。

对方大概是由哥哥夫妇伴同昭男前来。

敬子没有陪着弓子去的勇气和自信。

“已经到了这般地步，难道还要让弓子和昭男先生相亲不成？……”

也许田部就是要郑重其事地走这个形式。

“派清替我去吧。”敬子想出了这个主意。

要是清和弓子去了，田部那一厢情愿的意图也就会受挫了吧。

至少昭男无疑是忍受不了的。即使对弓子动心，也会受到束缚。

然而敬子只把票往钢笔盘里一放，不论对弓子还是对朝子都不曾说她自己不想去。

“也不知道多少年没看歌舞伎啦……”弓子高兴着。弓子好像没有什么顾虑，敬子不想让她看到自己的顾虑。

敬子认为，她跟弓子分开来过的这段时间，弓子变了。

究竟哪方面变了，怎么变了，是说不清楚的，然而有些地方似乎变得女人气多了。

正如两三年前的朝子一样，弓子一脱下校服，就明显地注意起化妆啦、西服是否合身啦。

又不是新毛衣，可她偏偏对着镜子摸摸领子，将下摆提上去又撂下来。有时被敬子撞见了，就害起羞来。

只要是新东西或是别人的东西，她就容易被吸引住。

个子比朝子小的弓子还想穿高跟鞋试试。

“妈妈的鞋我穿着正合适。”弓子穿上敬子那双黑色小山羊皮高跟鞋，按住裙子，盯着看自己的脚。

她还长时间坐在敬子的三面镜前，刷着指甲。

以前，敬子没见过弓子这样的身影。

敬子瞧见弓子正在抹敬子近来使用的深玫瑰色口红，就说：

“弓儿，这不合适。妈妈有颜色更鲜艳的。不再用了，给你吧。”她从手提包里取出丹吉牌唇膏，放在弓子手上。

弓子把刚才涂的口红擦掉，用丹吉牌唇膏描着嘴唇。

“喔，多红啊。”她用舌头舔了舔，“这唇膏好吃哩。”

她蓦地回过头来看着敬子。

“妈妈也涂这个就好啦……我也给妈妈涂。”弓子仿佛是搂着敬子的脖子一般，红红地涂在她的嘴唇上，“瞧，妈妈又会像先前那样变得生气勃勃啦。”

“先前那样？……”

“朝子姐举行婚礼的时候也……那阵子妈妈不是也用这个来着吗？您自己还说，要变成二十岁……”

那阵子，她涂了这支唇膏去吻昭男，把昭男的嘴唇也沾红了。替他擦掉唇膏的那块手绢，她没有洗，至今还收着呢。

敬子的脸红了。

正如朝子从母亲敬子那儿吸收了各种东西，弓子也不知不觉间极其自然地开始侵犯敬子的地盘。敬子有这样的感觉。

“妈妈，这支更好。”弓子把手搭在敬子的肩上说。这样望着敬子的弓子好像已经不再是少女，而是一个女人了。

映在镜中的是涂着红艳艳唇膏的两片嘴唇。

敬子急忙把唇膏擦掉了。

弓子走开后，她悄悄地对镜而坐。

陪着弓子到昭男跟前去，敬子认为这是对她的一种严厉惩罚。

“弓儿现在还偷偷地爱着昭男先生吗？……”敬子时而起这样的疑心，每次都会冒出嫉妒的蓝色火焰，这使她愁眉不展。

敬子注意着弓子，想看透她把精神寄托在哪儿。

弓子对待清的态度好像也起了变化。

清身上所起的变化，敬子也感受得到。

清不再像以前那样绷着脸，怀着不安的情绪，张皇失措地追在弓子后面了。

清在二楼时而跟弓子谈得很投机，时而让文子也加入，三个人打扑克玩，直到敬子把楼下店堂的门关好后上去为止。

弓子之所以像这样不再躲避清，究竟是由于她的心情开朗了，还是仅仅由于她长大了，变得宽厚了呢？

当敬子重新抹上深玫瑰色口红的时候，弓子身着灰裙，配以红毛衣，又走入镜中。

“要到哪儿去吗？”敬子说。

“到‘大波斯菊’去剪头发。待会儿妈妈不是也来吗？”

“我就算啦。”

“可是，明天还出门呢，妈妈不是讨厌现做头发吗？”

“明天的戏，妈妈不想奉陪啦。”

“哎呀，为什么呢？……”

“我的身体还不大得劲儿，万一看着戏发起痒来，多讨厌啊。”

敬子患流感发烧后，引起皮炎，有点像是难以根治的过敏症。刚以为痊愈了，胳膊和咽喉上又浮现出发痒的红斑点来。

她接连不断地去大夫那儿做静脉注射。

“我正想着让清替我去呢。”

弓子凝视了敬子一会儿。

“头发剪短后，这儿很容易脏。”她一边把脖颈那儿的头发往上拢着，一边爽爽快快地走出屋子。

敬子晓得弓子习惯于在自己跟前越发装出一副孩子气。眼下弓子并没有死乞白赖地缠住她，想让她一道去，所以就又使敬子感到新的不安。

等到清回来后，敬子说：

“清，明天你替我去歌舞伎座吧。是田部先生招待的……我想托你监视朝子和弓儿。”

“监视？……监视什么呀？”清回头看着母亲。

敬子光着身子站在镜子前面。

她刚从海里游罢泳上岸。海水珠顺着胸脯淌下来。

乳房既显得年轻，小腹也不松弛。

她在梦中想着，我正在做美丽的梦。

镜中那扇门开了，昭男一进来就丢给她一条大浴巾。

浴巾仿佛降落伞似的张开落下来。

它裹住敬子的整个身子。

敬子用浴巾的边缘擦了擦湿淋淋的脸。她没有描眉，眉黛却把浴巾弄得污黑了。她没有涂口红，浴巾却被染红了。

难道眉毛脱落了吗？敬子吓得毛骨悚然。她“啊”地大叫一声就醒了。

然而迷迷糊糊地还发困。惊恐逐渐消失，而自己在梦中裸露着年轻的肌体，得以无拘无束地与情人相会的那种甜蜜的快乐犹有余韵。

“古怪的天气。”弓子说话的声音传入敬子耳里。还有清的嗓音。这是早晨。

风在房子周围呼啸着。

“风刮得这么猛，可一点儿都不冷。春天会不会来得早呢？”

“近几年入了三月还会冷起来或者下雪呢。”清这么回答着弓子。

敬子也起床了，隔着盥洗间的小窗眺望那好像要闹天气的苍穹。

忽而淅淅沥沥地下起小阵雨，忽而又露出一片蓝天。

吃罢早饭，朝子忽地顶风出门去了。

过一会儿就下起雨来了。

上午的店里没有顾客，川村摊开了报纸。

敬子把杯子里的水浇在兰花上。

这已经是第四盆兰花了。

“老是同样的花啊。”川村说。

“是啊。顾客不论什么时候来都有同样的花，也蛮好嘛。”

“改成玫瑰怎样呢，太太……”

“过些日子再说吧。”

“太太的玫瑰就那么丢在目白的房子里，怪可惜了儿的。栽在盆里不好吗？”

“盆里也罢，别的地方也罢，利用营业的空闲可栽不出好花来吧。求别人帮忙也没意思……”

敬子想起丢掉玫瑰的时候，她正在闹恋爱来着。

“太太，今天早晨的报纸上刊登着，说栽培出了蓝玫瑰哩。”

“蓝玫瑰？……”敬子也坐下来，读了那段消息：

英国玫瑰育种家马克雷迪先生倾十年心血及一百五十万元研究费，去年栽出世界最早之“蓝玫瑰”。据悉，此乃四季均开之大朵品种，花型美丽，香气馥郁，树质结实。最近日本亦已进口此品种，预定于五月之“春季玫瑰展览会”上展出。

“就像这样，栽培玫瑰花也不得了。下次我要是栽培玫瑰花的话，什么橱窗、门和镜子都不要，就只由玫瑰陪伴我过日子。”

不知什么时候起，雨停了，空中的云彩泛着淡淡的颜色。

“风也止住了，我去注射。”敬子站起来了，“隐退后栽培玫瑰也好哇。”

“不行，不行。太太是一辈子也隐退不了的。”川村说。

“这就很难说了。与其自寻短见或愤世嫉俗，还不如和玫瑰花共度余年呢，对吧？”

“岛木先生也怀着跟玫瑰共度余年的心情，在什么地方过着隐遁生活吧？”

川村无意中把敬子送出门去。

敬子担心他会目送她的背影，却又不曾回头去望望。

她是第一次患流行性感冒时找附近的这位医生给诊治的。打那以后，就一直由他给看病。

在这个时刻，医生总是下午去出诊，按理说，家里的患者寥寥无几。可今天，候诊室的椅子上却坐着一些大概是趁着天空放晴前来的人。

敬子边等着轮到自己，边把电影杂志摊开在膝上读着。

她连对弓子也没打声招呼就出来了。

“既然是去歌舞伎座，天儿也晴了，她也许想穿上和服吧？……”

敬子还觉得，弓子或许会打电话来，要求她替自己系上腰带。

然而，弓子近来连对敬子恐怕也不会这么撒娇了吧。

“朝子替她系得了腰带吗？……”

朝子也许打算从她外出的地方，绕到歌舞伎座去呢。

昭男看到过弓子穿和服的模样吗？朝子举行婚礼的时候，弓子也穿着塔夫绸西装，所以他不曾看到过。今天朝子当然还穿西装，假若弓子一个人穿和服的话……

“那副打扮才有点儿像是来相亲的呢。”

一穿上和服，弓子就变得温柔典雅。

“白井女士。”护士喊着敬子。

也许是流感的后遗症吧，虽然引起了皮炎，也不过仅仅进行静脉注射罢了。

大概是在钙里配了些什么，温乎乎的，像是把血管扩张开来似的。注射后不久就会发困，弄得敬子心烦。

皮炎也消停下来，只是在浴后或活动了一下身体后仍稍微发痒就是了。不把它放在心上的话也能忘掉。

今天她就想最后一次注射结束算了。

“行吧。”医生也说。

敬子打算问医生一件事。

从一月起，她就一直没有来例假。

她好像还没到更年期呢，然而也常听说“早期更年期症状”等等。难道也轮到自己了吗？她感到不安起来。

外貌和心情还没衰老，而女人的生理状况竟然就消失了吗？然而，敬子害臊得像个姑娘似的，以致在医生面前她始终未能开口。

她还担心万一怀了孕可怎么办。

那是可能的。

不论是怀清那时候，还是怀朝子那时候，敬子都老早就有了发冷般的不舒服的感觉，食欲不振，马上就知道要做母亲了。

现在呢，胃口好，也不怎么觉得累。

“该不至于吧。”敬子尽管打消了这个想法，她却害怕重新接受医生的诊察。

敬子走出医院，径直回来了。她往店门里面探头望了望，喃喃地说：

“没有顾客啊。”

川村不曾理会。

敬子就那样走了过去，进了隔壁的“大波斯菊”。

她想躲开去跟昭男等人见面的弓子他们，一直等到清和弓子都出门后再回去。

她要求洗发并冷烫。

“得足足花两个钟头吧？”

“唉，尽量给您赶一赶吧。”美容师说。

“别，不要紧的。这样的天气，店里也空闲着呢……”

由于舍不得时间，朝子举行婚礼以来敬子就没再烫过发，已经长得够长的了。

她得在不舒适的椅子上坐好久，但与其回到店里心神不定地待着，好像还不如就这么一动不动地听凭旁人摆布呢。

被分成好几绺的头发由美容师用粉红色卷发器卷起来的时候，敬子怀着不安的心情回顾着往事。

由于跟俊三一道度过的六七年，一次也没怀过孕，所以对敬子来说这是早已被忘却了的事。

和俊三过日子的期间，她时而也想过要孩子。

希望将娃娃那稚嫩的生命搂在怀里，这正证明着她是爱俊三的。但曾几何时，她认定自己是不会再怀孕的了。自从和俊三的关系变得松松散散以来，她就想：亏得没跟俊三生孩子，否则清和朝子就会更觉得厌烦，还会使弓子伤心。

去年秋天她和昭男去看玫瑰展览会，上了百货公司的屋顶平台后，敬子曾说假若现在的自己是二十岁就好了，并喃喃地说：

“我想要个娃娃。”

这曾使昭男吓了一跳。

然而那不啻是发自女人内心深处的爱情胡话。也可以说是毫无希望的梦呓。

“绝不至于在已经分手了的今天……”

昭男那年轻而有朝气的面影溜进心坎后，敬子冷不防由于困惑与羞耻，眼前的一切都消失了。肌肤也有点冒汗。

“太太，您不舒服吗？”美容师说。

“没什么。”

敬子想，得沉下心来，沉下心来看个究竟。她抑制着自己。

然而，这叫怎么回事呢？

“是更年期的症候呢，还是怀孕的兆头呢？”

敬子遇到了女人身上所发生的残酷而富有讽刺意味的疑窦，就再次联想到自己的年龄。

敬子罩上烘干器后，美容师无意中说：

“昨天小姐光临啦……我也不由得看呆了。从学校里毕业后，指不定还会变得多么漂亮呢，连我都高高兴兴地盼望着。美容院隔壁盖起了一座漂亮的珠宝店，又有那样一位小姐，我实在是……”

敬子闭上了眼睛。

年轻的美容师一边从卷发上拔下发夹，一边说：

“像今天这样来回变天气的日子，可真少见。又下雨了，突然冷起来啦。”

她说要让敬子带把伞，敬子却谢绝了。她沿着檐下回到店里。

雨刮到脸蛋和手上，给淋得冷冰冰的。

川村依然独自守在店里。

“您到哪儿去啦？各位乘着迎接的车子走啦。”

“车子？……”

“唉，车子……”

“谁来迎接的？”

“谁嘛，光是车子呀。太太也不作声就出门啦……弓子小姐说，大概到大夫那儿去了，要顺路去看看。”

“就在隔壁来着。”敬子背对着川村，把椅子挪近火炉，搓揉着冰凉的手。

川村把视线移到敬子那光润整洁的头发上，觉得她好像永葆青春似的，感到不可思议。

“既然就在隔壁，您只要稍微招呼一声就……”

“弓子穿着和服去的吗？”

“可漂亮啦。”

“哦。”

“又穿和服，又烫头发，就连这样的天气女人也打扮，可真令人佩服。”

“所以戒指才卖得出去嘛。”敬子冷冷地说。

“喔，是这样……”

“川村先生，你也可以回去啦。像这样的天气，也不会有顾客上门了吧。”

这诚然是个寒冷的傍晚，雨下着，发出阴沉沉的声音。

“刚觉得有点春天的气息了，又像这样啦。”

川村这么说着，朝外面一看：一辆车子在店前停下来了。

川村灵机一动，把照明灯拧亮了。坐车来的客人推开门径直走了进来。

像是射入敬子眼帘般的那个客人，原来是昭男。

敬子猛地站了起来，两腿发软，不能动弹了。

敬子刚一抬起眼睛，昭男就原地停下脚步。

“你没生病呀？我还以为你在卧床呢……”

“……你是来看望我的吗？”

敬子天真地这么认为，并小声地说了出来，但因事出意外而感到的惊骇却不曾平息。

她说不下去了。

昭男是从哪儿来的？为什么要到这儿来？敬子摸不着头脑。

近两个月来，敬子一味地想见见昭男，可又连偶然相逢她都心怀畏惧。

眼下，在明亮的灯光下轮廓鲜明地面对面站着，浑身的血管好像都扩张开来了似的。

然而，川村就待在那儿呢。

敬子请昭男坐在椅子上，她自己也在他面前坐下来。

昭男仿佛连雨衣都忘记脱了。

他那年轻优美的体态使她油然产生了亲昵温存的感情，就好像直到昨天他们还在见面似的。

“你也应该在一起的，难道还没到那边去吗？”敬子无意中用熟悉的口吻说了起来。

那次不愉快的分手已了无痕迹。

但是昭男避开了敬子的眼睛，焦躁地点燃了香烟。

“你装傻卖呆，管什么用？”

昭男猛丢过来的这句话弄得敬子战战兢兢的。

“哥哥这个主意，你为什么不一开始就坚决拒绝呢？”

“是弓儿的事吗？……”

敬子迟迟疑疑地，却好像在刺探般地问。

“你不是应该清清楚楚地晓得，我是没有资格郑重其事地会见弓子小姐的吗？”

敬子抬起头，和昭男面面相觑。看得出他怀有仇恨心情。

敬子像是一口气地咽下什么硬块儿似的，忍耐住了。

“起初我还只当是由你来邀请朝子和弓子的呢。好像是有了什么误会。”

“我原以为哥哥他们太热心了，你也无可奈何，才造成这么个机会的。”

“不过，我……”

“清君代替你来啦。清君……”昭男想要说点儿什么，忽然仿佛奚落自己一般补上一句，“你这是想让我碰钉子。而且就这么做了，自己还装傻卖呆……”

“哎呀？我怎么会让你碰钉子呢？……”敬子嘴里虽这么说，却吓了一跳。

敬子曾经想过，假若派清代替自己去，田部那自以为是的意图就会受挫，昭男也无疑是忍受不了的。这似乎立见功效。昭男把这叫作让他“碰钉子”。

然而昭男遭到极大的羞辱后，一旦怒气冲冲地跑来，敬子就懊悔了：都怪自己不好。

昭男是不是无法忍受他那种可笑悲惨的处境，所以才看了半截戏就逃出来了呢？

假定是这样的话，昭男之所以这样激动，岂不是恰恰证明他倾心于弓子吗？他和敬子分手后，想念的也是弓子吗？

他兴许是由于一向对敬子怀着好意，所以才生这么大的气跑来的。

敬子想进一步了解昭男的心情。

由于川村待在店里，敬子没能对他把心窝子里的话掏出来。

“你是看了半截戏就溜出来的吗？”

“嗯。我借口想起了已约定去看望一个病人……”

“那么，你还回去吗？”

“回去？……”昭男目光锐利地看着敬子，“别跟我开玩笑啦。今天我对自己这糊涂劲儿感到厌烦透了。”

昭男像是在抑制着内心里的什么似的说罢，又补了一句：

“我原来打算今天晚上见到了你和弓子小姐后就去旅行的。那么就……”

昭男在雕花玻璃烟缸里按灭了香烟，就欠起身来。

昭男留下了关门的吧嗒声，背影在店堂的光线照到的地方伫立了片晌。他大概想叫一辆出租车，就边举着手边走起来了。

听到了从马路对面转过来的车声。

敬子连说声再见的工夫都没有。甚至没来得及去送他。

昭男待在这儿的时候川村一直捏着一把汗。敬子却把他忘记了，发了半晌呆。

“旅行？……他说，原来打算去旅行的。”

突然间，敬子一个劲儿地想跟着他去旅行了。

然而昭男所说的这样一句话，究竟是什么意思呢？

“今天晚上见到了你和弓子小姐……”

“去旅行”是由于想逃脱心头的烦闷吧。昭男感到苦恼。在生敬子的气的同时，昭男难得地表示出自我嫌恶。毫无疑问，那是由于他的内心活动过于棘手了。

而且，目前致使昭男感到苦恼的只能是敬子的事。跟敬子分手后，昭男的心情好像并不畅快。

也许昭男的苦恼与对弓子的恋慕纠缠在一起。

说不定昭男是由于在歌舞伎座与弓子久别重逢，何况她又是跟清结伴而来，他就待不下去了。于是就轻率地飞奔到敬子这儿来的吧。

要么就是昭男由于敬子而失去了弓子，因此而懊悔吧。

横竖他刚才是心绪不宁的。

“他是来责备我的。表面上是这样，骨子里却是来向我诉苦的。至少他还留给了我这个程度的亲密感情。”

这么一想，敬子的情绪就逐渐稳定下来了。

如今敬子只有以母亲或姐姐般的胸怀，设身处地为年轻的昭男着想，否则她好像就没有办法摆脱这种难堪的心情似的。

“晚安。太太，星星出来啦。”

川村做好了回去的准备，把半截身子探到大门外这么说。敬子听到后，这才仿佛刚从睡梦中醒过来一般，抬起头来。

“川村先生，那个人来过的事，请你瞒着清他们。”

川村依然面向着那边，弯起短脖子点了点头。

“从今天的天气也看得出，今年的气候不正常。跟早晨完全不一样，冷起来啦。原先好像春天快要到了似的……”

“……”

“太太，请您当心。”川村说罢，走出去了。

敬子锁上门，灭了灯，上了二楼。

她独自吃完了没有味道的饭。

“我虽然躺在床上，可是并不打算睡觉。文姐拾掇完了就可以去睡了。”她对女佣说。

她只脱了布袜，解下腰带，在床上和衣而卧。

从歌舞伎座回来的清和朝子会讲些什么给她听呢？她忐忑不安。

在弓子的青春与美貌面前，她感到自己呆若木鸡。不仅是清，连昭男都被弓子俘虏去了。

过了一会儿，听到车子在家门前停下来的声音。

敬子正用脚尖去寻找拖鞋，文子开门去了。

敬子又把膝盖以下的部位，缩回到温暖的毛毯里。

楼下发出一阵子热闹的声音。

没出去迎接成的敬子身边袭来了寂寥。

“晚安！”传来了弓子开朗地嚷出的这么一声以及她跑上楼梯的脚步声。

“你回来啦……”

“哎呀，妈妈，您还没睡呢？我回来啦……”

“怎么样？”

“外边可冷啦……”

弓子仿佛是由于又冷又累而目光炯炯。

“戏怎么样？开心吗？……”敬子像是探听般地问。

“好像蛮有意思，可是我感到格格不入。而且总觉得沉不下心来。”

“为什么沉不下心来呢？”

“也许是因为不习惯吧？……”弓子边这么说，边背对着她，给她看腰带，“是不是系得不对头呢？……”

“也难为你自个儿系成这样。”

“妈妈不在，我可抓瞎啦。请文姐帮了帮忙。和服和腰带都乱七八糟的。”

“这样好像就成了，前边也让我看看。”

弓子像个木偶似的慢悠悠地转过身来：

“妈妈，您到哪儿去了呢？我们还顺便到大夫那儿去看了看。”

“我到隔壁去啦。”

“是隔壁呀？”弓子看了一下敬子的头，并没怎么觉得奇怪。

她把绦带解开后，又背对着敬子。

她动手解腰带，没有把握，大概想让敬子帮忙。

“朝子呢？……”

“姐姐说是还要去排练，最后一幕没有看，就回去啦。说是今天晚上要在排练场附近的朋友家过夜。”

“真糟糕。随随便便到各处去过夜，太不像话啦。”敬子稍微带点诙谐口吻说，然而她的心情却不安宁。

弓子把和服和汗衫放在床上。

“房间里都没有铺席子，可不好叠啦。”

“在歌舞伎座，穿和服的人多吗？”

“近来穿和服的人多起来啦。连这样的天气都……”

“下一次要是外国人到店里来，你就穿着和服做口译吧。”

弓子在法兰绒睡衣外面罩了件棉袍，到盥洗间那边去了。

敬子也下了床，追在后面问：

“弓儿，要洗澡吧？”

“洗完澡身子一暖和就会倒头大睡起来，所以我不洗。”

“倒头大睡多好呀。明天又是星期日……”

“从星期一起，就是铅周啦。”

“什么是铅周呀？”

“指的是考试……我得躺在床上稍微温习一下，不然的话就没有时间啦。明天从下午起，还得去一个地方……”

“去哪儿？”

“好地方……”

“好地方指的是哪儿呀？”

“好地方。”

弓子笑着重复同样的话。

从她的笑里，少女的羞涩隐约可见。敬子以为她或许去赴跟昭男之间的约会，就有点着急了。

“我是弓儿的监督。要是不说出到哪儿去，就不让你出门。”

“多讨厌，妈妈，还是考试的事。”

敬子感到扫兴。

尽管也是考试，可明天下午举行的却是弓子的就职考试。

弓子觉得不去考也罢，可又愿意测验一下自己。

倘若考上了，而且敬子也允许的话，弓子并没有完全放弃就业这个愿望。

如果告诉了敬子，准会受到劝阻。所以弓子把就职考试的事当成秘密似的说成是去个“好地方”。

弓子在浴室里只洗了脸和手脚就回来了。

敬子看着她那洗掉了淡淡的口红的嘴唇，说：

“今天你是化了一下妆才去的吧。”

弓子只点了点头。

“弓儿还是不涂口红的好。口红涂得太浓了，怎么着也会损害嘴唇的本色。”

“是吗？”

“日子久了就会这样。年龄倒是也有关系……”

“……”

“清不再上楼来了吧？”

“哥哥大概也有功课。”

清甚至不来说一声他回来了，这可有点儿奇怪。

敬子下楼去转了转，看看门锁好了没有，然后又探头望了一下清的屋子。

清面桌而坐。

屋子里依稀弥漫着香烟的烟雾。台灯的光使清那俯着的侧脸凸现出来。

从脖颈到肩膀的长相，活脱像是他已经去世的父亲。

“你一直没睡吗？”

“嗯。”

“给你拿点儿什么来吧？”

“不要。什么时候需要，我会到厨房去找的……”

炉子上放着开水壶。

“咖啡呢？……”

“我会妥当地自己弄。”清头也不回地回答说。

“可得当心煤气开关呀。”

敬子悄悄地踱出屋子。

洗完澡，敬子躺在床上后，弓子还没有睡。被头那儿露出教科书的一个角儿。

敬子想，大概是去了趟歌舞伎座，兴奋起来了。

“妈妈，有个同学……”弓子忽然搭话说，“对扇雀可着迷啦。我就不明白迷上演员和电影明星的那种人的心情。”

“是仰慕吧。”

“妈妈也仰慕过谁吗？……”

“我像你这么大的时候，就迷上过各种各样的东西。”

弓子又看了一会儿英语教科书，随后说：

“田部大夫今天晚上好像有点儿闷闷不乐，只待了不大工夫。田部先生笑着说：‘昭男恐怕失恋了吧……’”

敬子并没有说“失恋的对象就是你”，却代之以：

“田部先生净开这样的玩笑。”

“他笑得蛮开心哩。”

敬子的胸口又猛地堵住了。

难道弓子无意中在扰乱男人的心吗？敬子逐渐觉得弓子像是个妖精。

敬子把背转向弓子，闭上眼睛，摸摸肚子。按理说还看不出来。

“不走脑子，我这就睡啦。晚安。”弓子拧灭了灯。

田部既然说出昭男“失恋了”这样的话，他在歌舞伎座究竟看见了什么呢？敬子总想从弓子嘴里更多地探听点什么，但她对自己这样又感到厌恶。

田部瞧见昭男逃走了，大概也就明白了自己的计划难以推行。然而说不定也领会到昭男被弓子迷住了。

而且，清和朝子又是怎么想的呢？

但是，敬子比什么都想知道的是：弓子是否已经发觉了昭男对自己的爱情，却又装作没发觉。同时，她是否已经意识到了她自己对昭男的爱情。

就拿朝子举行婚礼的时候来说吧，弓子几乎是过于大胆地把它表示出来了，难道是不自觉的吗？

今天晚上派清去了这么一趟，兴许会使得昭男和清两方都受到了伤害呢。

昭男起码也对敬子感到了厌烦，所以才会像那样前来责备她的吧？

正如昭男所说的，要是谢绝田部的招待就好啦。

假若不便谢绝的话……

“即使难堪，我也应该亲自去才是。”

既然对自己来说，与昭男之间的爱情回忆是值得珍惜的，她就应该珍惜到最后，彻底真诚。

让清代替自己去，不论是对昭男，还是对弓子，或是对清，不是都缺乏真诚吗？

“我是不是对谁都不能彻底真诚呢？……”想到这里，敬子把腿蜷缩起来，将膝盖并在一起。

把俊三逼到那步田地，肯定也是自己不曾彻底真诚的缘故。想起俊三从家里出走那个时期的事，敬子直后悔。

“得把他找回来，做些补偿。”敬子一想到峰子是一往情深到令人害怕的程度，她就在床上更加把身子缩作一团。

想来弓子从家里出走也罢，昭男跟她分手也罢，毕竟还是自己的爱缺乏真诚的缘故。

清和朝子都没有温顺随和地长大成人。从现在起，不再顾自己，为了对自己所眷爱的昭男和弓子贯彻真诚……

“那就意味着让两个人结合吗？”想到这里，敬子就淌下冰冷的眼泪。

第二天午后，不知怎的，清和弓子一道出去了。敬子望着他们的背影，还是感到不安。

## 没有生活的生活

今年春季，峰子的弟弟就要从四年制的夜高中毕业了，他的志愿是投考国立大学。

峰子只有这一个兄弟。她指望着这个弟弟念完大学，然后当上一名公职人员。

“不过，那时我已经三十岁了。”峰子掐指一算弟弟大学毕业时自己的年龄，心里就感到不安。

看来她还得当几年女招待，直到弟弟能独立为止。

眼下好歹还能维持两个人的生活，然而女招待并不是个稳定的职业。好像是在踮着脚走路，明天还不知道会怎么样呢。

为了给哥哥或弟弟挣学费而干这一行的女招待，也并不罕见。有时她们这么聊着天：

“供他从学校里毕业了，也不会养活我。而我呢，可成了老太婆啦，怎么办呢？”

“为了孩子干活也是一样嘛。压在自己身上的东西，就得把它背到哪儿算哪儿。”

“为了弟弟，连婚都没结成，就守活寡呗。”

多亏峰子当上了女招待。弟弟就不再在公司里打工了，近来埋头准备大学的入学考试。

峰子从歌舞酒馆回来，累得睡下后，弟弟还在那里用着功。

“真了不起。好好干吧。”峰子这么说，精神也随着振作起来。

“我要是虚度了一年光阴，可就对不起姐姐呀。”弟弟也懂得这么说。

峰子学会了对顾客说奉承话以及陪酒等。生活中唯一的指望，就是当天能多拿到一些小费。

“不论他什么时候来，我就都能照顾他啦……”就这样，俊三的事峰子一天也没忘记过。

打从风雨之夜起，东野就更加频繁地到“欢乐”来，给峰子额外的小费，并且悄悄地塞给她带扣等小小的服饰品以及香水这样的化妆品，对她来说帮助很大。

像这类不起眼的消费品，会使得开销意想不到的大。

“想要什么？”

当东野这么问她的时候，她总提出只有操持家务的人才会提的那种要求，以表示跟他亲近：

“想要双布袜子。”

“布袜子嘛。好啊。我陪你到武藏屋去，量好尺寸，要几双就定做几双。”

“多谢啦。我还从来没穿过量了尺寸定做的布袜子呢。”

跟弟弟一道过日子，不知不觉间也不同于过去了，开支大了起来。

不论和东野混得多熟，他的举止也还是那么拙笨不自然，只是一点点地呷着威士忌而已。枯燥乏味。

然而他那种文静温和，使她觉得越来越像俊三了。

峰子和东野面对面坐着的时候，她那腔对俊三的恋慕之情就出乎意料地兜上心来。

酒馆打烊后，一连多少个夜晚她都是由东野驾着雷诺牌汽车送到本乡去，就像约定了似的。

一个晚上，东野在车里开口说：

“我非常喜欢你，你明白吗？”

“明白。”峰子也老老实实地回答说。

“那么，你辞掉工作好不好，跟我结婚？”

峰子连脸都发热了，她默不作声。

“我家里的事，高尾君统统都讲了，你已经知道了吧。”

“嗯，连有电冰箱和洗衣机的事都……”

“那种事儿是无所谓的，我是第二次，还有孩子。”

峰子点了点头，好像表示：这个她也知道。

本来可以坐在后面的座位上，峰子却挨着驾驶台的东野而坐。自从风雨交加的夜晚，跟高尾、宫子四个人共同乘车那次让她坐在那儿以来，就连两个人的时候她也和东野挨着坐了。

固然是由于让顾客驾车，自己却像乘客似的坐在后面，使她过意不去；但是，像这样偎依着东野的坐法，肯定是多少带点儿卖弄风情的意味。

峰子的肩膀和腰绷得紧紧的。

“先把你挂念的事解决了也可以。”东野停下车，边看着红色的信号灯边说。

后面那辆车的灯光把峰子背后的空席微微映亮了。这条马路旁，地铁正在施工。

车子开始驰向十字路口的时候，峰子假装不知道地边这么问边涨红了脸：

“我挂念的事指的是什么呀？……”

然而东野安详地说：

“岛木先生这个人，我可以陪着你去找。怎么样？”

“……”

“你想跟他结合吗？”

“不是这样的。”峰子当即否认，却已经是泪汪汪的了。

早年丧失父母的不幸，阴郁暗淡的女工时代，接着就像是被俊三选中了一般，在公司里做起事来。峰子像是一只在背阴地儿里毫无声息地活动着的“猫”似的。她暗中对俊三所怀的那腔恋慕之情不啻就是她的生命。

这之后，峰子步入了俊三最后那段生活，两个人好容易才互相理解了似的。峰子热得像一团火，可俊三已经孱弱得有气无力了，只是倦怠悲哀地抱抱她，甚至不曾强暴她一下。

这反而成为峰子毕生的一个奇妙的遗憾。

“哪怕一次也好，就真想属于他。”峰子的肉体不断地这么诉说着，好像颇不同于女儿仅仅为父亲的处境而担忧。

峰子对俊三一无所求。她只是渴望他把自己的一切拿去而已。倘若俊三想要的话，什么样的无偿献身她都在所不辞。

然而，俊三就像是个冰凉的影子，峰子抓不住。峰子只是不停地思慕，白白痛苦地扭动着身子而已。

“那桩事是解决不了的。”峰子用郁闷的声调说。

车子在本乡大街上疾驰着。

今晚东野大概也会乖乖儿地把峰子送到她家里去。

甚至即使车子驰往另一个方向，峰子也许都不会叫嚷。

尽管峰子对东野是放心的，骨子里却也感到缺点儿什么似的。

“弟弟正在用功，可您能不能上来一趟，喝口茶呢？”峰子招呼道。

“今天晚上就算啦。”

“为什么呢？”峰子用一双大眼睛凝视着东野，并觉得自己莫名其妙。

然而东野摇摇头，只说了这么一句：

“明天咱们去找岛木先生吧？”

峰子吃了一惊，却含蓄地拒绝说：

“这个嘛，我觉得，本来应该是跟岛木先生的小姐一道去才好呢……”

东野伸出手来跟峰子握了握，好半晌也没放。

“到了我们这把年纪，又是第二次，有时候是不慌不忙的。”

东野这么说罢，分手而去。

第二天，峰子边听着孩子们在附近的小学校里尖声吵嚷，边下又窄又暗的楼梯。

她打算顺路先到美容院去，再到酒馆，所以比平日出来得早。

一辆深红色的雷诺一下子映入眼帘，那辆车子就停在有着一堵陈旧板墙的小巷口上。

东野笑呵呵地打开驾驶台的门，等着峰子。

在银座一带，这辆雷诺看上去活像只玩具硬壳虫，在这里却是一副轻盈别致的模样。

峰子感到意外，就朝雷诺跑去。她抬高嗓门问：

“哎呀。什么时候来的？”

“刚刚到。”

“您下来，瞧瞧我的屋子好不好？”她饱含着女人的亲密感情，“尽管很脏……”

“你不是要出门吗？喏，坐上来吧。”

峰子照往日那样溜到东野身旁。

“对不起。还且不到上酒馆去的时候呢。我本打算去美容院做头发来着……”

“午饭呢？……”

“我用不着……”

东野边把车子开向御茶水那边，边丝毫也不带挖苦意味地说：

“我把你送到据说是岛木先生所在的地方去吧？”

“哎唷，这档子事儿呀？……”

昨天晚上的话，他马上就说到做到嘛。

峰子用这样一句话把心头的困惑掩饰过去：

“东野先生也真有瘾。”

“因为你有瘾嘛。”

“咦？”

在早春白昼的街上，东野的雷诺忽而跟在载着茶色牛的卡车后面，忽而被崭新的派克牌汽车超了过去。

车子从神田驰到日本桥大街。

乘着东野的车去找岛木。倘若找到了，岛木指不定会感到多么丢人呢！想到这里，峰子心里难过起来了。

“你就去过幸福的日子吧。”或许岛木会这么说罢，甩开峰子，再一次把行踪隐蔽起来。

岛木的微笑浮现在峰子眼前。

然而峰子忽然觉察出，自己眼下正有意无意地在想着，“过幸福的日子”就意味着与东野结婚。于是，在狭窄的驾驶台里，半截身子跟东野挨在一起，峰子觉得憋闷，就把车窗稍微打开一点。

峰子恨不得用她这女人的身子挽留住岛木，她也不知道多少次有过这样鬼迷心窍的感觉。

快到银座四丁目时，东野提醒她说：

“喂，往哪边去呀！”

“要是去的话，就让我一个人去吧。”峰子说。

“你觉得怎么合适就怎么办吧。我跟岛木先生见面也无济于事。”

“那么，既然我去找岛木先生，您为什么还要送我呢？”

“为了让你舒心呗。”东野轻松地回答说，“喏，哪一边呀？新桥的对面吗？……”

“不，是圣路加医院后身的河岸。”

东野把雷诺朝筑地的方向掉了头。

望见河之后，峰子就慌忙说：

“是这一带。行啦。”

东野把车停下来，点燃了香烟：

“我就在这儿等着你吧。”

峰子一方面对东野为人之善良感到吃惊，另一方面却又怀疑他是否在嘲弄自己，从而取乐。

驾驶台的窗子已经关上了，峰子却用手指敲了敲窗玻璃：

“要是找到了，我可就不回来啦。”

峰子的脸色苍白而绷得紧紧的，眼睛诡秘地闪着光，看上去甚至使人觉得她心怀歹意。

她用双袖交抱在胸前，朝着河那儿踱去。

车子停得离河相当近。

河水发出暗淡的光。

然而，春光融融，不会有黑暗的东西，住在不成其为家的窝棚里的女人们，有的正洗着衣服，有的闲着没事，溜到外面，愉快地聊着天。

她们并没特意把视线转向不属于本地人的峰子。

峰子上次来的时候也曾想过，像岛木这样的外来者，孤零零、无家可归的人，似乎没有容身之地。

跟上次不同的是，道路当中间儿竖立着说明正在施工的公告牌，巨大的机器开动着，掘了土，堆积起来。

正是这个缘故，排列着窝棚的街仿佛被割断成两截了一般。

窝棚被起重机的声音震得直晃悠。

但是，看起来谁都没把这放在心上。

峰子比上次更没有着落了，就去俯视河流。

“有一家船上理发店。”

河边的一艘废船改成了理发店。峰子好奇地读着价目表。

一根竿子既没被冲走，也不沉下去，只是跟那艘油漆剥落的船一道随波漂浮。峰子目不转睛地望着，一时感到自己仿佛被拖进浊水里去似的。

一个上年纪的女人走了过来，往河里丢那湿漉漉、快要腐烂了的蔬菜垃圾。

“喂，劳驾……”

峰子招呼道。

“有个五十来岁的单身汉，他姓岛木……”峰子鼓起勇气说，“这个人原先在浅草来着，听说好像到这儿来啦……”

女人直挺挺地站着，毫无反应。

“您不认识吗？”

“唔？”

“是个五官端正、老实巴交的人。”

“是老健吗？不爱说话吧？……”

女人用锐利的目光看着峰子，漫不经心地说。

岛木大概不会报真名实姓的。

“这个叫老健的人如果在的话，我想会会他……”峰子仿佛哀求般地说。

“你是他的亲属吗？”

上年纪的女人口气变得粗鲁了。她把手揣进磨得露出织纹的束腿裤侧兜里。

“他住在哪儿？”

“你是他的亲属吗？”

“我是来找人的。要是那个人在就好啦，他在做什么呢？”

“他压根儿就是个流浪汉。”

峰子想，假若告诉这个女人，自己是个孝女，这是来寻找下落不明的父亲，她也许会像亲人一样地对待自己。但看来对方无意向她隐瞒什么：

“‘爱找茬儿的阿文’把这个流浪汉带了来。阿文的媳妇儿让他干自己那份活儿，她跟阿文一道去旅行，就叫他给看窝棚。大伙儿都生着气呢。”

峰子听不懂。

女人接着就喋喋不休地聊起跟“老健”毫无关联、峰子也难以理解的事儿来了。

峰子听着的时候，觉得这个女人的神经好像不正常，简直靠不住。

女人约莫有五十几岁，可也说不准。

从女人的话里挑出有关“老健”的部分，可以概括成这样：有个捡破烂儿的叫“爱找茬儿的阿文”，他把外地的流浪汉带到这儿来了。

从去年年底起，阿文跟一个叫作阿兼的女人像夫妻那样过起日子来。他们要去旅行，所以叫流浪汉给他们看守窝棚，并保住阿兼的饭碗。也就是说，既看窝棚又替班。

他们从东京到京都和大阪徒步旅行，来回需要三个月。

听到这里，峰子不由得面泛微笑。

“要是让窝棚空上三个月，就会有人住进来了。先前就有过这样的事。”女人说。

沿着东海道做的这种所谓的“新婚旅行”，一路上当然是不会在客栈里过夜的。多半是钻进稻草堆里。据说睡在稻草堆里，女人的头发就潮热了，发出那么一股气味，觉睡得也香。

峰子的脑海里忽然浮现出自己跟岛木一道去旅行，在野地里过夜的情景。

“替阿兼这个人保住饭碗，都干些什么活儿呢？”

“可值得羡慕啦。”

据说阿兼的活儿是：附近的电影院散场后，由她负责打扫；银座后身一座大厦的地下室里所设酒馆开店之前，由她打点一番。

对筑地一带河边的女人们说来，这样的活儿似乎很值得羡慕。这是一旦丢掉就轻易捞不回来的肥差事。

就算一家给两千元左右吧，要是有了三家，岂不就能挣上五六千元。

“爱找茬儿的阿文”夫妇生怕窝棚和工作被人占了，就留下个看家的，逍遥自在地去旅行了，这个女人不论对他们，还是对看家的“老健”，好像都怀着妒意。

“只要阿文从京都大阪回来了，老健就会被他从窝棚里赶出去，活儿也就被夺去了……”

然而，看来那个流浪汉的人品好，所以这个女人对他冠以“老”字，管他叫“老健”。她认为听起来倒也像是岛木。

峰子听这个女人讲着“爱找茬儿的阿文”的老婆所干的活儿，想起了一些事。

剧场散了戏，把花花哨哨的观众送出去的时候，她曾在后门的暗处看到过一个凄凉的人影，伫立在那儿等候着打短工。

峰子的脑海里还浮现出一些不引人注目的男男女女的孤寂身影。当顾客在酒家和小饭店里吃喝到深夜，店里的侍役也听凭那儿乱糟糟的，都回去后，他们一早儿就来了，要么收拾昨天晚上的残局，要么由在那儿工作的女人支使着干活儿。

没有请供住宿的女佣和侍役的酒家，就雇用一些小时工。峰子作为一个女招待，了解这一点。听说这些人拿的是低廉的工钱，干的活儿却很重。

“难道岛木先生也正干着这样的活儿吗？……”

在意想不到的地方，有人们所意想不到的工作。

这些人是在地下室的小酒店和小饭店还没开门前，趁着店里没人的时候，赶快干完活儿就回去，所以大概跟谁都见不着面。

“这位名叫‘老健’的人，脸蛋子长得蛮清秀吧？”峰子问。

“俺不知道。”

“他在哪儿？”

“在‘爱找茬儿的阿文’的窝棚里。”

“这座窝棚在哪儿呢？”

“不在这儿。你去向旁的什么人打听吧。”

女人觉得厌烦了似的，就开始朝自己的窝棚走去。

“他什么时候会在窝棚里呢？”

“俺也不清楚。多半都在外头混。早晨就睡懒觉呗。因为没事儿干嘛。”

一群孩子边嚷嚷边跑过来，撞着了峰子。

孩子们把碎木片当作手枪，在演西部剧玩。

峰子轮流打量着碎木片手枪和孩子那一本正经的神色。

人们从那一带的窝棚里出出进进。那是连屋子都说不上的单间儿，只好动不动就到路上来。

尽管峰子一身盛装站着，跟这儿的气氛不协调，然而好像谁都对她没兴趣，漠不关心，完全不予理睬。

峰子打算无论如何也要找到“老健”所在的那座“爱找茬儿的阿文”的窝棚，她把那张像猫一样的小脸盘儿绷得紧紧的，开始走起来。

峰子从去年夏天起就在寻找据说是自杀了的岛木。她在隅田川的水上往返着。近来又去找听说是从浅草逃到筑地的岛木，沿着拾破烂儿者的窝棚所在的河边走过好几趟，所以对这一带大致是了解的。

说是河岸，指的却不是大川沿岸一带。

从银座四丁目到歌舞伎座前，顺着都营电车道一直走去，就到了大川河岸，胜哄桥就架在那里。左近的市街上，穿插着好多条沟渠般的河流，拾破烂儿的在桥畔和河岸上稀稀拉拉地筑起自己的窝。

只要从新桥沿着河边在东银座走上一段路，就能看到下一座桥——昭和大街的桥上排列着垃圾车，拾破烂儿的正在挑选废纸。下面，水上浮着垃圾船。桥的角落里堆积着垃圾，桥栏上搭着快要腐烂了的旧草席。

“银座居然就近在咫尺。”起初峰子也曾感到吃惊。

收废品的人们把昭和大街这座桥的栏杆旁边当成了堆东西的地方，要么就是将废品分类的场所，这使峰子觉得奇怪。但在筑地的一座桥上，她还看到一个男人正埋头把旧钉子等废铁敲直了。

不去理会过往行人，难道只要将这些人家丢掉的或在银座的失火现场捡到的废铁，在桥上敲敲打打，就能赖以为生吗？也许用废板盖窝棚的话，这样的钉子就能凑合，所以卖得出去。

“岛木先生不顾死活沦落到东京底层，好像这儿倒能找到种种生路呢。”峰子也曾这么想过。

昭和大街的汐留车站旁，废纸也堆积如山。

峰子曾跨过潮先桥，边眺望隔岸的滨离宫，边沿着汐留车站那漫长的水泥墙走去。河岸这条路的景观也给她留下了深深的印象。

通到滨离宫的那座宏伟的石桥，和这座陈旧得摇摇欲坠的木造潮先桥并排着，恰好形成了鲜明的对照。

跨过潮先桥后，道路的右首连绵着汐留车站的围墙。左首的河岸上排着拾破烂儿者的窝棚。

对岸那座石崖也很巍峨，那里有着离宫的秀丽、深邃的树丛。

窝棚和窝棚之间固然也夹杂着两三座比较整齐的废铁店和工务所，但又怎能拿它来跟河对岸的离宫相比呢？

那排窝棚的尽头就是船街。

这些船全都装上了木板屋顶，峰子看得出那是浮在水上的住所，也就是船上人家吧。比岸上的窝棚宽敞得多，是蛮结实的住所。每艘船里有两三户人家，船上还开设了理发馆和小酒铺等。

隔着一条窄小的河，离宫和拾破烂儿的窝棚相对着，形成对比的这种情景，除了筑地，在其他地方也能见到。

东京都中央青菜水果批发市场前面，也有一簇簇板棚。

而且，从筑地到小田原町和明石町，河岸和桥畔那儿，到处都有拾破烂儿者的窝棚，就像是被风刮到一起的落叶或垃圾一般。从这些窝棚里，大概也望得见高高耸立的东京剧场、筑地本愿寺、天主教堂以及圣路加医院和美军医院吧。筑地的和式饭馆和艺伎馆也挨得很近。

还能眺望到银座那些大厦的楼顶，晚上可以观赏霓虹灯。

然而，正如窝棚里的人们对峰子的盛装漠不关心一样，他们对这一切好像也不感兴趣，甚至麻木不仁。

窝棚前面停放着运垃圾的车。没有车的就用竹篓子装，没有竹篓子的大概就背着稻草编的炭包一步步地走吧。

河岸上有一截儿排列着写有“筑地共和会”字样并且涂了蓝油漆的垃圾车，还有一座公共厕所，贴着写有“筑地共和会纪念事业”字样的招贴。看来是当地人作为公益事业而修建的，说不定还是上层人士经手的呢。

那一带还晒着墨斗鱼。

“居然在东京这样的市街里制造干鱼吗？”峰子感到意外。

许许多多窝棚前面堆满着体积蛮大的废纸和空木箱等。

由于窝棚里面太窄，就把杂物放在棚顶上。兴许是怕风把它刮跑，又压上一块大石头。

峰子好容易才找到“爱找茬儿的阿文”那间窝棚。

那个女人曾告诉峰子，那是一座“没有门的窝棚，挂了块草帘子来代替门”。

峰子迟迟疑疑地往窝棚里探着头。

地板上摊开一领旧草席，又铺着一块破布。阳光从木窗里投射到上面。

地上丢着用草绳捆着的一些旧杂志，另外就没有任何像是家什儿的东西了。

“岛木先生不一定就是这座窝棚的主人。”想到这里，峰子不禁毛骨悚然。

峰子把脸贴在木板的裂缝上，她这是在窥视谁的住所呢？她觉得窝棚的主人好像会从背后揪住她的脖颈似的，就急急忙忙离开了。

然而，倘若岛木为了躲避世人，竟使自己沦落到这步田地，峰子是忍受不了的。

“我一个人再从从容容地来一趟吧。”

兴许东野还在等着她呢。她从东野的车下来后，已经走出相当远了。

于是峰子加快了步伐，这时望见了沿着河岸踱来的俊三。

峰子两腿发软，定睛看着俊三朝自己走过来。

俊三手里拎着一条白毛巾，好像是刚洗过澡，脸和手脚上微微泛出健康的颜色，连胡子都刮了。

俊三也认出峰子来了，仿佛惊呆了一般地说：

“也难为你怎么会知道这个地方的。”

峰子说不出话来。

“不许来。你要是来了，我就不好办啦。”

他用的虽然是坚决拒绝的口吻，脸上那害羞般的微笑却并没有表示不接受她。

峰子松了口气，靠近了他。

“我是来接您的。”

俊三摇了摇头。

“不论您藏在哪儿，我都能找到。请您还是回去吧。”

“我没有地方可回去……”俊三边用明亮的眼睛看着峰子边说，“我还能听得懂你的话，可真奇怪。”

“您在说些什么呀。我好像每天都在跟社长先生说着话呢。”

“我已经不再跟任何人正经说话啦。我决意连跟自己都不再说话啦。”

“我是来劝您，要是不到我那儿去，就请回到小姐那儿去。”

“你告诉过我女儿，我在过着这样的日子吗？”

“没有。不过，她指不定多么为您时时刻刻担着心呢。”

俊三举起手里的毛巾，包起脸来。

俊三的肩头显得衰弱，像是在哭泣，使得峰子心里直难受。

“要是您不肯回去，我就到这儿来。”

“你说什么？”俊三摘下毛巾，跟峰子面面相觑。

“啊，就是这双眼睛。”峰子想。

俊三原先就时而用毫不掩饰心灵之脆弱的目光看人。

峰子每逢看到这样的目光，就不胜悲切，巴望哪怕多少为他出点力也好。

“你不了解我。不了解啊。”

“我了解。”

打从峰子在俊三的出版社工作的时候起，几年来她曾怎样暗中恋慕岛木啊。

“社长先生才不了解我呢。”

“别再叫什么社长啦。债台高筑，坐着老掉牙的破车东奔西走，那简直坐的是火焰车啊。”

峰子也曾看到过他这副样子，并在一旁为他捏着一把汗。

“我这个人呀，已经失去了任何给予人和被人给予的资格啦。刚一听你说女儿在惦记着我，你瞧，我就出了这么多冷汗。”

这么说着的俊三，手脖子上起了鸡皮疙瘩，肌肤上真的汗涔涔的。

把弓子塞给敬子，自己逃之夭夭，不论走到哪儿，俊三都不断地感到罪孽深重。

当他得知自己被送了葬时，毋宁是感到得救了，然而也并非这样就心安理得了。

“为了断绝人际关系的烦恼，我曾经死过一次。”

“即使社长先生有这样的打算，对方也不肯断绝的。即使死了，也断绝不了。”

“即使我待在这样的地方？……”

“就连我，不是也一直跑到这儿来接您了吗？”

“你最好别再跟幽灵打交道啦。”俊三背对着她，就挨近了那扇钉有十字形板片的草帘门。

他拔掉了一根长钉子。那就是窝棚的门锁。

拔掉钉子后，门就没有什么东西可支撑了，犹如大象耳朵一般邋里邋遢地敞开来，让峰子看到了摆在门口地面上的炭饼炉子和被烟熏得黑漆漆的开水壶。

“你到这种地方来转悠，就交不上好运啦。”俊三背对着峰子说。

“在上野吃鸡的时候，您曾经说过：‘你呀，除非神情开朗，不然的话是交不上好运的。’”

“有过这么回事吗？”

“当时，还有第二天在浅草，我都说过：‘不论去哪儿，我都跟着社长先生走。’”

“……”

“您都不记得了吗？”

“忘啦。人世间有个无何有的地方。”

“您指的是这儿吗？”

“唔。与其说是这儿，也许不如说是我的心境。”

“这样的日子，您打算一直过到什么时候呢？”

“这里舒心，是天国。这里即使也有人际关系，却并不复杂。”俊三朝窝棚里踱去。

“您要是替小姐设身处地地着想一下……”

“我已经完全不再去为旁人设身处地地着想了。”

“人家让她以为父亲自杀了，可人家又告诉她，这位父亲依然活在人间……”

俊三迈进窝棚后，关上了那扇能眺望河水的窗户。

窝棚像木箱似的变暗了。

俊三又回到门口来。他穿上了旧布袜，登上橡胶底草履。

峰子想起，他原是个爱干净、装束雅致的人呀。她觉得他说不定神经不正常哩，心里就忐忑不安起来。

“您在做什么工作呢？”

“说不上是工作的工作。过的也是不像是生活的生活。”俊三避开峰子的视线说。

“哪怕一天也好，不能歇歇吗？”

“那可不行。在这里要是偷懒，肚子照样会挨饿。尤其现在是受人之托，顶替旁人干着活儿，就更不能歇工啦。”

“‘爱找茬儿的阿文’这个人，真是个好人吗？”

“你是听谁说的？”俊三吃了一惊，眼睛头一次变得有神了。

“刚才，这儿的一位大妈说的……大妈说，要是阿文回来了，您这窝棚和那份工作大概就都会被夺去了。”

“夺去了这个说法可不好。我是在替他保管，再还给他就是了。不过，我并不去想这些未来的事。阿文他们出去旅行，究竟回不回来，也不晓得。要是半路上有个比这儿还好的地方，他们兴许就在那儿待住了。我只要在这儿待下去，这间窝棚和这份工作就是我的命根子，可也并不是什么了不起的命根子。这帮人就是这个样子……”

俊三好像要说服自己要想通似的，边点头边关上窝棚的草帘门。

他插上了那根大钉子。

“在河上，听不见流水的声音吗？”

“河的声音吗？……水流得没那么冲，发不出声音。要是刮风的话，就能听见水拍打河岸的声音。你为什么问这个？”

“也说不上是为什么……”

峰子正在回想着，俊三失踪的头一天晚上，当她和俊三在大川岸上的客栈里过夜的时候，水声传到他们两个人的枕畔。

“这座窝棚是盖在东京都的马路上的，谁知道在阿文回来之前会不会被拆除呢。”

“哎呀。您不觉得心里有些发慌吗？”

“心里有些发慌？……”

“我可不愿意……”峰子拽住他，像是要摇撼他似的说，“请您改弦更张吧。撇下这样的地方，我领着您走。”

“不如改弦更张的是你。”

俊三围上黑毛线围巾，用明亮的眼睛茫然地凝视着峰子。

“这种地方太不像样啦。”

“哪里也没有在某种意义上来说还算像样的地方。对我来说，最可心的就是那种帮不上人家的忙，却也不去妨碍人家，人际关系少的地方。”

“也许您有着我所不明白的深奥的想法……”

“我才没有深奥的想法呢。”俊三待理不理地回答完，就走起来了，“这会子你到哪儿去？”

“到哪儿去？……有人驾着车把我送到这儿来的，我要请他回去……”

俊三露出纳闷儿的神色：

“你对那个人说我什么来着吗？”

“我说您是我的恩人……像神仙一样的……”

“神仙？”

“真的，我一直是这么以为的。”

峰子的话好像使俊三感到困惑不解。

# 偶人节

敬子一边把木雕的一对夫妻偶人摆在坛架上，一边也不知是对川村还是对朝子说：

“今年真暖和。在目白的家里过偶人节，咱们还赏过雪呢。”

川村不停地在明信片上写着。那是店里新安装的电话号码通知书。

“今年没下雪啊。然而这些年来，总是入了三月才下大雪……”川村抬起头来，歇了一会儿，“多亏了这部电话，我就可以少跑几次腿，轻松多了，太太也可以少受些累。”

“不过，川村先生亲自跑一趟和靠打电话解决，印象可不一样哩。”

“印象吗？一听说‘印象’这个词儿，我就想起我这副长相给人的印象不好，总是让我吃苦头。”

“效果不一样。”敬子改口说。

“我打从当小徒弟的时候起就在外面跑，也不觉得苦。每天都被打发出去跑腿。”

“深川的店里连电话都没有。”

“那个时期每逢桃花节[1]，小姐的偶人一陈列起来后，可让我这个小徒弟神往啦。”

敬子也想起了少女时代的偶人节。

“这对偶人是朝子小姐的，还是弓子小姐的呢？”

“是两个人的。”

1　每年3月3日的偶人节，由于有插桃花的习俗，所以也叫桃花节。

“电话装上了，过不了多久，弓子小姐就从学校毕业，在店里帮忙了……”

“我也想帮个忙试试。”朝子说。

朝子坐在一把矮椅上，交叉着她那双有着曲线美的腿，在整理邮件。

新剧的演出刚结束，广播工作也中断了。在朝子来说，今天是个悠闲的日子。

她曾经说，要趁着小山不在家“大偷其懒”，这可能是那样的一天，可她却大过起她的“整理瘾”。

她看见积存的邮件，就给撕碎扔掉。

“可别撕得太多了。”敬子回过头来说。

“净是些无用的广告之类的东西，留着也没用。”朝子回答说，并念了其中的一份：

“球心花饰。真正的玫瑰，能维持两年……放在你的客厅里，橱窗中，或作为礼品……像这样的，还要吗？”

“唔。”

“娜娜西式小餐厅开张。位于田村町二条。奶酪焙笋鸡，味道好像蛮香的。这也留下吗？”

“唔。也许还有机会去呢。”

“您请我们打打牙祭吧。”

“过些天再说吧。”

“什么时候呀？”

敬子正在往小花篮里装一小枝桃花和油菜花。朝子抬头看着她说：

“娘，胳肢窝底下的子母扣开啦。”

敬子着慌了，飞红了脸。

“比去年发福了吗？……”朝子说。

敬子身着好久没穿过的灰色套装。

她自己也觉得胸围好像宽了似的。站起来或弯下腰时，腋下的子母扣就会绷开。

朝子也许是无心的，但她一说什么“发福了吗？”就令敬子惴惴不安，惊惧不已。

患流感后，身体蛮好，经常无意中就把这事儿忘掉了。

敬子像是要把使她疑虑不安的身子勒紧似的，扣上了子母扣。

然而朝子并没有把母亲的事放在心上。她拿起一本夹在邮件里的服饰杂志，掀开凹版相片页：

“娘，您看这个了吗？”

“看啦。照得很漂亮。”

朝子被用作“春季罩衫和帽子”的模特儿。

模特儿的名字后面附有“新剧女演员，电台明星”字样的说明。

朝子那张戴着素净上街帽的侧脸的照片，美得连敬子都感到吃惊。

先前，敬子边看照片边发觉，朝子恋爱的时候变美了，初婚的时候变美了，如今和小山分居，又变美了。

“这一期还登着妈妈的原稿呢。”她找了找那一页，“您给剪掉了啊。把我的照片也一道剪下来多好……”

“我这是头一次写，觉得怪害臊的。”

“高兴了吧。收到稿费了吗？”

“什么稿费啊……”

“当然会给的喽。要是拿到了，就请我吃一顿吧。奶酪焙笋鸡最好。”朝子开朗地笑了。

那是一篇约莫四页稿纸的短文，用细小的铅字塞到一页里。然而敬子认为，人家约她撰写以首饰为题材的文章，足以证明自己设计的式样被赏识了，所以很是兴奋。

文章是这么写的：

首饰是用来给服装之立体感、绘画感增色添彩的，所以身着色彩斑斓、款式简单的衣服的话，就请只选一件佩戴：耳珠或手镯。如果穿的是色彩单纯、没有花纹、款式新颖的衣服，就佩戴耳坠子和相般配的手镯……

她还添加了自己的好尚：

年轻人与其佩戴人工钻石和珍珠，不如也试着佩戴木雕的和横木做的胸针，以及用陶瓷、皮革所制轮廓鲜明的首饰……

敬子所设计的样品，订货在逐渐增加。

她不大在本店卖，却批发给旁的店去销售。

川村只经手宝石和钟表，对敬子设计的式样一概不插嘴。他就像是观望小小魔术一般，只是从旁瞧着。

楼下店堂的电话铃响了，川村急急忙忙下去了。

桌上那部崭新的电话是淡紫色的，川村也觉得新奇。

“小姐，您的电话。”川村喊着朝子。

朝子句句回答得都是简短的。她撂下听筒后，从楼梯底下像唱歌般地说：

“娘，说是今天晚上小山要回来……还说打来了电报……我回去啦。还得晒晒被子，有许多事情要做。”

接着，她就换起衣服来了。

过了半晌，朝子身着黑白条纹的风衣，头上戴着小小的黑色贝雷帽，上二楼来了。

她身材瘦削，然而已恢复了朝气。

“再见，娘，我还会来的。”

朝子的招呼打得干干脆脆。

她在楼梯口回过头来：

“这回怎么办呢？……”

“什么？”

“娃娃……”

“啊？朝子。”敬子不由得站了起来。

“算啦。过几天再……”

川村就在楼下，敬子什么也不便说。

川村送走了朝子之后说：

“匆匆忙忙地回去啦。真是个实在的人。”

“可不是嘛……”

敬子心不在焉地嘟哝道。

“近来朝子小姐蛮漂亮啊。”

敬子觉得，慌慌张张地就回去了的朝子，好像打了她一记耳光似的。

朝子扬长而去后，敬子隔着橱窗朝那条马路眺望了片刻。

一对年轻夫妇路过这里，停下脚步，靠近了那面橱窗。

年轻的妻子当作宝贝似的抱着个娃娃。

想看橱窗的大概是年轻的丈夫。年轻的妻子对璀璨的宝石、甚至对探头望着宝石的丈夫，都露出一副漠不关心的表情。

敬子忽然感到乳房的部位仿佛有点发胀，就闭上了眼睛。

“果然是这样吗？”

尽管坚决否认有这么回事，然而万一朝子和她本人——女儿与母亲，双双怀孕，而且两个人都不能把娃娃生下来，那搞的算是什么名堂啊，敬子几乎要浑身颤抖了。

“没办法呀。”

倘若是这样的话，敬子除了及早采取措施，难道就没有旁的办法了吗？

然而，一想到自己到了这把年纪，为此还得忍受各种麻烦，她就巴望哪怕向昭男诉说一声也是好的。

“差点儿要生下你的孩子来着。”这么说就意味着恋恋不舍吗？

原以为自己再也不会有了，却意想不到地竟又闹了场恋爱，还意想不到地怀上了娃娃，这都是最后一次。

“还是让朝子去生养吧。”敬子心里强烈地涌现了这样的意志。

但是，单从刚才的话里还弄不清楚朝子究竟是怎么个情况。

弓子迈着小碎步走进来了。

“我回来啦。”

“真早哇。”

“哎呀。我不是说过，从今天就开始定期考试了吗？”

“对，对。”

“多讨厌，妈妈。近来您总爱忘事儿。”

“真的……这是更年期障碍。”敬子这是头一次把这种词儿用在自己身上。“把偶人摆出来啦。”

弓子赶快上楼去了。

清也回来了。

“弓儿刚刚回来。”

“是吗？考得怎么样？”

“我还没问呢。”

川村带着住址本和明信片从二楼下来了。

“我在楼下写吧。小林峰子，也通知这个人吗？没写着地址呀……”

搭在窗框上的棉被吸足了阳光，变得暖和暄腾。

几天没住人的屋子，灰尘和污垢很显眼。

朝子麻利地又是打扫，又是擦拭。

过了四点钟，她就把被子收进来，在火钵里生起炭火。

然后就上街买东西去了。她觉得还是能够一道坐下来吃的火锅好，就买了做鸡素烧用的肉、蒟蒻粉丝、葱等。

朝子一边走进花店，一边想：自己原打算趁着丈夫不在家，尽情地享受一下自由和解放，“大偷其懒”；其实“还是在等待着他”。于是，她就像个害羞的孩子一般，两颊上泛出微笑。

小山的电报上只写着三日早晨动身，没说明时间。

“要是知道时间，我就会到车站去接他的呀……”

然而朝子自己认定晚饭时分他总会回来的。

准备好饭菜，安顿下来时，炭火把屋子烘得温度也合适了。

她把晚报叽里旮旯儿都读遍了。楼下的收音机里，从西洋音乐转为相声转播。八点了。

朝子心里焦急起来。

她拿起跟敬子手头那本同样的服饰杂志，但一个字也看不进去。

她摆上扑克牌，玩起单人纸牌戏。楼下的钟敲了九次。

“不告诉时间，说明没有爱情。”朝子揉了揉由于空腹而疲倦了的眼睑。于是添上炭，放上了锅。

尽管发出了煮肉的香味，朝子心里光是堵着应该回来的小山的事，只觉得像是在空房子就餐似的，食而乏味。

“小山回来后，跟他一道重新吃吧。”

她端下锅，放上烧水壶。很快就听见了开水沸腾的声音。

她把饭桌往一旁挪了挪，刚想要把被子铺起来的时候，听见了小山的声音。

朝子一瞬间差点儿哭出来。

但是，她一看见小山把那只沉甸甸的旅行袋往草席上一丢，边说“哎呀，累啦”，边脱大衣的身影，就爽快地迎接他说：

“你回来啦。”

她绕到小山背后去，边接过大衣边说：

“我还以为你会回来得更早一些，等了好久呢。我刚刚一个人吃完饭……”

“是吗？”

“你还没吃饭吧？”

“哪里。吃过啦。”

“再吃一次不好吗？我也吃。”

“你不是也刚吃完吗？”

跟小山面对面地待在一起时，女人特有的那股可贵的娇柔就销踪匿迹了。朝子也不晓得这是怎么回事。

小山的头发比先前剪得短了。一副公职人员派头。稍微胖了一点，浅黑皮肤蛮丰润的。

“这是什么？”他拿起饭桌上的服饰杂志。

为了让小山注意到，朝子是故意把那页凹版相片摊开的。

“模特儿吗？多讨厌。”

“漂亮吧？”

“模特儿可就……”小山露出厌恶的神色。

小山在睡衣外面罩上了宽袖棉袍。他用壶里的热水洗了脸和手，就在火盆前稳稳当当地坐下来。

“脚尖儿冰凉冰凉的。这种时候家里要是有浴室就好啦。大阪的宿舍就有浴室，这方面蛮好。”

小山说是白天乘火车，大部分时间都是在睡眠中度过的。他的眼睛炯炯有神的。

那天晚上，两个人聊到深更半夜才睡觉。

小山一边说话，一边不时地在火盆上摆弄朝子的手。

净是小山说话了，朝子仅仅在点头而已。

最后，朝子甚至连哈欠都咽了回去。

“我有存款啦。能有固定收入真好啊。”

小山还这么说。

“你实在需要我这么个监督者或掌柜的。”小山好像对朝子独自参加新剧的小规模公演一事，感到非常不满。

“只要到了大阪，你也会被分派上各种角色。”

小山已经定好在大阪工作到四月底为止，这次回东京也只限三天。

小山还要在大阪任职两个月，他大概替朝子周到地做好了也能到大阪去工作的准备，这是来接她的。

他自己认定朝子会非常高兴地按照他的意志行事。

然而只说台词的电台节目，对朝子来说是有点美中不足的。她觉得为了电台而大阪啦，东京啦地来回奔波，忙得不可开交，会弄得疲乏不堪，所以存着戒心。

“反正是配角吧。”

“把几个配角演好了，挣得不就多了吗？就眼下的你来说……”

“我感到眼下的你会成为永久的我，太可怜啦。电台的脚本又大多是庸俗的……”

“……”

“我觉得在电台方面忙得过了头，就好像把自己耗尽了似的，我不愿意。”

“耗尽了？……”

“我还是想钻研一下舞台演技，总有一天要扎扎实实地演个正经的角色。电台上光靠嗓音，恐怕只能表现演剧的一鳞半爪……要是在舞台上，就能通过全身的动作来表达各种感情，有干头。”

“可是，”小山的声调变得严厉了，“我认为你的嗓音适宜电台，节奏也掌握得恰到好处。我不认为你的脸蛋儿适合于舞台。虽然漂亮，却不容易派上角色。”他断然说道，“你自己没这么想过吗？”

“我自己？……”朝子忽然发怵了，“你是一开始就这么想的吗？”

“倒也不是。不过我也没觉得自己跟一位了不起的天才女演员结了婚。”

“哎哟。”

朝子感到这话说得太刻薄了。

她明白，要是违抗他的话，只有徒然使自己悲哀而已。

横竖也会被他驳倒的。如果提出自己的意见，就会被驳斥为过于固执。

按说不应该是这样的。

朝子刚一结婚就想依赖小山，她只当小山会庇护自己的。

朝子和小山结为夫妻后，就开始认为自己这不成熟的判断好像有误似的。

也许当初就没有说得上是“有误”的那种“判断”。说不定她就没来得及好好判断一下。

然而她曾以为，结婚后，两个人的感情深厚起来，至少不会有什么顾虑或感到不安。

可是她和小山待在一起的时候就想：

“我可不能成为他的累赘。可不能让他觉得添了负担。”她的情绪片刻也得不到安宁。

在敬子家里，朝子一向是刚强的，而今她却束手无策起来，总是觉得好像在受拘束。

“为什么呢？……”

朝子也不大明白。

那阵子在敬子的家里，朝子心中郁积着不平与不满，恨不得早一天逃出去。

“走出这个家之后，我才能有真正的生活。”她也有像这样认头的地方。

朝子相信自己也有女人那种“深厚的感情”。在敬子和俊三他们的家里，她曾故意抑制着自己。朝子还想，结婚后她也流露不出这样的感情，正是因为对方小山缺乏“深厚的感情”。

小山不在家的一个月，朝子过得轻松愉快。她稍微胖了一些，甚至变得漂亮了。

另一方面，她却在殷切地盼望着小山的到来。

“去大阪的事，我明天再考虑一下吧。已经三点半了呀。”朝子改变了腔调，“咱们睡吧。”

于是，她把前额往小山的胸前贴了贴。

“一个月了啊。”

她希望小山说句温存的话。

小山用胳膊使劲把她抱到自己的怀里。

及至静下来，当朝子的嘴唇被小山的嘴唇压住的时候，她突然感到想把他推开，连自己也吓得心里扑通一跳。

她竭尽全力控制着自己。

小山不久就入睡了。

在小山的体温里，朝子觉得自己仿佛失去了无限贵重的东西似的，被无依无靠的寂寥感所笼罩。

朝子好久不能成寐。

这个在世上最了解朝子的亲密男人的脖颈和一边的肩膀，挨得伸手就摸得着。他们隔了一个月才相聚。

朝子悄悄地把手搭在他肩上。

睡着的小山也不知是怎样感觉到朝子的指尖的，他像娃娃似的蜷缩起身子，蒙头钻进了被窝。

“我爱着他。这是我自己选的人。”朝子低声私语。

然而她心神不定。

敬子摆出来的桃花节的古装偶人浮现在她眼前。

古色古香的偶人摆在那样的西式房间里，并不觉得不协调。弓子和母亲就睡在偶人旁边的帷幕里边。

刚才那股意外的厌恶究竟是怎么回事呢？朝子纳闷着。

难道由于处女被玷污而感到的愤怒或怨艾，这会子竟猛地涌上心头吗？

“女人可真怪。”朝子试图强作笑容掩饰过去，但她感到自己内心的什么地方原先就潜伏着一种想摆脱小山的念头似的。

朝子原指望或许婚后不久的分居能使两个人的爱情焕然一新，但这个愿望好像终归会落空。

朝子背对着小山，咕哝了一句：

“我不去大阪。”她伸长了两条腿。

第二天早晨，春光比头天还要明媚。

两个人起床很迟，面对面地坐在雅致的小饭桌两边。

“早晨就吃鸡素烧可真阔气。”小山说着，自己照料着锅。在这方面，小山的手更巧一些，味儿调得也可口。

然而朝子却只吃烤面包片，喝咖啡。

“你不吃吗？”

“昨天晚上我一个人吃过了……”朝子冷淡地说。

小山没怎么在意。他端下锅，读起报来。

离别一个月后，朝子在这间他们两个人的屋子里，而且是迎来了春天的屋子里，凝视着小山。

“是被这张漂亮面孔所吸引的吗？……”不知怎的，她心头又有了点儿孤单的感觉。

朝子认为小山这三天假日恐怕已经被自我中心的日程表填满了，就试探着问道：

“今天做什么呢？”

“要是两天就能试样子，我想去定做一套春季穿的西服。当上了计划部职员就不能再打扮得像个演员啦。我从西服店去公司。傍晚到麻布去露个面吧。”

“那么，首先要到西服店去吧。”

“你要是也一道去看看衣料就好啦。”

“嗯。可以呀。”

朝子喜欢挑选衣料，而且也有自信。

“做好了以后，请你到大阪的时候替我捎去。”

“我不去大阪。”

“啊？为什么？……”

小山露出一副脚底下被绊了一跤般的神情。

“为什么嘛……从今天起就要开始新的研究会啦……”朝子说着，撤下脏食器，站到小小的洗涤槽跟前。

“研究会谢绝了不就结啦。”

“是约好了的，而且我也想参加。”

“我的头一桩计划被采纳，才安排了你在大阪的工作。”小山那接二连三地说着的嗓音紧追在朝子后面，“我的计划嘛，并不新鲜，也没什么了不起，只是有个蛮好的赞助人。让业余演员去说些脍炙人口的戏词或轰动一时的小说里那些有名场面的台词。由裁判对他们的表演进行评比。再请男女各一名主持人对业余演员进行指导。由新剧或广播剧崭露头角的演员来担任主持人，并请有名的艺人客串演出，我想就能成为相当有趣的节目。我已经向赞助人介绍了你。”

小山好像挺得意似的，说着话的时候，逐渐愉快起来了。

朝子不愿意伤害小山的感情，但讨厌这样的工作。这不是陪着业余演员去玩儿票吗？

“要是为了去见你，我倒是可以去大阪……”

“去见我？……”小山又露出像是绊了一跤般的神色。

“我认为你的计划很好。一定会受欢迎。这个主意蛮有意思。”朝子先夸了他一通，接着又婉言谢绝，“不过，开头儿就别找我啦，另找别人吧。”

小山不能理解。

“为了这个计划，我可费尽了心机哩。为了让你在大阪能够连续不断地有工作可做……我办事也够精明的吧。”

幸而朝子正在刷锅洗碗，用不着和小山打照面儿。

“要是开头儿用了旁的女演员，中途又由你替换，那就会闹起别扭来的。”

不知什么时候，小山已经做好了出门的准备。

这个男人身边的事并不给女人添麻烦。

朝子根本就不是个爱操心的人，可是小山自己麻利地收拾停当后，朝子却又觉得被忽视了似的，感到寂寞起来，真是奇怪。她认为这证明小山是个只顾自己的寡情的人。

“出门吧。”小山这么催促着，弄得朝子不论化妆还是换衣服都沉不下心来。

“我想修修指甲……”

“指甲？”小山回过头来说，“好看着呢。”

两个人到涩谷去，乘上地铁。

西服店在日本桥，是多年来熟悉的店，小山的哥哥也在那儿定做。

只有朝子在车里找到了座位。车驶到了虎门、新桥一带就拥挤起来。小山抓住滑过来的皮制吊环，他站在稍微离开一点的地方。

朝子把脸冲着小山那边。

随着乘客的肩膀和胳膊的移动而忽隐忽现的小山的侧脸，亲切得使她感到吃惊。

他还跟过去完全一样，显得清爽开朗。

朝子记起结婚前和小山一道走过的东京市街和公园。然而由于这是在地下跑着，所以什么都瞧不见。小山这是相隔一个月回来的，还不如乘出租车，一路看看那些令人怀念的市街和公园呢，朝子懊悔不已。

“又花不了多少钱……那个人太吝啬啦。”

但是小山一发觉朝子在望着他，就从乘客的肩与肩之间送过来媚人的微笑。

于是他就跟在人们后边来到朝子跟前。

“变了的难道是我的心吗？”朝子的眼睛往下望着。

到底是怎么变的，朝子也无法清楚地说出个所以然来。

尽管参加过短途的修学旅行和公演旅行，朝子出生后还没有离开过东京。倘若被小山带到大阪去住，她感到怪不放心的。

近来，不论广播电台还是电视台都被大阪方言侵入了，朝子对它讨厌到恶心的程度。

“满街的人都说那样的话，待在那里，会歇斯底里的。”

比这更使朝子担心的是：

“要是在陌生的土地上，落到动第三次手术的境地……”

这一次说不定会送命呢，她心里感到不安。

“用假嗓子陪业余演员说台词的时候，恐怕我也净嘀咕自己和他们口音不同，准搞不好。”

在西服店里，店员拿出许多衣料和衣料样品，使小山挑花了眼。

朝子一看见这类东西，眼睛就忽闪忽闪地有神了。

“这块好。漂亮。”朝子拿起一块隐隐约约显出深红纵条纹、没有光泽的浅蓝色进口衣料。

“好贵呀。得分几次付款呢？”小山说。

朝子想，小山每月到底领着多少薪水呢？这种事他也不告诉她。

小山露出一副心里继续在盘算着“分几次付款呢”的神情：

“既然是最讲究穿衣服的你给选的，那就索性要这块吧。”

“要双排扣的。”

“双排扣的？……我穿双排扣的吗？”

“因为这不是为最正式的场合穿的吗？”

年老的西服缝纫师耳朵背，听不见他们二人说的话。

“你要是不能在后天的傍晚以前把衣服样子缝好，我可就为难啦。因为我要到大阪去。”

小山大声拜托着那位戴着助听器的老人。

出了西服店，两个人向银座踱去。

“那样一个老朽缝纫师来做，样式不太老吗？”朝子说。

“他有个名手特性，在注意不到的地方下功夫，所以不走样儿。”

正午时分，车辆少了起来，这条街忽然显得土气了，呆头呆脑的。

两个人刚吃完很迟的早饭，所以有一种半半落落的感觉。

走了一会儿，朝子就瞧了一下她那块小表：

“从一点钟起，得去念台词。我先走啦。”

“是吗？”

看小山那副神色，好像这会子才感觉出昨天的火车和夜间的疲乏似的。

“我到什么地方替你物色一下适合那套西服的领带。”朝子和小山分手后，上了公共汽车。

她到广播公司四楼念台词的屋子去时，已经差七分就一点钟了，可是谁都没有来呢。

朝子还不认识那些在这新的连续剧里扮演配角的人。

她百无聊赖地打开脚本，用铅笔在自己的台词那儿做了记号。

——哎，您慢走！

——啊唷，净瞎说。

——不，谁都没有。咦，那是隔壁人家的小姐在跟小鸟儿说话呢。

她总是那个样儿。

十五分钟内只有这样的三句台词，简直是无从用心。

过了十分钟，一个朝子不认识的年轻男子怯生生地进来了。

“是在这间屋子里念《春天的院子里》的台词吗？”

“嗯，是啊。”

拖拖拉拉地耽误了将近半个小时，六七个演员才来齐。

饶这么着，每一个人还都是忙忙碌碌地进来的。

主角香川夏子一直挨到最后才来。她一看见朝子，就把手放在她肩上。

“刚才在楼下遇见了小山先生。大阪的工作好像蛮有趣儿呢。小山先生也非常得意。你要去大阪，就不能参加这次的演出了吧？”

“……”

“待会儿一道喝茶吧。”夏子邀道。

朝子念完台词后，就请总机把电话接到小山可能在的屋子里。

然而，对方说刚才还在这儿来着。她就打到下一个屋子，还是那么答复。她徒然在他后面追。

“藏起来啦。要是逮住他，就到‘天使鱼’来吧。我等着。”

香川夏子和其他伴儿一道出去了。

朝子忽然觉得饿了，但她无意独自再到夏子她们那个地方去。

她拜托总机的少女道：

“要是小山打电话来，就请你告诉他我到麻布去啦。”

小山准会把朝子去大阪的事讲给敬子听，让敬子也来劝她。

朝子不如抢先告诉敬子，自己不想去大阪。

店堂幽暗得需要点灯，里面只有清，坐在平素川村坐的那把椅子上。

“多暗呀。”朝子点上了灯。

清看见朝子后，由于是家里人回来了，就漠不关心似的，只顾着电唱机里播送出来的格里格[1]的钢琴协奏曲。

“娘呢？……”朝子这么一问，他连头也不回地说：

“到神户去啦。”

朝子以为听错了，又问了一遍。

“是大阪再过去的神户。”

“神户？干什么去啦？……”

“订购的商品货样这么啦那么啦的，她不跑一趟，好像就不好办了。川村先生刚送她走。”

这事儿太突然，朝子简直呆住了。

“什么时候回来？”

“说是来回都坐夜车，六号就回来了吧。”

“是吗？别看娘那副样子，不是从来就没旅行到比三岛更远的地方吗？她只晓得东京。也难为她有这个兴致去跑一趟。”朝子把这跟自己的大阪之行联系在一起了。

“娘精神饱满。只要是为了生意，她好像连美国都会去。近来是工作第一……”

“小山从大阪回来啦。今天晚上要到这儿来，可是如果娘不在，他就是来了，好像终归是没有意义似的。他会失望的。”

“……”

“小山仿佛也喜欢娘……娘这个人真奇怪。”

“小山先生要待到什么时候呀？”

“说是星期日晚上动身，所以是六号。跟娘刚好相反。”

“娘是娘，你怎么样呢？”

“什么怎么样？……”

1　爱德华·格里格（1843—1907），挪威作曲家，他为易卜生的诗剧《培尔·金特》所谱写的插曲脍炙人口。

“你不想一道去吗？”

“小山来接我啦。”

“那当然好。”

“才不好呢。我不想去，所以为难哩。”

唱片停了，清的嗓音突然响亮了。

“还是老样子。”

“经小山策划，说是为我在大阪安排了工作。”

“不是蛮好嘛。”

“不好。为了这个，马上就要把我带到大阪去，这是强迫我。”

“你不是小山的老婆吗！”

“老婆？那也是我这么个老婆。”朝子目光严峻，茫然地一页页翻阅着桌上那本迪奥的《时装大全》。“小山一手操办的所谓工作，把我完全看扁了。既然是他自己的老婆，我就希望他能更爱护一些。”

“你总是光想着自己一个人的事。你替小山设身处地地着想过吗？”

“小山那方面也应该替我设身处地地着想一下就好啦。我要是小山的话，就不让老婆做无聊的工作。”

“从周围的人们眼里看来，只能认为小山先生在为你牺牲他自己……”

“别说得那么过火。不过，由于哥哥是男人，恐怕只能袒护男人……”

“我只是对你的爱情提出质询而已。”

“爱情这个词儿很便当，有着万能的威力。可是对谁的爱情都不应该提出质询，这么做不是太不礼貌了吗？”

“这种事儿，对你是行不通的。”

“我倒是想对小山提出质询：他究竟是想让我做个好演员还是好妻子……不管三七二十一，只要让我挣钱就行，这是荒唐的。没有意义的。”

朝子刚好翻到迪奥的《时装大全》中“荒唐”这个条目，于是就说了声“这是荒唐的”。

时装方面，荒唐指的是穿雨衣戴草帽、穿夜礼服罩雨衣、长裤配高跟鞋、过了三月还穿天鹅绒，以及在粗花呢上镶花边……许多人都忘记了，不论是多么绚丽夺目的装束，都必须伴以一定程度的含意。美好的时装应该自然地经常加以改进，必须合乎常识才行。我讨厌那种仅仅为了引人注目而设计的奇装异服。那确实很显眼，可绝不是优美的服装。

“可不是嘛。”朝子咕哝着，并按顺序挑着读“衬裙”“粉红”“滚边”等条目。

“喂！”清猛地把书扒拉开。书掉到地板上了。

“什么呀。哥哥也来‘喂！’这一套吗？”

“你放认真点儿。”

“因为哥哥既不是小山，也不是我呀。不论我多么不认真，关于我们两口子的事儿，总比哥哥考虑得认真，也为这苦恼着。”说到这里，朝子一下子感到了悲哀，“我认为在日本，一旦把女儿嫁出去了，父母兄弟就变得怯弱起来。他们生怕女儿会回到娘家，所以又是劝解，又是压服，想方设法让她忍受下去。这是卑劣的。他们再也不肯切身地为嫁出去的女儿的幸福着想了。”

弓子提着一看就沉甸甸的书包从学校回来了。

弓子也不晓得敬子动身到神户去了。当清告诉她后，她说：

“净瞎说……是瞎话吧？”可是看到清和朝子都好像面带怒容，她就问：

“妈妈怎么啦？”

“……”

“怎么啦？”

“二楼上有信。”

弓子慌里慌张地上了楼梯。

清仿佛要转换心情似的说：

“朝子，我毕业后，就是个公务员啦。”

“决定就职了吗？”

“嗯。”

“公务员”一词给人以质朴、平庸的感觉，朝子认为哥哥的工作没什么意思。

“你不祝贺我吗？”清笑着说。

“祝贺你。”

“你说得怪不起劲儿的。”

“刚吵过嘴嘛。”

“我没打算跟你吵嘴。”

“那你是用公务员的口吻教训我的吗？”

“啊？”清皱起眉来，“什么叫公务员口吻？你这种强词夺理又是什么口吻？如果跟小山先生分手的话，就痛痛快快地分手好啦。”

“我并没说要分手。”

“你不是不到大阪去吗？”

“是呀。我这次发现了分开来居住也能过日子。尽管这是个可悲的发现……”

“不在一起居住也行，那好像就会导致分手似的。”

“也许我还不如待在娘的店里学习设计式样呢。我仿佛也有这方面的才能。”

“你不想真诚地去爱一个人吗？”

“哪里有不这么想的女人呢？哥哥就是不明白。”

“依你说来，不论什么都是对方不好喽。”

“正如哥哥对待弓儿一样。”

“……”

“结婚嘛，可得好好地考虑才行，哥哥。”

“你这会儿才发觉吗？”

“哥哥大概还是想跟弓儿结婚，可是就让弓儿和田部大夫结婚吧。我是这么想的。你们一直是像兄妹一样长大的，这期间哥哥的爱情不等于是已经得到了报偿吗？进一步束缚弓儿，哥哥可就是贪得无厌啦。”

“……”

“那一次，哥哥为什么要满不在乎地跟到歌舞伎座去呢？田部大夫不是就回去了吗？我觉得哥哥太荒谬啦，所以我才先走的。”

“什么？”

清的脸色苍白了，他一边想要站起来，一边抬头往楼梯那边望了望。

“在这个家里，哪怕让弓儿一个人幸福也好嘛。”朝子平心静气地说。

弓子从楼梯上边这么说着边跑下来了：

“果然是真的……我吃了一惊。”

她手里拿着敬子留下的信。

“星期六站柜台的事就拜托了。六日回来。打算买点儿礼品……说是‘打算’哩。”弓子凑到朝子身边给她看信。

“不是为了不好的事到神户去的吧？啊，啊。”弓子开朗地叹了口气，“我今天值班，饿了。可是文姐一问我晚饭吃什么，种种食品就从我眼前消失了。”

她这话使得清和朝子都苦笑了。

“吃什么好呢？”

“叫点什么不就结啦。”清说。

“说实在的，我中午也没吃上饭。”朝子也想起来了，“趁着娘不在家，请我打一顿牙祭吧。意大利式细面条和什么肉类……”

清打电话叫了。

大家正等着餐馆给送来，小山忽然进来了。

谁都看得出他显得怏怏不乐。

朝子起身走了过去，站在门口跟他说了两三句话，朝子的脸色也变了，肩膀垂了下去。

西餐馆的伙计送饭菜来了，弓子说：

“小山先生也还没吃饭吧？”

“我现在不想吃。”

小山连对弓子都待理不理的。

“光吃点面条儿不好吗？”弓子替小山操着心。

“那就算啦。既然说不要……”朝子露出一副冷漠的样子。

弓子用店堂里待客的桌子来代替饭桌，摆上盘子。

要是有顾客上门就为难了，然而把小山留在下面，三个人上楼去吃饭也不合适。

小山一个人坐在相隔不远的椅子上，读着迪奥的《时装大全》。

弓子他们也几乎是默默地吃完了饭。

“咖啡冲好啦。”弓子说。

“啊。”

小山尽管走了过来，陪着他们喝了，但看来他有点反常，总焦躁地皱着眉头，所以清和弓子都没法随随便便地跟他说话。

弓子也想，他和朝子之间大概出了什么事，但她无从劝说，只觉得心里憋得慌。

“要是妈妈在家就好啦……”

忠于职守的川村送走敬子后，为了把店堂的门户锁好，又折了回来。

“啊，您来啦。”他看见小山就说，“要是二位能住下来，门户就会严实一些。”

“……”

“那么，晚安。明天我早一点儿来。”川村说罢，刚一回去，小山就像是追在他后面似的站了起来。

“没能见到娘的面，真可惜。我还会来的。”

清甚至没来得及说声：“你不在这儿过夜吗？”

小山一句话也没跟朝子说，一把就抓住她的胳膊。

朝子立即抵抗起来。他却说了声：

“回去！”就硬把她拽走了。

清和弓子依然坐在那里，目送着他们。二人随后面面相觑。

“怎么啦？”

清没有回答，站起来去锁门。

只剩下清和弓子两个人了，她吓得心里感到憋闷。从姑母家回来之后，她这是头一回和清单独过夜。

## 独自旅行

敬子是个地地道道的东京人，她完全是在这座大都会里土生土长的。偶尔她心里也会浮现出到陌生的地方去旅行的渴望。

但是她也没想到，自己会这么仓促地乘上夜车。

经同行劝诱，敬子向神户的贸易商，专跟外国人做交易的梳妆用品店利玛商会订了货。为了洽谈商品事，决定马上动身。

这是黄昏时分的火车。

二等车厢里没有空位子。

“您干吗那么心里没有把握似的呆站着呀？”前来送行的川村在长长的车厢里找了一趟，“真挤呀。”

“就这样，一直要站到哪儿呀？”

“这种事儿，您问我也是白搭。哪一站要是有人下车，您就赶紧坐下来就是了。”

“要是邀川村先生也一道去，也许就好啦……”

“神户嘛，反正是在日本国内。”

一位妇女脑袋挨近敬子的胸部坐着，这时笑起来了。

“请坐。”她劝敬子坐在窗边的座位上，她在那儿放着手套和杂志。

“不碍事吗？”

“有个伴儿要来，所以给留了个位子。可只剩两分钟了，多半不来啦。如果在新桥上车，那就请您多包涵……不过，我们在热海就下车……”

川村看到敬子有了着落，就露出一副放下心来的神情，发车铃刚响他就下了车。

隔着车窗敬子看见银座一带的街灯流逝过去，立马就留恋起东京来了。

抵横滨时，夜幕降临了。

那位雅致整洁地裹在藏青与灰相配合的色泽中的西装妇女，约莫有三十来岁。她显得很有教养，侧脸对着敬子，好像睡着了。

敬子也学她的样儿闭上了眼睛，然而头脑却是清醒的。

清晰地逼到她那紧闭着的眼睑里的，不是到达目的地以后的事儿，而是平素与她有关联的人们的身影，以及她跟这些人之间所发生的纠葛。

对昭男的恋情，与俊三一道度过的往昔岁月，夹杂在忧伤与悔恨交加的烦闷心境中。弓子那难以捉摸的青春俄而又浮现脑际。

而且，对自己的身子所感到的不安，好像刺进了她的脑海中似的。

“要是站上好半天，再被火车一颠簸呢？……”刚才她也曾担心这一点。

还不如睁着眼睛呢。旁边的妇女大概也没睡着，这会子点上了香烟，敬子就跟她搭起话来。

“您住在热海吗？”

“嗯，是……太太呢？……”

“我到神户去。”

“神户？您住在那边吗？”妇女的嗓音添了几分亲切。

“哪里，我是头一次去。”

“我娘家原来住在神户，在战争中家都被烧光了，全都搬到这边来啦。”

“我这不但是头一次去神户，连出门旅行也都是头一次。您晓得中山手的利玛商会吗？”

“中山手的利玛商会？……是坡道中途的那家出售奢侈品的店铺吗？……”妇女竭力回忆着。

“我到那儿去，明天晚上就回东京来。好像也没时间逛。可神户是个好地方吧？”

“谁知道被烧以后是个什么样儿呢？我一次也没去过。您提到的利玛商会所在的那一带，战前叫‘吐尔路’，是最令人感到惬意的地方。”

“神户是您的故乡，如今又来到东京，看来值得羡慕哩。”

“为什么呢？”

“因为东京人没有故乡嘛。”

“还有这样的想法吗？”妇人泛出含着忧愁的微笑。

敬子对这位皮肤白皙、显得蛮温柔的妇女产生了亲切感。

她巴不得多知道一些关于这个人的事。

例如，她想问问“您先生呢？……”“孩子们呢？”等等。但她抑制住了。从手提包里取香烟时，却谦恭地递给她一张印有“宝石、钟表、首饰，美宝堂”字样的名片，嘴里说着：

“我在做这样的工作。什么时候顺路，请光临。”

“实在对不起。我没有名片，姓津川。”她边看着敬子的名片边问，“宝石，光是出售吗？”

“不，如果有派不上用场的，我们也收购。差不多的珠宝商都是这样的。进口是有限度的……”

“是啊。我也想拜托。请您收购。”

“啊。”敬子略一迟疑，轻松地说，“今后请多关照……我们也会去登门拜访。”

“那就拜托啦。”

快到热海了。

“跟您同路的那一位还是没有上车啊。我倒是托福，沾了光……”敬子说。

“是个大夫，大概有急诊吧。”

敬子情不自禁地重新看了看那位妇人的脸，竟问了句：

“是外科吗？”

“不，唔……”

妇女含糊其词。

“是自己开的一家医院吗？”

“嗯，唔……”

敬子在热海和那人分手后，四下里张望着车厢，有不少乘客早已入睡。敬子面前的男人伸开腿，打着小呼噜。

敬子也用手绢蒙住脸，但情绪兴奋得很。

“我突然问起人家是不是外科……”敬子又回忆着昭男。

然而，作为医院院长夫人，她又显得太年轻了。说不定是哪一位院长的外室吧。大概已落到出售宝石的境地。

“女人的事是捉摸不透的。”

敬子精疲力竭，打了一会盹儿，醒来时已到了大阪。

车厢里的暖气使得她头昏脑涨，神户黎明时分的风清爽得犹如刮到裸体上似的。

从车站的站台望去，六甲山挨得很近，敬子觉得新奇。

这是日出之前，还看不出山脊的贫瘠，土壤的颜色不同于关东。

市街朝着山略微往上倾斜，天空也弥漫着春大的温煦。

敬子像个旅人的样子，呆呆地眺望着车站。一群群清早就去上班或上学的人生气勃勃地活动着。

“时间还很宽裕。”

九点来钟到利玛商会就成了。

敬子一身轻装，除了手提包就只带了一只较大的购物袋。她上了停车处的一辆出租汽车后，就说：

“我想到中山手町三条去，可是时间早了点。你知道离那儿不远有个能租上一天房间并吃顿早饭的旅馆吗？太脏或太豪华的可都不行。”

司机稍微回过头来，像是打量一下敬子的装束似的，并把她带到海滨路的一家旅馆去。

敬子定了个小房间。端来的早餐味道好得出乎意料。

“请你给买一张今天晚上的快车票，开往东京的。”敬子托付侍役，“来的时候乘的是快车，但半夜里就改成普通快车了，所以时间拖得蛮长的。”

屋里有张紧绷着雪白得几乎发青的被单的床，还有一间明亮的浴室。

她在浴缸里洗掉坐火车旅行的污垢，正重新化妆时，听到了鸣汽笛的声音。

也许是工厂的，敬子却认为是港口轮船发出来的。那是旅行的响声。

她隔窗朝港口眺望了半晌。波浪由远而近地在旭日下开始闪烁着。

海的引诱好像渗透了肺腑。

敬子想起了那天从东京湾轮船公司的码头观看黑压压的海洋的事。

尽管大川的明亮不同于神户港口，俊三也还是由它而感到了海洋有一种孤独的诱惑吧。

她是为了弄清楚俊三的死活而到那般模样的竹芝码头去的时候，才头一次缠住昭男的。

敬子再也不能独自眺望窗外的港口了，就边开玩笑似的这么咕哝边步出到休息厅：

“我到香港去搞走私进口算啦……”

金丝雀在橡胶树下鸣啭着。桌上插着夏威夷所产的花烛[1]。

一对年轻的外国夫妇正将一盘堆得高高的水果，痛痛快快地吃个精光。

敬子向侍役打听了路线，决定步行到利玛商会。

敬子那副神态显得对这座城市十分熟悉，简直像是芦屋一带的夫人

1　花烛是美洲热带草本植物，属于天南星科，约600种，叶子有观赏价值。也有几种花期长，花也鲜艳的。

随便出趟门去买点东西的样子，尽管时间未免早了一点。

然而敬子内心里反复这么咕哝着：

“要是有谁在就好啦。但愿有什么人在。”

昭男气势汹汹地冲到麻布的店里来时，曾说他打算去旅行。他会不会从街角突然出现呢？

“他不会去旅行那么长时间的。”明明知道是这样，她却还是觉得马上就会跟他相遇似的。

连她自己都感到自己这么想着怪寂寞的。

没有被任何人深深地爱过，连一个人也未能留住的女人，就像这样“走在神户街头”。

敬子走进利玛商会后，就跟站柜台的青年说：

“我是东京的白井。”

“是吗？欢迎您来……”

青年退到里屋去了。这时，敬子目光锐利地窥视着陈列架上的宝石。

敬子自从出生时起，就是看着宝石长大的，鉴赏力在内心深处扎下了根。及至有了自己的店，眼界就更开阔了。

“啊！”看到了精品翡翠，敬子也觉得自己变得水灵了，重新获得了生命似的。那颗宝石的色调像刚萌芽的草那样嫩绿，清澈深邃，丝毫也没有斑点，将敬子一路上的忧愁转瞬间就涤荡殆尽了。她感到自己沉浸在美丽的希望之绿里。

紫红色的星光红宝石会把弓子的白皙手指衬托得多么可爱啊。

“母亲既然是个珠宝商，为了祝贺女儿毕业，难道还送不起这么一颗宝石吗？……”

红宝石上附着三十五万元的价码标签。

同行之间大概多少会给减点价吧。

这是在旅途中，敬子有意破费一下，但终归是难以办到。

“请川村先生给物色一颗星光红宝石或者优质的墨西哥蛋白石吧。”想到这里，敬子的情绪就稳定了。

敬子又转悠着看那些摆着进口香水、手绢和零星物品的陈列橱。

敬子订购的货包括打算用在自己的手工艺品上的人造宝石以及琢磨成各种形状的玻璃钻石、链子、扣针，还有外国制造的新首饰和戒指等。

她这是头一次出远门来采购，现款也尽量地多带了些。凡是中意的东西就都可以毫不犹豫地买下来了。

生意谈妥后，敬子又对自明天起的工作感到有了劲头。

走出利玛商会，敬子沿着下坡路踱去，在有着神户气息的街上漫步。也许是心理作用，她感觉出异国情调。在摆着奢侈品的洋货铺跟前，就勾起了购买欲，犹如瞧见了好看的糕点的娃娃一样。

在东京也能见到的物品，在这里看上去就显得不同了。

市街给人的印象是海港近在咫尺。

她来到元町的陶瓷街。

“是不是有点像是最近的池袋西口的商品街呢？……”敬子想。铺上了大量的陶瓷涂料的市街是崭新的。

她给清买了藏青色皮带，为朝子也买了有着白色金属卡口的黑色小山羊鞣皮手提包，给自己买了一条法国镂空花边披肩，给弓子买的则是一套黑呢紧身衣裤。还买了黑绿相间、西班牙式扇形的化妆匣和产于苏格兰、蛮潇洒的手织领带。这些东西，她并没想好该送给谁。

于是，她抱着鼓鼓囊囊的购物袋，心情舒畅地信步走着。突然间，下腹部隐隐有了不舒服的疼痛感。

“哎呀！”

敬子停下了脚步。

她的神情变得忧郁不安。

回到旅馆后，她自个儿在浴缸里放满热水，把身子泡暖了。

"请及时把我叫醒，好赶火车。"敬子托付侍役后，就上床了。

或许是由于璀璨的宝石在脑袋里旋转呢，眼睛内侧闪烁着，弄得她睡不着觉。

她想着：可别累着，可别累着，却感到异乎寻常地累。

上夜车后，过了一会儿，从腰身到下腹部，又愈益疼得厉害了。

"怎么办呢？在火车里……"

抵达东京车站的时候，她两条腿哆哆嗦嗦的，甚至嘀咕起自己是否走得动。

然而，乘出租汽车回到店里，一看见全家人的脸都齐了，她就难以置信地把车中的痛苦抛在脑后，并将礼物摊开来。

"趁着还没有顾客上门，妈妈去睡一下好不好？……"弓子说。

弓子一边整理着敬子脱下来丢在那儿的衣物，一边又说：

"妈妈动身后，小山先生和姐姐来过一趟。"

"那可太不凑巧啦。"

对了，那条领带就给小山系吧，敬子想。

"就这样，小山先生说是今天回大阪去……"

"今天？朝子是不是也去呢？……"

"姐姐和小山先生有点儿古怪。"

敬子的神经变得不大正常，她觉得这话刺耳。

"怎样古怪法？……"

"究竟怎样，三言两语也说不清。小山先生好像在生姐姐的气似的，刚一吃完饭，他们两个人马上就回去啦。姐姐一个人吃了饭，小山先生没有吃。"

"弓儿，请你给朝子那儿挂个电话。说是我回来了，想务必见见她……小山先生动身前，也请一道过来。"

她痛痛快快地吩咐完，就在床上伸直了身子。

然而她好像还是放心不下，就一边甩着升到三十七度五的体温表，一边又喊着弓子：

“电话打通了吗？”

“打通了。但是说，不能到这儿来，请问好……是姐姐接的。妈妈，您发烧了吗？”

“稍微有点儿温度……是累的。你知道小山先生几点钟动身吗？”

“我没问。”

“你再打一次电话，问一声吧。”

“唉。”

弓子被敬子催促得下楼去了，却又呆呆地回来了。

“大概是刚刚走的，姐姐也已经不在啦。”

“不在啦？上哪儿去了呢？你也真够笨的。”敬子异乎寻常地用一种像是把弓子推开般的口吻责备了她，并把被子一直蒙到前额的发际。

“妈妈。”

敬子没有回答。

从这时起，敬子就感觉到了下腹收缩般的疼痛。隔一会儿疼一阵，疼得越来越厉害。

她汗涔涔的，攥着床单忍受剧痛。

“是流产哩。”

不久就开始有了明显的征候。

敬子好几次下床如厕，强忍着死一般的煎熬，却无意请大夫来。

她也不能叫弓子服侍自己。

于是就悄悄地服下了止痛药。

药带来的麻痹感以及肉体的疲劳，使敬子一连睡了几个小时。

她在昏暗中醒了。

“这是傍晚。”

起先疼得连在睡眠中都低声哼哼，这会子好像已经消失殆尽。

另一方面她却又被诱进了深深的寂寥之中。

是这样一种撒娇的、幼儿般的心情：清、弓子、朝子、川村、文姐，谁都行。她巴不得有人来到身边，偷偷地握住她的手。

然而，她却不能喊人。

自己摸了摸自己的手，似乎是冰凉的。

敬子想：在失去昭男的孩子的同时，她也就完全失去了昭男。

最后一场恋爱和最后一个孩子，自己的“女性”竟以此告终，并消失了。

“跟那个人也不能再见面了。”敬子觉得好像什么东西断了似的。

敬子原先有一种奇怪的心理：巴不得趁着昭男的娃娃还在自己的肚子里时，跟昭男见上一面。

“你的孩子差点儿出生。”敬子仿佛已说不出这样的话了。即使说了，昭男恐怕也不肯相信。

然而，难道敬子真打算生养那个娃娃吗？

不会有这样的事。甚至连是不是怀孕自己也都拿不准。她迟迟疑疑地不肯请大夫给诊断。

敬子巴不得生下昭男的娃娃。她想再一次抱娃娃。到了这把年纪，且不去说自己将会忍受什么样的耻辱，清、朝子、弓子等儿女又会受到何等伤害呢？尤其是弓子，指不定会怎样呢。

归根到底，这是个不能生下来的娃娃。

那么说来，由于旅行而流了产，竟是上天的保佑不成。

敬子上火车的时候，脑子里根本就没有嘀咕过这方面的事。然而从结果来看，这倒仿佛是一次有计划的流产旅行。

于是，取得成功了吗？敬子手上的冷气升到胸口上来了。

难道这是一桩并非有意地造下来的罪孽吗？

“怪可怜的……”敬子咕哝着。

无法用这样的言辞来完全表达对已经无影无踪了的娃娃的复杂感

情，但除了“怪可怜的”，她再也说不出旁的话了。

冰凉的眼泪顺着敬子的眼角淌下来。不准备生的娃娃流了产，居然还流泪，“这是对自己太姑息了”。敬子想重新抖擞起精神，但泪水还是流个不停。

跟俊三多年生活在一起，敬子丝毫也没有过这方面的苗头，所以和昭男之间的短暂接触，敬子也压根儿就没转过这样的念头。然而临分手之际却有了。想到这里，昭男的肌肤又历历浮现在她的脑际。

过了一会儿，传来了小心翼翼地登上楼梯的脚步声。

“谁？”

“您怎么啦？”

帷幕后面的是朝子的声音。

“是朝子呀。小山先生呢？……”敬子问。

“小山想见见娘来着。”

“是一道来的吗？”

“嗯。是娘动身去神户之后。”

“这我听说了，可现在呢？……”

“现在，我是一个人。”

“不是今天回大阪去吗？”

“嗯。”朝子又从帷幕外面问，“娘，怎么啦？”

“是几点钟的火车呀？”

“小山？……八点几分。”

“你呢？……”

朝子没有回答这个，却说：

“听说娘回来以后一直在睡觉……已经是晚上了。不点灯吗？”

“就让我这么待着吧。”敬子的声调是惊慌失措的。

“黑才好吗？真怪。”

“朝子不到大阪去吗？”

“小山好像是来接我的……”

“那么？”

“我不去。”

“为什么？……”

“……”

“朝子，说是你把小山先生惹恼了……”

“我不知道，那号人。”

“朝子，到这儿来。帷幕里边……”

“您用不着担心。以后我慢慢儿讲给您听。”

“什么以后，小山先生不是这就动身去大阪了吗？”

“不碍事的。”朝子悄悄地掀开帷幕过来了。

她摸索着靠近了敬子的床。

敬子也伸手摸摸朝子的腹部。

“讨厌，怪痒痒的。”

朝子想扒拉敬子的手，就势攥住了。

“娘的手好冰凉啊。”

两个人好像已经好久没相互握手了。母女心心相印。

“朝子，好好儿讲给我听听。”

弓子沿着楼梯走上来了。

“妈妈，饭怎么办呢？端到这儿来吧？”

“不想吃。”

“不能吃点儿什么吗？”

“现在什么都不想吃。”敬子回答后，又压低嗓门说，“朝子，你到车站去吧？”

“嗯。”

“小山先生既然接你来了，你好歹去趟大阪吧。即使马上就回到这边来，我认为今天还是去的好。”

“我不愿意。”

“以后再后悔，可就来不及啦。”

“我不后悔。”

弓子已经从厨房里端来了晚饭，朝子就也从帷幕后面走出去了。

敬子在床上听着连同清，三个人共餐的声音。

弓子上来的时候拧开了二楼的电灯，光线把敬子所在的帷幕里面也照亮了。

“清！”敬子招呼道。“还有弓儿，你们一道把小山先生送到东京车站去吧。”

“用不着这样。”朝子说。

# 枕上的嘴唇

一连两三天，敬子卧床不起。

旁人比敬子本人还吃惊。

“太太，还是请大夫给瞧瞧吧。”川村执拗地反复说着，“自己诊断，要是耽误了可怎么办？”

川村体贴入微，仿佛立即就要去请医生似的，弄得敬子慌了手脚。

“我不习惯于长途旅行，累得衰弱到极点，又赶上食物中毒了。我不过是闹肚子就是了。”敬子遮掩着。

“您毕竟是一位没离开过东京的小姐嘛。”

“可不是嘛。”

“话虽然这么说，大夫要是来了，很快就会好的。”

“这么睡着就能好。”

川村到清和弓子那里去了：

“不许请大夫吗？偏偏这一次不愿意让大夫给瞧病，有点反常。”

弓子看了看清的脸。

川村觉得心疼似的皱起眉头：

“太太一个人累成那个样子……雇一个店员不好吗？”

“我想向学校请假，在店里帮忙，直到妈妈能起床为止。补考也可以嘛。”弓子开口说，“我去问问妈妈。”

然而敬子扶着弓子的手，让她摸摸自己的前额、号号脉等。

“瞧，又不发烧，什么事儿都没有。我能起床，只是谨慎起见才睡下的。”她露出笑脸给弓子看，“毕业考试很重要，不能请假。”

所以弓子还是上学去参加了仅仅是上午的那场考试。

第二次就职考试的通知也来了，时间是下午。

“不如死了这条心。”她说服着自己。

由于第一次考试通过了，所以不肯放弃第二次，为此而犹豫不决，因为敬子生病而不能应第二次考试，这倒更容易想得通。

下午，弓子一边站柜台，一边用功，好参加考试。

正如川村所说的，店里忙得很。

顾客还不都是买高价宝石和钟表的。弓子那么大的高中学生为了决定买不买一枚二三百元的首饰，低头瞧着陈列橱，一瞧就是个把钟头，要么就是让人拿给她看这样，看那样。一位年轻的公司女职员拿一枚胸针来请店里配合西装的颜色给重新做一下。将近黄昏时分，一群花枝招展、蝴蝶般的女人蜂拥而至，唠唠叨叨说个没完。

川村从角落里望着弓子怎样当店员，点了点粗脖子上的头：

“太太得到了一位好助手。小姐待人接物，柔和开朗，有了不起的魅力。顾客朦朦胧胧地就沉浸在里面了。”

大家都期待着弓子从学校里毕业后就来帮助敬子经营店铺。

弓子也正在想，违拗大家的意愿而到外边去就职，恐怕不稳妥。

“宝石真不好办啊。鉴定起来就够困难的了，价钱又怎么来定呢？”弓子说。

川村露出一副会意的神色：

“凭着经验啊。小姐，我来教您……”

毕业考试的最后一天，女子高中生们就像融雪后的流水一般喜气洋洋的。

有一批人正在商量从下午起就去看电影，另一些人打算午睡后去滑冰。有人邀要好的朋友“到我家来玩吧”，弓子则跟平素那伙人一道朝车站走去。

从学校的大门到车站，有一条漫长的柏油路。

天气暖和得好像樱花都会不合时令地怒放似的。

冬季大衣压在肩上沉甸甸的，发际被汗水逐渐濡湿了。

“学校的考试也只到今天为止了。我感到茫然。”

“听说再过多少年都会做考试的梦呢。”

“‘汗牛充栋’，你是怎么写的？”

“出处大概是高中三年级的汉文。故意刁难人。”

“意思是重得牛都出汗了，量多得顶住了栋，指的是藏书之多吧。”

“不懂也没关系……那种词儿，我不会使的，也没用处。”

没有人由于学分不够而需要补考。

然而弓子这伙人里，既没有升大学的，也没有决定就业的。

看来净是钻研所谓“新娘作业”的，诸如学烹饪和西式缝纫等。

“咱们当中谁会最早结婚呢？……”

一个人这么说了。

“我怎样也觉得是弓子姐哩。”

弓子听到跟她并肩而行的七里英子这么说，就有点儿吃惊地问：

“为什么？”

“说不上是为什么。是感觉。是灵感。再见。”英子快快活活地走进了国营电车的车站。

弓子下了陆桥，乘上都营电车。

晌午时分的都营电车空荡荡的。

弓子朝着车厢里的人们飞快地扫视了一眼，半倚着窗。

“还没到呢。”

她瞧着同一个车厢里的或迎面错过的人们的脸。

这个习惯也不知道是什么时候养成的，想改也改不掉。

弓子身心的什么地方总是在寻觅着父亲。

倘若遇见了父亲，该怎么办呢？

弓子同时有着两种心情：一种是想见父亲，想见到他那安然无恙的脸；另一种是认为不能见，见到就为难了。

这辆电车里也没有长得像父亲的人。

弓子知道没有，就松了一口气。

水果店，衣料铺，香烟店，牵着两只狼狗的妇女，骑着自行车的少年，汽车。当弓子眺望着这些杂七杂八的景物和正络绎不绝地移动着的市容时，英子所说的那句她好像会比谁都更早地结婚这句话，在她耳际发出牛虻振翅般的声音。

再过几天就没有学校可上了。在店里帮助干活儿，成天不离家的话，周围的气氛仿佛就促使她迟早会接受清的爱情似的。

弓子想到这里，昭男的脸猛地浮现在眼前。

昭男那张脸上泛着温存柔和的微笑，弓子曾多少次把它摈除掉，摈除掉。

倘若没有清，也没有敬子，弓子那番隐秘的仰慕之情也许就可以那样开花的。

弓子曾在信的空白处写下了小小的“五色彩虹”被“倏忽吸入天空，昨天那般消失”等诗一般的东西，如今她对自己那个时期的所作所为感到羞愧不已。

那阵子她心里充满了对昭男的恋慕之情，以致梦见了为他的事挨了父亲的骂。

而且，那阵子弓子周围的气氛十分沉闷。

她夹在父亲和敬子之间，左右为难。

父亲性情乖僻，闷闷不乐，存心让自己陷入孤独的境地。就连轻轻地“嗯”一声、点点头就能了结的事，他都不肯给人以满意的答复，害得敬子三番五次地问他同一句话，最后他就申斥一声：

“讨厌！”

尽管弓子认为这都怪俊三变得反常了，然而由于他对家人故意刁难，故意躲避似的，弓子因而就对默默忍受着的敬子，寄予稚气的同情。

亲娘京子从热海到他们家来拜访的那段日子最糟糕了。

弓子原以为父亲这会子才和母亲离婚，或许是为了和敬子正式结婚，但种种迹象又使她怀疑，他是为了想去自杀，这使弓子受到了严重打击。

一方面也是由于在生活上给敬子添加负担，父亲待在家里的时候，阴郁憋闷得连个哈欠都打不出来，心情焦躁，只要一出门好像就不愿意回来了。弓子却偏偏深深地感到对不起敬子。

清强加于弓子的爱，也使她战战兢兢，缩作一团。

这还不算，父亲又离家出走了。

弓子常常生病。也许是因为心里总是堵着什么，觉得喘不过气来的关系。

刚好这时候，昭男跟这一家人接近了。他为人开朗和善，弓子不由得想紧紧偎依他，觉得像是被清凉的气息所吸引似的。

然而，没过多久，敬子的生活中就出现了许许多多使弓子难以理解的事。

“妈妈在隐瞒着什么事儿。”

有时敬子的感情就这样露出一鳞半爪，变成荆棘，扎着弓子。

弓子在街头从事红羽毛募捐活动那次，瞧见了敬子和昭男二人，回家后就倒下了。

朝子举行婚礼的那个夜晚，敬子迟迟不归，弓子被清硬逼得第二天早晨就从家里出走。那时她曾下过这样的决心：

“只剩我一个人后，我要彻底改变自己的人生。”

没过多久，她就知道了父亲还活着，使她感到既快活又凄凉。

“爹在世给人造成威胁。”

就连姑母这个骨肉亲人都不愿意跟弓子谈起俊三。姑母和弓子把俊三的消息当作自己的耻辱似的，相互隐瞒着。

弓子倘若不回到敬子的怀抱里，就简直支撑不住自己了似的。

回来一看，敬子对她的爱丝毫也没有变，然而敬子的生活却完全改变了。

也就是说，弓子逐渐知道了敬子这爿店铺既等待着她，又需要她。

在和敬子一道过的新生活中，弓子见不着昭男了，也听不到关于昭男的消息了。

为什么在这个家里，连提都不提昭男了呢？弓子直纳闷。

这时，田部突然请他们去看戏，而在歌舞伎座遇见的昭男，跟平常不一样。事后一想，她更觉得奇怪了。

田部夫妇旁边坐的是朝子，依次是清、弓子，再过去就是留给昭男的空位子。

昭男来迟了，序幕那场结束后才心神不定地走进来。

他好像为什么事生着气，连弓子都受到他那急躁情绪的感染。

昭男心里仿佛被旁的事所占据着，弄得挨着他的弓子也无法好好地看戏。

第二场结束后，幕间休息时，昭男突然站起来了。

弓子低下头去。

“喏，休息一下吧。”另一头的田部站了起来，朝子和清跟随着，弓子殿后，走了出去。

昭男把着门口，在走廊上等候着，并问弓子：

“你母亲呢？……”

昭男一向对弓子也跟着叫“妈妈”，这次却郑重其事地称作“母亲”了。

“病了，有点儿……”弓子好容易才像娃娃似的回答说。

“躺在床上吗？”

清笑着替弓子回答：

“老早以前她患过流感，后来转成皮炎，每天去找大夫看病。精神蛮好，可是大概不愿意在盛大的场合抛头露面吧。”

“是感冒后引起的皮炎吗？皮炎恐怕是其他原因引起的吧。这本来是孩子害的病，高烧性的有时还会出疹子呢……”

“娘的脾气像个年轻人，所以害的病大概也是小儿性的。”清用轻蔑的口吻说。

清这种腔调仿佛给了昭男一刀，他阴沉沉地歪扭着脸。弓子统统看在眼里。

弓子莫名其妙地感到心惊肉跳。

清的嗓音里即使没有对昭男表示出明显的敌意，至少也包含着冷冰冰的对抗情绪。

昭男一面听着开幕的铃声，一面对田部夫妻说了句好像忽然想起自己跟患者有约之类的话。他目光锐利地瞧了弓子一眼，就匆匆忙忙走掉了。

弓子无从知道昭男的哥哥田部热衷于让他和弓子结合，今天看戏也是为了这个而安排的，然而昭男走掉后，她觉得戏和剧场都变空虚了。

从敬子的家里出走之后，弓子这是头一次跟昭男见面，她本想说声：

“我又回到妈妈那儿去了。”然而没找到机会。

回到店里之后，关于昭男，弓子也没能如实地向敬子报告。

然而她兴奋得未能成寐，毕竟是由于见到了昭男吧。

再说，清尽管需要读书，但是为什么回家后连话都没跟敬子说一句，就关到自己屋里不出来了呢？

打那以后，弓子再也没见着昭男。

昭男好像也不到店里来。

弓子一边回想着歌舞伎座那奇怪的夜晚，一边在电车里颠簸着，差点儿坐过了需要换车的那一站。

弓子像是从电车里撒下来一般慌里慌张地下了车。

为了忘掉昭男的事，她脑子里想着在谢恩会上穿的衣袖的尺寸。

预定由弓子弹钢琴。

袖子还是短的好。

“想穿双淡蓝色的鞋。”弓子忽然想道，“不管怎么打扮，也不会再挨嬷嬷说了。”

一想到衣服的事，心情就有点轻松了。

她跨过人行横道，走上悬铃木刚萌芽的林荫路。好像什么地方有人在叫喊她似的。

身着黑色装束，反而显得华丽的朝子，从对面走过来了。

“真暖和啊。”

朝子挨到弓子身边这么说。

打从小山独自返回大阪以来，朝子一直住在敬子的店里。而今，大概也是刚从家里出来的。

弓子漫不经心地问道：

“现在去工作吗？……”

“从两点钟起看试映，不是还有一段时间吗？我在家里磨蹭来着。早点儿出来就好啦。跟娘拌了嘴。”

“……”

朝子每每惹敬子生气。朝子这方面违抗敬子，越说越激动。

可是弓子晓得她们二人不久就会息怒的，所以她只想：又来了，却并没感到吃惊。

“哥哥就在旁边，这样那样地攻击我，弄得我挺不愉快。今天晚上不回去啦。”

“……”

“暂时不回去啦。要是有什么事儿找我，我就在下北泽，弓儿，你替我联络一下吧。”

"唉。"

"再见。"朝子耸起肩，刚要走，又温和地小声唤道：

"弓儿。"并且回过头来说：

"已经毕业了啊。"

"今天就考完试啦。"

"我虽然送不起贺礼，可我给你一样最好的东西。弓儿也用不着在哥哥面前光是那么乖乖儿的。"

"……"

"刚才拌嘴，一方面也是为了这个。关于弓儿，我最公正无私啦。因为我不像娘和哥哥那样，想用自私自利的爱情来束缚你……我认为应该让弓儿自由。"

弓子也估摸出朝子曾为她争辩了些什么事。

"过不了多久，我也许还会跟田部大夫见面的。我会对他说，你让我替你向他致意。"

"我为什么要？……"

"可别那么大嗓门呀。"

"因为……"

弓子为了自己的大嗓门飞红了脸。

"行吧。田部大夫喜欢弓儿哩。"朝子斩钉截铁地说，"那么，再见。"

朝子像是追赶公共汽车那庞大车身似的，撒腿就跑走了。

弓子回到店里，只见敬子面容有点苍白憔悴，被一群打扮得花枝招展的女顾客簇拥着，散发出香奈儿和科蒂香水的气味。

妇人们一齐抬起头来，敬子却不曾看弓子。

敬子把头发随手朝上一拢，也没怎么化妆。由弓子眼里看来，她那侧脸犹如圣画儿上的女人似的。

弓子也说不上是对谁鞠了个躬，就娴静地走上楼梯。

“有个好儿子，还有那么一位可爱的小姐。好造化啊。”

顾客对敬子说的话追在弓子后面。

弓子把校服挂在衣架上，换上了红毛衣。

她在厨房的桌子跟前，和女佣文子一道吃了面包。

后面晒台上挂着许多洗好的白色衣物。

“妈妈已经起来了，不要紧吗？”

“蛮精神的，可是顾客那么多，会累着吧。”

“这些女顾客简直不知道是来买东西还是来聊天的。”

“太太说，她们聊着聊着，心情舒畅了，就肯买东西啦。”

“不过，就像社交俱乐部似的。”

“那几位一进来，就香喷喷的，待在二楼上都能闻到。”

“是不是因为天气好，妈妈才起来的呢？”

“唉，太太洗了衣服。我说我来洗吧，她也不肯听。即便是贴身的衣服非自己洗不可，可太太正生着病呢。”

弓子喝完红茶，就仿佛没有着落了似的，不知道该怎么办好了。

再也没有功课可抓了。

从明天起，学校放一星期假。这之后再去学校也只是为了排练毕业典礼，打扫熟悉的教室，整理课桌，等等。

也许是由于考试弄得她精神紧张劳累，心里才这么烦恼吧。

然而，这还在其次，刚才遇见朝子，对她谈起了清和昭男的事，这比什么都更使弓子的心情不舒畅。

“我跟妈妈学吧。”弓子洗了黑袜子和手绢。

她把手绢贴在窗玻璃上。

不知是谁家的金丝雀婉转地高声啼叫着，尾音拖得很长。那鸣啭忽远忽近，不绝于耳。

从楼下店堂里时而传来女顾客那爽朗的笑声。

弓子在床上躺下了。

她把毛毯一直拽到胸口上，拿起一本叫作《十七岁》的最新式的美国时装杂志。

四月号封面上的少女打着一把灰色雨伞，穿戴同色的雨帽雨衣，戴着红手套。

她伸出戴红手套的手，正在接那飘落下来的花瓣，莞尔而笑，诚然一派春意。

金丝雀还继续鸣叫着。

“与其在自己家里饲养，不如听旁人家的鸟从远处啼叫，更像是春天。”

掀开《十七岁》的第一页，就是露华浓口红的广告：一帧恋爱场面的照片。

眼下，就连这样的东西也使弓子心荡神移。

然而不知不觉间，她迷迷糊糊地睡起来了。

半睡半醒的，仿佛听见了朝子激动地说着什么的嗓音。

总也拿不定主意究竟是买蓝宝石还是蛋白石的那位石油公司董事夫人以及为她捧场的夫人们，甚至把敬子都弄得有些疲倦了。她脸上几乎露出闷闷不乐的神色。

她认为这是重要的顾客才与之周旋，但她的身体并没有康复。何况跟朝子的争吵还拖着尾巴。

敬子和清一道责备没有跟着小山赴大阪的朝子，朝子就提起弓子的事，给了清沉重的打击。

“弓儿爱着田部大夫。你不知道吗？弓儿从家里出走，住在姑妈家的时期，就曾跟田部大夫见过面。是我安排他们见面的。”

对敬子来说，这番话也够可怕的。

“要是硬让弓儿跟哥哥结了婚，她会比跟小山结婚的我更不幸。”

"……"

"我跟小山结婚的时候不是谁也没有出面阻拦吗？"朝子怒不可遏，任性发泄了一通，"我要阻拦弓儿的不幸。"

清的脸色唰地苍白了，他一句话也没说，忽然走了出去。

恰好在那个时候顾客进来了，敬子觉得自己被拯救了似的。

于是，敬子陪着客人说话，心神多少恢复了宁静。

然而，当弓子回来的时候，她无法看弓子的脸。

弓子上二楼后，就悄没声儿了。不知怎的，敬子也挂念着。

赫赫有名的音乐评论家夫人，建筑家的少奶奶，个个手头都宽裕，能够像买点心那么轻松地买上两三万元的东西。按说敬子该羡慕夫人们，夫人们却一个劲儿地羡慕敬子的境遇。

"不靠男人，经济上能够独立，这才活得有意义。"一个说。

"一辈子哪怕一年半载也好，真想凭自己的本事自由自在地过日子试试。"

"女人有自己的店铺或工作，现在已经不稀奇啦。可是像这家店这样，趣味高雅而又优美的生意，恐怕还是不多见吧。"

"咱们也开一家某种趣味的店铺吧。"

"关键性的首要条件是：没有丈夫。"

"既然有孩子，就不能离婚。喏，只好等守了寡再说吧。"

"府上的先生好像会长寿的，将来只有您从来世看到您先生跟一位年轻女人再婚的时候，您才会认为自己终于获得了自由。"

敬子自己并非不想直率地感谢她有着这样被人羡慕的一面。

眼下市面萧条，净是令人心情沉重的事。然而出售奢侈品的敬子的店，生意却上了轨道。

这种快乐犹如流水一般充满了敬子的心。

敬子倾向于手头大方，川村则抱着细心谨慎的态度。

但是，尽管景况不错，目前的状态也不过是一家人能维持生活，并偿还开店时候所欠下的款子罢了。

不过，店里要是能保持现下的势头，大约从明年起，经济上就会宽裕多了。

清也不必着急，用不着一毕业就从事缺乏未来理想的职务，蛮可以入研究院。即使闲到定好方针为止，也不至于使敬子手头拮据。

弓子愿意的话，也可以上大学。她在学校里作为选修课目一直学着钢琴，今后继续学下去也行。

按理说弓子是要在店里帮忙的，但是敬子雇得起个把女店员。

“每个人都随心所欲地去做就行了。”

敬子认为自己是替周围的人活着的。

这么一想，就使敬子感到心平气和。而且，这么一想，敬子也就产生了勇气。自从在战争中失去丈夫以来，敬子只能立足于此。

近几年来，甚至男子汉俊三都可以说是被敬子养活的。然而，你养活或抚育什么人，未必就能使那个人幸福。

女儿朝子就是牢骚满腹地成长起来的。婚后好像也不大幸福。

“作为母亲，我还是得为她操操心……”敬子这么替朝子焦虑不安，但这已然是一对夫妇的事了，她本人的手是无从够到深处去的。

倘若朝子想仅仅以演新剧为主，从而和小山反目的话，敬子可以接济她一些零花钱。朝子要是想生娃娃，她也可以替娃娃出养育费。

然而这两样能否让朝子心满意足就很难说了。

敬子搞不清楚朝子有什么心愿，什么事惹得她那么不称心。她好像生来就是个心怀不满的孩子。

今天朝子也曾给那个西服缝纫师打电话说：

“我是小山，上次的那件，请你们邮寄到大阪去。”

敬子听见她正告诉对方小山的地址，就一本正经地问道：

“朝子，你真不打算到大阪去跟小山先生一道生活吗？”

“我不愿意。”

“这不是说声不愿意就能了结的。小山先生不是要你把西服带去吗？本应该由你带去的西服，如果打成包裹寄到了，你寻思一下，小山先生会作何感想呢？”

“为了送西服就去一趟大阪，我舍不得火车钱。”

“那么点火车钱，我替你出。”

“我现在不想坐火车。”

“啊？”

敬子露出一副愕然的神情。

“娘不也是由于坐了火车才生病的吗？”朝子说了句莫名其妙的话。

敬子认为朝子不可能晓得自己流产一事，然而又不禁打了一个冷战。

在场的清说：

“什么叫不想坐火车？你认为这借口说得过去吗？”

“不想坐就是不想坐。哥哥不明白。”

“朝子这么任性，只顾自己合适，给身边的人带来不幸。你仔细想想看。”

朝子转过身去冲着清说：

“那么我就说吧。哥哥不是也给身边的人带来了不幸吗？你瞧瞧弓儿。”

于是，朝子恶狠狠地说，弓子爱着昭男，她曾安排弓子跟昭男见了面。

朝子所说的那句她曾安排弓子跟昭男见面的话，给敬子也留下了邪恶的余音。

嫉妒像波浪一般滚滚地冲击过来。

什么时候，在哪儿见的面呢？是敬子跟昭男分手之前，还是分手之后呢？关于这，昭男什么也没说。

弓子也是弓子，竟然若无其事地回到敬子身边来了。

敬子为女顾客把墨西哥蛋白石的卵型戒指装进紫色小匣里的时候，好像连指尖都懒得动呢。

“等一等……”石油公司董事夫人又犹豫不决了，她从小匣里把戒指捏出来，试戴在无名指上。这已经是第五六遍了。

她把戒指和袖子的颜色比了比：

“还是鲜艳了些。发出这样一些红红绿绿火焰般的闪光，怎么说也好像是少女趣味。尽管好看。”

“唉。”

“要蓝宝石吧。”夫人又改变了主意，“索性要珍珠吧，有没有好的呢？”

“唉，眼下不凑巧……”敬子的口气也变得简慢了。

“这个就行了……”夫人好像勉强似的说。

敬子赶紧把小匣包在白色包装纸里，这时，她就在极其消沉的内心深处打定了一个主意。

“还早着呢，岁数也不到。”由于这么想，到现在为止，她一直没有触动弓子的心情，这会子她想问清楚。

弓子果然像朝子所说的那么爱着昭男吗？

近来她是否对于爱着她的清逐渐有意了呢？

“弄清楚的话，也许对清来说也好一些呢。”

然而，弄得清吗？而且，弄清楚了仿佛又怪可怕似的。

用不着朝子说，敬子早就知道了弓子对昭男怀着少女的爱慕。

倘若那是执着的恋情的话，敬子就把心一横，断然从弓子身边急忙闪开吧。

敬子把夫人们送出门后，紧紧抓住扶手，慢腾腾地上了二楼。

弓子睡得很熟。

按在枕头上的嘴唇略微启开一点。

敬子看着那副睡容，到此刻为止的那种刻薄的心情好像不由得被排遣开了似的，她深深地喘了一大口气。

她自己也躺到床上了。

枕头上弓子那嘴唇仿佛在跟她说着什么话，敬子凝视着的时候差点儿掉眼泪。

敬子想起，这两三天躺在床上阅的横光利一的长篇小说《天使》中，有这么一段关于少女雪子的优美形容：

> ……他突然有了个稚气的念头：倘若打个比喻的话，究竟把这个姑娘比作什么好呢？于是，他在脑子里想象着：以沐浴在旭日中的金屏风为背景，在花篮里刚绽开的桃花那恬静的美。

弓子的嘴唇就像那桃花一样。

“这是神明所创造的。”

敬子一闭上眼睛，曾经接触过自己嘴唇的昭男那嘴唇就浮现脑际，所以她又睁开了眼睛。

“旅行回来，已经一个星期啦。”

从昨天起，她已下地，在接待顾客了，然而连澡都还不能洗。

流产后，一个星期都没洗澡的敬子，越发觉得天真烂漫地睡着的弓子那张脸上的嘴唇真好看。

跟弓子比起来，自己的嘴唇和身子不知道有多么肮脏呢。

有这么一句话：“年轻时为了爱而活着，老了以后为了活着而爱。”难道是真的吗？倘若有“为了爱而活着”的，以及“为了活着而爱”的，那么，这二者究竟怎么不同法，究竟哪一个真实呢？

敬子误以为俊三已死之后，她仿佛确实曾“为了活着而爱”上了昭男。莫非这回轮到弓子“为了爱而活着”不成。

“兴许这是对于我还不醒悟的一种惩罚吧。”关于流产，敬子是这么想的。

然而，认定是流产，其实是自我诊断，未尝不是更年期的生理不顺，或是癌那样的绝症。

“癌？……”

不论在妇女杂志还是在报纸上，她都读到过这样的说法：到了敬子这把年纪，只要生理出现了异常，就得担心有这种可能性。

一阵不安袭上敬子的心头。

“顾客回去了吗？”

敬子两眼闪着贼亮的光，望着睡醒了的弓子。

弓子将敬子那近来少见的郁闷消沉神情看在眼里，以为她这是病刚好，身体依然疲倦的关系。

“不知不觉都到傍晚啦。睡了一大觉。”弓子仿佛毫无意义般地说。

敬子没有搭理这小姑娘气的嗓音。

“妈妈，您什么时候上楼来的？”

“……”

敬子觉得假若现在说出来，相互间把一切搞得一清二楚，那么两个人马上就连无拘无束地面对面坐着都做不到了似的，她心想：

“这样也太没有大人气概。”于是闭上眼睛，背对着弓子。

“妈妈，休息一会儿就好啦。我在楼下待着。饭开好了我会把您叫醒的。”

弓子这样嗲声嗲气地说话，反而把敬子惹得怒上心头。

“弓儿。”她翻过身来，“你对清是怎么想的？……你不可能对他有超过哥哥的感情吧？”

弓子把视线从敬子稍微移开，眼看着脸就涨得通红。

弓子倒是也料想到，敬子大概迟早会向她提这类问题的。

然而一旦被问起，弓子就忽然觉得敬子怪冷漠的，她被推开，跌入孤独。

这可不是顺口就能答复的问题。

弓子下意识地把自己的手触着的那本《十七岁》移到膝上，漫不经心地掀开一页。

弓子待在敬子身边的时候就越发像个小孩儿似的，然而敬子打定主意绝不再被弓子的天真烂漫所蒙蔽。

“别只顾看书了，弓儿。你就回答我吧。”

“……是哥哥说什么来着吗？”

“清对我吗？……并没说什么。不过，只要一涉及弓儿的事，清不是马上就急赤白脸的吗！”

敬子也起来，坐在床上了。

“今天啊，朝子说，你喜欢清之外的一个人，所以清就满脸难堪的神色走出去啦。”

“多讨厌啊，姐姐……”弓子吃了一惊，这么说着，同时就好像快要引起脑贫血了似的，“为什么要这么说呢？……没有。那样的人，谁也，谁也……”

弓子的手指尖儿冰凉了，眼前仿佛发黑了似的，心跳得厉害。

这跟她参加红羽毛募款那天，好容易走回家后就倒下去的情形相似。

“好危险啊。”敬子也这么想。

而且，像蛤蜊肉那样收缩了的弓子那心情，也使敬子受到感染。

从弓子变得如此僵硬来看，难道昭男果然成为她的意中人了吗？

敬子想接着打听昭男的事，但她怎么也说不出他的名字，就把话咽回去了。

“奇怪啊，为什么朝子竟说出那样一番话呢？归根结底，眼下弓儿谁都不喜欢。其中也包括清喽。”敬子把这个话题结束了。

弓子点了点乌黑的头。

“从妈妈来说，即使你早晚有一天会喜欢上什么人，成了旁人家的人，那也没关系。不是我认为有关系或没关系，而是由于这涉及弓儿的自由嘛。”

敬子说罢，对口是心非的自己感到厌恶起来。

直到说出这话的一刹那前为止，敬子心里还燃烧着奇妙的火焰。倘若弓子一心一意爱着昭男，私奔到昭男那儿去，敬子也不敢说自己还能够忍气吞声地活下去。

失去弓子就意味着失去清。

自从弓子回来之后，清也成为温顺的儿子了。

敬子巴不得弓子就这样在清那里找到归宿，她这个愿望一天比一天强烈。

即使不是被昭男夺去，敬子也不想让弓子离开自己。她舍不得弓子，渴望弓子永远留在自己身边。

“对亲生的女儿朝子，倒没怎么样……”

倘若自己这种奇妙的内心活动是无可奈何的，那么与清相形之下更被昭男所吸引的弓子的内心活动，不是连奇妙都说不上吗？

然而，敬子硬是说：

“清从小就爱着你。弓儿对这一点知道得很清楚吧。”

弓子总不能说不知道。

“清也许是为了爱你而活着的。打从懂事以来，弓儿就开始躲着清，我也不是没觉察到。那孩子要么在你周围不知道怎么办才好，操着心，要么就板着脸，闷闷不乐，拿我撒气。不过，弓儿这次回来以后，也有点儿变了吧。所以清又高兴起来了……”

“……”

“清的心情，对你来说碍事吧？……”

“是我碍哥哥的事哩。”

“弓儿，你在说什么呀？”

敬子用指头按住一阵阵地疼痛起来的太阳穴。

“弓儿也已经不是小孩子了。喏，哪怕光是听听也好嘛。”

用不着听敬子说，弓子已经从清嘴里直接听到好儿遍了。

“妈妈这是怎么啦，今天净说些莫名其妙的话……”弓子想回避，然而连她自己都觉得这已是昭然若揭了似的，就把头低下去。

就拿敬子来说吧，替清来向弓子表白爱情，舌头都僵硬了。何况她和昭男之间的那档子事，使她有负疚感，觉得刺心。

“妈妈不是也把田部大夫……”只要弓子这么说一句，敬子的立脚点就坍塌了。

“我可怜清。”敬子用微弱的嗓音说，“我在想，弓儿要是一直待在我身边，该有多么好哇。”

“我哪里也不去。”

“哪里都不去，而且也不会喜欢上任何人吗？”

敬子这么开了腔，正打算继续说下去的时候，川村喊着：

“太太，太太。”特地上楼来了。

“您瞧……有人来寄售这么个玩意儿。”

敬子从帷幕后面走了出来。

“是翡翠哩。有十二克拉。要是卖给外国人的话，以每克拉十万元计，一共就是一百二十万元吧……镶着四克拉左右的钻石。”

钻石镶在翡翠周围，是小粒的。

“还有，这粒天然珍珠约莫也可以卖十二万元吧。”

“那一位来了吧。我也去见一见。”敬子跟川村一道下楼去了。

只剩下弓子一个人后，她连耳根都涨红了。

“朝子姐说这样的话，是出于什么动机呢？……”

朝子曾提到昭男的名字，是明摆着的事。刚才她也斩钉截铁地对弓子说：

“田部大夫喜欢弓儿哩。”

弓子的内心里着了火，燃烧起来了。

然而，只要一涉及昭男，敬子就像换了个人似的，对弓子变得虚伪起来，并对她投以冰冷透顶的目光。

弓子倒在床上了。

她把脸埋在枕头里，而且用手攥住枕头的边缘。

“从此，不论什么时候，我都得躲避着田部大夫。”

然而，清的事她一点儿也不能考虑。即使有意去考虑，也无从考虑起。

“小姐，晚饭吃什么好呢？”文子从帷幕外面招呼说，“小姐爱吃的花椰菜和维也纳香肠倒是还有……”

“什么也不想吃。我在睡觉呢。”

弓子觉得，哪怕是向女佣说些任性的话也是好的。

“我去问问太太吧？”

“别。对不起，文姐，你瞧着怎么好就怎么办吧。”

文姐沉默了半晌，又说：

“哥哥会回来吗？如果是三个人，香肠好像少了些……”

“不知道。不知道。”

弓子反复说了两遍。

弓子并不想知道清回不回来；如果回来的话，到底是大约几点钟回来。

她从姑母家回来后，也曾和清度过一段平静的日子。那阵子清临出门的时候，常常告诉弓子他大约几点钟回来。

“唉。”弓子只是点点头这么说。然而现在她才想到，倘若双方是夫妇或未婚夫妻，大概就会这样了吧。

弓子还总是惦记着敬子什么时候回家来。由于盼着她回来，就心神不定。但凡是住在同一个屋顶下的人们，就都习惯于这样。

她开始为说是“把脸一沉就走出去了”的清担起心来。

然而，关于父亲的回忆也夹杂进来了。

她对父亲回家的时间完全不摸头。简直无从等起。等待下去的话，好像只能使她疲倦罢了。

“爹并不愿意回家来。”弓子尽管隐隐约这么感觉，可还是等候父亲。

到头来，弓子甚至连对敬子都说不出“爹还没？……”或“爹这么晚还不回来”之类的话来了。

“也不知道妈妈当初是怎么想的……”

父亲的悲哀又侵扰着弓子，这比认为对不起敬子的念头还要强烈。

弓子站起身来，掀开钢琴的盖子。

在谢恩会上，弓子预定要弹钢琴协奏曲。

弓子想借着弹钢琴来把敬子的话一股脑儿忘掉。

她巴不得老是这么弹下去。

敬子总也不上楼来。

仅仅她们两个人，很迟了才面对面地坐在饭桌跟前。

“谢恩会的衣服，穿没袖子的不行吧？”弓子搭话说。

“行啊。只要不感冒就可以。”

“弹钢琴嘛。要出汗的。没袖子的话，胳膊也显得好看吧。”

敬子不由得抬起眼睛注视着弓子的脸。

“什么呀，您像那样看着什么呢？”

“刚才那位顾客还夸弓儿弹的钢琴来着呢。”敬子把话题岔开了。

弓子说，连在谢恩会上演奏钢琴时，她都要显示一下赤裸的胳膊有多么好看。敬子感到自己已比不过弓子了。

就连胳膊也是无法掩盖年龄的。敬子的胳膊肥胖，松弛，已走了样儿，甚至让人觉得厌恶。已婚者和处女的胳膊是辨别得出来的。

“已经毕业了，妈妈也帮你打扮一下吧。”敬子说。

那一夜，清始终没有回来。

上床后，敬子和弓子都没有提到清。

弓子睡熟后，敬子下楼去上锁。

由于既没有回来得很迟的男人，也没有半夜里上门的客人，所以这一家没有装门铃。

敬子一直也没能入睡。

## 不回来的儿子

朝子当着敬子的面恶狠狠地说，弓子爱着昭男，清使得弓子“不幸”。这尽管是以牙还牙而说的话，却真够他受的。

而且，敬子当场就露出一副狼狈相，清也认为丢人。

清原以为弓子上次从家里出走，仅仅是由于他本人的行为不端造成的，曾经为之而苦恼。然而回想起前前后后的事情，昭男的形象如今又重新浮现在清的脑际。

“他把娘和弓儿同时俘虏了。”

清认为昭男像是个怪物，因而感到毛骨悚然。

清连瞧母亲的脸都觉得厌烦而难堪。

当他把脸一沉就走出家门时，恨不能独自就这样到什么地方去拉倒。

“要是个中年人的话，我这就是重蹈爸爸的覆辙喽。”他想起了俊三。

敬子的生活中有着清所不能由衷地适应的东西。

在清眼里，那些到店里来消磨时间，海阔天空地聊上一通，再买些高价东西而去的妇女的行为，只能说是精神失常。

当敬子在这些顾客的包围下显得生气勃勃的时候，清的情绪往往是沉重苦恼的。

如今回顾起来，俊三的公司快要倒闭的那阵子，敬子所经手的小小宝石的金额竟然超过了社员一年的工资和多年的退职金。

俊三看到这种情况，曾作何感想呢？

“宝石到底是什么？”

清不知道。然而毫无疑问，自己是靠宝石被拉扯大的，并靠了它，从大学里毕业的。

而且，在靠敬子来支撑这方面，清不是也和朝子完全一样吗？

清被朝子那么恶狠狠地挖苦了一通，却没能揍她一顿，就走出了家门。他感到窝心，又气愤得简直想把昭男刺死。

然而，除了朋友那儿，清无处可去。

姓黑川的朋友家位于井之头公园附近，是一座陈旧的木头结构洋楼。

他跟年龄悬殊得几乎可以做他母亲的姐姐，两个人一道生活。

姐姐一次也没结过婚，饲养着一只叫作安的母猫，以及一条叫作奈奈的丝毛公狗。

清的就职也是经由在东京都厅工作了二十年之久的黑川的姐姐说了话，才定下来的。

在黑川家待着无拘无束，以前清也常常在这里过夜。

奈奈也还认得清，蹦出来欢迎他。

“奈奈，还是狗好。”清一蹲下，奈奈就摇晃身腰，舔他的手。

清将一只手伸进奈奈那蓬松的白毛之间，心情舒畅了。

他原是前来邀黑川跟他一道去旅行的，黑川却对他说：

“不是还有毕业典礼吗？你不参加典礼吗？”

“嗯，不是这意思。”清含糊地回答，“要是彼此都参加了工作，就再也没有机会跟你去旅行啦……”

在黑川家里待上四五天后，清就缺起身上穿的东西来了。手头又没有钱。

他惦念着弓子，不知道她怎样了。

“弓儿会不会又从家里出走了呢？……”

他自己和朝子都离开了家，唯独并非亲生的弓子却守在母亲身边。

“还争着同一个男人……”如今清离开了她们，他不愿意往这方面去想。

清觉得要是见到了弓子，自己心里的芥蒂好像就能被洗涤得一干二净似的。一线希望在眼前晃啊晃的。

约莫十天之内，清回到麻布的店里两次。敬子和弓子两次都像商量好一般出门去了。清产了一种被撂在一边没人理睬的感觉。

然而，第二次去的时候，清正往书包里装自己名下的存折和印章，被川村发现了。

“清先生，今天呀，是弓子小姐的毕业典礼。”

“……”

“所以太太也一早就到学校去啦，这就会回来的。你等着吧。”

从川村眼里看来，清是个被宠坏了的、不好对付的青年。

“今天晚上庆祝一下，也请我吃一顿。”

“是吗？”

“清先生也得祝贺呀。”

“……”

“好像还没收到清先生的毕业报告，我可以祝贺你一声吗？”

川村挖苦道。

“即使不报告，也都知道啦。”

“我不认为你会留级，这么想就太失礼啦。可是，你默不作声，合适吗？”

“我并不打算默不作声。”

“连那个，不也是这样的吗？”川村指了指清的书包，“说起来那是令堂出自一腔母爱的礼物，你趁着她不在家就跑了来，默不作声地拿走，你干的勾当不好像是偷窃吗？”

川村面目可憎。

“偷窃？”清的嘴唇发颤了。

川村十分镇静。

“尽管是你名下的存款，可你自己挣的连一元也没有。你虽然从大学里毕业了，可供你毕业的……”

清从书包里取出存折，摔在桌上。

“你能把它还回来，可是不可能把毕业还回来吧。清先生难道不是太太所指靠的唯一的男孩子吗？我嘛，并不想说什么规劝般的话。然而太太一忧虑就使我心里火辣辣地发疼。嘿，打从做小徒弟的时候起，凡事我都二话不说，始终是偏袒太太的。”

清对川村怒上心头，这下子反而无意等待敬子或跟弓子见面了。

“要是把为弓子小姐庆祝毕业，变成了为清先生庆祝毕业，太太指不定会多么高兴呢。”川村这么念叨着，清却没有听完就走出去了。

“喂，喂……”川村拿着存折，追了过去。

清的职位虽说是确定了，工作却并没定下来。

他在民生局任职，为此还要在进修会接受两三个月的培训。

培训结束后，究竟到民生局的哪一部门——援救归国侨民科，或民生保护科、福利事务、调查等——尚属未定之天。

黑川呢，早就决定在京桥的一家法律事务所就职了，随时都可以去上班。

然而，黑川邀清在进修会开始之前，先到他的故乡静冈去一游。

这是由于清在黑川家里总是露出一副忧闷的面孔。

两个人只拎着简便的旅行袋，就从东京出发了。

约莫两天前起，天气就变坏了，天色晦暗。降在已经绽开的樱花上的雨，也不知道什么时候才会止住。

热海一带，甚至樱花盛开的季节都过了，蒙蒙细雨中，樟树的嫩叶朦朦胧胧的。

“这是跟学生时代告别的旅行，把你带到我自己的故乡，可……”黑川说。

“不。有故乡的人多好啊。”

“这故乡也在空袭中被烧毁啦。回来的时候，咱们沿着天龙川逆流而上，从伊那绕到信州去转转吧。”

“嗯。”

清甚至对关系亲密的黑川，都无法倾诉内心的创伤，一副郁郁寡欢、萎靡不振的样子。

他们在静冈只住了两夜，就又一道回到了东京。

尽管是傍晚，阳光依然炽烈，东京热得仿佛突然入了六月似的。

黑川的姐姐刚把两个人迎入正门就说：

“清先生，你母亲和妹妹到局里找你去啦。”

“什么时候？”

“昨天。你可真不应该。让那样好的母亲和妹妹为你担心……你妹妹太漂亮了，弄得局里的那帮人心荡神驰。”

清的脸泛红了，心神不定。他想知道弓子是什么样子。

“喏，去洗个澡吧。热得够呛。”

他们两个人冲身后回到茶间，温室里栽培的白兰瓜被切开来，发出馥郁的香气。

“这是令堂带来的礼物。真是一位了不起的太太。清先生蛮可以更振奋起来嘛。”黑川的姐姐像男人般地说。

她从弟弟那里听说过，在一定程度上晓得清的家庭情况。

在见到敬子之前，她想象着那是个阴沉忧郁的人。

她看到清后就推测他对家庭有不满情绪。

“像那样一位温柔完美的人都得担心操劳，可见做妻子做母亲有多么难。我不禁想到自己过单身生活倒也无牵无挂，轻松愉快。”黑川的姐姐对清说，“弓子这位小姐好可爱，我都看得入迷了。她长得不是像妲妮·罗宾吗？”

“不像。”清情不自禁地说。

“是吗？弓子小姐就像弓子小姐本人？……清先生总是看着她嘛。

改日会来玩吧。”

“到这儿来吗？”黑川看了看他的姐姐。

“是呀。她要是清先生的亲妹妹，那就更好啦……”

“我认为要是能够和母亲、妹妹成为陌生人就好了。”清咕哝道。

“好哇。那样我就把她们抢过来……”

黑川的姐姐装模作样地板起那张满是雀斑的脸，若无其事地说，清也不禁笑起来了。

“喏，吃白兰瓜吧。是美人儿的礼物，就更好吃啦。只要吃上一片白兰瓜，就不再是‘陌生人’了。”

奇怪的是，清一下子记起，弓子去年过生日的那个夜晚，俊三曾经买回两个白兰瓜。

俊三和他就像一对和睦的父子一般一道喝啤酒，下将棋来着。

“她不像妲妮·罗宾吗？……”黑川的姐姐又这么说着走了过去，把电影杂志取来了，“就是这个。”

那张彩色照片被摆到清面前后，他躲躲闪闪地说：

“像吗？”

但是他忽然想念起俊三来了。他对弓子也说过自己想认俊三做父亲之类的话。

俊三怎样了呢？

在敬子的店里，好像大家都回避谈起俊三的事。

倘若弓子的父亲稳定不下来，弓子的情绪不是也稳定不下来吗！清想见见弓子正在寻找着的俊三。

清把丢在那儿的电影杂志捡了去，深更半夜独自欣赏起妲妮·罗宾的相片来。

两三天后，进修会开始了，清每天都到都立大学去。

东京都为了迎接赏樱花时节的观光游客，开展了所谓“横扫恶棍”——盘踞在车站附近和繁华街的流氓，以及拉纤儿的（冒充旅馆的揽客员），日本式轮盘赌徒，赚地盘钱的，以及拉皮条的——活动。

与此同时，还对聚集在车站四周和繁华地带背巷那成群的“流浪者”进行“实况调查”。

这本来是警视厅的工作，民生委员有时也参加。

“清先生也要求跟着去吧。看看东京的底层才好。”黑川的姐姐劝他说。

“流浪者算不上什么东京的底层吧。连我都知道比那更可怕、更肮脏的底层。”

“在什么文章中读到的或听到的可不顶用。反正什么都得亲眼看看。”

“进修结束后，会让我看得腻烦吧。”

眼下清没有积极活动的精力。身上只觉得懒懒的。

梅雨季节好像提前了两个月似的，阴雨连绵，甚至天空的颜色都是略微混浊的。

今年仿佛没有日本之春。

怎么赶在这么个讨厌的春季从大学里毕业出来呢？清觉得自己的前途暗淡。

他原是想离开母亲和弓子去独自创造生活的，如今却窝窝囊囊地投靠朋友的家。只不过是在跟母亲和弓子闹着别扭而已。

今天清也对这样的自己感到厌烦了。当他来到黑川家附近时，按说这个时间谁都不在的家里，却传出了狗叫声。

“奇怪。”

把嫩叶伸到门旁的悬铃木那片绿中，晃动着华丽的色彩。

清猛地停下了脚步。

弓子正在往被风雨和曝晒弄得油漆剥落的两扇门上的信箱口里投放什么东西。

风声和狗叫声使得她没听见清在走过来。

她把信函和小册子之类一样样地投进信箱。

弓子的背影使清心惊肉跳，同时却又怀疑着：

“这是弓子吗？”

短短几天，弓子居然变得如此老成。

说不出究竟她是哪一点怎样变了，但连她的背影给人的感觉都不同了。

清瞧见过她穿的那件腰身有松紧、半长袖子、深橘黄色的呢绒连衣裙。半高跟红皮鞋也不是新的。

尽管如此，弓子已经不再像个女学生了。

弓子把寄给清的邮件都投入信箱后，回过头来，跟清打了个照面。

“哎呀。”

她屏住了气，腮帮子上逐渐出现了红晕。

“今天好像哪一位都不在，我正觉得这太好啦。”

听上去，弓子好像连谈吐都不同了似的。

清仿佛是被风推着一般，又靠近了弓子两三步。

风吹乱了弓子前额上的短发，飘来了化妆品的气味。

“你特意把信带来的吗？”

“我要是就这样回去了，你就不晓得是谁给送来的吧？”

“那是不会晓得的喽……”

“真让人放心不下。”

弓子那双妩媚的眼睛使清怦然心动：

“啊？”

“可不是嘛。所以你躲藏起来后，听任旁人担心得要死，自己却能装聋作哑。”

“……”

“哥哥净长歪心眼儿。”

“我长歪心眼儿？……”

弓子看到清好像掩盖不住喜悦似的，连脸都泛红了，就想：他有些误会了。她自己的心情也激动起来。

“躲藏大概是咱们的家风。”清自我解嘲地说。

“只有妈妈不躲藏。因为大家的责任都由妈妈承担着……”

“……”

“妈妈一个劲儿地担心哥哥是不是患了神经衰弱。”

据说俊三也患了神经衰弱。

报纸社会版的自杀、出奔，甚至杀妻、杀子，大都被写成是“神经衰弱”引起的。

弓子从旁边看着，就生怕敬子由于担心这一点，自己倒会患上神经衰弱。于是她在精神上不免受到折磨。

清呢，与其说是感情细腻，毋宁说他毫不懂得掩饰。这就迫使弓子缩作一团。

倒是离开清后，她反而能明白清的纯真，于是，自己也就恢复了纯朴的心地。

弓子一想到清这次从家里出走，跟自己也有关系，就难过得坐不安，站不稳似的。

可能是看到了大学毕业生的花名册吧，西服店、服饰用品店寄来了广告小册子。再加上学校的集会通知，同学来信等，邮件积存了一摞。

“要是弓儿肯给送去，清可能会高兴的……”

敬子暗示般地说。

“我给送去，看看情况。也许哥哥还无忧无虑的呢。”弓子就出去了。

弓子自己也有想见见清的理由。

两个人倚着门扉，聊得好像忘记了春天的劲风和奈奈的吼叫声。

“今天我有点事儿想求求哥哥。”

“我？……”

“嗯，有两件事。”弓子瞧着清，“一件是希望你回家去，待在妈妈身边。”

“嗯。”

被弓子郑重其事地这么一求，弄得清怪害臊的。回不回去，就全看弓子如何了。可这话怎么说得出口呢？出丑的是清自己。

“还有另外一件是……”弓子把话咽回去了。

“另外一件是？……”

“我还是挂念爹的事。我想背着妈妈去寻找爹一趟，跟他见见面。这么做有错吗？……”

“不。一点错也没有。弓儿，这么做没有错。最近以来连我也亲切地怀念起你爸爸哩。”

“真的吗，哥哥？”

弓子的眼睛发亮了，接着就湿润了。

“啊。”清点了点头，“是真的。弓儿，爸爸应该由我去找。对啦，该由我去找……”

“上次那个晚上，哥哥替我去找，我好高兴啊。”

“对，对。那时弓儿从店里的二楼上瞧见了一个长得像爸爸的人。就是弓儿做了炒饭的那个晚上。”

弓子听他说是“炒饭”，开始露出微笑。

“那时我曾答应替你找到爸爸的。”清想起来了，“都答应好了，我倒是磨蹭什么呀？”

“不过，当时我说过不找爹。”

“那不是你的真心话。我对弓儿的悲伤了解得很透彻。”

“也未必不是真心话。我不大清楚我去找爹合不合适，去见他合不合适。我一直想问哥哥一次。”

清感到弓子进入了自己的心坎。

他巴不得就这样一动不动地待着，觉得假若打开门，走进屋里，弓子就会换个人似的。

尽管偶尔有个行人，但他情愿在随风摇曳的悬铃木那柔软的嫩叶下，永远跟弓子谈着话。

在清的内心里投下阴影的昭男，这时也已经消失了。

清不肯就这么把弓子放回去。

“弓儿，咱们到什么地方去一趟吧？”

“不是哥哥得看家吗？”

“不打紧的。姐弟俩过日子，经常谁都不在。这家可逍遥自在啦。”

两个人说好到涩谷去，吃双叶那家馆子的西餐，然后再看电影。

“这，怎么办？”

弓子把一直用左手抱着的四方纸包托到胸前。

“什么？”

“妈妈送给这里伯母的礼物。是点心。”

“那么，就撂下吧。”

清卸下门闩，独自走了进去。

等只剩下弓子一个人之后，奈奈又从院子里发出低低的吼声。

也不知道奈奈是从哪儿钻出来的，它把小脑袋蹭到清的脚跟前。

清用铅笔在信纸上写道：

说是家母送的，请尝一尝。我晚一些回来。下次有机会，请让我搭乘实况调查的车子吧。

他把信夹在捆点心匣的带子间，锁上门出来了。

弓子边躲在悬铃木的树荫下避风，边打开手提包，重新化着妆。

对清来说，这样的弓子完全是新奇的。

“你变啦。”

“我？……”弓子合上带镜子的小粉盒，“没变。”

“变啦。”

“没那么回事。只不过是哥哥这么想而已。”

“没有学校上了，每天都干些什么呀？”

“在店里帮忙，日子过得蛮快。跟妈妈一道招待着顾客，一晃儿天就黑了。连弹钢琴的工夫都没有。想做些什么，可是什么也做不成。”

弓子好像是在发牢骚，她用的却是对新生活已然适应了的口吻。

这也使清感到不可思议。

“店里有意思吗？”

“有意思，可净是我不懂得的事儿，所以着慌。川村先生瞧着，替我捏把汗。但他热心地教我。”

“川村啊……”清的口气仿佛含有轻蔑意味。

“川村先生可关心妈妈啦。只要在店里干活儿，就能知道得很清楚。”

清闷声不响。

两个人朝井之头车站那边走去。

“弓儿打算一直在店里帮忙吗？……”

“嗯，怎么？”

对于让弓子在店里工作，清感到有些不满和不安。

“另外还有没有你自己想做的事呢？”

“倒也不是没有，可是并没有那种可以当作毕生事业来做的工作。我认为多少能帮帮妈妈就好。不过，日子过得飞快，使我觉得有点害怕……”

“妈妈送了礼物，那她是晓得弓儿来的事喽？”

弓子有点腼腆似的点了点头。

不知是由于这一天刮风还是时间的关系，驶往涩谷的帝都线的车上，乘客寥寥无几。

两个人坐下来后，隔着前面的窗子，只能眺望到吐出新芽的树丛随风摇摇荡荡地摆动着，有一种搭乘山中缆车的感觉。

清觉得沉静安详地坐在自己身旁的弓子，给他以压迫感。

在他看来，像是亲妹子般的弓子忽然疏远了，而今高高在上的是一个比她更可贵的人。

好像不仅仅是从学校毕业后在店里帮帮忙，并开始化妆而已。

“究竟是起了什么变化呢？”

他想，倘若提到自从前些日子起，就使他耿耿于怀的昭男的事，就会被弓子瞧不起了。

也许变了的是清。

清好像再也不能理所当然地认为弓子应该接受他的爱情，觉得弓子命中注定只能如此，断然按住她，毫不客气地挤对并强制她了。

离开敬子和弓子而住在黑川家的期间，清的心情也起了变化。

“我这简直是在修行呢，以练就一番功夫，得不到弓儿的爱情也仍忍受得下去。”想到这里，清独自面泛起微笑。

“倘若我的爱情是纯真的，就不可能取决于是否与弓儿心心相印。”他也开始这么认为。

过去他一直是狂妄自大。朝子也是这样。

“朝子怎样啦？不到店里来吗？”清问。

“现在小山先生又从大阪回来啦。昨天她跟小山先生一道到店里来过，可是两个人的关系看来不怎么和谐。妈妈挺为难。”

“一点儿也用不着为难。朝子又任性又冷淡，随她的便就结啦。小山先生的伴侣要不是朝子的话，他就可以更幸福一些。”

“哎呀，这话说得太损了……”弓子打了个冷战，“姐姐也是个好人。别看她那样，她就怕孤单。妈妈也罢，我也罢……”

于是，弓子仿佛从清身边闪开似的不吭声了，清就有点着慌地说：

“照那样下去是处不好的。朝子是怎样看待婚姻的呢？”

“……”

“即使朝子跟小山先生分了手，我也不能同情她。”

“哎呀。你为什么这么说呢？”

弓子又吃了一惊。

“正因为她自己受到自己的惩罚，所以她才遭到自己的报复。”

弓子缩着肩，低下头去。

朝子不是清的妹妹吗？不，难道正因为是兄妹，才能这么说话吗？弓子从来也没能这么说过话。她也不想这么做。

但是弓子感到，清毕竟还是由于朝子似乎提到过昭男的事，才对朝子怀恨在心。

朝子这个碴儿，使得两个人搞僵了，就那样来到涩谷。

走出车站的建筑后，刮得灰尘飞扬的春风把弓子的短发吹乱了，披散到眉间和眼睛上。

“讨厌的风越刮越猛。”清也用手心擦了擦脸，“开樱花的季节淫雨连绵，天气放晴后又像这个样子。这春季可真叫人焦头烂额。”

朝子为什么要安排昭男和弓子在上次的音乐会上两个人坐在一起呢？为什么她还说昭男喜欢弓子呢？弓子忽然感到大惑不解起来。

这是出于她对弓子的善意呢，还是出于她对清的恶意呢？

朝子之所以当着敬子和清的面来谈起昭男的事，莫非是带有破坏性的用意不成。

当弓子跟在清后面，心不在焉地跨过人行横道的时候，她偶然想起：刮着秋风的一天，刮着比今天还猛的风的一天，由于在目白车站遇见了昭男而感到的意外的惊讶和喜悦。朝子举行婚礼的那个晚上，她曾把花儿递给昭男，她又在从家里出走前的某个夜晚，向昭男倾吐了心里话，而那是她对任何其他人都说不出口的。

昭男的面影刚一浮现脑际，弓子的脚就踩空了，差点儿离开清。

当弓子从当中间儿的安全岛再一次迈到宽阔的车道上时，信号灯换了颜色。一辆发亮的小型轿车几乎撞着她，就来了个急刹车。

“啊！”弓子的心脏停止了跳动。她闭上了眼睛，向前打了个踉跄，将手拄在车身上。

“危险。好危险啊。”

清从后面抱住弓子。

“胡乱开车。”

“都怪我呆头呆脑的。”

成群的汽车川流不息地从两个人眼前驶过。

假若被方才那辆汽车轧着了……

“我就会一面想念田部大夫一面死去。”想到这里，弓子心里继续激动着。

“多危险啊。”清挽住弓子的胳膊。

跨过人行横道后，弓子悄悄地抽回了胳膊。

双叶坐落在铁路沿线的道旁。那是一家年代久远的著名法国餐馆。

也许是春光明媚的关系，雪白的桌布格外清晰地映入眼帘。

奇怪的是，在这里，顾客也还是只有他们两个。

弓子在椅子上安顿下来后，回忆起老早以前曾到这家餐馆来过一次。

是弓子一个人被俊三和敬子带去的。那阵子大概是俊三的全盛时期吧。是到府中去看赛马回来的路上。时间是初夏。

在这里吃完饭，他们沿着道玄坡走去。

在俊三的劝诱下，敬子买了块夏季的衣料。

不用说，钱是俊三付的。弓子也认为理应如此。

深藏青色地儿上有着灯、海蟹和壶的图案，花纹蛮别致。

“你和妈妈穿一样的吧。”敬子说。

小小的弓子对这块料子固然感到高兴，而跟敬子穿一样的就越发使她快乐了。

弓子也无比地喜欢大胆地挑选出这种花纹的敬子。她的魅力大得足以使弓子忘掉完全失去音信的亲娘。

“妈妈那条裙子也罢，我那件孩子气的衣裳也罢，都哪儿去了呢？……”

清还记得吗？

“你在想什么呢？”

清这么一问，弓子就像是被唤醒了似的说：

“没想什么。只是一下子回忆起来了。”

“回忆起了什么？……”

“妈妈和爹的事……很久以前，我到这儿来过。哥哥，你记得那件有着灯啦壶呀这些花纹的藏青色夏服吗？”

“啊，弓儿小时候穿过的那件。记得啊。”

“妈妈不是做了一条裙子吗？”

“是吗？这我可不记得了，可弓儿穿的那件我还记得起来。”

“那衣裳料子是在这儿吃饭的那回给我买的。”

“哦？”

汤端上来之后，弓子轻轻地喝着。

“好喝吗？”

“好喝。”

“我不大尝得出食品的味道。”

“为什么？……”

“因为净想心事，发呆到竟然撞上汽车的程度。”

“我才没想心事呢。都怪那风。刮得头发挡住了眼睛……”

弓子快嘴快舌地说。接着又像闪开身子似的：

“哥哥不是最爱想心事吗？”

清甚至都没有笑一下。

弓子觉得自己那番假惺惺的话就那样一直没消失似的。

弓子也品尝不出菜肴的味道来了。

不错，弓子回忆起自己曾跟“妈妈和爹”一道到这家餐馆来过的往事，以及那件藏青色夏服的事。然而她内心深处更强烈回忆起的却是昭男的事。

说不定她还差点儿一面想着昭男，一面被汽车轧死了呢。这给弓子留下了剧烈的震动。她震惊得仿佛挨了雷霹似的。

倘若把这种感情纵容下去，兴许会勾起这样的幻想：

“就是死掉也是可以的。”

敬子也已经向弓子提出对清献出爱情的要求了。

那时她语无伦次地把场面敷衍过去了。此刻一面想着：

“爱嘛，不应该是这样的。更、更……”一面却又觉得，自己仿佛迟早会被吸引到清那边去。

打从上中学一二年级的时候起，弓子就被清盯视她的目光弄得茫然不知所措，十分窘促了。已经几年了呢？

何况如今清是为了弓子才离开家的，而弓子则在敬子的店里站柜台。弓子的情绪也稳定不下来。

“放弃电影，这会子就去找爸爸吧？”清突然开口说。

“今天我不愿意……”

弓子摇了摇头，看着清。她好像有点儿了解清的苦恼似的。

刚才弓子问清，她想去寻找爹，跟他见见面，“这么做有错吗？”于是两个人难得地敞开心怀了，可是由于朝子这个碴儿，就又搞僵了。

“弓儿还是得找到爸爸才行。听说那个名叫峰子的人好像晓得爸爸住的地方，是吗？”

弓子眼睛里泛着迷惘般的神情，稍微点了一下头。

# 风中

峰子的弟弟没能考上大学。

由于是让姐姐当女招待来供他，弟弟也就难以说出明年春天再考一次的话。

“一年左右，算不了什么。想想看，我是怎样忍受过来的呀。”峰子安慰着弟弟。

“姐姐不是要结婚吗？”

“不论结不结婚，还不是照样替你交学费！”

“算啦。我不愿意接受跟姐姐结婚的那个人的补助。我去打过工的那家公司肯雇用我。姐姐为了供我念大学，继续过着现在这样的生活，我也不好受。如今我没考上，倒认为是给姐姐一个结婚的机会……”

“你该不是故意不及格的吧？”

“不是的。”

“我对目前的生活并不感到厌烦。”

东野连他想要跟峰子结婚的话都说了，然而她并没有明确地答复他。

峰子想不到自己居然还能牵着男人的鼻子走似的，她甚至暗中感到高兴。

当东野邀她共进午餐或要陪着她去散步购物的时候，她总是欣然答应，但临到最后的节骨眼儿上，却又把身子闪开。

她闪开身子的姿势好像既诡秘又有一层阴影，东野反而被吸引住了。他说：

“你到什么时候都为那个隐士坚贞不渝啊。”

他认为峰子这样的人不多见：她与世无争，像是一座沉浸着阴暗热情的沼泽似的。

东野喜欢赛马，他约好带峰子去看东京赛马。

偏偏刮起了大风，但由于有这辆雷诺，一路上并没怎么受罪。

但是，劲风从辽阔的赛马场往看台刮了上来，尘土飞扬。峰子在风中待上半天后说：

“即便上工迟到了，我也要先去趟美容院。”所以归途车开得相当快。

在涩谷的交通指挥灯那儿，信号正从杏黄变换成绿色的时候，车子减速闯了过去。刚一拐弯儿，差点儿撞倒一个年轻女人。

东野怒气冲冲，不知嚷了一句什么。他对那个呆头呆脑的步行者大动肝火。心里感到厌烦。

峰子发出短促的喊叫声。

而峰子那热热的手碰着东野，使他吃了一惊。

“是岛木先生的小姐……小姐啊。啊，那个年轻的男人，是太太的公子。”

青年使劲瞪着车，他的脸跟姑娘那张可爱的脸重叠着，流了过去。

那也仅仅是一霎时的事，雷诺就又往前驶去了。

峰子仿佛难以抑制自己受到的刺激似的：

“害怕啊。好害怕啊。要是撞伤了她可怎么办呢？”

“……”

“你用不着赶路了。我歇工啦……”

东野减慢了速度。

“在这样的风中……恐怕相当要好吧。从那位公子的神情就看得出：虽说是兄妹，可又没有血缘关系。”

“虽然并不相当要好，可在风中闲逛的，大概就是咱们吧。”

东野像是跟峰子开玩笑般地说，峰子就用滚热的手轻轻地在东野的手上拍了一下。

“你的手今天好热啊。”

东野边说边试着攥了一下，并取出纸烟，用打火机点燃了。

“可是有些事好像让人害怕似的。那两个人居然出现在咱们的车子前面……”

“有这样一句话：奇迹每天都可能发生……”

峰子那双大眼睛露出闷闷不乐的神色，朝前方凝望了半晌说：

“我也想让一个奇迹发生。东野先生会不会又感到厌烦了呢？”

“……”

“请让我在麻布那条马路的珠宝店那儿下车吧。”

峰子把小小的双下巴往回一收，忽然这么说。东野回头看了看她，白皙的肌肤有着春天的润泽。

“珠宝？……你有什么想要买的东西吗？”

“想要一只订婚戒指。”峰子安详地说，“跟高尾先生一道坐车那次，他不是告诉过咱们那就是岛木夫人的店吗？我有事儿想见见岛木先生的太太。”

东野没有回答。

在峰子眼里，在满是灰尘的风中刘海儿蓬乱了的弓子，以及保护、帮助她的清，是世上无比幸福的一对儿。

她强烈地意识到了岛木那跟他们比起来活像一只被遗弃的猫般的身影。

敬子显得通情达理，温存体贴。为什么她明知岛木还活着，却不啻是见死不救呢？

为什么纯朴可爱的弓子，不去追随爱慕父亲呢？

“也许还怪我呢。”

倘若由于存在着峰子这样一个女人，敬子和弓子的心情被扭曲了，那么她就想及早纠正这个错误。

峰子对岛木的那腔爱慕之情，几乎不含有对敬子的嫉妒。打从在岛木的公司里做事的时候起，就是这样的。

隔着车窗逼视的两个人，那年轻的脸仿佛对峰子有所启迪。她刚一想到，就巴望马上见一见敬子。

车正在缓慢地驶向麻布。

“说不定我这个人还被岛木先生的太太和小姐误会了呢。”峰子说。

“但愿如此。我恨不得自己也把你对岛木先生的感情误会了。”

“岛木先生也不晓得多么疼爱那位小姐呢。”

“关于岛木这样的人，我什么也不相信。”

“岛木先生好像独自永远受着惩罚似的，我简直忍受不了。照这样下去，我也不可能获得幸福。”

“我暗中企盼，附在你身上的岛木这样一个邪魔，会逃之夭夭。”

峰子用一把小小的塑料梳子拢着她那仿佛被灰尘弄粗了般的头发。她在眼睛周围和鼻窝上涂些雪花膏，然后再擦掉。

峰子照着小粉盒上的镜子，精神抖擞地重新化着妆。

大概是为了跟岛木的妻子见面而做着准备吧。东野想窥伺峰子的心理，就偷偷看她。

东野在和峰子交往的过程中，觉得不仅是岛木，就连敬子和弓子也好像都成了他早就认识的熟人似的。

敬子以才貌双全闻名，她跟峰子好像是奇怪的“情敌”似的。东野兴致勃勃地想见她一面。

“也跟你一道去不合适吗？”

“请来吧……跟你一道去就更好。”

东野在另一侧下了车，查查车门关严实了没有，再绕到这边来。峰子犹如他的妻子或情人一般，乖乖地等着。

美宝堂里已经点上了灯。

敬子的做法是，对那走进店堂来的顾客，只是从角落里打声招呼：

“您来啦。”

顾客要是不呼唤，就不去站在客人身边。

她总是让顾客从从容容地慢慢儿欣赏货品。

当顾客看中了某样商品，在胸前试戴一下，或往手指上套的时候，敬子或弓子才凑过去。

顾客东转悠西转悠看着的时候，店里的人绝不说三道四。这样尽管好像冷漠，但给人的印象却很好。

峰子本来兴头十足，满以为自己一走进店堂就能见着敬子，仅仅有个嘶哑嗓门从角落里迎她说：

“您来啦。”

店堂里鸦雀无声。

由于东野干的是这一行，他首先审视一番装在窗子上的金属零件，接着就慢悠悠地环顾店堂里面。

四个裸体天使肩上驮着个圆形玻璃座钟，还有捷克斯洛伐克制造的陶瓷钟等，都在一秒一秒地刻画着时间。峰子没有了着落，只好侧耳细听着：

“喏，劳驾……”

“唉。”川村起身走过来了。

川村用谦恭和蔼的语气回应着。搜索着不知在什么地方见过这两个人的记忆。

“是哪一位来着？”

“我想见见太太，请告诉她我姓小林。”

“唉。不凑巧，她出门去了。您有何吩咐，敝人洗耳恭听，可以为您效劳吗？”

“嗯，有点儿事……想同她当面谈谈。不晓得她什么时候回来？”

“很抱歉，那就不清楚了，她是傍晚出去的。”

“是吗？”

峰子茫然不知所措。她不知不觉地敲着玻璃陈列橱。

敬子将在春季的商品交易会上展出的几样新作品，在峰子的手指底下，像是在诱惑女人的心一般闪闪发光。

东野四下里望着这座漂亮的店堂，就想起河岸上那间窝棚，他简直不能理解到底是怎么回事：

“那个男人本应是这里的老板啊……”

为什么非要隐藏在那样一个地方不可呢？他是不是患上了叫作神经官能症的那种神经病呢？

他还认为，峰子总也不肯放弃对岛木的一腔莫名其妙的爱情，也有点病态。

“那么，再过一两个钟头，我也许还会来拜访的。”峰子说。

“要是回来了，请转告一声。我是小林……”峰子叮嘱道。

东野大概觉得峰子这种完全没把川村看在眼里的有板有眼的口吻不大合适，就说：

“让店里拿给你看看珍珠戒指或什么东西吧？……”

“没关系，我还会来的。”

东野的车急驰而去。紧接着，一辆出租车停下来了。是敬子。

倘若那不是汽车，简直可以追过去，把她叫回来。

“是刚才的事儿。真可惜。一对叫作小林先生的夫妇顾客……”

川村乍一迎进敬子就说。

“小林先生夫妇？……啊，我可不记得啦。年轻人吗？……”

“先生是个中年人，可是太太只有二十五六岁吧。我也记得在什么地方见到过似的。”

“也许不是夫妇吧。中年的男人要是带来个年轻女人，多半都肯买点什么的，是好顾客。咱们太太、太太地喊，女人那方面也会觉得别扭的……咱们也跟旅馆一样，老是把伴随着的女人称作太太。”

“可不是嘛。”

“不过，通常不是老爷跟过去那一位不同了，就是太太换成另外一位了……不能贸然断定。川村先生嗅出点儿什么来了吗？”

“不，珠宝商可不是户籍警啊。”

“这些方面，年轻的清和弓儿也不喜欢。”

“要是把店转让给了二位，就挂块招牌说，货品只出售给正式夫妻吧。”川村露出了觉得挺逗般的笑容。

敬子随意想象着，她出门期间来的那对顾客兴许还是战前她家的老主顾呢。

“川村先生，你可以回去啦。风大，当心点儿。”

晚饭后，敬子又下楼到店堂里来了。

她想稍微变换一下陈列，却茫然地坐在那儿，听着时钟敲响八点钟。

弓子迟迟不归。

要是她待在清的朋友家里，或是跟清一道到什么地方去了就好。倘若弓子独自顶着这样的风走路，就让她不放心了。

见到清之后，出了什么事吗？

“会不会又逃到姑妈家去了呢？……”

近来敬子常常自寻苦恼，而这是以前所没有过的。

不知是年龄还是身体的关系，她常把事情往坏处去想。

像是流产的那个症状拖得很久，尽管没请大夫诊治也在逐渐康复，然而近来走着路时，还会忽然感到头晕。

于是，心里就不痛快起来，陷入孤独不安的境地，连工作的劲头仿佛都会失掉了似的。

她那女人的欲望不知被昭男带到什么地方去了，好像再也不会回来了。

“不再是女人了吗？……”

这就跟战争年代拼死拼活地把清和朝子拉扯大的那个时期曾忘掉欲望的情况相似，可又大相径庭。

“昭男先生毕竟是最后一个人啊。”

敬子觉得钻牛角尖想心事挺可怕的，她不愿意独自待着。

为了把捉摸不定的思绪排遣开，她想借着有形的念头来掩饰。

倘若富裕起来了，就在郊区盖一座有宽敞院子的小房子，重新栽培玫瑰花吧。

朝子要是做了妈妈，就让她把娃娃托给自己来替她抚养吧。

“照料外孙？……”

“外孙”一词，使她暗自笑起来。她把火柴凑近纸烟，那火却忽然灭了。

风从门里刮进来。

朝子黑而苗条，脚蹬高跟鞋，咯噔咯噔迈着小碎步，走进了店堂。

“多清静啊。就娘一个人吗？……”

朝子心神不定，口气尖酸。

她将一把小椅子拽到母亲身边，像是要刺探母亲的心意般地冒出这么一句：

“厌烦透了。”她不再往下说，却跟敬子一样，将香烟叼在噘起的嘴唇间。

从她那神态，敬子觉察出她大概又跟小山闹别扭了，真糟糕，就说：

“我现在正想着你的事呢……你要是有了娃娃，就是我的外孙喽。”

朝子刚一回过头来，敬子注意到从她那好看的耳朵到下颌骨一带有着一块青斑。正因为她想用浓妆来遮掩，反而浮现出来了。

敬子一下子憋住了气。

朝子将青斑朝着灯光的阴影里扭转过去：

“只要没有公演，我恨不得藏到他找不到我的地方去。”

“你们为什么这样呢？”

“小山的天性下流呗。”

“啊？”敬子看了看朝子。

朝子被小山狠狠地揍了一顿，但她不吭声。要是到母亲这儿来哭一场就好了，可朝子又不是这种人。

“首先，我参加公演，他就不称心。我演新剧，小山是嫉妒的。”

“难道朝子不会跟他两个人一道好好商量一下吗？”

“连我的生活费他都不给。”

“那是因为你不肯去大阪吧？”

“听凭他使人家为难，任意去摆布人家吗？”

朝子有时会察看母亲的脸色，试试母亲的反应。

“朝子已经不再爱小山先生了吗？”

“爱嘛，是靠不住的。爱着啦，不爱啦，这样的话我连听都听腻啦。也许曾经爱过，可小山已变成另一个人啦。”

“是不是你的心变了呢？”

“我哪里有那么两三颗心呢？要是认为讨厌了，那就是讨厌。”

“……”

“今天晚上我不打算回去了。他准会追到这儿来，所以我到朋友那儿去过夜。请您别告诉他我到这儿来过。”

“这样的事……”

“喏，娘，我一文不名啦。帮我一把吧。”朝子忽然用可怜巴巴的声调说。敬子也不由得刚要点头，只见峰子走进来了。

“娘，请您眼下什么都别说了，但愿您帮助我。公演结束以前，私生活的事儿就先搁置起来吧。”

朝子背对着门，她大概以为是风的声音，并不曾留意到峰子，只是继续苦苦哀求着。

然而，随着敬子的脸色，朝子也回过头去。她一看到峰子，眼睛里就露出诧异的神情。

峰子身着和服，站在那儿，脸上泛着神秘的笑容：

“好久不见啦。”

刚才川村所说的“小林”，原来就是峰子啊。他说什么“夫妇”，所以没搞清楚。敬子想到自己太糊涂，然而又生怕俊三遇上了什么不祥之事，立刻忐忑不安起来。

她竭力使自己的情绪稳定下去，就站起来走向峰子那边。

“刚才失陪了。”她鞠了个躬。

“哪里，是我随随便便突然来拜访的。说实在的，为了社长先生的事，我无论如何也想跟太太谈一谈。”

“那可太……”由于朝子就在那儿，敬子有所顾忌，“是不是又出了什么变故呢？”

“变故指的是？”峰子用反问的口吻说。难道敬子不认为岛木眼下正是处在“变故”中吗？

“打那以后，太太一次也没跟他再见面吧？”

“嗯。”明知道俊三还活着，敬子却好像把他抛弃了似的，她不免感到内疚，“你见着他了吗？”

“他在筑地呢。生活很狼狈，跟以前没有两样，可是我认为他的情绪却比浅草那阵子稳定了。太太……”峰子这么喊了一声，并用那双清亮的大眼睛凝视敬子，“他是不是就永远那样过下去呢？我简直不忍心看着。难道只有我一个人惦念着他吗？”

“不，那是……”

“我相信，只要太太或小姐去接他，他准会回来的。”

“……”

“太太是不是对我有什么误会呢？……”

朝子安详、冷漠地叫了敬子一声：

“娘。”

女儿那嗓音使敬子吓得发抖。

“我要迟到啦。快点儿吧。后天就是首日公演。今天晚上的排练，我可不能迟到。”

朝子一边极其从容地看着手表，一边凑到两个人身边来：

“哪一位？”

朝子对一切都有所觉察，却佯作不知，像个年轻姑娘那样微微一笑，歪了歪头。

“你是头一次见面吗？……这是在爸爸的公司里待过的小林小姐。”敬子介绍道，“这是我的女儿朝子。”

峰子随着朝子的微笑，和颜悦色地鞠了个躬。

朝子以轻蔑的口吻说：

“岛木先生的，啊？……”

朝子的唇边浮现出仇恨和嘲弄的神情。

敬子怕的就是会发生这样的事。

她想起，还不如给朝子一些零花钱，打发她及早离开这里呢。她就回身往里屋走，可是已经晚了。

“这一位是那个人的情妇来着。”朝子用惹人恼火的冷漠口吻说，“我想起来啦。”

“哪里，哪里……”峰子直摇头。朝子才不管她呢：

“不论谁是他的情妇，一点儿关系也没有……我们跟他已经成了陌生人。岛木先生不论在哪儿，做什么，都跟我们风马牛不相及。他这个人要么是没跟情妇一道私奔成，要么就是没情死成吧。正因为没死成，眼下又活不成了吧。弓儿是这家的女儿。自己舍弃了做父亲的资格的人，也就会被女儿所舍弃。”

“朝子！”

“哎呀，太不讲理啦……”

敬子和峰子的短促嗓音重叠在一起。

“我坚决拒绝。娘和弓儿都是老好人，就由我直截了当地把这关系断了吧。”朝子越说越来劲儿，转过身去问峰子，“你是受谁的托付而来的？”

“我不是受任何人的托付而来的。”

“是吗？这就是所谓情妇啊！自己弄得头痛，就想硬塞给我们喽？”

“你好像误会啦。”

“你才好像误会了呢。你要是那么记挂他，就拿出一副情妇的样子来不就结啦。别到我们家来提什么多余的事儿啦。”

“这是多余的事儿吗？”

由于意想不到地出现了个朝子，并对峰子提出抗议，弄得峰子又惊又气，两眼露出倒好像是向敬子求救般的神情。

敬子只有感到困惑而已。

“朝子，喏，到这边来一下。”

在店堂尽里边递给朝子纸币的敬子，她那指尖直颤抖。

朝子边把纸币收进手提包边说：

“娘，可不能让那号人钻空子。什么呀，亏得这会子居然还找上门来。要是来的话，岛木先生来一趟试试就好啦。我把想说的话统统说给他听听……”

“别吵吵啦。”

“要是让岛木先生这样的人挨近了，可太不体面啦。这家店的名声也就被败坏了，还会把娘毁灭的。”

“我是毁灭不了的。”敬子仿佛告诫朝子般地说，“你要是这样的话，那才叫危险呢。得多少替旁人考虑才行……”

“他不是连葬礼都让人家给他办完了的吗？他难道不是个偷去了娘的人生的贼吗？假装死掉了，让娘和弓儿有过怎样的感受，他自己想想看就行啦。事到如今，他又派情妇还是什么人来窥伺情况，太卑鄙啦。”

“你要是说三道四，事情好像反而会变得麻烦了。”

“要不是有我在场，还不知道会怎样了呢。”

听见了使劲关门的声音。

峰子出去了。

“逃走啦。像猫一样的人……”

朝子不怀好意地扑哧一笑。

朝子冲着峰子走出去的那扇门狠狠地瞪了一眼，随后在店里踱来踱去。

“亏得弓儿不在，我倒在。娘，你不感谢我吗？”

“……”

朝子那高跟鞋发出清晰的响声。

“娘，公演一共是四天。这一次在《野性的女人》里，高柳先生的表演也非常投入。那么长的台词，那么快她就背下来了，光是这一点就让我佩服。我演出的场面很短，可这个角色好像适合我来扮演，是个法国的资产阶级小姐。在伯母的别墅里打网球啦，栽培玫瑰啦……栽培玫瑰似乎是资产阶级趣味。娘什么时候方便呢？给你留下闭幕那天的票吧？”

敬子陷入了一霎时沸沸扬扬的混乱中，以致连朝子那自顾自的饶舌都听不进去了。

“能够拜托几张呢？田部先生呢？……近来您跟田部先生没有打交道吗？”

敬子摇摇头表示没有。

“前些日子为了旁的事，我给医院打过电话，说是田部大夫也许要到德国去呢……我好羡慕。娘也快点儿发财吧。我也想去法国呢。要是通过长途旅行把过去清算掉，该有多好呢。啊，可是……”朝子不知道想起了什么，老老实实地站住了。

敬子把肘拄在陈列橱上，手心托着下巴，两肩僵直，凝然不动。

“已经晚啦。真要迟到啦。”

朝子把袜子拽拽整齐，走出去了。

敬子一个人留了下来。对于朝子仇视俊三到那样的地步，她觉得不寒而栗。

“朝子打算和小山分手哩。”

朝子的情绪比先前还要激动，性格也更刚强了。

她把峰子严厉地训斥了一番，以致峰子气愤地回去了。但要不要将峰子曾来过的事告诉弓子呢？

敬子认为倘若告诉了，弓子既然同样地挂念父亲，恐怕是不可能就这样对他弃之不顾的。

然而事到如今，即使恢复了原先那种生活，这里似乎什么也无从使俊三安稳幸福。

曾几何时，恩爱和亲昵的感情已经荡然无存了，敬子心里一片慌乱。仅仅觉得见到俊三的脸是桩痛苦的事，只不过感到负疚而已。

从弓子来说，她也只是在关怀记忆中的父亲罢了。实际上，她父亲是不是也已经变得跟那个叫作京子的亲娘一个样了呢？

“打那以后，京子嫂就好像把弓儿忘掉了似的，连个音信都没有，到头来她毕竟是个聪明人吧？……”

再说，昭男赴德国的事是真的吗？

兴许弓子才是促使昭男远行的契机吧？

敬子曾把女人的整个身心都倾注在昭男身上，如今他那焕发着青春的身影清晰地浮现在她的脑海里。

然而，俊三、昭男，以及敬子本人，个个都像被风一吹就会消失的影子一般捉摸不定。

夫妇、情侣、父母儿女、兄弟姐妹这些关系，难道都只不过是临时的结合？只要什么地方一垮下来，就会变成这样吗！

孤寂啃噬着敬子的心，她不断地翘盼着要是弓子能把清带回来就好了。

又过了一个钟头，弓子才回来。

“我回来啦。”弓子爽朗地说，“我跟哥哥去看了场电影。《德姬丽》[1]……回来晚啦。”

由于弓子是一个人，敬子感到沮丧。

弓子的脸有点脏。

“累了吧？”

“不累。”

弓子看到敬子那张严峻的绷紧了的脸，就认为敬子大概是一边等着她，一边在为什么事忧虑重重。于是她感到不安了。

“坐下吧。”敬子说，“电影有意思吗？”

“白兰度的拿破仑演得蛮好。”

“清怎么啦？”

“身体很好。”

对敬子来说，这个答复有点儿美中不足，可是她又不便说要是清肯一道回来该有多好。

“他说什么来着？……他究竟打算怎么办呢？”

“怎么办？”弓子的腮帮子上淡淡地泛出红晕，结巴了一下才说，“哥哥大概是没有机会回来吧。妈妈生病……假若说是妈妈生病了，他就会马上回来的。”

敬子感到这么说话的弓子像变成了个大人似的，她的心情舒畅到不禁想跟弓子开句玩笑：

“比起妈妈生病，说弓儿生病是不是更有效呢？”

弓子突然站起来，朝那边掉过脸去说：

“姐姐来过了吧？”

“难为你居然知道了。”

“这里有票嘛。又要请什么人吗？”

1 即马龙·白兰度主演的《拿破仑情史》。

“只有妈妈和弓子。”

“那么，票就多出来啦。可以邀请我的朋友吗？……”

“嗯，可以。”

敬子不便把俊三的事说出口。

“妈妈洗澡了吗？”

“我也还没洗呢。”

“得洗洗头，被尘埃弄得都发涩了……”

两个人熄灭了店堂里的灯，到二楼去了。

弓子把手绕到后面去，拉那从背上开口的拉链，却拉不开。为了请敬子帮她一把，就背朝着敬子，靠了过来。

“多费事啊。”敬子把拉链一直拽到下面，弓子那白皙的背上，汗毛闪着光。

带尘埃的风在她耳后薄薄地留下一层污垢。

敬子觉得弓子充满稚气。

她想跟弓子一起入浴，替她洗洗耳根后面。

敬子也刚要解开腰带的时候，小山打电话来了。

“唉。喂，喂……”

“喂，喂，朝子吗？”

“不，是我。小山先生吗？”

“是娘吗？电话里，声音很像。她在府上吗？”

“不在。”

“在吧？”

“来了一下，可她说是有排练，赶紧走掉啦。”

“奇怪。排练场里谁都不在呀。”

“可她对我说，要一直排练到很晚……”

“瞎说。娘也跟她一个鼻孔出气吧？”

他那嗓音像是喝醉了酒，又仿佛是激愤得发了疯似的。

# 为什么流泪

敬子吃罢早饭，就照镜子梳妆。弓子去站柜台，也略施粉黛，但跟敬子比起来，快得让人难以置信。

虽然她也从敬子的肩后照镜子，但一下子就打扮完了。

每逢敬子到隔壁的“大波斯菊”去做头发，并把头伸进烘干机的日子，她总是将近十一点才在店堂里坐下来。

过一会儿，顾客又来了。

零零碎碎的服饰用品不同于珠宝和高级钟表，它们跟雪花膏、护肤液一样，完全是女人的消费品，美观、款式新颖、价格低廉的东西受欢迎。

日本生产的香水是二百五十元，指甲根部表皮脱除剂和蔻丹为二百五十元，雪花膏二百五十元，贝壳和玻璃制造的首饰也是二百五十元。如果首饰看起来比实际价格更值钱，女人也就姑且心满意足了。

摆在临街橱窗里的真宝石和镶嵌着宝石的白金手表，使店堂陈列橱里那些便宜货都添了光彩。

“把那些跟昂贵的东西摆在一起，也轻易看不出价廉的东西，和昂贵的物品巧妙地花搭着摆出来也可以。”敬子就这样凭着她那敏锐感觉和她所掌握的窍门，陈列起式样新奇的耳环和胸针，销路都很好。

当西服剪裁学院的学生、住宅区的小姐、服装模特儿以及中年妇女来得多的时候，陈列橱周围就挤得密密匝匝的。连弓子事后都说：

“就像娃娃们在望着钓金鱼的水槽似的。”为了使耳环和胸针分外显得好看，还装点起几块亚麻抽花刺绣品和带条纹的麻纱手绢，甚至这些装饰用的都有顾客来订货。

“生意兴隆啊。这海蓝宝石的金座儿，你能不能在颜色上稍微想想办法呢？……跟衣服的颜色不协调啊。”

“老板娘，这珍珠要是分三个月付款，我好歹还能去想点法子……”

这类顾客只有敬子才对付得下来，所以服饰用品一类零七八碎儿，不知不觉就全交给弓子去管了。

弓子当起女店员来，既纯真可爱又温文尔雅，很有人缘。还有这么个天真烂漫的老主顾，她从旁的店里寻摸到一副小巧玲珑的耳坠子，说是：

“我送给你啦。”弄得弓子直难为情。

到了打烊时刻，两个人就都精疲力竭了。尤其是曾患过脚气性心脏病的弓子，面对这梅雨季节般的春天感到吃不消，时而站柜台就觉得腿酸。

她两个人有时茫然地面对面坐着，连忘记关的收音机的声音都听不见。

敬子心中的悲哀和痛苦好像变得淡薄了似的，睡意悄悄地钻上来，她说：

“弓儿的哈欠传过来啦。啊、啊。困得没劲儿啦。”

弓子呢，她跟父母都诀别了。如今像这样在敬子的店里干着活儿，长年生活着。她觉得仿佛是被不寻常的短暂约定或因缘所支撑，却又不认为自己怎么不幸，也没什么不满意。她心里也不是没有疑虑不安过，反而想：难道这样过下去就成了吗？

敬子呢，尽管手头不再拮据了，然而有血缘关系的娘儿仨彼此之间并不和睦，却跟继女过起日子来了。这样的前景使一种说不出的寂寥掠过她的心头。

“只有生意好歹还能维持着，也让人啼笑皆非。”

敬子挂心的事儿太多了。

去年这个时候，她曾想方设法能让大家过上幸福的生活。可是由于俊三从家里出走了，那些愿望好像就一个接一个地破灭了似的。

敬子曾看见一个女和歌诗人蹲在男人脚下吟诵一首和歌：

为之系鞋带，

幸福在眼前，

平凡又亲昵。

然而敬子好像再也不会有这样“平凡又亲昵”的境界了。

被峰子找上门后，敬子尽管认为对俊三不宜再继续弃之不顾了，可朝子已把话说到那个地步了。

朝子刚强得几乎让敬子唉声叹气。另一方面，一想到朝子那孤独而不幸的性格，她有时就会对朝子感到一种使她揪心的爱怜。这是不同于她对人见人爱的弓子那种感情的。

敬子没去看上次的公演，却把报纸上那不引人注目的评论和刊载在杂志上的照片都剪下来留着。

敬子也开始关心起朝子的舞台表演了。

“要是可能的话……”

一腔母爱油然而生，想让朝子在自己那么喜欢的领域取得成功。

“小山先生会不会粗暴地出面干预呢？……”敬子直担心，倘若可能的话，她简直想每天替朝子到会场去守着。

小山仿佛是在到处纠缠着朝子，他看上去用心险恶。

他不仅打电话，还跑到敬子的店里来。

公演开始后，准会闯进后台的。

但朝子压根儿就没来跟敬子接头，闭幕演出的日子却到了。

敬子兴致勃勃地化了妆，近来她难得像这样做。

她身穿自己喜爱的浓紫伊予染[1]和服，漂漂亮亮地系上一条素赤褐色葛丝腰带。

弓子穿的是浅蓝色衬衫，领口系了条深红色围巾。

1　日本爱知县伊予郡所产绸缎，染有木纹般的花纹。

她们带上送到后台去的东西，就提前走出家门。

会场设在离帝国剧场不远的一座大厦的六楼。

她们在护城河畔下了出租汽车，林荫路的树木那繁茂的嫩叶间已经点起了灯。

“这一带的街灯的颜色蛮好看哩。”敬子抬起头来看。

弓子也点点头：

“是浅紫色的。”

一群天鹅一动不动地待在护城河石崖的背阴处。另一边，皇宫的森林上空是一片桃红色。

在春天的暮霭中，敬子仿佛闻到一股香气般地想起了昭男。

“弓儿，听说田部大夫也许要到德国去呢……”

这是隔了多少个月后她们相互间才又提到昭男的名字呢。

“德国？……不是巴黎吗？”

“说是德国……我是听朝子说的。”

“姐姐是怎么知道的呢？”弓子问道，又若无其事地说，“我的同学当中有一个跟她爸爸去巴黎的。”

电梯降下来，两个人上了六楼。

在接待处，朝子的朋友向敬子打招呼说：

“祝贺您。”

敬子只把弓子打发到后台去了。

观众席还稀稀拉拉的，很是宁静。

敬子买了一张六十元的节目单，浏览了一下剧情梗概。

这是琼·阿努伊的三幕剧《野性的女人》，但不晓得朝子在哪一幕出场。

几位小姐坐到了敬子旁边，看来像是弓子的同学。

敬子不认识这些小姐。

“弓儿几乎从来没把同学带到家里来过。”敬子想到这一点。

弓子在敬子家里总是谦虚拘谨的，是不是也表现在这方面呢？

开幕的铃声响起的时候，弓子也回来了。

她只向同学们稍微点头致意一下，就坐到幽暗的席位上了。

法国农村的一座温泉镇。一个叫作德丽萨的姑娘在一家廉价咖啡馆的蹩脚乐团里吹奏单簧管。一个有资产的天才音乐家对她一见钟情。戏就从这里开始。第一幕是深夜，在那座咖啡馆里。

幕落后，弓子悄悄地对敬子说：

“姐姐说是今天晚上要回到麻布来……据说有许多话要谈。”接着，她跟同学们一道又到后台去了。

尽管那里的门上写着：

闲人严禁入内

弓子等人却喜欢溜到后台去探头。

后台有着旁处所没有的魅力。

朝子对着梳妆台又是染头发，又是重新把脸化妆一番。她对弓子等人待理不理的，却问了声：

“田部大夫也来了吗？”

“没有。”

“咦，奇怪呀。我给他发了封信，请他这次务必来看……”

听朝子这么一说，弓子就觉得昭男已经待在观众席的什么角落似的，于是就心神不定起来。

弓子的同学们正排在她后面，感到稀奇似的望着朝子化妆。她催促着她们，步出后台。

她生怕朝子又会说什么：

“我在信上还写了‘弓儿也会来的’。”那样一来她觉得自己就会当着同学们的面涨红了脸。

弓子暗中环顾着观众席。她还探头探脑地到二楼去看了看。

敬子好像连幕间休息时都没站起来，弓子瞅见了她那白皙的脖颈。

随着剧情的发展，敬子发觉弓子在静悄悄地哭泣。

弓子生怕让人家看到她的眼泪，忽而用指尖揩抹，忽而又用手绢按按鼻子，绷紧身子忍受着。

“这出戏的什么地方惹得弓子哭泣呢？……”敬子很纳闷。

除了她，几乎没有人在哭。

有资产的天才音乐家向贫穷的单簧管手德丽萨求婚后，她那落魄的父亲就来向她勒索钱了。老相识也把手枪藏在兜里，找上门来。姑娘喊道，只要有这样的父亲和从小认识的朋友，自己就休想得到幸福。

倘若这是招弓子哭鼻子的原因的话，难道她是念念不忘俊三的事，从而勾起了对自己身世的感伤吗？

然而，幕间休息时，弓子已跟同学们聚集在一起了，也不知道在热热闹闹地谈着些什么。

“下一幕，姐姐就出场啦。”

接着，弓子凑在敬子耳边，咕哝般地说：

“姐姐说她寄了信，田部大夫却没有来，她觉得很遗憾的。”

“是吗？”敬子不由自主地四下里看了看。

于是她心里涌现出莫名其妙的疑窦：说不定刚才弓子那样悲痛，流的是为了恋爱的眼泪吧。

她甚至不能回头去看弓子一眼。

但是，有朝子上场的那一幕开演了。

只要朝子登上舞台，敬子就连剧情都搞不大清楚了，还谈得上什么批评。她仅仅是屏住气般地看着朝子而已。

就拿弓子在学习成绩汇报演出会上弹钢琴来说，不论她演奏得好坏，敬子也都先热泪盈眶了。

朝子驾轻就熟地扮演一位好打扮、稍微上了岁数的资产阶级小姐。

这是不需要花多大力气的角色，朝子演起来不生硬，自自然然。

“对资产阶级姑娘来说，劳动不过是适度地消磨时间或运动一下而已。”朝子所扮演的小姐说完这段话就下场了。这下子，敬子才松了口气。心里也自在了些，却又觉得像是掉了魂儿似的。

剧中女主角德丽萨想开始爱情的生活，但归根结底因阔人与穷人之间那不可逾越的鸿沟而苦恼并受尽折磨。她把嫁衣留在有资产的音乐家家里，又回到流浪汉一般不三不四的乐团伙伴当中去了。

这就是穷姑娘的反叛，是她为真实地生活下去而选择的道路。

演到高潮，弓子的手又不断地擦着眼睛周围。

敬子哭不出来，就试着想：以自己这把岁数和弓子这样的年龄，大概对这出法国新戏的感受会迥然不同吧。

如果说，阔男人和穷姑娘之间的恋爱由于身份悬殊而破裂了，这就是个过于陈腐悲惨的故事。卑贱的父亲和难以断绝的孽缘跑来敲诈那个即将坐上锦轿的姑娘，这样的情节也并不稀奇。然而阿努伊的《野性的女人》却不是那样单纯地向人家“讨眼泪”的戏。

它不但暴露了富人的伪善，也揭出了贫穷的丑恶，甚至通过日常生活的细节，反映出世人现实生活的黑暗。由于它那令人郁闷的激烈情绪，被视为“存在主义”戏剧。

就拿丢下嫁衣而去的德丽萨来说吧，她并不是个只会哭的人。她有吉卜赛女子的风范，凭着那种天生的野性反叛，追求真实的道路，一往无前。

这不是能够令人心情舒畅地哭着看的戏。

敬子不得不认为，这么说来，看上去蛮老实的弓子，内心深处或许也有着跟战后那些姑娘的剧烈痛苦与愤怒相似的赤裸裸的激情。

这又是一出给人以强烈印象的戏，对敬子这样的女人来说，它阴沉到使她吃不消。

不管怎样，《野性的女人》的最后一幕演完了。

鼓掌不算热烈，但当观众快要起身的时候，帷幕在他们背后又一次被拉开了，按照闭幕演出这一天的惯例，没有卸装的演出者排在舞台前向观众致意。

“为姐姐鼓掌呀……”弓子对同学们说，并拼命鼓着掌。

敬子固然也鼓了掌，却没有弓子那么起劲。她反而不能明确地光为自己的女儿而鼓掌。

人们一下子拥到会场外面，滞留在两座电梯跟前。也有人等得不耐烦而走下去。

敬子作为参加演出的女演员的母亲，腼腆地站在人群后面。

“今天朝子没说要一道回去吗？”敬子问。

“说是她还得再耽误些时候，晚一些回来……”

敬子觉得好像没看见小山，这一方面使她放心，另一方面又让她担心。假若小山正在东京的话，闭幕演出这天按说总会来把朝子接走的吧。

敬子想起，去年看《欲望号电车》的那个晚上，扮演斯黛拉的朝子在后台晕倒了，就请昭男给打了一针。昭男曾跟着她们一道到家里来，她们留他过了一夜。

那是夏季，公演的会场——圣方济各讲堂的院子里，蝉聒噪得正欢。

当时敬子还没跟昭男发生关系，但当天晚上她正跟弓子两个人在清的屋里替昭男铺床的时候，昭男从走廊里探头说：

“隔着白蚊帐一瞧，弓子小姐像是一位仙女。”

那时弓子害了臊，曾使敬子感到震惊。

所谓“像是一位仙女”，莫非表明着滋生了这种感觉的昭男与引起了这种感觉的弓子之间有过闪电般的爱情交流吗?

倘若没有敬子这中年之恋，两个年轻人之间恐怕会培育起纯洁的恋爱吧。

由于这么想，敬子也不知道曾经责备过自己多少遍。在电梯前她又因而苦恼起来。她是恋爱的妨碍者，掠夺者，破坏者。

“可我也是个有血有肉的人，也有自己的一生呀。再也不会回到跟昭男先生之间什么也没发生过的原来那样的状态了。”

尽管敬子已跟昭男分手，尽管她和弓子只是继母继女的关系，然而她不认为昭男和弓子还能纯洁地结合。

敬子和弓子已被后面的人推着进了电梯。

“咱们去银座吧。”敬子对着弓子的脖颈悄悄说。

弓子不声不响地摇了摇头。

“还没吃晚饭呢。已经九点多啦。去吃坎德尔的篮子鸡[1]怎么样？”

可是弓子仍旧摇了头。

敬子正沉浸于想隔着坐落在鞋铺二楼那家咖啡馆兼西餐店坎德尔的窗口眺望夜晚行人的情绪中。

那条御幸街上还有文艺春秋新社和求龙堂画廊等，那里排列着档次蛮高的服饰店，以致有“奢侈小巷”之称。还能看到像是在银座的那类行人。

“去吧。”敬子催促了一声，弓子却没有点头。

弓子这种令人费解的抑郁也感染了敬子。

踱出大厦后，弓子喃喃地说：

“妈妈，坐出租汽车吗？……还是走到有乐町新桥？”

敬子觉得弓子在向她隐瞒着什么不融洽的感情，不禁火上心头。

“回家后，有什么可吃的吗？”

“我来做。”

在出租汽车里，弓子也好像心事重重，她默默无言。

1　坎德尔系英语蜡烛（Candle）的译音。篮子鸡是一道西餐，因将烹调好的带骨鸡盛在一个篮子里而得名。

这两个没有血缘关系的人和睦相处，她们彼此敏感地接受对方表示的情意。

比方说，有时候一方及早地发觉了另一方不开心，就喋喋不休地说些无聊的话。

眼下呢，由敬子这方面有一搭没一搭地谈起《野性的女人》啦，朝子的演技什么的，也许就好了，可是她不晓得弓子为什么会不高兴。

况且，看完戏和电影后，漫无边际地东拉西扯的是弓子。

这位弓子，不论是一道看过的戏也罢，还是朝子所扮演的角色也罢，都只字不提。只隔着车窗目不转睛地眺望夜晚的市街。看她那神态，敬子也就不便轻松地问一声：

“你刚才哭鼻子了吧？”

“弓子是不是迟早也会撇下我，一走了之呢？……”

弓子回家后，马上就进了二楼的厨房。

她一边和文子聊天，一边准备起饭菜来了，时间却拖得很长。

敬子身着家常穿的和服，只系了条细带。她的心头一直萦绕着弓子何以情绪不好这个碴儿。

峰子来过一事，敬子还难以告诉弓子。她纳闷着弓子是否已经知道了。

然而，该拿俊三怎么办呢？

清和弓子，还有朝子和小山，好像净是一些无法解决的问题。

“让您久等了，开饭啦。”

敬子被招呼后，走去一看，弓子正快快活活地等着敬子落座呢。

桌上摆着三个盛有奶油烤菜的白盘子，还清清爽爽地搭配着小萝卜和小莴苣。

“这一份是谁的？……”

“姐姐不是说过，她要回来吗？”

“啊。”

弓子这话使敬子像个孩子似的高兴起来了。

敬子认为弓子还年轻：

“心地又那么善良。”她觉得自己方才太多心了，简直可笑。

“弓儿，刚才你不高兴，怎么啦？”现在她才这么问了一声。

“一点儿都没怎么着。我没什么不高兴。”

“反正朝子也挺晚才会回来吧。”

弓子把餐巾蒙在朝子那份食器上。

“今天晚上大概做得很好。”弓子自己这么说着，在有着糊印儿的奶油烤菜上摆弄着叉子。

然而，她仿佛有意避免谈及那出戏。

将近十一点钟，朝子才回来。登上二楼的脚步声是凌乱的。

朝子拎了个大口袋，脸上难得地泛着愉快的神情。

敬子感到惊愕。

“今天晚上啊，为了庆祝满座，发给我个一千元的奖金袋呢。还举行了慰劳会。”

朝子得意扬扬地甩着口袋，往长椅上倒下去。

“喝酒啦。姐姐喝醉啦。”

弓子觉得挺有趣儿似的望着这样的朝子。

“我才没喝醉呢。只不过用高脚杯干了一杯。”

“我受到不少称赞呢。连我自己都知道演得好。”朝子像唱歌似的刚这么一说，忽然就挺直了腰板。

她目光炯炯地瞧着敬子。

“我跟小山分手啦。”

“啊？”

“要是跟小山在一起，简直就畏畏缩缩，无精打采啦。我这个人就毁灭啦。小山的话把我束缚住了。他一说我演得不好，我就以为也许是的。他一说我的演技拙劣，我就拼命卖力气，过了头，反而失败了。”朝子就像流利地背着台词一般继续说下去。

敬子听得脑袋都迷糊了。

“小山还到排练场去了呢。我再也不想见他啦。弓儿，我想喝杯水。”

弓子像是挨了打似的起身走了。

敬子来到朝子身边，坐了下来。

“朝子，慢慢地沉住气，好好儿跟我谈吧。”

“我不是在沉住气吗?！我就讨厌慢慢地来。”

敬子首先惦念的固然是朝子这档子突如其来的事，但她又担心激动得这么头昏脑涨的朝子，指不定会说出什么来呢，就跟朝子咬耳朵说：

“那个女人来过的事也罢，岛木的事也罢，我都没有告诉弓子……所以，你也别言声儿。”

“我嘛，老早以来一直就认为娘是个自由自在的人。您可不能变得软弱起来。娘要是坚强一些，把那帮人撇在一边，弓儿也就能获得幸福。岛木这号人不是已经被人生撇在一边了吗?！他要是来了，我会对他说，这回你就真正死掉拉倒。跟那个女人去双双自杀也蛮好嘛。瞧那女人的眼神儿，不是好像就喜欢跟人家去殉情吗？”

“现在可别说这样的话……”

“要是现在说这话不方便，娘什么时候愿意我说，我随时都说给您听。”

这时，弓子进来了。

“谢谢。”朝子咕嘟咕嘟地把水喝下去，就又起劲儿地讲开了。“三笠电影公司的制片人居然看了我这次演的戏，还劝我去演一演电影哩。他说，我这样的就叫作‘实验女演员’。他请我读一读电影剧本，并把一份油印件放在我这儿了。当然不是什么主角，不过，好像是个好角色。我想读一遍，如果不是无聊的玩意儿，我就去演演试试。今后不论是什么，我都打算放开来演……”

朝子之所以气焰万丈，不可一世，是不是借以排遣由于跟小山分手而在内心深处所感到的寂寥呢？想到这里，敬子觉得朝子怪可怜的。

朝子仅仅是嘴里逞强，说是分手了。

“究竟是不是真分手呢？……”

敬子觉得，实际上朝子和小山之间什么手续也没办理。

这之后，朝子又不得要领地继续聊了一通，脸上蓦地泛出倦容。

“我去楼下睡觉。”她随说随站起来了。

敬子跟着朝子下了楼。

敬子正替朝子从小衣柜的抽屉里取出新枕套和床单的时候，朝子哧溜一下就脱得赤条条的了。

这是在母亲跟前，朝子又激动得头昏脑涨，所以丝毫也不觉得害臊。

敬子看见朝子那摘掉奶罩的胸脯，想道：

“咦？”

朝子两条腿的线条紧密，走路的姿势轮廓鲜明，乳房稍微小一些，有点儿属于少年型的。

敬子看到过那对乳房，晓得它们虽然较小，形状却是美丽可爱的。

那对乳房现在却令人吃惊地隆起来了，大概是被小山的手心和嘴唇所触碰，又被他的胸脯所压的吧。

然而，不仅如此。

原先是浅桃色的乳头，如今却发乌了，周围蕴含着淡青色阴影。而且，圆鼓鼓的乳头已失去了文雅的腼腆意味。它们逐渐变得坚实了。

朝子不曾理会到自己被端详着，就穿上了粉红色睡衣。

“我跟小山租住的那间屋子，暂时就那么留着也行吧？”关于她跟小山之间的问题，她这是头一次提出“现实的”话题。

“那么留着，指的是什么？”

“我的一个朋友买了所房子。我听她说，那房子已经空了一个时期，可是三面梳妆镜、缝纫机、装在玻璃匣里的偶人、花瓶之类女人用的各种各样的东西就随随便便丢着没人管……她曾拜托介绍她买房子的那个人，早点给归置好。这下子才知道，原来的房主离婚了，所以把房子卖啦。太太的东西原封没动……她毫无办法，只好把东西一股脑儿放在一间屋里。说是不出五天，运货代理行就来取走啦。我能理解那个吊儿郎当的女人的心情。两个人过日子一直用着的那些家什，要是急着分，或是分头运出去，会引起纠纷。彼此给脸子看，多不愉快呀？我也想暂时就那样撂着，要是楼下那家七七八八地说些什么，再派文姐或是什么人去取回来。这样行吧？”

朝子一向贪心不足，对属于自己的东西毫不含糊，她是难得用这样的腔调说话的。

敬子感觉出，朝子毕竟有她自己的悲哀。

然而朝子倒像是个孩子似的，神情开朗地在崭新的床单上伸直了身子。

“你们可真是……”敬子仿佛泄了气似的，在床的边沿坐了下来。“小山先生也完全同意了吗？”

“我已经横了心，他的心我可不大清楚。也许他还想再多揍我几顿，继续强拉硬拽着我。可我认为，再这么磨磨蹭蹭地争吵下去，相互间只能受到更大的伤害。他大概也已经觉察到了这一点。”

朝子谈到据说是已分手的丈夫时，口气之间好像他仍旧属于自己似的。然而敬子对此心照不宣。

她认为，倘若现在劈头盖脸地谈出来，朝子只会一味地顶撞下去。

她从另一方面去击中朝子的要害。

“你是不是怀上了娃娃呀？”

“这是一桩让人啼笑皆非的事。我没告诉娘，以前也怀上过。两次呢……”

朝子是直率的。

“他说不要孩子……我可想生来着。”

于是，朝子平心静气地将水灵灵的眼睛掉过去看着远处。

“可笑吧？我从来没觉得自己喜欢过孩子，多奇怪。”

“既不可笑，也不奇怪。”

“我并不想为了生活或为了艺术而把娃娃牺牲掉。”朝子这么一说，敬子就点了点头：

“你是个人嘛……”

朝子这种女人的柔情，深深地铭刻在敬子的心上。

“这一次已经打算分手了，按说用不着要孩子了，可是这下子我就更害怕做这样的事，也更难过啦。”

敬子情不自禁地把手放在朝子的枕畔。

“小山不晓得。所以我一个人去办。”

“……”

“以前我也是在田部大夫的医院里做的。”

敬子惊愕地把手从朝子的枕头那儿抽回来了。

即便是保守“患者的秘密”，可是昭男就连对自己的情妇敬子——朝子的母亲，都没泄露这个秘密。

“这一次我又在医院里见到了大夫……又是排练，又是公演，这一次也不觉得不舒服，所以还掩延着呢。”

“喏……大夫他怎么说来着呢？……”

“他说，你和小山之间的事儿，我不说出去，你就做妈妈好了……”

朝子这么说的时候，脸上浮现了一丝微笑，但她偶然一回头，看见母亲不知怎的用手掩住半边脸，一动也不动的那副样子，就感到意外，心想：这是怎么啦？

朝子寻思，自己所说的想做妈妈，而爸爸却是已分手的小山那番话，对敬子来说，竟然是如此强烈的震惊和困惑吗？

“怎么啦，娘？”朝子觉得仿佛被绊了一跤似的，感到不安起来。

“没怎么着。讲吧。”

“行吗？”

“那么，入院的日子已经定下来了吗？”

“没有。田部大夫这么一说，我就拿不定主意了。一方面也是由于我喜欢田部大夫，并且信任他。”

“……”

“前两次我也并不是心甘情愿的。女人都是这样的吗？……”

“可不是嘛。”

“简简单单地想通了就去做的人好像还不少呢……难道是我特别吗？……娘，可别由于我做不出那种事就笑话我。我觉得自己好像面对着肉眼看不见的尊严似的。据说有这样的诗句：‘有人生了我。我也要生人。’……”

“什么有人啊……朝子不是我生的吗？”

“娃娃出生之前，还不是‘有人’吗？我有时候想，我自己一个人生个娃娃试试。”

敬子对朝子产生了强烈的疼爱之情。

“要是真正地怀着自由诚挚的心情这么说的话，你就做妈妈好了。我替你抚养。娃娃就交给我来抚养吧。”

敬子这么说着的时候，从腮帮到耳朵，逐渐地羞红了。

她想抱朝子的娃娃，以代替原来应该出生的昭男的娃娃。

如今敬子再也不能把自己的娃娃和朝子的娃娃分开来考虑了。

不过，虽说是“朝子的娃娃”，但那娃娃还没出生，而敬子“自己的娃娃”却没生成。

然而，此刻的敬子却有一种抱着温暖的婴儿的感觉。也许那既不是空想，也不是记忆，也不是现实，而是女人的本能。

朝子把敬子这种意想不到的羞涩当成了母亲对自己这个做女儿的所显示出的过度怜爱，于是她异乎寻常地用任意撒娇的腔调说：

“娘，您还记得我出生的时候和当娃娃那阵子的事吗？”

“记得呀。”

“回头慢慢儿讲给我听吧……”

“唉。”

“现如今，小姐和太太简直没法区分了吧？”

“是没法区分了。”

“一看见只能认为是小姐的年轻漂亮的太太，抱着个才出生六个月到一周岁左右的可爱的娃娃，我就最羡慕啦。多好哇。”

“你是从什么时候起开始有过这种想法的？”

“老早以前就有过。结婚以前就有。”

敬子对朝子这种女性的温柔点头首肯：

“要是我抱着娃娃，人家不会认为是你生的吧？”

“人家会以为是娘的娃娃吗？那多不合适啊。”

“不要紧的。”敬子心荡神驰地说。

敬子将来搂抱的那个娃娃仿佛长得像昭男似的。

“娘，婴儿的指甲，也不知道多么小……”朝子托起母亲的手，摆弄她的指甲。

“朝子没接触过婴儿的皮肤吧？”

“虽然没接触过，可是有股奶香味儿吧。对，对，说是人的皮肤从两岁左右起就开始退化了。这样，我也就想象得出来了。尽管说哪个大人的皮肤好，也无法跟婴儿的相比。娘，说是头部的血管自从二十五岁左右起，就零零落落地开始断了……我也快啦。多讨厌。”

“这么说来，我不是都断成一截一截的了吗？”

“娘可年轻啦。就是怀上了娃娃也不足为奇。”

“哎呀。”

敬子脸上浮现了一片红晕。然后，心如刀割。

“娘，不冷吗？您可以进到这儿来。”朝子掀起被子的一角。

“天气已经暖得可以打盹儿啦。这样就行了。”

敬子边这么说，边在被子上伸直了身子。

敬子和朝子就这样一直谈到窗户发白为止。

母女二人从来没这么谈过心。

敬子一件件地回忆起朝子出生的时候和婴儿时期的往事，讲给她听。

随着这些老话儿，朝子就像是回到童年时代了似的，悄悄地把脸朝敬子贴过来。

“她要是对小山也这样做就好了……”敬子将胳膊伸到朝子的胸脯上，“小山不让这孩子这样做，也许毕竟还是小山不对吧……”

敬子累得打了个瞌睡，醒来已经是早晨了。

敬子一看见白昼的光，马上就感到迷惑起来：

“昨天晚上我是怎么啦？……”

父母和儿女之间也罢，夫妇之间也罢，都会有那样的事，然而倒更像是一对情侣在通宵达旦地谈心吧？并没有失去理性，可是感情高涨弥漫。判断力和盘算都落了空，空想仿佛变成了美好的现实似的。

敬子记起自己曾对朝子说过，跟小山分手后也可以把娃娃生下来。她继续考虑下去。

但是，如果有了孩子，他们也许就不会分手了。即使分了手，由于孩子是维系夫妇感情的纽带，也许他们还会破镜重圆。

这样看来，这桩轻率的冒险行为说不定反而会变成为了日后的事情的深谋远虑也未可知。

朝子曾说，临分手才怀孕是“让人啼笑皆非的事”。然而人生中比她说的还要有讽刺意味的事也会有的：她结婚后两次怀孕都没生，离婚后反倒让娃娃出生。

“我还不是跟昭男先生分手的时候……”今天早晨敬子又拿朝子的

事跟自己比较了一下。

“做妈妈吧。”据说昭男曾这么劝朝子，敬子多么想见见他啊。

“我给他往医院里打个电话吧？……”

昭男的身影不断地浮现在脑际，总也不消失。

“妈妈，都十点啦。”

敬子听见弓子的声音，这才清醒过来。

“十点？……”

“最好别把姐姐叫醒。准是由于公演，精疲力竭啦。”

“让她睡吧。”敬子说着，拉开帷幕。只见弓子站在那儿，脸上浮肿。

“你的脸肿了吗？怎么啦？……”

也不至于因为她和朝子一直聊到拂晓，弓子就闹起别扭来了吧。

“我做了个梦，哭醒了，脸就肿啦。”

“什么样的梦？……”

“……”

“使你那么伤心的梦吗？……”

“不是什么值得哭的事儿，可在梦里，痛苦得要死。住在目白的时期，妈妈不是经常晾晒衣服吗？我做的是为了防止虫蛀而晾晒衣服的梦。可因为是梦，就不正常啦。细绳儿上晒的都是裙子，净是好看的裙子，有各式各样的花纹儿……”

“不是好梦吗？”

“后半截就不好了。”弓子好像在回忆着那个梦似的，“听说梦是没有颜色的，兴许我是半睡半醒吧？……”

“也有颜色哩。我就做带颜色的梦。”

“是吗？”弓子点了点头，“有妈妈的，也有我的，还有从来没见过的裙子，跳康康舞穿的。”

“康康舞？……”

“我正跟妈妈一道归置那些形形色色的裙子，最后，细绳儿上剩下一条爹的藏青缎腰带。”

“咦？不光是裙子呀？”

“原来都是裙子，可是把裙子归置完了之后，剩下一条男人系的腰带。”

“梦这玩意儿，够古怪的吧？”

“……”

“我正不知道怎么办才好，刮起大风，那条腰带就在空中飞扬。我拼命地追啊追啊，那时就别提有多么痛苦啦。”

敬子在床上欠起上半身。

然而弓子说话的时候，注意力好像被敬子之外的什么事情吸引住了似的。

浮肿的眼皮上，长长的睫毛反而引人注目。

“后来怎样啦？”

“不知怎样一来，归根结底，腰带就弄不清楚了。弓子孤零零地待在一个人都没有的旷野里……”弓子含糊其词。

因为梦的结尾部分是她编造的。

“讨厌极啦。”

梦的结尾部分紧张到无法告诉敬子。

——弓子的母亲京子拿着腰带，白乎乎的，笑着从深邃的黑暗中走出来了。

“哎呀！”弓子惊呆了。

“都是你不好。不肯看着……”

“因为净是裙子，没有腰带啊。”

“是你看不见。”

“……”

“喏……”她把父亲的腰带勒在弓子的脖子上。

它慢慢地越勒越紧，如果乖乖地待着，好像就会那样死掉似的。弓子害怕得不禁呼起救来了。

“田部大夫，快点儿来呀。”她觉得曾这样向昭男呼救似的。从梦中醒过来之后，她对这一点不大清楚了。

然而清来了，把勒在弓子脖颈上的那根腰带解了下来。

弓子哭了，借着自己的哭声得以从梦魇中逃脱出来。

京子出现，又向昭男呼救等事，她不便向敬子说。

“做噩梦是你累了的缘故。”敬子这么说着，把视线从弓子身上移开。她起来，走到帷幕外面去了。

弓子不由得跟在敬子后面。

弓子所说自己做过的梦，使敬子也觉得仿佛从骨子里冒出一身大汗。

弓子准是由于惦记着父亲的处境才会做这样的梦。

正因为这样，昨天晚上的《野性的女人》才使弓子受刺激的吧。一个人心里要是记挂着什么的话，就连跟自己毫无关联的事也会引起其对身世的伤感。

“得替他想想办法……”敬子尽管这么想，但要是朝子从今天起就在这个家里生活的话，当着她的面就轻易不能提到岛木的名字。

然而难道正如朝子昨天晚上所说的那样，“把那帮人撇在一边，弓儿也就能获得幸福”吗？也许是这样的。说不定这是现实的办法。

“不，这样的话，弓儿的心情就平静不了。”

不管怎样，全凭岛木的心绪而定。

“我去请上次的那个叫作灵媒师的灵媒，把岛木的生灵召唤来，问问看吧……”

那一次她首先感到毛骨悚然，心神不定，但倘若能跟活着的人的“灵”交谈，可能的话就“跟昭男先生也谈一谈吧……”

敬子边这么想，边用手心接着洗脸水。

# 蓝色的伞

敬子一向喜欢从晚春到初夏那鲜嫩的绿色季节。往年一到这个时期，食欲就旺盛，体重也增加了。

然而近来她动辄就觉得疲乏，即使弓子估摸着店里清闲的时间邀她去看场电影，她也懒得同往。

一连下了几天雨之后，按说应该来取修好的钟表和定做的戒指的顾客，走动得也没那么勤了。

川村无聊得成天低声开着收音机。

“川村先生，也难为你总也听不腻。”弓子对他说。

“收音机是我的学校嘛。别看我这样，还专挑文化教养的广播来听呢。因为我不像小姐那样从学校里毕业呀。”

“哎呀，我也只念到高中呗。川村先生的知识不知道比我丰富多少倍呢。”

“要是想上大学的话，就选一家好的，这一年从从容容地准备投考吧。”敬子插嘴道。

敬子是认认真真说的，但由于发困，那嗓音就像是在打哈欠似的。

“我也只上上广播学校就足够了。”弓子既没有往敬子那边也没有往川村那边看，她正孜孜不倦地在她刚着手学的抽花刺绣上运着针线。

敬子还真打了个哈欠。她边用手去捂嘴，边想着流产的事：

“我这么懒倦，是不是由于健康依然受着影响呢？……”

接着她抬起了眼睛，只见橱窗外小雨像雾霭一般淌流着，一顶撑开来的女伞那蓝蓝的颜色显得朦朦胧胧的。

一个身着彩虹色外衣的人，定睛望着橱窗里的宝石。

敬子只瞥了一眼，不知怎的就感觉到那是一种土里土气的人。

她没认为那像是会走进店里的买主。

女人边走边往店堂里瞧，就那样走过去了。

“川村先生，请你从金库里取出一颗翡翠，我也好消除困劲儿。”

“光要翡翠吗？”

“对。我喜欢的那一颗。”

有指尖那么厚的那颗翡翠，透明度也蛮好，是深绿色的。

敬子把它弄到手后，甚至觉得舍不得加工似的，总是用紫色布头包起来，连橱窗里都不摆，却收在保险柜中。

翡翠被当作五月的宝石。嫩叶翠绿的季节，据说翡翠就变得美丽了。

是由于女人的肌肤，女人的手和脖颈变得白皙光润了，才把翡翠的颜色衬托得鲜明起来呢，还是由于宝石的绿色与树丛之绿交相辉映，人们才这么说呢？

尽管是雨天，敬子想让翡翠透一透外界的光。

她捏起这颗宝石，还没来得及看它那绿色，朝外面一望，只见那把蓝色雨伞又凝然不动了，于是她莫名其妙地心惊肉跳起来。

“是刚才那个人吧？……”

蓝伞遮住了那个人的肩，她朝着跟刚才相反的方向走去。

过一会儿，那把蓝伞第三次折回来，宛若下定了什么决心一般嗖地收拢了，并转到正面去，打开了门。

从那儿面带微笑直勾勾地朝敬子这边望着的，是弓子的母亲京子。

由于太意外了，敬子反而把对方看个一清二楚。

京子隔着一定的距离，对敬子说了些什么，但她没听懂。

她麻利地站起来，走了过去，心里惴惴不安，只觉得像是被一根魔丝吸引过去似的。

真是怪事。

岛木走后，敬子每次遇见过去跟他有过关系的女人，就被一种负疚的不安弄得心里打怵。

“喏，请这边坐……”

“唉。我本来想不打扰就回去的，可还是……”京子把用包袱皮包着的东西放在陈列橱上，“您看见我了吗？”

“啊？”

“我在您的店铺前面来回走了好几趟。”

“哦，我瞧见了三次蓝伞……”

“不是三次。是五次。”

“光看见伞，弄不清是哪一位，所以失礼了。”

“哎呀，早知道您没弄清楚，我逃走就好啦。可我已经进来了，怎么办呢？”京子也许是难为情吧，晃了晃一边的肩，并将腮帮子朝那个肩头歪过去。

京子还跟先前一样令人捉摸不定，但脖子和两肩都比在目白的家里遇见的那一次绷得紧一些，皮肉没那么松弛了。

尤其是她那目光，就像是换了个人似的。

敬子稍微沉下心来，马上就觉察出京子是想跟弓子见面才来的。

在这儿可不行。

“弓儿，弓儿。”她从楼梯底下喊着。

下楼来的弓子，拘谨地待在敬子后面。

“把你妈妈领到二楼上去吧。”

弓子像是想问点什么似的望着敬子。

“我回头就来。”

京子笨手笨脚地刚要上楼梯，弓子就让她把外衣脱下来，并替她挂在伞架子的镜子上端。

敬子收好翡翠，慢慢腾腾地上楼去了。

母女好像彼此都觉得害臊，谈话时续时断。

桌子上，连茶都没给端来一杯。

京子抬头望着敬子说：

“我正在吃惊呢。难道这就是我的孩子弓子吗？越发出挑啦……哎呀，糟糕。对不起。是太太的孩子弓子小姐。”

“……”

“多么体面的店铺……样样都弄得那么漂亮，真教我佩服。”

“您过奖啦。”

“您果然是个了不起的人。”京子的口吻并没带挖苦意味，“我已经见到弓子小姐的面了，就告辞啦。”

“请多坐一会儿……”

“可以吗？”京子将肩膀放松了，热泪夺眶而下，“这是高兴的眼泪。我最喜欢眼泪啦……请您可别担心。”

“唉，像这样下雨的日子，店里也清闲。弓儿，端茶来。”

“不，请不要张罗。”京子眨巴着湿漉漉的睫毛，“我来对啦。”

弓子走开后，京子仔细端详着敬子：

“太太的家，真奇妙啊。您比我去年见到的时候还要年轻啦。一定是个很好的家。”

“也不见得好。您才像是换了个人似的。您好像完全康复了吧。”

“唉，托您的福……”

“您住在东京吗？”

敬子想，我无意中问了句多余的话。

“在热海。”

“热海？”

“说实在的，一月里我结婚啦。”

京子像个少女一般涨红了脸。

没错儿，敬子的耳朵里听到的是“结婚”一词。京子没说是“再婚”。“结婚”也罢，“再婚”也罢，好像怎么说都可以，然而敬子通过京子的“结婚”这个词儿，领会到她的性格，就不觉一愣。

京子从绿色的钱夹里取出名片。在“野原实太郎”这个男子姓名旁边，用幼稚的钢笔字添加了“京子”二字。

“在涂料公司工作。”

京子指的是她的新丈夫野原吧。

“他也在热海治过病，有个四岁的女孩儿。我连这个孩子都不会正经照顾一下，可总是想起什么都没能替她做的弓子。野原劝我来见弓子一面。他是个非常热情的人吧？”

“可不是嘛……”

“要是您这店铺的油漆剥落了，为了对您表示谢意，就让野原的公司给重新涂一遍吧……”

“那怎么能行。”

“不，我是这么想的，所以东看看，西看看，可是又新又漂亮，没有该重新涂油漆的地方，怪遗憾的。”

由于隔壁人家闹火灾，侧面的墙污迹斑斑。大概被邻居院中的树遮掩得逃过了京子的视线。

倘若京子现在的丈夫来替她重新涂一遍油漆，将会怎样呢？

敬子的脸上几乎漾出快活的笑容，她认为京子是幸福的。

京子先开腔了：

“托您的福，太太，我是幸福的。”

“真是蛮好啊。”

“谢谢您。人的命运是难以捉摸的。由于岛木看上去太痛苦了，我就按照他的意思跟他分了手，结果反而幸福啦……我是不是给太太带来了不幸呢？……太太，您幸福吗？”

京子既不是奚落，也不是挖苦，却直率地这么一问，敬子就畏缩起来了：

“唔，这可怎么说呢？”

“太太要是不幸福，我就为难啦。这是由于得到太太的帮助才捡来的命，所以太太教我去死都可以。如今我就能在幸福的时刻死去啦……”

“您说什么呀？”

“我都病糊涂了，一直蒙在鼓里。我不知道自己养病的钱是太太给寄的……我还只当是岛木的钱呢。矢代的姐姐和弓子小姐都不肯告诉我嘛。要是那时候晓得了，我即使不至于咬断舌根而死，光由于难为情，病情也准会恶化的呀。”

“像这样已经过去的事儿，就别放在心上啦……”敬子也说。

“这可不是已经过去的事儿。亏得有这样过去的事儿，我才活在这儿，变得幸福了嘛。幸亏那个时期没有死。只要让我活着，像我这样的人也还会交上好运，我深深地感到吃惊呢。像太太这样的人，大概就没有过巴不得死掉的时候……金钱也罢，幸运也罢，也许是人们轮流享受的吧。刚才我把自己是幸福的以及有个四岁女孩儿的事，统统告诉了弓子。我向她道了歉。她忘记了自己没得到照顾的事，居然说，请你好好照顾这次的孩子。这就像是从前的一出戏里孩子的道白似的。弓子小姐也不知道什么时候长成能说这样话的大人啦。”

京子又扑簌簌地掉下泪来。

“以前我曾对太太稍微抱怨过，说是把人家的孩子也抢了去。我对不起您。我拜托了弓子小姐，要她孝敬太太，好赎赎我们以前的罪过。”

敬子想，“我们”是不是也包括岛木呢？然而京子看来不曾听说关于岛木近况的风声。

纵令京子是被硬逼着离的婚，而且如今又已再婚，但倘若她晓得了岛木正以目前这种方式生活着，在敬子面前她好像会为此而耿耿于怀似的。

弓子在朱漆盘子里摆上黑羊羹和茶，端了来。只有两份。

“这里的……不是这里，而是目白那个家，茶真好喝，我还没忘呢。

是新茶来着。添了好几杯。是去年这个时期吧。这也是新茶吗？……”京子马上把茶凑到嘴边。

“不，今年的还不是新茶。”

“这茶可并不特别香。因为去年那阵子净喝医院里的茶啦……什么都是这样儿。”

“是啊。”敬子也朝京子笑了笑，并回过头去看弓子，“把你那份也拿来吧。”

弓子仿佛困窘般地说：

“不想喝。”就悄悄地走出去了。

弓子的心境有点难以理解。她好像不论对京子，还是对敬子，都不知为了什么事而觉得厌烦，一肚子气似的。

难道是年轻姑娘的洁癖吗？

父亲的两个女人，弓子的两个母亲，对父亲的不幸都漠不关心，还沾沾自喜地闲聊着。弓子之所以这样，是不是出于难以表达的不满呢？

“弓子小姐在为什么事生气呢？她的情绪不好啊。”京子说。

“没什么，多半是由于这是想不到的事，她觉得为难，不知道脸上露出什么样的神色才好。”

“啊，准是这么回事……就拿我来说，要是两个母亲排在一起，也会弄得不愉快的。”

敬子边笑边喊：

“弓儿，弓儿。”

“不必为了对我尽情分而喊她吧……”

弓子没有露面。

“雨也暂时停了，您带着弓儿到哪儿去逛逛怎么样？”敬子说。

“让我跟她做最后的告别吗？”京子说了句使敬子震惊的话，“算了吧。我住的地方和弓子小姐的生活，是完全不同的世界，连共同语言都没有。弓子小姐是太太的孩子，我呢，我就做现在这个女儿的母亲吧。不过，现在这个孩子也不知道会长成什么样的姑娘。准不能成为弓子小姐这样的美人儿。”

“这孩子的妈妈是不是去世了呢？”

“哪里的话。野原和我，身世相同。野原说，生离比死别要好，因为没什么可怀恋的。是真的吗？”

“也许是这样。对已死的人，大概就会忘记不好的地方，光是亲切地想起种种好处吧。”

“即使想见面也不能一下子就跑去见一面，就更……就是自个儿死了，谁晓得在来世见得着见不着呢。要是活着的话，就是生离了，也还能再见着。就像我和弓子小姐这样。而且，假若为早先的事生起气来，也还能跑去抱怨一通……可是，我并不愿意野原到原来的太太那儿去重新争吵一场。正因为这样，岛木才没有来探望我吧。”

“……”

“现在这个孩子才四岁，是野原的独生女，生得够迟的了吧。原先的太太，经年累月地等着病人康复，好容易有了孩子，这对夫妻却分了手。人的身世真是难以预料啊。就拿我来说吧，尽管自己有孩子，却去抚养旁人的孩子，还说是幸福的……”

“……”

“哥哥和姐姐，不在家吗？”

“今天出门去啦。”敬子这么回答的时候，心里的滋味不好受。

“我在常年生病的期间好像返老还童啦。野原也说，我简直像是个小妞儿，不论在谁跟前我都觉得自己比对方的年龄小。”

“女人就是这样才好，值得羡慕啊。”

“用不着说假话，太太……没有必要安慰我。因为我已经幸福啦……”京子又四下里打量着这间屋子，“弓子小姐在这里又什么都不缺……我但愿岛木也是幸福的。他为什么老是躲藏着呢？”

敬子忽然感到难为情了，就把脸掉向窗子那边。

“她什么都知道。”敬子理会到这一点。

京子恐怕认为，她是由于敬子才被迫和岛木分手的，但岛木几乎在与京子分手的同时就从敬子面前也消失了踪影。

“让你也尝尝滋味。”纵使京子这么笑话敬子，她也徒唤奈何。

然而，岛木之所以和京子离婚，好像并不是为了和敬子结婚。事后联系起来一想，这大概是准备隐遁起来而清理的身边事务中的一桩。

“她是不是跟岛木见过面后，来探探家里情况的呢？……”

敬子猜疑着。

正如京子所说的那样，倘若岛木“活着的话”，京子也就“还能再见着”。

俊三失踪后，峰子一直执着地爱着他，曾两次找到了他的下落。敬子一见到峰子，就总觉得害怕。

京子呢，如今已消停下来，好像在巴望俊三能获得幸福。敬子在她面前也感到羞愧。

“我是首先要负责任的人。”敬子摆脱不了这个念头。

再也没有比俊三还活着这一消息更给敬子造成威胁的了。

昭男就是因此离开她的，可她连一句强硬的怨言都说不出来。因为此事无疑地也使昭男增加了罪咎感。

尽管如今已和昭男分手，可能会跟俊三见面的事仍使她心有余悸。

敬子曾一味地如此翘盼俊三能安然无恙地回来，并到处寻找过他，但如今对当时的自己也抱起怀疑态度来。

然而，她曾认为只要俊三回来了：

“新的生活就开始了。”这种想法并不虚假。

当时她曾感到寂寥，心中没底，这也不虚假。

但是刚才京子曾坦率地说了句：

“太太，用不着说假话。”却使敬子产生了很深的感触。她这一生中，恐怕一有什么事就会想起这句话来。

由于敬子不吭声了，京子就怯生生地问：

“有什么事惹您不高兴了吗？……”

“没什么。”敬子回过神儿来，“弓儿也不知道在做什么呢？”

弓子被叫上来了。但京子问这问那，跟她搭话，她只是简短地回答而已，就像是待在陌生人面前的一个小学生似的。

“弓子小姐，我告辞了。你结婚的时候，可告诉我一声啊。”京子说。

“我可不愿意。”

听起来，姑娘既像是害臊，又像是不愿意告诉。

“还没有提亲吗？”

“没有。”

“是吗？弓子小姐，经过热烈的恋爱再结婚吧。你爹那样的人可不行。不过，起初蛮好。生你那阵子……准是我的病拖得太长，就糟啦。”

“……”

“哎呀，对啦。这家的哥哥怎么样呢？”

弓子好像吓得脸都白了似的，低下头去。

“这两位不是刚好般配吗？”京子对敬子使用的是像个媒人一般的恭敬口吻，接着又转过身来对弓子说，“你喜欢哥哥吧？当然，在这么好的妈妈这儿一块儿长大的嘛。彼此都摸准了脾气……青梅竹马是蛮好的，可又超过了这个……已经订婚了吗？”

“没有。这是他们本人之间的问题……”敬子竭力轻松地回答。

“弓子小姐好像没有被哥哥讨厌的道理嘛……”

敬子想，难道京子也是来对这档事摸底的吗？

“哥哥叫什么名字呀？”京子问弓子。

“你最好别离开这个家，弓子小姐。”京子继续说下去，“嫁到陌生的地方去，是可怕的冒险哩。对吧，太太？……”

“唉。不过，您可不要说什么束缚这个孩子的话……”

“不论怎么样，人都是要受束缚的。我年轻的时候，始终受到疾病的束缚。只要想到被疾病和罪恶束缚的事，被野原和继女束缚着，简直不知道有多么幸福呢。正因为被束缚着，我才能够什么都随心所欲地去做呢。弓子小姐也得被太太束缚着才成。”

“这样的话，不是就不能热烈地谈恋爱了吗？……”

“哥哥和弓子小姐成为七老八十的夫妻，就能够回忆从七八岁时起一道长大的往事了，再也没有比这更热烈的感情啦。”

“可不是嘛。”敬子也被她的话打动了。

“再婚什么的，还得在日常生活中避免谈到往事哩。”京子说着，又热泪盈眶了，“要是不到旁人家去，还可以向这里的妈妈报答恩情呢。”

“您可别把弓儿吓坏了。”

“哎呀，我差点儿忘了说，弓子小姐，你和这里的妈妈一道到热海来玩吧。野原和孩子看见了漂亮的姐姐，都准会高兴的。”

敬子和弓子到京子再婚的那一家去拜访，是莫名其妙的事，京子竟天真地这么想着吗？

而且，这和京子所说要跟弓子做“最后的告别”也自相矛盾，敬子放心不下。今后她也还打算和弓子来往吗？

话虽如此，要是弓子肯和清结缡，敬子和京子就分别成了婆婆和岳母，来往起来也就自然而轻松了。

“弓子小姐，再见。我连你的尿布都没能换一块，也没为你洗过澡，你不把我看作妈妈也可以。请不要为我担心……”京子这话又给敬子来了个出其不意。

京子告辞的时候，雨变得像雾似的，傍晚的气温骤然降得冷飕飕的。

“弓儿，你送一段路吧。”尽管敬子这么说了，弓子仅仅从敬子肩后目送了京子。

京子在橱窗前撑开蓝伞，摆出跟刚才一样的姿势定睛望着宝石。

接着，就像表示告别似的，将伞轻轻地上上下下摆弄了两三次。

敬子从店堂里点头致意。

“说是你娘就像那样在店前来回走了三五趟……”虽然敬子这么说，弓子却一声不响地绷着脸。

由于见到了京子而感到的尴尬，直到京子本人已经回去了，还残留在弓子心里。

敬子对她采取不即不离的态度。弓子拿起正做了半截的手工艺，一直闷声不响。

吃晚饭的时候，敬子试着说了一句：

“你娘看上去蛮幸福的，多好啊。”

“弓子结婚的时候，可别告诉她。”

“告诉一声不是也好吗？”

“我不愿意。”

“想不到弓儿的脾气还真别扭。那样的话，就对不起你娘哩。”

敬子想着，弓子是不是由于没在母亲身边长大而内心里有着不满和不幸，所以才跟京子闹别扭的呢？

“妈妈。”弓子喊道，“我娘真的幸福吗？……”

被她这么郑重其事地一问，敬子强烈地感到窘迫起来：

“看上去蛮幸福的。她是幸福的。自己认为幸福的人，就幸福。”

“幸福这玩意儿，多没意思啊。”

“不见得没意思吧。弓儿认为娘不幸福吗？”

弓子没有回答。

“有一种人在旁人眼里是幸福的，自己却不这么认为；另一种人在旁人眼里并不幸福，自己却认为是幸福的。在大家眼里是幸福的，而自己也这么认为的人，大概很少吧。”

“跟一个有孩子的人再婚，也能幸福吗？……”这么问的弓子，不愧是个女孩儿家。

“这个嘛，什么地方大概都能找到幸福吧。”

然而，京子在再婚的家里过得幸福，莫非也可以看作是弓子失去了亲娘呢？

同时，是不是意味着俊三失掉了一个归宿呢？

敬子的家，峰子的家，京子的家，这三个女人当中，俊三是否还是回到京子所在之处才舒心呢？尽管离了婚，京子毕竟是那样一种性格的女人。

“妈妈，我娘去的那一家有个孩子，还是好吧？”

“是啊。”

敬子推测不出弓子说这话是什么意思，难道她不知不觉地在嫉妒着那个孩子吗？

“有孩子更热闹一些。”

“弓儿要不要到娘那儿去一趟呢？”

“不。”弓子使劲摇了摇头。

关于京子所留下的清和弓子结婚这个最现实、最重要的问题，不论敬子还是弓子都只字不想提。

吃罢晚饭，消停下来后，弓子叫了一声“妈妈”，就含着眼泪瞧着敬子：

“一见到娘，我就一下子想起了平素忘掉的种种事：在澡堂里爹给我洗头发啦，他把我抱在膝上，为我剪指甲的事儿啦，还有在目白的家里那些快乐的年月，一股脑儿都……我觉得，只有爹太可怜啦。”

敬子被弓子那双饱含着申诉的眼睛盯视后，内心里就由于愧疚而着起慌来。把俊三丢下没管一事，使她产生了窘迫感。

“我得好歹替他想想办法才是……”

据峰子说，俊三待在拾破烂儿者聚居的街上。然而敬子迟迟疑疑地不敢只身去寻访，就这样一天天地拖延下去。

“弓儿，咱们有一阵子没谈起爹啦。”敬子说。

“我到清那儿去一趟。”敬子对川村和弓子说。

弓子低下头去。

她感到，敬子恐怕是想告诉清，四五天以前弓子她娘京子来过，还曾劝弓子跟清结婚。

“跟哥哥谈这件事，好把他带回来呗。”

其实，敬子是想再一次凭借灵媒的作用跟岛木交谈。

去年和友人一道去过的灵媒师的家位于吉祥寺，她觉得能在归途绕到清那儿去一下。

她在井之头下了电车。今天天空尽管是明亮的，却依然淅淅沥沥下着雨。

小径夹在缠着白粉藤的灌木和有着水洼子、芦苇丛生的沼泽地之间，连行人都没有。

敬子在悄悄地打在伞上的雨的伴送下，踽踽独行，觉得自己既窝囊又稚气。

去年邀敬子同往的朋友，是个毕业于音乐学校的时髦夫人，敬子感到既可笑，又吃惊，可是今天她竟背着那个人悄悄地前往。

“干脆光到清那儿去，怎么样呢……”

上一次敬子自始至终和友人边聊边走，所以她连在哪儿拐弯都不大记得。

她只知道是“灵媒师”，连那一家姓什么都不晓得。

她瞎蒙着爬上小坡，往左一拐，是一条幽静的住宅街。她觉得眼熟。

“当时这一带正开着夏菊。”

来到了灵媒师的住宅跟前。

挂着一块写着“本城藤”字样的名牌。

格子门被揩拭得几乎连木纹都露出来了。敬子略一踌躇才拉开门，只见水磨石水泥地上，整整齐齐地排列着两三双鞋。

那些前来算卦、祈求灵感的人，默默地上去，在正门旁的套间里等着轮到自己。

那里有个先来的中年男子，在翻看电影杂志。

不久，敬子被领进了灵媒师的屋子，她闻见了香料的气味。

灵媒师背对供奉着什么的祭坛，端坐在那里。

她跟前那张桌上摆着占卜用具、筮签、线装书、笔盒什么的。

算命占卜，婚姻、方位、失物等，每一次二百元。

“我祈求灵感。”敬子这么一说，就预交了五百元，然后被领到另一间屋子去了。

在那儿，一个穿和服着裙裤的男人以医生问病历的态度提出了各种问题，例如：

——你的姓名和年龄……

——灵媒师做替身的那位的姓名和出生的年月日……

——大约什么时候失踪的……

——身体特别多病吗……

弄得敬子的胳肢窝下差点儿淌下冷汗。

“灵魂移到灵媒师身上后，她就疲倦得厉害，所以请你在短暂的时间内，连续不断地问她你想知道的事吧。”

“唉。”

跟上次比起来，情况大不相同了。

“可以录下音来，事后再听一遍你和灵魂的问答。”

敬子吃了一惊。

“如果你有这个愿望，就请交费用二百元。”

“不必了，一遍就够啦。”敬子露出不愿意的神色。

着裙裤的男人也许把这看成是对灵媒师的不信任，就说道：

“灵媒师有各种神奇的本领。夜里睡下后，就浑身冰冷得像死人一样。”

“是白天累的吗？……”

“哪里的话。入睡后就到灵界去留学，跟形形色色的灵魂交游。卧在那儿的身躯，好像是灵魂出了壳儿，变得冰凉。”

“……”

“请你问答得高明一些。关键在于你怎么问，灵魂什么都肯说。行了吧。那么，就请到灵间去……”于是，敬子又被领到另一间屋子去。

这间屋里什么摆设也没有。只有个供灵媒师坐的棉坐垫。

她等了一会儿。

着白衣的灵媒师由那个男人牵着手来了。

“你来啦。老是下雨。”灵媒师用非常女人气的嗓音寒暄了一句一般的客套话，稳静地坐在当中间儿，“这种三月和四月相互掉换了一般的反常天气，是受了核武器试验的影响。”

跟磁带录音机一样，这也是时髦的说法。

灵媒师闭上眼睛，簌簌地搓着念珠，不时地发出喀啦一声。

她反复这么做着做着，“呜”地大喊一声，丢下念珠，咕咚一下侧身倒下去。

裹着白衣的四肢僵硬得像根棍棒。

喘着粗气，腹部凸起来，看着令人毛骨悚然。

“喏，灵魂下降了，您随便问吧。”

男助手催着敬子。

敬子不是头一次来，她忍俊不禁。

她把视线从灵媒师身上移开，支支吾吾地说：

“是哪一位呀？”

按说她请的是俊三的生灵，用不着问什么“哪一位”。

“请大声说吧。”男助手说，并替敬子问道，“府上的人为您担心，到这儿来啦。您不打算回家去吗？”

“家是什么？……府上是什么？……”

灵媒师的嗓音变得怪里怪气的，仿佛是用口技让偶人说着话儿似的。

“家是……”敬子的喉咙哽住了。

家是什么？

“喏，喏，别净想了……”

被那个男子这么一催，她就问道：

“现在你在哪儿呢？”

“这我可不能说，没有一定的住处……注意，如果认为人是待在家里或府上，就大错特错了。”

“不过，你总得待在一个地方吧？”

“是得待在哪儿。只要这肉身一天还在……啊，为难呀。”

“什么事使你为难？你现在最大的希望是什么？”

男子边看表，边低声对敬子说：

“就照这个样子，接连问下去吧。”

“希望是什么？”生灵反过来提出这个难以回答的问题。

过了半晌，说了几句听不懂的话：“我希望失掉一切希望。希望好比是刀上长的锈。磨啊，磨啊，还是长锈，就丢开别去管它了。”

“我想见见面，好好谈一谈……”

“啊，不久就能见着了。会见得着的。”

“什么时候呢？”

“打定了主意的时候。人要是打定主意做什么，好可怕哩，好可怕哩。”

“身体硬朗吗？”

“就是这个样儿。”

尽管这么说，敬子却瞧不见。

敬子还想问点什么，可因为那个男子待在那儿，她犹犹豫豫的。

她也不便把弓子的名字说出口，更不能畅诉衷情。

“有没有惦念的人？”敬子这么一问，灵媒师一骨碌翻身爬了起来，睁开了眼睛，目光呆滞。

灵媒师浑身开始颤抖。

她从心灵深处喘了口气，然后剧烈地气喘吁吁，手抓虚空。

“喂，谁呀，躲开……啊，我消失啦。无影无踪啦。我不在啦。呜，说不在就不在嘛……”

敬子有点害怕起来，回头看看那个男人。

“旁的灵魂出来了，在捣乱呢。”

“旁的灵魂指的是？……”

“灵魂的世界里，那些巴不得被召唤的灵魂你推我搡的。仔细一想，咱们心里不是也混杂着形形色色有因缘的人们的灵魂，忽而浮现到脑际，忽而沉入内心深处吗？跟这是一码事。”

“啊？……”

“灵魂喜欢恶作剧，嫉妒得厉害。召唤一具灵魂的时候，旁的灵魂来捣乱，是常有的事。现在来捣乱的是附在你身上的一具年轻灵魂。”

“是谁呀？”

“在场者是不知道的。”

“……”

“快点儿问问吧。”

“昭男先生吗？……”尽管敬子并没说出声来，倘若那是灵魂的话，该是听得见的吧。

灵媒师双手捂住脸，吧嗒一声突然伏下去了。

敬子想把她推醒，打听那个年轻灵魂的名字，说说话。

然而，灵媒术好像已结束了。

“灵媒师累得厉害，就那样歇一会儿，就请您离开吧。”着裙裤的男人说。

时间好像拖得蛮长，其实仅仅是两三分钟的事。

院中被雨淋湿了的一片翠绿，好像使敬子从梦里苏醒过来了似的。

“上次来的时候，我曾把岛木说成是亡灵。”敬子想笑，却又回顾道，据说出现的是俊三的灵魂时，自己还比较冷静，然而当昭男的生灵仿佛出现时，她却差点儿失去理性。

# 在银座

朝子每天有几次情绪变得忧郁低沉，像是鬼魂附体似的。

“日子过得快一点儿就好啦……”

看日历成了朝子的一个虽极平常却意味深长的习惯。

只要待在家里，她就边抽烟说话，边把目光转向日历。

朝子坐立不安。沉不住气。

她想把自己这个女人身份埋藏在女演员的工作里，然而她并不是接连不断地总被派上角色。

尽管订了演电影的合同，但她不是明星，这又不同于广播电台和新剧团。在一个庞大组织中，究竟什么时候才轮到自己呢，简直摸不着头脑。

电台和电视的工作，她谢绝了一个时期，就再也没有人来联系了。一想到自己在那方面“也不是什么非我莫属的女演员”，毕竟还是感到寂寞。

“趁着现在先念点书吧。”朝子起了这个念头，所以每天上午就到法文学校去学法语。

每逢星期一、三、五，就从下午起，为了练习发声法而到敬子所认识的歌手那儿去学声乐。

她还在空闲时间跟剧团的伙伴碰头，喝喝茶，看看轰动一时的电影，看上去忙忙碌碌的。

要是不这样的话，她就会被各种不安所缠住了。

幸而敬子的店铺眼下一帆风顺。朝子也就用不着为生计而操心了。

况且那天晚上敬子出乎意料地说了句：

“你就做妈妈好了，我替你抚养。”所以等到再也瞒不住人们耳目时，敬子大概总会安排她藏到什么地方去吧。她大概也不至于被孩子捆住手脚。

她考虑的不是这些实际问题，而是生怕自己在分娩时死掉。又想，要是生下来的孩子有残疾或是个白痴可怎么办！她被漫无边际的不安所吓倒。

“我得独自为这孩子负起一辈子责任。”

小山一开始就把朝子的孩子夺去了。她一方面也成心对小山倔强地意气用事：

“这次我可要生自己的孩子啦。”

朝子本人并不曾意识到自己曾对小山爱到那步田地。

朝子只是非常想生只属于她自己的孩子。

周围以及遥远未来的事，眼下她都不愿意考虑。

朝子不打算再婚。因此，倘若不把现在这个孩子生下来，她就会成为没有孩子的女人了。

这种想法跟朝子的性格好像不相符，这一矛盾和跟小山分手后又想去生小山的孩子那种矛盾是同样的。

朝子走出神田的法文学校后，由于当天和朋友没有约会，也无意径直回家去，就独自进了一爿小咖啡店。

要了一杯柠檬苏打水，正观赏桌上的含羞草时，朝子的心情又郁闷起来了。

“要是田部大夫晓得了我和小山分手后还想生娃娃，他会不会劝我做人工流产呢？……”

朝子想见见昭男，再跟他商量一下。

昭男切开了一个年轻女患者那树皮般的腹壁，割掉了长着肿瘤的一截肠子后，把肠子缝合了。

昭男的神经自始至终跟手术刀一样锐利地活动着。他从手术室精疲力竭地走了出来，却又显得蛮兴奋。一个护士通知他说：

“大夫，您做手术的时候，有一位白井女士打来过好几次电话。”

昭男一时未能完全掩饰自己神色的变化。好像是梦见了意想不到的什么人，一下子就惊醒过来似的。

自称姓“白井”而打电话来的，只能是朝子。

一个来月前，昭男曾见到过朝子。不知怎的，做人工流产之后容易怀孕。话虽如此，他觉得朝子怪可怜的，因为不出一年，她竟两次、三次由于同样的理由出现在医院里。

昭男又从朝子联想到敬子，暗中害起臊来。

“你就做妈妈好啦。不管怎样，生下来看看。这不是第三个了吗？要是再做人工流产的话，第三次就该生个不像你的娃娃啦。这一次你得生个像神仙一样的娃娃才是。”

“要是长得不像我的话，可怎么办呢？”

“对母亲来说，没有不像自己的。只有娃娃才是完全属于女人的。我们就是想生，也生不出来。”昭男边说边想起住得离他很远的母亲。

母亲的面影跟敬子的姿容重叠在一起了。

“正因为有女人做母亲，人类才不会绝种。这是你无可推托的天职，这也给你带来幸福。”

“大夫还是个单身汉呢……”

“男人即使结了婚，也不会生。男人所绝对办不到的事毫无疑问就是女人的天惠喽。”

打那以后，朝子再也没有来。

然而，不论到医院来，还是打电话，朝子都说是“小山”，不说是“白井”。

昭男像是心神不定般地伫立在那儿，护士就又重复了一遍：

“我说大夫正在做手术，她就说，回头再打。”

“是吗？”

昭男点燃了纸烟，就在电话下面那把门诊用的长椅上坐了下来。

两名护士轻轻地推着坐有患者的车子，从昭男前面走过。

桌上那部黑电话响了。

昭男仿佛在等待着似的拿起了听筒。

“喂，喂，是柿木医院的外科吗？”

倘若想认为那是敬子的话，倒也像是敬子。

“田部大夫还没有空吗？”

那装作一本正经的嗓音几乎使昭男笑了起来：

“我就是田部啊。”

“是大夫吗？我是朝子。”

昭男在松了口气的同时，又感到茫然若失。

“对不起，我能请大夫到银座去吗？”

“不能马上去。我还得陪着刚给做过手术的患者呢。”

“傍晚呢？……六点半或七点左右？……”朝子还是老样子，一个劲儿地追问。

“你不能到这儿来吗？”

“我可不喜欢医院。”

朝子这话使昭男几乎忍不住笑出来：

“你倒是用不着喜欢医院。”

“即使有你这位大夫，我对医院也喜欢不起来。”

“……”

“这是想请你跟我一道边吃着饭边谈谈的事。”

“小山先生会申斥你的。”

“我跟小山已经分手啦。”

“你说什么？……”

昭男反问了一声。

朝子对昭男的惊愕毫不在意：

“我在新桥那家千疋屋等着你。”

“啊？我也许会迟到的。”

“不要紧。我会适当地消磨时间，等着你。”

昭男还没来得及明确地答复一声，电话就挂断了。

说什么“边吃着饭边谈谈”，这可不像是朝子，究竟谈什么事呢？昭男嘀咕起来了。

无非是朝子本人或弓子的事。但如果是为了朝子自己的事的话，即便这是她所“不喜欢”的医院，她似乎也还是会来的。

“这么说来……”

昭男一想到也许是弓子的事，心里就发慌，甚至怕跟朝子见面了。

昭男近来恢复了几分宁静，以致虽然离开了敬子，却也还能亲切地怀念她。

前些日子，他甚至独自到敬子原先所住的那座被风传说是美人公馆或玫瑰公馆的房子左近去转了转。

然而昭男和敬子分手后，就完全没接触过女人。他有点依恋敬子，所以变得有了洁癖。

因此，昭男有时像是气愤，有时又像是发狂般地恋慕起敬子来。

敬子原先那个家，以及曾经接待过敬子的公寓，都不仅仅是值得回忆的房屋，却还缠绕着对敬子肌肤的怀念。

究竟到什么时候才会有兴致去接触别的女人呢？连昭男自己都不知道。

昭男的哥哥田部心地单纯。自从发生歌舞伎座那桩事以来，就认定由于弓子躲避着昭男，他可以说是失恋了。

田部觉得都怪敬子插了进来，所以他对敬子仿佛也不像先前那样有好感了。

劝昭男出国的就是这位哥哥。

昭男给年长的女人拖累得心情好像挺郁闷的。劝他出国是为了让他彻底地重新振作起来。然而这位哥哥凭着饱经风霜后取得成功的人的自信，对弓子还没完全死心。

“要是把昭男打发到远处去了，敬子大嫂的头脑也会冷静下来吧，说不定她会主动提出让弓子和昭男先生……”田部至今还没有放弃这样的想法。

对田部来说，弓子真是个如此可心的人儿。

同时，朝子大概也认为昭男是个可心的人儿，这才想要让弓子嫁给他吧。

昭男觉得朝子那番好意又宛若使旧伤疤作痛的麻丝丝的感觉似的。

昭男给做过手术的那个患者，仍未从麻药的催眠中完全醒过来，还在昏昏沉沉地睡着。

手术后给她注射了生理盐水、青霉素和维生素等。经过这些治疗，她的体温和脉搏都没什么可担心的了。

剩下的只要托付一下值班大夫就成了。

“田部大夫，您吃晚饭吗？”护士这么说着走进来的时候，昭男已脱下消毒衣，正换上西服。

朝子给昭男打完电话后，简直不晓得该怎样消磨跟他在银座见面之前的这段时间才好。

当你闷闷不乐的时候，银座就是一条要么使你恼火要么显得虚伪的街。

不论是沿街的那排树的嫩绿，还是橱窗里灯火辉煌的傍晚，都无法使人精神抖擞。

好打扮的朝子到头来只得走进一家叫作“茉莉花”的熟悉的西服缝纫店。

“茉莉花”的老板娘劝她买肉色的雪克斯金细呢，她却说：

“活像是刚生下来的小猪的颜色。”

至于丝绒那蓝黑相间的条纹，她说是：

“像是海鱼，我不喜欢。”

“今天您的心情不好。心情不好的时候，会觉得白颜色更中意吧。”老板一面说，一面把进口的灰色针织筒形布和平纹薄毛呢那样的白料子摊开来给朝子看。

两样都是每码三四千元的高价品。

朝子不过是漫不经心地走进店里的，可她动起这么个念头：何不用这料子做件式样宽大的衣服穿上试试。

熟悉的服装设计师花言巧语这样那样地劝着，为了摆脱她，朝子给家里打了电话。

她想跟弓子看场电影，以消磨跟昭男见面之前的这段时间。

“妈妈不在家，我正在站柜台呢。”弓子这么一回绝，朝子就被“站柜台”这个字眼触怒了，她故意激将道：

“那有什么关系。看上一场电影，赶快回去不就结啦……来吧。马上就来呀。半个钟头之内你务必来到。我在银座的‘茉莉花’呢。是‘茉莉花’。我等着呢。”

这也是单方面的要求，朝子没等弓子回答，就挂上了电话。

然而，朝子也晓得自己不断地想忘掉什么，尽管心情焦躁，她还是重新坐在柔软的沙发上了。

她正抚摸那被整个儿摊开在膝前桌子上的白料子的时候，用不着打开时装样本，她的脑际就已浮现出适合于这料子的时兴的衣服款式了。

式样简单的短袖，领口开得低低的大领子，圆形的裙子像花儿一样蓬开来。这样的话，就得大量使用价格昂贵的料子。

“也许得用六码左右呢。”

但是朝子抵不住诱惑，定做了一件连工带料将近三万元的衣裳。

当然，只好让敬子来付款了。

朝子找了这么个借口：跟小山分手后，多少想得到点安慰；去演电影，也得让敬子祝贺一下呀。

再也没有比白衣裳更华丽的了。

朝子想象着自己怎样拖曳着蓬起的白裙，因而举止动作也就显得更有信心的那个身影。

“我嘛，今后更要在众目睽睽之下活下去啦。”

做好这件衣裳，下次见电影制片人的时候一定也会有用的。

“慎重起见，请您……”

由于这是高级料子，服装设计师想重新量一下尺寸吧？

朝子挺直身板站了起来。

“您戴着垫胸吗？”

“说什么呢?！”

“对不起。因为您的胸变得这么丰满了，我不由得问了句失礼的话……简直给缝纫师丢脸啊。”服装设计师边说边把卷尺放在朝子的胸前。

她并没有用卷尺绕过朝子的胸脯，而是麻麻利利地就量完了，不过朝子觉得自己的乳房随着卷尺的触碰像是忽然胀起来了似的。说不定不是由于卷尺的关系，而是服装设计师的话对乳房产生了影响。

朝子的脸蛋儿发起热来。

这恐怕不是由于怀孕的关系。胎儿还没有在朝子的体内待得久到会使乳房发胀的地步。这是小山的爱抚造成的。

从乳房一直贯穿到脚那儿去的感觉，倏地复苏了。

卷尺碰着臀部的时候，朝子被出乎意料的羞怯弄得身子几乎缩成一团。

玻璃门上用英文横写着“茉莉花”字样。下面，弓子的眼睛天真地、像是要吸进什么似的朝店堂里窥伺着。

她身着家常穿的和服。

朝子尽管看惯了，但弓子出门难得这样打扮。虽说是家常衣服，但毕竟是珠宝店的姑娘站柜台穿的漂亮衣服，还整整齐齐地系着银色和桃红色的腰带。

弓子脸上明显地残留着急忙赶来的神情，就那样走进了店堂。

“和服？”

“半个钟头之内就赶到，我来不及换衣服呀。”

“不好走路吧？”

“今天外国人约好到店里来，说是穿和服好，所以从早晨起就这么穿着。”

“娘想让外国人瞧瞧弓儿的和服。”

“真的……”服装设计师也对弓子看得入了迷，“我也想请小姐允许我根据您现在这件新和服来设计图样。要是把这张照片摆在橱窗里，会有人进来问，是哪家的小姐。”

朝子伶牙俐齿地对服装设计师说：

“请在一个星期之内就做好了，拜托啦。什么时候试样子呢？……”接着就跟弓子并肩走出“茉莉花”。

“电影要看多少时候？”弓子问。

“大约两个钟头。七点半以前就能回到家啦。”

“姐姐也一道回去吗？……”

“我有点事儿。”

朝子没说她要跟昭男见面。

朝子曾安排弓子和昭男在音乐会上见过面，还说过要让他两个人结合的话，但她不愿意让弓子听到今天晚上的谈话。

“听说并木座就像巴黎的电影院那么潇洒，是吗？……我这是头一次。”

“是啊。说明书总是设计得蛮别致的。”朝子回答说，“弓儿，你走得好快呀。”

弓子是敬子不在家的时候出来的，所以心里特别焦急，脚步自然就加快了。

紫红色粗条纹的高级绉绸和服挺合身，利利索索，底襟也摆动得给人以朝气蓬勃的感觉。

朝子嫉妒弓子的纯洁。

这次她想把娃娃生下来，何必再去嫉妒纯洁呢?

“我这个人太贪了，既想做处女，又想当妈妈。”朝子边望着弓子，边想了想。

去年由于扮演有身孕的斯黛拉这个角色而受到导演吉井刁难的时候，朝子曾感到，对女演员来说，身为处女不但毫无价值可言，毋宁是个障碍。但她再也不曾想到，一眨眼的工夫，当天晚上她就失掉了它。

“弓儿的纯洁也是转瞬之间的事。”朝子边这么想，边装模作样地迈着优美的步子走路。

朝子由于刚从法文学校回来，穿的是一身不引人注目的西装。

然而，还是有女人边说边回头看她：

“那个人是不是在什么地方见过的……女演员呢？”

对同性的这种反应，朝子做出一副没听见的样子，却又不禁扬扬得意起来。

看完电影走出来后，已经入夜的银座像是苏醒过来了似的。

还不到七点，昭男一定还没有来。

“一直走到新桥吧。”

朝子打算让弓子陪到临分手之前。

“弓儿，想不想喝点儿凉的？口渴啦。”当她们来到千疋屋附近时，朝子高高兴兴地说，“我要在千疋屋见的那个人，你也很熟悉。”

“哪一位？……”

“我想跟他商量一下个人生活的事，今天是硬请他来的，可是时间说不准。我估计他还没到呢。你再陪我一会儿吧。即使知道了那是谁，也别跟娘说。”

朝子故意说得挺神秘似的。

“我熟悉的人？……”

“猜猜看。你已经知道了吧？”

“不知道。”

“应该知道的。”

“不。是男人吗？……”

“是啊。”

“年轻人？”

“唔。嗯，年轻啊。”

“职业呢？……跟姐姐做同样的工作吗？剧团里的人？电影？”

“猜错了……问职业的话就不能算是猜中了。弓儿，在猜谜方面，你的头脑可够迟钝的。”朝子这么说的时候，她们两个人就走进了千疋屋。

昭男已经先到了，正等待着。

和朝子并肩，身着和服，可爱得异常显眼的弓子走过来的时候，昭男的眼光里充满了热情。他像是失去了理智一般直勾勾地凝视着。

“哎呀。你不是说要迟一些才能到吗？所以我把弓儿叫了来，看电影来着。对不起，我还只当你还没来呢。”朝子分辩道，“弓儿说要回去回去，我硬把她拖来啦。”

昭男并不相信朝子的分辩。

“又跟音乐会那次一样。”

昭男相信，朝子一开始就设了个让弓子见他的圈套，而把她诳出来的。

昭男尽管一下子就上了当，却哪里谈得上生朝子的气呢。他简直自顾不暇了。

与其说他是由于见到弓子而感到痛苦，毋宁说是有着意想不到的欢乐。火焰在他心里颤动着。

昭男原来以为，自从他那天在歌舞伎座待不下去了，到敬子那儿去“大声抗议”以来，就再也见不着弓子了。

昭男已经死了这条心，觉得尽管确实有弓子这么个姑娘，但跟自己绝对结不下良缘。她可以说是一道曾经靠近地球，随后又离远了的彗星般的光芒。

尽管生存在同一时刻，却只能在回忆中才能见到伊人。

昭男事后曾想，自己所以会那么兴奋地去“大声抗议”，是在心灵深处爱护敬子的缘故。但有时他又审视自己：是不是出于内心最深处为了弓子而感到的苦闷呢?

昭男跟敬子分手后，打发着光阴，情绪好容易快要稳定下来了，现在却又忽然见到了弓子，激动得不知所措。

昭男虽然畏首畏尾，却无法从弓子身上移开视线。

弓子也仿佛避开昭男那热辣辣的目光似的，绯红了那纯真腼腆的侧脸，低着头。

雅座里灯火辉煌。

朝子有爽快的一面，对旁人的事不太了解。但她看到这两个人只是极其偶然地相逢，就好像神魂颠倒了似的，不免暗中吃了一惊：这……可比我所想的要深多啦。

“弓儿，坐下吧。”

“请坐。”昭男缓过气儿，站了起来。

“如果你愿意，我可以给妈妈打个电话，你也一道在这儿吃饭吧。”朝子体贴入微地说。

“不，不，我回去。”

弓子像小孩儿似的边说着边坐了下来。

“不要紧，我不告诉妈妈你跟田部大夫在一起的事。”

“我回去。不回去的话，对不起妈妈。”弓子仿佛痛苦不已似的说。

“是吗？那么就光喝点儿什么吧？葡萄汁怎么样呢？……”

弓子点了点头。

“大夫呢？……”

“要咖啡吧。我也刚来。”

弓子要喝葡萄汁，使得昭男胸口憋得难受。

去年夏天，他就是在这儿和敬子两个人一道喝葡萄汁的。

他也是被打到医院去的电话叫到这家千疋屋的。他们为了搞清楚俊三是死是活，就前往东京湾轮船公司，敬子在码头上头一次偎依起他来。

葡萄汁还没端来。从雅座尽里边走出三四个男人，其中一个喊道：

“白井小姐。”

“刚巧遇上了。”那人大模大样地走到朝子身边来。朝着弓子等人也露出亲昵的微笑。

“我是坂崎。”

“这是我妹妹。”朝子只介绍了弓子。

坂崎对朝子说：

“你看到我发的快信了吗？”

“没有。今天早晨我就离开了家。”

“查不到你的电话号码……可是，在这儿能遇上，真是凑巧。”

朝子和坂崎一道暂且把座位换到后面空着的桌子跟前。

坂崎的几个同伴也往后退去。

在那里，朝子不知是被介绍给男人们呢，还是在跟他们商量事情，从弓子眼里看来煞有介事的样子。

朝子马上就到这边来了：

“真糟糕。大夫，你可别生气。他们说是正在找我呢……”

“……”

“在这里碰见了，真是巧呀。”朝子坐下来，掏出带镜小粉盒，匆匆忙忙重新化了妆。

让人觉得这不是朝子做出的姿态，而是确实发生了什么紧急的事。

“你要谈什么事呀？”

昭男也好像心神不定似的，点上纸烟，问朝子。

“这个嘛。容我慢慢儿告诉你吧。过不久我就要到医院去拜访你……”

“是吗？”

“真的对不起呀。”朝子慌慌张张地把吸管塞在嘴唇当中，“是这次让我参加演出的那部影片的导演和协助他的人们。”

弓子也好像吃了一惊，回头一看，坂崎他们正定睛望着她呢。

弓子觉得挺难为情的。

“坂崎先生他们盯着弓儿看来着。”朝子悄悄地说，“当我告诉他们这是我妹妹的时候，据说他们吃了一惊……有人说让她去演电影的话，太漂亮了些，太可爱了些。又有人说，才不是这么回事呢。反正成了引起小小议论的话题。”

一霎时，朝子在观察着昭男的反应。

弓子害臊了。

“那么……”坂崎等人仿佛是向朝子嘱咐一番似的，走出去了。

“大夫，说是今天晚上有个哪部影片的碰头会什么的……我请他们先走一步，但是我非去不可。这是第一次给我派上角色，我又不是名演员，所以不能任性。大夫，请你别不高兴……”

“啊，我没什么关系。”

“弓儿，你就替我道歉吧。”朝子说罢，拿起烟灰缸下的账单，“请原谅。”

朝子慌忙地站起来，撇下两个人，打算往外走。

弓子像是被引诱一般地跟在她后面。她对弓子说：

“不行呀，你得替我向大夫道歉才行……”

于是，她把嘴凑到弓子耳边：

“弓儿，偶然是命运。命运是偶然。”

“……”

“拜托啦。”朝子放高了嗓门。

朝子出去后，只剩下两个人，昭男的心情反而奇妙地镇静下来了。

他们两个人同时想说点什么，面面相觑，笑了起来。

“什么呀？”

“没什么，请你先说。”

尽管经弓子催促，昭男却并不清楚自己想说什么。他仿佛郑重其事地问：

“说是朝子姐跟小山先生分手啦，是真的吗？”

起初，昭男应该能不动声色地说些直接涉及弓子的温存柔和的话题，这会子却变得一本正经起来。

“是的。”弓子说着，瞧了瞧昭男。

“朝子姐是不是有点太任性了呢？”

“现在还不是她恳求着把你请来的吗？”

“不，现在她是为了工作……我要是有个需要马上动手术的患者，不论什么样的约会，都得撇开。”

“不过，我总是觉得姐姐了不起。只要是自己喜欢做的事，她都有硬干到底的劲头……妈妈也有这样的劲头。”

“妈妈……”昭男把下面的话咽回去了。敬子和朝子的差别恐怕不仅仅是在时代和年龄方面。

“我这样的，老是不行……我像别的什么人。”

“不，你也有像妈妈的地方。兴许比朝子小姐还像呢。”

“要是真的，我就高兴啦。”

“你想做的事是什么呢？”

昭男安详地等着弓子的回答。

“各种各样的。”

“谁都是这样……”

“各种各样，也不是贪多。我想找到自己的生活。从学校里毕业后，忽然觉得来日不多啦。”

“来日不多？……”昭男像是被她引逗着似的笑了，“啊，是吗？来日指的是结婚之前吗？是少女时代吧？”

“哎呀，不是的。我也不知怎的会这么觉得。”弓子虽然否认了，却没有把握。

弓子好像并不曾考虑结婚的事。可是，像她这样的姑娘们，从学校毕业后又不就业，怀着一种莫名其妙、被催促般的心情，将来是不是只有走结婚这条路呢？

“我想起来啦。”昭男的嗓音亲切而活泼起来，“以前我也听弓子小姐说过想找到自己的生活这样的话。就是你正患脚气病卧床的时候……”

“唉。大夫还说，保持我自己的本色，那才是自己的生活。我问你，我自己在哪儿呢？你说，就在这儿，坐在我面前……”

“就是这样。”

“没那么回事。”

“你没有认认真真地听。”

“我认认真真地听啦。”弓子露出一副煞有介事的神情，“那一次也是一样，我觉得好像什么都会对大夫说出去似的，好害怕啊。”

“对大夫可是什么都得说，不然的话就诊断不出来。”昭男把话题岔开了，“我是从医院直接到这儿来的，其实肚子还饿着呢。你也在这儿吃点什么好不好？”

昭男偶然想到，从弓子嘴里两次听到的“想找到自己的生活”这话，其实意味着想找到爱情，像她这样的少女因不曾意识到而换了个说法也未可知。这时弓子说：

“从学校毕业后，我原想到旁的地方去工作，可是最后还不是在妈妈这儿撒着娇吗？”

“店里挺忙吧？”

“嗯。不过，妈妈好像也并不幸福。哥哥又不在家……大夫不是连一次都没到新店来过吗？”

弓子看见昭男的脸色变了，就闭上了嘴。

只要谈到敬子和清，昭男的情绪好像显然就会不安起来。

可是弓子这方面呢，她和昭男之间除了这些人，就没有旁的话题了。

弓子就找好像会使昭男高兴的话来谈。

“听说你要到德国去，什么时候动身呀？”

“你听谁说的？”

“朝子姐。”

“虽然说不大准，但预定在夏天到来之前动身。”

“快要到夏天啦。”弓子简短地说，“是坐飞机去吗？”

“现在还不都是这样。”

“我害怕。”

“怕什么呀？”

“要是出了事故，多可怕。我……”

“船也是一样的。在东京这儿乘电车和出租汽车倒更可怕。”

弓子默默地凝视着昭男，使他感到震惊。然而他仿佛顶撞般地说：

“如果害怕出事故，不就什么都做不成了吗？”

“我害怕。这和汽车事故可不一样。”

“首先，这确实是需要狠一狠心的事。可是全世界的头面人物每天都嗡嗡地飞着。这已经不是美国总统乘船，苏联总理坐火车的时代了吧。”

“可是……”

弓子认为唯独昭男是跟旁人不同的，她在为他担心。昭男为了试探她这种感情，就用捉弄她般的口吻说：

“你既然那么害怕，我倒是想让你也一道坐坐看。”

“我要是一道坐着，就一点儿都不可怕啦。”

“啊？弓子小姐既然有这么大的勇气，我就把你带到德国去算啦。”

“哎呀。假若这里是飞机场，能够马上就这样飞到什么地方去，那么任何可怕的和会后悔的事都没有啦。”弓子说罢这惊人之语，蛮开心似的笑了。

“要是出了事故呢？……”

“不要紧的。我不在乎……可我不愿意让大夫死掉。”

“绝对不会出事故的。”

“是啊。”

弓子幻想着，要是两个人能够真的马上从空中飞到大海那一面去，那该多好哇。

然而两个人这惊人之语，也就是开玩笑的说说就算了。

“你到那边去多久呢？”

“打算去一年左右。”

“一年？……蛮长的。”弓子说。

“过了一年左右，你再回到日本来的时候，也许咱们就见不着面啦。”

“为什么呢？……”

“你说为什么呢？就拿今天来说吧，要不是偶然见到了，直到你动身为止，也不会有见面的机会吧？”

“今天是偶然吗？”

“对我来说是偶然的。姐姐也许跟你事先约好了……是大夫偶然来早了。”

“原来是这样。”

昭男也直率地相信了弓子的话：这次见面不是朝子有意策划的。

于是他觉得自己周围的空气明晃晃地摇曳起来。

“姐姐从这里出去的时候说过：偶然是命运，命运是偶然。我一直在想，会不会在什么地方偶然碰见大夫呢？所以也许她说的话是真的。”

弓子又口出惊人之语。

弓子说这样的话本身莫非就是个“事故”吗？昭男抑制着处于险境中的自己。

他又认为，只有抑制住自己才能把弓子从“事故”中解救出来。

不，莫非迷恋上敬子才是“事故”吗？莫非那第一桩“事故”引起了不能接近弓子这第二桩“事故”吗？

这第二桩“事故”难道竟造成了自己终生的缺陷吗？难道他是为了医治两桩“事故”所留下的创伤才出国吗？

“第二桩‘事故’还能够预防。现在正是机会。”昭男边想边用坚定的目光瞧着弓子。

“一年后的事，谁都料不到。”弓子像是申诉般地说，“光是这一年就发生了各种各样的事儿。姐姐呢，刚一结婚，就离了婚……”

弓子只提到朝子，却把父亲和敬子的事略去了。

昭男没有回答。涉及弓子家族的事情，一不小心就会触到自己的痛处。碰着自己的创伤倒还没什么，这指不定会多么伤害弓子的感情呢。

“这一年……”昭男也不禁勾起了对往事的回忆，奇怪的是，弓子的事栩栩如生。

弓子送给他的康乃馨的颜色比敬子那白皙身子更清晰地浮现到他眼前。那小小的花束是在朝子的婚礼上新娘子插在腰间的。

这大概不光是因为昭男屡次三番地对敬子的身子已熟悉了，而康乃馨事后不久就枯萎了。而且，恐怕也不仅仅是因为弓子现在面对着他。

然而昭男认为跟敬子分手后再去接近弓子，那对敬子来说就“未免太残酷了”。他被束缚住了。

昭男觉得，偶然得以相逢而正待在他眼前的弓子，也在鞭挞着他。

然而，倘若他告诉弓子，由于弓子她爹他曾不期而然地跟敬子结合，又由于弓子她爹而跟敬子分了手，那么弓子指不定会多么惊愕呢。

弓子无从知道昭男好比是被她爹失踪、给人以死掉的假象一事捉弄了似的。

“今后的一年？……”

昭男一想到弓子到头来会跟清订婚，就觉得一切都是空虚的，他无能为力。

昭男恨不得说，他可以缩短出国期限，他即使不到外国去也行，却问道：

“弓子小姐说过了一年我再回来，就见不着面了，是不是指你会结了婚呢？”

“讨厌，什么结婚……我指的是大夫你这方面呀。”弓子惊慌地说。

“我这方面？”

弓子腼腆地点了头。

他们吃了一顿简单的饭，正喝着红茶。

“今天晚上可以吗？”

“唉。”

“我问你可以吗，指的是能不能再跟我一道待一会儿……不过是想在街上溜达着送你一程罢了。”

“我打个电话，要是妈妈还没回来的话……”

昭男又撞上了敬子这堵墙。

昭男在柜台上付款的时候，弓子站在他旁边拿起了红色听筒。

倘若是敬子来接电话，听见了他的嗓音可怎么办？昭男吓得急急忙忙收下找给他的零钱就走开了。

要是敬子在家的话，难道弓子就要径直奔回去吗？

弓子曾对昭男说过“惊人之语”，这会却好像完全换了个人似的。

“妈妈还没回来，说是没有什么特别的事情……”弓子靠近了昭男，“不过，听说哥哥打来了三四次电话。也许是找我有急事儿吧，刚刚又打来了一次……”

“……”

“文姐问我什么时候回去，我告诉她，不会太晚，九点以前……”

“九点？”

昭男像是条件反射般地瞅了一眼手表。

连一个钟头都不到了。

他们漫无目的地走去，昭男无意中朝行人少的方向拐了弯儿。

随后跨过那架搭在阴冷黑暗的沟渠上的木桥，沿着大厦底下的甬道走到内幸町。

接着，穿过宽阔的车道，朝日比谷公园那边踱去。

“闻见了公园的气味。”

“是呀，嫩叶的气味。”

“也有花儿吧？”

“也有花香吗？”昭男傻呵呵地反问道。

沿着公园有一家花店。在这幽静的林荫路上，只有这一爿店铺。公园里还有花园。那里，就连夜间灯光也很亮。周围安置了长凳，坐着情侣们。眼下当然有花儿吧。

然而，从离道路蛮远的花园和打烊后的花店里不一定会飘过气味来。也许弓子仅仅是感觉到了花香般的东西。

两个人朝着皇宫的护城河那边走去。

有人赶到他们头里，随后再回过头来瞧弓子那穿着和服的可爱身影。

他们和几对幽会者擦身而过。女人紧紧挽住男人的胳膊，安详地走过来。

昭男和弓子也是以幽会的形式走着的，可是昭男既不能拉住弓子的手，又不能搂着她的肩或咬耳朵说情话。

昭男只能感受到弓子默默地跟着他走。

弓子偶然回过头去说：

“哎呀，那地方有一轮大月亮……是满月哩。”

昭男也瞧见了公园的树木间那轮大月亮，但就月亮来说，它太大，太低了。

“是公会堂的钟呀。”

弓子发出爽朗笑声。

昭男也笑起来，快乐地说：

“你说那是月亮吗？”

“我发呆来着。”

“今后我只要经过这里，就会想起弓子小姐的月亮。它不移动，每天晚上都出现在同一个地方，多便当啊。”

“大夫到德国去了，就不会从这儿经过啦。”

“那边也有很多这样的钟楼吧。”

昭男这么说罢，又瞧了瞧公会堂的钟。嫩叶丛中那个有照明的字盘，有点儿像月亮。

“公会堂这里我也不知道来过多少遍，可这是头一次瞧见钟月亮。”

“朝子小姐送给我票，到音乐会去的时候也没注意到它。”昭男回顾般地说，“那阵子弓子从家里出走了，可是让我转告妈妈说：‘我是妈妈的。’这一次，我想请你转告妈妈一声。”

“转告什么？……”

“唔……不，只替我捎个好……在我动身到德国之后就行。”

“你会通知我动身的日子吧？”

“不会通知。”

“为什么？”

“因为我是罪人。罪人被送走的日子，就用不着通知了吧。”

“别这么说。你不是罪人。怎么能说大夫是罪人呢？……你做了什么？”弓子说着说着，吓得呆立不动了，“大夫不是罪人。有什么罪呀？”

“不正因为是罪人，才和你分手，而到外国去的吗？”

“……”

“弓子小姐，请你好好儿照顾妈妈。”

他们靠近了日比谷的十字路口。也许是交通指挥灯改变了颜色。车群从两个人的眼睛对面流过去。

“我回去啦。”弓子忽然说。

“一直送到你家附近吧。”

“不，不，这儿就行啦。在钟月亮的这条路上告别才好。不要回头，照直走到那一边去吧。”

“我吗？”

“嗯。”

弓子伸出手来。

小小的指尖是冰凉的，颤动着。

“大夫，再见。”

昭男一撒开手，弓子就小跑而去。

她叫住一辆出租车，像逃走般地钻了进去。她那背影以及从和服下摆裸露出来的白皙腿肚子却留在了昭男的眼帘里。

## 病倒在街头的人

对敬子来说，那也是多事的一天。

不久以前，小山的哥哥来信说，想跟她见一面。

目前，朝子好像完全没有回到小山身边去的意思，所以敬子巴不得把跟小山的哥哥见面的事尽量往后推。然而作为母亲，这又是姑且应该尽到的礼数。

“您也得给我留点面子呀。”朝子说。

“娃娃的事我也得跟他说说吧？”

“不行，不行。对我来说这是个屈辱。这跟他哥哥有什么关系？还不知道生不生呢……要是生的话，也是我生。”

“假定生了的话，为了让对方承认这是小山先生的孩子，要不是趁着现在就跟他哥哥打声招呼，事后也许会不好办呢。”

“这话可不对头。让小山承认？”

“光有母亲，不是不能生孩子吗？”

“世上不是有许多光有母亲的孩子吗？我也等于是光有娘的孩子。”

“你这是什么话？”

“我已经好久没听您谈起亡父的事啦。”

敬子被堵得不知所措。

女儿这话说得多么厉害啊。然而，这是实话。敬子好像冷不防被反戈一击似的，哑口无言。

“要是跟小山的哥哥说了，就给小山知道了，那又会引起不愉快的吵闹。连孩子都会变得不纯洁了。要是生的话，我想索性就一个人生。”

这话也使敬子感到吃惊，但她认为朝子即使做不成母亲，她的母性被唤醒一下兴许对她也是有益的。

她没告诉朝子小山的哥哥有信来了。

她曾听说小山的哥哥的画室坐落在从池袋乘六七站西武线电车的地方，家里有幼小的娃娃们。所以就打算带上一罐什锦饼干什么的，当天就去一趟。

住在沿线一带的主顾曾托她修理一只欧米茄女表，她也想顺便给送去，就把小小的手表用蜡纸裹好，装在手提包里。

大概从二月起，敬子就在左手的无名指上戴起一枚镶了一圈小粒钻石、透着浅绿色的海蓝宝石戒指。

这枚戒指非常称心，所以除了把手泡在水里的时候，她就没摘过。

可是敬子从国营电车的池袋车站来到西武线站台的时候，心里想着：

“啊，对啦。”于是就把它从手指上摘下来，随随便便放进了手提包。

她对于装扮得这么珠光宝气地到有着孩子们、生活并不宽裕的画家家里这一点，忽然感到踌躇起来。

像敬子这样的女珠宝商，卖宝石的时候根据顾客和场合，对自己戒指上的宝石也留着神。

那天敬子身穿淡茶色和绿色相间的粗竖条纹结城[1]茧绸和服，系着没有花纹的绿腰带，绦带是浅橙色的，低齿桐木屐的趾绊儿也是同色的。穿戴得整整齐齐，却又不显眼。

敬子在好像是新开辟的地段上所设立的车站前问路，对方说：

“还有一公里呢。”于是她就搭了一辆刚好经过的出租汽车。

尽管小山的哥哥一心盼望着敬子来访，却还是喜出望外。

“弟弟说，那间屋子暂时就那么撂着，一直等到朝子弟妹肯做出让

---

1　日本茨城县的一个地方。

步为止。听说那儿还有朝子弟妹的行李呢……”小山的哥哥温和地这么一说，敬子只有为了女儿任性向他道歉而已。

朝子好像对小山都没说起这次怀孕的事，所以小山他哥哥仿佛并不晓得。

由于朝子不让说，敬子就没吭声。

“我也不擅长谈这种事儿，请多多关照。”小山的哥哥说。

“哎呀，刚好相反。我们这方面才……”敬子也窘得支支吾吾起来。

关于朝子他们的话题大致结束后，这对看上去蛮善良的夫妇一个劲儿地挽留敬子，还拿出绘画什么的给她看，所以她不知不觉地就多坐了些时候。

“我还有一家要去的地方。把修好的手表给人家送去。”敬子这么一说，画家的妻子就借了隔壁人家的电话，替她叫来一辆出租汽车。

敬子到了那家之后才发现，那只替人家修好的手表和自己那只戒指都不见了。

她把它们放在跟她穿的那件和服般配的灰蓝色手提皮袋里，袋口是用同样的皮纽系住的。

敬子难以断定东西究竟是丢失的还是被扒走的。她把手提袋里的东西全掏出来后，徒然地抖了抖，只滚落出一只口红。

“还是一不留神丢失的吧？”

由于丢了东西，敬子又窝心又焦急。她左思右想，到底是在哪儿怎么丢的呢？自己的东西姑且不说，还把顾客寄放在她这儿的东西也弄丢了啊。

敬子低头道歉，答应向顾客做出赔偿。

“去车站和警察署申报一下怎么样？”顾客劝告说。

丢失的欧米茄和海蓝宝石戒指差不多值五万元。

敬子在警察署把住址、电话、姓名、年龄、职业都填在表格上。

“这么做也找不到的。”她感到忧郁起来。

她觉得又好像把它们丢失在从车站前乘的出租汽车里了。

“要是出租汽车的话，也向四谷的陆路运输局申报一下才好。”有人提醒她。

敬子尽管死了心，可是另一方面仍然想不开，就也到池袋西武线的站台上去了一趟，转来转去地在地面上寻找。已经入夜了。

敬子沮丧疲倦地回家来了，川村好像已经回去了，文子独自坐在靠里边的椅子上，摊开晚报。

过一会儿，电话铃响了。

“有人给送去了。”敬子急忙拿起听筒，原来是清的嗓音。

“娘吗？弓儿还没回来吗？……”

“弓儿嘛，可我也刚回来呀。有什么事吗？”

“嗯。”

“找我不行吗？”敬子像是跟清开玩笑般地说。

“想通知弓儿点事儿……”

清用郑重考虑的口吻说。

“弓儿的事嘛，反正马上就会泄露给我的。什么事呀？”

“不，还是不行。娘就是不……”

“为什么我就不行呢？说说看吧。”

“请您给弓儿捎个话儿。今天晚上来不及了，告诉她明天上午十点我在都立大学前面等着她……”

“我不给你捎话儿。”敬子边这么说，边觉得清非常可爱。

“真叫我为难。您好好地替我转告吧。上午十点，在都立大学前面。”

“你这是命令口吻。我明白啦。清，你也差不多就回来算啦。娘今天丢了东西。好像越来越老糊涂啦。”

“丢了什么？”

“贵金属。”

“贵、金、属？……真没办法。找不回来的。”

“可不是嘛。”

正这么聊着的时候，弓子仿佛是蹑手蹑脚般地回来了。

“啊……”敬子赶紧要告诉清，不料电话已经挂上了。

“性子多么急呀……弓儿，清刚刚给你打电话来啦。说是明天上午十点钟在都立大学前等着你……”

弓子好像发怵似的望着敬子，她那容光焕发的颊上浮现出一片红晕。

敬子觉得，弓子不是为了清才这么心神不宁的。

“弓儿，你知道都立大学前在哪儿吗？”

“不知道。”

“怎么约你在这么个奇怪的地方见面呢？什么事呀？”

弓子显然是一副心不在焉的样子。

“你去哪儿啦？”敬子问。不知怎的，她心惊肉跳，连嗓音都变了。

“姐姐邀我去看了场电影。”

弓子无意向敬子隐瞒什么，但她只说得出这么一句。

“在哪儿？”

“银座。”又简短地补充道，“并木座。”

倘若事后朝子如实地对敬子说了，敬子会作何感想呢？

偶然碰到了昭男这话，弓子是说不出口的。如果她用了“偶然”一词，反倒会像是扯谎似的。

敬子的眼睛底下浮现着稍微有点发暗的斑点，满脸倦容。

“哥哥有什么事儿呀？……”

弓子的身上还残留着昭男的气味，她好像要躲闪开一般打听清的事。

“不知道。他对我什么也不说。我倒想问问他呢。”敬子假心假意地回答说。

弓子一想到自己出门去的三四个钟头内清竟然曾打过好几次电话，她的脑际就闪现出直感：准是父亲的事。

直感又使她的心灵受到震撼。

“哥哥准是遇见了爹。”

要是早一点儿回来就好了。

频频打电话来，是不是因为爹出了什么意外呢？

莫非受了伤不成？难道这次真的自杀了吗？

弓子简直是坐立不安。她又有一种不祥的感觉。

要是跟昭男一道漫步的时候父亲出了什么事可怎么办呢？弓子吓得浑身都僵硬了。那也对不起清。

而且，碰巧见到了昭男，没想到就这样了，她觉得自己和昭男之间实在是“孽缘”，冷冰冰的悲哀就刺痛了她的心。

眼下也顾不得这些了，如果可能的话，她巴不得现在就去见清。

“怎么办好呢？怎么办好呢？”弓子倚着店堂里的陈列橱站在那儿，面泛困惑。

敬子详尽地讲起丢失东西的事儿。

“拾到了那粒变色宝石的人要是懂得它的价值就好了……不然的话，会以为是不值钱的紫石头呢。”

“不是变色宝石，而是妈妈总戴着的海蓝宝石。”敬子把无名指上还留着戒指痕迹的左手伸到弓子跟前，让她看。

“妈妈，您为什么把戴在手指上的东西摘下了呢？”

“讨厌的孩子，打刚才起我说的话，你就一点儿也没听进去？你在想些什么呀？”

弓子好像连气儿都喘不上来了。

敬子轻轻地拍了一下弓子的肩膀说：

“你也累啦。上楼去吧。”

弓子逃也似的上了楼梯。

敬子在楼下朝子那间屋里解下了腰带。

脱掉布袜后，身上好像又自在一些了。

然而，镜子里有个苍老疲倦的女人。

敬子就那样凝视着自己的脸：

“啊，啊，啊，真可怜。”

她觉得，曾几何时，连弓子和清也排挤起她来了。

弓子上楼后，毫无声息。

“也不知道她在想什么呢？”

近来敬子时而觉得不知道该怎么对付弓子才好。

“清也真是的，为什么要把她叫到那么个古怪的地方去呢？”

敬子从弓子刚回来时的那副样子来看，认为那不像是由于相互爱慕而去幽会了。

第二天早晨弓子起来一看，床前的帷幕上用大头针别着一张信纸，上面潦潦草草地写着：

弓子，四点来钟我服了佛罗那[1]，请不要叫醒我。

弓子放轻了脚步，她听见了敬子的呼吸声。

清要她到从来没有去过的都立大学车站去，也使她感到有些不安。

“为什么到涩谷、新宿就不行呢？……”她轻施脂粉，穿上初夏的衣服。

也许能见到爹。爹还没见过弓子化了妆的脸呢。弓子这么想着，重新回到镜子前面去。

弓子下了楼，川村刚好上班来了，正在准备开张，她就问了问。

“是不是在学艺大学前面呢？要是在那儿的话，从涩谷乘东横线就成啦。”

“可别把我指引错了……妈妈说是都立大学。”

朝子身穿浅黄色短袖毛衣，边系着深橙色披巾，边走了出来。

---

1　一种安眠药。

“学艺大学前和都立高中都在同一条线上。”朝子从旁插了嘴，“弓儿说的是都立高中吧？”

“可妈妈说是大学呀……”

“她说错了。”

川村查阅着店里备用的《东京分区地图册》的交通图，他说：

“哎呀，我明白啦。学艺大学前的下一站就是都立大学前。从涩谷坐四五站，也就是自由之丘的前一站。”

弓子和朝子一道走出了家门。

五月初一连有几天休假。通称黄金周。今年淫雨成灾，但从昨天起放晴了，这是个清爽的早晨。

马路两旁树上的嫩叶也好像突然长长了似的。

鲤鱼旗竿顶上的风车浴着阳光，亮晶晶的。

看到这个，弓子记起来了。常年患病的母亲是去年端午节突然到目白的家里来拜访的。那一天，正洗着菖蒲浴，敬子用菖蒲叶儿替她扎起了头发。

“避邪用的。省得被恶魔缠住……”敬子曾这么说。

“打那以后，刚好又过了一年。”

弓子边想着昨天晚上她和昭男也谈起过“一年”这个话题，边呆呆地走着时，朝子问道：

“打发你到都立高中前面那儿去办事吗？”

朝子依然顽固地说是“都立高中”。

“我去跟哥哥见面。”

“哦？……”朝子夸张地发出感叹声，凝视着弓子的脸，“哥哥，指的是咱们家的哥哥吧？”

“讨厌。是咱们家的哥哥。”

“嗬。风向起了变化吗？”

“……”

“南风，晴天吧？娘对哥哥可比对我喜欢多了，她最大的愿望大概就是哥哥和弓儿能相处得好……”

“姐姐好像在任意决定似的。”

“可事实上是这样的。你自己心里也应该有数吧？”

“……”

“你心里虽然有数，我不如说是进行了干扰。我倒不是喜欢去干扰……”

接着，朝子温存地唤道：

“弓儿，昨天晚上你没告诉娘田部大夫的事吗？”

弓子点了点头。

“怪不得呢……我只当你告诉了娘。所以对她说，我想向田部大夫咨询健康方面的问题，就请他到银座来了一趟。”

弓子觉得有什么东西堵到她的心窝儿里来了似的。

“对你来说不方便吗？……要不要说成是我单独跟他见了面？”

“没关系。”

“那以后，怎样了？是不是弄得不便跟娘说啦？”

“一直走到日比谷就分手啦。”

“娘为什么只要是田部大夫的事就那么在乎呢？她问这问那，弄得我都厌烦了。”

弓子回去后，对敬子露出一副什么样的神色好呢？说睡前服了佛罗那的敬子那潦草字迹浮现到弓子眼前。

弓子在车站上与朝子分手，就乘都营电车，前往涩谷。

终点站就设立在百货商店二楼，她从那儿换乘了东横线。

清在从涩谷驶来的电车的站台中间儿等候着弓子。

弓子瞥见清后，赶紧走了过去，清的眼睛发出了光亮。

“听说你昨天给我打了好几次电话。什么事呀？……”

“我见到了爸爸。”

“果然是这样。”

弓子的面孔绷紧了。

“爸爸生病了，已经作为我的家属，让他住进了医院。”

“生病？……病得厉害吗？”

弓子的嗓音哽塞了。

“不。”清像是挽住弓子的胳膊似的，“反正咱们先走出车站再说。从这里乘公共汽车就能到医院啦。”清走起来了。

弓子用恳求般的目光试图从清的神态之间窥探出父亲的症状。

“他的情况怎么样？”

“嗯……”

俊三的面容跟从家里出走的时候比起来，已经完全变了样，眼下就像是一具活僵尸。倘若让弓子忽然和他见面，弓子大概会又吃惊又悲伤吧。

清想先对弓子大致谈一谈俊三的情况。他们走进了车站附近的一家日本式茶馆。

由于是上午，几乎点什么都没有，只给他们端来了还热乎的槲叶带馅年糕和日本茶。

四月底的夜晚，清搭乘一辆搜捕流浪者的卡车，这才偶然找到了俊三。

从新桥沿着发暗沉滞的沟渠走去，会经过一座小到引不起行人注意的公园。俊三就倒在公园的石阶上。

然而，起初清并不晓得那是俊三。当天晚上搜捕到的流浪者中，他是唯一倒在街头、需要得到施诊的病人。正要把他转送到那样的设施去的时候，清说了句：

“啊，请稍微等一等。”

在黑川那位就职于民生局的姐姐和一位在国立医院工作的朋友的帮助下，安排俊三作为清的亲属住进了那家医院。

俊三被放倒在床上后，门牙从松弛的嘴唇里露了出来，黑间白日都像死了一般，光是昏睡。

“为了止住胃痉挛所引起的激痛，他可能打了麻药。”大夫推断说。

俊三醒过来后，接受了周密的诊察。

“胸部也做了X光透视……”为了不让弓子担心，清从这一点谈起来，“说是从前在本人不知道的情况下染上过轻度肺病，已经钙化了……，眼下谈不上有什么病。据说只是衰弱得厉害。看来是劳累过度，影响了健康。他的记性也不好啦。我每天都到病房去，考虑着什么时候通知弓儿合适。昨天他才能够第一次清清楚楚地对我说声‘谢谢’，所以我就给你打了电话。”

“谢谢。”弓子也对清说。

俊三并没有对清表示想见见弓子。

只要一向俊三提起往事，他就把脸耷拉下来。

每逢清把敬子和弓子的消息告诉俊三，他就露出连在肉体上都感到痛苦般的神情，闭上眼睛，甚至使人觉得颇有装模作样的意味。

“听说我是作为清先生的亲属而被这儿收容的。谢谢。”俊三尽管这么说了，但看上去那又使他难以忍受。

清认为，正因为如此，今天冷不防把弓子带去，说不定会起到像精神病医生对患者施以电休克疗法似的效果。

“喏，说是病了，也不过就是这样，没什么大不了的。但是，不仅身体衰弱，还患有严重的神经衰弱，所以说起来不是正常人。我觉得，今天弓儿见了爸爸，也不必去搅扰他的平静。”

弓子用眼神表示着首肯。

“见到了弓儿，爸爸指不定多么高兴呢……”清说着，也看了看弓子。

“哥哥，谢谢。”

“那么，出发吧。大约只用上半个钟头，走去吧。”

弓子看了看两个人都没吃的槲叶年糕：

“把这带给爹吧……”

“行啊，肚子也已经治好啦……”

弓子叫女店员又添了约莫十块槲叶年糕，包在一起。清边等着，边觉得对弓子那腔思慕之情又感染到他的心里来了似的。

清觉出弓子对自己的态度跟过去完全不同了。一种亲切的感情仿佛向他漾过来了。

清对这一带的地理好像很熟悉，抄着近路走。

忽而沿河踱步，忽而在排列着古老房屋的路上逶迤而行，忽而又斜插过八幡宫的院内。

新绿欲滴的院内将他们二人笼罩在树荫里，从前这里准是一座深邃的森林。

“昨天在电话里我对娘什么都没说，弓儿出门的时候，她没缠住你问个没完没了吧？”

“妈妈还睡觉来着。”

“真贪睡呀。”

“说是服了佛罗那才睡的，要我别叫醒她……”

“弓儿，我还不知道该不该把爸爸的事告诉娘呢。为这样的事犹豫不定，也许对弓儿不合适……”

“哎呀。是我不对。是爹不对。”弓子停下了脚步，“我觉得到爹那儿去，对妈妈不合适。不是这么觉得，而是净做对不起妈妈的事啦。不论是爹，还是我……”

“为什么说这样的话？你爹变成那副样子，娘也有做得不对的地方。我晓得。”

“别说啦，别说啦。”弓子摇晃着肩，申诉般地说，“哥哥差不多也就回家来吧。我求求你啦。”

“弓儿。弓儿你这么想吗？”清的嗓音都哽住了，弓子俯视着脚下，频频点头。

走到宽阔的柏油马路上后，阳光就厉害了。

“哥哥，人和人之间的关系，为什么这样困难呢？”弓子依然眼睛朝下望着走，“是不是因为自己把问题考虑得太复杂了呢？”

“不，如果相互寻求爱情和理想，困难就没有止境啦。”

“我已经不再坦率啦。这不是背着妈妈去见爹吗？昨天也是……”弓子把下面的话咽回去了。

“昨天怎么啦？”

“我向妈妈隐瞒了见到田部大夫的事。”

清目光锐利地看了弓子一眼。他屏着气走了六七步。

“弓儿，你爱田部大夫吧？”

“爱嘛，哪里……”

“所以你连对妈妈都说不出口。弓儿，我希望你坦率地对我说。你喜欢田部先生吧？喜欢吧？”

弓子略微点了点头，连耳朵都涨红了。

“不过……”

“不要紧的。我不要紧。我想离开弓儿，两次从家里出走了嘛……不，不说下去啦。这不好。那是朝子举行婚礼的晚上。弓儿对我说，爹去世了，现在我是个弱者。弄得我狼狈不堪。我不会忘记的。”

“哥哥……”

“因为你说人和人之间困难嘛……弓儿要是爱着田部大夫的话，人和人之间那可真就困难啦。”

“你误会了。是爹的事。”

“爹的事？……对弓儿来说，爸爸的事也够困难的吧。爸爸从家里出走的时候，弓儿索性跟了去，也许就不困难了，说不定还能顺顺当当地和田部先生结婚了呢。”

“我不干。我是妈妈的孩子。”

“是妈妈和我折磨弓儿来着。不，可是弓儿如果不在妈妈这儿，也就碰不见田部先生啦。”

“田部大夫要到德国去。”

“唔。”清沉思起来，“娘把爸爸赶到流浪汉当中去，并把田部先生赶出日本。罪孽深重啊。”

“不对。罪孽深重的是爹。爹不好，把我丢在妈妈这儿就走了，但我认为这刚好证明爹不觉得妈妈有什么不好。”

“是吗？”清把视线移向旱田的那一边，像是给弓子打气般地说，“那就是医院……”

医院被广袤的绿色地带包围着。

进了正门后，弓子就站着脱鞋，她兴奋得竟把一只甩到一边儿去了。

清捡起弓子的鞋，跟自己的鞋摆在一起，托付给看鞋的人。

“对不起。”弓子呆立不动。

清轻轻地沿着走廊踱起步来。

自从俊三跟敬子同居以来，弓子对父亲有了某种隔阂。这与其说是出于对父亲的敬意，也许不如说是由于对敬子等人有所顾虑，不知不觉间她就这样了。

她不向父亲撒娇，却一味地向敬子撒娇。

每逢父亲闷闷不乐，不跟家里人说话，敬子就独自惴惴不安地操着心。

然而，即使在这样的时候，弓子也能冷静得令人感到意外地看着。

“妈妈，您就随他去算啦……”她恨不得对敬子这么说。

由于这是她生身之父，弓子那颗童心无意中对父亲的脾气有所察觉。

“爹只要独自想起心事来，就会彻头彻尾地陷到无限的孤独里去。”

让他尽情地往下陷吧，听任他绷着面孔吧，他就会自自然然地摆脱困境，恢复常态。

“什么时候爹都是这样的，妈妈老去管，就反而糟啦。”

于是，俊三一郁闷起来，弓子与其说感到父亲可怜，不如说更觉得敬子可怜。

随着父亲和敬子的关系越搞越僵，弓子就越发缠住敬子。她并不是故意这么做，而是非这么做不可。

“妈妈，妈妈。”她这么叫着，内心深处也许叫的是父亲。

俊三从家里出走后，弓子由于被撇下了，心里感到不安，也曾抱怨过父亲。

然而，她一听说父亲自杀了，就沉浸在深重的悲伤里，只觉得眼前一片漆黑。

“再也没有比爹更可怜的人啦。我原以为自己多少知道点儿爹的事儿，其实一无所知。”

就像是被人生抛弃了似的。

凭她这个少女，无论如何也估量不到父亲的悲哀。

但是，父亲还活着。

她晓得父亲活着后，就松了口气，心情也开朗了。

不过，又感到无处发泄她的不满和寂寞，一直熬到今天。

她听说父亲离家后的生活状况，就觉得：

“我不能生父亲的气，也不能抱怨他……”

这跟她不能生自己的生身之母的气，也不能抱怨母亲是相似的；而且母亲曾患病多年，离了婚又再婚，如今却亲口说自己是“幸福”的。

弓子没有那种闲情逸致去设想，即将见到的父亲，分别后起了什么样的变化。

只因为要见到父亲了，她简直激动不已。

他们沿着医院那长长的走廊，拐了几个弯。

弓子不顾一切地朝前走着，以致不论是她走过来的还是医院里的路，都不记得。

清停下了脚步。

“弓儿，就是这间屋子。还是你一个人进去好一些吧？”

弓子吃惊地看着清，眼睛湿润了。

“哥哥……”

“嗯。我在走廊里耽搁一会儿再进去。”清把病房的门打开，自己的身子刚好躲在门后般地离去。

病房里比走廊亮堂。光亮迎迓着弓子的眼睛。

由于门开了，俊三无意中欠起上半身，瞧见弓子在那里。

他脸上洋溢着又惊又喜之情，目不转睛地盯着走过来的弓子。

俊三感动得似乎变成了哑巴。

“爹，您觉得舒服一些了吗？……”弓子抑制着兴奋得几乎要尖起来的嗓门说。

俊三点了点头。

弓子像是被吸引般地靠过去，伫立在床畔。

她竭力把这个场面弄得自然一些，就开朗地说：

“爹是个迷路的大孩子。弓子也不知道被吓唬了多少次。”

可是话还没说完，一股异乎寻常的悲哀就涌上心头，旋即热泪盈眶了。透过泪水，她瞧见父亲那模糊起来的面孔再一次虚弱地表示首肯。

“糊涂虫。爹就是个糊涂虫。糊涂虫，糊涂虫……”

这意想不到的话语接连不断蹦了出来。弓子将手拄在床边上，像幼儿般地用头戳着父亲的胸脯。

俊三稍微往后边仰了仰。但立即将胸脯朝弓子的头倚过去。他的脑袋宛如扭转似的晃悠着。

温暖的孩子流进了他那长期以来空荡荡的胸膛里。

“爹不臭吗？”

“爹是糊涂虫，爹是糊涂虫……”

一腔爱怜之情使得俊三连指尖都有了热气儿，他不禁用手抚摸着弓子的头部。

“弓子，你剪了头发啊？”

“别说这个啦。再说点儿旁的……”

“你漂亮得我几乎都认不得啦……”

“我不爱听这种话。爹，说点儿什么……”

什么，大概指的是表达深切疼爱的话语，然而一旦要求俊三这么做，他就顿时语塞了。弓子把一切都蕴含在“爹是糊涂虫”一语中，但俊三甚至不能向弓子骂上一声“糊涂虫”！

“弓子……弓子，饶恕我吧……”

“不，不。”

弓子仰起脸，边凝视着父亲，边摇晃他的肩。

“我的发都白成这样啦。”

“爹，您没把弓子看作是闺女吗？您忘记了有这么个女儿吗？”

“没忘记。”

“爹，回去吧。”

“回哪儿？……”俊三反问了一句，好像连自己都惊愕了，就屏住了气，“没地方可回去啊。”

“有呀。跟弓子待在一起吧。”

“不，弓子是妈妈的孩子。”

“妈妈……”弓子像呼喊似的突然说。

“这医院是清君告诉你的吧？”

“我请他把我领来的。他说在走廊里等着……”

“把他喊来。”

清进来后，马上说：

“假若您不愿意到娘新开张的店里去，就暂且可以跟我一道住在公寓里。弓儿也……因为我现在已经离开了家……”

弓子听了这话，又哭得趴下去了。

# 咬耳朵的女人

自从为了岛木的事到美宝堂去拜访敬子以来，峰子一直过着不好受、心神不定、气恼的日子。

姑且不谈敬子，峰子每逢想起朝子那种与其说是冷漠，不如说是发狂般的嘲笑和谩骂，就窝心得眼睛都发直了。

峰子是硬着头皮去的。实在想不出办法才去的。

她想把岛木领回来，可又无能为力，所以就忍受着耻辱和懊悔去求助的。这种心情却压根儿没有被敬子等人所接受。

“我只是遭到了侮辱，跟岛木先生一道……”

朝子想当然地认定峰子就是岛木的情妇，但“情妇”这个叫法中也包含着轻蔑。

岛木已经成了跟敬子一家人毫无关系的外人。朝子恶狠狠地骂道：

“他这个人要么是没跟情妇一道私奔成，要么就是没情死成吧。正因为没死成，眼下又活不成了吧。”

朝子把峰子来访一事曲解为是岛木派“情妇还是什么人”来窥伺情况的，并且说这“太卑鄙啦”。又说，既然是情妇，“就拿出一副情妇的样子”，别来给这家添麻烦了。还说，岛木是个“偷去了”敬子的“人生的贼”。

朝子的这些话铭刻在峰子心里。

峰子在出版公司待在岛木身边时就曾悄悄地想过：

“理解社长先生，并关怀他的，与其说是他的家庭，也许还不如说是我呢。”

排挤旁人的事儿，岛木是做不来的。他受人排挤，却一直容忍下去。见到人，他脸上总是泛着温厚的微笑。像他这样的人，即使在家里绷着脸，妻子和女儿的任务不就是宽慰他，把他的情绪理顺吗！

“假若我是社长先生的太太或小姐的话，我就绝不会把他逼成那副样子。”

峰子也不知道多么爱岛木呢。然而她从来也没认为自己是他的“情妇”。

她没有自负到能确信自己是岛木的“情妇”，也不存在那样幸福的事实。

岛木挪用公司的款，还不是拿来充作装订厂老板谷村的奠仪了。

“这有什么不好呢？公司又是社长先生的……”

那天岛木的神经疲劳不堪，也许他已经不是个正常人了。

他还给峰子买了一枚昂贵的胸针，既像是心血来潮，又像是作为纪念品赠送的。

峰子估计他打算寻死，所以第二天就从黎明时分起守候着，从浅草起，直到在大川过夜，始终片刻不离地缠住他。

峰子被朝子骂作“情妇”，她自己心里也反复念叨“情妇”这个词，就痛切地重新忆起那个夜晚的情景。

当夜，峰子曾一口咬住岛木的耳朵，连暗自一想起，她脸上都火辣辣的。

岛木曾和峰子脸对脸躺着，将一只胳膊温柔地搭在她肩上。可是正当他忽然要把她拥抱到自己怀里的时候，那只胳膊就一点劲儿也没有了。岛木仰起脸：

“喏，睡吧。”

峰子忽然咬住了朝自己的眼睛靠过来的岛木那只耳朵。

“好疼！”

峰子是出于一时的冲动，她“啊”的一下对自己感到吃惊，把牙齿松开了，但依然口叼俊三的耳朵，抽抽搭搭地哭着。

峰子巴不得俊三将郁积在心中的苦闷都发泄在自己身上。她被人起了个“猫”的外号，脸长得也许像只淋湿了的猫，但皮肤白净，自认为对俊三的年龄而言，还是个年轻女人。

然而峰子本人并不曾觉察到，她这种献身的愿望包含着想将她本人还在谷村装订厂、什么都不懂的时候，被流氓工人奸污以来的压抑之情发泄出去的渴求。

哭得扭动着身子的峰子大概使俊三发怵了。

“喏，卖唱新内[1]的来啦。熄了灯，听吧。”他边说边拽枕边灯的绳儿，“乘着小船在河上说唱，这是不是都太夫[2]的嗓音呢？……来两拨儿人：都太夫和波太夫。船上挂着约莫五个红灯笼。一拨儿太夫的灯笼是圆的，另一拨儿是长的。”

俊三摸黑擦着湿了的耳朵。

卖唱新内的好像把船停泊在稍靠下游的岸边，开始了说唱。

峰子哭完了，懵懵懂懂地倾听着那哀怨的曲调，把风暴平息下去了。

“好嗓门儿。”

“都太夫那对儿肯定是夫妇。”

峰子聆听半晌：

“要是咱们俩也能在河上卖唱过日子，该有多好啊。跟社长先生一道……”

“别开玩笑啦。在辽阔的大川上，嗓门儿能响彻到那个程度，这可不是一般的功夫啊。”

枕下还依稀传来河浪的声音。

---

1　净琉璃（日本传统的说唱曲艺，用三弦伴奏）的一种。多以情死为题材，以哀怨浓艳为特色。

2　净琉璃中地位较高的艺人。都太夫和波太夫是演员的艺名。

"在船上说唱新内也只限于夏季。我有时和谷村先生一道来听过。"随后他又自言自语,"谷村死了,可两国的焰火还照样放啊。"

"社长先生。"峰子像是摇晃他般地唤道,"刚才您在摩托船上说过:谷村要是再活上一个星期,今年他也能看到两国的焰火大会啦……"

"可不是嘛。要是今天死了,不管明天有什么,再也见不到啦。"

"您的意思是不是说,只要活下去,什么都能见到。"

"只要活下去?……"

"不是像我这样的,不论多么漂亮的年轻人,您都能拥抱。"

"你在转这样的念头吗?这么相处,还让你转这样的念头,我过意不去呀。对我来说,你是十分可贵的。你就抱起自信来吧。只不过事到如今,不想伤害你就是了。"

"我已经受到过伤害啦。您说事到如今,如今究竟怎样了呢?"

"唔。想要舍弃世人吧。"

"我嘛,也蛮可以舍弃世人。是社长先生使我变得像是个人啦……不论是今天死还是明天死都可以。"

"不,不,你……"

"不许点灯吗?还早着呢,好像睡不着,想再聊下去。黑咕隆咚的,使我记起刚才那黑乎乎的海。"

当摩托船驶到漆黑浩渺的海面上时,峰子感到害怕,其实那说不上是海。

那不过是东京港的出口而已。然而峰子觉得自己是为了殉情而到夜晚的海洋上去的。

打那以后,峰子有一搭没一搭地去找岛木,屡次搭乘巡游东京港的水上公共汽车。那一夜的摩托船,也仅仅是沿着与水上公共汽车的航路相似的地方兜了一圈而已。

从永代桥出发,打相生桥下驶过去,进入港口后,由停泊着的轮船之间穿行；再沿着芝浦一带、竹芝码头、滨离宫等驶去，钻过胜哄桥，再从筑地和佃岛之间返回永代桥那儿。

然而，河口的水面变宽后，峰子就觉得这已经是在一直冲向夜晚的海洋了。小小的摩托船翘起船头，飞溅着水花，在波浪上翱翔，不像是会止住的样子。从黑暗的海上眺望那灯火，无不勾起悲哀的感情。

“不要紧的。用不着那么抓……”

“可是，社长先生……”

“即使落水，也会被驾驶员救起来的。要是两个人跳进去，起码也会救起一个。这样一来，有一个就没能殉情成。大概会把女方救起来吧。”

“不。”峰子越发抓得紧紧的。

登上两国桥的河岸时，峰子的脚都僵硬了，打了个踉跄。俊三扶住她，她的手和脸都冰凉了。

河岸上那一家的屋子老早就关严了，怪闷热的，峰子有点冒汗了。

俊三点上灯后，服了安眠药，并将自己的约莫一半药量递给了峰子，嘴里说着：

“你没上瘾，这么多就够了吧。”

“我用不着。我舍不得早睡。”

“对镇静也有效。”

“哪怕像今天这样累，要是没有药，您也睡不着吗？”

“累过了头，就反而会失眠。”

“我醒着照看您，社长先生就尽管放心，睡吧……”

“旁边有人醒着，我就睡不着。你把这服下吧。”

峰子用眼神表示肯定，忐忑不安似的服下药片。

“就这样醒不过来就好啦。”她说着就偎依过来。

“把我这儿带着的都凑在一起也不够致命量。”

好像还是峰子先入睡了，她掀掉胸上的被子，背对着俊三翻过身去。

早晨，峰子睁开大眼睛，静候着俊三醒过来。

近来俊三乍一睡醒总觉得不舒服，今天早晨却难得地感到爽快。

“耳朵上有没有留下红印儿啊？”他笑着把那只耳朵贴近过来，“难道只让年轻人待在旁边就能睡得香吗？奇怪。”

“什么时候我都待在您身边。”

但是峰子认为，正因为一夜无事，俊三在早晨才松了口气，感到快活。

因为夜间什么事也没发生，峰子就不便继续缠住俊三不放了。

当峰子听说俊三跳海自杀时，她就想：要是自己不曾被女人的羞耻和懦弱弄得畏怯起来，而一直对俊三不撒手就好了。她后悔得浑身都扭曲起来似的。

思慕之情也随之越发深深地啃啮着她的心。

“他耳朵上留着淡淡的牙印儿就去寻死啦。”想到这里，她几乎发了疯。

至今，峰子连对敬子也不能讲柳桥那个夜晚的事。

每逢想起朝子的嘲骂，峰子就觉得听上去好像敬子一家人认为俊三没死可惜似的。

“既然他们那样把他当累赘……”

峰子无论如何也要把俊三从当前的生活中拯救出来，照料他像样地度过余生。

峰子每天脑子里光想着这件事，对东野也罢，弟弟也罢，总露出不高兴的脸色。

东野被峰子那奇妙的忧郁笼罩着，照样在歌舞酒馆露面。但他并没提起岛木的事。

雨过天晴的一个星期日，东野用车捎上女孩子，顺路到峰子的公寓来，邀请道：

“我要跟孩子到上野的动物园去，你肯一道来吧。”

“动物园？……战后我就没去过，已经相隔十几年了。”

出了动物园，在上野的日本式饭馆里吃了一顿西餐。

东野的女孩子实在可爱，但是清清楚楚地看得出，这是个被什么人娇生惯养着的孩子。没有妈，只有奶奶和爹，又是个独生女，这就可想而知了。

东野在女孩子面前对峰子有所顾忌，这是显而易见的。

“我没有资格做母亲。”临分手的时候，峰子说。

“女人都是母亲。”

“小姐和我是在不同的世界成长起来的。近来我觉得，在小酒吧、小餐馆干接待客人的营生，独自活下去，更符合我的性格。”

“喏，不必这么急着决定下来。请你慢慢儿地考虑一下吧。”

峰子目送着东野和孩子回去的车，一下子就打定了主意：

“我才不能慢慢儿的呢。”

她前往筑地那座拾破烂儿者聚居的屯子去了。

“爱找茬儿的阿文”已经回到那座窝棚里了，岛木不见踪影。

峰子有一种直勾勾地盯着人看的顽强习惯。在这儿，她却反过来忍受着叫作“爱找茬儿的阿文”的男人那令人不快的眼神。

“那么，他到哪儿去了呢？不晓得吗？”她一本正经地问道。

“俺不晓得。他已经不在这一带啦。”

阿文对她很冷淡，他刚一缩进窝棚，就掩上了草帘门。

峰子离开窝棚，拖着沉重的脚步在河岸上走。

“大姐，喂，大姐。”一个拾破烂儿的女人把她叫住了。

她披头散发，肤色黑黑的，五官却还端正。

峰子不知道那就是阿文的老婆。她寻思：到底有什么事呢？

“俺是偷偷儿地跟在大姐后面来的。俺告诉大姐老健的事，咱们边走边聊吧。阿文嘛，爱吃醋，瞧，他把俺的头发都用剪刀给铰啦。阿文也不愿意告诉人家老健的事儿。俺要是插嘴，他就会用拳头把俺揍趴下。”

停下脚步的峰子跟女人并肩走起来了。

“老健嘛，一点儿风趣都没有……”

“他既然是个没有风趣的人，在他找到地界之前，就留他住下去也行嘛。可俺们刚回来的那个晚上，阿文马上就把他轰出去啦。你可别抱怨呀。”阿文的老婆嗲声嗲气地说。

“他现在待在什么地方，你知道吗？希望你告诉我。”峰子灵机一动，一边往女人手里塞纸币一边说，“喏，这个请你千万别生气。这是对你暂时收留过他的谢礼，太少了，怪不好意思的……”

“是吗？对不起。俺收下啦。”女人接了过去，“你不这么做，俺也会教给你的。老健啊，被转送到东京都的收容所去啦。他先待在新桥附近来着。因为生了病，给带走啦。你到警视厅这样的地方去打听，他们会好好儿地告诉你的。”

“真谢谢你。病得厉害吗？”

“当时好像够呛，肚子疼。有人给他打了一针，帮他止了痛，可是听说倒在那儿就一动也不能动了。”

来到一个拐角时，阿文的老婆说了声：

“那么，再见啦……见到老健，替俺问好。”

阿文的老婆甩动那披散着的头发，扬长而去。

峰子回头一看，阿文的老婆正跨着大步在河岸上走着，下面那淤水被暗淡的夕照染上了颜色。

水的气味随风飘来，风却是清爽的。

“明天就能见着岛木先生啦。”

这之后将拿岛木怎么办，不见面是无从知道的，峰子心里却很是兴奋。

“这一次我可再也不撒手啦。”

第二天，峰子到警视厅去，向保护科询问，但是想问出个名堂来却没那么容易。

有人告诉她到都厅的民生局去试试，她就又绕到那儿去。

在一间净是空桌子的屋子里，一位雀斑蛮显眼的中年妇女非常详尽地把岛木所在的医院指点给了她。

峰子跟在护士后面走去。护士身穿浆洗得笔挺的白色消毒衣，下摆随着脚步窸窣有声。

护士敲了敲门：

“岛木先生，有人来见你。”

俊三猛然间想道：

“敬子……”

昨天，弓子和清都在临回去的时候说，敬子一听到大概马上就会到这儿来的。

俊三不知道怎么办才好，好像连气儿都喘不上来了似的，他巴不得化成一缕烟，消失掉。

昨天见到了弓子，令他疼爱；清体贴入微，他也感谢。但越这么想，越于心不安。已到这般地步，他再也没脸见敬子了。

“希望让我一个人待着。”

可俊三在护士打开的门口见到的不是敬子，而是峰子。

一旦晓得了是峰子，俊三就感到意外的平静。

面对着峰子那生气般的认真目光，他甚至反而泛起微笑。

峰子径直靠近了床，她根本没把护士什么的放在眼里，仿佛梦呓一般嘟哝说：

“好容易逮住啦。喏，瞧啊。正如我说过的，一生病不是就这样了吗？我再也不撒手啦。您再也逃不掉啦。”

她抓住俊三那无力松弛地耷拉下去的手，来回挥动着。

护士出去了。

“是你呀。”

峰子快嘴快舌，足以把俊三那呆里呆气的话语顶撞回去：

“什么‘是你呀’？……您在等谁呢？太太？小姐？全都是、全都是寡情薄义的人。才不会到这儿来见您呢。她们自己在小小宝石店里所过的抠抠搜搜的日子才重要哩。”

峰子不了解情况，深信是国营或都营的保护设施拯救了岛木，她劈头就谩骂敬子等人。

岛木由于怯懦，脸上露出好像困惑的表情，峰子想给他打气，就越说越来劲儿了：

“您的太太也罢，小姐也罢，我都去见了。两次、三次地……连店里我都去了。可是，怎么样呢？她们只是摆出一本正经的神色，推推托托地躲闪。到头来让我碰了个大钉子，恨不得说：社长先生嘛，哪怕在路上死了，她们也不在乎。”

“死在路上吗？……”俊三宛如对远方自言自语般地嘟哝道。

“我觉得太无情啦。我好窝心啊。”

“是我不好。”俊三精神恍惚，毫无反应。

“您说自己不好，老是像这样光是折磨自己，不是什么都不会好起来吗？”

“我并没有折磨自己。”

“不，您就是在折磨自己。简直让人看不过去。我已经感到厌烦啦。”峰子摇摇头，连眨都没眨巴一下眼睛，“就数那位太太的女儿最可怕啦。她不晓得别人的痛苦，自个儿恐怕也没痛苦过。她说，社长先生从我们这儿偷去了娘，又从娘那儿偷去了生活和爱情。气势汹汹，不可一世。不管怎样，既然是把你当作父亲一道生活过的女儿，怎么说得出这种话来！”

“朝子吗？在某种意义上来说，那姑娘还是对的吧。”

“什么意义也没有。要是照她那样居然能处世，那才仅仅是偷父母的财力活下去呢。”

然而俊三已经好久不曾像这样安详地躺在医院的病床上了。在一点点地恢复平素的精神状态的过程中，一想到自己对家庭也曾多么冷淡地厌弃，让他本人都感到惊讶。

从家里出走的那阵子，他的思路确实反常。虽说是“厌弃”家庭，却并没有从前的人那样的“出家”意愿，也没有那种闲情逸致独自过上随心所欲的日子，享受独自生活的乐趣。

他只是非常渴望摆脱自己和旁人。他被病态、虚弱的厌世感缠住，恨不得哧溜溜地陷入最底层，让热腾腾的身子滚在冰凉的床上。他对一切都厌恶到极点，毫无办法。

眼下俊三也摇着云山雾绕的脑袋，听峰子转述朝子那番话。

“今后您还可以争口气给那些人瞧瞧呢。”峰子起劲地说。

“争口气？”

“嗯，可不是能争口气嘛……只要您有这意思……”峰子倒吸了一口气，“我还以为您只要回家去，就能作为一位体面的当家人和父亲生活下去呢，所以才劝您回去的，但现在再也不放您回去啦。”

峰子为了使只顾兴奋着的自己稍微镇静下来，就掏出香烟，点燃了。

“好像蛮香的。”

“您抽支试试吗？……看上去好多了。”峰子高高兴兴地将火柴的火凑近了俊三的纸烟。

他确实已经有好久不曾请年轻女人给点烟了。

俊三觉得好像那烟熏着了他的眼睛似的。

“即使回到那些人身边去，社长先生也不会幸福的，跟那方面也处不好。”

“确实。恐怕只会碍事吧。”

“她们必定恨不得这么说呢：‘杀死碍事的家伙。’”

峰子连点笑容都没有，圆睁那双大眼睛，径自点了点头。

“把社长先生当成已经死掉的人的，不就是太太吗？太太把当家人……我可没相信过。我在那条河上找您来着。”

五月的阳光大概颇为强烈。峰子那化妆过的脸仿佛湿了一般发着光。

“我还以为她是一位更和善、更通情达理的太太呢……”

“按说是已经死了的人，弄成这个狼狈相，竟然恬不知耻地出现，会教她们为难到极点吧。”

就拿女儿弓子来说，像他这样的人干脆别回去，她反而可以依赖敬子，并能和清幸福地相处下去吧。

昨天在这里相隔一年重逢的弓子那欢喜的眼泪，就像把清水浇在枯朽的树根上似的，使俊三的心复苏了。

“哪怕是为了弓子，倒不如趁着敬子还没来，就离开这家医院呢。”

在俊三看来，曾在这间病房里几乎手拉着手的弓子和清是相互爱着的。他认为，清之所以亲切地关怀他，正是这种爱情的证明。

峰子立即觉察出俊三的苗头，就热情地诉说道：

“出院后，就回到我那儿去吧……估计什么时候能出院呢？”

“打一开始就说不上有什么，马上出去大概也行。出院恐怕得办手续吧。”

“什么样的手续呢？……我去好好打听一下，由我来办吧。”

“你去办，会不会不合适呢？要知道，安排我在这儿住院的是清君呀……”

“清君是？……啊，是那位太太的儿子呀？”

峰子像是挨了他一闷棍般地紧紧闭上了嘴。她把弯向俊三的胸部挺起来了。

“是这么回事啊。”

于是，她那双眼睛的颜色变深了。她将嘴唇轻轻地凑到俊三的耳边，嘀咕了些什么。

她就势一动不动地叼住了俊三的耳朵。柔柔地用牙齿咬了咬。

一股火辣辣的感觉穿过俊三的身子，几乎使他发麻。

## 到空中和海上去

敬子醒得很迟。脑海里还残留着安眠药，郁闷得几乎要叹气。什么她都不称心。

朝子搅扰她。弓子向她隐瞒。清白眼看待她。

为什么弓子不能坦率地告诉她，自己曾和昭男见过面呢？

想到这里，随着阴沉的嫉妒，心里又鲜明地呈现出昭男的面影。

昭男说现在要去远行，该不会是勾销他和敬子关系的权宜之计吧，或许这是所谓使双方感情冷静下来的时期。一旦他出国旅行回来……

“兴许他已经悄悄地跟弓子约定好了，会和她结婚吧？……”

一闭上眼睛，敬子就被那两个年轻人漂漂亮亮地并肩站在一起的幻影所折磨。

说什么清和弓子今天早晨商量好在一个奇怪的地方会面，到某处去了，准是一派胡言乱语。弓子已成了昭男的俘虏。

“我一味地光认为她可爱……”

弓子却以极其令人不快的方式背叛了她。

“难道这是自作自受不成？……爱昭男先生竟然是那么大的罪孽，以致受到这样的惩罚吗？”

不，罪与罚并不是能用秤来量的，不是那样明确地规定下来的。

川村看了看从二楼走下来的敬子的脸，只觉得她憔悴苍老。

“太太，您不舒服吗？”他甚至这么问。

敬子只摇了摇头，好像连话都懒得说似的。川村为了让她消愁解闷，就转到悠闲的话题上来：

“每天从工商区到这儿来，经过赤坂瓮城门，一边观赏辨庆桥左近的樱花，一边在那一带转悠一趟。我想不久就会迎来新绿季节，像今天早晨，已经有人乘小船啦。从前您家开店的时候，一跨过那座桥，在清水谷公园里有过一位重要的主顾。一边是沟，里面开起菖蒲花的时节，我就盼着去跑腿儿。那一带如今也变样了吧。”

然而，敬子漫不经心地听着，顺口回答说：

“川村先生也够风雅的。你就去转悠一趟吧。过不了多久菖蒲就凋谢啦。”

家里冷冷清清的。

“朝子也不在吗？……”

“我刚来不久，朝子小姐和弓子小姐就出门去啦。弓子小姐不是给太太办事儿去的吗？”

川村那副耿直忠实的掌柜面孔还是和往常一样。敬子却怏怏不乐，甚至跟他说话都逐渐使她焦急起来。

“太太，依我看，清先生马上就要回来啦。兴许弓子小姐会把他领回来哩。”

“没那么回事。”

“不，珍贵的宝石也罢，人也罢，该聚拢的时候就会聚拢。正如动的东西总在动，动着动着就来啦。”

“连自己孩子的心都摸不透，何况弓儿的心呢，她究竟在想着什么，我更是一无所知。”

“她可是离不开太太的呀。瞧瞧我吧，打从做小徒弟的时候起……”

“川村先生是另一码事。”

敬子想要干脆割断种种思绪，就把视线移向五月间上午的阳光投射进来的店堂橱窗里那璀璨地排列着的一粒粒宝石上。

陈列橱上放了个崭新的偶人头。

“哎呀，来了呀。这偶人，什么时候到的？”

“刚刚到的。我给摆了摆。称不称心呢？”

“唔。头发嘛，本来希望给弄得再黑一些。”

“再黑？……哦。”川村对敬子的感觉熟悉到家了，他几乎想缩起脖子来。

偶人在头发上戴着美丽而易碎的饰物，耳朵上还戴着耳环。

这是敬子凭一时兴头想出来的兰花发饰，尼龙纱做成的花瓣是用一粒小宝石固定住的，搭配上同样的兰花小耳珠。

敬子挨近了偶人，活泼灵巧地把它的发型整理了一下。

她又用小小的红宝石把淡紫色昆虫翅膀般的花瓣固定住，还用一串兰花圈起发髻。

她还将耳珠的位置也顺了顺。

又在它的脖颈上潇洒地围了一条灰色法国绉绸。

这下子就打扮好了，敬子心满意足地倒退了一步，观赏一番。可是转瞬间她比先前变得更阴郁低沉了，就乏味地吸起香烟来。

“太太，这是五月，您把珍藏的那粒翡翠镶在戒指上自个儿戴吧。”川村像是在安慰她似的说。

“我一戴，马上就会给买走啦。不论什么全都被顾客弄走啦。”

到了下午，顾客就多起来了。

那套兰花首饰也引起了妇女们的注意，价钱还没定就有人预购了。

“太太，咱们要不要按照订购的数目贴上红标签呢？”

敬子的脸上一直显得闷闷不乐，以致川村都放心不下了。

黄昏时分，清和弓子像是重叠着般地回来了。他们满脸喜气洋洋，这是敬子所意想不到的。

“娘，娘，请您来一下……”清对敬子的脸色并没有介意，他把敬子喊进了里屋，“我们去见了爹。弓儿她爹……”

“爹？……”敬子犹如八音盒不再响了似的，那心情也不知道是宁静抑或是凄凉，觉得扫兴到无法形容的地步。她把视线从清移到弓子身上，呆呆地嘟哝道：“在哪儿？……”

“在医院里，可已经好啦。”

“是吗？”

“妈妈，您生气了吗？”

“才没生气呢。”

连弓子对敬子说的话，清都替敬子回答着。敬子就像做梦般地听着，她今天整日都被昭男和弓子的幻影弄得纷乱的心绪也多少正常了，另一方面，她这一惊也非同小可，就不禁说了句：

“把我当作外人，你们两个人去的吗？”她的表情是僵硬的。

“我们不想猛然地刺激爸爸。弓儿她爸爸的神经还……”

“是吗？”

“妈妈。”弓子凝视着敬子，“妈妈，您肯原谅吗？”

“原谅什么？”

“爹的事……”

“什么事儿弓儿也不用介意。”清又从旁插了嘴，“当时爸爸是个病人嘛……这一次又是我让弓儿跟爸爸见面的……”

敬子并没有搭理清，她说：

“弓儿，喏，坐下吧。”

清对敬子大致说明了安排俊三住院的事。

清起初很起劲儿，随后情绪就平静下来了，说话的腔调很老成。

敬子唯有听着而已，一时什么话也说不出来。

“我还要上班，今天晚上就回去啦。”清边说边站了起来。

“啊？”

“你回去吗？”

敬子和弓子脱口而出。

“明天你从家里去上班不行吗？”

“倒也不是不行，可公文包还放在那边呢。况且，要是离开黑川的家而回来的话，我总想先把一切都料理停当……”清斩钉截铁地说。敬子感到他是个男子汉了。

弓子脸色苍白，将清一直送到门口。

她大概觉得只剩下自己跟敬子可怪尴尬的，看她那副样子，就好像恨不得缠住清，跟他一道走掉似的。

朝子深夜才回来。

敬子和弓子之间仿佛有着一种默契：当着朝子的面，她们避而不谈俊三的事，即使朝子不在场，她们两人之间也宛若隔着什么似的，往往沉默不语。

第二天是个艳阳天，阳光使人觉得晃眼。

朝子出门之后，敬子就和弓子一道动身到医院去探望俊三。

“多好的天气呀。”敬子仰望天空，并将视线移向弓子。在阳光映照下，弓子容光焕发。尽管对敬子有些顾忌，弓子还是掩饰不住内心的喜悦。

她们在麻布乘上了出租汽车，敬子将肩紧贴在车窗上。

“往后可怎样跟他一道过日子呢？”

敬子像要即将喝下莫名其妙的东西，直想呕吐。

不过，只要自己好歹忍受下去，不久之后弓子就会跟清结婚。清多年的恋慕也就如愿以偿了吧？

“可是，朝子呢？……”

敬子简直像是乘着汽车正驰向痛苦。

“爹嘛，要我孝顺妈妈……刚一见面就说这样仿佛要告别似的话。”

“他晓得今天我去吗？”

“我并没有跟他约好今天去，可是我相信他当然盼望着。昨天临走的时候，他还问起妈妈的玫瑰来着呢。”

“玫瑰？……”

“我说，现在一枝也没有了，他就露出一副凄凉的神色。还说什么深红色的玫瑰好香啊……那阵子他连看都没看一眼，现在可倒记得蛮清楚哩。”

离医院越近，敬子就越觉得仿佛有什么肉眼看不见的东西在向自己问罪似的。她气促憋闷得甚至开始有点儿头痛了。

她们换上了医院的拖鞋，由弓子带路，走进了病房。这里，空荡荡的连个人影儿也没有。床的上空，窗与窗之间刮着穿堂风。

“怎么回事儿呀？”

敬子一问，弓子就沉不住气了。

“我去瞧瞧。”说着，她到走廊里去了。

她随即回来了。

“说是他会不会到院子里散步去了呢？……我去找找看。”

“他能散步吗？”

敬子隔窗看着弓子下到翠绿的草坪上，朝着树荫方向走去。她独自待在病房里，想道：“他是不是为了避免跟我见面才藏到什么地方去了呢？……”她感到不安，浑身简直都快缩成一团儿。

要是俊三躲藏的话，敬子也巴不得躲藏起来。由于跟昭男的事，要么是出于妇女贞操的本能，要么就是习惯成性，她不好意思跟俊三见面。

“咦？”敬子边纳闷着边靠近了床头的枕畔。

原来她瞥见了剩有约莫一半药水的瓶子底下压着白信封。

敬子把它拿了起来，心里怦怦直跳。

一封是写给清和弓子两个人的，一封是给敬子的。

给敬子的那封信内容简单，只写道：打那以来多承你操心，深感羞愧。恳切拜托你今后也照顾弓子。默祝你幸运。

“果然……”敬子觉得料峭的风刮到脸颊上了似的。

“给清和弓儿的那封是不是写得更详细呢？……”她想着便倚窗唤

道："弓儿，弓儿。"

她瞧见弓子正跟护士的白色身姿一道跑过来了。

这下主治医生和诊疗部的人都晓得了需要医疗保护而住院的患者做出了不检点的事，竟然跟前来探望他的女子一块儿溜出了医院。他们很快就聚集到病房里来了。

敬子不是被人问讯着什么，就是在回答着。

弓子给清打了电话。

"爹不见啦。快点儿来吧。马上就来。"她惊慌失措地说。

她进不去病房，就在走廊里踱来踱去，等待着清。

一想到把她爹引诱走的准是那个名叫小林峰子的女招待，她就恼羞成怒，几乎浑身发颤。

"对妈妈多不合适呀。"

她觉得不能正眼看敬子的脸。

"我再也不能在妈妈那儿待下去了。"

没想到敬子倒显得蛮沉着的。

她甚至不时地和侃侃而谈的大夫一起发出笑声。

弓子和成人世界之间有着她所无法想象的隔阂。

她觉得等候清的这段时间漫长得厉害。正当她已经超越了惊讶愤怒，悄然地在走廊里倚窗而立，只见清沿着长长的走廊匆匆地赶来了。

"哥哥。"

"真没办法。可是弓儿啊，我在来这儿的路上想着，好像觉得我能理解爸爸逃走的心情。"

"多不合适啊……对妈妈也罢，对哥哥也罢……真是岂有此理。"

"没办法呀。只能让爸爸随心所欲地做去。爸爸内心说不定存在着一个连他自己都无可奈何的人。"清若有所思地嘟囔着，"兴许他败给了一切，可又战胜了一切。他只是被自身的忧郁缠住了，却不愿意受到其他任何东西的束缚。”

弓子仿佛颓丧消沉般地挨近了清。

接着，她把那写给清和她的信递给了清，打从刚才起她就一直想拆封而还没拆呢。

此次承蒙多方关照，深切感谢。

信是用淡淡的铅笔字潦潦草草写在医院的信纸上的。

只要想到今后重新回到往日的愚蠢中，并扰乱你们的生活，我就不安之至。眼下什么也不说了，还是自己葬送自己，也被世人所遗忘，从你们眼前消失踪影为宜。这样更适合当前的我，因而也感到舒心。

你也看到了：我过的简直像是垃圾堆中的落叶般的日子。尽管有点儿肮脏，然而我在这一境地自能安居下来。

你是无论如何也不可能理解的，所以我什么也不说了。

不知什么时候，敬子也从病房里出来了，她探过头来悄悄地读着。

不久之后或许还有见面的机会。就以得到这家医院的救护为契机，我打算认认真真地活下去。我的所作所为太任性了，无法向令堂谢罪。唯有祈求你和弓子双双对她尽孝而已。多亏了你和令堂，关于弓子我可以放心。再者，昨天承蒙安排我和弓子见了一面，我已心满意足矣。

请你听任我这样下去，不要再找我了……匆此搁笔，除了向各位深表歉意，恳求宽恕而外，再无旁的话可说。

俊三

越往下读，越感觉得到岛木是平心静气的。

他们三个人轮流拿着信重新读着的时候，大夫说：

“可不可以让我拜读一下呢？作为主治医生，我有责任，同时也挂念这位患者的情况。”

“唉，请……弓儿，可以吧？”敬子就把信递给了大夫。

“弓儿，爸爸不打紧的。说不定上次出走才是犯了病呢。这次倒是正正经经写了信。他说是打算认认真真地活下去，他是有意要干出点儿名堂来。”

弓子被清这么安慰了一番，就抽抽搭搭地呜咽起来了。

然而，她一边哭，一种强烈的念头一边就涌上心坎：不该在这儿悲悲切切的。

“爹简直是个惯常迷路的孩子。”弓子说着，像个年轻姑娘那样用指尖把眼泪抹掉。

“真是个迷路的孩子。下次咱们要干出点儿名堂，非让爸爸露面不可。”清说。

三个人都没谈到峰子。俊三的信上也只字未提。

抵达医院之前，敬子一直揣想着俊三那备受摧残、落魄潦倒的穷酸相，她不知道俊三和她自己今后怎样相处才好，真是伤透了脑筋。这会她却认为：

“竟让他巧妙地逃掉啦。”

俊三这一手干得如此漂亮，以致而今莫如说是女人那种怨恨刺穿了敬子的胸膛。

敬子回顾道：俊三打从离开目白那个家的时刻起，或者甚至在那之前，就已经断绝了跟她共同生活下去的念头。

“我这个女人嘛……”

于是，她觉得孤寂突然飘浮在她身边了。

就连昭男离别而去的事都交加在一起，她的胸膛被勒得那么紧，简直喘不上气儿来了。

毫无疑问，俊三也罢，昭男也罢，“男人可真任性”。

尽管分手并不是敬子这方面提出的，但不论俊三还是昭男，只要敬子宁死也不愿意分手，就准会有用不着分手的办法的。

虽然难以预测不分手的话将来究竟幸不幸福，不分手到底对不对也难说，好歹能够不分手了。

“人和人嘛……”

人和人，何况是男人和女人，一旦结合了，按说是能够再也不分手而活下去的。

俊三和昭男都不是像清和朝子的父亲那样死亡的，并不曾发生人力所无法避免的宿命般的事故。

俊三的公司垮台，他由于性格的关系而出走，在危机四伏、千变万化的人世间，这又算得了什么呢?

“那个名叫峰子的女人……”

敬子与其说是觉得自己败在峰子手下了，或是认为被峰子弄得难堪，毋宁说是在深深地自我反省着。

问题不在于现在的俊三是不是个配让峰子像那样与之白头偕老的男子汉。

不过，峰子把俊三从这家医院里带走了，唯有这一点是确凿的事实。

敬子左思右想，心绪乱糟糟的。她来之后看到的是这样一番情景：

“病房是空荡荡的。”

床头的枕畔只残留着俊三喝剩的药瓶和两封信。

药瓶和信可都不是人啊。

“娘，娘……”清像是拽着敬子的袖子一般，在她的耳边说，“把您的手提包借给我用用吧。”

“手提包？干什么？”

“里面有钱吧？”

“啊。”敬子恍然大悟，“对啦。医院的……”

“嗯。给爸爸办理出院手续，把账结清吧。”

“拜托你啦。”

甚至弓子也听见了，她蛮难过似的，眼神阴沉地说：

“钱没付就溜走了吗？这对妈妈多不合适呀。”

“啊，要是想付钱，人家就会要求他等一等。一直把他留到我来了为止。这下子就逃不掉了。况且，既然这么体面的亲属出现了，再不付钱可就有损妈妈的名誉啦。”

清对弓子这么说罢，就赶快朝办事处那边走去。敬子欣慰地看着。

“让清回来吧。咱们和和睦睦地一道过吧。”她边说边搂住弓子的肩膀。

刚入夜，朝子回家了。在她来说这是难得的事。她在敬子身边独自摆着纸牌。

“娘，把偶人的那副首饰耳珠调换一下就好啦……”

“为什么？”敬子边纳闷着：朝子又突然说些什么呀，边说，“那个，名气可大啦，不断地有订货的。”

“所以嘛。我也确实喜欢它。”

“那就好。”

“才不好呢。人人都戴着同样的东西，不觉得讨厌吗？要限定出售的数目。”

“不错。”

“真像是廉价出售现成的货色似的，店的档次反而会降低了。就拿做男子服的英国料子来说吧，有的店每种花样只进口够做一身衣服的。”

“不过，即使卖出一百副，东京这么大，也轻易碰不见戴着同样东西的人。这副兰花首饰，尽管净有订购的，可是至今做的连三十副也不到呢。”

“那么，还是就此打住吧。”

朝子是用体贴入微的语气这么说的，敬子就点了点头：

“好的。我听从你的意见，那么从此就不再做了，最后一副就算是我的吧……”

“娘戴？……可戴不出去。已经不般配啦。太富于浪漫气息啦。要是给弓儿就再合适不过啦……娘那么喜欢兰花吗？”

“啊？这是我设计的式样嘛。只要是花，我全都喜欢。玫瑰也……”

“是吗？店刚开张的时候，您不是换了好几次盆栽的兰花，接连不断地摆在桌子上来着吗？”

敬子打了个冷战。

唯独川村稍微觉察到了最早的那盆兰花恐怕是昭男送的，家里人却谁都不晓得。

然而隐藏在兰花中的那腔恋慕之情恐怕会缠住敬子本人。

而今，昭男不可能知晓敬子正在悄悄地设计兰花的式样。

“我已经戴不出去了啊。”敬子笑着掩饰过去，“对我来说，兰花式样容易设计。”

“剩下的那副就给弓儿吧。”朝子说了这么一句使敬子感到刺心的话。

只有这个刚强任性的女儿并不猜疑敬子和昭男之间有什么关系。

而且，也只有朝子对俊三这次的事一无所知。

这么说来，朝子是不是有善良的一面呢？敬子与其说是觉得于心不安，毋宁说是从一开始就认为朝子怪招人爱的。

“这次哥哥回来以后，弓儿跟他蛮要好哩。哥哥像是换了个人似的，咱们倒是安稳了，可照这样下去，弓儿能行吗？……我心想：年轻姑娘的感情简直靠不住啊。我感到自己上当受骗了似的。弓儿不会是在欺骗哥哥吧？”

“她才没欺骗呢。”

"是吗？说不定娘多年的愿望就能实现哩。毕竟还是对什么都别死心，就是得等待一下试试。"

朝子这么说着，近来她凡事都能跟人和睦相处，好像一直都过着安详而心平气和的日子。

难道是胎儿使得朝子这么心平气和的吗？敬子正寻思着朝子是多么招人疼爱，这时朝子说：

"前两三天，我见到田部大夫啦。"

这话弄得敬子心里咯噔一下子。

朝子正在洗纸牌，那响声就像是鱼儿在蹦跳一般。

"在哪儿？"敬子温和地小声问。

"在医院里……撂着不管我也不放心，想请原先那位大夫再给诊断一下，就拜托了田部大夫。那位老大夫从来也不说多余的话，我也感到轻松。"

"不过，你这个人嘛，对田部大夫山南海北地说了一番话吧，他说什么来着？……"

"他只说了一句：要是妈妈拿不定主意，娃娃那就太可怜啦。"

"那么朝子又是怎么说的呢？"

"多亏了我拿不定主意，娃娃还留在肚子里呢……"

"哎呀，你这种人真少有。"敬子凝视着朝子的脸，"这回倒不憔悴。奇怪啊，你的眼神原先透着刚强，这会子甚至变得柔和了。也不觉得不舒服吗？"

"没什么不舒服，也有食欲。先前准是小山的缘故，他待在我身边，我被他逼着去做手术，由于受压迫，弄得就像孕吐似的。"

这样的事或许也是有的，可是朝子就连孕吐都能简单地怪罪于人。敬子对她是既惊讶又羡慕：

"朝子，你拿不定主意吗？"

朝子像是申诉般地望着敬子：

“娘，你看我怎么办才好呢？”

“这，你问我吗？”

“娘不是说过要替我抚养吗？”

敬子边回忆起跟朝子两个人沉醉在感伤中的那个夜晚，边说：

“我说过。尽管由我来抚养，可这毕竟是你的孩子呀。”

“难道不是娘的头生孙儿吗？”

“这里还有着你跟小山先生分不分手的问题呢。如果分手，又还有以后再婚时的问题。”

“我跟小山已经分手了。我再也不结婚啦。要是这次的角色扮演成功，也能够拍电影的话……也许会谈谈恋爱。”

“你认为已经分手啦，可要是小山先生不肯分手呢？……过不久他大概也会调回到东京来上班吧……”

“是啊。做姑娘的时候我就偶尔幻想过不论走到哪儿都有男人追逐的事，甚至最后还出现被杀死的场面。幻想使人心情舒畅，可要是在现实生活中就不愉快啦，讨厌得要命。也难为娘怎么容忍岛木先生的。”

“……”

“现在是娃娃在追我。娃娃在我的身子里面，所以我逃不掉。只觉得自己身子的什么部位正被那热乎乎的小手抚摸着似的。先前刮掉的两个娃娃好像也一道追了来。娘，这次我一定要把娃娃生下来。甚至觉得要是不生的话，仿佛会发生什么可怕的或倒霉的事似的。不是手术失败了，就是事后我会堕落下去……”

“多讨厌啊。”

朝子这番不吉利的话使得敬子心里发怵。

“我也害怕呀。跟人分手啦，埋葬人啦……”

“跟小山这样的人最好还是分手拉倒；岛木这样的人呢，最好给埋葬掉。”朝子直截了当地说，“唯独自己的孩子，那可就是另一码事啦。”

倘若朝子动第三次手术，尽管胎儿还没有长成人的形状，可确实等于是葬送了一个人，等于是跟一个人死别了。

敬子正这么想着，朝子两眼露出迷茫的神色：

“说是十二月或正月……觉得既像是遥远的未来，又仿佛马上就要来到似的。”

“是啊。”

“但田部大夫已不在那家医院啦，我感到心里没底儿了。”

“啊？”

“说是下星期二他就动身啦……”

“是吗？”敬子倒吸了一口凉气，“真要动身了呀？……”

“他说是一直没到医院来上班……又说能够见到我几乎是出于偶然。他恳切地表示，跟大家那么亲热，最后却只见到朝子姑娘一个人。娘给他送送行多好……”

“送行？可我什么都没听说呀……”

“您要是早点儿给大夫的哥哥打个电话就好啦……说是下星期二晚上八点一刻搭乘法国航空公司的班机……”

“连时间都说了吗？”

“是我问他的。据说羽田机场如今变得非常宏伟啦。不光是旅客和送行的人，只要交费，还放参观者进去呢……听说八点以后就是半价。”

“从八点起就打折扣吗？简直像是电影院似的。”敬子边笑边琢磨着：昭男连这样的事都告诉了朝子，莫非是他巴望什么人送送他吗？他是不是希望朝子哪怕转告弓子一声也好呢？

“你为他送行吗？”

“可是偏偏不巧，从后天起我就开始拍电影啦。我已经向他表示了歉意，说不能为他送行了。”

“要是拍电影的时间拖长了，体形不好看，那可就为难啦。”

“您指的是肚子大了吗？……这一次我的镜头很少。田部大夫说，天下再也没有比到机场去送行更无聊的了，所以他说不愿意任何人给他送行。可是娘就边参观边送送行吧。”

朝子并不晓得敬子那深深的苦恼，就这么劝说着。

“你也把这话告诉弓儿了吗？”

“没告诉。我一提到田部大夫，哥哥不是就露出严肃的神色吗？我打定主意不去怎么刺激他。近来哥哥既不找茬儿跟我纠缠，又不对我提起小山的事……这且不去说它了，娘，您发上一笔财吧，好把店铺和住房分开……眼下太狭窄了些。”朝子随口儿说罢，就起身走向浴室。

敬子瞧了瞧日历。下星期二是六月二号。

敬子渴望独自悄悄地为昭男送行。

瞒着弓子，她感到内疚，而且指不定什么时候朝子就会信口说出去，真教人担心。然而敬子替自己分辩说，正像朝子也说过的那样，不论是弓子还是清，现在都不宜去“刺激”为好。

而且，弓子和敬子与昭男的亲密程度存在着显著的差别。

倘若在羽田机场让弓子看到自己有多么伤心……

“那就会使弓儿再一次离开我，也离开清。”

自从父亲住院并且打医院里逃出去以来，弓子就好像自然而然地跟清亲近起来，不过没那么明显就是了。

难道是由于清不再那么冲动了，弓子的心情才没那么紧张了吗？要不，难道是由于昭男离弓子而去，她在精神上受到沉重打击，不知不觉地就跟清接近起来了吗？

敬子并不这么认为，她感到他们两个人之间有着自然而温暖的感情。

“爸爸落到那步田地，清在安慰弓儿呢。弓儿觉得对不起清。”

清一向准时从都厅回来。弓子好像翘盼着他似的，用清脆悦耳的嗓音迎出去说：

"你回来啦。"

敬子想：少女嘛，不论嘴里还是嗓门里都蕴含着喜悦，她还挺羡慕。

到了晚上什么的，她还会听见清和弓子那快活的笑声。

"在聊些什么呢？……两个人好像都不提爸爸的事……"

对不跟敬子见面就躲藏起来的俊三所感到的不安，也逐渐平息下去了。她觉得好像曾目送峰子领着俊三双双远去的背影似的。

就这样，身边的事没去处理也就安顿下来了。敬子心里激动得厉害：

"巴不得跟昭男先生一道去个陌生的国家呢。"

但她不同于峰子，这无论如何也是办不到的，她只有垂头丧气而已。

她觉得哪怕最后看上昭男一眼也是好的。

但愿将昭男一切的一切都铭刻在心灵深处，只要活着一天就永不忘怀。

到底是初夏，接连几天都放晴，可是六月二号这星期二却下起凉飕飕的雨来，令人对季节产生错觉，竟然以为这是初秋呢。

空气沉闷潮湿，忽而出着太阳还下雨，忽而雨住了，却又乌云低垂，大有台风来袭的苗头。从远方传来了风声。电车的叮叮当当声和汽车的警笛声也异乎寻常，听起来好像出了事故似的。

"照这样，飞机还起飞吗？……"

敬子从早晨起就沉不住气，连她自己都觉得太不持重了。

去年初秋，也是一个下雨天，昭男曾搂抱她，并跟她第一次接吻。相隔这么多日子她才从西服柜最里边把当时穿过的那件芥黄色连衣裙取出来。

"是不是衣料缩水了呢？……裙子有点儿短啦。"

敬子再也脱不下那件连衣裙了。

"那一次我穿的是藏青色雨衣。"

她把那件也取了出来，上头却有一股霉味儿。

可是将兜头帽低低地一拉，敬子就显得年轻了。

一到傍晚，她就宛若一个小姑娘，迫不及待地从店里悄悄地溜了出去。

她打算等昭男临上飞机的时候再抵达羽田。于是被雨淋着在银座步行，就连林荫路旁香烟店那部红色电话都使她追怀起往日那段恋情。

“直到昨天为止，要是想跟他聊聊，拨个东京的电话就成了。可是从明天起，就非打国际电话不可了……”

敬子忽然加快了脚步，在新桥的拐角乘上了出租车。

“羽田机场。”

经过品川，隔着后窗回头一看，东京的天空一片混浊，是淡粉色的。尽管前方仍属于“东京”，敬子却感到仿佛已离开了东京似的。

“看样子天气不好，飞机还会起飞吗？……”

“今天晚上东京发出了注意浓雾的通知。”

莫非已经起了薄雾吗？沿着京滨国道迎面驶来的车辆那前灯要比往常夜间的亮得多，就好像是什么东西的一双双可怕的眼睛朝着敬子的胸脯猛扑过来似的。

而且，这种发光的眼睛仿佛重叠着一般络绎不绝。

“难道连这么偷偷地最后诀别都要遭到谴责吗？”敬子躲在司机后面，全身缩成一团。

国道上，东一处西一处可以瞥见写有“危险！事故频生”字样的警告牌。

从第一京滨国道向左拐入第二京滨国道，再向左拐弯，就乍然穿过了黑暗的市街。

机场的探照灯宛若在探索雨夜般地移动着。

在入口的那座桥的监视所，日本和美国的警察朝着车里边扫了一眼。美国警察也轻轻地摆了摆手，表示可以通过。

跑道上稀稀拉拉地绵延着深紫色灯光。

"是国内航线还是国际航线呢？"司机用英语问。

"国际航线吧。是法国航空公司。"

"法国航空公司？……啊，法国航空公司在泛美航空公司的那一边，大概是最里边。"

"不过，我仅仅去参观一下罢了。就在这边停下来吧。"

"是参观吗？"司机有点觉得诧异地反问道，"参观也好，送行也好，都上同一道楼梯就行。"

"好啦，就在这儿……"

明亮的玻璃门里面好像排列着各家外国航空公司的问讯处。

敬子下了车，站在那儿犹豫了半晌，汽车一辆接一辆地从她身旁驶过，或是停了下来。

敬子将雨衣的兜头帽低低地拉到眼睑上面，她不能进去，却沿着屋檐下面走去。只见尽头有"A·F"[1]字样。

法国航空公司的问讯处前面静悄悄的，连个人影儿都没有。乘客们恐怕已经到搭乘飞机的地点去了，送行者也上了迎送台吧。

敬子一步步地迈上楼梯，二楼是灯火辉煌、宽敞的候机厅。

右端杂沓的人群是旅客到达口，看来现在正吵吵嚷嚷地迎接着从远空返回的人。

"一年之后我准不能来迎接昭男先生了。"敬子站在御木本珍珠店的橱窗旁边，隔着到达口前面那家花店的鲜花，朝那喜气洋洋的人群望去。

由于敬子自己干的就是这一行，她是无意中轻快地往珍珠店这边闪过身来的。及至细心地一看，原来还有出售日本古装偶人、旅行袋、草屐、武则[2]的西餐具，以及日本制造的高级照相机的小卖店。还望见了两

---

1　法国航空公司（Air France）的缩写。

2　日本名古屋的一家著名的西餐具店。店号通常用罗马拼音写作"Noritake"。

所银行办事处，晚上也在营业。

在楼梯口可以看到理发、收费厕所、浴室乃至洗衣、熨衣、擦鞋等各种广告。

还设有特别收费的候机室，标明A室三千五百元，B室两千元，C室一千三百元，E、F、G室各一千二百元。

候机室当中间儿的长椅上稀稀拉拉地没有几个人，宽敞的地面和墙壁崭新得反而使寂寥感袭上敬子的心头。

昭男和为他送行的人们也都已经到机场上去了吧。

敬子按照要求投进两枚硬币后，就用腰部推着入口的横杠，走了过去。前前后后都没有人。

朝子曾说过八点钟以后就打折扣，可好像不是那么回事。敬子心想，也许她不是从参观者的入口而是从送行者的入口进去的。

到了迎送台上，敬子仍是孤零零一个人。

然而天桥尽头，在一片晃眼的光亮中，人声鼎沸，黑影幢幢。

“还是要起飞。”敬子又把手伸到雨衣的兜头帽上。

敬子的脚底下也有照明，宛若一座灯光之桥。还有红色的禁烟灯。

濡湿的夜风刮到下摆上，凉冰冰的。那雨下下停停，停停下下，就像是含着雾一般，令人不快。

有个楼梯口是通往航空教室和展望台的，但在这样的雨夜，既寂静又昏暗，好像并没有好奇的参观者。这座新机场中心大楼那用灯光组成的“TOKYO”字样，浮现在楼梯口上空。

“东京……”

敬子并不是旅客，却也仰望着那几个罗马字母。

于是，她屏息走向送行者正推推搡搡的那边。天桥很长很长。

那里亮晃晃的如白昼一般，两脚也看得一清二楚。一架法国航空公司的客机横靠在天桥底下的起点旁边。

人们有从栏杆上面探出身子的，也有在长凳上踮起脚尖的。敬子也从人群中伸出头去，战战兢兢地俯视着。从扶梯旁的乘客行列当中，她马上就认出昭男的身姿。

敬子连手指尖儿都冰凉了，她紧张地屏住气。

“叔叔！”

敬子旁边相隔六七个人，有个七八岁的男童正在呼喊着。那是田部的孩子。

进一把穿着雨衣的双手拢成喇叭，高声再一次喊道：

“叔叔！”

昭男分明朝这边扭过脸来。

敬子的情绪太激动了，她甚至不能轻轻地打个招呼。

乘客们一个个地沿着扶梯往上走，冲着天桥上的送行者告别。其中有十五六岁的日本少女，也有抱着婴儿的年轻的外国夫妇。

昭男也把脚搭到扶梯上。

“您走吧！”进一喊道。

“我走啦！”

昭男的声音传到敬子的耳际。

相互呼唤的不仅是进一和昭男。送行的人们都在你拥我挤，有用尖锐的口哨打着招呼的，也有喊着名字的。乘客们也回应着，敬子却只听着昭男的嗓音。

“叔叔！您走吧！”

田部的妻子好像把这么不断呼唤着的进一搂在怀里似的，露出她那纤细的侧脸，用指尖抹着眼泪。

田部挺起大肚子，叉开两腿使劲站着。他好像在庇护这对从后面被推搡的母子似的。

昭男迈上了一级、两级阶磴，他后面也接连不断地有人爬上扶梯。

敬子使劲挥动着连自己都不记得什么时候摘下的白手套。

昭男的视线移动了一下，好像“啊”的一声停在敬子身上了。

昭男就那么伫立着，直到被下面走上来的人催促为止。

“让他知道了。”

她一想到自己见到昭男了，深重的悲哀就突然涌上心头。泪水模糊，弄得她什么都瞧不见了。

这是无言的离别。

不知什么时候，扶梯撤掉了，乘客全都进了机舱。

敬子扒开栏杆前的人群，朝着那排小圆窗中的某一扇后面追寻昭男的面孔。

昭男那白白的手正在敲窗玻璃。由于窗外光线的关系，他的手忽隐忽现。

地勤人员把轻油车推开了。螺旋桨一部接一部地旋转起来。

也许是为了回应挥动白手套的敬子，昭男也挥动起有整扇窗子大的手绢来了，雪白雪白的。

螺旋桨的声音变大了。只有螺旋桨浮现在光亮中，看上去仿佛是什么东西在拍打翅膀似的。绿红两色的尾灯交替忽明忽灭着。

法航班机缓缓地行驶起来。送行者发出喊叫声。

敬子的手套和手脖子都被雨淋得滴下水珠。

飞机拐了个大弯儿，改变了方向，沿着跑道滑行起来。窗中光亮穿过低低地排列着的深紫色灯火，逐渐远去。螺旋桨的响声和尾灯的明灭也都越来越远了。

“啊，想去呀，想去呀。”敬子觉得自己也正被吸进夜空中似的。极目望去，飞机好像并不曾离开地面。

送行者大多默默地朝着候机室走了回去。

敬子倚栏听任人们从她跟前走过，心里比给人送终的时刻还要难过。她这辈子恐怕再也不会这么悲伤了，泪流不止。

“弓子没有来……”

载着俊三和峰子的那辆快要散架的小型出租汽车从国电的滨松町车站前面驶过后，东京湾轮船公司的竹芝码头就近在咫尺了。

在高高的岸壁上可以瞥见由红色霓虹灯组成的“のりば”[1]字样，三个平假名中央的“り”字好像马上就要消失了似的，朦朦胧胧，颤颤巍巍，使峰子感到担心。

“就在这儿……”

俊三可能打算在候船处跟前下车的，出租车却在东京水上警察署的正门前就停了下来。

去年这时候，峰子曾到处寻找像是消失到水里去一般的俊三，还到这所水上警察署来过两三次。记得俊三的公司也曾托付该署搜寻过他。峰子想道，警察署紧挨着轮船公司，兴许敬子也来过这里。

然而俊三好像毫不介意，他站在水上警察署的门口等着峰子下车。

买船票时他也写上了自己的真名实姓，住所填的是峰子那座公寓的地址门牌号码，只不过把峰子的姓写作岛木，年龄也给减了三岁，写成“二十四”。峰子确实比去年显得年轻漂亮了两三岁，但说不定俊三是在给改成像是自己的女儿那般年龄。

“是三等舱呢。”俊三回过头来说。峰子表示同意。赴大岛的单程船票是三百六十元。

俊三的脸色依然很不好，而且他尚未摆脱流浪汉的神态，作为他的旅伴，峰子的头发式样和化妆都不显眼，而且穿的是一套朴素的旧衣裙。她不晓得俊三是否有意寻死，因此凡是足以让人了解她的身份之物，她都从手提包里掏出去了。峰子随身只带了一只小小的旅行袋，俊三什么都没带。

然而俊三在船客名册上写下了自己的真名实姓，峰子就稍微放下心来。

1　平假名是由汉字草体造成的日本音节文字。“のりば”，写成汉字即“乘场”（“乘船处”之意）。

“不过，这次也许是为了让他太太和小姐清清楚楚地知道他已经死了吧。”

报纸上曾刊载过今年的梅雨季节会来得早的预报，或许是昨天那场讨厌的雨的缘故，候船室里看不到熙熙攘攘的游客的身影。

船体分别被涂成深绿、雪白两色的“菊丸”靠在那里。检票口贴着二十一点开船的通知。

俊三好像是为了避开候船室里人们的视线似的，遂沿着混凝土楼梯上了二楼。那是座有点肮脏、冷冷清清的饭堂。

咖啡饭、火腿饭、开化盖浇饭、软煎蛋卷等，每份是一百元，俊三叫了五十元的中华荞麦面条。

船上汽笛接连鸣了两下。俊三说，还得再过二十分钟才开船呢，就上了屋顶平台。他坐在栏杆前的长椅上，从黑暗的海面朝着河上望去。

“去年我是打这儿观赏两国的焰火的。”

“蛮寂寞来着吧。”

他们两个人都无从知晓敬子曾到羽田机场去为昭男送行。羽田是航空港口，这里也是港口，作为起点站有相似之处，然而差别多么大呀。

开航十分钟前，汽笛一鸣，俊三就上了船：

“三等在下面。下去，下去。”

甬道两侧铺着草垫子，三等船客各自随随便便躺着。俊三也找个缝子仰卧下来，马上闭起眼睛。

峰子取出雨衣，盖在俊三和她自己身上。

传来了《萤光曲》的旋律，船员鸣着开船锣，在船上到处转悠。这时俊三松了一口气，睁开了眼睛。

“谢谢。”他朝着峰子翻过身去，喃喃地说，“去年我是想寻死而乘的船，可是……”

不一会儿，“菊丸”仿佛将高悬在薄云中的月亮当作轴心似的，掉转船头驶去。